#문학은
_위험하다

10

민음의 비평

지금 여기의 페미니즘과
독자 시대의 한국문학

#문학은
_위험하다

소영현, 양윤의, 서영인, 정은경,
백지은, 강지희, 정은경, 허윤, 김미정,
차미령, 양경언, 조연정, 인아영

민음사

문학은 위험하다:

'현실, 재현, 독자'로 본 비평의 신원 증명 혹은 그 기록지

#

여성미디어센터(Women's Media Center)가 제출한 '미국 미디어에서의 여성 현황' 보고서에 의하면, 2018년 한 해 메인 뉴스 앵커와 기자의 63%가 남성인 반면 37%가 여성이었고, 가장 많은 돈을 벌어들인 영화 100편 중 96.4%가 남성 감독의 영화인 반면 여성 감독의 영화는 3.6%에 불과했다고 한다. 한국의 사례를 참조할 정확한 수치에 의거한 보고서를 찾지는 못했지만 사정이 크게 다르지 않을 것으로 생각된다. 젠더나 섹슈얼리티 혹은 미디어에서의 여성 재현과 같은 복잡한 맥락까지 따지지 않았음에도 수치가 말해 주는 전언의 명백함은 첨언이 불필요할 만큼 놀랍다. 이런 보고서가 제출되기 시작한 것이 10년도 채 되지 않았으며, 이런 센터가 여배우 제인 폰다(Jane Fonda)와 여성운동가 글로리아 스타이넘(Gloria Steinem), 시인이자 여성운동가인 로빈 모건(Robin Morgan)에 의해 그것도 2005년에야 만들어졌다는 사실도 놀랍기는 마찬가지다. 보고서의 일부를 인용하면서 한 언론학자는 미디어 속에 재현된 젠더의 편향성과 그것이 현실에 미치는 영향을 강조했다.[1] 세한적 현황 보고이지만, 문화적 재현물의 의미와 영향을 둘러싼 우리의 인식 착오를 떠올리지 않을 수 없게 한다.

　문학과 현실의 관계를 두고 그간 우리가 외면했던 진실은 무엇인가. 고의적인 외면이 아니었음을 단언할 수 있지만 그럼에도 아니 그래서 더 본질적인 질문과 마주하게 된다. 재현의 이름으로 '젠더 트러블'한 현실이 문학적으로 반복되고 있음에도 왜 그러한 사정은 보이지 않거나 의미화되지 않았던 것일까. 문학의 상품화 경향이 뚜렷해진 1990년대에서 2000년대까지를 지나면서, 한국문학이 설 자리가 점차 좁아진다는 위기감은 문학을 수호하기 위한 곡예적 논리를 만들어 왔다. 필연적이고도 절실한 요청이 만들어 낸 논리임을 부인할 수 없으며 당시의 실감을 모두 삭제한 채로 그것 이외의 무언가가 가능했었다고 무책임하게 말하고 싶지도 않다. 그럼에도 그 명명이 무엇이든, 문학의 자리를 위협하는 것의 실체를 무엇으로 규정하든, 문학의 자리가 수호되어야 하는 이유를 문학의 '진정한' '무해함'에서 찾으려 했다는 사실과 그렇게 형성된 문학 관념이 불가피하게 야기한 현재의 문학과 현실의 관계에 대해서는 좀 더 책임감 있는 성찰이 필요한 게 아닐까. 문학이 우리의 현실과 '직접적으로는' 관계 맺지 않는다는 논리로, 현실에 대한 문학의 (문학적으로만 유해할 수 있는) 무해함을 수호할 때에 그것을 지렛대 삼아 현실의 유해함을 되비출 수 있다는 논리로, 단도직입적으로 말해, 문학 자체는 현실에 아무런 영향력을 행사할 수 없다는 논리로 우리가 시야에서 지워 버린 것은 결국 무엇인지 질문해야 하는 게 아닐까.

　#
　지나간 과거의 예술을 찬양하는 것에서 동시대 예술의 의미와 만나기

1　정은령, 「이효리는 57Kg이다」, 《경향신문》 2019. 2. 27.

위한 자리로 옮겨가면서 비평가 아서 단토(Arthur Danto)가 시도한 역사와의 조우는 "예술 종말의 테제"가 역설적으로 예술 관념의 해방성을 가져왔다는 통찰로 이어진 바 있다.[2] 물론 곡예적 논리로 문학의 자리를 지키려는 시도가 한국문학 장에서만 이루어진 특별한 사건인 것은 아니었는데, 예술과 삶의 엄격한 분리를 주장하는 이들의 인식을 두고 아서 단토는 예술의 영향력을 정확하게 파악하고 활용했던 전체주의 체제를 환기하면서 반박하고자 했다. 단토의 비판을 토대로 비평가 리베카 솔닛(Rebecca Solnit)은 예술의 무해함과 예술가가 도덕적 피해를 끼치지 못한다는 논리가, 예술에 대한 변호로 스스로는 생각하겠지만 실제로는 예술에 대한 공격에 해당한다는 사실을 환기해 주었다. 우리 시대의 문학과 만나기 위해 그녀의 말마따나 문학이 "우리의 삶을 바꿀 수 있다. 그것들은 위험하다. 예술은 세상을 만든다."는 사실을 부가적 설명 없이 인정할 필요가 있는 게 아닐까.[3]

문단에서 미학을 둘러싼 논란을 불러왔던 조남주의 소설 『82년생 김지영』은 2018년말 밀리언셀러가 되었다. 최근의 한국소설의 판매량 추이에 비추어 기억할 만한 사건이다. 역사와 문화의 차이에도 불구하고 해외 독자의 호응도 유례없이 큰 편이다. 가부장제 사회에서의 여성의 삶이 국경을 넘는 공감을 불러일으키고 있다는 사실을 통해 독자는 무엇이며 문학이란 무엇인가를 곱씹게 된다. 『82년생 김지영』을 읽게 하는 가장 큰 힘이 여성으로서의 삶에 대한 세대와 계급, 국경과 인종을 뛰어넘는 공감이라는 사실은 삶과 소설, 쓴다는 것과 읽는다는 것을 포함해서 문학에서 젠더가 갖는 의미가 무엇인가에 대한 근본적인 사유를 요청한다.《창작과

2　아서 단토, 이성훈·김광우 옮김, 「예술의 종말과 미래」, 『예술의 종말 이후』(미술문화, 2004), 15쪽.

3　리베카 솔닛, 김명남 옮김, 「여자들은 자꾸 같은 질문을 받는다」(창비, 2017), 248~249쪽.

비평》의 창간사 격 비평문인 「새로운 창작과 비평의 자세」(1966)에서 비평가 백낙청이 도래를 기원했던 시민-독자가 역사를 움직이는 실체로서 '현실'에 존재하는 시대가 왔다. 그때 꿈꾸었던 시민-독자는 여전히 오지 않았다고 해야 하는가, 이미 왔으나 보지 못했다고 해야 하는가.

#

2015년 표절 사태와 2016년 #문단_내_성폭력 해시태그 운동 이후로 금과옥조로 여기던 문학의 주요 속성들이 폭넓게 의문에 부쳐졌다. 저자와 비평의 권위에 대한 질문이 던져졌고 제도적 차원에서 적지 않은 문제제기가 이루어졌으며 문학의 젠더와 문학장 내의 폭력과 억압이 가시화되었다. 소설의 소재 혹은 저자군이나 독자군의 변화로 표면화되었지만, 실질적으로는 문학 안팎을 둘러싼 거의 모든 것에 대한 재편의 요청이었다. 비평 작업을 하는 이들이 소홀히 취급할 수 없는 문제이다. 문학의 젠더에 관한 질문은 적어도 2000년대 이후 비평의 가장 중요한 이슈였던 '문학의 정치, 문학과 정치'론의 가장 뚜렷하게 구체화된 질문이라 해도 과언이 아니다. 이 중대한 질문이 충분히 질문으로서 모습을 드러내기도 전에 문학의 상실이 우려되는 상황이야말로 해석을 요청하는 징후가 아닐 수 없다. 문학을 둘러싼 어떤 새로운 현상도 우리의 예측과는 다른 저주이자 축복일 것이며 앞으로의 일에 대한 우리의 어떤 전망도 틀리면서 맞을 것이다. 중요한 것은 우리가 그 어떤 현상의 바깥에 놓여 있지 않으며 그럴 수 없다는 사실이다. 비평가가 알았던 (그간의) 문학을 방어하는 방식에서 벗어나 수만 개로 흩어지고 흔들리는 입장들과 확정된 개념이나 규정적 속성으로는 일반화할 수 없는 들끓는 움직임과 그 의미에 집중해야 하는 때이다. 모든 문학이 동등하면서도 무차별적으로 훌륭하다는 말이 아니라 문학의 가치가 하나의 문학 개념 안에 속하는가의 여부로 판정될 수 없다는 말이다. 우리가 궁극적으로 문학을 말하고 있다는 사실이 모두에게 지속적으로 환기되기를 바란다.

*

\#

이 책은 2018년 2월 9일 페미니즘과 한국문학을 표제어로 내걸고 이루어진 한 워크숍이 출발점이 되었다. 이른바 문학의 제도화가 이루어진 1960~70년대 이후로 2010년대인 오늘날에 이르기까지의 비평의 주요 쟁점을 2015년 이후 한국사회에 뚜렷해진 페미니즘에 대한 요청과의 관련 속에서 다뤄 보고자 한 워크숍이었다. 2000년대 이후로 비평 작업을 해온 비평가들이 현장성의 감각으로 비평사를 다시 써 보자는 취지로, 페미니즘을 통과한 감각을 바탕으로 비평의 주요 담론들을 다시 읽어 본 협업 작업이었다. 상식적으로 받아들이고 있는 비평의 위상과 역할, 기능과 형식을 형성과 전환의 역사적 문맥 속에서 살펴보고, 비평이 작가, 독자, 사회와 맺고 있는 관계를 재고해 볼 수 있었다. 이 작업의 기록을 1부에 담았다. 그간 시도된바 없는 이 작업은 비평의 위기론에서 당위로서만 언급되었던, 이른바 '연구'와 '비평' 사이에 새 길을 내는 작업의 첫 발이 될 수 있을 것이다.

학술적 작업 형식에 좀 더 가까운 1부와 달리 2부에서는 강남역 살인 사건, \#문단_내_성폭력 해시태그 운동, \#미투 운동으로 이어져온 페미니즘 이후의 문단 변화의 흐름을 보여 주는 비평들을 한자리 — 아쉽게 함께하지 못한 비평(가)들이 있다. 그 자리들까지 비워 둔 채로의 한자리임을 덧붙여 둔다. — 에 모았다. 2부에 실린 글을 두고 하나의 입장을 상정하거나 특정한 지향으로 묶는 일은 글들에 대한 온당한 이해가 아니다. 그럼에도 개별 글 사이의 미묘한 차이를 세심하게 읽어 내는 일 만큼이나 여기 실린 글들이 모여 만들어 내는 어떤 자리의 의미를 읽어 내는 일은 중요하다. 애초에 특정하고도 공통적이며 분명한 자리로 미리 마련되었다기보다 비평의 위기 담론이 비평장의 가장 유력한 동력이었던 2000년대 이후로 내내 우리의 곁을 맴돌던 파편적 질문들이 2015년 이후 구체화되면서 하나의 비평문에 뒤이어 다른 비평문이 새로운 길을 내며 비평문의 클러스터로서 실체를 마련한, 일종의 경로의 기록이기 때문이다.

강조컨대, 이 책은 시민-독자가 견인한 문학과 페미니즘 이후 비평의 궤적에 대한 아카이브로서의 의미를 갖는다. 최근 신경숙 표절 사태를 재검토하기 위해 자료를 뒤적이다가 날카롭고 유동적인 채로 들끓던 논의가 분석의 언어로 동결되고, 그 현장성이 포착될 수 없는 것으로 누락되고 있음을 확인한 바 있다. 언어화되지 않았던 이른바 유동적 정서, 무엇으로도 될 수 있을 듯했던 그 힘들의 실감을 빼고는 신경숙 표절 관련 논의가 남긴 것의 의미를 충분히 파악했다고 말하기 어려울 것이다. 더 늦기 전에 아카이빙 작업이 시작되어야 한다면, 이 책은 순서와 무관하게 그 작업의 출발지라 할 수 있다. 이 기록지의 두드러진 특이성은 비평문의 대결의 계보가 아니라는 사실이다. 2015년 이후의 일련의 사태들이 개별적인 형태가 아니라 누적적이고 중첩적인 변화의 흐름을 만들어왔다. 논리가 논리에 의해 논파되는 것이 아니라 앞선 비평문이 던진 질문이 뒤이은 비평문에 의해 깊어지고 확장되며 다른 질문으로 연장된다. 개별 비평문만큼이나 '현실, 재현, 독자'로 이어지는 질문의 궤적이 말해 주는 바가 많은 책이다. 새삼 강조할 것도 없이 질문의 궤적에 대한 다른 감각에 제약 없이 열려 있다. 다른 자리에서 다른 관점으로 아카이빙 작업이 계속되기를 기대한다.

#

2000년대 문학에서 사라진 것은 여성문학인가 여성문학 담론인가. 이 질문은 현실과 재현 그리고 독자를 둘러싼 문제로 다시 압축될 것인데, 이 책에 실린 글들은 다양한 지점에서 각기 다른 방식으로 이 질문에 대한 응답으로서의 자리를 마련하고 있다. 지난 반세기에 걸쳐 이루어진 비평의 가치지향적 시도들, 자연화된 사실이 된 문학 제도, 제도화된 문학이 만들어 내는 효력, 단절적으로 이행했던 비평적 인식틀, 개별 작품에 대한 독해에서 이루어진 변화의 지점으로 우회하면서 억압된 것의 귀환이 의미하는 바에 대한 파악을 시도한다. 그러나 정직하게 말하자면 이 책은 답안지라기보다 질문지에 더 가깝다. 1990년대 분출된 여성문학의 열기는 과연 단절적으로 사라진 것일까. 가시적이고 비가시적 경계들을 넘어 누락되고 배제된 존재에 대한 대대적인 복원 작업으로 규정할 수 있는 2000년대의 문학을 '타자' 담론으로만 규정하는 일은 타당했을까. 공통점을 찾을 수 없다는 공통점 정도만을 말할 수 있는, 규정하기 어려운 2000년대 문학의 성격 규정이 이전 시대의 문학을 세대론적으로 재규정한 사정과는 무관하다고 말할 수 있을까. 2000년대 이후 등장한 신세대 문학이 낡은 것으로 틀 지워 버린 1990년대 문학에서 낡은 것이란 문학의 젠더적 면모가 아니었던가. 너무 넓어서 오히려 아무것도 지칭하지 않는 규정에 가까운 '타자'나 '소수자'라는 범주는 계급이나 젠더에 내장된 '위계'의 문제를 안과 밖으로 구분하는 '경계'의 문제로 전환하는 알리바이였던 것은 아닐까. 이 모든 질문들은 10년 단위로 한국문학을 구분하는 접근법이 만들어 낸 부수 효과와는 무관한 것일까. 1990년대에서 2000년대에 이르는 시기에 여성 작가들이 '여성' 작가로 분류되기를 거부했던 맥락을, 2000년대에 비평 활동을 시작한 나를 두고 말해 볼 수 있을 터인데, 고백컨대 나 역시 비평가가 되고자 했으나 '여성 비평가'로 호명되기를 원하지 않았다. 질문들에 대한 답안 찾기에 앞서 '여성 비평가'라는 명명을 불편해했던 나 혹은 우리를 들여다보는 것에서 답안 찾기를 다시 시작해야 하는 것은 아닐까. 내적 심연을 들여다보는 일이 아니라 나 혹은 우리가 놓인 문학과 비평의 맥락적 의미를 묻는 일 말이다.

#

사실 이 책에 대한 구상이 앞선 워크숍에서 시작되었다는 말은 보충되어야 한다. 이 책은 그 워크숍이 아니더라도 한국문학을 위한 뭔가가 필요하다는 요청이 집결된 2015년 가을 어느 날 이후 시작되고 있었다. 집결의 순간이 현실화되기 위해 특정한 누군가의 특별한 노력이 필요하지는 않았다는 사실을 환기하자면, 그보다 앞서 구상되었다고 말하는 편이 어쩌면 더 정확할 것이다. 말 그대로 긴 준비 기간이 필요했던 책이다.

#

책이 발간된 과정과 개별 글이 갖는 의미 등 책에 대한 소개가 이루어져야 할 자리이지만, 전체를 아우르는 관점이나 틀이 전제된 소개가 이 책의 성격에 부합하는지, 그런 시야가 나에게 허락되는지에 관한 질문을 거듭한 끝에, '필자들을 대표하는 자리'가 가능하지 않다는 생각에 이르게 되었다. 필자의 일원으로서의 입장만을 밝힐 수밖에 없지만, 추가되고 연장되며 확장되는 비평문의 클러스터로서 수만 갈래로 흩어지고 흔들리는 입장들 한가운데에 놓인 이 책은 문학에 대해서든 비평에 대해서든 끝이 아니라 시작이라 할 수 있을 것이다. 공적 논의의 불가능성을 전제로 한 비평을 둘러싼 그간의 우려와 탄식 그리고 자학에서 벗어나 이 책이 다른 비평의 가능성을 실험하는 자리로서 의미를 마련할 수 있기를 기대한다.

\#

책의 출간을 흔쾌히 허락한 민음사와 책을 만들어 준 편집부, 만능 문학인 서효인 씨와 박혜진 씨께 깊이 감사드린다.

2019년 5월

필자의 일원, 소영현

차례

서문   5

1부   페미니즘 이후의 문학사

2부   너머의 비평들: 페미니즘에서 퀴어까지

페미니즘
이후의 문학사

비평 시대의 젠더적 기원과 그 불만

「분례기」에서 「객지」로, 노동 공간의 전환과 '노동(자)−남성성'의 구축

소영현

> 페미니즘 이론은 사회운동으로서의 페미니즘과 완전히
> 구분되지 않는다. 운동이 없다면 페미니즘 이론은 아무
> 내용도 없을 것이고, 페미니즘 운동은 다양한 방향과 형
> 식으로 언제나 이론 활동에 개입해 왔다. 이론은 학계에
> 만 국한되지 않는 활동이다. 가능성에 대해 생각하게 되
> 고, 총체적 자기반성이 일어나고, 가치와 우선순위와 언
> 어에 관한 분쟁이 등장할 때마다 이론적 활동이 일어난
> 다. 내재적 비평의 공포를 극복하는 것에도, 또 근본적
> 문제에 대한 해석을 안정시키지 않고 대치시키는 운동
> 을 만드는 것의 민주적 가치를 주장하는 것에도 중요한
> 가치가 있다고 생각한다.
>
> —주디스 버틀러, 『젠더 허물기』

1 '비평 시대' 재고

계간지 시스템의 개막과 함께 열린 '비평 시대'[1]가 이제 전면적인 체제

---

1 다른 글에서 현재 문학장을 둘러싼 문제들이 문학 내부의 것으로만 환원될 수 없으며, 계간지를
  중심으로 이루어지는 혁신들이 긍정적 의미를 갖지만 그것으로 충분하지 않은 이유가 여기에 있

개편이라는 시대적 요청 앞에 놓여 있다. '비평 시대'는 비평가 중심 시대
만을 의미하지 않으며, 1970년대 전후로 형성되어 지금껏 계간지 시스템,
편집위원 제도, 출판 시스템, 문학상과 등단 제도, 국어국문학과와 문예창
작학과 등을 통해 유지되어 온, 문학을 둘러싼 하나의 체제를 가리킨다.
문학의 생산과 출판, 유통 그리고 교육과 재생산을 지속시키는 각종 제도
의 복합적 작동 속에서 그 권위와 권력을 유지해 왔던 '비평 시대'는 지난
몇 해 동안 문학의 이름으로 벌어진 추문들 속에서 더 이상 현상 유지가
불가능한 국면을 맞이했다. 비평의 매개 없는 독자의 부상으로 압축되는
소설 『82년생 김지영』(2016)을 둘러싼 논란은 비평이 이전과는 전혀 다
른 자리에서 다른 방식으로나 가능하다는 사실을 선언적으로 시사한다.

　이 글은 '비평 시대'가 개막되기 시작한 1970년대 전후로 한국문학에
서 뚜렷해진 재현을 둘러싼 변화의 면모를 젠더적 관점 속에서 들여다보
고 그 재현적 틀과 의미를 재고해 보는 데 목적을 둔다. 한국문학에서 대
표적 재현으로서의 위상을 획득한 존재들은 종종 시민, 민족, 민중, 대중
등의 이름으로 불렸다. 시민, 민족, 민중, 대중을 세분하는 섬세한 논의들,

음을 지적한 바 있다. '문학과 그 바깥'이라는 인식에는 근본적 성찰이 요청되는 것이다. 동시에
문단 내 성폭력 해시태그 운동에서 노골적으로 드러냈듯, 최근 문학장의 문제들은 문단을 경계로
프레임화되고 있다. 문단의 안과 바깥이라는 경계의 프레임은 문학장 자체가 힘이자 권력이라는
착각을 불러온다. 문학장의 힘의 불균형과 권력의 배치에 대한 문제 제기가 문학장 자체의 문제로
뒤바뀌어 버리는 것이다. '문단 안과 바깥'이라는 프레임은 그 경계를 수직적 위계로 재편하는데,
문인 주니어, 상비군, 비등단 문인이라는 인식은 그 수직적 위계로부터 마련된다. '문단 안과 바깥'
이라는 프레임의 가장 심각한 문제는 문단이라는 경계 혹은 그 외벽이 이러한 프레임과 인식으로
더 탄탄해진다는 데 있다. 문예창작학(과)이라는 제도가 이러한 프레임 형성과 깊이 연루되어 있
다는 점에서, 그간 제기된 '문단 내 성폭력'의 문제도 좀 더 엄밀한 접근틀을 마련해 볼 필요가 있
다. '문단 내 성폭력' 폭로가 문학장 전체를 내파하는 힘으로 작용하기보다 잦아드는 것처럼 보이
는 것은, 그것이 문단 안과 바깥이라는 경계/위계 위에서 이루어지고 있기 때문이기도 한 것이다.
이런 의미에서 이 글은 '비평 시대의 장기 지속의 여파'에 대한 논의를 문학사적 문맥 속에서 진전
시키는 것을 목표로 삼는다.

그것에 대한 문학론과 메타 문학론이 그간 지속적으로 이루어졌다. 이는 누구를(무엇을) 어떻게 재현할 것인가라는 질문이 재현론을 재고하면서 피해 가기 어려운 논점임을 말해 준다. 문학의 정의나 지향과도 뗄 수 없다는 점에서 한국문학 영역에서 그만큼 비중 큰 논의인 것이다. 그럼에도 이 글에서는 시민, 민족, 민중, 대중이라는 구분과 그것이 끌어들이는 주체와 사회의 구성적 지반과 성격에 대한 논의, 그리고 그와 연동된 문학론이 아니라, 재현의 정치라는 관점에서 그들을 다루고자 하며, 무엇보다 그들에 대한 재현 방식을 젠더적 관점에서 주목하고자 한다.

'비평 시대'는 문학이 삶을 메타화하고 성찰하(게 하)는 문화의 대표로서 이른바 시대정신을 구현한다는(포착한다는) 인식을 공유하던 1970년대 전후로 문학장에 계간지 시스템이 구축되면서 개막되었다.[2] 대표적 계간지인 《창작과비평》이 1966년부터, 《문학과지성》이 1970년부터 그 지향의 방점을 각기 다른 곳에 두고 있었지만, 문학을 거점으로, 이때의 문학이 문화의 대표격이라는 점에서, 말하자면 문화를 거점으로, 문학과 나아가 문학으로 텍스트화된 삶에 대한 비판적 이해와 실천적 개입에 주력하고자 했다. 《창작과비평》이 방영웅의 「분례기」에 대한 비평을 통해, 《문학과지성》이 기 발표작을 전문 재수록하는 코너를 통해,[3] 각각의 계간지가 지향하는 한국문학의 정향성을 가시화했음은 잘 알려진 사실이

---

2 가령, 《창작과비평》은 10호를 맞이하면서 기관지 등을 제외한 계간지로서 10개월도 버티기 힘든 상황에서 '장수의 기록'을 세웠음을 자축한 바 있다. 백낙청, 「《창작과비평》 2년 반」, 《창작과비평》, 1968년 여름, 366쪽.

3 백낙청, 위의 글, 368~375쪽; 김병익·김치수·김현, 「창간호를 내면서」, 《문학과지성》 1970년 가을(창간호), 6쪽. 문면으로만 보자면, 《문학과지성》에 재수록되는 글은 "비평의 대상이 될 만한 모든 글"이며, 그것은 시, 소설뿐 아니라 평론과 논문까지 포함하는 것으로 언급된다. 이에 따라 문학에 치우친 재수록 경향을 제한적인 관점으로 이해할 필요는 없는데, 궁극적으로 재수록의 의미는 "한국 문화를 이해" 혹은 구축/재편하는 데 있었기 때문이다.

다.[4]《창작과비평》과《문학과지성》이 구축하고자 한 문학의 범주와 실체에 대한 논의와는 별개로, 1970년대 전후로 문학은 전문 독자인 비평가를 매개로 독자와 만나게 되었고,[5] 문학의 의미는 비평가의 가치 평가와 선별 작업의 결과물로 이해되었다. 1970년대 전후 문학론과 메타 문학론을 '비평가의 시선과 욕망'이나 '남성 비평가의 성맹성'이라는 관점에서 검토한 논의는[6] 이런 문맥 속에서 타당성을 확보한다.

이러한 시대 변화를 두고 '비평 시대'를 창작에 대한 비평의 우위가 확보된 시대로 간명하게 선언할 수 있겠지만, 들여다보자면 '비평 시대'는 역설적으로 비평이 '문학' 비평이자 '한국문학' 비평이라는 인식이 점차 강고하게 안착되는 시간이었다. 보다 넓은 함의를 가졌던 비평 범주가 이후로 점차 문학의 하위 범주이자 비평의 하위 범주인 문학비평으로 좁혀지는 시간이었던 것이다. 선후 관계를 따지기는 어렵지만, 문학의 하위 범주로서 시민, 민족, 민중, 대중으로 호명된 문학적 대표 주체에 대한 재현은 근대문학의 형성과 함께 구축되어 1970년대 전후로 '비평 시대'를 열어젖히며 그 전성기를 맞이했고 이후 꽤 안정적으로 문학사적 가치를 확보해 왔다. 1970년대로부터 반세기가 훌쩍 지난 지금 이곳에서 시민, 민

---

4 김성환, 「1960~1970년대 계간지의 형성 과정과 특성 연구」,《한국현대문학연구》 30, 2010; 조연정, 「세속화하는 지성:《문학과지성》의 지성 담론에 대한 재고」,《한국현대문학연구》 45, 2015.

5 새로운 문학, 새로운 창작과 비평에 대한 논의가 아직 도래하지 않은 독자를 상정하면서 이루어졌다는 사실은, 그간 가시화되지 않았던 독자를 중심으로 문학의 의미를 재규정 혹은 해체하고자 하는 시도가 최근에야 이루어지고 있다는 점에서 아이러니하다. 그간 문학장은 전문 독자인 비평가의 역할이 점차 강화되던 시간이었다고 할 수 있는데, 실상 전문 독자 너머의 독자에 대한 논의를 어렵게 한 주요 원인 가운데 하나가 비평가의 비중이 커지던 사정과 무관하지 않기 때문이다. 오혜진, 「퇴행의 시대와 'K문학/비평의 종말」,《문화과학》 2016년 봄; 소영현, 「실천적 행위로서의 비평 혹은 독서」, 『올빼미의 숲』(문학과지성사, 2017).

6 손유경, 「현장과 육체:《창작과비평》의 민중 지향성 분석」,《현대문학의연구》 56, 2015, 39쪽; 김우영, 「초기《창작과비평》과 「분례기」의 의미」,《한국현대문학연구》 49, 2016, 397쪽.

족, 민중, 대중에 대한 문학적 관심은 희박해진 편이며 그러한 개념으로 문학을 이해하는 방식은 시대착오적인 것으로 치부되기 쉽다. 하지만 좀 더 엄밀하게 따지자면 시민, 민족, 민중, 대중에 대한 관심은 1970년대 이후로도 끝없는 변주를 거치면서 꽤 오랫동안 지속되었다고 말해야 한다. 농민, 빈민, 노동자, 여성에서 타자, 소수자, 이방인, 하위 주체, 성소수자로 이어지는 한국문학의 지대한 관심은 대표 주체를 둘러싼 재현론과 무관한 자리에 놓여 있지 않다. '비평 시대' 이후로 재현론에 전면적 변화가 있었는가, 근본적 질문이 던져졌는가를 다시 묻게 되는 것은 이러한 사정과 연관된다. 시민, 민족, 민중, 대중에 대한 관심이 미약해진 듯 보이는 표면과는 다른 이러한 사정은 문학과 비평의 위상이 역전되는 과정을 문학과 비평의 관계로만 해명할 수 없게 한다. 좀 더 복잡한 사정은 이미 범주가 협소해진 현재의 비평이 '문학'에 종속된 범주로서 상상된다는 점에서, 재현론을 둘러싼 역전의 기점에 대한 상상을 쉽게 허용하지 않는다는 데 있다.[7]

이 글은 우선 바로 이 지점, 표면과는 다르게 유지되어 온 재현론의 권위에 대한 질문에서 시작하고자 한다. 변주의 형태를 띠면서도 문학 범주에서 재현의 원리에 대한 신뢰를 형성하고 그것을 지속시킨 힘은 무엇이며 그 연원은 무엇인가. 구체적인 계기들은 무엇이며 재현의 정치는 어떤 문학적 배치와 삶의 재배치를 이끌었는가. 이러한 질문에 비춰 볼 때, '비평 시대'의 의미에 대한 좀 더 근본적인 질문이 이루어지기 위해서는 1970년대 전후로 자리 잡기 시작하는 계간지 시스템이 아니라 재현론을 둘러싼 인식의 역전이 이루어지는 장면을 들여다볼 필요가 있다. 그 인식의 역전 과정에 대한 재고를 통해, 기원을 반복하면서 '비평 시대'를 성화

---

7 문학의 위기가 비평의 위기와 곧바로 등치될 수 없음에도, 의미론적 착시에 사로잡히게 되는 것은 비평이 문학의 하위 범주로 위상이 좁아진 사정과 무관하지 않다.

(聖化)하는 일과는 다른 길을 마련할 가능성이 열릴 수 있을 것이기 때문이다. 이 글의 관심이 (그간 다각도로 검토된바) 비평 우위의 시대가 어떻게 열리게 되었는가에 대한 역추적이 아니라 그러한 과정 속에서 우리의 시야에서 사라져 버린 문학의 면모들이 무엇인가로 향해 있는 이유가 여기에 있다.

'비평 시대'의 변천사에 대한 역추적은, 의도와 무관하게 그 과정에서 어떤 인식이 누락되고 어떤 영역이 소거되었는가를 질문하기보다 그러한 역사를 보충하고 강화할 가능성이 높다. 시민, 민족, 민중, 대중을 세분하거나 그러한 구분에 입각한 문학론과 비평론을 괄호에 넣고자 하는 근본 이유는 우선 이 글이 '비평 시대'의 개막과 함께 구축되었던 대표적 재현 표상을 젠더적 관점에서 검토하는 것을 목표로 삼기 때문이다. 누락되고 배제된 관점과 영역은 어떻게 복원될 수 있는가. 재현 대상에 대한 젠더적 관심은, 작가의 여성관이나 작품을 통해 구현된 여성의 면모에 대한 미시적 관심이라기보다는, 소설이 구현하는 세계의 젠더적 성격에 대한 심층적 관심에 가깝다고 해야 한다. 따라서 이 글에서는, 이념의 외화인 논리의 결을 좇기보다,《창작과비평》(이나《문학과지성》)의 이름으로 1970년대를 대표하는 작품으로 선택되거나 거론되었으며 담론적 위상을 마련한 작품을 대상으로, 작품을 통해 새롭게 정초된 재현 원리의 지평을 짚어 보고, 작품이 전하거나 재조직하고 있는 집합감정에 관심을 집중하고자 한다.[8] 이를 통해 시민, 민족, 민중, 대중이라는 구분 틀에 의해서는

---

8 집합감정을 읽어 낸다는 것은, 다르게는 현장성의 복원을 의미한다. 소셜 네트워크에 기반한 원활한 소통으로 모든 이슈가 화살처럼 빠르게 지나가 버리는 지금 이곳의 풍경에 비추어, 계간지는 담론의 형성과 소통을 위한 그리 유용한 매체로 보기 어렵다. 계간지 형식에 다양한 변화가 생겨나는 근본적인 이유가 여기에 있을 것이다. 특정한 소수의 기획이기보다 개별적인 논의가 자유롭게 확산되어 담론으로 형성되거나 허공으로 흩어져 버리는 자율적 운동에 비하자면, 계간지 형식은 전체를 통어하는 시선과 태도가 존재한다는 점에서 근본적 차이를 갖는다. 비평을 비평적 논

보이지 않거나 볼 수 없는 공유 지반과 그것이 갖는 성격에 대한 새로운 이해를 가능성을 기대해 본다.

2　'외설성', '건강성', 미학적 남성성

'미학적 외설'이 백낙청에 의해 '건강성'으로 명명되었음은 잘 알려진 사실이다. '외설성'은 어떻게 '건강성'으로 호명될 수 있었는가.[9] 사실 '외설'은 '건강성'과 결코 가까운 말이 아니다. 문학적으로 사회적으로 '외설적'이라는 수식어를 얻는 일은 명예로운 일이 아니며 정반대로 쉽게 벗기 어려운 낙인이 찍히는, 치욕적인 일이다. '외설'은 정상적인, 선량한, 건전한, 건강성과는 정반대의 의미를 갖는다. '미학적 외설'의 논란 속에서 성기와 성행위 표현을 두고 '외설'이 언급되었지만, 무엇이 외설인가를 따져 묻자면 답변은 사실 그리 간단하지 않다. 오히려 '외설'의 규정에 대한 판단은 '누구의 외설인가' 라는 질문을 통해 유보될 필요가 있다.[10] 정동/

리나 작품 내재적 독해로 한정한다는 것은, 비평에 대한 사후적 검토가 대개 저지르기 쉬운 오류로서, 당대성/현장성이 사상된 형태로 검토된다는 것을 의미한다. 이 글에서 주목하고자 하는 집합감정은, '문화'로 호환 가능한 시대의 어떤 면모를 가리키는데, 아직 시대정신 혹은 문화가 되지 않은 유동성을 지칭하는 감정을 이 현장성으로 바꿔 불러도 좋을 것이다. '집합감정을 읽는 것이 비평의 현장성을 복원한다는 것'임은 이러한 함의를 갖는다고 할 수 있다. 집합감정을 읽어 내면서, 논리가 되면서 빠져나간 것들, 언어 이전에 공유했으나 문면을 통해서는 복원될 수 없었던 사회적 무드의 복원을 통해 시대의 다른 배치를 읽어 볼 수 있을 것이다. 윌리엄 M. 레디, 김학이 옮김, 『감정의 항해』(문학과지성사, 2016), 「서론」 참조.

9　앞서 다른 자리에서 현실의 정치적 압력과 문학적 저속함과 문화적 음란성이 '건강성'의 이름으로 허용되었던 사정 사이의 상관성에 대한 진전된 논의를 요청한 바 있다. 「중심/주변의 위상학과 한반도라는 로컬리티」, 《현대문학의연구》 56, 2015, 27~28쪽 각주 51 참조.

10　음란과 외설의 이름으로 이루어진 마광수와 장정일 작품의 '판금' 사태를 통해 드러났듯, 법적

정념 연구가인 권명아가 지적한 바 있듯, 문학 텍스트의 외설(음란, 풍기문란)이라는 판단은 "당대인들의 반응 구조를 형법으로 재구성하는 문제" 즉 시대적 집합감정의 규율화와 주체의 생산 그리고 삶의 윤리의 문제와 연관되어 있다.[11] 이렇게 보면 《창작과비평》 1967년 여름호에서 겨울호까지(6~8호) 3호에 걸쳐 분재한 「분례기」에서 묘사된 몇몇 장면들로 '외설'을 판정하기는 적절하지도 충분하지도 않다. 오히려 '미학적 외설'을 '건강성'으로 보는 백낙청이나 《창작과비평》의 판정이 「분례기」 내부가 아니라 「분례기」의 의미를 읽는 비평가와 그에 의해 판정된 당대적 집합감정에서 비롯된 것은 아닌가 따져보게 된다. 따지자면, 이 글이 확인하고자 하는 바는 바로 그 집합감정의 젠더이기도 하다.

이후 '건강성'은 장편소설 『쌈짓골』과 『자랏골의 비가』의 출간을 계기로, 작품의 문학적 성과를 논의하는 자리에서 언급되듯, 민중의 대표 격인 '건강한 동네 청년'을 거론하거나 민족 주체성을 발견할 수 있는 문학으로서의 '건강한 농촌문학'을 언급하는 자리 혹은 '퇴폐적인 상업 문화를 극복하고 건강한 농촌 문화'를 형성하기 위해 농촌문학이 선도적 계기가 되어야 한다는 언급 속에서 긍정적인 의미를 확보하거나 거론되고 있음을 확인할 수 있다.[12] '건강성'과 긍정적 의미가 농촌문학과의 관련 속에서 호명되는 이러한 장면은, '외설성'과 '건강성'의 함의와 상관성에 대한 검토가 인과적 논리로는 충분히 해명될 수 없는 논의임을 시사한다. 《창

차원에서 규정된 '외설/음란'은 '그 시대의 건전한 사회 통념'에 비추어 '정상적인 성적 수치심과 선량한 성적 도의 관념'을 침해하는 것, 즉 시대와 공간에 따라 매번 재규정되는 집합감정에 따라 잠정적으로만 합의되는 것을 의미한다. 「풍속 금서와 사회적 감성」, 《대산문화》 2014년 여름, 53~55쪽.

11 권명아, 「소년범, 작가, 음란범」, 『음란과 혁명』(책세상, 2013), 285쪽.

12 김춘복·송기숙·신경림·홍영균·염무웅, 「좌담회: 농촌소설과 농민 생활」, 《창작과비평》 1977년 겨울, 2~40쪽.

작과비평》2년 반의 가장 뜻 깊은 수확으로 「분례기」를 거론하면서 백낙청이 강조했듯, 그 자신에 의해 문단적 이슈가 되었고 사회적 관심의 대상이 되었던 「분례기」를 거론함으로써 「분례기」를 《창작과비평》의 "의도와 분별력을 판가름하는"(368쪽) 시금석으로 삼고자 했던 의도 자체가 보다 중요하다고 해야 하는 것이다.[13] 이런 의도에 대한 판단을 염두에 둔 채로, 이 글에서는 「분례기」에 대한 평가의 이면이 말해 주는 바를 다시 들여다보기로 한다.

우선 '외설성'과 '건강성' 논의의 출발지라고 할 수 있는 지점인, 《창작과비평》10호 출간을 기념하면서 백낙청이 방영웅의 「분례기」를 두고 한 평가로 돌아가 보자. 「분례기」에 나오는 적지 않은 성기와 성행위에 관한 장면들을 두고 '외설성'을 논의하는 것이 적합하지 않다는 백낙청(과 《창작과비평》)의 판단은, 그 장면들이 "적확하고 밀도 있는 언어로 이야기의 현장을 곧바로 살려 내는"(369쪽) "치열한 집중력과 묘사력"(373쪽)을 보여 준다는 점에 있는데, 백낙청에 의해 그러한 판단의 근거는 '사과는 사과다.'라는 진실을 "말로만 하지 않고 실제로 그림으로"(375쪽) 보여 준 세잔의 시도가 갖는 의의를 통해 제시된다. 백낙청은 우선 너절하고 불결한 삶 자체와 그에 대한 묘사를 '건강성'으로 명명하고, "객관화된 장면에서 작가의 시선이 보여 주는 특징을 한마디로 '건강하다'고 부르고 싶다." (373쪽)라고 언급한다.

이런 해석이 불가능한 것은 물론 아니다. 그런데 사실 비평의 문면을 그대로 수용한다고 해도, 앞서 언급했듯, 그런 판단의 근거가 「분례기」 자체에 놓여 있지 않음은 분명하다. 폭력과 범죄, 질병과 죽음 등으로 채워

---

13 이는 창비판 「분례기」 출간을 두고 방영웅이 언급했듯이, 「분례기」에 대한 당대의 관심은 소설 자체에 대한 관심과 함께 당시에는 동인지에 다름없었던 《창작과비평》과 편집인 백낙청에 대한 관심이었다. 방영웅, 「창비판 「분례기」를 펴내며」, 「분례기」(창작과비평사, 1997), 5쪽.

진 삶 자체와 그것을 운명처럼 사는 이들의 '재현'이 '건강성'으로 명명될 수 있는 근거는 작품 자체가 아니라 「분례기」가 놓인 자리와 그것이 환기하는 모순적 현실에 있었다. "똥예가 사는 시골의 기형성(奇形性)이 서울과의 완전한 단절로써 특징지어지는 것은 서울의 기형성이 농촌과의 유기적 유대의 결여에 기인하는 것과 정확히 대응되는 현상"이라는 입장에 근거해서, 백낙청은 "오늘의 똥예들을 미치게 만드는 것"은 산중에서의 성폭력이나 남편에 의한 가정 폭력보다 "서울에 의한 농촌 경제의 수탈과 매스콤의 전파(電波)와 활자(活字)", 그리고 "여성 잡지의 원색 화보(原色畵報)들을 통한 서울로부터의 집요한 정신 교란 작업"(375쪽)에 있는 것으로 판정한다. 똥예 혹은 그녀로 대변되는 하층 여성이 수시로 발생하는 강간이나 가정 폭력을 피할 수 없는 상황은, 도시와 농촌의 구분 속에서 농촌의 착취를 통해 진전되는 도시 중심의 근대화의 문제로부터 기인한 것으로 분석되는 것이다.

너절함 자체인 농촌의 삶이 인공적이며 타락한 세계인 도시의 삶과의 대비 속에서 가치화되고 있음을 확인할 수 있는데, 가치 판정의 내용이나 타당성과는 별개로, 그 가치화 작업이 비평가의 작업을 통해 확정되었다는 사실에 좀 더 주목할 필요가 있다. 독자의 이해 범주가 비평가에 의해 앞서서 규정되고 있을 뿐 아니라, 이후로 도시와의 대비 속에서 규정된 반자본적, 비문명적 위치 지표 위에서 「분례기」가 호출되기 시작한 것이다.

3   「분례기」로 본 '민중' 재현의 비평적 수행성

자본과 문명을 거스르는 가치를 농촌 여성에 부여하는 이러한 판단이 「분례기」에서 급작스럽게 등장한 돌발적인 것은 아니다. 1970년대 후반에 확인되는바, 이는《창작과비평》의 농촌 여성에 대한 일관된 관점이기도 하다.[14] 농촌 여성에 대한 인식을 확인하기에 앞서,「분례기」가 도시의 삶과의 대비 속에서 가치화될 수 있는 그런 세계의 재현인지 여부를 면밀히 되짚어 보지 않을 수 없다.「분례기」의 시공간을 근대화와 산업화 이전의 세계로 명명할 수 있다 해도, 그러한 명명이 시공간성이 뚜렷하지 않아 보이는「분례기」의 소설적 배경 때문만은 아니라는 사실을 짚어 둘 필요가 있기 때문이다. 김정한의 소설을 '농촌소설' 범주로 분류하는 비평적 인식의 근저에 '보편/특수'와 '중심/주변'이라는 위상학이 작동하고 있는 것과 마찬가지로,「분례기」와《창작과비평》에 실렸던 방영웅의 소설들,「달」이나「사무장과 배달원」 등의 의미가 문학을 넘어서는 비평적 작동 속에서 마련되고 있었다는 사실을 환기할 필요가 있는 것이다.

사실「분례기」의 시공간을 전근대적 농촌으로 상정하는 이해는 근거가 불충분한데, 우선 전근대적 농촌 공동체에서라면 쉽게 상상될 법한 가족 형태가「분례기」에는 거의 존재하지 않는다. 가령, 벙어리 부인이 자신이 낳은 자식을 돌볼 생각을 하지 않으며 불어나는 젖을 남편에게 먹이고, 눈이 보이지 않는 노모가 부부에게서 내쳐진 아이를 돌본다. 부부는 부모와 형제 혹은 자식에 대한 어떤 의무나 책임 의식을 갖지 않는다.「분례기」에서 가족으로서의 의무나 가족에 대한 책임을 의식하는 이들은 드물며, 노동은 최소한의 생계를 위해서만 수행될 뿐으로, 이때 노동은 이후로 성별 분할된 노동과는 그 함의가 다르다. 가장 극단적인 형태로 철봉과 승봉 가족의 일상으로 구현되는바,「분례기」의 세계는 절제 없으며 불결한 세계, 온갖 폭력과 범죄가 죄의식이나 반성 없이 일상화되어 있는 비인간의 세계이다. 가족의 생계에 대한 책임감도 성실한 삶에 대한 신뢰도 없으며 그저 생산 노동의 바깥에 놓인 남자들과 남편에 대한 헌신이나

---

14   이지은,「오늘의 농촌 여성」,《창작과비평》 1979년 여름, 57쪽.

신뢰와는 아무런 관계가 없는 여성들이 넘쳐 날 뿐이다.

「분례기」 안에서 인물들은 그런 세계를 자연이나 운명으로 받아들이면서 윤리 이전의 세계를 산다. 다르게는 문명 이전의 세계를 산다고 해야 하지만, 그러나 그 세계가 문명에 대한 비판적 거부로서의 의미를 갖는다는 판단은 엄밀하게는 적절하지 않다. 「분례기」에는 인륜이 없으며 그에 따라 인륜을 요청하는 자리에서 불가피하게 등장하는 억압성도 없다. 문명과는 무관한 듯 존재하는 이들의 삶이 반문명의 의미 확보로까지 나아가지 못하는 것이다. 노름으로 일상을 채운 남자들로 들끓는 사회이지만, 노름이 한탕주의에 대한 비판의 계기를 환기하지도 않는다. 오히려 소설 내부로부터는 확인할 수 없는 정황들, 생산과 노동의 불연속성에 놓인 현실과, 긍정적이든 부정적이든 변화 없이 지속될 뿐인 윤리 이전의 일상을 통해 역사적 시간에서 탈락되어 전망 없는 삶을 사는 이들을 암담하게 들여다보게 한다.

소설 내부로 들어가 보자면 「분례기」에서 법칙과 윤리 이전의 세계가 재현된다는 판단이 비평적 담론 속에서 힘을 얻는 것임을 다시 확인하게 된다. 가령, 결혼을 앞둔 봉순은 성폭력을 당한 후 나무에 목을 매어 자살을 하며 용팔에게 성폭력을 당한 똥예는 스스로를 자책한다. 자신이 당한 일의 의미를 알고 통곡하는 똥례를 두고도 성폭력 가해자인 용팔은 아무런 죄책감을 느끼지 않는다. 오히려 똥례는 자신의 봉욕을 종일 나무는 하지 않고 꽃들을 짓밟은 일에 대한 처벌로 받아들인다. 결혼을 앞둔 봉순이 성폭력을 당한 후 자살하자, 똥례는 개구리의 울음에서도 "요 뻔뻔스러운 년아, 봉순인 죽었는데 왜 안 죽니. 저년은 죽일 년이다. 때려 죽여라………"[15]라는 식의 자신에 대한 비난을 환청처럼 듣기까지 한다.

봉순을 자살에 이르게 하고 똥례를 자책하게 하는 사회적 압력은 작가

---

15   방영웅, 「분례기」(홍익출판사, 1968), 139쪽.

에 의해 그녀들에게 내면화된 순결 의식으로 암시된다. 그런데 가족과의 성행위 이외의 것을 위반 행위로 여기는 순결 의식이 미혼 여성들에게만 영향력을 행사한다는 상상은, 실상 제약 없는 욕망을 발현한다고 상정된 '민중'의 면모에 그리 부합하지 않는다. 근대 이전에는 상층 여성의 통치술이었으며 근대 이후로는 중산층 가족에 기반한 성별 분할 인식을 떠받치던 순결 의식은 문명 이전의 것이거나 합리성과 이성적 규율 이전의 인식이 아니다. 근대 이전에도 순결 의식이 하층 여성의 삶 전체를 제약하기는 쉽지 않았는데, 「분례기」 안에서 똥례와 영철의 사례를 통해서도 확인할 수 있듯, 하층민들에게 일부일처제는 피할 수 없는 규범으로서 작동하지 않았다. 하층민에게 결혼과 이혼은 특별한 수속 없이 이루어질 수 있는 그리 어렵지 않은 일이었기 때문이다.[16] 「분례기」의 세계가 비균질적이라는 사실보다 강조되어야 할 것은 그 세계가 문명 이전의 시공간이 아니며 몰역사적이지도 않다는 사실인 것이다.

소설의 문면에서 노골적으로 드러나 있지는 않지만, 똥례와 영철 사이의 갈등은 채워지지 않는 똥례의 성적 욕망과 연관된다. 소진하고 낭비하는 삶을 사는 영철과는 대조적으로 똥례는 욕망과 충동을 가진 존재로 그려진다. 남편에 의해 의미화되지 못하는 그녀의 욕망은 소설 내에서 삶의 충동과는 정반대로 끝내 죽음에 이르게 하는 가정 폭력을 부르는 계기로서 작동한다.[17] '부부 싸움은 칼로 물 베기'라든가, 여자의 역할은 식모이

---

16 유교적 가부장제가 강고해지는 조선 후기에 이르러서도, 혼인 관계는 쉽게 성사되거나 파기되었으며, 공식적 혼례식 없는 개방적 혼속이 드물지 않았다. 조선의 성에 대한 규율이 상층의 여성에게 매우 엄격했던 것과 달리 하층의 여성들은 성적 억압으로부터 상대적으로 자유로웠다. 김지수, 「15세기 조선의 혼인, 가족, 유교적 가부장제」, 『집합 감성의 계보』(앨피, 2017), 345~346쪽; 정지영, 「조선 후기 첩과 가족 질서: 가부장제와 여성의 위계」, 《사회와역사》 61, 2004.

17 노름에 미쳐 가끔 들어와서는 잠만 자는 남편 영철에게서 점차 갑갑함을 느끼게 된 똥례를 두고

자 갈보여야 한다는——"그저 부엌에 와선 부엌데기가 되구, 잠자리에선 갈보처럼 해야 하구, 밥 먹을 때는 기생이 돼야 그게 알짜 지집여⋯⋯." (290쪽)——시어머니 노랑녀의 말은 성적 착취와 폭력을 정당화하는 가부장제적 인식의 반복일 뿐이며, 이러한 인식은 "남성 위주의 세계가 여성에게 가하는 폭력의 끔찍"[18]함임에 분명하다. 폭력적 세계의 재현 자체가 문제일 수는 없다 해도, 그 재현에 어떤 의미가 부여되고 있는가에 대한 질문은 필요하다. 재현에 대한 비평적 의미 지평이 어떻게 마련되고 있는가를 환기할 필요가 있는 것이다.

이때 간과해서 안 될 점은 폭력적 남성성으로 채워진 바로 그 세계가 비평적 시야에 의해 건강성으로 호명되고 있다는 사실이다. 이는 「분례기」의 세계가 「분례기」만의 것이 아니라는 점을 통해서도 확인된다. 《창작과비평》에 의해 '민중'의 재현을 실감하게 하는 작가 이문구의 초기작에서 그 세계는 도시 변두리를 배경으로 그대로 반복-재현된다. 1968년에 발표된 이문구의 소설 「두더지」나 방영웅의 두 번째 소설인 「사무장과 배달원」에서 도시라는 공간성과 주변부적 인물이라는 변두리성에 대한 주목이 두드러졌지만, 소설을 채우는 것은 허풍, 과장, 사기, 밀수, 횡령, 서류 위조, '삥땅', 공갈, 협박, 오입질, 성매매 등 온갖 잡스러운 범죄와 그것을 행하는 비윤리적 인물들이다. 폭력과 범죄가 죄의식이나 반성 없이 일상화되어 있는 세계를 재현적 대상으로 삼고, 거기에 삶 자체에 더 가까운 실상이 놓여 있다고 판단할 때, 그 삶은 무엇이며 누구의 것인가. 그

주먹질을 하면서 영철은, "내가 너헌티 손을 댔지만 말여, 지금 내 가슴은 칼로 베는 듯 아프다. 왜 그렇기 서방 맘을 몰라주느냐 말여."(『분례기』, 285쪽)라는 식으로, 그것이 자신의 마음을 몰라주는 똥례의 탓임을 지적한다.

18 방민호, 「운명의 가면을 쓴 인습과 광기의 이름을 빌린 구원」, 『분례기』(창작과비평사, 1997), 338쪽.

러한 판단은 누구에 의해 정당화되는가. 당대의 비평 작업은 그 삶이 미달태이거나 타락한 '시민' 혹은 아직 오지 않은 '민중'의 것이라(것이어야 한다고) 여겼다. 비평에 의해 상정된 독자이자 그 삶의 주인인 그들은 누구인가. 나아가 재현된 그 삶을 과연 그들의 것이라고 말할 수 있는가. 비평에 의해 상정된 그 독자의 젠더는 무엇인가를 묻지 않을 수 없다.[19]

4 여성의 배치와 노동의 젠더: 「분례기」에서 「객지」로

여성 주인공의 이름을 제목으로 내세운 장편소설의 미학적 외설성은 누구를 위한, 누구에 의한 것인가. 여성의 착취를 통해 보존되는 세계의 건강성이 여성혐오에 근거한 남성성임은 의문의 여지가 없지만, 사실 「분례기」 자체만으로 그 면모가 뚜렷하게 포착된다고 말하기는 어렵다. 오히려 건강성의 젠더가 선명해지며 거기에 문학적 가치가 부여되는 것은, "1970년대 문학사의 출발점"[20]으로 황석영의 「객지」가 비평적 고평을 받으면서라고 해야 한다.

근대의 입사 의식으로도 이해되는 남성들의 공범 의식과 순결한 여성의 희생 서사는 근대 이후 한국문학의 피할 수 없는 특징으로, 시대 한정

---

19 1960년대 혹은 김승옥으로 대표되는 '너절한 삶'은, 도시와의 관계에서 예각화되는 면모로, 매번 갈구하지만 좌절되는 욕망은 '도시'와의 관련 속에서 의미화된다. 황폐한 서울살이 중에 길에서 우연히 만난 여자와의 연애를 꿈꾸며 그녀를 풀어야 할 자물쇠로 여기는 박태순 소설 「연애」(《창작과비평》 1966년 봄.)에서 단적으로 확인되듯, 도시는 여성적으로 은유된다. 우연처럼 대개 너절한 삶을 사는 이들에게 도시에서 만난 여성은 연애는커녕 감히 말도 붙여 보기 어려운 여대생으로 그려진다. 1970년대 전후 남성 작가들에게 도시 자체가 자물쇠이자 여대생으로 이해되었던 것이다.(이문구, 「두더지」)

20 염무웅, 「최근 소설의 경향과 전망 — 1977년의 작품, 작품집을 중심으로」, 《창작과비평》 1978년 봄, 327쪽.

적으로만 접근해 보더라도, 『산문 시대』에 등장하는 여성들이 친밀성을 나누는 남성들에게 폭력적으로 희생된다는 사실에서도 확인된다.[21] 도시로 대표되는 근대로 진입하려는 존재들은 젠더적 폭력을 수행하면서 존재 증명을 성취한다. 그러나 남성의 존재 증명이 폭력적 성의 착취를 통해 이루어진다는 사실과 함께, 그보다 중요하게 다루어져야 할 점은 민중의 건강성이 강조되는 과정에서 노동과 젠더의 재배치가 이루어진다는 사실이다.

『여성해방의 이론과 현실』에 소개된 사회주의 페미니스트인 줄리엣 미첼이 지적한 바 있듯이, 경제체제의 형태를 막론하고 여성의 노동 수행은 언제나 과도했다. 여성이 노동 수행적 주체가 아닌 적은 단 한번도 없지만, 언제나 문제는 "노동의 형태"였다. 실제로 "수많은 농촌 사회에서 여성은 남성 못지않게 혹은 그들보다 더 많이 농사일을 해 왔"[22]지만, 그들의 노동이 생산 노동으로 인식된 사례는 거의 없으며, 있다 해도 최근에 이르러서야 드물게만 있을 뿐이다. 「분례기」에서 몸을 가진 존재로서의 인간은 성적 존재인 성기로서만 의미화된 동물적 존재로 그려진다. 그러나 「분례기」의 인물들이 성적 존재로만 존재할 수 있는 일상을 여성의 노동이 지탱하고 있다는 사실은 후경화된 채로만 그려질 뿐이다. 똥례의 집에서 똥례가, 똥례의 시집인 영철의 집에서 노랑녀의 딸인 동평이 그러하듯, 미혼의 여성은 가족을 위한 가내 노동뿐 아니라 집안의 온갖 허드렛일을 도맡아 수행한다.

매일 싸움질이 일상인 석 서방과 석 서방댁은 눈이 쌓이는 겨울에도 양식이나 나무 장만에 관심을 기울이지 않는다. 술집과 노름방을 전전하

---

21   권보드래, 「4월의 문학 혁명, 근대화론과의 대결」, 《한국문학연구》 39, 2010, 282~284쪽.

22   줄리엣 미첼, 이형랑·김상희 옮김, 『여성의 지위』(동녘, 1984), 105쪽.

는 아버지나 자식이 굶든 말든 상관하지 않고 아무것도 하지 않으려는 어머니를 대신하여, 똥례는 가족을 돌보는 존재이다. 심지어 성폭력을 당한 봉순이의 자살로 인해, 자신도 죽어야 하는가를 고민하던 중에도 똥례는 죽으러 가는 길에 가족들의 식사를 챙긴다. "아무리 죽으러 가는 몸이지만 밥을 해서 한 그릇을 다 먹고 식구들의 밥도 챙겨 놓는다. 석 서방댁은 방금 봉순네 집에서 돌아와 잠에 떨어져 있고 아이들도 깨려면 아직 멀었다. 똥례는 식구들이 깨면 먹을 수 있도록 상을 봐 두고 나무 갈 채비를 차린다."(141쪽)

따지자면, 여성의 노동은 말할 것도 없이, 「분례기」에는 적지 않은 규모의 도축장이 있고 도축장에서 일하는 인부들이 등장하지만, 그들의 행위가 노동의 관점으로는 다루어지지 않는다. 노동이 작업장의 노동이 되는 과정은 노동하는 존재의 남성성이 부각되는 과정이며, 이는 노동의 남성성이 뚜렷해지는 과정이다. 삶을 지속 가능한 것으로 만드는 실재하는 노동과는 달리 재현의 차원에서 노동은 이렇게 젠더적으로 재규정된다. 황석영의 「객지」가 민중 재현에 근접한 문학으로 가치화되면서, 가치 평가의 무게중심이 「분례기」에서 「객지」로 움직이는 동안, 재현된 노동은 젠더화되었다. 노동하는 주체의 남성성이 뚜렷해지고, 여성에 대한 착취는 개별적일 뿐 아니라 사회적이고 구조적인 차원에서 일상의 습속으로 안착한다. 무엇보다 노동의 젠더화는 노동하는 공간인 작업장에 대한 재현을 통해 전면적으로 재편되고 강화된다.

운지 간척지 공사장에서 일어난 날품팔이 인부들의 노동쟁의를 다룬 소설인 「객지」는 해방 이후 노동 소설의 새로운 범주를 마련한 작품으로 평가된다. 작가의 현장 경험에서 우러나오는 소설적 현실감이 고평되었는데, 구체적으로는 1970년대 초반 도시 변두리 인물들의 면모들을 보여 준 이문구의 소설들과 마찬가지로, 공사판에서 사용되던 일본어와 은어와 속어 등 하층민의 언어를 최대한 살리면서 확보된 소설적 현실감이 고평의 근거 가운데 하나가 되기도 했다. 「객지」의 비평적 호명과 관련해서 기억해 두어야 할 사항은 노동 소설의 새로운 출발지로서 「객지」가 고평받기 시작한 것이 《창작과비평》에 처음으로 게재되었던 1971년(봄호) 즈음이 아니라 1970년대 후반이라는 사실이다.

근년의 문학사에서 노동 문제가 본격적으로 다루어지고 또 예술적인 성공에 이른 최초의 결실은 황석영의 중편 「객지」(1971)이다. 이 작품에서 작가는 열악한 노동 조건과 서기·감독·조합 같은 중간층의 착취, 그 밖에 우리 노동 사회에 만연된 온갖 부조리와 모순에 맞선 노동자들의 가열한 싸움을 사실적으로 묘사한다. 독자는 그가 어떤 계층에서 무슨 일을 하든 간에 여기 묘사된 노동자들의 고난의 현실에 불가피하게 연루되어 있다는 것을 인정해야 한다. 왜냐하면 그들의 노동을 뜯어먹고 사는 편이냐 아니면 노동의 정당한 대가를 확보하려고 싸우는 사람들의 편이냐를 스스로 판가름하지 않을 수 없기 때문이다. 이런 점에서 전태일(全泰一) 사건이 1970년대 사회사(社會史)의 시발점이었듯이 작품 「객지」의 발표는 1970년대 문학사의 출발점이 된다.[23]

1977년에 그해 발표된 소설을 검토하는 자리에서 염무웅은 윤흥길과 조세희의 소설에 대한 평가와 함께 선구적 노동 문학으로서 「객지」를 호명한다. 조직과 연대의 관점에서 노동과 노동자의 면모를 살피면서 이루어진 노동 현실에 대한 사실적 묘사, 말하자면 관념이 아니라 경험을 통해 취해진 노동 현실에 대한 포착이 「객지」를 계기로 시작되었다고 평가하고, 그러한 소설적 재현물의 기원의 자리에 「객지」를 배치한다. 이러한 비평적 배치의 배면에 문학에 대한 관점 변화가 전제되어 있었음은 자

23   염무웅. 앞의 글. 328쪽.

명하다. 당대 문학의 조건을 분석하면서 얻은, 상업주의와 소비문화에 의한 인간 정신의 파괴가 극심해지고 있다는 염무웅의 판단은, 문학이 "인간적 및 도덕적인 선택의 문제"라는 입장으로, 따라서 문학은 "사회적 관계 속에서 역사의 진보에 기여하는 힘으로 작용해야 한"[24]다는 강조로 이어진다. 황석영의 「객지」가 새롭게 의미화되는 것은 이러한 맥락 속에서였다.

5 작업장 리얼리즘: '노동 현장' 전환과 재현의 젠더화

그런데 사실 「객지」는 근대화 과정에서 농사꾼이 날품팔이 노동자로 내몰리게 되는 사정을 포착한 소설이다. 「객지」는 노동쟁의가 이루어지는 장면에 대한 묘사에서 실감을 마련하기보다 날품팔이 노동자들을 떠돌이 유랑객으로 만든 역사적 원인과 사회적 상황을 압축적으로 보여 주고 있다는 사실에서 문학사적 의미를 확보한다. 염무웅이 완곡하게 지적했듯, 발표된 시점과 재평가가 시작된 시점 사이의 시차에는, 그저 시대의 본령을 재현한 작품의 의미를 뒤늦게 포착한 비평가의 무능만 놓여 있는 것이 아니다. 말하자면 그 시차는 「객지」가 농지를 잃고 농촌에서 밀려났으나 도시에 안착하지 못하고 변두리를 떠돌거나 빈민으로 생계를 유지하게 된 존재들의 삶에 대한 포착으로서의 실감을 확보한 소설이었다는 점과 무관하지 않다.

이러한 사정은 「객지」가 노동 소설의 새로운 선구로서 호명되었다는 사실이 갖는 의미에 대해 좀 더 깊게 들여다보게 한다. 전 세계적으로 산업혁명 시기 방직공장을 움직인 주요 노동력이자 파업을 주도한 세력은

24 위의 글.

여성이었다.[25] 한국에서 근대 초기인 1920~1930년대 대규모 공장의 노동 주체가 여성이었음을 환기하는 데까지 거슬러 오르지 않더라도,[26] 1978년 결국 박정희 정권을 무너뜨린 도화선이 된 YH 사건만 떠올려 보더라도, 근대 이후 섬유와 방직, 방적 산업을 빼고 노동자와 노동운동을 상상하기 어렵다. 수출 진흥을 위한 제조업 분야 노동력의 대부분을 차지했던 저임금의 여성 노동력은 국가의 경제 발전을 위해 그들이 제공한 노동력의 성취를 혜택으로서 제대로 누리지 못했다. 이런 상황을 고려한다면 제조업에서 중공업으로의 이동 속에서 이루어진 변화, 즉 노동 현장이 폭력적인 남성성의 세계로 재현되는 전환의 과정은 좀 더 세심하게 다루어질 필요가 있다.

흥미롭게도 「객지」에서 여성의 흔적을 찾기는 어려우며, 여성의 재현은 상투성을 벗어나지 못한다. 여성은 합숙소 안에서 식사를 제공하는 십장의 아내로, 식모로 가 있다는 날품팔이 일용직 노동자의 여동생으로, 여공이라는 거짓말을 동원하면서까지 몸을 팔아 번 돈을 오빠에게 용돈으로 보내는 존재로, 즉 가부장제를 유지하고 강화하는 존재로서 그려진다. 「객지」에서 여성은 캐릭터화되지 않으며 가부장제 내에서의 위치성으로만 규정될 뿐이다. 이러한 여성 재현은 남녀의 노동에 대한 인식이 철저한 역할 분할에 기초해 있음을 말해 준다. 문제는 이러한 역할 분할이 단지 노동 차원의 분업만을 의미하지 않는다는 데 있다. 이러한 분할적 노동에 대한 인식은 재현 원리로서 수행되는 과정에서 한쪽의 노동을 보조적이고 부차적인 것으로 격하시키고 다른 한쪽의 노동을 '생산'으로 격상

---

25   피터 커스터스, 박소현·장희은 옮김, 『자본은 여성을 어떻게 이용하는가』(그린비, 2015), 12~23쪽.

26   최민지, 「한국 여성 운동 소사(小史)」, 이효재 엮음, 『여성해방의 이론과 현실』(창작과비평사, 1979), 247~250쪽.

시킨다. 향후 노동 문학의 새로운 지평을 '열어 준(주었다고 평가된)'「객지」는 철저한 노동의 성별 역할 분할을 재현적으로 수행하고 있었던 것이다.

동혁이란 청년은 어느 곳에 가 있거나 낯설고 두려운 느낌을 가져 본 적이 없다는 듯했고, 언제나 제집에 있는 것처럼 모든 습관을 지켜 나가리라 작정한 것 같았다. 그는 자리를 정하자마자 벽 위에 화려한 색도의 사진이 박힌 달력을 벽에 걸었고, 손바닥만 한 거울도 세워 놓았다. 또한 그는 매일 날짜 위에다 X표를 해 나갈 셈이었다.[27]

그는 자기의 결의가 헛되지 않으리라는 것을 믿었으며, 거의 텅 비어 버린 듯한 마음에 대하여 스스로 놀랐다. 알 수 없는 강렬한 희망이 어디선가 솟아올라 그를 가득 채우는 것 같았다. 동혁은 상대편 사람들과 동료 인부들 모두에게 알려 주고 싶었다.
"꼭 내일이 아니라도 좋다."
그는 혼자서 다짐했다.[28]
바싹 마른 입술을 혀끝으로 적시고 나서 동혁은 다시 남포를 집어 입안으로 질러넣었다. 그것을 입에 문 채로 잠시 발치께에 늘어져 있는 도화선을 내려다보았다. 그는 윗주머니에서 성냥을 꺼내어 떨리는 손을 참아 가며 조심스레 불을 켰다. 심지 끝에 불이 붙었다. 작은 불똥을 오리며 선이 타 들어오기 시작했다.[29]

---

27   황석영, 「객지」, 『객지』(창작과비평사, 1974), 10쪽.

28   위의 책, 89쪽.

29   1971년 《창작과비평》 판본과 1974년 단행본 판본에서는 빠졌던 부분으로, 2000년 판본에서 「객지」는 이렇게 마무리된다. 황석영, 「객지」, 『객지』(창작과비평사, 2000), 275쪽.

여기에 덧붙여 청년 노동자 동혁은 낙관적 미래에 대한 희망을 버리지 않으며 자신의 희생을 통해서라도 현실의 변화를 이끌고자 하는 영웅적 면모로 그려진다. 이후 동혁의 후예들은 동혁을 통해 대규모 공장 내에서 노동쟁의를 수행할 노동자의 형상을 선취한다. 영웅적 형상화를 통해 '노동자＝남성성'의 구축 과정에서 영웅적 형상화가 수사적 면모로서 동원된다. 이때「객지」가 열어 준 재현 원리의 지평, 이른바 리얼리즘의 재현 지평과 관련해서 간파해야 할 것은「객지」에서 구현된 노동하는 남성 혹은 '노동자＝남성성'의 형상화가 노동 공간의 재현적 전환 과정과 맞물린 채 이루어지고 있었다는 사실이다. 이문구의 초기 소설에서도 마찬가지의 면모가 비평적 시야 속에서 누락되고 있는데, 말하자면 형상화된 인물이 아니라 그 인물이 놓인 환경 쪽으로 시선을 확장할 때에 재현 원리의 젠더적 누락의 지점을 포착할 수 있게 되는 것이다.

이에 따라 황석영의「객지」나 이문구의『장한몽』이 건설업으로 대표되는 토목 근대화의 현장을 구현하고 있음에 주목해야 한다. 떠돌이 날품팔이 노동으로 떠밀리는 존재들이라는 인식 저변에서 노동 현장에 관한「객지」나『장한몽』이 공유하는 것은 "건설은 국력의 상징"이라는 개발 근대적 인식이다. 이는「객지」나『장한몽』에서 일어나는 조직화의 필요성에 대한 논의가 단지 이촌향도의 문제 틀 안에서는 다루어질 수 없음을 시사한다.「객지」에서 다루어진 노동운동의 한계는 조직화되기 어려운 존재들이 모인 초기 단계의 노동쟁의에 대한 포착이라기보다 건설 현장이 대표적 노동 현장으로 바뀌는 과정에서 등장한 문제인 것이다. 따라서 재현 원리의 지평을 둘러싼 문제는 노동 인식의 변화를 통한 남성성의 구현이라는 층위에서만 논의될 수 없다. 오히려 노동의 의미가 바뀌는 인식 전환이 노동 공간의 전환을 통해 구현되고 있다는 사실, 즉 재현 원리의 지평 변화의 차원에서 점검되어야 하는 것이다.

이러한 사정을 두루 살피자면,「객지」를 노동 소설로 호명한다는 것의 의미는 노동 현장이 건설 현장으로 옮겨 갔음을 보여 주는 것에서 찾아진다. 노동과 노동 현장에 대한 재현의 젠더화가 1970년대 중반을 거치면서 노동 현장이 가내수공업에서 중공업으로 옮겨 간 과정과 맞물려 있음을 확인할 수 있는 것이다. 이후 노동 소설 서사의 주요 배경이 건설업, 조선업, 철광 산업 현장으로 옮겨 간 경향은 그저 현실 재현의 필연적 결과가 아니었던 것이다. 노동계급의 남성성을 두고 남성성 연구자인 코넬이 지적했듯, 공업 생산의 확장은, 임금 소득 능력, 기계의 숙련, 가내의 가부장제, 임금 생활자 사이의 연대 투쟁을 둘러싸고 조직된 남성성의 형태를 출현시킨다. 따라서 노동계급의 남성성을 형성하는 과정에서 주요 활동은 여자들을 중공업에서 배제하는 것에 집중된다. 이 배제는 가족 임금 전략과 연결되어 있는 것으로, 부르주아의 영역 분리 이데올로기의 결과물이다. 직업별 노동조합 운동은 점차 제도화되어 가는 이런 종류의 남성성을 주된 동력으로 진전되어 온 것이다.[30]

  잘 알다시피 1960~1970년대의 급격한 산업화와 경제성장은 가부장제 이데올로기의 지배 아래 열악한 임금노동에 대거 참여한 여성들의 희생을 통해 가능했다. 다국적 기업의 진출로 여성 노동자의 수요가 급격하게 증가하면서 임금노동자의 증가율이 남성을 앞질렀지만 정부의 저임금 정책은 가부장제 노사 관계 및 합법적 노동 탄압에 의해 뒷받침되었고 결과적으로 성차별적 착취와 직장 내 성폭력 만연의 제도적 기반이 되었다.[31] 이것은 말하자면 노동운동과 민중의 재현을 통해 드러난 '의도적 무관심'으로서의 여성혐오이자[32] '비평 시대'의 개막과 함께 수립된 재현 원

---

30   R. W. 코넬, 안상욱·현민 옮김, 『남성성/들』(이매진, 2013), 291쪽.

31   이효재, 「한국 여성 운동의 어제와 오늘」, 『여성과 사회』(정우사, 1979), 183쪽; 이효재, 「한국 가부장제와 여성」, 《여성과사회》 7, 1996, 173~174쪽.

32   허윤은 1950년대 냉전 체제 아래에서 탈식민과 국가 재건을 도모한 한국을 두고 '의도적 무관

리의 정치적 효과가 아닐 수 없다.

6 '비평 시대'의 젠더 지평: 제3세계 여성운동이라는 인식

『여성의 사회의식』(이효재, 평민사, 1978),『인격의 자유화를 위한 서장』(김행자, 평민사, 1978),『여성 해방의 이론과 현실』(이효재 엮음, 창작과비평사, 1979),「분단 시대의 사회학」(이효재, 1979),「여성 문제의 제기: 제1회 '여성문화제'를 보고」(윤정옥, 1979),「오늘의 농촌 여성」(이지은, 1979),「좌담: 오늘의 여성 문제와 여성운동」(이효재·이창숙·김행자·서정미·백낙청, 1979) 등 1970년대 후반에 뚜렷해진 지성계의 여성에 대한 관심은 1975년 멕시코시티에서 열린 유엔세계여성대회에서 채택된「세계 여성 행동계획」[33]의 영향과 긴밀하게 연관된다. 진보적 여성운동 진영은

심'으로서의 여성혐오와 그 정치적 효과를 논의했다. 허윤,「냉전 아시아적 질서와 1950년대 한국의 여성혐오」,《역사문제연구》 35, 2016, 82쪽.

33 유엔은 경제사회이사회의 여성지위위원회(Commission on the Status of Women)의 여성 지위 향상을 위한 여러 가지 활동과 업적을 인정하고 1972년 제27차 총회에서 1975년을 '세계 여성의 해'로 제정할 것을 만장일치로 결의했으며, 첫해인 1975년에 멕시코의 멕시코시티에서 133개국이 참석한 가운데 세계여성대회를 개최했다.(6. 19.~7. 21.) 이 대회에서 '세계행동계획 (World Plan of Action)'이 결정되고 '멕시코 선언'이 채택되었다. 그리고 1975~1985년을 '유엔 여성 10년'으로 선포했다. 이 대회의 주제는 '평등·발전·평화'였다. 유엔은 행동계획의 이행 결과를 점검하기 위해 중간 해인 1980년 덴마크 코펜하겐에서 145개 국가가 참석한 가운데 제2차 세계여성대회를 개최했다.(7. 14.~30.) '평등·발전·평화'와 '보건·교육·고용'에 관한 유엔 여성 발전 10년 전반기 사업의 평가와 후반기 사업 계획을 다루었다. 1985년 '유엔 여성 10년'을 총결산하고 '2000년을 향한 여성의 발전 전략'을 수립하기 위한 제3차 세계여성대회를 153개 국가가 참석한 가운데 케냐의 수도 나이로비에서 개최하였다.(7. 15.~26.) 이 대회에서는 '여성의 지위 향상을 위한 나이로비 미래 전략'이 채택되었다. 한국은 1975년 세계여성회의 참가를 위해 1974년부터 준비 작업에 들어갔다. 보건사회부는 '1975년을 한국 여성의 해'로 선포하는 기념식을 개최했고 정부 대표 5명과 민간 대표 5명으로 구성된 대표단을 파견했다. 회의 종

「세계여성 행동계획」에 비추어, "한국 여성으로서 남성과 똑같이 평등·발전·평화를 위한 인류 역사의 진보에 어떻게 참여해야 하는가"를 고민하면서 "우리 사회의 특수하고도 구체적인 상황 소개에서 여성운동의 이념을 창출하고 그 실천 방법을 추구해야" 한다고 요청한 바 있다.[34]

주목할 점은 이러한 여성운동의 미래가 제3세계 여성운동이라는 맥락 속에서 전망되고 있었다는 사실이다. 여성운동의 과제를 "가정으로부터의 해방이나 남성과 대결하는 투쟁"일 수는 없다고 본 이러한 입장은, 식민지 민족들이 독립을 위해 싸우는 과정에서는 "남녀가 모두 함께" 운동에 참여하는 것이 "식민지 여성들"로서의 "평등"이었다면, 제국주의나 식민주의 세력에서 온전히 탈피하지 못한 상태에서는 "신식민지주의나 인종주의와 싸우는 일에 여성들이 남성들과 함께 참여하는 일이 중요하다"는 '제3세계 여성'적 인식을 전제한다.[35]

크리스찬아카데미에서 여성 문화 교육을 실시한 1974년 이후로, 이 교육 프로그램에 관여한 여성들을 중심으로 '여성사회연구회'가 결성된다. '여성사회연구회'는 1976년 창립총회를 갖고 여성 단체를 구성하면서 여성운동의 새로운 방향을 마련한다.[36] 1975년 크리스찬아카데미에서

료 후 1976년에 여성 지도자들이 중심이 되어 '여성행동강령추진위원회'를 발족시켰다. 1983년 5월 25일에는 유엔이 채택한 '여성에 대한 모든 형태의 차별 철폐 조약'에 서명했고, 1984년 12월에는 몇 개의 유보 조항을 남긴 채 비준했다. 이로써 국제적 기준의 여성 의제를 점검하고 여성 정책을 추진할 발판을 마련하게 되었다. 1983년 한국여성개발원 발족과 뒤이어 구성된 국무총리 산하의 여성정책심의위원회를 중심으로 대회 참가 준비가 이루어졌다.(국가기록원 기록정보콘텐츠 참조. http://www.archives.go.kr)

34 곽선숙, 「여성운동의 바른 이해」, 《창작과비평》 1978년 겨울, 207쪽.

35 이효재·이창숙·김행자·서정미·백낙청, 「오늘의 여성 문제와 여성운동」, 《창작과비평》 1979년 여름, 5쪽.

36 윤정옥, 「여성 문제의 제기: 제1회 '여성문화제'를 보고」, 《창작과비평》 1979년 봄, 298쪽.

'여성인간선언'을 기초로, "우리의 운동"은 "문화 개혁·인간 해방의 운동"이라는 선언이 이루어진다. 그 선언은 "남성의 정치적 배려"에 의한 "약간의 관리 개선을 의미하는 단순한 지위 향상이 아닌" "일체의 주종 사상·억압 제도를 거부한 여성의 인간화와 인간 자체가 해방된 공동체 사회를 지향"한다는 당대 여성운동의 방향성을 뚜렷하게 보여 주었다. 이러한 일련의 운동과 선언이 새로운 여성상의 모색으로서의 의미를 가졌음을 부인하기는 어렵다.[37] 크리스찬아카데미의 교육이 갖는 시대적 의미가 축소될 수는 없다.[38] 그럼에도 그것이 민족과 민중의 위기를 넘지 않는 논의였음을 조심스럽게 짚어야 하는 것도 사실이다.

1960~1970년대 이루어진 급격한 근대화와 그로 인해 가시화된 여성 노동자에 대한 관심은 사회운동이자 인권운동으로서의 여성운동의 의미를 새롭게 정립해야 할 시대적 요청으로서 등장했다.[39] 그러나 들끓는 여

---

37 최민지, 앞의 책, 258쪽.

38 그간 배제되고 누락되었던 1980년 5월 광주에서의 여성들의 자리를 구술로 복원한 작업인 『광주, 여성』에서 호남전기에서 노조를 결정해 활동했던 윤청자 씨와 이정희 씨의 구술("제가 노사협의위원으로 있을 때 크리스찬아카데미 교육을 받았어요. 1976년 스물한 살에 입사해서 1977년쯤에 아카데미 교육을 받았을 거예요. 그때 아카데미 교육을 1차 받고 그다음에 2차를 또 받았어요. 그때 한명숙 씨가 우리 강사였고, 신인령 선생님이 계속 우리 교육을 담당해 줬어요. 차비만 겨우 받고 강의료는 1원도 안 받고. 교회, 수양관, 이런 데를 빌려서 우리 여성 조합원들을 100명, 50명 이렇게 동원해 가지고 노동법에 대해서 여성들을 깨우치는 거예요. 신인령 선생님이 노동법 전공이시잖아요. 그렇게 교육을 시키고 해서 신인령 선생님을 저는 잊지 못하죠. 대단하신 분이에요. …… 제가 정말 교육을 시킬 수 있는 자질을 가진 여성으로 변하게 된 게 아카데미 교육이에요. 그 교육을 받기 전에는 저도 평범한 여성이었잖아요. 그 교육을 받고 나서 '여성이라고 해서 무조건 약하지만은 않다. 나도 내 권리를 주장해야 되고, 여성으로서 내가 할 일이 많다'는 것을 알고 그때부터 저는 독신도 생각을 했어요."(이정희, 「왜 때리는지, 이유나 알고 맞자」, 광주전남여성단체연합 기획, 이정우 편집, 『광주, 여성』(후마니타스, 2012), 126~127쪽))은 그들의 노조 활동과 5월 광주에서 참여가 연속적이었다는 점을 알려 준다. 그러한 참여와 운동을 가능하게 했으며 여성으로서의 자각을 불러온 크리스찬아카데미의 교육 활동의 힘을 결코 과소평가해서는 안 될 것이다.

성 문제에 대한 관심에도 불구하고, 여성과 노동 사이의 위계적 간극에 대한 인식이 본격화되었다고 단언하기는 쉽지 않다. 여성 문제가 사회문제라는 인식이 널리 공유되었지만, 논의를 이끈 이들 사이에서 가족과 결혼에 대한 논의를 넘어선 시야가 마련되지는 않았다. 그것은 인식의 미숙함이라기보다 시선의 누락이자 인식적 외면에 가까웠다고 해야 하는데, 이를테면 노동 내부에 놓인 남녀 분할적 위계에 대한 인식은 민족의 이름으로 외면되고 있었다. 여성 노동에 대한 논의에서 그러한 누락과 외면은 흔하게 발견되었다. 가령, 유동우의 『어느 돌멩이의 외침』과 마더 존스의 『마더 존스』, 시몬느 페트르망의 『시몬느 베이유, 불꽃의 여자』에 대한 서평이 뚜렷하게 보여 주듯, 가사 노동에 대한 논의는 노동에 대한 논의 틀 안에서 이루어지지 않았다. 여성운동과 노동운동은 여권운동이 아니라 '노동자의 어머니'로서의 활동을 통해 의미화되고 있었다. 계급적 모순과 민중적 전망이라는 인식 지평 위에서 시몬느 베이유는 노동자들의 의지와 능력에 대한 "건강한 신뢰와 낙관"이 없는 존재로 혹독하게 비판되었다.[40] 노동이 이미 남성적으로 젠더화된 의미망 속에 놓여 있음을 역설적으로 확인하게 된다.

성별 위계가 민족의 이름으로 은폐되고 봉합되던 때의 여성운동은 "민중적인 여성운동"으로 명명되었는데, 그것은 "단지 여성운동으로만 그치는 것이 아니고" "시대의 중요한 대중운동, 민중운동에 참여"함으로써 구현될 수 있는 것으로 인식되었다. 그것은 "과거 일제하의 애국 운동이나 항일 독립운동에 여성들이 대거 참여했듯이 민족 분단의 시대에 살고 있다는 의식, 우리 국토가 분단되어 있고 민족이 분열되어 있다는 사실

---

39   박은정, 「조화로운 공동사회를 향한 움직임」, 《창작과비평》 1979년 겨울, 236쪽.

40   임종률, 「건강한 신뢰와 비관적 체험」, 《창작과비평》 1979년 봄, 354~357쪽.

자체가 우리 민족 전체의 삶을 제약하고 있고 동시에 각 개인의 삶을 억압하고 있다는 인식"에서 "통일을 향한 민족 의지를 기저로 삼고 나"아갈 때 도달할 수 있는 것으로,[41] 말하자면 민중과 여성 사이에 위계를 만들고 여성을 포괄하는 이름으로 민중을 승인할 때 구현될 수 있는 운동으로 규정되었던 것이다. 이러한 인식의 행간에서 엿볼 수 있는 것은 노동이 젠더화되는 과정에서 가부장적 배치를 벗어난 여성이 소거되고 있다는 사실이다. 여성이 복원해야 할 민중의 이름으로 재소환되는 것은 1990년대에 이르러서이다. 이때에 비로소 여성과 민중의 위계에 대한 재고가 시작되었다. 문학에서 여성이 등장하기 시작한 그 시기는 공교롭게도 바로 노동의 의미가 재편되기 시작하고 노동의 젠더가 재고되는 동시에 '비평 시대'의 권위가 위기로서 질문되기 시작한 때이다. '비평 시대'에 대한 재고가 본격화되어야 하는 이유를 새삼 되짚게 된다.

---

41   이효재·이창숙·김행자·서정미·백낙청, 앞의 글, 48쪽.

여성과 토폴로지[1]

오정희의 「옛우물」, 「저녁의 게임」, 「유년의 뜰」을 중심으로

양윤의

1 서론: 신체와 장소에 관하여

오정희의 「옛우물」(1994), 「저녁의 게임」(1979), 「유년의 뜰」(1980)[2]의 세계를 '장소'를 중심으로 살펴보고자 한다. 장소란 물리적인 좌표인 '공간'이나 정보의 표면인 '지도'와 달리 그곳에 사는 사람을 표시하고 있는, 그래서 그 사람의 생활과 감정과 가계(家系)와 기억과 현재가 기록되어 있는 곳이다. 장소는 그 사람의 물리적인 현존과 뗄 수 없이 엮여 있다.

---

1 이 글은 2018년 2월 9일 연세대학교 위당관에서 열린 국학자료원 주최 워크숍 '비평 현장의 쇄신을 위하여: 페미니즘과 한국 문화를 논한다'에서 발표한 글을 대폭 수정 및 확장한 글임을 밝혀둔다.

2 이 글은 지면의 제약상 오정희의 「옛우물」과 「유년의 뜰」, 「저녁의 게임」으로 대상 작품을 한정했다. 세 작품의 분석을 통해 오정희 소설에 드러나는 토폴로지의 분기점들을 집약적으로 살펴볼 수 있다고 판단했기 때문이다. 각 작품의 발표 시기보다는 주제적 연관성에 따라서 묶었다. 세 작품을 선정한 것은 장소와 여성성을 곧장 연관 짓는 통상적인 이해를 전복하기 위한 것이다. 여성이 장소로 표상되는 것이 아니라, 장소의 중층적 성격이 여성에게 갖는 의미의 다양한 변주를 살펴보고자 한다. 추후 오정희의 다른 작품의 분석을 보강하여, 오정희 소설 속 여성과 장소의 의미를 보다 정치하게 논구하고자 한다.

더 정확히 말해서 그 사람의 현존 혹은 신체가 장소를 생성한다.

> 본질적으로 세계-내-존재에 의해서 구성되고 있는 존재자는 그 자체가 그때마다 각기 자신의 "거기에"로서 존재한다. 친숙한 낱말의 뜻을 따를 것 같으면 "거기에"는 "여기에"와 "저기에"를 의미한다. "나 여기에"의 "여기에"는 언제나 손안에 있는 "저기에"에 대해서 거리 없애며 방향 잡으며 배려하며 존재한다는 의미에서 어떤 그러한 손안에 있는 "저기에"에서부터 이해되고 있다. 이렇게 현존재['거기에-있음']에게 그러한 식으로 그의 "자리"를 규정해 주는 현존재의 실존론적 공간성은 그 자체 세계-내-존재에 근거하고 있다. (……) "여기에"와 "저기에"는 오직 하나의 "거기에" 안에서만 가능하다. 다시 말해서 "거기에"의 존재로서 공간성을 열어 밝힌 그런 어떤 존재자가 존재해야만 가능하다.[3]

인간이 현존한다는 것은 어떤 장소를 부여받는다는 것이다. 현존재(Dasein) 자체가 '거기에-있음', 다시 말해 어떤 장소성으로 표시되기 때문이다. 현존재가 세계-내에 존재함으로써, 즉 '거기에' 위치함으로써 '여기에'와 '저기에'가 가능하다는 것은, 세계 내의 모든 원근과 방위(이것은 다시 말해 세계에 대한 친소(親疏)와 지향성이기도 한데)가 현존재의 장소성에 의해서 개시된다는 뜻이다.

> 신체와 장소의 엮임, 그 이음매는 매우 두터운 고르디우스(Gordius)의 매듭과 같아 어느 한 지점에서도 깨끗이 절단할 수 없을 정도다. 메를로퐁티가 우리에게 가르쳐 주는 것은 단지 인간 신체는 장소 없이 결코 존재하지 않는다거나, 혹은 장소는 (그 자신의 현실적인, 혹은 잠재적인) 신체 없이 결

---

3 마르틴 하이데거, 이기상 옮김, 『존재와 시간』(까치, 1998), 184~185쪽.

코 존재하지 않는다는 것에 그치지 않는다. 그는 또한 체험된 신체 자체가 하나의 장소임을 보여 준다. 신체의 운동이야말로 단순한 위치 변화를 가져오는 게 아니라 장소를 구성하고, 장소를 존재에 이르게 해 준다. 그러한 장소를 창조하라는 명령을 받아야 하는 데미우르고스 따위는 필요 없으며, 장소를 산출하기 위해 공간에 부과해야 할 어떠한 형식적인 기하학도 필요 없다. <u>신체 자체가 장소-생산적이다. 즉 신체가 그 표현적이고 방향 부여적인 운동으로부터, 즉 문자 그대로 운동적인 역동성으로부터 장소를 낳는다.</u>[4]

현존재의 장소성을 '신체'라 바꿔 부를 수도 있을 것이다. 신체란 세계-내에 장소로서 존재하는 내재성의 다른 이름이기 때문이다.(무장소성 내지 세계-내에 있지 않음이 초월성이다.) 신체와 장소가 뗄 수 없이 얽혀 있다는 말로는 충분하지 않다. 신체가 바로 장소를 발생시키기 때문에, 신체(내지 현존재)는 장소의 생산자다. 신체가 이동하면 장소가 교체되고 신체가 거주하면 무의미한 공간이 장소로 발생한다. "신체 자체가 장소-생산적"이라는 말은 이를 뜻한다.

이를 텍스트 분석에도 적용할 수 있을 것이다. 소설에서 특정 인물이 특정 장소와 결부되어 있을 때, 인물들의 관계는 그 장소들의 관계로 지표화되어 나타날 수 있으며, 인물의 동선(動線)은 장소의 교체 내지 의미의 이합집산으로 나타날 수 있다. 주의해야 할 것은 장소가 어떤 인물 내지 인물군의 직접적인 표상으로 나타나지는 않는다는 것이다. 인물은 장소-생산적인 존재이지, 장소에 결박되거나 장소로 전환되는 즉 장소와 동일시되는 존재가 아니다. 흔히 공간 표상 연구가 빠지기 쉬운 함정이 이것이 아닐까 한다. 공간을 정태적이고 고정적인 의미로 고정시키는 것

---

4 에드워드 S. 케이시, 박성관 옮김, 『장소의 운명』(에코리브르, 2016), 465쪽.(강조는 인용자)

은 지양해야 한다. 장소는 인물의 전변에 따라서 함께 변화하고 유동하기 때문이다.

2   오정희 소설과 장소의 양가성

오정희 소설의 토폴로지는 끝없이 분기해 나가는 장소들의 분산 내지 수렴으로 이해될 수 있다. 그런데 이렇게 말하고 나면 그 장소가, 마치 명료한 의미의 영토 위에 구축된 왕국인 것처럼, 그리하여 말의 입법권과 행정권과 사법권이 일체화된 의미의 전제(專制)가 가능한 것처럼 오해될 소지가 있다. 거듭 말하지만 장소는 인물을 중심으로 좌표화되지만 그 좌표가 일방적으로 의미화되지는 않는다.

오정희의 소설은 "모성적 생명의 순환성"의 지표이자, "여성 정체성 구성적 장소", "여성 신화적 공간" 등으로 명명되어 왔다.[5] 특히 "옛우물" 은 "탄생의 이미지와 관련된 최초의 비의의 체험으로부터 인간 삶의 근원적인 존재론적 비의로 이어지는, 현세의 삶 속에서 도달할 수 없는 생명성의 어떤 심연"[6]을 드러내는 궁극의 모성＝장소 표상으로 논의되어 왔다. 그러나 최근 기존 연구들이 오정희 소설의 해석적 다양성을 '모성적

---

5   오정희, 우찬제 엮음, 「한없이 내성적인, 한없이 다성적인」, 『오정희 깊이 읽기』(문학과지성사, 2007); 김혜순, 「여성적 정체성을 가꾼다는 것」, 위의 책; 김화영, 「개와 늑대 사이의 시간」, 위의 책; 박혜경, 「불모의 삶을 감싸 안는 비의적 문체의 힘 — 바람의 넋」 이후의 오정희의 소설들」, 《작가세계》 1995년 여름; 허만욱, 「여성소설에 나타난 내면 의식의 형상화 연구: 오정희의 「옛우물」을 중심으로」, 《비평문학》 23호, 2006; 황종연, 「여성소설과 전설의 우물」, 『비루한 것의 카니발』(문학동네, 2001); 곽승숙, 「강신재, 오정희, 최윤 소설에 나타난 여성성 연구」, 고려대학교 박사 논문, 2012; 김영애, 「오정희 소설의 여성 인물 연구」, 《한국학 연구》 2004. 6; 김미정, 「'몸의 공간성'에 대한 고찰 — 오정희 소설 「옛우물」을 중심으로」, 《현대소설연구》 25권, 2005.

6   김혜순, 앞의 글.

생명의 순환성'이라는 일면적인 가치 속으로 가둔다는 점에서 "'옛우물'을 옛우물에 빠"뜨리는 것이 아닌가라는 질문이 제출된 바 있다.[7] 이 글은 오정희 소설 속에 내포되어 있는 모호성과 애매성,[8] 불확실성[9]과 해석적 다양성을 염두에 두고, 소설 속에서 분기하는 여성과 토폴로지의 문제를 살펴보고자 한다.

「옛우물」(『불꽃놀이』, 문학과지성사, 2017)을 먼저 생각해 보자. "어릴 때 살던 동네 가운데에 큰 우물이 있었다."(45쪽) '나'의 회고를 따라가던 우리는 즉각적으로 이 우물이 현재의 삶과 대비되는 장소임을 알게 된다. '유년/중년', '추억함/살아감', '물이 깊고 물맛이 좋으며 금빛 잉어가 살던 꿈의 삶/중년의 안정되었으나 권태로운 삶', '기원/현재' 등으로 분화해 가는 의미론적 분할이 바로 이 장소의 등장과 관련되어 있다. 그런데 문제는 그렇게 간단하지 않다. '옛우물'이 정말로 그런 장소라면 이쪽 세계와의 대비나 대조로서만 자리해선 안 된다. '옛우물'은 이 세계의 내부에서 끊임없이 새롭게 출몰해야 한다. 그것이 기원이 가진 성격이다. 푸코는 기원이 원뿔의 꼭짓점과 같다고 상상했다.[10] 꼭짓점 자리에 놓인 기원은 그 자신의 모습을 드러내지 않으면서도 현재의 평면(원뿔의 바닥면)을 초래한 보이지 않는(비가시적인) 원인이다. 따라서 기원은 현재라는 표면 위에, 그 가시적인 표식(mark)을 끊임없이 아로새기고 있다. '옛우물'이

7   심진경, 「오정희의 「옛우물」 다시 읽기」, 《시학과 언어학》 29호, 2015.

8   문혜윤, 「오정희 소설의 애매성 연구」, 고려대학교 석사 논문, 2000.

9   박진영, 「한국 현대 소설의 비극성에 관한 수사학적 연구: 김승옥, 조세희, 오정희를 중심으로」, 고려대학교 박사 논문, 2010.

10   "기원은 모든 차이, 모든 분산, 모든 불연속이 빠짐없이 모여들어 동일성의 단일한 지점이자 동일자의 만져지지 않는 형상만을 형성할 뿐이지만 스스로 폭발하여 타자가 될 힘을 지니고 있는 원뿔의 가상 꼭짓점 같은 것이다."(미셸 푸코, 이규현 옮김, 『말과 사물』(민음사, 2012), 452쪽)

지금 '나'의 삶에 수많은 중첩된 흔적을 남겨 놓는다는 뜻이다.

> 그가 죽고 내 안의 무엇인가가 죽었다. 그것이 무엇인지 나는 알지 못한
> 다. (……) 저녁쌀을 씻다가 문득 눈을 들어 어두워지는 숲이나 낙조를 바라
> 보는 시선 속에, 물에 떨어진 한 방울 피의 사소한 풀림처럼 습관 속에 은은
> 히 녹아 있는 그의 존재와 부재. 원근법이 모범적으로 구사된 그림의, 점점
> 멀어져 가는 풍경의 끝, 시야 밖으로 사라진 까마득한 소실점으로 그는 존
> 재한다. 지금의 나는 지나간 나날들이 그러했던 것처럼 가끔 행복하고 가
> 끔 불행감을 느낀다. 나는 그렇게 늙어 갈 것이다. 다른 사람들과 다르지 않
> 은, 공평하게 공인된 늙음의 모습으로.(44쪽)

원근법의 중심인 소실점은 사라진 것, 부재하는 것으로서만 존재한다.
옛 연인인 '그'도 시간성의 밖에서, 부재하는 것으로 존재한다. 시간의 마
모와 상관없이 추억의 형식으로서만 존재한다는 점에서 '그'도 '옛우물'
이다. 그뿐인가. "깔끔한 성격의 남편"이 "그답지 않게 자주 변기의 물을
내리는 일을 잊"을 때, 남편의 똥을 담은 변기는 어린 시절의 남편을 증언
하는 '옛우물'이다.

> 나는 사타구니에 손을 넣고 모로 누워 웅크리고 자는 그의 모습을 볼
> 때, 채 물 내리는 것을 잊은 변기 속의, 천진하게 제 모양을 지니고 물에 잠
> 겨 있는 똥을 볼 때 커다란, 늙어 가는 그의 속에 변치 않는 모습으로 씨앗
> 처럼 깊이 들어 있는 작은 그를, 똥을 누고 나서 자신이 눈 똥을 신기하고
> 이상해하는 눈길로 물끄러미 바라보는 어린아이, 유년기의 가난의 흔적을
> 본다.(15쪽)

본래의 '옛우물'은 회상 속에서만 존재하는 비가시적인 것이었으나

현재의 평면에 중첩되고 이행하며 가시적인 것으로 다시 등장한다. 어린 시절의 남편을 증거하는 저 똥을 품은 변기도 마찬가지다. '옛우물'도 한 번은 저렇게 속을 드러낸 적이 있다. "물맛이 뒤집혔기 때문이었다." (47쪽) 바닥을 드러낸 우물 속에는 "바닥의 흙이며, 녹슨 두레박과 두레박 건지는 갈쿠리, 삭아 버린 고무신 한 짝, 썩은 나무토막, 사금파리 따위들" 만 있었다.(48쪽) 따라서 그것은 황폐한 내면, 이를테면 죽음을 안고 있는 기원이기도 하다. 어린 시절의 친구 정옥이는 그 우물에 빠져 죽었다. '옛우물'은 그처럼 '죽음'을 감추고 있기도 하다. 염쟁이인 정옥의 아버지는 밤마다 "관 속에 들어가 잔다고 했다."(25쪽) 우물 속의 우물……인 셈이다. 정옥의 죽음 이후 "우물은 메워졌다."(50쪽) 그러니까 우물은 추억 속에서도 이미 자취를 감춘 것이다. 부고로 존재하는 '그'나, 태아처럼 웅크리고 자는 남편이 남긴 가난의 표식처럼.

마흔다섯 살의 '나'에게도 찾아갈 수 있는 혹은 볼 수 있는 두 개의 장소, 즉 가시화된 '옛우물'이 있다. 하나는 "우리 가족이 편의상 '작은집'이라 부르는 예성 아파트"다.(32~33쪽) 이곳은 새로 분양받아 이사 오기 전에 잠깐 살았던 "열한 평짜리 서민 아파트"(36쪽)로 '나'가 혼자 찾아가 쉬곤 하는(때로는 죽은 듯이 잠이 들기도 하는) "빈집"(55쪽)이다. 그곳에 가기 위해서는 출입 금지 푯말을 무시한 채 개구멍으로 드나들어야 한다.(33쪽) 예성 아파트는 일상에서 벗어나,(탈세계화) 무시로 죽은 듯이 잠이 드는 곳이며,(무시간성) 현재의 시간을 멈추고 추억 속에 잠겨드는 곳이다. 이 집 안엔 벽에 액자를 떼어 낸 자리가 있다. "사라진 뒤에야 비로소 드러나는 존재의 흔적"(38쪽)이다. 흔적의 흔적이므로 이 역시 우물 속의 우물……이다. 또 하나는 연당집이라는 곳이다. 나무 울타리로 둘러싸인 200년도 넘은 크고 낡은 기와집으로 여름이면 앞마당의 수련이 장관을 이루는 곳이다.(38쪽) 이곳은 후손의 재산 다툼에 퇴락하고 무너져 가면서 옛 영화를 흔적처럼 간직하고 있다. 연당집은 흔적으로 옛 세계의 흥성거림을 표시하고 쇠락함으로 그 세계의 소멸을 보여 준다는 점에서 또 하나의 '옛우물'이다. 이런 장소들의 거듭된 출몰은 정확히 '나'의 동선과 유관하다. '나'가 삶에서, 이 삶의 대타적 장소로 구성해 내는 과거의 장소들이기 때문이다.

「저녁의 게임」(『유년의 뜰』, 문학과지성사, 2017)으로 가 보자. 여기에도 두 개의 장소가 있지만 그 의미는 사뭇 다르다. 하나는 아버지와 저녁마다 무의미한 게임을 벌이는 딸('나')의 집이다. 아버지는 중증의 당뇨 환자로 하릴없이 딸과 화투를 치는 것으로 소일하고 있다. 소설의 전반부는 지루하고 무의미한 이 과정에 대한 길고 세밀한 묘사로 이루어져 있으며 그 과정에서 집을 나간 '오빠'(아버지와의 "더러운 게임"을 그만두고 가출한 오빠)와 정신병을 앓다 집에서 쫓겨나서 죽은 '어머니'에 대한 회상이 불수의적으로(이것은 기억의 속성을 서술에 반영한 것이기도 하다.) 끼어든다. 이 게임에는 승자가 정해져 있다. 화투패가 낡아서 뒷면만 보고도 무슨 패인지 알 수 있는 데다가, 아버지가 '나'의 패를 몰래 훔쳐보기 때문이다. '나'는 일부러 지는 게임을 한다.

다른 하나는 '나'가 저녁마다 집을 나가서 공사장의 인부와 몸을 섞는 완성되지 않은 가건물이다. 더럽고 혐오스러운 인부와 성관계를 맺는 이 기행은 섬뜩하고 충격적이다. 그런데 평자들이 지적하듯 '나'의 야행(夜行)이 아버지에 대한 드러나지 않은 저항으로 의미화되는 것일까?[11] 그렇다면 이 두 장소는 '아버지가 지배하는 장소'/'아버지의 지배에서 벗어난

11 　김경수는 「가부장제와 여성의 섹슈얼리티 — 오정희의 「저녁의 게임」론」(《현대소설연구》 2, 2004)에서 「저녁의 게임」에 나오는 여성의 성적 일탈과 결말 장면을 강조하면서 이 소설의 저항적 측면을 강조한 바 있다. 한편 김미현은 「오정희 소설의 우울증적 여성언어 — 「저녁의 게임」을 중심으로」(《우리말글학회》 49, 2010)에서 김경수가 강조한 대항담론적 성격의 시사점을 언급하면서, 거부나 비판 자체가 저항일 수 없다고 설명한다. 김미현은 '나'의 웃음이 자조적 성격을 띠고 있다고 보았다.

장소'로 의미화될 것이다. 그런데 그렇게 보기 어렵다.

> "추운 건 싫어."
> 나는 킥킥 웃었다.
> "다른 건 좋고? 당신 바람난 과부 아냐?"
> 그도 키들키들 웃었다.(175쪽)

어떤 교감이나 호의가 없었음에도 불구하고 둘은 이런 대화를 나눈다. 관계가 끝난 뒤 '나'는 이런 생각을 한다. "그래 꽃을 꽂기에는 너무 늦었어. 미친 여자나 창부 아니면 머리에 꽃을 꽂지 않지."(같은 쪽) 저 대화를 나누고 나서 '나'는 그에게 돈을 요구한다.

> "돈이 있으면 좀 줘."
> 그가 멈칫했다. 나는 내처 말했다.
> "몸이 좋지 않아서 약을 먹어야 돼. 많이 달라곤 안 해."
> 그가 이 사이로 찌익 침을 뱉으며 낮게, 빌어먹을이라고 중얼거렸다.
> "첨부터 순순히 굴더라니, 세금 안 내는 장사니 좀 싸겠지."
> 그가 부시럭대며 담배를 꺼내 입에 물고 불을 붙이는 시늉으로 성냥을 그어 길게 오른 불꽃을 내 얼굴 가까이 대었다. 나는 불꽃을 보며 길게 입을 벌려 웃어 보였다.
> "제기랄, 철 지난 장사로군. 오늘은 없어. 모레가 간조니 생각 있으면 그때 와."
> 그는 몹시 기분이 상한 듯 함부로 침을 뱉었다.(176쪽)

돈을 요구하는 행동은 "미친 여자 아니면 창부"(소설에서 '나'는 이 말을 두 번 되뇐다.)라는 혼잣말의 주인공이 되는 실천적 행동이다. '나'는 무력한 아버지가 지배하는 한 장소를 나와서, 욕정을 연애로 착각하는 인부가 지배하는(저 장소는 공사장이다.) 다른 장소로 간 것이다. 두 공간의 위상적 차이는 거의 없다고 보아야 할 것이다. 인부가 기대한 것과 달리, '나'의 행동은 연애 감정에서 비롯된 것도 아니다. '나'는 스스로를 창부로 만들었다. 왜인가? 첫 번째 장소에서 추방된 어머니가 "미친 여자"였기 때문이다. '나'는 어머니와 하나로 묶임으로써,[12] 아버지의 장소 자체를 내부에서 무너뜨린다. 아버지는 이제 자신의 장소에서 추방했던 "미친 여자 아니면 창부"를 다시 들이게 되었다.

3   장소와 여성

통상적으로 장소는 작가 및 소설 속 주인공의 생물학적 성별과 관련하여, 흔히 여성적 장소로 명명되어 왔다.[13] 흔히 여성을 장소로 비유하는 사고방식이 일반화되어 있다. '처녀(處女)'라는 명명이 그런 예다. 개척자 남성과 미답지 여성, 동선(動線)을 그리는 남성과 지도로 표시되는 여성, 이러한 관습적 이분법을 따른다면 '옛우물'은 여성적인 것의 표상으로 간주될 법하다. 자궁(기원으로서의 장소), 생산(생명의 물이 솟는 장소), 죽음(무로서의 장소), 유년(부재하는 유토피아로서의 장소), 유폐(가두어 버린 장소) 등의 의미가 거기에 내려앉는다.

---

12   김미현 역시 '나'가 어머니를 우울증적으로 동일시한다고 설명한다.(김미현, 앞의 글, 17쪽)

13   린다 맥도웰(여성과 공간 연구회, 『젠더, 정체성, 장소』, 한울, 2010)의 말처럼, 장소가 유동적이고 가변적이며 관계들의 집합이라고 말할 때, 장소와 젠더 역시 고정된 실체일 수 없다. 그럼에도 불구하고 소설 속에서 관습적으로 그려지는 젠더화된 장소들은 무수히 많다. 대표적으로 '집'을 특정한 여성적 속성으로 치환하는 이데올로기적 재현 방식을 들 수 있다.

그런데 '옛우물'은 앞에서 보았듯 이러한 의미 부여를 거부하는 장소이며, 나아가 「저녁의 게임」의 두 '방'은 남성적인 것으로 가시화된 장소다. '옛우물'이 부재하는 것으로서 '나'의 현재에 저토록 자주 출몰한다면, '옛우물'이야말로 비가시적인 것의 가시성으로서 혹은 비의미론적인 것의 의미론으로서 간주되어야 하지 않을까? 가시성과 의미, 둘은 교환될 수 있는 말이다. 비가시적인 것이 가시화된다는 것은 의미화되지 않는 것이 (의미의 잉여로서건, 의미의 교란으로서건) 의미로서 실존한다는 뜻이다. 장소는 생성되면서 의미를 생산하지만, 동시에 그 의미를 교란하기도 한다.

　　예성 아파트로 가기 위해 연당집 앞을 지나다가 나는 문득 눈을 치떴다. 대문 옆 울타리에 눈에 익은 내 스카프가 매어져 있었던 것이다. 벌써 여러 날 전 내가 바보의 다리 상처에 묶어 주었던 것으로 나는 그동안 스카프 따위는 까맣게 잊고 있었다. 오래된 물건으로 색깔이 낡고 올이 해져, 버리려고 내놓았다가 그날 목에 두르고 나갔던 것이다. 엉뚱한 장소에 놓인, 붉은 무늬가 요란한 낡은 스카프는 이물스럽고 부끄러웠다. 내게 익숙하고 내 몸에 걸쳤던 것이기 때문일 것이다.(33~34쪽)

　연당집을 지키는 좀 모자란 남자가 있다. 아이들도 '바보'라고 놀려 대는 이 집을 지키는 "아들"이자 "허드렛일꾼"이다. 며칠 전 바보가 울타리를 묶은 쇠줄을 톱으로 자르려 하다가 동강 난 톱에 무릎을 다쳤다. 지나가던 '나'가 그것을 보고 매고 있던 낡은 스카프로 지혈을 해 주었다. 그 스카프가 울타리에 매어져 있는 것이다. 이 장면은 주의를 요한다. '나'의 시선이 스카프에게로 빼앗기는 서술이 여덟 번이나 반복된다. 저 스카프를 통해 '나'의 동선이 보다 집중적으로 강조된다. "바보는 아마 내게 돌려주기 위해 스카프를 울타리에 묶어 놓는 기교를 부렸는지도 몰랐다. 나는 얇은 수치심 비슷한 느낌에 스카프에서 눈을 돌리고 예성 아파트로 향했다."(35쪽) 저 이물스러움과 수치심은 실은 "내게 익숙하고 내 몸에 걸쳤던 것이기 때문"에 생긴 것이 아니다. 이물감과 수치심은 그것이 통상의 가시적인 자리에 놓여 있지 않았기 때문에 생긴 일이다. '나'가 누군가에게 '선물'하거나/받거나 '나'를 '치장'하는 데 그것을 사용했다면, 그래서 그것이 '나'의 '여성임'을 강화하는 데 썼다면, 그것은 이물스럽거나 부끄러운 것이 되지 않았을 것이다. 그런데 스카프는 한 '바보'의 상처를 동여매는 데 썼으며 그것도 원래는 버리려고 매고 갔던 것이었다. 그것이 바보가 지키는 집 "대문 옆 울타리"에 매여서 바람에 날리고 있었던 것이다. 마치 한 남자의 전리품인 것처럼.

'바보'는 무엇을 하고 있었던가? 연당집을 지키고 있었다. 바보는 열심히 연당집의 나무 울타리들을 뽑고, 주변의 나무들을 베고 있었다. 그것이 집을 허무는 일이라는 것도 모르면서 말이다. 집은 "어느 부자가 이 집 재목을 그대로 옮겨 써서 산속에 근사한 한식 별장을 짓기로 했기에"(52쪽) 헐려 나가고 있었고, 바보는 바로 그 일을 했던 것이다. 자신이 무슨 일을 하는지 모르면서 그 일을 열심히 하고 있었으니 바보는 바보였으나, 그것은 '옛우물'로 표상되는 모든 장소의 운명이기도 하다. 어떤 장소를 보존하는 것은 그것의 '퇴락'을, 나아가 '폐허가-되기'를 지키는 것이다. 당연히 그것의 완성은 그 장소의 '사라짐(멸실)'이다. '옛우물'이 메워짐으로써 '나'의 기억 속에 장소화되었듯이. 만일 '옛우물'이 여성을 의미화한다면 바로 이러한 역설로서만 의미화 될 수 있을 것이다. 자기가 무엇을 지키는지도 모르고 지키고 있는 바보(이 바보는 신화적으로 말해서 성소를 지키는 괴물에 해당한다.)에 의해서, 특정한 '의미' 내지 '가시성'이라고 일컬어질 만한 의미나 모습을 지우면서. 이 소설에는 이 바보의 여성형이 등장한다.

차들이 꼼짝 않고 늘어서 있었다. 다리가 끝나는 곳에 시가지로 진입하는 세 갈래 길이 부챗살처럼 뻗어 있어 병목 현상을 일으켜 평소 교통 체증이 심한 곳이긴 해도 이처럼 끝 간 데 없이 차들이 뒤엉켜 움직이지 않는 것은 드문 일이었다.

파마머리를 봉두난발로 불불이 세우고 두터운 겨울 코트를 입은 한 여자가 입에 불붙이지 않은 담배를 서너 개비 한꺼번에 물고 길 가운데 서서 두 팔을 내두르며 교통정리를 하고 있었다. 길 가던 사람들이 피식피식 웃어 대고 자동차들은 신경질적으로 경적을 울려 대었다. 나는 그때 늘어선 차 중에서 낯익은 감청색 승용차를 보았다. 남편의 차였다. 뒷좌석과 옆에 동승한 남자들이 있었다. 다리 건너 횟집에서 점심 식사를 하고 오는 길이리라 짐작되었다. 은행의 부장직에 있는 남편으로서는 고객과의 식사 자리도 중요한 업무일 것이었다. 핸들에 손을 얹고 있는 남편의 그의 동승자들에게는 보이지 않을 얼굴은 피곤하고 권태로운 표정을 담고 있었다. 뒷자리의 남자들은 창을 내리고 고개를 빼어 그 여자를 보며 웃고 있었다. (18쪽)

"미친 여자"의 이상한 복장과 교통정리하는 솜씨를 보라. 그녀의 복장과 동작은 '비가시적인 것이자 무의미한 것'이지만, 그녀는 바로 그 복장과 동작으로써만 차들의 흐름을 교란할 수 있었고, 그로써 '옛우물'의 도래를 예비할 수 있었다. 정상적으로 보이는 남편의 얼굴에서 "피곤하고 권태로운 표정"이, 다시 말해서 남편의 낯설고도[14] 솔직한 심정이 드러난 것은 전적으로 그녀의 덕분이다.

---

14 강지희는 이 장면을 일상 속에서 출몰하는 낯선 이물감으로 설명한다. 오정희 소설에서, 낯익은 것 속에서 나타나는 낯섦의 순간은 왜 반복적으로 나타나는가? "그것은 친숙한 것들 안에 감추어진 것을 폭로함으로써 낯익은 것을 교란시켜 변형하는 효과를 지닌다."(강지희, 「오정희 소설에 나타는 여성 숭고 연구」, 이화여자대학교 석사 논문, 2011, 111~114쪽)

이 "미친 여자"가 「저녁의 게임」의 "창부"('나')와 같은 장소를 생산한다는 것은 분명해 보인다. 아버지의 지배가 관철되는 방에 아버지가 용납하지 않는 교란을 도입함으로써, 이 집에서 추방된 '어머니'라는 장소를 재생산했기 때문이다.

4   장소와 언어: 오빠의 말과 부네의 말

「유년의 뜰」(『유년의 뜰』, 문학과지성사, 2017)로 가 보자. 여기에서도 '뜰'은 '옛우물'과 같은 장소에 있다. 생계를 위해 밤마다 술집에 나가는 어머니와, 돌아오지 않는 아버지, 어머니를 증오하면서 영어 교과서의 문장들을 읊어 대는 오빠, 언니와 '나'(노랑눈이)로 이루어진 가계가 있다. 오빠는 늘 다니다 만 중학교의 영어 교과서를 읽는다. "홧 아 유 두잉? 아임 리딩 어 북."(12쪽) 그러다가 오빠는 미국인 집에서 가정부로 일하는 서분의 충고에 따라, 미국에 가리라는 희망을 안고 이런 영어를 배운다. "아임 낫 라이어. 아임 어니스트 보이."(61쪽) 이 말은 의미를 실어 나르는, 말하자면 가시적인 언어다. 오빠의 미국행은 실패로 끝났으나 오빠(들)는 자라서 "은행의 부장직에 있는" 「옛우물」의 "남편"이나 그의 동승자들 가운데 하나가 되었을 것이다. 저 말들은 의미에 포획된 법의 언어, 욕망을 가시화하는 질서의 언어이기 때문이다.

속물로 보이는 서분의 언니가 '부네'다. 부네는 아비에 의해 방 안에 갇혀서 지낸다.

사람들은 그녀, 부네의 아비, 그 늙고 말없는 외눈박이 목수가 어떻게 그의 바람난 딸을 벌건 대낮에 읍내 차부에서부터 끌고 와 어떻게 단숨에 머리칼을 불밤송이처럼 잘라 댓바람에 골방에 처넣고, 마치 그럴 때를 위해 준비해 놓은 듯 쇠불알통 같은 자물쇠를 철커덕 물렸는지에 대해 오랫동안 이야기했다. 또 그녀가 들창을 열고 야반도주를 하려 하자 발가벗기고 들창에 아예 굵은 대못을 쳐 버렸다고, 그 통에 안집 여자는 어찌나 혼이 나갔던지 목수가 벗겨 던진 딸의 옷이 창 앞 석류나무에 사흘씩이나 걸려 있었는데도 모르더라는 얘기를 했다. 더욱이 얘깃거리가 된 것은 읍에서부터 개처럼 끌려 오는 과정이 부네 편에서도, 아비 쪽에서도 있을 법한, 아이고 아버지 용서해 주오, 한마디 말도, 분노의 씨근거림도 없이 시종 침묵으로 일관되었다는 것이었다.(22쪽)

그녀가 갇힌 방은 "바로 눈앞에 있으면서도 실제의 것이 아닌 듯 아득히 여겨지는"(24쪽) 방이다. 우물 속의 우물……이 여기에도 있다. 우리는 "늙고 말없는 외눈박이 목수"가 오디세우스와 일행을 동굴에 가둔 키클롭스의 형상을 하고 있다는 것, 그처럼 결국 딸이 살아서는 영영 그 방을 나오지 못하게 되었다는 것, 방을 지키는 것으로 그 방을 폐허로 만들었다는 것, 딸을 지키는 일이 딸을 죽인 일이 되고 말았다는 것, 마지막으로 딸의 관을 짜는 일을 해서 딸의 유폐를 완성하고 말았다는 것을 안다. 외눈박이 목수는 '연당집'을 지키던 그 바보이기도 하다. '외눈박이 목수'를 폭력으로 여성을 억압하고 지배하는 모든 남성적 권력 내지 지배자의 표상으로 보는 독법[15]에 결핍된 의미(혹은 의미의 교란)가 바로 이 점이다. 바보는 열심히 집을 돌보았으나, 그것은 울타리의 나무들을 뽑고 끝내는 연당집을 헐어 버려서 목재만을 옮겨 가는 일에 손을 보태는 일이기도 했다.

---

15   김지혜, 「오정희 소설에 나타난 '여성' 정체성의 체화와 수행—「유년의 뜰」, 「중국인 거리」, 「저녁의 게임」을 중심으로」, 《페미니즘 연구》 17권, 2호, 2017, 102쪽. 많은 연구들에서 오정희 소설 속 '아버지'의 존재는, 여성을 때리거나 가두는 존재, "여성의 자율성과 섹슈얼리티를 통제할 지배자의 등장"(102쪽)이라는 점에서 동일시된다.

부네의 아비 역시 딸을 외간 남자들에게서 열심히 지켰으나, 그 결과는 딸을 죽음으로 내모는 일이었다. 결국 외눈박이 목수는 성소를 지킴으로써 그곳을 파괴하는 신화적 파수꾼의 역할을 한 셈이면서, 그것도 자신이 하는 일의 진정한 의미를 모르는 바보의 지위를 부여받은 셈이다. 그가 벗겨서 던진 딸의 옷이 "창 앞 석류나무에 사흘씩이나 걸려" 있었다. 그 옷이 「옛우물」의 '나'가 바보에게 건넨 바로 그 스카프와 동일한 의미를 표시한다는 것은 분명해 보인다.

　　한밤중에 이렇게 나와 앉아 부네의 방을 바라보면, 너무 조용하기 때문일까. 나는 낮의 일들이 꼭 꿈속의 일처럼 아주 몽롱하고 멀게 느껴지는 것이었다. 밤마다 술 취해 오는 어머니, 더러운 이불 속에서 쥐처럼 손가락을 빨아 대는 일 따위가 한바탕의 긴 꿈만 같이 여겨졌다.(52~53쪽)

이 아련한 묘사는 부네의 방이 탈일상화되고 무시간성 속에서 유지되는 장소라는 사실을 분명하게 보여 준다.[16] 부네가 갇힌 방이 '죽음'으로 닫히고 마는 '옛우물'이라면, 어머니가 보던 거울은 어머니의 젊었던 시절을 되살려 내는 '옛우물'이다.

16　이 인용문 바로 앞에는 진짜 우물에 대한 묘사가 나온다. 하나가 다른 하나를 비추는 수면(水面)이자 거울인 셈이다. "우물은 깊었다. 둥그렇게 내려앉은 어두운 하늘은 두레박 줄을 한없이 한없이 빨아들이고 방심하고 있던 어느 순간 마침내 철버덕 수천 조각으로 깨어져 흐트러졌다./ 이슬이 잘디잔 유리 파편처럼 반짝이며 축축이 내리고 있었다. 한 차례 물을 길어 마시고 발등에 쏟아붓고 나는 다시 끝없이 두레박 줄을 풀어내며 우물 속을 들여다보았다. 우물 속은 고요하고 알 수 없는 소리로 가득 차 있었다. 그 속에는 어쩌면 탄식과도 같은 누군가의 숨소리가 섞여 들리는 듯도 했다."(「유년의 뜰」, 52쪽) 우물이 "수천 조각으로 깨어"진다는 것은, 뒤에 나오는 어머니의 거울이 깨어진다는 것과 유관하며, 우물 속에서 들리는 "누군가의 숨소리"는 역시 뒤에 나오는 부네의 (의미화되지 않는) 탄식 소리와 유관하다. 부네의 '방'과 어머니의 '거울'이 둘 다 '옛우물'이라는 것을 보여 주는 또 다른 증거이다.

어머니가 시집을 때 해 왔다는 등신대(等身大)의 거울은 이 방에서 유일하게 흠 없이 온전하고 훌륭한 물건이었다. 눈에 보이게 또는 보이지 않게 남루해져 가는 우리들의 가운데서 거울은, 어머니가 매일 닦는 탓도 있지만, 나날이 새롭게 번쩍이며 한구석에 버티고 있었다. 그 이물감 때문에 우리의 눈에는 실체보다 훨씬 더 커보이는 건지도 몰랐다.

거울 속에는 언제나 좁은 방 안이 가득 담겨 있었다.(11쪽)

'나'는 거울 앞에서 화장한 엄마가 "점차 나팔꽃처럼 보얗게 피어나는" 것을 바라본다. 후에 이 거울은, 이 시절이 돌이킬 수 없는 폐허 위에 축조되었음이 폭로되자 오빠에 의해 파괴된다. 어머니가 술집에 나가서 몸을 판다고 비난하던 오빠가 여동생('나'의 언니)을 때리자, 여동생이 이렇게 부르짖었다. "그 바람둥이년, 거짓말을 한 거야. 난 오빠가 그 계집애하고 무슨 짓을 했는지 알아. 그 더러운 짓을 안단 말야."(65쪽) 결국 어머니의 '옛 우물'은 허상에 불과했으며 그것을 비난하던 오빠의 꿈도 위선적인 것이었다. "삽시간에 방은 발 디딜 자리도 없이 잘디잔 거울 조각으로, 잔인하게 번득이며 튀어오르는 빛으로 가득 찼다. 저녁마다 화장을 하던 어머니의 얼굴이 천 조각 만 조각으로 깨어졌다."(65쪽) 그렇다면 이 집에서 아버지의 부재를 대신하는 작은 폭군인 오빠 역시 '옛우물'(거울)을 파괴함으로써 그것을 '지키기=파괴하기'라는 모순된 행동을 수행한 바보였다고 할 수 있다.

부네는 아무 말도 하지 않은 채 아비의 손에 끌려와서 유폐되었다. 방에 갇혀서 아무 소리도 내지 않던 부네의 저 어마어마한 묵언이야말로, 오빠의 영어("아임 낫 라이어. 아임 어니스트 보이……")와는 반대의 자리에서, 말하지 않음으로써 말을 건네는, 의미화되지 않음으로써 전달되는 의미였던 셈이다.[17]

---

17   '부네'의 언어에 대한 여성주의적 분석은 신수정에 의해서 이미 제출된 바 있다. 이 글은 신수정

가을 해는 짧았다. 어느새 부네의 방문은 엷은 햇빛에 눅눅히 잠겨 들고 있었다. 나는 물에 잠기듯 잦아드는 부네의 방을 보면서 이유를 알 수 없는 서러움이 가슴에 차오르는 것을 느꼈다.

불현듯 닫힌 방문의 안쪽에서 노랫소리가 들리는 듯했다. 어쩌면 약한 탄식 같기도, 소리 죽인 신음 같기도 했다.

아아아아아아 ─

아아아아아아 ─

어느 순간 방문의 누렇게 찌든 창호지가 부풀어 오르고 그 안쪽에서 어른대는 그림자를 얼핏 본 것도 같았다.

아아아아아아 ─

그 소리는 다시 들리지 않았다. 분가루처럼 엷게 떨어져 내리는 햇빛뿐이었다. 내가 들은 것은 환청인지도 몰랐다. 그러나 입 안쪽의 살처럼 따뜻하고 축축한 느낌이 내 몸을 둘러싸고 있음을, 내 몸 가득 따뜻한 서러움이 차올라 해면처럼 부드러워지고 있음을 느낄 수 있었다.(55~56쪽)

부네의 저 말은 어떤 음절로도 분해되지 않으며, 어떤 형태소도 가지고 있지 않다. 그것은 아무 의미도 갖고 있지 않으나 바로 그 의미 없음(비가시성)으로써 노래와 탄식과 신음을 모두 가진 소리가 되었다. 그것은 결코 무의미의 소리가 아니다. 다만 통상의 언어("아임 낫 라이어, 아임 어니스트……")가 아닐 뿐이다. 그것은 "입 안쪽의 살처럼 따뜻하고 축축한 느낌"을 전달하는 말 아닌 말이고 "내 몸 가득 따뜻한 서러움"과 "부드러움"을 전해 주는 말 밖의 말이다. 이 여성성이야말로 대립물의 토포스 위에 축조되지 않고, 이 이분법을 논파하고 넘어서고 새롭게 구축하는 자리에

의 분석에 동의하면서, 여성의 언어가 보여 주는 토폴로지를 논구하고자 하였다. 신수정의 글은 다음을 참조. 신수정, 「부네에게」, 웹진 《비유》 1호, 2018년 1월.

있는 것이다. 의사소통에 전제된 모든 언어는 남근적이다. 그것의 상징적 작용을 인정하든, 그것의 부재를 주장하든 우리가 그것의 가시성 내지 의미화에만 몰두한다면 우리는 거기에 포획된 것이다. 말을 하면서도 그 말의 포착에서 빠져나가는 말, 부네의 말은 바로 그런 말이며, 이것은 '옛우물'이 그 가시성으로 의미화하고 있는 것이기도 하다.

「저녁의 게임」의 마지막 장면에서도 부네의 말이 울려 나온다.

> 나는 찬 방바닥에 몸을 뉘었다. 아버지가 아직 방에 들어가는 기척이 없다는 걸 떠올리며 나는 빈집에서처럼 스커트를 끌어 올리고 스웨터도 겨드랑이까지 걷어 올렸다. 자박자박 여전히 아이를 재우는 여자의 발소리가 머리 위에서 들려왔다. 금자둥아 은자둥아 세상에서 귀한 아기. 나는 누운 채 손을 뻗어 스위치를 내렸다. 방은 조용한 어둠 속에 가라앉기 시작했다. 이윽고 집 전체가 수렁 같은 어둠 속으로 삐그덕거리며 서서히 잠겨 들었다. 여자는 침몰하는 배의 마스트에 꽂힌, 구조를 청하는 낡은 헝겊 쪼가리처럼 밤새 헛되고 헛되이 펄럭일 것이다. 나는 내리누르는 수압으로 자신이 산산이 해체되어 가는 절박감에 입을 벌리고 가쁜 숨을 내쉬며 문득 사내의 성냥 불빛에서처럼 입을 길게 벌리고 희미하게 웃어 보였다.(177~178쪽)

아버지의 공간에서 '나'는 사내와 벌였던 일을 흉내 낸다. 그 일과 부네의 가출은 다르지 않은 것이다. 이제 '나'는 '집 안'에, 가출로 도달했던 장소를 '생산'해 낸다. 문득 2층에서 아이를 재우는 여자의 목소리가 흘러나온다. 아버지가 추방해 버렸던, 그래서 이 집에서는 들을 수 없었던 자장가 소리다. "구조를 청하는 낡은 헝겊 쪼가리"가 「옛우물」의 "낡은 스카프"이자 「유년의 뜰」에서의 부네의 속옷이라는 점도 분명하다. 그것은 "헛되고 헛되이 펄럭일 것"이지만, 이 공간을 교란하는 펄럭임이라는 점에서 헛된 것만은 아니다. 절박감에 입을 벌리고 가쁜 숨을 쉬며 웃는 저

웃음이 부네의 입에서도 머물렀을 것이라는 점은 별로 의심할 여지가 없어 보인다.

5   결론

오정희의 「옛우물」, 「저녁의 게임」, 「유년의 뜰」의 세계를 '장소'를 중심으로 살펴보았다. 한 사람의 현존 혹은 신체가 장소를 생성한다. 신체가 이동하면 장소가 교체되고 신체가 거주하면 무의미한 공간이 장소로 발생하는 것이다. 장소를 고정화된, 정태적인 것으로 이해하면, 이 신체와의 관계가 설명되지 않으며, 여성성의 생산성 역시 오해될 위험이 있다.

「옛우물」의 '옛우물'은 회상 속에서만 존재하는, 여성의 표식이 아니다. 그것은 현존하는 세계의 내부에서 끊임없이 새롭게 출몰하기 때문이다. 본래의 '옛우물'은 회상 속에서만 존재하는 비가시적인 것이었으나 현재의 평면으로 중첩되고 이행하며 가시적인 것으로 다시 등장한다. 반면 「저녁의 게임」을 분할하는 두 개의 장소는 아버지와 인부로 대표되는 폭력적이고 지배적인 질서에 속해 있다. '나'는 밤마다 집을 나가서 '창부'의 역할을 하고 돌아옴으로써 아버지의 장소에서 추방된 '미친 여자'인 어머니와 하나로 묶이며, 이로써 아버지의 장소 자체를 내부에서 무너뜨린다. 아버지는 이제 자신의 장소에서 추방했던 "미친 여자 아니면 창부"를 다시 들이게 된다.

「유년의 뜰」의 '부네'는 아비의 손에 끌려와서 유폐되었다. 오빠의 말이 의미화, 가시화된 것과 달리 부네의 저 말은 어떤 음절로도 분해되지 않으며, 어떤 형태소도 가지고 있지 않다. 그것은 아무 의미도 갖고 있지 않으나 바로 그 의미 없음(비가시성)으로써 노래와 탄식과 신음을 모두 가진 소리가 되었다. 이 여성성이야말로 대립물의 토포스 위에 축조되지 않고, 이 이분법을 논파하고 넘어서고 새롭게 구축하는 자리에 있는 것이다. 말을 하면서도 그 말의 포착에서 빠져나가는 말, 부네의 말은 바로 그런 말이며, 이것은 '옛우물'이 그 가시성으로 의미화하고 있는 것이기도 하다.

세 소설에는 공히 주인공인 여성의 신체를 대표하는 옷이 깃발처럼 펄럭이는 장면이 나오다. "구조를 청하는 낡은 헝겊 쪼가리"가 「옛우물」의 "낡은 스카프"이자 「유년의 뜰」에서의 부네의 속옷이라는 점은 분명하다. 그것은 "헛되고 헛되이 펄럭일 것"이지만, 이 공간을 교란하는 펄럭임이라는 점에서 헛된 것만은 아니다. 절박감에 입을 벌리고 가쁜 숨을 쉬며 웃는 저 웃음이 부네의 입에서도 머물렀을 것이라는 점 역시 짐작하기 어렵지 않다.

1990년대 문학 지형과 여성문학 담론

서영인

1   1990년대 문학이 배제한 것

문단이라는 구조는 때로는 아주 고약한 놈 같다. '단(壇)'은 약간 높게 한 곳, 또는 특수 사회의 한 무리를 일컫는 말이다. 그래서일까. 작가들은 우리 삶이나 생각과는 동떨어져 있는 경우가 많다. 한때 소설뿐만 아니라 텔레비전 연속극이나 영화에서조차 운동권이 양념처럼 등장하던 때가 있었다. 1980년대 시대에 순응하며 또는 시대에 눈을 감아 버리고 살아가던 사람들이 역사 앞에서 면죄부라도 받으려는 양 1990년대 들어 더 강렬한 부정으로 1980년대를 얘기했다. 그러다가 어느 날 공동체가 해체되고 정신과 규범이 무너지는 시대의 흐름을 틈타 마치 자신을 운동권의 피해자로 둔갑시키는 기발한 장삿속(독자니까 그렇게 생각할 수 있다.) 앞에 진짜 '세기말'의 정신적 빈곤함을 맛보아야 했다.[1]

1990년대의 끝 무렵에 계간 《실천문학》에 실린 독자 합평회의 한 구

---

[1]   마창노동자문학회 '참글', 「독자 합평회」, 《실천문학》 1999년 봄, 384쪽.

절이다. 원고에 실린 소개에 따르면 이 글을 작성한 마창노동자문학회 '참글'은 "노동자 대투쟁의 결과로 지난 1989년 탄생"한 노동자 문학회로 "노동자의 현실과 생활을 시나 소설, 또는 보고 문학으로 창작"해 온 집단이다. 민중문학의 노동자 중심성을 계승했다고 평가받는《실천문학》에 대해서도 합평회의 독자들은 호의적이지 않다. 독자 합평에 있기 마련인 잡지에 대한 평가나 동감 여부보다는 문학에 대한 자신들의 생각을 호소하는 데 더 집중되어 있다. 이러한 독자의 입장은 "문단이라는 구조"에 대한 불만과 거부의 태도를 표명하는 데서도 드러난다. "특수 사회의 한 무리"로 문단을 인식하고 있음을 알 수 있으며 작가들과 "우리의 삶이나 생각"과의 괴리에 불만을 표하고 있다.

개별적 독자 집단의 불만이라는 차원을 넘어서 1990년대에 대한 일반적인 평가 및 인식의 지평에서 이러한 발언의 의미를 좀 더 숙고해 볼 필요가 있다. 거대 이념의 상실과 개인의 내면과 일상 탐구로 정리되어 온 1990년대 문학의 한편에는 여전히 자신들의 '삶과 생각'을 문학으로 창작하는 노동자 문학회가 존재하고 있었으며, 또한 그들이 여전히 기성의 '문단'에 대한 불만 속에서도 당대에 생산되는 문학을 읽고 있는 독자였다는 사실을 통해 우리는 1990년대 문학 담론의 숨겨진 어떤 영역을 발견하게 된다. 1990년대가 노동의 가치나 현실에 무관심했다거나, 문학 주체로서의 노동자성에 주목해야 한다는 이야기를 하려는 것이 아니다. 당대의 현실이나 문학 주체를 논하는 단계 이전에, 이들의 존재가 1990년대 문학사에서 지워져 있다는 사실을 확인하는 것이 중요하다. 1990년대 문학사에서 이들은 보이지 않으며, 없는 존재다. 스스로를 '독자'라고 명명하는 읽는 주체, 그리고 노동자의 현실과 삶을 문학으로 창작하는 '쓰는 주체'이기도 한 그들이 스스로 자기 정체성을 확신하고 있음에도 불구하고 이들은 '읽는 자'로서도, '쓰는 자'로서도 소외되어 있었던 것이다. 엄연히 존재하였으나 보이지 않았던 이들을 확인하면서 우리는 '읽는 자'와

'쓰는 자'를 호명하고 보이는 존재들로 당대 문학의 인식 틀을 구성했던 문학 제도를 생각하지 않을 수 없게 된다. 여기에서 문학 제도는 어떤 것을 누락시키고 배제하면서 보이는 것들만이 전부라고 믿도록 만드는 신념 체계이며 그것을 뒷받침해 주는 물적 근거들을 포함한다.

1990년대 비평장을 검토하기 위해서는 이처럼 보이는 것들로 구성된 문학 제도와 그것이 배제하거나 누락시킨 존재들을, 그리고 그 관계의 역학들을 함께 고려해야만 할 것이다. 1990년대 문학의 주류적 경향으로 거론되어 온 여성문학 역시 예외가 아니다. "여성 문제를 다룬 작품들의 양적 확산과 이에 대한 대중의 호응"에 힘입어 "친밀성의 구조 혹은 사적 영역에 대한 점증하는 관심을 담아"내면서 "1990년대 문학 논의의 중심축으로 자리잡을 수 있었"[2]던 여성문학의 위치를 그것대로 인정하면서, 그러한 여성문학에 대한 담론이 구축되고 확산되는 과정에 대한 좀 더 면밀한 고찰이 필요하다. 여성문학의 부각은 당시 문학의 중요한 특성임에 분명하지만, 그러한 여성문학의 존재를 어떻게 의미화하고 가치 부여하는가의 문제는 당연하게도 자동적으로 완성되지 않는다. 선택과 배제, 혹은 가치의 혼용과 전도를 통해 구축되고 해석되면서 여성문학 담론이 그 내용을 확정해 나갔다고 보는 것이 타당하다. 그렇다면 그 확정의 과정을 다시 검토하는 일은 이미 논리화된 확정의 내용을 확인하는 일뿐 아니라, 그 과정에서 배제되거나 전도된 내용들, 누락되거나 축약된 사실들을 추적하는 일까지도 포함해야 한다. 그리고 그 과정에 대한 검토는 결국 담론을 만들고 확정한 주체들의 장, 비평장의 존재 방식을 고려하는 일과 동시적으로 진행되어야 할 것이다.

보이지 않는 것들, 누락과 배제를 상상하면서 문학사를 재구축하기 위

2　김은하·박숙자·심진경·이정희, 「90년대 여성문학 논의에 대한 비판적 고찰」, 《여성과사회》 10, 1999, 139쪽.

해서는 위험을 감수해야 한다. 일어나지 않은 일을 상상하고, 때때로 그 배후까지 상정하기에 이르면 그것은 일종의 음모론이 되거나 현실적 장의 위력을 간과하기 쉽다. 그럼에도 불구하고 보이는 것들의 문맥에서부터 출발하여 그 틈을 읽고 그 틈에서 생산되는 의미에 주목하는 일은 필요하다. 이러한 읽기의 시도가 기존의 문학사를 달리 읽을 수 있는 단서를 만들어 내기를 희망하지만, 그것보다는 우선 지금 알고 있는 여성문학 담론이 어떤 경로로 구축되었는가를 확인하는 것을 과제로 삼고자 한다. 누락과 배제에 대해 말할 근거를 갖기 위해서는 당연히 1990년대의 앞과 뒤를 함께 검토할 수 있어야 한다. 있었던 것이 없어지고, 당연한 것들이 무색해지는 어떤 지점이 그 과정에서 드러날 것이기 때문이다. 그런 의미에서 1990년대에 산출된 담론들에 기대어 1990년대의 문학 지형과 여성문학 담론을 읽으려는 이 글의 시도에는 많은 한계가 있다. 부분적이지만 당대 담론들을 통해 1990년대 여성문학 담론의 성격을 충실히 검토하는 것을 목표로 한다.

2　문단 문학의 정립과 여성해방 문학의 행방

1990년대 문학의 성격은 1980년대 문학을 대타항으로 설정하면서 규정되었다. 1990년대 문학을 정리하는 좌담에서 진정석이 발언한 것처럼 "90년대 문학의 출발을 조건지었던 근원적인 파토스"는 "80년대에 대한 청산과 단절의 감각"[3]이었다고 할 수 있다. 전대의 문학을 부정하면서 당대 문학의 새로움을 구성하는 것은 굳이 1990년대에만 일어난 일이 아니고, 청산이든 극복이든 그것은 대타항과의 관계에 의해 결정된다는 점에

3　황종연·진정석·김동식·이광호, 좌담 「90년대 문학을 어떻게 볼 것인가?」, 『90년대 문학 어떻게 볼 것인가』(민음사, 1999), 19쪽.

서 "완전한 의미에서의 단절"을 상정하기는 힘들다. 그러나 1980년대와 단절하면서 1990년대를 규정하는 방식에서 문제가 되는 것은 1980년대를 지나치게 단순화한다는 데 있다. 가령 예의 좌담에서 "이념이라고 얘기됐던 거대 담론의 부재 내지는 사라짐"[4], 또는 폭압적 정치권력에 대한 저항과 운동으로서의 문학으로 1980년대 문학을 규정하는 순간, 1980년대에 등장했던 문학의 다양성과 그 장의 특수성이라는 것이 온전히 사유되지 못하게 되고 만다.

1980년대 주요 잡지의 폐간, 언론 출판의 자유 억압의 국면에서 개화한 무크지 시대를 새롭게 읽고자 하는 근년의 연구 결과[5]에서 보는 바와 같이, 무크지 운동은 《창작과비평》, 《문학과지성》 강제 폐간 이후의 공백기를 채운 한시적인 의미로 이해되어서는 안 되며 기존의 지식인 문학, 서울 중심 문학의 한계를 돌파하는 새로운 문학 주체의 가능성을 보여 준 역사적 실체였다. 언론 출판의 통폐합, 사상과 표현의 자유의 통제, 강압적 군사 통치의 1980년대는 또한 그러한 역사적 조건에 저항하는 과정에서 다양하게 분출되는 쓰고 말하고 표현할 권리에 대한 자각과 실천을 불러일으킨 시대이기도 했다. 무크지 시대로 통칭되는 1980년대 초중반의 시기는 기존의 문학 개념이 해체되고 다양한 주체들과 형식들이 분출함으로써 우리 문학사에서 보기 드문 다양성과 활력을 보여 준 시기이기도 했다. 이 시기는 "한국문학 내부의 문제들이 노정되고, 문학 제도 바깥의 타자들의 욕망이 개진되는 시기"[6]라고 읽을 수 있으며, "단일한 의미로 규

---

4 위의 글, 20쪽.

5 1980년대 무크지 운동을 다른 문학, 다른 미적 범주의 창출로 해석하는 연구로 김대성, 「제도의 해체와 확산, 그리고 문학의 정치」, 《인문학연구》, 45, 2011; 김문주, 「1980년대 무크지 운동과 문학장의 변화」, 《한국시학연구》 31, 2013 등을 참조할 수 있다.

6 김문주, 위의 글, 98쪽.

정되지 않는", "그 불일치를 통해 '문학 본연의 기능'을 수행하는 장면"[7]들이 연출되는 시기이기도 했다. 문학 주체의 차원에서는 기성 문인과 독자가 구획되지 않는 다양한 '쓰는 주체'를 양산하였으며, 문학 형식의 차원에서는 기존의 시, 소설 장르로 규정지을 수 없는 보고 문학, 수기 등의 문학 형식이 다른 언어와 감수성으로 문학의 범주를 확장시켰다.

여성문학의 주체와 성격을 분명하게 표방한 여성문학 매체가 등장한 것도 이 시기다. 무크지 시대의 다양성을 채우는 또 다른 문학성의 출현이었다고 할 수 있다. '여성사연구회'의 《여성》, '또 하나의 문화'가 펴낸 《여성해방의 문학》, '민족문학작가회의'가 펴낸 《여성운동과 문학》 등은 '여성의 눈'을 잡지 편집의 중요한 동력으로 내세우면서 이전까지 '여류'라는 성별 주체로 한정되었던 여성문학을 '여성의 현실과 여성의 정체성'이라는 관점으로 전환시켰다. 이들 무크지는 "여성해방 비평이 개진되는 장이자 여성해방의 이름으로 문학작품이 선보인 문학사 최초의 '페미니스트' 앤솔러지"[8]이기도 했다. 민족·민중 운동에 귀속되거나 동일시되지 않는, 연대하면서도 독자적인 여성적 주체성에 대한 발화, 그리고 그것을 바탕으로 정전화된 문학을 다시 읽고 새로운 여성문학의 관점을 제시하는 데 이들 여성문학 무크지들은 중요한 역할을 담당했다.

그런데 이러한 무크지 시대의 활력과 풍요는 역설적이게도 1987년

---

7   김대성, 앞의 글, 42쪽.

8   김은하, 「1980년대, 바리케이트 뒤편의 성(性) 전쟁과 여성해방 문학 운동」, 《상허학보》 51, 2017, 20쪽. 이 밖에 1980년대 여성 무크지를 통해 여성해방 문학의 계보를 살핀 글로 김양선, 「동일성과 차이의 젠더 정치학 — 1970·1980년대 진보적 민족문학론과 여성해방 문학론을 중심으로」, 《한국근대문학연구》 11, 2005; 이혜령, 「빛나는 성좌 — 1980년대, 여성해방 문학의 탄생」, 《상허학보》 47, 2016 참조. '또 하나의 문화' 그룹을 중심으로 일상의 정치학이라는 1990년대 문학·학술장과의 연관에 주목한 글로 손유경, 「1980년대 학술 운동과 문학 운동의 교착(交錯/膠着)」, 《상허학보》 45, 2015; 고정희의 문학적 발화를 '또 하나의 문화'와의 연관 속에서 검토한 글로 조연정, 「1980년대 문학에서 여성운동과 민중운동의 접점」, 《우리말글》 71, 2016 참조.

6월 이후 폐간되었던 문학 잡지들의 복간이 허용되면서 마감되었다. 1988년《문학과지성》이《문학과사회》로 이름을 바꾸어 새로운 동인 체제로 출발하고《창작과비평》이 복간되면서 무크지 시대는 종결되었다고 할 수 있다. 물론 1988년 이후에도 무크지는 계속 발간되었고, 이전의 무크지 시대가 창안했던 새로운 문학의 경향성이 단번에 사라지지는 않았다. 1988년《문학과사회》의 창간,《창작과비평》의 복간은 기존 문학장의 복권, 지식인/남성 중심 문학의 복구, 작가 중심의 문학장의 확대를 예비하는 1990년대 문학의 잠정적 출발점이었을 뿐이다.

1988년 복간호를 내면서《문학과사회》와《창작과비평》은 공히 이 복간이 1987년 6월의 산물임을 분명히 하고 있다.《문학과지성》이《문학과사회》로 제호를 바꾼 것도 이러한 시대적 소명에 대한 문학 잡지의 역할을 인식한 결과였다.

> (《문학과사회》라는 제호의 의미는) 문학을 문학만으로 보던 관점은 적어도 우리의 80년대에는 사라져야 하고, 문학의 자율성을 유지하면서도 우리 생활 세계와의 조망을 통해 접근되어야 한다는 데 두고 있는 듯하며, 그래서 앞으로의 편집 방향도 인식과 상상력의 한 뿌리로서 현실과의 유기적 연관성을 중시하겠다는 태도를 그 제호에서 보여 준 듯하다.[9]

문학을 문학만으로 보던 관점을 지양하고 '현실과의 유기적 연관성을 중시'하는 지향점은 이후 잡지의 체계에서 사회과학·문화의 학술적 주제들을 특집에 대폭 수용하는 방식으로 표출된다. 1980년대 사회의 변화를 나름의 방식으로 잡지에 수용하고 있으며《문학과사회》,《창작과비평》은 1987년 이후의 일정 부분 성취된 민주화의 혜택과 그에 따른 책임을 감당

---

9 「《문학과사회》 창간사」,《문학과사회》 1988년 봄. 13쪽.

해 나갔다고 할 수 있다. 다만 문제는 이러한 역할을《문학과사회》,《창작과비평》에 집중하는 방식으로, 1990년대 이후의 문학을 구축해 나갔다는 점에 있다. 무크지 시대에 분출했던 기존 문학에 대한 변화에의 욕구, 다른 주체들의 등장과 그들의 문학이 형성해 나갔던 다른 지평들이 이들 잡지에 수용된 것 같지는 않다. 이전에 없던 다양한 주체들의 문학에 대한 '다른' 욕망을 주변화시키면서 문학·사회 운동의 중심을 회귀시키는 구도가 1988년 이후 계속 유지되었던 것이다. 1970, 1980년대 문학을《문학과지성》그룹,《창작과비평》그룹을 중심으로 이해하는 흐름이 일종의 통념으로 받아들여지게 된 사정은 이러한 문학 잡지 자체의 시스템과 그것이 자연스럽게 문단을 형성하는 방식에서 비롯된다.

1990년대 여성문학 담론의 변전 역시 이러한 문단 문학의 형성과 고착 과정과 무관하지 않다. 일례로《여성》은 3호까지 무크 형태로 발간한 이후《여성과사회》로 제호를 바꾸고 정기간행물로 발간된다. 그런데《문학과사회》,《창작과비평》복간호에서 언급되지 않았던 정기간행물 등록의 과정이《여성과사회》에는 상세히 밝혀져 있어 주목을 요한다.

《여성》4집으로 출간되어야 할 책이《여성과사회》1호로 나오게 되었다. 출판법이 개정됨에 따라 이전까지는 아무런 문제없이 12 내지는 14개월 간격으로 발간해 왔던《여성》지에 대해 정기간행물로 등록을 하라는 통지를 당시의 문화공보부로부터 받았다. 이에 형식을 갖추어 등록 신청을 하였으나 한참 후에 제출한 서류를 고스란히 돌려받고 말았다. 이유는《여성》이라는 제호가 보통명사이기 때문에 정기간행물의 제호로는 받아들일 수 없다는 것이었다.[10]

---

10 「《여성과사회》 발간에 부쳐」,《여성과사회》1, 1990, 2쪽.

민주화의 성과로 허여된 언론 출판의 자유가 사실상은 부분적인 것이며 거기에는 제약과 간섭이 있었고, 정기간행물의 등록은 전체 간행물의 관리, 감독의 한 방편으로 작용하기도 했다는 것을 알 수 있는 대목이다. 물론 《여성과사회》로 제호를 바꾸어 정기간행물로 등록했지만 이것이 "기존의 무크와의 내용적·형식적 일관성을 깨뜨리는 것은 아니"었으며, 《여성과사회》는 1980년대 무크지의 문제의식을 1990년대에도 이어나갔다. 매호 기획 연재로 게재된 「올바른 여성문학의 정립을 위하여」는 1990년대 등장한 여성문학의 성과를 비판적 시선으로 일관성 있게 주목했으며, 1996년 7호의 여성 관련 연구 동향, 1999년 10호의 「90년대 여성문학 논의의 비판적 성찰」은 1990년대 여성문학 연구와 담론에 대한 종합적 정리와 평가로서 그 의미가 크다. 1980년대 무크지 시기와의 연속성 속에서 《여성과사회》는 여성 담론을 생산하고 그것을 통해 당대 사회의 문화·학술장에 개입하는 역할을 감당했다. 그러나 문제는 이러한 내용적 일관성과 그 의미와는 별도로 달라진 문학 지형 내에서 《여성과사회》의 담론이 가지는 위치의 차이다. 계간지 체제로 굳어진 문학 담론 생산의 시스템 내에서 연간으로 발간되는 잡지의 담론이 활발하게 개입하는 데는 한계가 있었으며 문학평론과 함께 시, 소설 등의 문학작품을 동시에 게재하는 문학지의 체계와 직접적으로 소통하기 어려웠다. 문학장과 학술장의 분리라는 여건하에서, 비평장 내에서 '여성의 눈'과 '여성적 정체성'이 주체적인 담론 생산을 감당해 낼 수 없는 상황이 되었던 것이다.

물론 학술장의 영역에서 《여성과사회》 그룹이 한국 여성문학 연구에 끼친 영향은 크다. 비평장으로의 개입도 적다고 할 수 없는데, 《창작과비평》, 《실천문학》의 여성문학 관련 원고는 거의 《여성과사회》 그룹의 비평가들에게 맡겨졌다.[11] 그러나 문학 계간지에 실린 원고가 《여성과사회》에

11　1990년대 비평장에서 《여성과사회》 그룹의 비평가들이 기고한 원고 목록은 다음과 같다. 이명

서의 논의와 크게 다르지 않고 겹쳐진다는 점, 이들이 문학비평가로서 비평장에서 적극적으로 활동하면서 비평장의 담론과 소통했다기보다는 필요에 따라 호출된 성격이 강하다는 점에서 한계가 있다. 문예지의 체계가 편집위원들의 기획과 출판과의 연관 등으로 연계되어 있는 만큼 개별 필자로서 지정된 주제를 위해서만 호출된 경우 여성문학 담론의 주도권을 형성하기가 힘들다.[12] 1990년대 여성문학 논의가 양적인 풍성함과는 별도로 여성에 대한 일관된 시선이나 문제의식에 기반한 기획을 통해 전달되지 못했던 점도 이와 연관이 있다. 이들은 여성문학이라는 한정된 주제에서만 비평가로서 호명되었고, 전체 비평장에서는 소외되었다. 비평장 내에서 여성문학의 위치를 판별하고 그 의미를 확정하는 비평 담론의 수행은 부분적으로만 허용되었던 것이다. '여성적 정체성'에 입각한 문학 해석의 사회적 필요성과 이를 감당할 전문 인력은 증가했으나 1990년대의 비평장은 이를 의미 있는 변화로 전환시킬 수 있는 방식으로 재구축되지 못했다.

호 외, 「여성해방 문학론에서 본 80년대의 문학」,《창작과비평》 1990년 봄; 김양선, 「근대 극복을 위한 여성문학의 논리」,《창작과비평》 1996년 겨울; 이선옥, 「사랑의 서사, 전복인가, 퇴행인가」,《실천문학》 1999년 여름; 심진경, 「여성성, 육체, 여성적 시 쓰기」,《실천문학》 1999년 여름. 1990년대 《여성과사회》 필자들과 겹치는 경우만 목록에 포함시켰다. 이 밖에 이상경, 김영희, 전승희 등도 1980년대 《여성》을 발간한 여성사 연구회에서 활동했던 필자이므로 넓게 보아 《여성과사회》 그룹에 속한다고 볼 수 있다. 이렇게 본다면 《창작과비평》,《실천문학》의 여성 관련 필자는 거의 전부라도 해도 좋을 만큼 《여성과사회》 그룹과 겹친다.

12 무크지 《여성》에 대한 서술이기는 하지만 이 시기 여성해방 문학 담론에 참여한 필자들이 "권위적이고 가부장적인 문학 제도에 맞서는 페미니스트 비평가/독자를 탄생"시켰다는 의미 부여에서 이들 여성문학 연구자/비평가들의 위상을 이해할 수 있다. 이는 "남성 교수/문인/편집자"에 대비되는 "여자 대학원생이거나 무명에 가까운 여성 소장 학자/비평가, 문학 비전공의 여성 학자. 마이너 여성 작가"의 신분 구성을 강조하는 데서도 나타난다. 1990년대에 이르러 이들은 기존 비평장에 여성문학 비평가로 등장했지만 전체 담론 속에서 비평의 방향을 만들어 내는 생산자의 역할이 허여되지는 않았다. 권위직이고 가부장적인 문학 제도는 복권되었고, 여성문학 비평자들은 마이너의 위치에서 그 발언의 기회를 충분히 얻지 못했다. 김은하, 「1980년대, 바리케이트 뒤편의 성(性) 전쟁과 여성해방 문학 운동」,《상허학보》 51, 2017, 24쪽 참조.

1994년 겨울《문학동네》의 창간과 함께 1990년대 문단은 명실상부한 '문단 문학', 주요 계간지 중심, 작가 중심, 등단한 비평가 지식인 집단의 문학으로 완전히 정립된다.《문학동네》의 성공과 1990년대 문학장의 '문학주의'에 대해서는 별도의 논의가 필요하다. 여기에서는 1990년대 문학이 1990년대 중반에 이르러 이른바 '문단 문학'으로 완전히 정착되었으며 '여성문학담론'의 성과와 한계 역시 이러한 비평장의 성격에서 비롯되었다는 점만 거론해 두기로 한다.

3   1990년대 여성문학 담론의 성격

1990년대를 통틀어 주요 문학지에서 여성문학을 특집으로 다룬 예는 《문학동네》1995년 가을호,《실천문학》1999년 여름호뿐이다. 여성문학이 1990년대 문학의 특징적 경향이라고 알려진 바와는 사뭇 격차가 있다. 《문학과사회》는 여성문학을 특집으로 거론한 예가 없으며《창작과비평》은 1996년 겨울호에서 여성 관련 주제를 특집으로 다루었으나 과학, 전통, 이론 등을 함께 묶어 논의하고 있어 여성문학 담론을 특징적으로 제출했다고 보기는 힘들다. 여성문학 담론을 1990년대의 특징이며 주류적 경향으로 이해하는 흐름은 주로 1990년대 여성 작가의 약진에 바탕한 작가론의 차원에서 구성되었다고 보는 편이 온당하다.

1990년대에 주목받은 여성 작가들을 나열하면서 이를 전체의 흐름으로 묶다 보니 아무래도 그 공통성이라든가, 특징도 일반적인 여성성의 범주 이상을 벗어나기 힘든 경우가 많다.《문학동네》의 '여성, 여성성, 여성문학' 특집의 아쉬움도 이러한 여성성의 범속한 적용에서 기인한다. 박혜경의 「사인화(私人化)된 세계 속에서 여성의 자기 정체성 찾기」에서는 집단적 등장이라 할 만큼 여성 작가의 비중이 높아지고, 대중적 호응도 이에 상응한다는 점, 문학 출판 시장의 변화 등을 근거로 여성문학을 1990년대의 대표적 현상으로 받아들이고 있다. 그러나 이 글에서 더 중요한 것은 여성성을 "집단화된 권력지향의 욕망"에 반대하는 "개인의 내밀한 실존적 욕망"에 대응시키고 있다는 점이다. 1980년대적 문학과의 단절과 전환으로 1990년대 문학의 의미를 설정하는 논리, 집단/개인, 이념/일상, 현실/내면 등의 전형적인 이분법의 형식을 지지하는 논리로 여성문학이 전유되고 있는 대표적 예에 해당한다. 이분법적 문학 구도의 설정이 문제인 것은 다양한 문학적 경향과 글쓰기의 성격을 이분법적 구획 속에서 단순화시킨다는 점뿐 아니라 예컨대 일상-이념, 내면-현실, 개인-사회가 연결되고 관계 맺는 다양한 삶의 양식에 대한 고민을 중지시킨다는 데 있다. 여성문학의 경우에도 이분법에서 개인, 일상, 내면 등의 한쪽에 위치됨으로써 개인이 집단 속에서 어떻게 관계 맺고 그 개인의 정체성을 확보해 나가는지, 일상의 습속 속에 이념과 이데올로기의 틈입은 어떻게 현실화되는지 등등에 대한 사유를 놓치게 되고 만다. 박혜경의 글이 이러한 이분법의 구획 속에서 절반의 지점만을 투박하게 지지하고 있는 것은 아니다. 여성들을 여성으로 규정짓는 "'여성다움'의 성적 이데올로기를 강요해 온 사회적 관습에 대한 억압과 저항의 심리", '타인과의 관계 속에서 여성적 정체성을 적극적으로 인식하는 과정'[13]에 대한 해석은 '내면'이나 '일상'에 머무르지 않는 여성적 정체성 규명의 중요한 현실성을 확인하고 있다. 그러나 이러한 여성성에 대한 의미 부여가 '상징계적인 타자성의 세계'로서의 남성성과 그 대척점으로서의 '상상계적 공간', '충일하고 조화로운 원초성의 관계로 감싸안는 제도권 너머의 둥그런 모성적 원의 공간'으로 구획된 곳에 놓인다면, 구태여 1990년대적 여성성의 의미를 찾는 일이 무색해지고 만다. 이런 식의 남성성/여성성 구별은 본질론적인

---

13   박혜경, 「사인화된 세계 속에서 여성의 자기 정체성 찾기」, 《문학동네》 1996년 가을, 25쪽.

성별 정체성 논의로 귀속되는 일종의 환원론으로서 특정 시공간에서 경험하는 여성의 현실, 체험과 관계 속에서 구성되는 여성성의 현실적 기반을 탐색하는 일을 불가능하게 한다.

같은 특집에서 우찬제가 "훼손된 현실을 유기적 손길로 어루만지며 어두운 혼돈을 버팅기는, 그러면서 훼손 이전의 살아 있는 유기적 전체를 그리워하는 여성성의 궤적"[14]으로 당대 여성문학을 의미화할 때, 황종연이 '전설의 우물'이라는 상징으로 "풍요로운 여성적 창조성"[15]을 읽으려고 할 때, 여성에 대한 전통적, 고정적 이미지는 강화된다. "모성을 숭배하는 낭만적 습벽"을 경계하면서도 "여성 문화의 전통을 새롭게 천착하고 포용하는 일로부터 여성적 창조성의 충만한 비전이 자라 나온다는 비전"[16]을 찾는 이율배반은 여전히 전통적 여성성을 새롭게 해석하는 것과는 거리가 멀다. 특히 여성문학의 지향을 "대타 의식에서 대자 의식으로의 전환", 즉 "가족, 남성, 교육, 제도 등의 여성 외재적 요인에 앞서 순연한 여성 내재적인 상상력의 추동을 도모"[17]하는 것에서 찾을 때, 이는 여성 억압의 현실을 외면하고 수동적이고 운명적인 여성성의 수용을 지지하는 것으로 읽히기도 한다. 이는 1990년대 여성문학 논의를 비판적으로 점검한 글에서 지적하고 있듯이 "여성이 처한 복합적 현실을 고려하지 않고 근대의 위계적 성별 이분법을 우열의 자리를 바꾼 채 복제함으로써 여성문학을 협소화하는 부정적 결과"[18]로 이어질 수 있다.

14   우찬제, 「타나토스/에로스/에코스」, 《문학동네》 1996년 가을, 82쪽.

15   황종연, 「여성소설과 전설이 우물」, 《문학동네》 1995년 가을, 61쪽.

16   황종연, 위의 글, 같은 곳.

17   우찬제, 앞의 글, 108쪽.

18   김은하·박숙자·심진경·이정희, 앞의 글, 140쪽.

1990년대 여성문학의 성과를 비판적으로 조명하고 있는 《실천문학》 1999년 여름호의 특집은 "자본주의 질서를 유지시키는 기제"[19]로서의 낭만적 사랑에 대한 비판, "여성의 존재 조건의 사회적 연관성"[20], "자본주의적 삶 속에서의 여성의 육체가 갖는 모순적 의미와 그 가능성"[21]을 비평의 주요 거점으로 삼고 있다는 점에서 여성문학의 현실 연관에 한발 다가가 있다. 이는 모성성이나 관계성에 대한 여성문학의 천착이 본질적으로 규정된 여성성의 고정적 이미지에 기댄 것이 아니라 현실적 연관, 즉 모성과 생명을 파괴하는 자본주의적 본질이나 권력적 위계로 상대를 타자화하는 현실 사회의 관계성의 폭력이라는 조건하에서 형성되고 대응하고 있다는 점을 분명히 하는 관점이다. 과거로부터 오랜 기간 존속되어 온 여성성이 본질론이 아니라 늘 현실의 조건과 사회적 관계 속에서 그 위계 관계를 유지하고 보호하는 방향으로 몸을 바꾸면서 고착되어 왔음을 파악하는 것은 중요하다. 그러나 여기에서 제시되는 근거들이 얼마나 1990년대의 여성현실에 부합하고 있는지에 대해서는 다소 의문이 있다. 자본주의적 질서를 유지하는 사랑의 이데올로기나 공/사 영역의 구분과 남성성/여성성의 분할과 자본주의 체제와의 연관 등은 1980년대 《여성》의 시기부터 이미 여성의 존재 조건을 결정하는 경제적 토대로서 거론되어 온 내용이다. 이런 기본적인 전제가 당대의 여성 현실과 아주 동떨어져 있는 것은 아니겠지만, 새로운 모습으로 육박하는 당대의 현실성과 여성성의 관계에 대한 탐색이 충분치는 못했던 것 같다. 가령 소비사회에서의 여성의 타자화나 상품화의 부분, 또는 1990년대 여성문학 논의와 떨어

19　이선옥, 앞의 글, 41쪽.

20　이상경, 「시대의 부채 의식과 여성적 자의식에서 출발한 1990년대 여성소설」, 《실천문학》 1999 년 여름, 45쪽.

21　심진경, 앞의 글, 77쪽.

질 수 없는 대중성과의 관계 문제 등도 1990년대 여성문학이 밀착해서 검토해야 할 현실 중 하나였다. 대중성은 상업주의나 문화 산업의 영향[22]뿐만 아니라 1990년대 페미니즘 세례를 받은 여성 독자와의 공감과 소통의 차원에서 접근될 필요가 있었다.

그러나 이러한 현실의 조건에 대한 당대적 천착 문제보다 1990년대 여성문학 논의에서 더 아쉬운 것은 여성문학의 정체성이 당대 문학 전반을 해석하는 비평적 논리로 작용하지 못했다는 데 있다. 1990년대 문단 문학의 환경하에서 작가 중심의 논의는 여성문학을 여성 작가의 문학에 등치시킴으로써 여성문학 담론을 성별 구분의 한 양상으로 머물게 했다. 물론 여기에서 여성문학은 성별 구분의 의미로서의 여류의 규정을 넘어서 여성적 정체성을 표상하고 구체화하는 여성 작가의 존재론을 부각시켰다는 데 의미가 있다. 그러나 이는 첫째, 주로 여성 작가의 문학에만 '여성성' 논의를 한정시킴으로써 여성 작가의 문학이 내포한 다양한 의미와 변주를 충분히 의미화하는 데 한계로 작용할 수 있다. 둘째 '여성성' 문제를 당대 문학 전체를 포괄하는 문제의식으로 넓혀 나가지 못하는 원인으로 작용하기도 했다. 성별 구분에 작동되는 젠더적 이미지의 활용이나 전유가 여성 작가의 문학에서만 나타나는 것도 아닐 텐데, 유독 여성문학 담론은 여성 작가의 문학에만 집중되었다. 이는 《여성》 1호의 「여성의 눈으로 본 한국문학의 현실」에서 남성 작가들의 정전에서 여성에 대한 왜곡된 시선을 읽어 낸 것이나, 1990년대 벽두에 "1990년대 민족 문학을 위한 제언"이라는 특집에서 노동 문학을 비롯한 1980년대 문학 전체를 여성의 시선에서 조망했던 시도[23]에도 못미치는 상황이라고 할 수 있다. 이러한

---

22   이선옥, 「사랑의 서사, 전복인가, 퇴행인가」, 《실천문학》 1999년 여름.

23   이명호·김희숙·김양선, 「여성해방문학론에서 본 80년대의 문학」, 《창작과비평》 1990년 봄.

여성문학 담론의 양상은 문단 문학의 체계 아래 개별 작가에게 관심이 집중되고, 여성문학 연구/비평의 자양분이 비평장 속에 활력 있게 개입될 수 없었던 당시 비평장의 여건과 무관하지 않다.

4 과잉/과소의 여성문학 담론

앞 장에서 살펴본 바와 같이 1990년대 비평장에서 여성문학은 중요한 주제로 떠올랐지만, 그것이 한국문학의 여성성에 대한 깊이 있는 탐구보다는 개별 여성 작가의 약진과 그에 기댄 논의에 국한된다는 한계를 지닌다. 그리고 이는 문학 담론이 문학에 대한 해석을 텍스트 내부에 가두고, 비평장에서 채택된 주요 작가들 중심으로 신비화하는 것과 관련이 있다. 그러므로 1990년대 여성문학이 비평장 내에서 의미화되는 과정을 이러한 개별 작가론, 작가 중심주의에 폐쇄된 담론들 사이의 행간, 개별 작가들의 문학을 당대 비평이 채택하고 해석하는 논리의 축을 통해 더 면밀하게 읽을 필요가 있다. 이 장에서는 1990년대 비평장에서 가장 빈번히 호명된 작가인 신경숙, 그리고 그 문학적 성과에 비해 비평적 관심에서 거의 배제되다시피 했던 공지영에 대한 비평을 통해 1990년대 여성문학 담론이 당대 비평장에서 어떻게 구축되었는가를 살펴보고자 한다.

1990년대 여성문학 논의에서 가장 비평적 관심이 집중된 작가는 단연 신경숙이다. 주요 문학지의 성향과 무관하게 신경숙은 비평적 주목을 받았고, 이러한 담론에 참여한 비평가는 남성 비평가와 여성 비평가를 가리지 않는다. 여성적 정체성, 글쓰기에 대한 주제는 물론이고 백낙청으로 대표되는 리얼리즘론에서도 신경숙은 1990년대의 중요한 성과로 거론되었다.《여성과사회》그룹의 여성 비평가들도 신경숙의 관계성이나 친밀성에 대해 긍정적 평가를 내리고 있는 만큼 "1990년대 초의 남성 평론가들은 1980년대식 '노동'과 '지성(글쓰기)'의 분열에서, 신경숙식 소설을 통해 뭔가 새로운 점을 보려 했다."[24]라는 평가로 단정지을 수는 없을 것 같다. 이는 1990년대 말미에 이성욱이 지적한 바대로 진영과 입장을 막론하는 일종의 신드롬이라고 해석할 수 있는, "1990년대 문학 지형의 민감한 '센서'"[25]이기도 하다.

　이성욱은 신경숙이라는 '센서'가 "1990년대 문학과 비평의 성격, 그리고 그것의 메커니즘"과 어떻게 관련되어 있는지 구체적으로 언급하고 있지는 않지만, 글의 전개로 미루어 이 '센서'는 1990년대 비평의 문제로 지적한 '텍스트 고립주의', '비평의 자의식 부재', '상업주의' 등과 연관된다고 짐작할 수 있다. 여기에서 관심을 가지는 문제는 1990년대 문학을 대표하는 작가로 떠오른 신경숙 문학이 여성문학 담론과 어떻게 연관되는가에 대한 것이다. 『외딴방』의 연재와 출간, 그리고 비평적 상찬을 통과하여 신경숙은 1990년대 대표 작가로 확고한 위치를 얻었지만 시작은 이미 이전의 화제작인 『풍금이 있던 자리』에서 비롯되었다. 1990년대발 한국문학의 위기, 혹은 전환이 논의되는 시점에서 신경숙이 '여성문학 담론'과 관련하여, 혹은 한국문학장 전체와 관련하여 어떤 맥락에서 호명되었는가를 살피기 위해 이 시기의 논의를 집중적으로 살펴보고자 한다. 1993년 신경숙의 『풍금이 있던 자리』가 출간된 직후 《창작과비평》에 발표된 신승엽의 「성찰의 깊이와 기억의 섬세함」,[26] 《여성과사회》에 발표된 강미숙·김양선의 「90년대 여성문학의 새로운 가능성」[27]은 신경숙의 문학

24　천정환, 「창비와 '신경숙'이 만났을 때」, 《역사비평》 2015년 가을, 289쪽.

25　이성욱, 「비평의 길」, 《문학동네》 1999년 가을, 400쪽.

26　신승엽, 「성찰의 깊이와 기억의 섬세함」, 《창작과비평》 1993년 겨울.

27　강미숙·김양선, 「90년대 여성문학의 새로운 가능성 — 신경숙과 김인숙의 근작을 중심으로」, 《여성과사회》 5, 1994.

에 대한 '여성문학적 관점'이 어떠한 차이를 발생시키면서 1990년대 비평장에 등재되는지를 확인할 수 있는 자료이다.

「90년대 여성문학의 새로운 가능성 — 신경숙과 김인숙의 근작을 중심으로」는 《여성과사회》가 여성문학 정립을 위해 기획한 비평 시리즈의 첫 번째 글이다. 여성문학 비평이 지향하고자 하는 목표와 관심사가 서두에 분명히 제시되어 있다. 두드러지는 항목은 "사회 변혁적 관심과 여성 해방의 가능성을 상호 배타적인 것으로 파악하는 시각"에 대한 경계다. 여성문학이 '여성 문제를 자립화'시킨다는 비판과 '사소한 일상사의 문제'를 다룬다는 비판에 대응하여 '여성 문제/일상사'의 전체적 연관이라는 관점이 중요한 거점이 되는 것이다. 이러한 관점에서 신경숙의 문학이 지닌 미덕은 우선 "우리 삶 속에서 여성들이 처하는 이런저런 복잡하고 고단한 형편"[28]에 대한 깊이 있는 시선과 섬세한 형상화를 들 수 있다. 그리고 이러한 미덕에 근거하여 "여성들은 각기 자기가 처한 삶의 현장에 충실함으로써 그 삶이 진지성을 획득"[29]하고 있다는 점을 고평하게 된다. 농촌공동체 사회의 가부장제 내에 고착된 상투적 성역할을 넘어서는 다양한 인물들이 등장한다는 점, 그리고 그들이 삶의 현장 속에서 만들어내는 구체성이 섬세하게 드러난다는 점에서 신경숙 문학의 여성성은 의미를 지닌다는 것이다. 우리 문학 속에 여성적 삶의 다채로움을 구현하는 인물들을 새롭게 등재시켰다는 점을 이 평론은 주목하고 있다. 그러나 이 평론은 이러한 여성들의 삶의 구체성이 타인과의 관계 맺음, 전체와의 연관에 이르지 못하고 추상적인 내부 세계로 침잠하고 있다는 점을 한계로 지적한다.

---

28 위의 글, 146쪽.

29 위의 글, 148쪽.

전체와의 연관이라는 지점을 신경숙 문학의 한계로 지적하고 있다는 점에서 신승엽의 글은 앞의 글과 유사한 지점이 있다. 그러나 여기에서 전체와의 연관은 이를테면 민족 문학과 리얼리즘 문학의 위기라는 측면에서 논의된다. 즉 이른바 민족 문학의 위기를 불러온 총체성의 도그마를 극복하기 위해 '사소한 것'에 대한 관심, 즉 '일상적인 현실에 밀착'하고 있으며 그것을 기억을 통해 섬세하게 복원하고 있다는 측면에서 신경숙의 문학은 의의를 가지지만, 그것이 "더 넓은 삶의 영역으로 확장"되는 데는 한계를 가진다는 입장이다. 이러한 입장은 앞의 평론이 평가한 신경숙 문학의 가치와 엇갈리는 지점을 낳는데 그것은 신경숙의 문학을 '새로운 총체성의 형상화'에는 미달된, 그러나 그것을 성취하기 위해 거쳐야 할 일종의 단계로 놓는다는 점이다. "개인의 고유성을 화석화된 총체성으로부터 해방하는 일, 그것이 새롭게 총체적인 형상화의 길을 개척하는 첫 발자국"[30]이라는 논평에서 이러한 관점이 드러난다. '일상사'를 형상화하는 '기억과 글쓰기의 섬세함'은 여성문학적 관점에서는 "가부장적 질서 속에 존재해야 했던 여성 인물들의 복합적 반응을 포착"[31]했다는 점에서, 민족문학론의 입장에서는 화석화된 총체성을 넘어서는 새로운 총체성을 위한 전 단계라는 점에서 각각 다르게 의미화된다. 그렇다면 1990년대 신경숙 문학에 집중된 비평적 관심은 개인/여성/여공이라는 사회적 타자들의 주변화된 삶에 대한 섬세한 복원이라는 공통분모를 두고 그것을 기존의 가부장적, 남성 중심적 사회의 체제에 균열을 내는 여성적 삶의 구체성을 바탕으로 해석하려는 지향과, 리얼리즘의 위기를 돌파할 새로운 총체성의 구현을 향한 기초적 작업으로 삼으려는 지향이 쟁투하고 있다고 볼

---

30   신승엽, 「성찰의 깊이와 기억의 섬세함」, 《창작과비평》 1993년 겨울, 109쪽.

31   강미숙·김양선, 앞의 글, 1994, 143쪽.

수 있다. 이러한 쟁투와 분열에도 불구하고 두 평론은 신경숙 소설이 "농촌공동체의 삶의 윤리"를 배경으로 했을 때 그 장점이 극대화된다는 점에는 공통적으로 동의하고 있다. 이는 신경숙 소설이 당대 삶의 현재적 관심사와 연결될 논리를 충분히 확보하지 못하고 있다는 비판[32]과도 연결되는 지점이다. 신경숙 소설의 '당대적 가치'가 '과거적 삶의 윤리를 배경'으로 할 때 가장 빛난다는 모순, 그리하여 당대적 삶 자체가 현재적 관심사로 개입되지 못하는 소설의 한계에 대해서 비평은 좀 더 깊이 숙고해야 하지 않았을까. 1990년대 비평장에서 신경숙 문학은 확실히 과잉 언급되었다. 작품의 실제보다 비평의 수가 너무 많다는, 양적인 면을 지적하는 것은 물론 아니다. 숱한 평론들이 부딪치는 지점, 당연히 치밀하게 논쟁되고 상호 비판되어야 할 지점이 봉합되었다는 것이 더 문제다.

신경숙 문학에 대한 비평적 관점의 차이는 이후 크게 '여성성'에 대한 논의와 '리얼리즘적 글쓰기'의 갈래로 나뉘어 전개된다. '여성성'에 대한 논의가 "남성 중심적인 힘의 논리"에 대별되는 "개인의 내밀한 실존적 욕망"[33]으로 드러났다면, '리얼리즘적 글쓰기'의 논의는 "이야기를 진실되게 해 내려는 서사적 노력"[34]이 리얼리즘적 전형성을 만들어 냈다는 평가로 드러난다. 앞의 여성성 논의가 1980년대와 1990년대를 구분하고 남성적/여성적, 이념/개인의 이분법을 고착화시켰다면 뒤의 리얼리즘 논의는 진실한 재현을 위한 서사적 노력을 새로운 리얼리즘론을 위한 기본 원리

---

32 이에 대해서는 '모성', '전통적 여성상', '가족 이데올로기' 등으로 신경숙의 소설을 평가함으로써 도시 체험, 자본주의 근대 체험과의 연관 등에 대한 해명이 부족하다고 지적한 김양선, 「근대 극복을 위한 여성문학의 논리」, 《창작과비평》 1996년 겨울 참조.

33 박혜경, 「사인화(私人化)된 세계 속에서 여성의 자기 정체성 찾기」, 《문학동네》 1996년 가을, 23쪽.

34 백낙청, 「『외딴방』이 묻는 것과 이룬 것」, 《창작과비평》 1997년 가을. 인용은 백낙청, 『통일시대 한국문학의 보람』(창비, 2006), 274쪽.

로 내세우는 입장을 대변한다. 리얼리즘론에 대한 반성과 새로운 재현을 위한 노력과 1980년대의 이념성과 개인의 실존을 반대항으로 대비시키는 논법이라는 상이한 주제가 섬세한 구별 없이 병행되었다는 점에 문제를 제기해 볼 수 있다. 이 주제가 병행 가능한 주제였는지에 대한 질문이 더 필요하다. 리얼리즘에 대한 반성이 1980년대의 이념성에 대한 비판으로 등치되어도 좋은가. 새로운 재현을 위한 노력은 개인의 실존과 등치되어도 무관한가. 여기에서 겹쳐지고 어긋나는 비평적 가치기준은 더 치열하게 논의되었어야 하지 않았을까. 이에 대한 차별적 논의나 충돌 없이 신경숙에 대한 다양한 평가를 봉합한 것이 "90년대 문학 지형의 민감한 센서"로서의 신경숙을 있게 한 원인이라 할 수 있다. 그리고 그 과정에서 신경숙이 수행한 '가부장제 내의 여성 현실에 대한 다면적 포착', '당대 삶의 현재적 관심사와의 빈약한 연결'이라는 여성문학으로서의 문제성은 정당하게 추적되지 못했다.

1993년은 1990년대 여성문학의 전개에서 매우 중요한 해다. 신경숙의 『풍금이 있던 자리』와 김인숙의 『칼날과 사랑』이 출간되었을 뿐 아니라, 1990년대 여성문학의 부상을 대중적으로 입증한 공지영의 『무소의 뿔처럼 혼자서 가라』가 출간된 해이기도 하기 때문이다. 신경숙과 김인숙의 소설이 서로 다른 방향으로 여성문학의 가능성을 보여 주고 있다고 고평되면서 1990년대 내내 여성문학의 대표적 성과로 거론된 것에 비해 공지영의 문학은 그 화제성에 비해 지나치다 싶을 비평장에서 소외된 예에 속한다. 『무소의 뿔처럼 혼자서 가라』뿐 아니라 『고등어』와 같은 베스트셀러를 연이어 출간했고 1980년대 운동권 세대의 체험에 대한 의미 있는 성찰을 보여 준 『인간에 대한 예의』의 작가이기도 하다는 점을 감안한다면 작품의 완성도는 차치하더라도 1990년대 여성문학과 관련하여 공지영은 비평적으로 충분히 논의될 가치가 있다.

공지영에 대한 비평적 무관심은 예컨대 "지난 시절에 대한 회고적 감상주의가 진정한 성찰을 알지 못한 채 대중적 흥미 차원의 알리바이로 나타"[35]난다는 평가에서 그 근거를 짐작할 수 있게 한다. 1993년의 화제작인 신경숙의『풍금이 있던 자리』와 김인숙의『칼날과 사랑』을 논하는 지면에서 양귀자의『나는 소망한다 내게 금지된 것을』과 공지영의『무소의 뿔처럼 혼자서 가라』[36]를 페미니즘의 대중적 관심을 증명하는 예로 거론한 것에서 알 수 있다시피 공지영의 소설은 통속성이나 대중성의 차원에서 예시될 수는 있으나 비평적 분석의 본격적 대상이 될 수는 없었던 것이다. 그러나 공지영의 문학에 대한 긍정적 평가 여부를 떠나서 공지영 문학은 1980년대의 체험을 기반으로 한 여성 후일담의 서술[37]이라는 차원에서 여성문학의 역사적 (불)연속성을 검토하고, 1990년대 여성문학의 독자와의 관계를 비롯한 대중성의 문제를 확인하기 위한 중요한 텍스트이다.

이 지점에서 1990년대 문학의 '대중성'에 대한 강박적 거리 두기를 재고해 볼 필요가 있다. 1990년대 문학을 정리하는 자리에서 서영채가 논의의 출발점으로 삼은 바대로 1990년대의 문화적 특성 중 하나가 "대중문화의 엄청난 약진"이라 할 수 있으며 이는 "문화 전반을 뒤덮고 있는 산업적 마인드"로 당시의 문화를 지배했다. "80년대의 문화적 담론이 민주화 투쟁이라는 뜨거운 전장에서 형성되었다면, 90년대의 문화적 논리는 거대한 시장에서 구현"[38]되었던 것이다. 전 지구적 자본주의 시대, 대중문화의

---

35   우찬제, 「타나토스/에로스/에코스」, 《문학동네》 1996년 가을, 93쪽.

36   강미숙·김양선, 앞의 글, 140쪽.

37   이에 대한 연구로 김은하, 「386세대 여성 후일담과 성/속의 통과제의 — 공지영과 김인숙의 소설을 대상으로」, 《여성문학연구》 23, 2010 참조.

38   서영채, 「냉소주의, 죽음, 마조히즘: 90년대 소설에 대한 한 성찰 — 신경숙, 윤대녕, 장정일, 은희경의 소설을 중심으로」, 《문학동네》 1999년 겨울, 407쪽.

시대였다는 1990년대의 시대 규정 아래서 1990년대 문학은 문학 자체의 고유성, 특수성을 주장하는 일종의 문학주의가 지배한다. 이는 한편으로 대중문화의 전면적 지배 속에서 문학의 고유성을 지키기 위한 자구책이었고, 그리하여 한편으로 모든 것이 상품화되는 세계 안에서 '문학성'을 문학 고유의 상품성으로 내세우는 결과를 낳기도 했다. 어떻든 대중문화의 지배 논리 아래서 상품으로서 각광받는 문학작품에 대한 거리 두기를 위해 역설적으로 문학주의를 강조할 수밖에 없었던 것이 1990년대 문학의 특성이기도 하다. 그러나 1990년대의 문학이 창출한 '내면성'의 개념을 두고 "시장과 자본으로부터 자유로운/안전한 내면은 진정 그것에 저항하는 근거지인가"[39]라는 물음에 빗대어 말하자면 대중문화의 약진 속에서 대중으로부터 자유로운/안전한 문학이라는 것이 가능했던가를 질문해 볼 수 있다. 오히려 대중에 대한 무관심으로 문학성에 대한 신뢰를 키워 온 1990년대 문학비평은 자본과 대중이 장악한 현장 속에서의 현실적인 주체를 놓쳤으며, 이에 호응했던 대중에 대한 교섭을 포기했다고 말할 수 있다. 공지영의 비평과 관련하여 말하자면 공지영의 문학에 대한 비평적 무관심은 "1980년대 여성운동, 그리고 87년의 역사적 투쟁에 적극적으로 참여하면서" 자의식을 획득한 여성들의 존재[40]를 문학장 내에서 제외시켰고, 그로 인해 이러한 여성 주체들에 공감을 투사하는 당대의 대중 독자들과 호흡하면서 당대 문학을 견인할 수 있는 가능성을 놓쳤다고 할 수 있다.

공지영을 1990년대 여성문학의 중요 작가로 거론한 거의 유일한 평론인 이상경의 「시대의 부채 의식과 여성적 자의식에서 출발한 1990년대

---

39   배하은, 「만들어진 내면성」, 《한국현대문학연구》 50, 2016, 551쪽.

40   김경연, 「87년 체제와 한국 여성문학의 변화」, 《한국문학논총》 49, 2008, 197쪽.

여성소설」[41]은 이러한 논의와 연관하여 중요한 시사점을 제공한다. 공선옥, 공지영, 김인숙을 중심으로 1990년대 여성소설의 성과를 짚고 있는 이 평론은 1980년대에 학창 시절을 보낸 여성들이 결혼 생활과 직장 생활에서 겪는 정체성의 혼란, 그들이 마주한 당대 여성의 현실에 대한 문학의 대응에 주목하고 있다. 이는 당대의 여성문학이 "우리 시대 여성의 삶에서 마주치는 문제에 박진해 들어가야"[42] 한다는 요구에 입각한 대상의 선정이며 평가라고 할 수 있다. 여기에서 공지영의 문학은 "남성 중심 제도에 대한 항의와 분노뿐만이 아니라 여성 자신의 문제를 비판적으로 성찰하기 시작하는 새로운 세대의 여성의 상황을 그리게" 되었다는 점에서 그 가치를 부여받고 있다. 공지영의 문학이 이룬 성취와 그에 대한 대중적 호응이 진정 '남성 중심 제도에 대한 항의'보다 '여성 자신에 대한 비판적 성찰'에 근거한 것인지에 대해서는 동의 여부가 엇갈릴 수 있다. 그러나 여기에서 주목하고 싶은 점은 '남성 중심 제도'와 '여성 자신에 대한 비판적 성찰'이 그처럼 선명하게 나뉘어서 후자의 가치가 더 우위에 있을 수 있는가에 대한 의문이다. 오히려 막연하게 인식하고 있었던 '남성 중심 제도'가 여성들이 본격적으로 사회에 진출하고 결혼 생활을 통해 가부장적 남성들과 생활적으로 충돌하면서 실감을 얻게 되는 복합적 상황에 대한 자각이 이 소설을 밀고 나가는 동력이 아니었던가 하는 질문을 해 볼 수 있다. 이는 '90년대 여성 작가'의 공과를 짚어 보는 것으로 특집을 꾸린 《실천문학》 지면 구성을 통해서도 확인할 수 있는 바다. 여성 작가의 소설을 다룬 평론은 이선옥의 「사랑의 서사, 전복인가 퇴행인가」와 이상경의 평론으로 나누어 구성되는데 앞의 것은 사랑의 문제를 중심으로 현

---

41 이상경, 「시대의 부채 의식과 여성적 자의식에서 출발한 1990년대 여성소설」, 《실천문학》 1999년 여름.

42 이상경, 위의 책, 44쪽.

대인의 소통 불가능성과 성별 사회화의 관계를 주제화하고 있다면 뒤의 것은 1980년대의 역사를 기억하는 1990년대 여성들의 자의식과 사회적 존재성을 주제화하고 있다. 관계와 소통이 주로 사적 세계의 기반을 이룬다면, 역사적 체험과 사회적 진출이라는 모티프 속에서 전개되는 후자의 것은 공적, 사회적 관계 내에서의 이들의 기억을 다룬다. 개인적 삶과 사회적 제도의 상호 침투와 연관, 그 속에서의 여성적 주체라는 주제를 계속해서 추구하고 있으면서도 여전히 이러한 구분은 당대 여성문학 담론이 사적/공적 세계의 분할에서 멀리 나아가지 못한 상황에 처해 있음을 알려 준다.

'대중문화의 약진'이라는 시대적 규정에 기대어 1990년대 대중문화에 대한 분석을 참조해 보자. 1990년대는 경제 호황과 함께 공적 영역에서의 여성의 사회 진출이 일정한 성과를 거둔 시대이기도 했다. 당시 영화와 광고에서 전면적으로 등장한 '신세대 여성', '신세대 주부', '미시족', '커리어 우먼'과 같은 새로운 여성 주체상은 그 결과물이었다. 그러나 한편으로 이러한 여성의 사회 진출은 "여성 노동력에 대한 자본과 국가의 통제가 강해지고 노골적인 배제보다는 자발적인 예속을 유도해 내는 가부장 체제의 새로운 국면", 즉 "공적 가부장제"[43]의 체제에 구속된 것이었다. 사회 체제의 재생산 전체가 가부장제의 구조를 중심으로 진행되고 있던 1990년대의 시점에서 여성이 겪는 사회적 주체로서의 자의식은 사적/공적 생활이 구분되지 않는 전면적인 가부장주의, 남성중심주의와 싸우는 과정에서 형성되었다. 이는 물론 소비 주체로 호명되면서 자본주의적 재생산 체제에 적극적으로 유입되었던 여성 주체의 복잡성과 자기 분열까지도 포함하는 의미에서다. 공지영에 대한 비평의 외면은 1990년대 여성

---

43 공적 가부장제와 1990년대 여성의 주체상에 대해서는 손희정, 「페미니즘 리부트 — 한국 영화를 통해 본 포스트페미니즘과 그 이후」, 『페미니즘 리부트』(나무연필, 2017) 참조.

현실의 당대성과 관련하여 당시 여성문학 비평이 놓친 것이 무엇인가 하는 문제를 보여 주며 이는 현재의 여성문학 비평이 풀어야 할 과제이기도 하다.

5 결론

이 글은 표면적으로 1990년대가 여성문학이 문학의 주류로 떠올랐다는 문학사적 평가를 재고하기 위해 쓰였다. 이는 1990년대 문학의 중요한 주체이며 의제였던 여성 작가나 여성문학의 존재 자체를 부인한다는 의미는 아니다. 여성 작가가 1990년대를 대표하는 작가들로 다수 거론되었고, 여성성은 1990년대 문학의 대표적 특성으로 논의되었지만 정작 당시 비평장 내에서 여성문학 논의는 상당히 한정적이었다는 것이 이 글의 결론이다. 이는 1990년대 여성문학을 폄하하려는 것이 아니다. 제도적 차원에서의 당대 비평장의 구축과 문학 논의를 구체적으로 확인하고 그러한 담론 장 내에서 여성문학의 의미와 가치를 재평가하는 노력이 필요하다는 것이 이 글의 기본적인 문제의식이다.

주지하다시피 1980년대와의 단절은 1990년대 문학을 끌고 갔던 중요한 동력 중 하나다. 이러한 방향은 물론 사회주의권의 몰락, 87년 혁명의 정치적 좌절, 전지구적 자본주의의 확대와 상업화 논리의 지배라는 당대적 상황을 배경으로 하고 있다. 그러나 1980년대적인 것과의 단절이라는 1990년대 문학의 화두는 1980년대 문학의 다양한 주체성과 글쓰기의 욕망을 소거하고 지식인/남성/비평가 중심의 문학장으로 재편되는 결과를 낳았다. 무크지 시대의 주체성들은 1988년 복간된《문학과사회》,《창작과비평》등의 주요 문학지 체제에서 배제되었고《또하나의 문화》,《여성》으로 대표되는 1980년대의 페미니즘적 운동과 문학적 자양분 역시 학술장과 문학장의 분리, 여성문학적 문제의식의 제한적 호출이라는 방식으로 1990년대 문학장에서 배제·분할되었다. 작가 중심, 텍스트 중심의 문단 문학의 구축은 이러한 1990년대적 문학장의 최종적 결과물이라 할 수 있다.

여성문학의 담론 역시 주목할 만한 여성 작가들의 등장에도 불구하고 기존 성별 구분의 논리를 반복하거나 남성적 논리의 대타항으로 여성성을 정의하는 방식으로 구축되었다. 특히 1990년대 들어 변화된 사회적 환경 내에서 '공적 가부장제'의 체제 아래 이중적이고 복합적인 젠더적 모순을 겪었던 당대 여성들의 현실을 구체적으로 반영하고 그에 대응하지 못했던 추상성은 1990년대 여성문학의 중요한 한계로 남을 것이다. 이는 당대 비평에서 과잉 호출된 신경숙, 대중적 호응에도 불구하고 비평적으로 외면당했던 공지영에 대한 평가에서도 드러난다. 신경숙에 대한 비평장의 집중적 관심은 가부장제 내에서의 여성 현실에 대한 구체적이고 민감한 포착과 내면성에의 천착을 발판으로 새로운 리얼리즘을 구상하려는 욕망 사이에서 부유했다. 신경숙 문학의 여성주의적 가치와 한계는 더 예민하게 평가되고 해석될 필요가 있었으나 1990년대 문학장은 이를 끝까지 수행하지 못했다고 평가할 수 있다. 공지영에 대한 비평적 외면은 1980년대를 통과하여 1990년대에 사회적 주체로서의 여성적 자의식을 정립했던 세대의 역사를 충분히 담론화하지 못했고, 당대 여성들의 현실에 기반한 대중성에 비평적으로 접근하지 못했다는 한계를 남긴다.

1990년대 여성문학 담론에 대한 비판적 접근은 현재 문학의 전사로서의 1990년대를 역사적 시야 속에서 재검토하고, 지금 한국문학에 부과된 여성 주체 탐구라는 과제를 수행할 출발점을 확인하기 위한 것이다.

죽지 않고도

1 지금 말해야 하는 것

한국 사회에서는 2016년 5월 17일 강남역 살인 사건을 기점으로 페미니즘 이슈가 전면화되기 시작했지만 문학비평 담론에서 본격적으로 페미니즘적 문제의식이 구축된 것은 세 시기로 세분화될 수 있다. 첫 시기는 2016년 10월 '#문단_내_성폭력' 해시태그를 달고 문학출판계 성폭력 피해 사실에 대한 공론화가 폭발적으로 쏟아지기 시작하는 시기다. 이 목소리들이 SNS라는 익명적 공간에서 갇히지 않도록 주요 문예지들은 특집 지면을 마련하기에 이른다.[1] 이 지면들에서는 주로 문학출판계에서 일어난 성폭력 피해 사실에 대한 말하기가 직접 이루어지거나 그 말하기들을 경청하는 가운데 증언자이자 목격자 혹은 방관자로서 발언한다. 여러 피해 사실들의 증언을 무겁게 경청한 자들이라면, 문학출판계에서 자행된

---

[1] 「#문단_내_성폭력' 증언 1~5」, 《더멀리》 11, 2017; 특집 「#여성혐오_창작」, 《문예중앙》 2016년 겨울; 기획 「#문단_내_성폭력」, 《문학과사회》 2016년 겨울; 좌담 「문단 내 성폭력과 한국의 남성성」, 《문학동네》 2016년 겨울; 좌담 「2016 한국문학의 표정」, 《21세기문학》 2016년 겨울 참조.

성폭력이 문학의 어떤 개념들을 기반으로 정당화되거나 피해자가 피해 사실을 인정하기 어렵도록 이용되었다는 것을 알 수 있었다.[2] '탈선'의 서늘하고도 뜨거운 질문, "문학이라는 이름으로 가해 지목인의 목소리는 증폭되었고, 우리의 목소리는 침잠했다. 이에 우리는 분노한다. 왜 우리는 문학성을 정의 받아야 하는가."[3] 이 문장과 더불어 문학에 대한 모든 앎이 의문투성이가 되었던 것을 기억한다.

이 의문에 답하려는 자들에 의해 두 번째 시기가 시작된다. 그때 가장 문제적인 개념으로 설정된 것이 바로 '문학성'과 '자율성'이었다. 이 개념을 비판적으로 사유하며 문학이 현실과의 접점을 어떻게 전제하고 있었는지를 고찰해 보려는 기획들이 등장한다.[4] 이 시도는 그동안의 문학에 대한 이해가 한국 사회 전반에서 뿌리 깊게 내면화되어 있던 여성혐오적 사고와 어떤 연관을 가지고 있었는지를 다각도에서 고찰하고, 이 고찰을 기반으로 앞으로 문학이 어떻게 달라져야 하는지를 여러 관점에서 토론하는 일로 이어졌어야 할 것이다. 그러나 '정치적 올바름'이라는 단어가 논의의 중심을 옮겨 놓는다. '문학은 정치적으로 올발라야 하는가'라는 이은지의 질문[5]을 복도훈이 본격적으로 이어받고,[6] 조강석이 조남주의 『82년생 김지영』이 갖는 성취와 한계를 논의하는 동안[7] 첫 번째 시기와

---

2 이에 대한 구체적인 분석에 대해서는 졸고, 「이후의 문학」, 《21세기문학》 2017년 봄, 267쪽.

3 탈선, 「문학의 이름으로 —— #문단_내_성폭력 고발자 '고발자 5'에 대한 고양예술고등학교 문예창작학과 졸업생 연대 '탈선'의 지지문」, 2016년 11월 11일, 기자회견에서 발표된 성명서 중 일부.

4 기획 「역사 —— 비평」, 《문학과사회》 2017년 봄; 특집 「미학, 미학주의를 점검한다」, 《21세기문학》 2017년 봄; 특집 「문학성과 정치성, 그 인식의 재정립을 위하여」, 《삶》 2017년 하반기 등.

5 이은지, 「문학은 정치적으로 올발라야 하는가」, 웹 《문학3》, 2017년 3월 17일.

6 복도훈, 「신을 보는 자들은 늘 목마르다 —— 2017년의 한국문학과 '정치적 올바름'에 대한 비판적인 단상들」, 《문장웹진》, 2017년 5월.

두 번째 시기를 통과하면서 형성되어 온 문학에 대한 페미니즘적 고찰들이 미학성과 정치성이라는 오래된 이분법적 대립으로 다시 되돌아가 버린 것이다.

이것이 최근의 세 번째 시기다. 그런데 이 오래된 대립의 귀환 자체가 어떤 원리를 통해 이뤄졌는가에 대해서는 좀 더 면밀히 살펴볼 필요가 있다. 2009년 시와 정치 담론에서 시의 정치성을 논의하며 '시가 현실에서 무엇일 수 있는가 혹은 무엇이어야 하는가' 질문할 때의 '현실'이란 용산 참사를 지칭하는 것이었다. 이렇게 촉발된 문제의식이 2014년의 세월호 참사로 인해 더욱 전면화된다. 끔찍할 만큼 무력한 사회적 참사 앞에서 사회의 구성원으로서 책임감을 통감하며 그동안 자신이 읽고 써 온 것은 무엇이었는가를 비판적으로 되묻고 이제는 앞으로 어떻게 읽고 써야 할 것인가를 다시 묻지 않을 수 없게 되었던 것이다. 이 시기까지는 '지금-여기'의 감각이 사실 문학 담론의 공통 감각이나 다름없었기에, 문학성과 정치성이 대립적인 가치로서 이해되기 보다는 함께 고민해야 할 사안으로 받아들여진다.

그러나 2016년의 강남역 살인 사건 이후, 여성의 일상이 '현실'의 범주로 포착되기 시작하면서부터 문학을 읽고 쓰는 이들의 '현실'이라는 단어의 공통 감각은 분화되기 시작한다. 여성에게는 일상이야말로 재난 그 자체였음을 깨달은 여성들의 목소리가 거리에서 울려 퍼지기 시작하자, 여성의 목소리를 자신이 알고 있던 '현실'이라는 단어에 새로이 포섭하면서 그동안의 자신의 문학이 무엇이었는가를 비판적으로 재구성하며 앞으로의 문학을 모색하려는 이들이 있는 한편, 이러한 모색을 문학을 옥죄는 검열의 시도로 받아들이며 오히려 이로부터 문학적 자유를 지켜야 한다

---

7   조강석, 「메시지의 전경화와 소설의 '실효성' ── 정치적·윤리적 올바름과 문학의 관계에 대한 단상」, 《문장웹진》, 2017년 4월.

는 사명감으로 자신의 문학을 만들어 가려는 이들로 나뉘기 시작한 것이다. 용산 참사와 세월호 참사에 대해서라면 공동체의 구성원으로서 책임감을 느끼며 현실 앞에서 문학은 무엇이어야 하는가 묻던 자들이, 강남역 살인 사건, 예술계 내 성폭력 말하기 운동, 미투 운동을 통과하는 시간을 살아가면서도 여성의 목소리는 '현실'이라는 범주에 포함시키지 않는 것이다. 즉『82년생 김지영』을 둘러싸고 벌어지는 비평적 논쟁은 '문학이란 무엇이어야 하는가'에서 촉발된 논쟁이라기보다는 '무엇이 현실인가'라는 질문에 대해 다르게 대답하면서 발생한 것이라고 봐야 한다.

세월호 참사 앞에서는 사회 구성원으로서의 책임을 실감하지만 강남역 살인 사건이나 예술계 성폭력 문제 앞에서는 자신의 젠더적 한계로 인해 '당사자성'의 획득이 불가능하다고[8] 말할 때, 고통에도 등급이 있음을 잘 보여 준다. 세월호의 고통은 공감되고 존중되어야 할 고통이지만, 여성의 고통은 '현실'의 층위로 인정하지 않는 이들의 목소리가 하나의 동등한 문학적 입장으로 둔갑하여 생산적 논의를 가로막고 있기 때문이다. 페미니즘 리부트 이후, 여러 작가들은 페미니즘 문학이란 무엇인지, 시대적으로 강하게 요구되는 창작 윤리 앞에서 예술의 역할은 무엇이어야 하는지에 대한 혼란스러움을 고백하는 중이다. 이때 비평은 창작자들의 이러한 고민들을 비평적으로 확장하면서 현실에서 미처 고려되고 있지 않은 여러 질문들을 기반으로 더욱 심도 있는 논쟁으로 나아가야 하는 것이 당연한 일인데도, 페미니즘적 문제의식을 문학을 옥죄는 검열 작용으로 여길 때, 이 입체적이고 다양한 동시대적 고민들은 얼마나 단순한 것이 되고 마는가. 지금 던져야만 하는 질문들이 있다.

---

8 황현경, 「소설이라는 형식」, 《문학동네》 2018년 봄, 433쪽.

2 누가 말하는가

모든 글의 시제는 사실상 현재다. 어떤 글도 현재에 쓰이지 않은 글이 없으며, 어떤 글도 현재 이외의 시간에 읽힐 수 없다. 남아 있는 것은 글의 내용이지만, 현재라는 시간성은 글을 이루는 내용들의 필수적인 전제 조건이다. 현재를 살아가는 모든 이들은 자신이 보고 경험하고 생각할 수 있는 그만큼만을 읽고 쓸 수밖에 없다. 이러한 조건하에서 '지금 던져야만 하는 질문이란 무엇인가'를 사유한다는 것은 어떻게 가능할까? '말할 수 있는 것'과 '말할 수 없는 것'을 가르는 어떠한 규범이 '지금-여기'를 규정지으면서 이미 작동 중이라면 시대에 포섭되어 살아갈 수밖에 없는 우리는 이를 어떻게 비판적으로 사유하고 재구성할 수 있을까? 어쩌면 이는 과거를 읽는 일을 통해 가능하지 않을까? 과거에 쓰인 글들 역시 당시의 '말할 수 있는/없는 것'의 규범 속에서 만들어진 것이지만, 그때와는 다른 규범으로 작동하고 있는 현재를 통해 당시의 규범을 위반할 수 있게 되기 때문이다.

이천 년대를 대표하는 시인으로 자리매김되었던 김행숙의 첫 시집 『사춘기』(문학과지성사, 2003)의 이장욱 해설은 김행숙 시를 아이들, 여자들, 귀신들의 목소리로 명명한다는 점에서 이천 년대에 존재했던, 명백한 페미니즘 비평이라고 할 수 있을 것이다. 그런데 새삼 낯설게 읽히는 이런 구절들, "그러니까, 어떤 시편들에서 그녀의 여자들과 남자들은 통화 불능이다. 페미니즘 같은 이데올로기와는 무관한 지점에서, 그들은 불화한다."[9]와 같은 문장으로 미루어 짐작하건대 2003년은 이미 '페미니즘 같은 이데올로기'와는 분명히 구분 짓는 일이 한 시인의 뛰어난 시적 성취를 강조하는 비평적 작업으로 이해되고 있는 시간이다. 이천 년대를 통과

---

9 이장욱, 「아이들, 여자들, 귀신들」, 『사춘기』(문학과지성사, 2003), 작품 해설, 124쪽.

하는 내내 눈여겨본 적이 없었던 이런 문장들이 이제야 의미심장하게 다가오는 것은 2003년을 구성하는 '읽을 수 있는/없는 것'과는 다른 규범이 작동하는 2018년을 살고 있다는 뜻이다. 즉 과거에 쓰인 문장을 읽으며 그때와는 다른 것들이 보이고 만져지고 들릴 때, 우리는 이를 단순히 문학사의 어느 지점을 들춰내 현재의 기준으로 잘잘못을 가려내는 기준으로 삼을 것이 아니라 '지금-여기'의 어떠한 규범이 그것을 새로이 감각하게 만들었는지를 사유하는 방식으로 활용해야 할 것이다.

흔히 1990년대는 여성문학의 부흥기로 쉽게 요약되곤 한다. 그러나 2003년에 페미니즘 비평은 한 시인의 뛰어난 시적 성취를 담아낼 수 없는 인식틀로 간주되고 있다. 1990년대의 활발했던 여성시 담론은 어째서 이천 년대까지 그 흐름이 이어지지 않았던 것일까? 이 질문은 지금 활발히 논의되고 있는 페미니즘 담론 역시 '지금-여기'의 규범이 갖는 한계를 꾸준히 비판적으로 사유하지 않는다면 과거와 마찬가지로 언제고 다시금 사라질 수 있으리라는 것을 자각하는 일에 다름 아니다. 더 이상 폭력을 용인하지 않겠다고 맞서며 목소리를 높인 용기 있는 자들로 인해 형성된 이 중요한 담론이 유의미하게 지속되려면 지금 우리는 무엇을 읽고 써야 하는가? 과거에 쓰인 글들을 통해 그때 사유하지 못한 것, 말하지 않은 것들을 의식화하는 것이 그 실마리가 되어 주지 않을까?

그렇다면 이렇게 바꿔 물을 수 있겠다. 우리가 그동안 말하지 않은 것은 무엇인가? 고백하자면 이 질문은 최근 2년간 나를 가장 괴롭혔던 질문이기도 했다. 2016년 10월 문학 출판계 성폭력 말하기 운동이 시작되면서, 페미니즘 비평이 거의 사라져 버렸던 이천 년대의 시 비평 담론이란 대체 무엇이었는지, 그동안 나는 무엇을 읽고 써 온 것인지 비판적으로 되짚어 보지 않을 수 없었기 때문이다. 동일성으로서의 서정적 주체와의 대립 구도 속에서 조명되었던 이천 년대의 시적 주체를 설명하는 주요 비평적 키워드가 '타자성'이었던 것을 돌이켜본다면, 타자성의 출현을 환대하는 그 열광 속에서 어째서 여성의 자리가 소거되어 있었는가는 매우 의아하게 느껴진다. 그 의아함을 담아 이렇게 질문한 바 있다. "1990년대에 활발했던 여성주의 비평이 2000년대에 이르러 급격히 줄어든 것과 동시에 2000년대의 전위로 제시된 시인이 '여성'이라는 것, 작품 내부에서도 '여성' 정체성이 거의 고려되지 않았을 뿐 아니라 '여자아이'인 앨리스로 수사적으로 처리되었다는 것"[10]은 무엇을 뜻할까?

지금으로부터 2년 전, 한국문학을 조롱의 기표로 간주하기를 주저하지 않았던 오혜진의 「퇴행의 시대와 'K문학/비평'의 종말」을 기억할 것이다. 이때 이 조롱의 의미를 더욱 강화하고 있는 명칭이 바로 'K문학'이다. 오혜진은 한국문학을 해외 상품으로 내놓기 위한 문학계의 움직임을 지칭하기 위해 최초로 미디어에서 사용된 이 용어가 원래의 용법에서 벗어나 젊은 독자들에게 "주류 문학장의 식민주의적 열등감과 시장패권주의적 열망을 동시에 반영한 '조잡한 조어'로 간주되며, 의심할 바 없는 비웃음의 대상"[11]으로 추락했음을 폭로한다. 한국문학에 대한 오혜진의 비판이 모두 정당하다면 한국문학이 사라지는 것이야말로 조금은 더 나은 세상을 위해 한껏 기여하는 일이 될 것이므로, 이 논문의 마지막 문장이 "K문학/비평이 없는 세계는 축복이며, 거기에서 21세기의 독자들은 압도적인 행복을 누리기 때문이다."[12]로 끝나는 것은 자연스럽게 느껴진다. 그런데 이 신랄한 비판의 정당성이 독자들로부터 마련되고 있다는 점이 중요하다. "예컨대 'K문학'이라는 용어가 지칭하는 주류 한국문학의 오랜 습성과 체질들은 다음과 같다."라고 진술한 후, 따라붙는 각주에서는 검색

10   졸고, 「침투」, 《문학과사회 하이픈》 2017년 봄, 31쪽.

11   오혜진, 「퇴행의 시대와 'K문학/비평'의 종말」, 《문화과학》 2016년 봄, 92쪽.

12   위의 글, 105쪽.

결과의 일부가 그대로 인용된다.[13] 이는 한국문학에 대한 일반 독자들의 의견이 논문이라는 공적 지면에 공식적으로 기입되는 순간이라 하겠다.

오혜진 글의 적실성을 검토하는 작업과는 별개로 이 글이 그동안의 여러 문학평론들이 놓이는 위치와 다른 방식으로 작동하고 있다는 점에 유념해야 한다. 이 글이 한국문학을 조롱의 기표로 자리매김할 때, 이 작업이 최종적으로 도달되기를 원하는 독자는 스스로를 한국문학의 시인, 소설가, 평론가로 정체화한 사람들이 아니라 검색창에 K문학을 검색해 넣으면 한국문학에 대한 자신들의 비판적 의견을 개진하고 있는 독자들인 것이다. 그런데 이상한 것은 타임라인에서 매일같이 만나고 대화하는 그들의 입체적인 존재성이 오히려 논문에서 인용되면서 평면화되는 인상을 받는다. 어째서일까? 아마도 이것은 이들의 요구가 한국 사회 전반을 향한 보편적 요구이자 현상임이, 한국문학에 대한 비판을 정당화하기 위해 부분적으로 삭제되었기 때문이 아닐까? 즉 이들을 한국문학의 독자로서만 정체화하는 일이 오히려 그들이 딛고 있는 지반을 오히려 축소시키고 협소화시키는 일은 아닐까?

2015년 표절 사태, 2016년 10월 문단 내 성폭력 해시태그 운동, 2018년 2월 미투 운동에 이르기까지 문학장의 안팎을 가로지르며 기존의 질서를 비판적으로 재검토하기를 요구받는 이 시기가 갖는 의미에 대해 소영현은 "소비 주체로만 한정할 수 없는 독자-시민이, 삶이 문학이 되는 그 과정에 적극적으로 목소리를 내며 개입"하며 "텍스트화된 삶인 문학에 대해 독자-시민들이 지분을 요청"하기 시작한 시기[14]로 적절하게 평가한 바 있다. 하지만 사실 이것은 문학장에서만 일어나는 변화는 아니다. 2016년

13　위의 글, 25번 각주 참조.

14　소영현, 「페미니즘이라는 문학」, 《문학동네》 2017년 가을, 526쪽.

가을, 박근혜-최순실 게이트 정국을 비판한 DJ DOC의 「수취인분명」이라는 노래가 광화문 광장 촛불 집회 무대에 오르기 전, 여성혐오적인 가사에 대한 문제가 여성 단체에 의해 제기되어 공연이 취소된 것을 기억할 것이다. 탄핵안이 가결된 후, 문제가 된 가사들이 수정되고 나서야 무대에 올랐다. 즉 문학장을 향해 일어나고 있는 요구는 단지 한국문학만을 향한 것이 아니라 타 장르(영화, 연극, 시각예술, 디자인 등) 전반에서 제기되고 있는 문제의식이기도 하며 이는 광장에서도 쉽게 목격할 수 있었던 현상인 것이다. 사실상 우리가 지금에서야 과거에 읽고 쓰고 행했던 이전의 시간들을 비판적으로 재경험할 수 있는 모든 감각의 핵심은 바로 이들의 출현이 아닐까? 이는 단지 한국문학 독자로서만 간단히 지칭될 수 없는, 2018년 3월이라는 공통된 시간 속에 존재한다는 점에서 비슷한 사회적 규율이 새겨졌으나 이 규율에 저항하는 욕망을 품고 있는 나 자신의 모습이기도 하다.

3 달라진 것

지금으로부터 16년 전으로 돌아가 보자. 김혜순은 '왜 여성이 쓴 시는 소통의 장에서 소외되어 있는가'라는 질문에 답하기 위해 『여성이 글을 쓴다는 것은』(문학동네, 2002)을 대답으로 내놓는다. 흥미로운 것은 이 첫 번째 질문에 답하려고 애쓰자 대답 이전에 다른 의문들이 잇따라 나왔다는 점이다. '왜 여성의 언어는 주술의 언어인가, 왜 여성의 상상력은 부재, 죽음의 공간으로 탈주하는 궤적을 그리는가. 왜 여성의 시적 자아는 흘러가는 물처럼 그토록 체계적이지 못한가. 왜 여성의 시는 말의 관능성에 탐닉하는가.'[15] 이 질문들은 이미 존재하는 여성의 언어가 지닌 특성들을 어떻게 설명해 낼 것인가, 하는 고민에서 비롯된 것이다. 김혜순은 유화부인이나 낙랑공주가 그 시대의 법을 위반함으로써 법의 세계 안에서 자신의 이름을 새겼으나 결과적으로는 이들은 문자 기록자의 손에 포획되어 자신의 존재를 지워 버리게 되었다고 분석한다. 반면 바리데기는 문자로 기록되지 않은 연희 현장의 여성들의 구술 세계 속에서 수없이 덧씌워지면서 존속될 수 있었다. 즉 바리데기의 서사는 그 내용뿐 아니라 그 서사를 향유한 모든 향유자들의 관계를 통해서만 그 의미가 밝혀질 수 있다. 김혜순이 여성시를 바리데기 서사를 경유함으로써 설명하고자 했던 이유가 여기에 있다.

무당이 굿을 하면서 부르는 서사 무가의 대표적 형태인 바리데기는 죽은 사람의 영혼을 위로하고 저승으로 인도하기 위한 무속 의식에서 구연되어 왔다. 연희자는 죽은 혼령의 이름을 부르면서 내림굿을 받고 바리데기 서사를 구연하면서 죽은 자를 저승으로 무사히 안내한다. 이때 구연되는 바리데기 서사의 내용은 다음과 같다. 부부가 혼인을 하여 딸아이를 여섯이나 낳은 후, 일곱 번째도 딸이 태어나자 부모는 그 딸을 버린다. 비현실적인 존재로 여겨지는 이들이 나타나 바리데기를 대신 양육한다. 시간이 흐른 후, 바리데기의 아버지가 큰 병에 걸린다. 막내딸을 버린 죄로 걸린 아버지의 병은 오로지 바리데기가 구해 온 약수로만 나을 수 있다. 바리데기는 약수를 구하기 위해 저승 혹은 서천서역국으로 건너가서 그곳에 살고 있는 신과 혼인을 하고 많은 아들을 낳고, 신과 아들들과 함께 약수를 가지고 인간 세계로 되돌아온다. 바리데기는 저승으로 가는 길목을 지키는 무조신이 된다.

그런데 이러한 바리데기 서사가 굿을 벌이며 연희자에 의해 구연되는 내용임을 기억하자. 뼈대가 되는 내용은 공통적이지만 서사의 디테일은 연희자에 따라, 죽은 혼령이 살아온 삶에 따라 즉흥적으로 변주되고, 이러

---

15   김혜순, 『여성이 글을 쓴다는 것은』(문학동네, 2002), 4쪽.

한 변주는 굿에 참여한 관객들이 보고 듣는 과정 속에서 일어난다. 이를 김혜순은 이렇게 쓰고 있다. "연희자는 자신의 바리데기 텍스트를 구연할 때마다 단골들과의 새로운 관계망 속에서 새로운 이본을 탄생시키게 되는 날줄과 씨줄을 날마다 새로이 엮어 가게 되는 것이다. 여기에서 바리데기 텍스트는 다른 신화, 연희 텍스트와는 다른 수용의 방향성을 노정하게 되는데 그것은 관객, 단골, 타자의 삶이 연희 공간에 적극적으로 수용되어 텍스트가 짜여진다는 사실이다. 우리는 여기에서 바리데기가 구연될 때마다 타자(독자)를 통해 역(逆)방향의 창작이 텍스트 내부에 개입하게 되는 것을 보게 된다."[16] 이러한 쌍방향으로서의 교류가 발생하는 이유는, 바리데기 서사가 말하는 자에게나 듣는 자에게 감정이입을 불러일으키는 이야기였기 때문일 것이다. 그리고 그 감정이입은 시대가 개인에게 가능한 것과 불가능한 것으로 구획하여 기입한 규율을 개인적 욕망에 의거하여 미세하게 조율해 나가는 긴장을 통해 이뤄졌을 것이다.

바리데기를 향한 이러한 쌍방향적 소통은 여성시를 설명하고자 하는 『여성이 글을 쓴다는 것』에서도 지속된다. 그리하여 이런 구절이 가능하다. "이 글의 화자는 '여성시인들, 바리데기, 나'이다. 나는 이 글을 쓰는 동안 이들을 구별하지 못했다."[17] 김혜순은 스스로를 굿을 이끌어 가는 연희자처럼, 혹은 연희자가 불러낸 죽은 자의 혼령처럼, 굿에 참여하여 연희자의 구연을 흥미진진하게 지켜보는 관객처럼, 여성시를 쓰는 자이면서 동시에 읽는 자로 매번 위치를 바꿔 가며 이 글을 써 내려간 것이다. 그러니 김혜순의 『여성이 글을 쓴다는 것』은 "지금도 바리데기의 연희 공간에서 다르게, 또 다르게 생산되고 있는 「바리데기」의 텍스트, 그 무수한 이

16   위의 글, 14쪽.

17   위의 글, 5쪽.

본들의 이본 중 하나, 그 이본의 또 다른 갈라진 텍스트 중 하나"[18]이기도 하다. 2018년 3월, 이 글을 읽고 있는 당신의 경우는 어떠한가? 김혜순이 바리데기를 자신으로 여기고 시를 쓰는 자의 자리를 찾아내는 것과 같은 감정이입과 동일시가 당신에게도 여전히 일어났는가?

나로서는 대략 10년 전 『여성이 글을 쓴다는 것』을 읽었을 때와 2018년 현재의 관점에서 이 책을 다시 읽는 것이 너무나 다른 경험으로 체험되었고, 그것은 어쩌면 시대가 내게 새겨 놓은 다른 감수성이 조응한 결과처럼 여겨졌다. 이 사회 속에서 여성으로 살기 위해서는 스스로 도려내지 않을 수 없었던 모든 것들에 대해 목소리를 높이고, 이를 통해 가려져 있던 문제들을 공론화시키며 이전엔 없었던 거대한 연대체로서의 네트워킹을 만들어 사회 전반적인 변화를 여성들이 직접 바꿔 가고 있는 이 시기, 자신을 버린 아버지의 병을 치료하기 위해 생명수를 구하러 가는 바리데기의 서사는 다르게 감각되는 바가 있다. 2018년의 바리데기라면 여성이기 때문에 버려져야 했던 자신의 경험을 '젠더 사이드'라는 심각한 사회 문제로 인식하며 공론화시키고 '우연히 살아남았다'는 구절에 공감하는 다른 여성들과 네트워킹을 만들면서 이를 막을 수 있는 제도적 변화를 이끌어 내기 위해 궁리할 것이다. 실제로 이런 일이 벌어지고 있는 지금, 바리데기 서사에 자신을 이입하여 독해한다면 오히려 해방이기보다는 억압으로 느껴지지 않을까?

그러니 광장 속에 존재했던 "나라 바꾸는 계집"이라는 피켓은 의미심장하다. 김혜순은 바리데기 서사에서 수많은 이본들에도 불구하고 바리데기를 공주로 묘사하고 있는 이유에 대해 다음과 같이 설명한다. "첫째, 태몽과 잉태 같은 현실 세계의 어머니의 대 잇기 행동을 숭고하게 묘사할 수 있는 위치가 왕비이기에 텍스트 속에 왕비를 출현시켜야 했기 때문이

18 위의 글, 33쪽.

고, 두 번째는 구약 여행에서 돌아온 바리데기를 무조신으로 등극시킬 수 있는 위치를 부여할 수 있으려면 그녀의 아버지가 왕이어야 하기 때문이다."[19] 그러나 광장에 나선 여성들은 스스로를 '공주'가 아니라 여성을 얕잡아 부르는 호칭인 '계집'으로 지칭한다. 누군가가 자신을 그저 계집에 불과한 존재로 폄하한다고 한들, 그 폄하와는 아랑곳없이 자신을 '나라를 바꾸는' 대의를 수행하는 존재로 내세우는 것이다. 그렇다면 바리데기 서사란 여성이 결혼과 출산이 아니고서는 현실 속에서 자신의 위치를 찾을 수 없었던 과거 현실의 불가능성 속에서 여성이 자신의 욕망을 대리하여 수행할 수 있는 유일한 공간이었던 것이 아닐까? 과거의 불가능성이 이제는 가능한 것으로 변화했을 때, 시적 현실의 구조 역시 이 변화와 더불어 변화하는 것이 자연스럽지 않겠는가? 그러니 2018년에 1990년대의 여성시를 다시 읽는다면, 그때와 다르게 읽히고 만져지는 지점, 그 도드라진 입체성은 1990년대 당시의 한계이기도 하지만 2018년에서야 가능하게 된 감각이 읽기 행위 속에서 만들어 낸 상호작용이기도 할 것이다.

4   찢어진 페이지

과거에는 공감할 수 있었던 서사가 더 이상 공감하기 어려운 서사로 변화했을 때 과거의 서사는 어떻게 평가되어야 하는가. 더 이상 공감되지 않는다고 해서 섣불리 과거를 폐기하는 방식으로 나아간다면 당시의 불가능을 문학적 상상으로나마 가능한 것으로 전환하기 위해 분투했던 모든 노력 역시 손쉽게 평가절하당하게 되는 것이 아닐까? 어쩌면 우리는 지금의 감각으로 과거를 빠르게 재단하고 삭제하는 대신, 오히려 현재에

19   위의 글, 60~61쪽.

만 읽어 낼 수 있는 것들, 과거의 한계로 인해 갇혀 있었던 어떤 가능성들을 새로이 발굴해 내는 방향으로 과거를 다뤄야 하지 않을까? 그 과정에서 어쩌면 역으로, 현재의 한계들이 무엇인지 비판적으로 성찰하고 그것을 재구성할 수 있는 기회가 주어질 수도 있지 않을까? 물론 이 모든 고민들은 여성주의 비평사를 어떻게 이어받아야 하는가에 대한 질문이다. 과거의 인식론적 투쟁을 손쉽게 삭제하지 않으면서도, 그 당시 사유될 수 없었던 것을 지금 확장하고 변형하는 방식으로 읽어 내기 위해서는 어떻게 읽어야 하는가? 또한 그 과정이 현재의 가능성과 불가능성을 가르는 기준 자체를 재구성할 수 있는 기회로 삼기 위해서는 어떤 읽기가 필요한가?

최근 임지연은 이천 년대를 탈여성문학의 시대로 규정하면서, 그 원인을 1990년대 여성시의 역설에서 찾은 바 있다. 김선우와 나희덕의 시는 당시 긍정적 여성주의를 만들어 나가는 시적 주체로 평가되었는데, 이는 사실상 여성을 자궁과 유방을 가진 생물학적 존재로 국한하고 고정화하는 일이며 또한 여성의 몸을 모성성과 생명성의 원리가 구현되는 자연으로 파악하는 것은 가부장제 질서의 내면화라는 비판이다. 또한 가부장제 시스템을 조롱하고 그것을 탈신비화하는 여성시의 개성적 미학을 보여 주었다는 김언희 시에 대한 당대의 평가를 두고 사실상 기존의 위계적 질서를 거꾸로 뒤집어 놓았을 뿐, 그 구조 자체에 대한 해체에까지 이르지 못했다고 지적한다. 능동적으로 섹슈얼리티를 자기 미학으로 활용함으로써 래디컬한 섹슈얼리티를 형성화했다고 평가되어 온 신현림 시의 경우, 그때의 섹슈얼리티가 사실상 연애와 결혼, 쾌락과 사랑으로 이분화한 후 어느 한쪽에 열등적 가치를 부여하는 위계적 사유 구조임을 비판한다.

네 명의 시인들의 시가 갖는 한계는 각각 "본질주의와 자기혐오, 근대 주체의 재생산과 제한된 정치성"이라는 기준에서 비판적으로 평가된다. 물론 이 비판들 자체가 그리 새로운 내용은 아니다. 임지연도 글에서 밝히고 있듯이, 이러한 비판은 1990년대 말에 이미 여러 필자들에 의해 개진되었다. 그럼에도 2018년에 이 비판들이 다시금 상세히 제출되어야 하는 이유에 대해 이 글은 이렇게 밝힌다. "90년대 여성시가 성취한 이념적·미학적 성과를 훼손하는 것이 아니라, 오히려 90년대 여성시의 복수성을 탐색하기 위한 것"이며, "80년대와 2000년대 여성시를 역사적으로 맥락화하는 작업이면서, 2000년대 이후 '탈여성문학'의 원풍경이 어떤 방식으로 내장되어 있었는지를 성찰할 수 있는 기회"[20]를 얻기 위해서라는 것이다. 그러나 이런 방식의 읽기는 '지금-여기'를 구성하고 있는 '읽을 수 있는/없는 것'과 1990년대를 구성하는 읽기 규범 사이의 상호작용을 입체적으로 사유하지 않고 2000년대 이후 '탈여성문학'의 모든 원인을 1990년대의 여성시의 한계에서 기인하는 것으로 환원하여 '지금-여기'가 갖는 특수성을 사유하지 못하도록 만든다는 점에서 위험하다.

무엇보다 이 글에서 1990년대 여성시와 여성주의 비평을 구분하지 않는다는 점을 강조해야겠다. 당시의 비평적 인식 틀이 일정한 한계를 가지고 있었다면, 그 시들이 갖는 시적 성취의 기준과 가치 또한 그 인식 틀에 의지하지 않을 수 없다. 임지연의 글에서는 여성시 담론을 형성하고 있던 주요 비평적 키워드에 적합한 시들이 선택되었기에, 비평적 관점과 작품 사이의 불일치성을 사유할 수 있는 가능성이 전혀 없다. 당시의 비평적 관점 때문에 포착할 수 없었던 1990년대 여성시의 가능성 및 시적 성취는 정말로 전혀 없는 걸까? 지금 2018년에만 발견할 수 있는 1990년대 여성시의 '다른' 가치들도 있지 않을까? 사실 이 질문은 1990년대 여성주의 비평들에 대해서도 동일하게 적용되어야 한다고 생각한다. 2018년의 시적 감각으로 돌이켜 보았을 때 1990년대 여성주의 비평이 사용하던 비평 키워드들이 일정한 한계를 지니고 있다는 것은 명백하지만, 그 한계가 어

20 임지연, 「1990년대 여성시의 이상화된 판타지와 역설적 근대 주체 비판」, 《한국시학연구》 53, 110쪽.

떠한 상호작용 속에서 구축된 것인지에 대해 좀 더 입체적으로 바라보아야 하지 않을까?

1990년대 여성시 담론에서 중요하게 다뤄졌던 비평적 키워드는 단연 '여성적 글쓰기'(écriture féminine)일 것이다. 가부장적 질서에 포섭된 남성적 글쓰기에 의문을 제기하는 대안적 글쓰기라는 상상 속에서 제기된 이 용어는 식수와 이리가레, 크리스테바를 이론적 배경으로 활발히 논의되었다. 1990년대의 여성주의 비평 담론을 지금 다시 따라 읽어 나가다 보면 '여성적 글쓰기란 무엇인가' 혹은 '여성성이란 무엇인가' 두 질문이 주요한 문제의식임을 쉽게 알 수 있다. 흥미로운 것은 두 질문에 대해 여러 여성시인들의 작품들을 구체적으로 분석하면서 체계적이고 일관된 대답을 내놓으려고 애쓰는 평문들일수록, 한국사회에서의 1990년대 여성이 처한 구체적인 현실의 한계가 무엇인지를 추측하기가 어렵다는 것이다. 이 글들은 '여성적 글쓰기'와 '여성성' 개념을 통해 현실과의 관계를 어떻게 다르게 맺으려고 했던 것일까?

최근에 활발히 진행되고 있는 페미니즘 비평 담론의 경우, 예술계 성폭력 말하기 운동이나 미투 운동 등, 사회적 사건을 통해 어떠한 새로운 문학적 문제의식을 갖게 되었는지를 명확히 밝히며 시작되는 글들과는 큰 차이를 지닌다. 그 때문에 1990년대 당대를 살지 않았던 이가 여타의 다른 텍스트들의 관계망을 살피며 그 맥락을 재구성하지 않고서는 표면상 글에 드러난 내용들의 논리 대신 그 질문들이 왜 중요하게 여겨지는지에 대한 사회적 맥락을 직관적으로 알아채기가 어렵다. 어떤 점에서는 현실과의 직접적인 접점이 이미 어느 정도 상실되어 있다고 봐도 무방할 것인데, 이에 대해 정끝별은 1980년대의 여성시가 여성이 겪는 억압과 폭력에 대한 고발을 보여주는 것에 놓여 있었다면 1990년대에 이르러 "억압된 여성으로서의 삶과 경험이 어떤 다양하고 개성적인 글쓰기(말(언어)>글쓰기>언술>텍스트>목소리)를 생산해 내고 있는가의 차원으로 넘어가게 되었다."[21]라고 정리한 바 있다. 이러한 요약은 의미심장하다. 1990년 대의 문제의식을 1980년대 문학과의 연관 속에서 통시적 관점으로 바라 보는 것이지, 1990년대 현실과의 관계에서 도출하지 않기 때문이다.

물론 이것은 여성시 담론에만 국한되는 특징은 아니다. 막 1990년대 를 빠져나온 2000년에 1990년대 문학과 담론을 최종적으로 재검토하는 한 좌담에 참여한 여러 평론가들은 1990년대 문학에 대한 입장차가 뚜렷 함에도 불구하고 하나의 명제에 있어서는 일치점을 보인다. 좌담의 사회 를 보았던 신수정은 다음과 같이 정리한다. "90년대 문학에 대해서 지금 여기에서 합의할 수 있는 사항은 일단 문학이 정치나 삶과 독립된 자율적 인 영역, 즉 그것 자체의 논리 속에서 전개되었다는 것, 그것 아니겠습니 까. …… 문학에 대한 평가가 이전처럼 그것과 사회 현실적 연원과의 관 련 속에서 행해지기보다는 그것의 내적 논리, 즉 문학적 관습의 부정과 전복이라는 측면에서 이루어지는 경우가 많았던 것은 부정할 수 없는 사 실입니다."[22] 즉 여성시 비평 담론이 1990년대의 여성 현실과의 연관에서 가 아니라 문학사의 내적 논리하에서 '여성성'과 '여성적 글쓰기'를 문제 삼았던 것은, 비단 여성문학 담론의 문제만이 아니라 1990년대 문학의 공 통적 특성이라고 해야 하지 않을까?

이런 이유로 (임지연의 표현을 따르자면) '2000년대의 탈여성문학'의 원인을 1990년대 여성시의 작품 자체에서 찾는 일은 1990년대의 시들을 1990년대 문학사뿐 아니라 1990년대의 현실에서도 소외시키는 일이 된 다. 2000년대 문학에서 페미니즘 비평이 사라진 것은 단순히 여성주의 비평의 관점으로 읽을 수 있는 작품이나 비평 자체의 문제가 아니라 문

---

21   정끝별, 「여성성의 발견과 '여성적 글쓰기'의 전략」, 《여성문학연구》 5, 309쪽.

22   신수정, 황종연, 김미현, 이광호, 이성욱 좌담, 「다시 문학이란 무엇인가」, 《문학동네》 2000년 봄.

학이 자신의 외부를 동시대의 현실이 아니라 이전 시대의 문학으로 한정하여 설정할 때, 문학이 어떻게 문학사의 내적 논리 안에서 '말하지 않는 것'을 만들어 내는지에 대한 문제로 확장하여 논의되어야 한다. 즉 이 문제는 10년을 주기로 분절해서 이해해 온 문학사적 구분이자 세대 담론이 문학과 현실 사이의 접점을 소거하는 데 어떻게 기여했는가를 비판적으로 통찰해야 답할 수 있는 부분이며, 문학이 현실과 관계 맺는 방식의 차이를 기준으로 1970~1980년대의 문학과 1990년대부터 2010년대 문학에 이르기까지 문학사적으로 물려받은 것들과 처한 현실이 어떤 관계 속에서 각자의 문학을 산출했는지를 비판적으로 돌아보아야 할 근본적인 문제다.

5   당시의 현실

1999년 가을과 겨울, 한 문예지에서는 '90년대 한국문학이란 무엇인가'라는 제목 아래 90년대 문학의 자기 정당성을 논의하는 기획 지면을 연달아 마련한다.[23] 이 지면에서 김혜순은 「90년대의 시적 현실, 어디에 있었는가」라는 제목으로 90년대의 시적 현실을 80년대의 시적 현실과의 관계하에서 살펴보고 있다. 20여 년이 지난 2018년의 시점에서 김혜순의 글을 다시 읽었을 때 흥미롭게 다가오는 것은 여성시인들이 구축한 시적 현실과 1990년대 시인들(박상순, 김참, 함기석, 서정학, 김태동, 성기완)의 언술 방식이 별도의 장으로 구성되어 있다는 점이다. 이 글의 결론 부분에

---

23 《문학동네》는 1999년 가을호와 겨울호에 걸쳐 '90년대 한국문학이란 무엇인가'라는 기획명으로 김혜순, 정끝별, 조남현, 이성욱, 이광호, 서영채, 황종연, 신수정, 류보선 등 총 9명의 필자를 통해 1990년대 문학을 재검토한다.

도달하면 1990년대의 시적 현실은 은유적 세계관보다는 환유적 세계관을 통해 시적 자아의 자리를 타자들의 자리에 내어줌으로써 새로운 의미의 리얼리즘적 열망이 나타난다고 진단되는데, 2000년대 문학 담론의 주요한 키워드들이 이미 대거 출현하고 있는 이 비평적 진단이 염두에 두고 있는 것은 물론 후자의 시인군이다.

1990년대 시의 성취에 대해 논의하는 지면에서 여성 시인으로서의 첨예한 자의식을 가진 김혜순이 당시의 여성시를 1990년대 시의 대표항으로 설정하지 않았다는 것은 의미심장하다.[24] 여성시를 1990년대 시에 대한 최종적 성취로 내세우기에는 무언가 석연치 않은 것이 있었던 것일까? 1990년대 문학의 특징으로 꼽히는 서사의 약화, 내면성의 강화가 1980년대 문학과의 대립 구도하에서 비정치적이라고 폄하되는 일련의 흐름이 있었음을 염두에 둔다면 페미니즘은 현실적 실천의 의미에서 운동성과 떼어 놓을 수 없는 담론이기에 여성문학은 당시 문학의 최전선으로 간주될 여지가 있었을 것이다. 그럼에도 이 글에서 여성시는 1990년대 시들 중 하위 장르의 하나로 할당받을 뿐이다.

지금으로부터 거의 20여 년 전의 이 글을 다시 찾아 읽게 된 것은 1990년대까지만 해도 여성소설 혹은 여성시라는 명명 아래 꾸준히 논의되어 오던 페미니즘 비평의 흐름이 어째서 2000년대에 접어들어 단편적으로 논의되거나 거의 실종되었는지를 추적하기 위해, 2000년대가 1990년대로부터 무엇을 넘겨받았는지를 살펴야 했기 때문이다. 1999년에 발표된 김혜순의 이 글에서 이미 '여성시'란, 명목상 빠트릴 수는 없으

---

24 이 글은 『근대, 여성이 가지 않은 글』이라는 제목으로 2001년에 '또문학'의 첫 번째 책으로 묶여 단행본으로 출간된다. 필자들의 글을 간략히 요약하여 제시하는 머리말에서 김혜순의 글을 충실히 요약해 나가다 말고 여성 시인들의 성취에 대한 내용이 강조되어 덧붙는데, 사실상 이는 단행본을 엮어 내면서 강조점이 다르게 바뀌어 찍힌 것이다. '여성'을 책의 제목으로 야심차게 앞세운 이 단행본의 취지와 김혜순의 글은 묘한 긴장 관계를 형성하고 있다.

나 대표항으로 설정하기에는 무언가 석연치 않은, 그렇다고 해서 본격적으로 그 한계를 전면으로 내세워 논의하지도 않는, 이중적 대상으로 다뤄지고 있다는 것을 알 수 있었다. 1990년대 문학에 있어서 '여성문학'의 존재는 대체 무엇이었기에, 빠트릴 수도 없지만 전면적으로 비판되는 대상도 아닌 채로, 서서히 밀려나고 있었던 것일까.

그런데 여성문학을 그들만의 리그로 분리하여 다루는 방식은 당연하게도 위의 글에서만 해당되는 특징은 아니다. 가령 1990년대 문학을 총체적으로 다시 평가하려는 시도로 마련된 한 좌담은 '문학위기론,' 1990년대 문학의 특성으로 여겨지는 '내면성과 서사의 약화', '재현의 위기'를 어떻게 바라볼 것인가를 한창 논의한 후에 마치 그것과 아예 별개의 영역인 것처럼 '여성문학과 페미니즘'을 따로 떼어 논의한다. 좌담의 내용보다도 구성 자체만으로 당시 여성문학 담론의 위치를 짐작하게 되는데, 이 자리에서 김미현은 1990년대의 여성문학의 성취보다는 이전과 비교했을 때 얼마나 답보 상태에 있었는가를 더 중요하게 다뤄야 한다고 강조하며 그에 대한 근거를 다음과 같이 요약한다. "여성문학에 대한 논의가 주어진 영토 내에서만의 제한된 담론이었다는 것, 즉 게토나 레스보스 섬처럼 제한적인 영역을 주고 그 안에서만 소통시켰던 담론이었다는 것입니다."[25] 사실 이 진단은 2018년 현재의 관점에서 다시 읽었을 때, 이 발화가 이뤄지고 있는 당시의 좌담 현장의 한계에 대한 지적처럼 읽히기도 한다는 점에서[26] 의미심장하다.

---

25 신수정, 황종연, 김미현, 이광호, 이성욱 좌담, 「다시 문학이란 무엇인가」, 《문학동네》 2000년 봄.

26 현재의 관점에서 이 좌담이 흥미롭게 읽히는 지점은 '여성문학과 페미니즘' 주제에 이르자 '말하는 자'와 '말하지 않는 자'가 명백히 나뉜다는 점이다. 여성 평론가로서 김미현과 신수정 평론가만이 이 주제에 대해 '말하는 자'로서 발언을 이어 가고, 이광호 평론가가 스스로를 "남성 평론가의 자의식을 고백하면"이라는 단서하에서 부분적으로 발언하며, 황종연과 이성욱 평론가는 이 주제에 대해 발언하지 않는다.

어쩌면 당시 중요하게 다뤄졌던 비평적 키워드가 '여성적 글쓰기'였던 이유는, 겨우 일부를 할당받았을 뿐인 제한된 영토라도 지켜 내기 위한 필사적인 비평적 질문은 아니었을까? 특수성으로 타자화되는 것을 감내하더라도 그 특수성의 존재 자체를 지켜 내야 했던 당시의 (불)가능성이 아니었을까? 여성문학 담론이 1990년대에 이르러서야 겨우 제도권 내의 문학 시스템 속으로 진입하게 된 것이라면, 제도 내부에서 자신을 정당화하기 위한 이론적 작업이 필수적이었을 것이다. 1990년대에 이르러 여성들이 현실에서 겪는 억압 자체보다는 억압된 여성으로서의 삶과 경험이 어떤 다양하고 개성적인 글쓰기를 생산하는가에 집중하게 된 것은 당시 여성문학 담론이 체감한 '현실'이 제도권 내의 문학 시스템이었기 때문은 아닐까? 즉 '여성적 글쓰기'라는 비평적 키워드는 한편으로는 시스템 내부에서 동등한 구성원으로서 존재하기 위한 자기 정당화라는 점에서 당시에는 필수적인 '가능성'으로 작용했고, 또 다른 한편으로는 당대 현실과의 직접적인 접점을 모색하기 어렵게 만드는 '불가능성'으로도 작용했다고 해야 하지 않을까? 그렇다면 지금은 어떠한가? 지금은 무슨 일이 벌어지고 있는가?[27]

---

27 위 좌담의 사회를 맡은 신수정이 '문학과 페미니즘' 주제를 마무리하며 덧붙이는 말은 여전히 경청할 만하다. "페미니즘이야말로 이론적 실천과 실천적 이론의 접점이 필요하다는 지적에는 동감입니다. 지금 페미니즘을 새로운 거대 담론의 하나로 활용하는 부분이 없지 않은 것도 사실이지요. 소위 민족 문학의 한 분과로 페미니즘 논의가 진행되고 있는 것도 그런 맥락일 텐데요. 원칙을 이야기하자면 여성문학의 한 분과로 민족 문학이 이야기되어야 하는 것 아닌가요." 이는 주어진 영토하에서만 운용할 수 있었던 한계 지점을 지적하는 발언이지만, 2018년의 현재에서 페미니즘 비평 담론이 어떤 방식으로 작동되어야 하는가에 대해서도 여전히 유효한 지적이다.

6   죽지 않고도

　지금에서야 도드라지게 만져지고 보이고 들리는 것들이 갖는 맥락과 의미를 현재의 관점에서 더욱 구체화하고자 했다. 그런데 이 모든 달라진 감각의 근본적 계기는 앞서 언급했듯이 단순히 '독자' 집단이라고만 좁게 이해할 수 없는, 스스로를 페미니스트로 정체화한 '시민'들의 등장이다. 만일 이들이 등장하지 않았더라면 김혜순의 『여성이 글을 쓴다는 것은』에서 다루는 바리데기 서사가 갖는 한계 지점을 모색해 볼 수도 없었을 것이고, 1990년대 여성시 비평 담론이 어떤 맥락하에서 구성된 것인지 비판적으로 재구성될 필요도 없었을 것이다. 즉 과거에는 보이지 않았고 들리지 않았던 것들이 지금에서야 감각되는 것은 '지금-여기'에서 함께 살아가고 있는 동시대 페미니스트-독자-시민들이 출현하면서 가능했던 감각인 것이다. 그런데 이 변화된 감각을 어떻게 받아들여야 하는 것일까? 이런 고민 도중 최근 한국뿐 아니라 전 세계적으로 큰 인기를 누리고 있는 작가인 리베카 솔닛의 저서 『멀고도 가까운』의 구조는 새삼 의미심장하게 느껴졌다.

　흥미롭게도 이 책은 『천일야화』 속의 셰에라자드 이야기에서 시작된다. 왕인 술탄은 노예의 품에 안겨 있는 왕비를 목격한 이후 다시는 배신당하지 않기 위해 처녀와 잠자리를 가진 후 아침이면 그녀를 살해한다. 셰에라자드는 살육을 멈추기 위해 자진해서 왕을 찾아가 이야기를 시작하고, 그 이야기는 끊임없이 다음 날 밤으로 이어져 그렇게 몇 년이 흐르게 된다는 이 오래된 이야기를 자신의 이야기를 꺼내기 위한 첫 번째 이야기로 배치했다는 것은 의미심장하다. 이는 마치 김혜순이 바리데기 서사로부터 자신의 시론을 이끌어 낸 것과 유사하지 않은가. 솔닛은 술탄이 셰에라자드의 이야기를 듣는 동안 버림받을지 모른다는 두려움을 폭력으로 방어하는 방식의 행동을 더 이상 하지 않게 된다는 점에 주목한다. 솔닛의 비평은 다음과 같다. "다른 이야기꾼이 입을 떼면서 이전 이야기 속의 행동이 멈춘다. 그것은 다른 이야기를 품고 있는 이야기이자 죽음을 유예하는 이야기이다."[28]

솔닛의 비평과 더불어 셰에라자드 이야기는 이미 존재하는 이야기를 어떻게 다른 이야기로 전환할 것인가를 성공적으로 성취하는 사건으로 재해석된다. 물론 여기에서 이미 존재하던 이야기는 왕의 이야기, 자신이 겪었던 상처를 폭력으로 전환시키며 스스로도 이 이야기를 멈추지 못하는(않는) 자동화된 이야기일 것이다. 셰에라자드는 자진해서 그 이야기 속으로 들어가 첫 번째 이야기를 중단시키는 영웅이다. 그러나 2018년의 바리데기가 그러하듯, 2018년의 셰에라자드라면 술탄을 찾아가 세 아이를 낳으며 밤새 이야기를 들려주며 살육을 막는 대신 죽어 간 여성들을 대신하여 거리로 나서 목소리를 높이며 곳곳에서 벌어지고 있을 술탄의 범죄 모두를 문제 삼지 않을까? 물론 이것은 이야기이며 비유라는 것을 모르는 것이 아니다. 하지만 바리데기 서사에서 서천서역국이라는 상상적 공간을 만들어 낸 것은 상상력으로 지어내지 않으면 현실에선 결코 존재하지 않는 공간이기 때문이다. 하지만 지금은 굳이 이야기가 아니어도 직접 광장에 '서천서역국'을 짓기 시작했고, 굳이 상상적 공간이 아니어도 현실 속에서 자기 자신을 개진해 나갈 수 있게 되었다는 뜻이다. 차라리 지금의 젊은 여성들은 「서프러제트」(2016)와 같은 영화가 보여 주는 서사에 열광할 것이다. 그렇다면 셰에라자드의 서사는 이제 더 이상 지금 여성의 서사가 아니라고 해야 할까? 그런데도 어째서 솔닛은 셰에라자드로부터 자신의 이야기를 시작해야 했을까?

사실 셰에라자드는 『멀고도 가까운』에서의 솔닛 자신이기도 하다. 셰에라자드가 이미 존재하는 이야기를 중단시키며 자신의 길을 냈던 것

---

28 리베카 솔닛, 김현우 옮김, 『멀고도 가까운』(반비, 2016), 15쪽.

과 마찬가지로, 솔닛 역시 어머니와 세상으로부터 끊임없이 들어야만 했던 자신을 배제하고 억압하는 이야기를 중단시키고 낯선 모험에 "네."라고 대답하면서 자신이 지은 책을 타고 세상에 나와 있다. 즉 솔닛이 이 이야기에서 자신을 찾아낼 수 있었던 것은 셰에라자드가 술탄의 침실로 자발적으로 찾아가 아이를 낳으면서 이야기를 계속 들려줬다는 행위에 주목했기 때문이 아니라 그 이야기 속에서 셰에라자드와 술탄이 어떠한 변화를 겪게 되었느냐 하는 지점에 비평적 방점을 찍었기 때문이다. 우리 모두는 태어나 성장하면서 이미 세상을 이루고 있는 기존의 이야기들을 학습하지 않을 수 없고 그 이야기를 양분 삼아 성장하지 않을 수 없다. 그러나 세상의 변화를 꿈꾸는 이라면 우선 자신이 내면화시킨 이전의 이야기를 자신의 바깥으로 내보내는 것에서부터 출발해야 한다. 솔닛이 셰에라자드 이야기를 '이야기 전환자' 매커니즘으로 파악하는 방식으로 전 세계적으로 출현하고 있는 페미니스트 시민들의 등장을 읽어 낸다면 어떨까?

문학뿐 아니라 영화나 연극, 서사를 다루는 거의 모든 예술 장르, 언론이 뉴스를 만들거나 기사를 작성할 때 사용하는 언어, 광장에서 공연을 하는 뮤지션의 가사에 이르기까지 여성혐오적 표현의 수정과 삭제에 대한 전방위적 요구는 여성이 자신의 이야기를 직접 만들어 나가려 하는 시도로 보아야 한다. 사회를 구성하고 있는 거의 대부분의 문화적 자료들이 여성을 타자화시키는 방식으로 묘사해 왔다는 사실을 깨닫는 일은 자신이 속한 사회 속에서 자신에 대한 모든 이야기가 타자의 거울로서 기능해왔다는 사실에 대한 문제 제기로부터 이어지지 않을 수 없기 때문이다. 새로운 이야기를 만들어 나가기 위해서는 그동안 자신이 내면화시켜 왔던 이전의 이야기들을 내보내는 것에서부터 시작하지 않을 수 없기 때문이다. 그럼에도 이러한 요구를 한편으로는 예술에 대한 무분별한 검열로 받아들이거나 다른 한편으로는 비문학적인 폭로에 불과하다고 폄하하는 일은, 사회가 자신에게 평생 들려준 이야기들을 중단시키고 자신만의 새로운 이야기를 써 내려가려는 시민들과 함께 살아가는 '지금'에 대한 철저한 몰이해에서 기인한다. 과연 지금의 문학이 무엇이어야 하는지를 고민하는 것이 이 욕망의 자리와 무관한 일일까?

예술계에서 시작된 해시태그 운동이 직장 내 성폭력 고발에 이어 법조계 성폭력을 통과한 후 1년 만에 미투 운동으로 돌아와 예술계의 성폭력을 더욱 근본적으로 문제 삼고 있는 지금, 삭제된 이들이 서로의 이름을 부르며 자신을 다르게 재구성하는 일은 현재 살아 있는 여성들이 과거에 벌어졌던 숱한 폭력의 역사를 누구보다 더욱 또렷하게 기억하고 발화하면서 동시에 현재와 미래를 과거와는 다르게 재구성하고 있는 일이라고 보아야 하지 않겠는가? 그동안 문학은 가장 마지막에 오는 장르로 이해되어 왔다. 과거에 있었던 폭력과 죽음이 세상으로부터 완전히 망각되어 버린 오래된 미래에서도 일어난 일들을 마지막까지 기억하는 자, 모든 밤 속에서도 유일하게 홀로 깨어 있는 자가 작가라고 할 때, 이때의 '마지막'이란 과거를 기억하는 미래라는 점에서 과거에 방점이 찍혀 있다. 그러나 이런 방식으로 문학을 이해한다면 지금 살아 있는 이들이 스스로 발언하고 행동하며 미래를 직접 만들어 나가는 일은 문학과 무관한 일이 되고 만다.

시를 '사태 이후'로만 위치시키는 일은[29] 모든 이가 죽은 후에야 문학이 할 일이 생긴다는 뜻이나 다름없지 않은가? 우리가 과거에 벌어진 폭

---

29 이러한 입장을 잘 드러내는 최근의 글로는 송승환의 「재현의 정치성에서 상상의 정치성으로」를 들 수 있다.(《삶》 2017년 하반기) 다음의 문장이 이 글의 주요 주장이다. "시는, 사태 이후에 온다. 시는, 사태 이후에 오기 때문에 사태, 그 자체의 끔찍함을 온전히 재현할 수 없고 경악스러운 고통을 즉각적으로 말할 수 없다." 이때의 '사태'란 '죽음'을 뜻한다. 따라서 시를 '사태 이후'로 놓는다고 한들 이것은 미래를 지칭하는 것이 아니라 사실은 모두가 마지막까지 과거를 기억하는 미래를 뜻한다는 점에서 과거에 방점이 찍혀 있다. 그러나 이 글은 문학의 이러한 과거 시제가 현재를 사유하기 위한 단초이지, 과거 자체를 위한 것이 아님을 사유하지 못하고 있다.

력의 역사를 마지막까지 기억해야 하는 이유는 단지 과거에 벌어진 일에 대한 애도를 통해 단지 윤리적 주체가 되기 위한 자기만족 때문이 아니라, 지금에도 죽어 가고 있을 이들을 죽기 전에 살리기 위해서, 또한 미래에 다시는 같은 일이 벌어지지 않도록 현재 우리가 무엇을 해야 하는지를 사유하기 위한 것이 아닌가?

문학이 현실의 불가능성과 맞닿아 있다고 할 때, 이전에 불가능했던 것이 이제는 가능해진다면 문학 역시 더불어 변화하게 되는 것은 자연스러운 일이다. 나는 가능한 것과 불가능한 것을 나누던 현실의 구획이 변화할 때 이 변화는 지금 살아가고 있는 이들의 욕망을 다르게 재조직하며 이는 곧 문학을 둘러싼 조건의 변화이기도 함을 설명하고 싶었다. 이 변화 속에서 응답하는 방식은 저마다 다를 것이다. 이전과는 다른 서사로 나 자신의 삶을 만들어 가기를 원한다는 점에서 이들의 욕망은 나의 욕망이기도 하지만, 이 욕망 또한 지금이라는 시대가 새겨 넣은 규율의 작용이자 불가능성일지도 모른다. 지지와 견제, 이 이중의 태도를 유지하면서 이런 문장을 읽었다. "이 세상의 질서 속에 여성인 자신을 위치 지으려는 노력을 포기하면, 비로소 여성은 자신의 내부에서 자신만의 질서가 솟아오르는 것을 느낄 수 있다. 그 내부에서 솟아오르는 질서는 움직임의 궤적을 그리면서 형태 없는 죽은 것들에게 형태를 부여하기 시작한다. 자신을 억압하는 딱딱하게 죽은 것들을 물렁물렁하게 살아 있는 것들로 만들어 내기 시작한다. 가부장제에 중독된 사회구조 안에서 그 중독을 벗어나는 길은 자신만의 구조, 길을 통해 자신만의 충실한 내면적 삶의 궤적을 그리는 것이다."[30] 나에게는 바리데기의 서사보다도 이 서사에 자신을 대입해 가며 스스로를 바리데기로, 시인으로, 여성으로 변주해 나가는 김혜순 시인의 해석자로서의 위치가 여전히 유효하게 여겨졌다. 셰에라자드

---

30   김혜순, 앞의 글, 63~64쪽.

이야기 자체보다 그 이야기 속에서 자신을 발견해 내는 솔닛의 자기 서사가 지금의 독자들에게 더 큰 공감을 이끌어 내는 것처럼. 동일한 텍스트가 어느 시대에 살고 있느냐에 따라 다르게 읽힌다는 것. 우리에게 보이는 세상은 우리 자신에게 책임이 있다는 뜻이고, 이것이야말로 비평의 책무일 것이다.

전진(하지 못)했던 페미니즘*

2000년대 문학 담론과 '젠더 패러독스'의 패러독스

백지은

1 페미니즘 문학/담론의 (재)구성과 그 맥락을 위하여

2018년 3월 현재, 한국 사회에서 압도적인 비난과 질타 혹은 응원과 지지를 받으며 이어지고 있는 이슈는 과거/현재의 성폭력 사건을 폭로하는 이른바 '미투(#MeToo)운동'이라 할 것이다. 지난 1월 말 텔레비전 뉴스 프로그램(jtbc 「뉴스룸」 인터뷰 코너)을 통해 '검찰 내 성폭력' 사건이 폭로된 직후부터, 법조계, 정계, 학계, 예술계를 막론하고 "나도 그런 경험이 있다."는 이야기들이 이어지는 가운데 이 글을 쓰는 오늘도 영화계 인사 아무개를 향한 비판의 목소리와 반성의 목소리가 동시에 줄을 잇는 현장을 목도 중이다.¹ 한 여성 검사가 지난 8년간 자신을 괴롭혔던 '검찰 내 성

---

* 이 제목은 낸시 프레이저(Nancy Fraser)의 저서 『전진하는 페미니즘』(임옥희 옮김, 원제: *Fortunes of Feminism*)의 제목을 변형한 것이다.

1 '검찰 내 성폭력' 폭로에 곧바로 이어진 것이 최영미 시인의 최근 시 「괴물」(《황해문화》 2017년 겨울)을 놓고 오간 인터뷰에서 고발된 고은 시인의 성폭력이었다. 이미 '문단 내 성폭력'에 관한 말하기로부터 '문학'의 위상에 관한 내적, 외적 반성과 고찰이 이어져 왔고, '문학계'의 담론이 우리 사회의 페미니즘 이슈와 연동되는 흐름을 보인 이후의 일이라고 할 수 있을 것이다.

폭력' 사건을 고발하자, 이미 지난 1~2년 사이 한국 사회 전반의 (혹은 전세계적으로도) 관심과 조명을 받고 있는 페미니즘 이슈에 대해 별로 관심을 표하지 않았던 남성 지식인들이 새삼 응원과 지지를 표명하고 나선 것도, 현재 진행 중인 "미투 운동"에 내재된 독특한 계기로 여겨질 수 있겠다.[2] 그런데, 이런 계기들로 우리 사회에 오랫동안 고질적으로 잠복해 있던 성차별적 위계 의식과 그릇된 성 문화를 가시화하고 근절할 수 있는 기회를 맞으리라는 기대감의 한편에는 어쩐지 그것이 뒤늦은 확산이라는 느낌이 없지 않은 듯하다. 지난 2016년 10월, 문학출판계 내 성폭력 사건에 대한 폭로로 영화계, 미술계 등으로 일파만파 퍼져나갔던 '#○○_내_성폭력 해시태그 운동'이 시작된 지 1년이 훌쩍 넘도록, 전혀 그 사실을 몰랐다는 듯 이제야 관심, 동조, 지지를 표명하는 사회 각계의 반응들이 의아하지 않을 수 없기 때문이다. 검찰 조직이라는 권력의 중심부에서 벌어진 사건이 jtbc라는 거대 언론을 통했다는 사실이 (재)발화점을 만드는 데 크게 기여했으리라는 짐작은 물론 가능하지만, 그와 동시에, 오래전도 아닌 근래의 활발한 움직임을 유의미한 운동의 흐름으로 맥락화하는 데에 현재 국내의 지식장이 얼마나 무딘지 혹은 얼마나 편향적인지도 또한 충분히 짐작 가능해진다.

현재 거대한 전환기를 지나고 있는 여성운동의 흐름 한복판에서 여성

---

2 지난 두 정권을 지나며 국내의 정치 사회적 사안마다 입장과 주장을 뚜렷하게 제시해 온 남성 지식인 중 두 사람의 사례를 들겠다. tbs 라디오 「뉴스공장」을 진행하는 김어준 씨는 서지현 검사가 "힘든 인터뷰로 인해 같은 처지에 있는 여성들에게 위로와 격려, 용기를 줬다."라면서 "미국의 하비 와인스타인에게 당했던 배우 알리샤 밀라노의 폭로로 시작해 미투 해시태그가 전 세계를 휩쓸었다. 우리나라는 조용했는데 공개했을 때 피해가 두려웠을 것이다. 서지현 검사를 응원한다."라고 말했다고 한다.(《서울신문》, 2018.1.30.) 역사학자 전우용은 "'미투 운동'은 지금보다 훨씬 더 확산되어야" 한다며 "장자연 씨가 자기 목숨을 던지며 언론 권력과 방송 연예계 권력의 추악한 범죄 행각을 폭로했을 때, '미투'라고 말한 사람이 한둘만 있었어도 세상이 조금은 달라지지 않았을까요?"라고 본인의 트위터 계정(twitter@histopian, 2018.2.20.)에 적었다.

담론/문학의 개별적 특성이나 유기적 맥락을 진단하는 것은 성급한 일일 수 있으나, 바로 그 이유, 즉 현재 여성운동이 거대한 전환기를 지나고 있다는 그 이유에서라도 현재의 여성 담론/문학의 특성을 통시적으로 고찰할 것이 요청된다. 이를테면, 2016년 10월 출간된 소설 『82년생 김지영』이 한국소설로는 드물게 베스트셀러가 되어 인구에 회자되자 "왜 이제야 사람들/여성들이 이런 이야기에 이토록 열광하는가?"라고 의문을 표한 경우들에 대해, 어떤 대답이 가능할지도 생각해 보아야만 할 것이다. 『82년생 김지영』의 붐에 대해 누군가는 이렇게 묻는다. 이전의 한국소설은 한국 사회의 이런 여성문제를 전혀 다루지 않았던가? 현재 이슈화된 페미니즘 논의를 불러올 만한 지점이 이전에는 전혀 없었던가? 전 시대에 비해 사회 내 여성의 지위와 권리는 나아졌는데 하필 이 시대에 '여성 문제'를 전면에 내세우는 논의들이 활발한 까닭은 무엇인가? '문단 내 성폭력' 폭로로 인해 불현듯 여성 문제에 관심이 집중되었기 때문인가? 혹은 재작년 '강남역 살인 사건'으로 촉발된 사회 전반의 이슈에 소설 독자들이 강력하게 휩쓸렸기 때문인가? 등등.

2010년대 후반 현재, 조남주의 『82년생 김지영』을 비롯한 최근의 여성소설들 — 강화길, 김혜진, 박민정, 정세랑, 최은영 등의 여성 작가들이 '여성의 삶'을 주체화하여 쓴 소설이나 한국의 남성적 문화에서 만연한 (성)폭력을 다룬 소설 등 — 이 '페미니즘 문학'으로 호명되고 이해되는 배경이나 이유가 문학 담론장의 흐름과 더불어 설명될 필요도 있을 것이다. 하지만 무엇보다도 현재 문학장 안팎을 막론하고 활기차게 번져 가는 이런 시도들과 분위기가 유례없이 나타난 일시적 사태도, 우연히 형성된 돌발적 현상도 아닌 만큼이나, '페미니즘 문학'의 흐름/진행/전진이 갑작스러운 열기인 것도, 오직 현재적 사건인 것도 아니다. 최소한 지난 일이십 년간 한국문학에서 '여성성', '여성 문제' 등을 키워드로 했던 (혹은 하지 않았던) 논의들은 현재적 상황과 더불어 재고되어야 할 것이다. 과연 한국문학은 내내 여성 문제에 무관심하다가 이런저런 사회적 맥락 속에서 부각된 페미니즘 이슈에 이제 막 부응하기 시작한 것인가? 1990년대, 2000년대를 지나며 질적으로 양적으로 급속 성장했던 여성 작가들, 비평가들의 행보는 최근의 페미니즘 논의와 어떻게 연결될 것인가? 지난 시절의 문학장에서 '페미니즘'은 어떤 위상이었던가? 이미 시작된 실천/운동의 의미와 파급력을 효과적으로 운용하기 위해서라도, 현재의 저널리스틱한 견해들을 전유하여 새로운 페미니즘 문학/담론의 기반으로 삼기보다는, 현재의 여성 담론의 전사(前史)로서 2000년대 문학/담론의 페미니즘적 입장이나 위상을 검토할 필요는 긴급하다.

2 '여성문학을 넘어서'

'여성 대 남성'의 이분법을 넘어

2000년대 문학 담론들에 '여성성', '여성 문제', '페미니즘'이라는 단어가 키워드로 등장하는 경우는, 특히나 1990년대 문학 담론들에서의 그 정황과 비교한다면 현저하게 적어진 것이 눈에 띈다. 그러나 당시에는 그 현상/사실이 반드시 페미니즘 문학의 쇠퇴를 의미하지는 않는다는 시각이 만연했던 것으로 보인다. 심진경은, 1990년대 문학을 논할 때 반드시 거론되는 테마가 '여성성'인데, "여성성이 함의하는 내용은 요약이나 정리가 불가능할 정도로 다양할 뿐만 아니라, 그 의미 또한 여성 비하적인 것에서부터 여성 해방적인 것에 이르기까지 극단적으로 이질적인 논의들 속에서 아무런 고민 없이 무차별적으로 받아들여"[3]졌음을 문제시하면서, "여성의 자질을 표출한다거나 여성이 처한 사회 정치적 현실을 있는 그대

---

3   심진경, 「여성성 혹은 문학적 상상의 원천」, 『떠도는 목소리들』(자음과모음, 2009), 133쪽.

로 작품에 담아내려는 노력이 여성성의 시학이 될 수는 없"음을 강변했다. 동시에 "페미니즘 미학을 일방적으로 실험적인 문학 형식과 연관시키려는 시도나 주변부적 형식을 여성적인 것과 동일시하려는 시도 또한 경계해야"[4] 한다고 주장했다. 1990년대 여성 작가들의 약진과 더불어 활기를 띠었던 '여성' 관련 논의들이 점점 유사한 경향으로 굳어져 상투화되었다는 판단, 그리하여 진보적 운동으로서의 '페미니즘'(의 목표)에 오히려 부합하지 않는 길로 가고 있다는 판단이 강경해 보인다. 그러나 이는 물론 "페미니즘이 끝났다는 의미가 아니라 페미니즘에 균열과 변화가 생겼다는 의미에서 포스트페미니즘을 중점적으로 문제 삼는"[5] 것이었음을 간과해서는 안 될 것이다. '여성' 아니면 '남성'이라는 이분화된 단수적 젠더 한계를 타파하고 "복수적 젠더'들'의 가능성을 타진"하여 "새로운 여성적 영역'들'"[6]을 발견하려는 시도들이 이어졌다.

문학에서 '여성' 관련 논의들이 '여성' 작가들의 작품과 '여성' 재현에 국한되었다는 불만, 그리하여 "여성적 심리나 여성 육체 및 성을 강조하는" 데 머물고 말았다는 반성의 주된 이유는, 무엇보다도 그것이 '여성 대 남성'을 가르는 이분법을 공고히 한다는 데 있었다. '여성'은 생물학적, 존재론적 개념이 아니라는 데서 출발한 이러한 인식은 2000년대 문학 담론의 공통된 전제와도 같았다. "여성의 생물학적인 특성이나 자연과의 친연성을 전경화한다고 해서 여성성을 모색할 수 있는 것은 결코 아니다. 그런 시도는 여성을 '몸'으로 환원하고 그 누구도 빠져나올 수 없는 여성/남성의 이원론적 구도를 고착화할 수 있다."[7]라고 경계하는 단언이나, "'여

---

4   위의 책, 147~148쪽.

5   김미현, 『젠더 프리즘』(민음사, 2008), 7쪽.

6   심진경, 앞의 책, 201쪽.

성성'을 남성성과의 대립적 관계 속에서 규정짓거나 그렇지 않으면 여성 고유의 성적 정체성 혹은 본질로 환원하는 경우가 대부분"인데 그러면 "여성과 남성은 서로 양립 불가능한 존재로 분리될 뿐만 아니라 변경 불가능한 이분법적 쌍을 형성하게 된다."[8]라는 데 대한 불편한 거부감은 당시 성차에 관한 일반적인 입장이었다고 할 수 있다. 이항 중 여성성을 우위에 놓든 그 반대에 놓든, 1990년대 문학에서 이 구조는 1980년대의 계급 이분법을 변형한 형태의 기계적이고 분리주의적인 도식이라는 비판으로까지 이어지기도 했다.[9] 이런 인식은 나아가, 이 사회의 질서는 대개 남과 여로 분리되는 이분법을 기반으로 이루어졌기에, 기존 질서에 의문을 제기하는 의식일수록 이분법을 넘어서야 한다는 데까지 이어진다. "남자 아니면 여자(이 역시 남자일 텐데)의 자명한 성차 구분법은 제2, 제3, 아니 무수한 복수 젠더들을 용인하지 않"으므로 "'남/여'의 이분대당(二分對當)에 기반한 사회에 윤리를 요구해야 할 주체들이 여성들만은 아닐 것"[10]이라는 문제 제기는 '윤리'에 관한 문학적 태도로서 자연스럽게 나타났다.

이처럼 성별에 관한 이원적 접근을 문제로 파악했던 까닭에 대해서는, 다음과 같이 구분해 말해 볼 수 있겠다. 첫째, 성 차별주의에 근거한 착취와 억압 또는 불평등한 사회적 현실 등을 지나치게 강조하여 "남성에게는 죄의식을 여성에게는 분노를 강요"하게 되면 "전투적이고 분리주의적인 페미니즘 문학이 주류를 이룰 수밖에 없"[11]을 터인데, 그렇게 되면 교훈적

7   허윤진, 「나의 분홍 종이 연인들, 언어로 가득 찬 자궁이 있는 남성들」, 『5시 57분』(문학과지성사, 2008), 212쪽.

8   심진경, 앞의 책, 141쪽.

9   위의 책, 142~143쪽.

10   김형중, 「성(性)을 사유하는 윤리적 방식」, 《창작과비평》 2006년 여름, 254쪽.

11   김미현, 앞의 책, 15쪽.

이고 권위적인 페미니즘의 요구에 문학이 굴복한 것이 되기 때문이다. 둘째, "여성문학을 '여성들만의 문학'으로 제한해 버림으로써 끝내 문학의 변두리 하위 장르로 밀어내 고착시켜 버리"기 때문이다. 셋째, 2000년대에 활발히 소설을 썼던 여성 작가들은 이전 세대의 여성들이 여성으로서 겪은 상처나 희생과는 다른 종류의, 가령 "긍정적인 여성성의 계발이나 공적인 자아의 실현에 더욱 중심을" 둔 경험 속에서 살고 있으므로 "'여성적'인 주제를 '여성적'으로 쓰지 않고, '인간적'인 주제를 '인간적'으로 쓰는 것이 가능할지도 모"[12]른다는 사실이다.

따라서, 예컨대 "문단의 '여성 시대'가 오고 있다."라는 류의 헤드라인이라면 이는 "은연중 남성과 여성을 철저히 경쟁과 대립의 관계로 설정하고 여성이 남성의 지위를 넘보는 현상을 우려의 시각에서" 바라보는 것이므로 "아직도 남성/여성을 이분법적으로 분리하고 남성이 여성보다 우월해야 한다는 은밀한 성별적 무의식이 발견"[13]되는 쓸쓸한 현실이 된다. 이런 인식이 "'여성'을 유표화하기보다는 여성 작가가 가진 이러한 복합성을 발견하는 일이 필요한 때"[14]라는 주장을 가능케 한 배경이겠다. 여성 작가들의 의지가 "창조의 권능을 얻기 위해서 나는 중성적인 글쓰기를 지향하는 것"(은희경), "여자의 냄새가 맡아지는 것이 아니라 인간의 냄새가 맡아지는 소설"을 통해 "새로운 여성이 아니라 편견에서 비껴선 여성"(천운영)을 그리는 것, "이쪽에도 저쪽에도 속하고 싶지 않았고 남자도 여자도 아닌 일종의 중간자가 되고 싶었다."(강영숙)라는 것 등의 고백으로 표출되었던 것을 상기해 볼 수 있다. "어느 순간부터 여성 작가라는 것이 여

---

12 위의 책, 19쪽.

13 심진경, 「변한 것과 변하지 않은 것」, 『여성, 문학을 가로지르다』(문학과지성사, 2005), 321쪽.

14 위의 책, 332쪽.

성 문제만을 여성적 글쓰기라는 모호한 방법으로 문제 삼는 온전하지 못한 '절반의' 문학으로 취급되면서 여성 작가들은 '여성(작가)의 불안'을 보이게"[15] 된 것이었겠다.

'남성(성)'을 지나 '소수자'를 아우르는

'여성의' 이야기와 '여성에 관한' 논의가 "절반의 문학"으로 폄하되기 쉬운 것이라면, 그러한 논의는 확대, 전환되어야만 했을 것이다. 크게 두 가지 방향의 질문이 선행되었다.

먼저, '여성(성)'을 대립 항으로 하는 '남성(성)'에 대해, '여성(성)'만큼이나 심도 있게 물어져야 한다는 요구에 직면했다. 일반적으로 여성성을 대상화하는 쪽은 남성적 주체인데, 그가 대상화를 통해 구사하는 문학적, 정치적 전략은 바로 '남성성'을 구성하는 전략과 뗄 수 없거나 심지어 거의 일치할 것이기 때문이다. 예컨대, 허윤진은 "여성문학이 부각되는 과정에서 우리는 남성성을 다소 부정적인 함의를 갖는 여성성의 대립 항이자 주변적인 여성성을 억압하는 중심적인 기제로 상정하기도 했다. …… 그러나 과연 '모든' 남성 작가들의 문학이 그러한가? 우리는 "남성의 동일성이라는 신화"에 침윤되어 있었던 것은 아닐까?"[16]라고 물으며 "이전의 남성 작가들은 자신의 모순을 은폐하고 대상을 권력적인 시선으로 형상화하는 경우가 많았지만" 2000년대의 작가들은 "이미 자신들이 무수한 타자들 속에서 구성된다는 것을 인식하고 있기 때문"에 "그들이 자신의 타자들 — 특히 어머니나 누이와 같은 여성들과 여성성 — 을 부인하거나 배제하려 해도 그 시도는 실패할 수밖에 없"는 "그 타자들에게 영향과

---

15   김미현, 앞의 책, 18쪽.

16   허윤진, 「(깨진) 거울을 보는 남성들」, 앞의 책, 276쪽.

상처를 받는 '연약한' 남성들"[17]이라고 말한다. 허윤진의 또 다른 글, 「나의 분홍 종이 연인들, 언어로 가득 찬 자궁이 있는 남성들」에서는, 최하연과 황병승의 시에서 "이 '결핍된' 남성들이 원하거나 이미 실현한 육체는 여성의 육체"인데 "타자인 여성의 타자적인 '육체'를 전유하는 것은 가부장제에 편입하지 않기 위해서 실행하는 일종의 대안"이라고 말한다. 그리고 "이들이 더 이상 남근을 원하지 않는 것은 질서와 법을 부여하는 상징적 존재를 거부하기 때문이다."[18] 가령 황병승의 시에서 "성장의 징후인 코밑의 수염을 밀어 자신의 남성성을 거부하고 누이의 젖은 치마를 훔쳐 입으며 여성성의 외피를 걸쳐 보기도 하지만 소년도 소녀도 아닌 페르소나의 외로움은 증폭될 뿐"인데, 이 "제3의 여성성을 수행하는 경계적인 존재들이 겪는 이중의 소외는, 내 안의 타자성"으로 규정된다.[19] 심진경이 강영숙 소설에 대해 "기존의 '여성성' 개념을 심문하고 남성적 여성성 혹은 여성적 남성성이라는 새로운 성적 정체성의 가능성을 타진"함으로써 "관습과 통념을 전도"시키고 "지배적인 젠더 체계에 기초한 가부장제적이고 이성애적인 문화와 감수성을 조금씩 균열시키고 바꾸어 갈 수 있는 가능성"을 열었다고 한 비평도 참고된다.[20] 이와 같은 논의에서는 '여성(성)'을 구성하게 하는 기존 질서의 전략들에서 남성성, 가부장제, 이성애적 문화, 관습, 통념 등에 동일화되지 않는 타자적 요소들을 '여성(성)'으로 연결 짓는 경향이 보인다.

---

17   위의 책, 289~290쪽.

18   위의 책, 217~219쪽.

19   위의 책, 234쪽. 황병승의 시에 관한 비평에서 "이분대당을 넘어선 성적 주체들"(김형중, 「성을 사유하는 윤리적 방식」, 앞의 책, 254쪽)에 주목한 경우는 그것에 주목하지 않은 경우보다 월등히 많은 듯하다.

20   심진경, 「새로운 여성성의 미학을 찾아서」, 『떠도는 목소리들』(자음과모음, 2009), 211쪽.

하나 더, '여성'으로서의 정체성은 여자라는 젠더 하나가 아니라 인종, 계급, 민족, 지역, 종교, 나이, 교육, 언어 등에 따라 다양하게 구성된다는 인식이 확산되었다. '여성 주체'란 가변적인 환경과 상황에 따라 무수히 다양한 여성들을 하나로 정체화하는 것이 아니라, 생물학적 여성에 구애받지 않는 다양한 젠더들의 정치적 연대로서 구성되는 것이리라는 생각이었다. 자본, 상품, 노동, 문화 등의 이동으로 국가 간 지역 간 경계가 더욱 희미해진 21세기 이후, 페미니즘 이론이 주목하는 것도 일국의 차별적 제도가 아니라 '세계 체제'라는 보편 질서로 이동했다고 할 수 있을 것이다. 그럼으로써 '여성'의 이야기와 '여성'에 관한 논의는, 소수자로서의 '여성'의 지위를 확장적으로 인식해야 한다는 데로 이어졌고, 따라서 이 사회에서 소외되고 억압받는 '약자'가 여성만은 아니라는 의견들에도 응대해야 했던 것으로 보인다.[21]

예컨대, 이른바 '칙릿' 소설을 "여성소설의 후예들"이라고 부른 소영현의 비평을 다소 넓은 맥락에서 그런 대항의 한 사례로 읽을 수 있다. 그는 칙릿 소설을 "여성의 사회화 과정을 보여 주는 세속적 성장담"으로서

---

21 비교적 최근의 일이지만, 영화배우 엠마 왓슨의 유엔 연설에 대해 고종석이 다음과 같이 발언한 사례를 덧붙여 보겠다. "HeForShe라는 구호에는 인류가 성적으로만 구분된다는 함의가 실렸습니다. 그러나 당신이 말하는 페미니즘이 모든 여성과 모든 남성을 동질적으로 여기는 거친 페미니즘은 아닐 것입니다. HeForShe의 He에는 모든 범주의 강자나 가해자가 포함돼야 하고, She에는 모든 범주의 약자나 피해자가 포함돼야 한다는 것에 당신도 동의할 것입니다. (……) 그러나 말랄라의 페미니즘은 삶과 죽음의 경계에서 살아온 경험의 소산입니다. 당신이 연설에서 술회한, 당신 성장기의 '여성스럽지 않음'에 사람들이 별난 눈길을 보낸 것과는 그 경험의 질이 다릅니다. 나는 지금 여기서 당신과 말랄라를 비교해 말랄라의 페미니즘이 더 온전하다고 말하려는 것이 아닙니다. 말랄라 역시 최연소 노벨평화상을 탄 국제적 명사입니다. 당신이든 말랄라든, 이미 국제적 명사가 돼 버린 여성에게는 사실 페미니즘의 필요성이 그리 절실하지 않습니다. …… 페미니즘의 주체는 여성만이 아니라, 여성을 비롯한 모든 인류입니다. 남성과 LGBT를 포함한 모든 인류입니다. 인종과 계급과 장애 여부를 가로지르는 모든 인류입니다." 고종석, 「에마 왓슨 유엔 여성 친선대사께」, 《경향신문》, 2015.9.21.

이해한다. 당시 '칙릿' 소설로 불린 일련의 소설들에 대해 "지역과 계급, 나이와 성적 취향에서 무한히 세분되는 현대 여성 가운데, 소비문화와 이성애적 로맨스에 집착하는 극히 일부를 대변"한 것일 뿐이라 말해질 수도 있겠으나, 그렇게 재현된 여성들이 현대의 "페미니즘의 유산을 충분히 상속받고 있으면서도 여전히 가부장적이고 속물적인 사회의 일원으로 살아야 하는 여성의 현실"과, 여성으로서 "드러낸 욕망이 만나야 할 사회의 시선, 그 타협과 조절 혹은 실패의 과정을 리얼하게 담고 있다."[22]라는 점에 주목한 해석이었다. 여성서사를 오직 '여성'만의 이야기로 볼 수 없게 하는 지역, 계급, 나이, 취향 등의 세분화된 배경들을 배제해선 안 된다 해도, 서로 다른 배경에서 구성된 그 삶들이 사회와 만나는 지점에서 드러나는 '여성'의 양상을 간과할 수 없다는 의식이다.

이런 의식과 관련하여, 예컨대 2000년대 대표 작가라 할 만한 윤성희, 천운영, 편혜영, 김애란 등의 여성 작가들이 여성 인물로 여성의 이야기를 하고 있을 때, 신경숙의 『엄마를 부탁해』가 공전의 히트를 기록하고 있을 때, 그 이야기들이 다룬 여성의 삶과 여성의 문제가 '여성'이라는 키워드로 충분히 부각되었던가 하는 의구심도 덧붙여 볼 수 있다. 당시의 담론적 분위기 또는 문학 공동체의 일반적 경향은, 여성의 삶으로 '치환되지 않는', 여성 문제에 '국한되지 않는', 혹은 여성이라는 조건 '이상의' 무엇을 환기하는 데 더 열렬했고, 그러느라 정작 여성적인 것의 현재적 위상은 실제보다 과대평가된 채로 눈앞에서 밀려나 있었던 것은 아니었는지. '여성 주체'의 구성을 약자, 소수자의 지위에 밀착한 정치적 작업으로 환치하는 경향에 대해 김미현의 다음과 같은 발언은 함께 참고되어야 한다. "여성'만' 억압받는 것이 아니라 여성'도' 억압받는다고 말해야 한다는 것,

---

22   소영현, 「포스트모던 소비사회와 여성소설의 후예들」, 『분열하는 감각들』(문학과지성사, 2010), 174~175쪽.

여성은 여성 자체가 아니라 소외인이나 소수자의 대변인이라는 논리를 강요"하는 것은 "페미니즘 문학의 범위를 확대시키는 것 같지만 오히려 여성 작가의 특성을 약화시키는 경향"을 드러내게 되었다는 이야기다. '여성성' 이란 개념이 변화할 수는 있지만 사라질 수는 없는 것이라면 "페미니즘이 휴머니즘으로 확대되어야 한다는 논의"[23]가 여성을 여성으로 드러내는 데 제약으로 작동할지도 모른다는, 혹은 분명하게 드러난 '여성성'을 '소수성'으로 손쉽게 대치함으로써 페미니즘적으로 바라봐야 할 억압의 구도를 흐릴 수 있다는 우려였겠다. 너무나 타당하여서, 그러면 안 된다는 경각심조차 불식간에 지나쳐 버리게 했는지도 모를 핵심적인 지적이었다.

3 '타자'라는 올인원(all-in-one)

여성은 타자다

이른바 '포스트모더니즘'의 최대 유산이라 할 수 있는 '탈중심적 주체'에 대한 논의는 (고전적) 모더니즘의 남성 중심적 사고 체계에 대한 비판의 방식으로 페미니즘의 당면 과제와 만나게 된다. 근대의 보편적 주체 논의가 한계에 이르렀다는 판단과 함께 '타자'에 대한 관심은 2000년대 각종 문화 예술 텍스트와 담론에 다층적으로 복잡하고도 중요한 질문들을 불러들였다. 특히 여성 작가, 여성 시인의 텍스트가 논의의 대상이 될 때에는 보다 적극적으로 '타자'를 이해하는 방식이 탐색되었던 것으로 보인다. 심진경에 따르면, 여성과 섹슈얼리티는 항상 타자(화)와 관련된다는 점에서 "문학의 소외 혹은 소외의 문학이라는 문제와 관련된 것"이다. 소외란 "역으로 타자의 결핍을 드러냄으로써 지배 질서의 결여나 공백을

---

23   김미현, 앞의 책, 18쪽.

드러내는 것"인데, "여성은 상징적 질서의 모순과 틈을 들여다봄으로써 지배 질서의 승인을 거부하고 그 질서 속에서는 포착될 수 없는 욕망과 언어를 드러내는 존재"[24]라는 것이다. "즉, 여성은 부재를 증명하는 부재, 결핍을 드러내는 결핍이다. 여성이 이데올로기라는 환상을 획득할 수 있게 되는 것은 그 때문이다. 여성이 문학과 맞닿는 지점이 바로 여기다. 좋은 문학이 특정한 이데올로기나 고정된 형식을 거부하면서 존재해 왔듯이, 또 그런 부정성이 문학의 한가운데서 그 핵심을 규정하는 자질이듯이, 여성 또한 마찬가지다."[25]

주체, 중심, 질서 등의 동일화 논리에 포섭되지 않는 문학의 특성을 소외, 부재, 결여, 공백 등의 키워드로 갈무리하는 논의는 당시 비평들에서 드물지 않게 찾아진다. 강계숙이 김혜순의 시에 대해 다음과 같이 언급한 사례도 참고할 수 있다. 김혜순의 시에서 "사회적으로 강제된 정체성을 달가워하지 않는 여성 자신의 목소리"는 "수동적 여성으로서의 젠더 수행은 우울한 일일 수밖에 없지 않은가라는 물음"을 던지는 것과 같은데, 그 목소리는 스스로를 '우울자'로 의식하고 "'우울한 주체'로서 자신을 타자화하기 위해 우울을 사물로서 적극 호명"하는 데까지 나아간다는 것이다.[26] 이러한 "우울의 육체적 이행"은 "잃어버린 타자와 상실된 '그것'을 자아와의 합치를 통해 자아 내부에 존재케 함으로써 기존의 자아를 변형할뿐더러 자기 안에 마치 유령을 들이듯 부재하는 타자를 현존하는 것으로 되살리는 무의식적 운동"[27]이라고 말해진다.

24 심진경, 『여성, 문학을 가로지르다』(문학과지성사, 2005), 5쪽.

25 위의 책, 6쪽.

26 강계숙, 「우울아, 놀자!」, 『우울의 빛』(문학과지성사, 2013), 71~76쪽.

27 위의 책, 79~80쪽.

이와 유사한 논의들이 증가하면서, 근대의 보편 질서에서 주변화된 사회적 약자들, 달리 말하면 제국주의적 근대화의 시선에서 배제되고 차별당했던 존재들이 역으로 근대적 주체성의 한계를 드러내고 돌파해 갈 '타자(성)'의 위상으로 명료하게 부각되어 갔다고 말해 볼 수도 있겠다. 심지어 근대의 이성적 질서, 우생학적 논리 등에 의해 사회적으로 도태되었거나 부진한 존재들, 가령 광인, 병인, 중독자, 부랑자, 빈민, 백수 등의 존재들을 '하위 주체'로 명명하며 그들에게서 새로운 정치 세력화의 단초를 기대하는 이론적 경향 속에서라면 '여성'이 탈근대적 윤리-정치 프로그램의 '중심'에 서는 것조차 어렵잖게 여겨졌는지도 모르겠다.

타자적인 것이 여성적인 것

　오로지 남성-주체와 여성-타자를 분리하는 논법이 우세했다는 얘기는 아니다. 이분법적 논리는 이미 '지루한 것'이 되었기 때문이다. 다음의 논의를 보자. "김혜순의 시를 논하는 많은 글들은 흔히 남성의 언어와 여성의 언어를 구별하고 이를 다시 은유와 환유라는 수사학적 틀과 짝짓곤 한다. 출발이 그러하니 김혜순의 시가 환유적인 여성의 언어로 씌어지고 있기 때문에 전복적이라는 결론이 뒤따르는 것은 자연스럽다. 그러나 우리는 이런 논법이 이제는 좀 지루하다는 생각이 든다." 신형철은 김혜순의 시에 대해 "그녀의 여성성이 '남성성의 타자'라는 의미로 한정되기 어렵다는 사실"을 깨닫고, 레비나스가 '타자성이 나타나는 상황은 여성적인 것'이라고 말했던 것과 라캉이 사랑의 진정한 장소를 '여성적인 것'에서 찾는다고 했던 것의 맥락을 빌려 김혜순 시의 타자성은 '근본적인 타자성', 달리 말해 '전적으로 다른 것'과 관련된다고 부연한다. 성별 구분이나 여성의 신비화와는 관계 없는 '여성적인 것'이란 "'남성의 타자'라는 의미를 넘어선 곳"에, "특정한 분류법으로 포착되는 것이 아니라 분류법 자체를 혼란에 빠뜨린" 데서 발견되는 힘이라는 얘기다.[28]

이와 유사한 맥락에서 김연수의 소설 「다시 한 달을 가서 설산을 넘으면」에 대해 "죽은 여자 친구의 진실, 곧 여성성에 도달하려는 노력"은 "항상 저 설산 너머 도달하지 못할 외부, 언어의 외부"를 향한 것이라고 말했던 김형중의 독해도 살펴보게 된다. 이 소설의 주인공에게 등반(설산)과 등단(글쓰기)은 여성성을 이해하는 과정 자체인데, 그녀를 끝내 충분히 이해할 수 없었던 그는 "언어로도 등정으로도 도달할 수 없는 곳이 바로 타자의 처소임을 용인해야 한다."라는 결론을 얻게 되었다는 것이다. 중요한 건, 여성성이 곧 "타자의 절대적 외부성"이라기보다 절대적 외부로서의 타자를 인정하는 것이 곧 여성성을 이해하는 방식이 되리라는 뜻이겠다.[29] 다르게 말하면, 여성적인 것이 타자적인 것이 아니라 타자적인 것이 여성적인 것이라고 해야 하지 않을까? 그렇게 말해도 될 만한 뒷받침이 되어 주는 사례는 적지 않으므로, 그중 다음과 같은 독해를 덧붙여 보겠다. 가령, 김행숙 시의 화자는 "나의 기분과 잠과 "꿈", "표정"과 성 정체성까지도 내게 고유하게 귀속된 내 것이 아니며, 나는 나를 휘젓는 타자들의 "영화관" 혹은 "스크린"일 뿐임을 알고 있기 때문"에 "단일한 정체성과 '나'의 동일성이라는 관습적인 굴레를 벗어 버리고, 자기 안의 타자성을 있는 그대로 받아들이고자" 하는 주체다.[30] 이렇게 자-타의 경계가 사라짐으로써 생겨난 주체(이자 타자)인 화자가 '나'(라는 여성)의 표면을 지니고 있을 때, '타자적인 것'의 젠더는 아무래도 여성일 수밖에 없다.

각각의 텍스트에 대한 구체적, 세부적인 논의들은 저마다 다르지만 2000년대 문학 담론들이 '여성(성)'을 사유하는 어떤 지평에 대해 대략

28   신형철, 「불타는 사랑기계들의 연대기 」, 『몰락의 에티카』(문학동네, 2009), 594~595쪽.

29   김형중, 앞의 글, 248쪽.

30   박진, 「내 안의 타자들 — 김행숙의 시」, 『달아나는 텍스트들』(랜덤하우스, 2005), 322쪽.

다음과 같이 말해질 수 있었으리라. 한 번 더 심진경의 글을 발췌하는 편이 나을 터인데, 그는 뤼스 이리가레를 인용하여 진정한 여성에 관한 새로운 이해의 지평은 "남성적 가치 체계라는 상징적 규정성을 의식하지 않는 것이며 그런 한에서 긍정적으로든 부정적으로든 이러저러하게 규정된 규범적 형식에 얽매이지 않는 것이다. 그런 측면에서 여성성은 형식의 결여 자체를 의미한다."라고 썼다. 이어 크리스테바를 인용하여 "여성성이란 여성의 본질이 아니다. 그것은 기호계(the semiotics)와 같은 무언가로서, 상징계 내에서 언어화되지 않으면서도 상징적인 것을 떠받치는 것, 이를테면 라캉의 '실재'(the real)에 가까운 개념이다. 즉 그것은 부재를 증명하는 부재이자, 전복된 중심의 텅 빈 주인이다. 여성성이 문학 자체와 맞닿아 있는 지점은 바로 여기다. 문학이 끊임없는 자기 부정을 통해서만 가능하다고 한다면, 여성성 또한 그러한 부정성을 자기 존재의 근거로 삼는다고 할 수 있을 것이다. 그런 점에서, 여성성은 더 이상 여성성이 아니다."[31]라고 정리한다. 이런 언설은 논리적 또는 실제적인 진위, 시비를 떠나 당대의 담론들(물론 이 경우 여성(성)에 관한 담론들)이 놓인 지식장 — 말하자면 '해체주의'적 혹은 '탈식민주의적' 비판이론 등 — 의 분위기를 일부나마 보여 주기도 한다.

4 '탈–'과 '너머'의 요청으로

'탈–'의 상상력/담론과 함께

2000년대 문학 담론들에서 다음과 같은 말들, '규정된 규범에 얽매이지 않는 것', '전복된 중심의 텅 빈 주인', '문학의 자기 부정성' 등의 언사

---

31 심진경, 「여성성 혹은 문학적 상상력의 원천」, 『떠도는 목소리들』, 150쪽.

는 가장 자주 쓰이고 그만큼 익숙하게 받아들여져 왔다. 국적, 인종, 성별, 계급 등의 사회적 위계는 물론 인간, 동물, 사물, 기계, 유령 등의 심리적 범주, 그리고 장르의 실질적 제한 등의 경계(들)를 넘나들고 무화하는 현상은 2000년대 문학의 가장 큰 특징이기도 하다. 이른바 탈이념, 탈중심, 탈주체 등등의 시대였던 2000년대, 한국소설의 새로운 경향성이 '혼종', '접속', '무중력' 등으로 명명되고, 다수의 한국소설에 드러난 여러 표상이 '환상', '종말', '비인간' 등으로 바꿔 말해졌던 것을 기억해 보면 되겠다. 2000년대 중반부터 부각된 젊은 시인들의 새로운 감각과 함께 이전과는 전혀 다르게 규정되어야 했던 서정(성)을 '낯섦', '혁신', '전복' 등으로 향유하고 사유해 왔던 것도 함께 떠오를 것이다.

　시기를 한정해서 말해 본다면 대략 1990년대 말부터 2010년대 초반까지라 할 즈음의 '한국문학'은, 말하자면 '어떤 전체로도 환원되지 않는 개별적 주체들을 가시화하는 미학적 형상'으로, '동일화되는 주체성의 확립에 저항하는 미학적 모험'으로, 의미화되었다. 한편으로 그것은 그 이전까지 누적되어 온 문학의 관습 또는 규범을 의문에 부치고 리얼리티 자체를 혁신하려는 시도와 운동을 통해 기존의 문학(성)을 타파하려는 것이기도 했다. 전방위에서 '종말'을 알려 온 '(근대) 문학'은 이미 막다른 데를 지나친 듯한 분위기에서, 당시 한국문학이 이질적인 것, 타자적인 것, 불확실한 것 등에 기울인 관심은 어떤 방향으로든 기존의 임계점을 성찰하고 '한 걸음 더'를 추구하는 시도였다는 점에서 전위성을 띤 실천들이기도 했다. 그 실천은 대개 기성에 대한 반감과 거부의 표출이기도 했을 터인데, 그중에는, 일종의 재현 장치라 할 수 있는 '문학' 자신에 대한 위반, 즉 '(문학적) 재현'이라는 관습적 질서에 대한 문학 자신의 전복적인 태도였다고도 말해 볼 수 있다. '문학적'이라는 명목으로 굳어져 온 기존 질서를 갱신하려는 욕망은, 이를테면 이제껏 (문학적) 재현/표상의 관습으로 굳어져 온 '문학 규범'을 탈피하려 시도와 통하면서 또한 재현/표상의 임

계를 고민하는 예술가적 태도와 직접 닿아 있는 것이라고도 하겠다.[32]

　이는 2000년대 소설의 한 경향에 대한 다음과 같은 분석을 통해 좀 더 명확해질 수 있을 것이다. 소영현은 우선 이런 평가를 내린다. "2000년대 문학에서 타자를 사유하는 스펙트럼은 매우 넓어졌다. 한유주와 김유진, 편혜영과 윤이형이 보여 주는바, 사라지거나 배제된 것, 그래서 인식할 수 없거나 말할 수 없는 것, 그럼에도 매번 돌아오거나 한 번도 우리를 떠난 적 없는 것, 이(것)들을 다루는 범주와 방식은 다채로워졌다."[33] 그러고는 특히 '사라지고 배제된 것들'이 "인식 불가능한 것으로" 다뤄지는 한유주의 소설과 "재현 불가능한 것으로" 다뤄지는 김유진의 소설에 대해 "배제된 타자와 억압된 실재에 다가가려는 시도의 흔적들"[34]로서 "타자와 글쓰기를 둘러싼 고통스러운 역설 위에 구축된 세계"[35]임을 먼저 적시한 후, 그에 대한 모종의 회의감을 이와 같이 드러냈다. "2000년대 소설이 드러내는, 억압되거나 배제된 것들 혹은 전혀 이질적인 것에 대한 꽤 많은 관심에는 과연 과도한 이론으로 무장한 진릿값이 매겨져 있는 것일까."[36] 그는 아마도 한유주와 김유진의 소설들에서, 재현 가능성에 대한 의지보다 의심을, 재현 불가능성에 대한 극복보다 체념을 더 많이 보았던 것 같다. "2000년대 문학이 '타자'를 어떻게 복원하는지, 과연 복원하는 것인지, 무엇보다도 2000년대 문학이 과연 새로운지를 새삼 되묻지 않을

32　이상 두 문단은 졸고, 「'K문학/비평의 종말'에 대한 단상(들)」(《웹진 문장》 2017년 2월)에서 발췌, 수정한 내용임.

33　소영현, 「'~이 불가능한 ……을 위한 소설'들」, 트랜스―문학 시대의 타자/윤리, 『분열하는 감각들』(문학과지성사, 2010), 38쪽.

34　위의 책, 31쪽.

35　위의 책, 32쪽.

36　위의 책, 38쪽.

수 없"다고 다시금 회의를 표명한 그는, "말할 수 없는 혹은 말해질 수 없는 그것들을 향한 질문이 동일성의 해체를 주장하는 자동 반사적이고 무차별적인 위반을 가로질러 '도래해야 할' 우리(동일자)에게로 수렴"[37]해야 할 필요를 한 번 더 묻는다.

기존의 문학적 관습/폐해를 청산하려는 실천의 일환으로서, 이를테면 현실 재현의 서사가 주로 의지하는 '시각적 상상력'보다는 말들의 연결과 흐름으로 생성되는 '언어적 상상력'이 우세해졌던 경향 같은 것도 함께 생각해 볼 수 있을 것이다. 문제는, 앞에서 소영현의 분석을 빌려 언급했듯, 그 시도가 결과적으로 '성공적'이지 않았다는 데 있다고 해야 할지도 모르겠다. 어쩌면 재현 너머를 의식하는 언어와 상상이 역으로 재현을 불신하게 만드는 역효과를 냈다고도 하겠다. '재현 너머' 혹은 '재현 아닌' 재현은, 서사를 주로 시각적 상상력에 의지해 수용해 온 대중적 감수성과 특히 멀어지는 결과에 이르는 데 일조하기도 했던 것으로 보인다. 2000년대 한국문학은 유독 '서사성의 결핍', '난해시의 불통' 등의 불만을 대중-독자들에게 샀고, 그와 연관된 맥락에서 언제부턴가 대중-독자들은 문학에서 자기 얘기를 못 찾겠다든가, 문학이 대중-독자를 교양의 대상으로 여기는 태도가 싫다든가 하는 불평에까지 이른 것으로도 보인다. 아이러니하게도, 재현에 대한 탐구가 재현의 실패를 가져왔다고 해야 할까. 요컨대 재현의 임계/한계/경계에 대한 문학의 첨예한 고민은 '대중적인 것'의 형질 변화를 유도하는 데로 나아가지 못했다.[38]

---

37   위의 책, 38~39쪽.

38   백지은, 「'K문학/비평의 종말'에 대한 단상(들)」, 《문장웹진》, 2017년 2월 참고.

'(여성)(재현) 불가능'의 역설

2000년대 문학 담론들에 나타난 여성(문제)에 대한 인식/재현도 이와 유사한 맥락에서 생각해 보게 된다. 『젠더 트러블』, 『안티고네의 주장』 등을 통해 잘 알려진 주디스 버틀러의 이론과 함께 우리 문학 담론에서도 자주 참조되었던 여성 주체 '안티고네'가 어떤 맥락에 놓이곤 했는지 떠올려 볼 수 있다. 김미현의 표현에 따르면 "안티고네는 친족 교란과 젠더 역전을 통해 모호하고 이질적인 젠더 정체성을 보여주는 대표적인 포스트페미니즘적 여성 주체"이다. 안티고네가 대표하듯 이른바 '포스트페미니즘'은 "보편적인 여성(Women)이 아니라 개별적인 여성(woman)의 차이와 다양성을 확보하기 위해 수행적이고 전복적인 정체성을 강조"함으로써 "젠더 개념 자체가 허구적이고 유동적"임을, "'원본 없는 패러디'를 통해 해체되고 재구성"된다는 사실을 드러낼 수 있었다. "권력에 복종하면서도 자신의 내부에 자기 부정성을 가지고 있는 모호하고 불확실한 잉여물로서의 젠더 정체성을 강조하는 것"이라고까지 말해질 수 있었던 것은, 역사적 사회적 맥락에 의해, 혹은 어떤 전복적인 효과를 위한 전략으로서 '젠더 정체성'이 구성될 수 있다고 여겼기 때문일 것이다. "때문에 젠더를 없애기 위해 젠더를 말한다. 이것이 바로 젠더 패러독스이다."[39]라는 발언은 2000년대 (포스트)페미니즘의 모토로도 들린다.

물론 당시에 그 패러독스를 인지하지 못했던 것도 아니거니와 그에 관한 반성적 성찰까지도 없지 않았다. 김미현은 1990년대 페미니즘 문학이 여성 문제에 대한 인식, 남성 중심 문학사에 대한 도전과 여성 작품의 다시-보기, 여성적 글쓰기에 대한 규명 등 다방면에서 "찬란"하여 "1930년대에 이어 '제2의 르네상스'로 명명"할 만하다고 평가하면서도 2000년대 들어 "그 파급력은 현저히 약화되었고, 페미니즘 문학 내부에서도 분열

---

39   김미현, 앞의 책, 6~7쪽.

혹은 분화"가 있었던 것을 지적한 바 있다. 1990년대 "페미니즘 문학의 부흥이 오히려 페미니즘 문학에 한정된 특권만을 주면서 그 '게토' 내에서만 자유를 구가하도록 한 것이기에 오히려 효과적인 통제를 위한 수단이었을 수 있"다는 사실을 자각함으로써, "보다 철저한 부정과 거부를 통해 페미니즘 문학을 바라보는 우리의 자세를 다시 생각해 보자는"[40] 반성과 다짐으로까지 나아갔음을 직시했던 것이다.

　그럼에도 이제 다시 돌아다 보이는 것은 그가 2008년 출간한『젠더 프리즘』의 머리말에서, 그보다 6년 전 출간했던『여성문학을 넘어서』(2002)를 상기하며 2008년에 돌아보는 2002년에 대해 이렇게 말했던 사실이다. "내가 그때 넘어서려던 여성문학은 (남성)문학과 대립되는 문학, 불행이나 상처만을 강조하는 '상상의' 여성문학이었다. 때문에 (무)의식적으로 여성과 남성, 중심과 주변, 외부와 내부를 이분법적으로 대립시키는 환원주의와 본질주의에 빠지기 쉬웠을 것이다. 그 당시에는 "여성문학이냐 아니냐가 아니라 진짜 여성문학이냐 가짜 여성문학이냐가 더 중요한 문제"처럼 느껴졌다. 그러니 여성은 움직이지 않았고, 변하지 않았다. 행복하거나 불행했다. 그때 여성은 단수이고 대문자였다. 그런 여성을 넘어서려는 것은 당연한 것이었지만, 당연한 것이어서 도그마나 딜레마가 되기도 했다."[41] "당연한 것이어서 도그마나 딜레마가 되기도 했다."라는 이 말을, 다시 찬찬히 새겨 듣게 된다. '대문자 여성'을 넘어서야 한다는 당위가 '여성'을 미약하게 만들지도 모른다는 불안감이 전해진다. 개별 여성들의 행위와 생각을 재현한 '진짜 여성문학'에서 '여성의 삶'은 희미해진 게 아닌가 하는 의구심이 엿보인다. 넘어서야 하는 것은 '대문자'이지 '여성'이 아니라

40　위의 책, 13~14쪽.

41　위의 책, 5쪽.

고 힘주어 말하는 듯하다.

5 '젠더 패러독스'를 넘어

2000년대 문학/담론에서 '여성'을 사유하거나 논의할 때는, 그것이 이른바 '대문자 여성'을 가리키는 것으로 환원되지 말아야 한다는 의식이 무엇보다도 강력했던 것으로 보인다. '여성'이라는 정체성을 환기/각인하는 문학적 실천들이 다양한 맥락에 걸쳐 있는 사회적 실천의 수행과 겹쳐진 구성임을 그 어느 때보다 깊이 숙고하고 헤아렸던 시기였다고 말할 수도 있겠다. 언제나 유동적이어서 뚜렷한 경계로 획정할수록 어긋나거나 왜소해질지 모를 '여성'이라는 젠더를 고착적인 이분 대당의 도식에 가두지 않기 위해, '여성'의 가시적인 처지들을 비가시적인 가능성 속에 녹아들게 하려는 의도였다고도 판단된다. 젠더가 모호하고 불확실한 잉여물로서의 정체성임을 알고 그것을 강조하기. 젠더의 구성력을 말하는 것이 결국 젠더의 구성력에 갇히지 않기 위해서라는 인식 위에서 젠더를 없애기 위해 젠더를 말하기. 2000년대 여성문학/담론은 그런 역설의 한가운데를 통과해 왔다고 할 수 있지 않을까. 모든 자명한 것들, 규정된 것들이 지니는 억압과 폐해에 대한 회의와 부정이 '젠더'에 관해서도 다소간 역설적인 인식을 끌어들였을 것이다.

그런데 어쩌면, 그런 억압과 폐해를 다만 알았던 것이 아니라 동시에 회의하고 부정하려는 데까지 나아갔기 때문이라 해도, 결과적으로 '여성'은 충분히 말하지 못했고 말해지지 못했다고 해야 할지도 모르겠다. 바꿔 말해 젠더의 허구성을 타파하려 했으나 여전히 강고한 그 위력에 이 사회 전방위에서 문제성을 알려 오는 '여성의 삶'이 걸려 버리지 않을 도리는 없다. 잉여물로서의 젠더 정체성을 효과적으로 강조할 방법을 찾는 데까지 이르지 못하고, 다만 모호하고 불확실한 잉여물임을 알았다는 데서 주춤하고 말았던 것일까. 그리하여 혹여, 젠더를 말하지 않음으로써 젠더를 무너뜨리려는 ― '여성'을 덜 말함으로써 '여성'을 허물려는 ― '젠더 패러독스'가, '페미니즘 문학'으로서 유의미한 효과를 냈다기보다 '페미니즘 문학'의 자리에 '젠더 패러독스'의 패러독스까지 겹치게 하는 뜻밖의 곤경에 다다랐던 것일지도 모르겠다.

이상 2000년대 문학/담론에서 '페미니즘'이 처했던 역설의 사태를 짚어 보았지만, 이것은 페미니즘의 위축과 곤경이 아니라 페미니즘의 위상과 성과를 살펴보기 위한 기초 작업이다. 최근 여성 작가들이 '여성의 삶'을 주체화하여 쓴 소설이나 한국의 남성적 문화에서 만연한 (성)폭력을 다룬 소설들은 필연적으로 '페미니즘 문학'으로 호명되고 그렇게 읽혀야 하는데, 왜냐하면 최근의 그 성과들은, 지난 시기 문학/담론들이 감당하려 했던 패러독스를 걷어 낸 계기로서 고찰되어야 하기 때문이다. 그렇게 할 때, 그간 지나 온 어떤 역설과 곤경, '도그마와 딜레마'와 '부정과 회의' 등의 연속선 위에서, 앞으로도 개별적인 여성 주체들이 주도하는 서사가 남성 중심적 역사와 사회에 대한 첨예한 문제의식과 정확하게 맞물려 작동하리라는 기대도 가능하다. 따라서 이 글에서 살펴본 2000년대의 문학/담론들이 여성 비평(가)에 집중된 것은, 여성문학에 대한 관심과 입장이 주로 그들의 것이었다는 사실보다도 그 여성 비평(가)의 성과야말로 현재 페미니즘의 전사(前史)라는 사실 때문임을 지나쳐선 안 될 것이다. 돌이켜 보건대, 그 '전사'에 어떤 위축과 곤경이 없지 않았던 것이라면, 그 까닭은 패러독스 위에서 여성문학을 말했던 여성 비평이 아니라 패러독스를 옆으로 치워 두고 여성문학을 말하지 않았던 다른 비평에 있었으리라.

2000년대 여성소설 비평의 신성화와 세속화

배수아와 정이현을 중심으로

강지희

1   2000년대 소설의 윤리 속에서 누락된 것

지금 여성소설에 대해, 여성소설 비평에 대해 이야기해야 하는 이유는 무엇인가. 2010년대 중반부터 세계적으로 불어닥친 페미니즘은 담론 이전에, 일상생활 전체를 범람하는 하나의 운동으로서 등장했다. 사회적으로는 《맥심 코리아》 표지 논란과, '소라넷' 사태에 이어 강남역 살인 사건, 성우 김자연 씨의 해고 등을 둘러싸고 여성혐오에 대한 문제 제기가 꾸준히 이어져 왔다. 이 목소리들이 본격적으로 한국문학장 안에 기입되기 시작한 것은 2016년 10월 '#문단_내_성폭력' 말하기 운동에서부터였다. SNS를 통해 억압되어 온 많은 목소리들이 수면 위로 올라오기 시작했고, 이에 대해서 적극적으로 응답하려는 노력과 논란이 있었다.[1] 이 과정을 거치며 많은 문학 잡지에서 페미니즘 비평들이 등장하기 시작했다. 성폭

---

[1]   2016년 가을 이후 문학상 안에서 벌어졌던 문제들에 대한 정리와 비판에 대해서는 다음의 글들을 참조할 수 있다. 소영현, 「페미니즘이라는 문학」, 《문학동네》 2017년 기을; 양경언, 「'#문단_내_성폭력' 말하기 운동에 대한 중간 기록」, 《여/성이론》 2017년 하반기.

력과 관련해 사회적 층위를 다각도로 재현하는 박민정, 강화길, 임현 등 젊은 작가들의 작품은 비평장에서 활달하게 조명되었고, 조남주의 『82년생 김지영』이 베스트셀러로 등극함에 따라 새로운 문학의 흐름을 포착하고자 하는 저널리즘의 관심 대상이 되기도 했다. 그러나 새로 등장했다고 말해지는 페미니즘 문학들에 대한 평가가 문학장 안에서 긍정적이기만 했던 것은 아니다. 특히 『82년생 김지영』에 대해서는 '미학성'과 '정치적 올바름'을 둘러싼 비판적 논평들이 계속되어 왔다. 이를 들여다보면 요즈음의 여성소설 비평은 어떤 곤혹에 빠져 있는 것 같다. 2010년대인 현재 좋은 여성소설이란 무엇인가. 여성소설에 대해 말할 때, 텍스트의 미학성만을 이야기하는 것은 어떤 의미와 효과를 갖는가. 소설의 미학적 논리 역시 시대와 계속해서 쟁투하며 만들어지는 것이 아닐까. 성급히 어떤 판단 기준을 도입하기 이전에, 비평장 안에서 자연스럽게 반복되고 있는 '문학성'과 '미학성'이란 단어를 구성해 온 담론의 역사를 계보학적으로 추적할 필요가 있다.

여성소설을 말하기에 앞서 느끼는 곤혹은 우리가 그 용어를 의도적으로 탈각한 것이 아니라, 한국문학사의 진화 속에서 자연스럽게 넘어섰다고 믿어 왔기 때문인 것 같다. 돌이켜 보면 한국문학장 안에서 '여성문학'이라는 말이 사라지기 시작했던 것은 2000년대 중반인 듯하다. 그 이전 2000년대를 맞이하면서 1990년대 문학을 정리하며 벌어졌던 좌담들을 살피면, 여성문학은 짚고 넘어가야 할 하나의 중요한 카테고리였다. 1980년대와 비교했을 때 1990년대는 여성 작가들의 활동이 유독 활발했으며 그 성과도 높았다는 평가가 주를 이루었다. "페미니즘의 입장에서 본다면 여성문학사의 새로운 차원이 열리는 연대"이자, "페미니즘 문학이야말로 민족 문학 이념의 위축 이후 이 땅에서의 가장 진보적이고 전위적인 문학 운동"(이광호)이었다는 것이다. 소설에서 일상성의 미학적·도덕적 복권에 "일상성의 영역에 익숙하고, 바로 거기에서 삶의 현안들을 찾아내는 능력들"을 가진 여성 작가들이 큰 기여를 했다는 점도(황종연) 지적되었다.[2] 물론 그에 못지않게 회의적인 지점도 많았다. 창작의 측면에서 볼 때 여성문학 자체가 "페미니즘은 휴머니즘이다."라는 입장에서 "도식적인 결론에 이른다는 문제"가 나타나며, 여성문학 비평의 측면에서는 형식과 내용의 이분법적 대립기가 무의미해진 상황에서 구심점을 잃어버린 채 "치외법권 지대"에 놓이게 되었다는 우려(김미현) 또한 대두되었다.[3] 여기에는 지금 현재도 진행 중인 중요한 문제의식이 놓여 있다. 여성이라는 특수성은 보편성을 대변할 수 있는 것인가. 1990년대 대표 작가로서의 신경숙을 우호적으로 논의하는 좌담 과정에서, 한 남자 평론가가 신경숙을 '여류 작가'라는 편견 안에서 바라보지 말고 '인간의 목소리'를 내고 있다고 보는 것이 타당하다는(김동식) 말을 던질 때,[4] 여기에는 여성문학의 특수성에 대한 위계적인 가치판단이 자리하고 있다. 한국문학사 안에서 여성문학의 성과가 가장 높이 평가되던 시점에서도 여성이라는 범주는 남성의 대타항이 아니라, 결여되거나 협소한 것으로서 인지되어 온 것이다.

그렇다면 2000년대는 어떠했는가. 2000년대 소설의 특징을 규정하고 새로움을 찾는 모색이 활발하게 벌어졌던 것은 2005년경부터였다.[5] 사실

2　황종연·진정석·김동식·이광호, 좌담 「90년대 문학을 어떻게 볼 것인가?」, 『90년대 문학 어떻게 볼 것인가』(1999, 민음사), 44~46쪽.

3　신수정·김미현·이광호·이성욱·황종연, 좌담 「다시 문학이란 무엇인가」, 《문학동네》 2000년 봄, 404~405쪽.

4　황종연·진정석·김동식·이광호, 앞의 책, 42쪽.

5　「한국 문학의 새로운 문법」, 《문예중앙》 2005년 봄; 「2000년대 문학의 새로운 모험」, 《문학과 사회》 2005년 여름; 「과잉의 상상력」, 《문예중앙》 2005년 여름; 「외계로부터의 타전」, 《문예중앙》 2005년 가을; 「2000년대 문학의 (불)연속성」, 《문예중앙》 2005년 겨울; 「2000년대 한국 문학이 읽은 시대적 징후」, 《창작과비평》 2006년 여름; 「지금, 소설이란 무엇인가」, 《세계의 문학》 2006

상 무경향이라고 할 만큼 하나의 세대나 집단으로 특권화하지 않는 다종 다양한 소설들은 1990년대와는 달리 대타 의식이 불러오는 강박과 포즈에서부터 자유로우며, 주체의 왜소화를 보여 준다고 말해졌다. 이때 자주 호명되었던 박민규, 편혜영, 김중혁, 김애란, 박형서, 이기호, 한유주 등의 작가들은 '혼종적 글쓰기 혹은 무중력 공간'(이광호), '망상의 메커니즘'(김형중), '탈현실의 문법과 상상력'(심진경), '탈내면의 상상력'(김영찬) 등으로 수식되었다. 1990년대와의 변별점을 위해 현실과 내면으로부터 벗어나고 있음을 강조하고 있었지만, 공통성은 희미했고 그것은 '환상'이라는 느슨하고 추상적인 명칭으로나 간신히 묶이는 것처럼 보였다. 편집증적 유머와 거짓말로 대변되던, 다소 몸이 가볍던 이 주체들은 2000년대 후반에 접어들면서 타자성과 윤리라는 키워드와 접속한다. 타자성은 마치 모든 것을 빨아들이는 블랙홀 같은 키워드였다. 여기에 포섭된 이들의 한쪽은 국경을 넘는 이주 노동자, 외국인, 이방인 등의 '호모 사케르'들이었고, 다른 한쪽은 좀비, 늑대, 유령, 귀신 등의 주체성이 희박한 환상적 존재들이었다. 그리고 현실과 환상 양 극단에 놓여 있던 이 타자들과 대면해 응답하는 문학적 태도가 바로 '윤리'였다.

2000년대 윤리 담론을 개별 주체의 자유와 책임에 기반한 것으로 읽어 낼 때 오히려 타자와의 관계가 누락되는 것은 아닌지, 당시 윤리 담론이 봉착한 문제들에 대한 비판들이 적지 않았다.[6] 하지만 이는 문학은 철학 혹은 정치와 동일한 윤리를 요청받지 않으며, 이방인이라는 사건의 도래에 대한 문학적 충실성은 "'모국어의 한계를 어떻게 돌파할 것인가.' 하

년 겨울 등의 특집 속에서 당시 활발하게 담론이 전개되었다.

6   서동진, 「차이의 윤리라는 몽매에서 어떻게 벗어날 것인가」, 《문학 l 판》 2005년 가을; 정영훈, 「윤리의 표정」, 《세계의 문학》 2008년 여름; 김미정, 「'버려야만 적합한 것이 되는 것'의 윤리」, 《문학동네》 2008년 가을 등.

는 질문에 응답하려는 고투 속에 있을 것"이라는[7] 말로써 반박되었다. 그리고 이는 '성을 사유하는 윤리적 방식'으로 이어졌다. 성(性)과 윤리는 어떻게 만나는가. 김형중은 2000년대 여성성을 다루는 방식을 대변하는 듯한 이 평론에서 타자를 '이방인화'하지 않을 때 윤리가 발생한다는 가라타니 고진의 말을 경유해, 여성 역시도 이상화하고 신화화함으로써 '이방인'이 아닌 "윤리와 교통의 대상으로서의 타자"로 대하는 것이 중요하다고 강조한다.[8] 그가 다루는 대상 텍스트는 진수미, 이민하, 진은영, 황병승, 김민정의 시와 김연수, 천운영, 배수아, 윤성희, 강영숙의 소설이다. 여기에서 특히 남성 작가인 김연수의 소설과 황병승의 시를 포함시킨 데는 섬세한 분류가 작동한 것으로 보인다. 그는 김연수의 소설에서 이해할 수 없는 여자 친구의 죽음에 대한 탐색이 "언어로도 등정으로도 도달할 수 없는 곳이 바로 타자의 처소라는 사실을 용인"한다는 점에서 타자의 절대적 외부성을 인정한다고 보고, 황병승의 시코쿠로부터는 하나의 젠더로 고정되지 않는 "개별자들의 수만큼 많은 성적 정체성"의 존재를 읽어 낸다. 작가나 인물의 성별을 다루는 데 있어서 철저히 생물학적인 이분법적 성별의 도식을 해체하고, 타자의 절대적 외부성을 용인하는 윤리를 발생시키며, 타자들이 함께 기거하는 윤리적인 의사가족(pseudo-family)을 구성하기에 이르는 이 평론에서 좋은 여성성은 곧 윤리성과 완벽하게 등치된다. 이 평론을 예외적인 독법으로 보기는 어렵다. 오히려 여성성 자체에 대한 논의가 드물어지던 시점에서 적극적으로 여성성의 새로운 의미 규정을 위해 분투하는 시대 감각에 충실한 글이었다. 천운영 소설에 대한 평론을 거의 마지막으로 여성주의 독법은 사라지고 있었고,

---

7   김형중, 「사건으로서의 이방인 ─ 윤리'에 관한 단상들」, 《문학들》 2008년 겨울, 50쪽.

8   김형중, 「성(性)을 사유하는 윤리적 방식」, 《창작과비평》 2006년 여름, 248쪽.

"백수들의 위험한 수다"라는 제목 속에 박민규, 정이현, 이기호가 함께 묶이고(정혜경) '문명의 심연을 응시하는 반문명적 사유' 속에 천운영, 윤성희, 편혜영이 같이 논의될 때(박혜경) 이는 편협하다기보다 여성 작가들의 자리를 한정짓지 않는 독해로 받아들여졌다. 2000년대는 한국문학의 한 특수 지대로서 존재했던 여성문학이 보편성을 얻고 오히려 그 부산물로 "남성 문학이라는 특수 지대"가 나타난 것이 아닌가 하는 분석은 당시의 분위기를 잘 보여 준다.[9] 2000년대 소설 담론이 창출해 낸 윤리성의 보편적 틀은 사실상 차이로서의 여성의 자리를 지우고 있었다.

그렇다면 문학 속에서의 윤리가 아니라, 여성주의 안에서의 윤리는 다른 것일까. 이 시대 대표적인 여성주의 철학자라 할 수 있는 버틀러가 비슷한 시기 2005년에 미국에서 출간한 『윤리적 폭력 비판(*Giving an Account of Oneself*)』[10]을 보면, 그는 푸코가 말년에 천착했던 주체 형성 이론을 이어받아 "스스로의 존재론적인 지평의 한계를 드러내는 방식으로 자기를 만들어 내는" 윤리적 주체를 말하고 있다. 인간이 일인칭 독백에 갇힌 채 구조를 반복하는 종속된 존재가 아니라 '너'에게 말하면서 비로소 '나'가 되는 담론적 상황 속에 자리한다는 것, "타자와의 관계에서 기꺼이 훼손당하려는 자발성"에 대한 강조는 사실상 2000년대 중반 이후 한국의 문학장 안에서 강조되었던 타자성 담론과 아주 멀리 떨어져 있는 것처럼 보이지 않는다. 작가나 인물의 생물학적 성별을 철폐하는 데까지 나아가야 한다는, 여성 역시 다른 타자들에게 열려 있을 때에만 비로소 또 하나의 주체로서 자리할 수 있다는 이 암묵적 정언명령은 2000년대 비평장 안에서 충실하게 적용된 것처럼 보인다. 그러나 당시 가장 최신의 여

---

9   손정수, 「남성 문학의 시대?」, 『비평, 혹은 소설적 증상에 대한 분석』(계명대학교 출판부, 2014), 118쪽.

10   주디스 버틀러, 양효실 옮김, 『윤리적 폭력 비판』(인간사랑, 2013).

성주의 담론과 한국문학 텍스트가 조화로운 접합은 실제 현실과 무관한
것이었다.

2 여성소설 비평의 신성화

배수아를 두고 2000년대 작가라고 하기는 어렵다. 그는 '1990년대 작
가군' 중 한 명이었고, 2010년대 중반이 넘은 지금에 이르러서도 여전히
스스로의 작품 세계를 갱신하며 앞으로 나아가고 있는 놀라운 작가다. 그
의 작품의 오랜 생명력은 시대와 밀착하는 직접적인 소재나 주제를 차용
하는 것이 아니라, 주체의 개별성에 주목하면서 무국적(無國籍)의 서사를
만들어 내는 데서 시작하기 때문인 것처럼 보이기도 한다. 그의 작품은
언제나 꾸준히 비평장의 관심 안에 있어 왔지만, 그의 소설에 대한 독해
가 특히나 성(性)과 관련해 문제가 되었던 것은 2000년대 중반의 일이었
다. 여기에서는 배수아의 소설 중에서도 『에세이스트의 책상』을 둘러싼
비평들을 논하고자 한다.

배수아의 『에세이스트 책상』[11]은 작가의 중요한 대표작들 안에 속할
뿐만 아니라, 2000년대 소설장 안에서 중요한 논쟁의 대상이 되었던 텍스
트다. 이 소설의 화자는 겨울의 혹독한 추위 속에서 M과 나눴던 사랑을
기억 속에서 하나씩 길어 올리고, 그 여리고 연약했던 사랑이 어떻게 의
심과 불안 속에서 파괴될 수밖에 없었는가를 잔인할 만큼 섬세하게 그려
나간다. M과 내밀한 사랑을 나누는 장면에서 화자는 M의 맨몸의 촉감을
더없이 감미롭게 음미한 뒤, 무언가 직감하며 비통에 젖는다. "연약하고
도 연약한 M. 나는 견디나 너는 견디지 못하리라, 그리하여서 마침내는

---

11   배수아, 『에세이스트의 책상』(문학동네, 2003).

너는 견디나 나는 견디지 못하게 되리라."(123쪽) 이 문장의 의도적인 목적어 생략으로 인해 화자의 '견딜 수 없음'은 우리가 인생에서 필연적인 파멸과 파국을 예감하는 모든 순간으로 확장되며 깊은 비애를 끌어온다. 인생의 가장 황홀한 순간은 가장 치명적인 비극의 직감과 맞닿는다. 이 감각의 불멸성과 보편성에 집중한다면 덧붙일 말은 무한해지겠지만, 이 보편에는 무언가가 누락되어 있다. 이 소설의 중반부가 지나서야 밝혀지는 것처럼, 주인공인 '나'와 'M'의 성별은 모두 여성이기 때문이다.

두 사람의 성별을 인지하며 소설을 읽는다면, 화자와 M의 사랑은 여러 사회적 창살 속에 갇혀 있음이 뚜렷하게 드러난다. 소설 초반부에 정신적 빈곤과 경박함의 상징처럼 등장하는 '요아힘'은 돈에 연연하는 성정과 과시욕을 숨기기 위해서인 듯, M과의 사랑을 돈과 특이한 문화적 취향의 결합으로만 평가절하한다. 이 앞에서 화자는 '빈곤'한 경제적 계급과 '동양인'이라는 인종적 정체성에 꼼짝없이 갇히고 말며, 그 의심에서 벗어나기 위해서 '보편적'인 것으로서 자신의 사랑을 증명하기 위해 애써야만 한다. 독일어 강습으로 인해 만나게 되는 '에리히' 역시 "경멸감을 안고"(123쪽) 씰룩거리는 입술로 나와 M에게 다가오고, 다분히 의도적으로 동양인 여성 작가 '요코 타와다'와 동성애자로 알려진 음악가 '슈베르트'를 언급한다. '동양인 여성'이자 '동성애자'라는 화자의 정체성과 그의 사랑은 보편의 위치로 도약하지 못하고 모욕감과 함께 떨어져 내린다. 이때 M이 언어의 '정신성'과 '보편성'을 반박하듯 말하다 에리히에 의해 말이 잘리는 장면은, 마치 화자와 M의 사랑이 지극히 '육체적'이며 '특수성'을 가진 것임을 인정하도록 추궁 받는 순간처럼 보인다.

화자가 M으로부터 에리히와 잠자리를 한 적이 있었다는 말을 듣는 순간부터 그들의 사랑은 강렬한 수치심과 함께 파국으로 흘러간다. 소설은 이때부터 다시 외부의 현실을 지우고, 이 사랑이 남겨 놓은 짙은 수치심과 그것마저 옅어지면서 M과의 기억이 서서히 추상화되는 과정을 그려

간다. 그러니 이 소설의 서두에 자리한 압도적인 문장들이 음악과 죽음의 절대성에 대한 것임은 당연할지도 모르겠다. 가장 추상화된 예술인 '음악'과 가장 추상화된 형태의 삶인 '죽음'은 너무나 간절히 갈망했지만 끝내 가닿는데 실패한 M과의 사랑에 대한 완벽한 환유로 남는다. 그 사랑의 불가능과 고통스러운 고독을 정확하게 직시하며 화자는 "더 많은 음악"이라는 말을 반복해서 중얼거린다.

그러니 이 소설의 공식적인 첫 독해라고 할 수 있는 김영찬의 해설에서 "M에 대한 사랑은 예술적·정신적 삶, 그 안에서 살아가는 내면적인 단독자로서의 삶에 대한 사랑을 다른 방식으로 외화하는 것"으로 말해진 것은 작가의 의도에 가장 부합하는 정확한 독법이었을 것이다. 그러나 더 흥미로운 것은 이후 펼쳐진 리얼리즘 독법에 대한 논쟁들이다. 이 소설 속 화자의 정신주의가 "영·육(靈內)이 쌍전(雙全)하는 삶에 대한 얼마만큼의 무지를 드러내는 주장인지"를 제대로 인식하고 있지 못하다며 비판한 백낙청의 리얼리즘적 독법[12]은 이후에 김영찬과 김형중 등에 의해 효과적으로 반박된다. 김영찬은 백낙청이 이 소설에서 표출되는 정신주의를 "다분히 '허위 의식' 이상도 이하도 아닌 것으로 파악"하고 있다고 보면서, 이 소설의 성취를 "모더니즘으로서는 드물게도 작가 특유의 '허위 의식'을 교정하는 '리얼리즘의 승리'의 장면을 보여 주고 있다는 사실 자체에서 찾고 있"다는 사실을 비판한다. 그리고 화자와 M의 사랑의 의의를 이전까지와는 달리 "그 허무주의적인 개체적 고립의 충동을 '절대적 내면'이라는 고정점을 향해 수렴시키려는 글쓰기에 대한 자의식을 그 사랑을 통해 반복적으로 확인하고 있다는 점"에서 찾는다.[13] 김형중 역시 이런

---

12   백낙청, 「소설가의 책상, 에세이스트의 책상」, 《창작과비평》 2004년 여름, 42쪽.

13   김영찬, 「한국문학의 증상들 혹은 리얼리즘이라는 독법」, 《창작과비평》 2004년 가을, 275~277쪽.

문제의식을 적극적으로 이어받으며, "문장 단위에서 용인되는 관습적 성차의 해소 시도"라는 한국문학사상 가장 급진적인 실험으로 인해 배수아가 "최소한 성별에 관한 한 '보편 언어'"를 만들어 냈음을 상찬한다.[14]

이 글들은 모더니즘적 실험을 감행하는 소설에 대한 새롭고 섬세한 독법의 필요성을 보여 준다는 점에서 여전히 유효해 보인다. 그러나 이런 섬세한 독해들 끝에 배수아는 일반적인 '페미니스트' 내지 '여성 작가'와는 다른 자리에 위치한다. 동성애자를 성적 소수자이기보다 남성과 여성이라는 관습적 성차가 삭제된 '탈젠더적 존재'로 그려 내는데 성공함으로써 그 결과 배수아는 "페미니스트도 아니"고,[15] "여성주의적으로 해석될 여지가 많은 것은 분명하지만 여성주의 문학이라고 보기 어려"워지는 것이다.[16] 물론 이는 상찬의 뜻으로 사용된 것이다. 이후에 이 소설과 관련해 전개된 논의도 "생물학적 성별과는 무관한 욕망과 충동의 성별, 혹은 주체가 향유하는 방식의 성별"을 분별해 들어가 "사랑을 지향하지만 늘 욕망으로 균열되고 마는 삶에 대한 통찰"을 읽어 내는 방식으로 이어진다.[17] 『에세이스트의 책상』이 탈성화(脫性化)된 방식으로 읽혀지는 가운데 거의 유일한 예외는, 이 소설이 "동성애적 텍스트임을 논증하는" 정치한 독해를 펼쳤던 차미령의 평론이다.[18] 이 글은 (성적) 대상의 측면에서 M의 '중성적'인 얼굴이 섹슈얼리티적 성격을 고정시켜 두고 있지 않고, 그들이 성을 향유하는 방식 역시 성애적이며, '에리히'라는 적대적인 남성 타

---

14 김형중, 「민족 문학의 결여, 리얼리즘의 결여」, 《창작과비평》 2004년 겨울, 291~292쪽.

15 위의 책, 291쪽.

16 심진경, 「2000년대 여성문학과 여성성의 미학」, 『여성과 문학의 탄생』(자음과모음, 2015), 234쪽.

17 신형철, 「당신의 X, 그것은 에티카」, 『몰락의 에티카』(문학동네, 2008), 153~161쪽.

18 차미령, 「성정치에 관한 파편 단상 — 배수아의 『에세이스트의 책상』을 다시 읽으며」, 『버려진 가능성들의 세계』(문학동네, 2016).

자의 개입이 욕망을 억압하고 생산하는 양상을 구체적으로 논증한다. 2008년에 발표된 이 평론은 지금 시대의 문제의식을 선취하고 있는 중요한 글이다.

문제가 단순치 않은 이유는 배수아를 둘러싼 탈성화된 텍스트 읽기가 평론가들의 둔감 때문이 아니라, 오히려 더 세심한 독해의 결과였다는 것이다. 『에세이스트의 책상』보다 1년 앞서 발간된 『동물원 킨트』에서 배수아는 서문에서 "주인공의 성별을 규정하지 않겠다"고, "성적 정체성이 자연스럽게 부여하는 모든 정서의 상태를 부정하기를 원했기 때문"이라고 밝힌 바 있다.[19] 작가가 자신의 세계를 구축해 가는 맥락 속에서라면 『에세이스트의 책상』에서 M의 성별을 감춘 이유 역시 사랑이라는 보편적인 정서에 성별과 관련한 편견이 개입하는 것을 막기 위한 것으로 보는 것이 적절할 것이다. 그러나 정말 이런 독해로 충분한가.

페미니즘 이론 내부에서 젠더의 규제적 구성을 섹슈얼리티의 규제적 구성으로부터 분리하는 일은 상식이 되었다. 하지만 주체화는 주체가 떠맡고 수행하도록 요구되는 여러 정체성의 표식에 의해 형성되는 것이다. 다시 『에세이스트의 책상』으로 돌아가, 화자가 느끼는 모욕감이 '빈곤한 동양인 여성 동성애자'라는 여러 정체성의 표식들이 불가분으로 얽혀 생성된다는 것을 부인하는 것은 불가능하다. 만일 소설 속에 '나'와 'M'이 부유한 백인 남성 동성애자였더라도 그들은 동일한 곤란 속에서 보편을 증명해야 했을 것인가. 요아힘과 에리히는 동일하게 모욕과 위협을 가할 수 있었을 것인가. 2000년대 소설 비평들은 원본이 없는 모방적이고 수행적인 실천의 가능성을 통해, 이분법적 성차에 국한되지 않고 다양하게 성별화 된 육체들에 가까이 가고자 했다. 그것은 사실상 버틀러로 대변되는 페미니즘 이론의 최전선에 밀착하는 일이었고, 라캉을 경유해 성관계는

19 배수아, 『동물원 킨트』(이가서, 2002), 5~6쪽.

존재하지 않는다는 것을 해체적으로 더 없이 세련되게 보여 주는 일이기도 했다. 그러나 우리는 너무 성급하게 성차라는 헤게모니적 상징계를 전치했다고 믿었던 것은 아닐까. 배수아 소설을 둘러싸고 성차의 흔적을 지우는 독법은 결과적으로 성을 육체와 무관한 초월적인 것으로 만들었다. 그리고 이는 본래 의도와는 달리 여성성에 대해서도 세속적인 것과 구분되는 성스러운 경외감과 아우라를 부여하는 결과를 낳았다.

3 여성소설 비평의 세속화

정이현은 첫 번째 소설집 『낭만적 사랑과 사회』와 장편 『달콤한 나의 도시』를 통해 대중적인 인지도를 얻었을 뿐만 아니라, 문학사 안에서 1990년대 여성 작가들과는 확실히 변별되는 2000년대 여성 작가로서 자리 잡았다. 물론 작가는 지금까지 계속 활발한 행보를 보여 주고 있지만, 비평적으로 정이현이 가장 주목 받았던 시기는 2000년대 중반 이후로 당시 세계적인 문학 조류 중 하나였던 '칙릿'이라는 장르의 부흥과 맞물려 있었다. 2000년대 여성소설의 존재론적 지평을 고찰한 평론에서 적확하게 짚어 준 것처럼, 물질, 육체, 정신, 관념이라는 각 항목들을 대변하는 여성 작가 편혜영, 천운영, 김애란, 정이현의 시대적 대표성을 부인할 수 없을 것이다.[20] 이 가운데서도 특히 여성주의의 프레임 안에서 읽혔던 작가는 천운영과 정이현으로 보인다. 그런데 천운영을 둘러싼 비평적 키워드들이 '동물성', '야생성', '육식성', '공격성', '그로테스크' 등의 시대 초월적이고 남성적 특수성을 강조하는 양상을 보인 데 반해, 정이현의 소설을 둘러싸고 가장 많이 언급되었던 키워드들은 '소비사회', '속물성', '유

---

20   양윤의, 「광장(Square)에 선 그녀들」, 《문학동네》 2010년 봄.

행', '취향', '위장', '악녀', '화장', '연출', '욕망', '순응' 등 시대와 긴밀한 상관관계를 가진 채 여성의 부정적인 특성이라 인지되었던 요소들과 직결되는 면면을 보인다. 사실상 당대에 함께 '칙릿'이라 불리며 묶였던 작가들 중 가장 주목받았던 작가이자, 그중에서도 독보적으로 문학사에 안정적으로 등재되어 거론되고 있는 작가라는 점을 생각할 때 정이현을 둘러싼 소설 비평들은 다시 분별해 재독할 필요성이 있다.

정이현을 단독으로 다룬 첫 비평은 해설이었던 이광호의 「그녀들의 위장술, 로맨스의 정치학」으로 보인다.[21] 이 글은 이후에 정이현을 새로운 여성 주체로 읽어 내는 전반적인 틀을 마련한다. 정이현 소설 속의 캐릭터는 '악녀'로서 "'위장된 순응'의 방식으로 세계에서 생존하고 복수"하며, "자기 욕망을 실현할 전략을 짠다"는 것이다. 이 위장술은 로맨스와 결혼이라는 이데올로기가 여성 개인을 호명하는 방식과 그 순응의 과정 안에서 벌어지는 정치적 국면들을 드러낸다. 정이현의 위장술이 지배적인 상징 질서에 타협하는 것이 아니라 '저항적 의미'를 가진다는 의미를 부각시키기 위해, 이 비평문은 현대 세계의 규율적인 권력의 메커니즘 안에서는 "저항 역시 그 권력 관계의 일부로서 존재할 수밖에 없"음을 강조한다. 자본주의를 둘러싼 권력의 외부에 대한 상상이 불가능하다는 이 인식은 이후의 정이현의 소설에 긍정적 의미를 적극적으로 부여하는 다른 평론에서도 암묵적인 전제가 되고 있는 것으로 보인다.

정이현 소설을 둘러싸고 가장 많이 언급되었던 단어는 '소비'였으며, 여성의 소비는 단지 패션이나 식사에 국한되는 것이 아니라 사랑과 관련한 욕망으로까지 연결된다. "소비를 향한 무한한 욕구와 로맨틱 러브를 향한 끈질긴 갈망의 교집합"이 정이현식 '칙릿'의 기저에 있었으며, 그 안

---

21 이광호, 「그녀들의 위장술, 로맨스의 정치학」, 정이현, 『낭만식 사랑과 사회』(문학과지성사, 2003).

에서 남녀의 스펙은 곧 관계의 보증수표로 "소비 가능성＝결혼 가능성의 도식을 형상화"했다.[22] 소비의 취향 자체가 캐릭터를 결정하는 중요 요인이기도 했다. 화려한 싱글이 되기 위한 소비 품목들을 나열하듯 보여 주는 그녀들의 라이프 스타일과 '머스트 해브' 아이템들은 "단지 삶의 증표가 아니라 그녀들의 아이덴티티 자체"였던 것이다.[23] 그리고 이런 소비하는 여성성, 욕망하는 주체로서의 여성들은 "전통적인 가부장적 금기라든가 낭만적 사랑의 환상으로 둘러싸인 위선적 가족·결혼 제도를 폭파하는 모종의 힘"을 지닌 것으로 읽혔다.[24]

당시 비평들이 정이현 소설의 '새로움'을 읽어 내는 데는 1990년대 여성소설이 대변하던 내면성과 진정성 테제에 대한 의식이 있었다. 1990년대 여성문학의 인물들은 자신의 진정한 자아를 실현하는 것을 가장 큰 삶의 미덕으로 삼고 집 밖으로 떠돌았고, 이를 섬세하고 복잡한 내면성으로 풀어냈다.[25] 하지만 정이현 소설 속 '악녀'라 호칭되는 이 여성들은 세계와 자신의 사이에 간극을 절감하는 일 없이, 호명에 적극적으로 응답하며 내면이 거의 거세된 즉물적이며 소비적인 행동 양식을 보인다. 그런데 당시 정이현 소설의 도발적 여성들을 구성하는 새로움이란 '속물'로 곧바로 규정될 수 있는 어떤 아슬아슬함을 품고 있는 것처럼 보인다. 소비하는 여성을 욕망의 주체이자, 사소하지만 정치적 전복성을 읽어 내는 많은 평

---

22 정여울, 「칙릿형 글쓰기에 나타난 젊은이들의 소비 풍속도」, 《문학동네》 2008년 겨울.

23 소영현, 「포스트모던 소비사회와 여성소설의 후예들」, 『분열하는 감각들』(문학과지성사, 2010), 178쪽.

24 백지연, 「낭만적 사랑은 어떻게 부정되는가 — 이만교와 정이현」, 《창작과비평》 2004년 여름, 140쪽.

25 소영현은 이런 1990년대산 여성소설의 자아 찾기가 '틀 바깥'에서의 삶에 대한 뚜렷한 대안을 마련하지 못했으며, 의식의 각성을 이룬 여성과 그녀들의 실제적인 사회생활 사이의 간극에 대체로 무력했다고 바라본다. 소영현, 앞의 책, 171~172쪽.

론들이 이 특성이 곧 한계가 되는 양가적 측면에 주목한 것도 그 때문이다. 소비와 결혼과 외부의 인정을 규준으로 삼는 지극히 세속적인 욕망들은 처음부터 타자적인 것으로 가치화되어 있었고, 이를 바탕으로 주체성을 주장하는 것은 결과적으로 신자유주의 기획에 기민하게 부응하는 부정적 주체를 강조하는 효과를 낼 수밖에 없었다. 정이현 소설 담론을 구성하는 대부분의 평자들이 초기의 예외적인 몇몇 사례를 제외하고 거의 여성이라는 것,[26] 정이현의 소설 속 여성 인물들의 소비 행위에 대해 옹호하기 위해 애쓰면서도 결국에는 그 행위에 내재된 체제 순응성을 비판할 수밖에 없었던 것은 징후적이다. 대다수의 비평들이 유보적인 태도를 취하고 있는 가운데, 주로 언급되는 비판들은 다음과 같았다. 정이현 소설 속 인물들은 "이데올로기의 작동에 저항하는 '나쁜 주체'가 아니라, 주어진 이데올로기를 '자기 의지'로 굳건하게 실천하는 '착한 주체'"이고,[27] 특히 소비와 관련해서 "욕망과 취향이라는 이름으로 마련되는 그녀의 아이덴티티는 구별과 차이를 통해 복수적으로 구성되는 표피적이고 유동적인 것"이며,[28] "결국 물신화된 욕망에 스스로 포박된 여성의 모습은 작가가 기도했던 전술이 체제의 감옥에 갇힐 수밖에 없는 소모적"인 것임을 입증한다는 것이다.[29]

정이현을 둘러싼 이 새로운 여성성에 대한 담론은 어떤 딜레마에 빠져 있는 것처럼 보인다. 보리스 그로이스는 '새로움'이 과거의 모든 것과 총

---

26 이광호, 「그녀들의 위장술, 로맨스의 정치학」, 『낭만적 사랑과 사회』(문학과지성사, 2003)와 우찬제, 「소비사회의 접속과 천의 목소리 — 정이현론」, 《문학과사회》 2003년 겨울호를 제외한 거의 대부분의 정이현론은 여성 평자들에 의해 쓰였다.

27 이경진, 「속물들의 윤리학 — 정이현론」, 《창작과비평》 2008년 겨울, 423쪽.

28 소영현, 앞의 책, 180쪽.

29 백지연, 앞의 책, 141쪽.

체적으로 단절하는 절대적이고 특별한 것(something special)이 아니라고 말한다. 기존 질서가 가치화하는 아카이브와의 비교를 거쳐, 그 아카이브에 포괄되지 않는 것들로 이루어진 세속적인 공간이 동시대인들에게 차이가 있는 다른 것(something different)으로 받아들여지는 순간에 '새로움'이 규정된다는 것이다. 그렇기 때문에 이 새롭게 기입되는 세속적인 것은 "그 전통 속에서 이미 처음부터 타자로, 전통 자체에 대한 부정적 순응이라는 의미에서 타자로 가치화"되어 있었던 것일 수밖에 없다.[30] 정이현 소설 속 주체의 새로움은 바로 그 자본주의 사회 속에서 타자화되어 있던 '소비'를 기준으로 한다. '사치스러운 여자'를 둘러싼 오랜 고정관념 ─ 남성을 생산과 능동성과 합리성의 축에, 여성을 소비와 수동성과 비합리성의 축에 두는 ─ 은 그의 소설 속에서 잠시 가치 위계를 전도시켜 적극적이고 공격적인 여성상을 보여 준다. 그러나 이로서는 주체의 욕망이 달성되는 순간 자본주의적 질서에 더 깊이 종속되는 함정을 피하기 어렵다. 소비의 틀 안에서 여성을 본다는 것 자체에서 "소비사회의 주범/희생양으로 고착화하는 담론의 블랙홀"[31]을 피해 갈 수 없기 때문이다.

여기에서 2000년대 비평 담론이 새로 주목했던 문제적 개인들 중 하나가 '백수'와 '루저'였음을 상기해 볼 필요가 있다. 2000년대 후반은 '88만 원 세대'(우석훈)라는 명명과 함께 젊은이들을 구속하고 있던 여러 물질적이고 생활적인 조건에 대한 관심이 두드러지면서, 박민규나 김애란 등의 소설에서 등장하는 고시원과 옥탑방 등의 공간이 새롭게 주목되던 시기였다. 그 가운데 잉여적인 인물들의 권태와 수동적인 태도를 시스템의 일부분으로 작동하지 않고 거리를 두려는 일종의 저항 정신으로 해

---

30   보리스 그로이스, 김남시 옮김, 『새로움에 대하여』(현실문화, 2017), 148쪽.

31   박진, 「칙릿 세대, '여성'은 어떻게 만들어지는가?」, 《문학들》, 2009년 가을, 84쪽.

석하는 독법이 늘어나기 시작했다. 김애란, 윤성희, 윤이형, 편혜영, 김미월의 소설의 인물들을 묶어 어떤 불행과 고통 앞에서도 '무심한' 태도를 고수함으로써 "자율성의 최소 공간"을 만들어 내는 '초연성의 존재 미학'을 지니고 있는 것으로 읽어 내는 시선이 있었다.[32] 한채호, 문진영, 박솔뫼, 황정은의 소설 속 인물들을 "자기계발과 속물되기를 적극 권유하고 강요하는 세상의 대오에서 이탈한 사람들"로서 '바틀비적 주체', '무위(無爲)'의 존재 방식으로 읽기도 했다.[33] 2000년대 후반 이런 잉여적 주체들에 대한 긍정적 독해가 점점 늘어나는 상황 속에서 정이현 소설을 비롯한 칙릿 류의 소설들 속 적극적인 자기계발형 여성 인물들의 자리가 좁아지는 것은 상징적이다. 이 여성들의 자본주의 사회 적응기/실패기는 그 능동성으로 인해 한층 더 속악한 것으로 비춰지며 한국문학장 속에서 서서히 배제된다. 2010년대에 이르러서도 잉여적 주체들에 대한 계보 그리기가 계속되어 온 반면, 칙릿 서사 속에 등장하던 악녀형 여성 주체들의 자리가 완전히 사라진 것은 변화한 상황을 잘 보여 준다. 정이현의 이후 소설들에 대한 평론들 역시 칙릿의 순문학적 변형태로서가 아닌, 새롭게 타자를 발견하는 윤리성으로 소설을 읽어 냈다. 어느 정도는 소설의 변화가 이런 평론 독법의 변화를 이끌었겠지만, 이는 기본적으로 더 이상 소비하고 욕망하는 여성 주체가 새로움을 담보하는 존재일 수 없다는 암묵적인 전제가 먼저 있었음을 부인할 수 없을 것이다. 정이현의 소설 비평들은 1990년대 여성소설과의 비교 속에서 새로움을 발견하는 데 성공했지만, 포스트모던 소비사회에 대한 너무나 여성적인 순응이라는 비판으로부터 텍스트를 보호하고 새로운 주체를 형성시키는 데는 실패했다.

---

32   이광호, 「너무나 무심한 당신」, 『익명의 사랑』(문학과지성사, 2009).

33   복도훈, 「아무것도 '안' 하는, 아무것도 안 '하는' 문학」, 《문학동네》 2010년 가을, 381쪽.

4 신성화와 세속화 사이의 구조적 동형성

앞에서 분석한 배수아와 정이현을 둘러싼 비평적 담론들은 언뜻 상이한 것처럼 보인다. 배수아에 대한 비평들은 주인공이 맺은 과거의 동성애적 관계에 대해 예술적이고 정신적인 면면을 강조하며, 성적 차이를 소거한 채 '보편적' 지점에 대해 말한다. 반대로 정이현에 대한 비평들에서는 어김없이 주인공이 자본주의 속에서 순응과 저항 사이에서 여성적인 '특수한' 전략을 수행하고 있음이 강조되어 왔다. 요약하자면, 배수아의 소설 속 여성 인물에 대해서는 정신적이고 초월적인 측면을 강조하는 신성화 전략이, 정이현의 소설 속 여성 인물에 대해서는 신체적이고 물질적 측면을 강조하는 세속화 전략이 수행되어 온 것이다.

그러나 이들을 둘러싼 담론에서 공통적으로 여성성은 사회적 기대를 만족시키기 위해 사회적으로 만들어진 이데올로기, 즉 하나의 가면처럼 받아들여진다. 그리고 이는 포스트모던 페미니즘의 해체적 전략과 맞닿아 있다. 포스트모던 페미니스트들에 따르면 고전적 모더니즘은 궁극적인 본질을 미리 전제한 상황에서 '본질/형상', '정신/물체', '이성/신체(감성)', '남성/여성', '주체/타자' 등의 이원적 위계성을 강조해 왔기 때문에 페미니즘의 당면 과제라고 할 수 있는 '주체'의 문제에 대하여 제대로 된 해석을 제시하지 못했다고 평가된다. 그들이 보기에 이러한 사고틀은 '남성 중심적'이며 게다가 '유럽(서구) 중심적'이다. 그런 이유로 이들은 이른바 '주체의 죽음' 혹은 '탈중심화된 주체'를 선언하는 것이다. 이 단계에서 포스트모던 페미니스트들은 바로 '욕망', '쾌락', '감성' 등의 담지자라고 할 수 있는 '신체'에 관심을 둔다. 그들에게 '욕망하는 신체'는 그동안 욕망의 대상으로 지배되고, 명명되고, 정의되고 임명되어 왔던 과거의 굴레를 벗어나 '욕망의 주체'로 거듭날 수 있게 했다.[34]

배수아의 소설을 둘러싼 담론은 이런 포스트모던 페미니즘의 대표적인 담론자 중 하나인 엘렌 식수(Hélène Cixous)의 논의를 따른다. 기존의 글쓰기(남성적 글쓰기)가 위계성과 단절성에 종속된 글쓰기라면, 이것을 거부하는 글쓰기가 바로 여성적 글쓰기다. 식수는 "여성 안에는 항상 타자를 생산하는 힘"이 유지된다고 말하며, 남성 중심적 체계를 지배하는 담론의 한계를 넘어서 자신의 육체를 글로 쓰는 양성적 글쓰기를 강조한다.[35] 배수아가 소설 속에서 의도적으로 여성과 남성을 암시하는 지표를 최대한 지웠던 것은 관습적인 젠더 이분법으로부터 벗어나기 위한 새로운 소설적 장치였다. 그러나 결과적으로 배수아의 소설에 대한 비평적 독법들은 여성이기에 억압되고 착취되는 구체적인 물적 근거를 지우는 결과와 함께, 여성성을 일반적인 타자성으로 추상화·보편화시켰다. 이 성급한 보편성으로의 도약은 여전히 현실 속에 자리한 실질적인 차별의 구조혹은 동성애라는 외상적 경험의 완전한 공유 불가능성을 은폐하는 효과를 낳는 것처럼 보인다.

정이현의 소설을 둘러싼 비평적 담론은 쾌락과 욕망을 자유롭게 소비하고 발산하는 신체, 이를 통해 위계적이고 억압적인 상징체계를 뒤집을 수 있는 혁명적인 소비 주체를 강조한다. 자본주의적 소비사회 안에서 누구나 욕망을 소비할 수 있는 신체를 가지고 있지만, 누가 무엇을 얼마만큼 소비하는가에 따라 소비주체가 또다시 서열화 된다. 정이현 소설 속 주체들이 소비를 통해 자유를 실현하는 것처럼 보이기보다, 도리어 언제나 충분히 소비할 자유가 없음을 실감하며 박탈감 속에 공회전하는 이유도 여기서 연유한다. 이렇게 소비 주체의 서열화를 철저히 드러내고 풍자하는 냉소적 주체이기 때문에 정이현은 미국식 칙릿과 구별되는 한국적

---

34 포스트모던 페미니즘에 대해서는 최일성, 「'탈중심화된 주체', 혹은 '소비 주체'의 등장」, 《정치사상연구》 23, 2017년 참조.

35 엘렌 식수, 박혜영 옮김, 『메두사의 웃음/출구』(동문선, 2004).

현실을 비판할 수 있었다는 평가도 가능했다. 그러나 문제는 정이현을 비롯한 당시 칙릿 소설들의 소비 주체의 양상들이 2000년대 중반 한국에서 횡행했던 '된장녀'와 같은 혐오 발화와 나란히 가면서 소모되었던 지점에 있다. 정이현 소설 속 주체의 새로움을 자본주의 사회 속에서 타자화되어 있던 '소비'를 기준으로 할 때, 주체의 욕망이 더 긴밀히 추구되고 마침내 달성되는 순간 자본주의적 질서 속에 더 깊이 종속되는 함정을 피하기 어렵다. 이를 보완하기 위해서인 듯 정이현의 소설 속에서 새롭게 형성되는 관계성의 윤리에 대한 성찰에 방점을 찍는 논의[36]도 있었지만, 이 윤리 역시 순수한 자기 원인에서 비롯된 것이 아닌 세상이 요구한 반쪽자리라는 것은 그 한계를 더욱 분명하게 만들었다.

배수아와 정이현을 둘러싼 2000년대적 비평들은 이전보다 더 세련되고 정교하게 타자성이 생산되는 후기 자본주의 사회의 방식이 어떻게 '다름'과 '같음'의 원리를 변증법적 계기 속에서 통합시키는지 보여 준다. 배수아의 동성애적 관계의 '다름'은 신성화되며 모든 사회적 규범과 관계를 삭제해 버린 순수성과 절대성을 획득하며, 정이현의 소비 주체의 '다름'은 세속화되며 사회적 규범에 더없이 잘 길들여진 여성적 주체를 탄생시킨다. 그러나 이는 모두 결국 여성들이 가진 현실적 욕망의 실존을 가리는 것은 아닐까.

2010년대 후반인 현재, 전 세계적인 페미니즘 운동의 물결 속에서 한국문학의 여성문학 비평은 여러 난관에 봉착해 있다. 1990년대는 여성문학의 부흥기였지만 어느 순간 확고한 여성문학의 범주가 여성 작가들에게는 벗어나야만 하는 하나의 굴레가 되었다. 그 결과 2000년대 한국문학은 여성문학의 경계를 적극적으로 무화시키는 방향으로 진화했다.

---

36 최성실, 「세계 저편의 타자들, 그리고 환상의 스크린 위에서 살아가기」, 《세계의 문학》 2006년 겨울.

2000년대는 그야말로 어떤 것들도 다 여성문학이 될 수 있는 것처럼 보였고, 이러한 현상이 여성문학이라는 의미를 텅 비게 만들었다. 여성문학이 해방을 맞은 것일 수도 있고 도둑맞은 것일 수도 있을 것이다. 하지만 결과적으로 비평장 안에서 여성성은 타자성이라는 범주 안에 흡수되면서 여성에게 부과되고 있는 여러 현실적 특수성에 대한 인식까지도 자연스럽게 지워지는 결과를 낳았다.

2010년대의 여성문학 비평은 어떻게 보편성과 특수성이라는 틀에 갇히지 않는 유연성을 확보하면서, 여성문학의 틀을 다시 확립해 갈 것인가. 미셸 퍼거슨의 니나 파워에 대한 비판적 해설은 이에 대해 하나의 참조점을 마련해 주는 것 같다. 그는 철학자 월터 브라이스 갈리(W. B. Gallie)가 페미니즘을 "본질적으로 경합하는 개념들(essentially contested concepts)"이라고 불렀던 것에 주목한다. "본질적으로 경합하는 개념들"에는 고정된 의미란 없으며, 언제나 그것들의 의미는 경합과 논쟁의 대상으로 불안정하게 남아 있음을 시사한다. 페미니즘은 어떤 관념들의 단일하고 명확한 집합을 가리키는 것이 아니며, 오히려 가소적(可塑的/plastic)인 것이다. 즉 페미니즘은 언어의 한 조각으로서 다중적이고 모순적이며 중첩적인 의미화를 수행할 수 있다. 단일한 페미니즘은 존재하지 않으며 존재할 수도 없다.[37] 여성문학의 가능한 의미의 범위를 안정시키거나 고정시켜서는 안 된다. 이때 여성문학의 순수성에 대한 욕망은 기묘한 방식으로 여성문학의 비정치화에 기여할 수 있기 때문이다. 대신에 2010년대 여성문학 비평은 최근 활발하게 등장하고 있는 퀴어 소설들에 주목함으로써 이분법적 성별 체계의 범위를 넘어서며 새로운 가능성을 찾아갈 수 있을 것처럼 보인다. 여성과 퀴어에게 공동으로 놓인 문제 중 하나는 오

---

37 미셸 퍼거슨, 「페미니즘을 도둑맞는 게 가능할까?」, 니나 파워, 김성준 옮김, 『도둑맞은 페미니즘』(에디투스, 2018), 152~153쪽.

늘날 그들이 공동으로 내몰려 있는 "불안정화(becoming precarious)"의 상태가 경제적 비상사태라는 이름으로 자행되고 있는 정부의 신자유주의 합리화 정책의 일환이자 차별적 젠더화와 긴밀하게 결부되어 있다는 것이다. 무엇보다 퀴어라는 존재는 "원본이 없는 모방적이고 수행적인 실천의 가능성을 통해", 이성애 규범성이 얼마나 헤게모니적으로 작동하는지를 인식하게 함으로써 밀폐된 것처럼 보이는 체제 외부를 상상하도록 이끈다.[38] 섹슈얼리티의 다양성과 복합적인 작동을 통해 기존의 젠더 규범성과는 다른 종류의 리듬을 발견함으로써 우리는 여성문학의 타자화를 피하며 여성문학 비평들을 새롭게 재편해 나갈 수 있을 것이다.

---

38   주디스 버틀러·아테나 아타나시오우, 김응산 옮김, 『박탈』(자음과모음, 2016), 91~94쪽.

'돌봄'의 횡단과 아줌마 페미니즘을 위하여

2010년대 여성 담론과 그 적들

정은경

1 탈낭만 이후

체호프의 「귀여운 여인」에 대한 독해는 논란의 대상이 되곤 했다. 현대 여성 독자들은 사랑 없이는 한 순간도 살 수 없는 주인공 올렌카에 대해 주체성 없는 의존적 여성의 전형으로 비판하곤 하지만, 한편에는 타자에게 끊임없이 자신을 내어주는 사랑의 속성을 잘 그려 낸 작품이라는 평가도 있어 왔다. 네 번이나 읽으면서 감탄했다는 톨스토이의 이 작품에 대한 애정은 사랑과 모성에 헌신하는 여성을 이상화한, 남성적 독서의 대표로 볼 수 있다.

1990년대 쏟아진 여성 작가의 소설은 페미니즘 측면에서 고무적 현상으로 논의되기도 했지만, 어떤 측면에서는 체호프의 올렌카들의 후예들이라고 할 수 있다. 신경숙은 물론 은희경, 전경린의 작품에서 여전히 '사랑'을 갈구하는 여성의 모습을 발견할 수 있기 때문이다. 거칠게 말하면, 신경숙의 낭만적 감상성은 말할 것도 없고 은희경의 탈낭만적이며 냉소석인 여성 화자들도 그 냉소의 정념만큼이나 '진정한 사랑'을 갈구하는 아이러니를 보여 주며, 집을 나온 전경린의 여성들 또한 '제도 밖의 치명적 사랑'에 집착함으로써 여전히 '사랑'에서 놓여나고 있지 못하고 있기 때문이다. 하여, 1990년대 여성 작가의 소설은 좋은 의미에서건 나쁜 의미에서건 '여성적 글쓰기'의 어떤 측면을 드러내고 있다고 할 수 있다. 여기에서의 '여성적 글쓰기'란 일면적으로, '사랑'을 대타자로 설정할 수밖에 없는 여성의 운명을 드러내고 있다는 것이다. 물론 근대 소설의 탄생이 로맨스와 밀접하게 관련이 있다는 것은 이미 밝혀진 바이지만(이언 와트), 유독 사랑과의 친연성을 드러내는 여성 작가의 작품은 '사랑'이 전부일 수밖에 없는 '뒤웅박' 팔자로서의 여성의 운명을 역설적으로 드러낸다. 그러나 '사랑과 결혼'이 여성의 단 하나의 운명은 아닌 것이다.

1990년대 여성소설은 기존의 방식과 다를지라도 '남자' 혹은 '사랑'을 어떻게 처리할 것인가를 중요한 의제로 다루었다. 가령 1984년 이상문학상 수장작인 서영은의 「먼 그대」는 남성의 폭력과 가부장제에 대해 동일한 폭력적 방식으로 돌려주고, 초월적 주체를 통해 불합리와 모순을 운명으로 받아들이는 기이한 '순교자'적 여성을 보여 주었다. 이는 헤겔의 주인과 노예의 변증법에 대한 문학적 변전으로서, '문자'의 마조히즘은 피학적 쾌락의 현현이라기보다는, '남자'라는 단 하나의 운명을 능동적으로 받아들이는 '주인 되기'의 비논리적 형상화라고 볼 수 있다. '사랑'이 근본적으로 인정 투쟁이라는 것을 보여 주는 중요한 텍스트다.[1]

1990년대 탈낭만의 성과를 이어받은 2000년대 이후 여성소설에서 낭

---

1 서영은의 「먼 그대」는 유부남에게 종속된 한 여성이 '숭고한 사랑'을 내세워 희생자가 아닌 주체자로서 폭력적 사랑을 승인한다. 이 소설은 역설적이고 기괴한 방식으로 "가부장제는 사랑의 반의어"(최은영 외, 「당신의 평화」, 『현남 오빠에게』(다산책방, 2017))를 미학적으로 완성함으로써 가부장제 이데올로기를 수용하는 태도를 보여 주고 있다는 측면에서 문제적이다. 서영은의 「먼 그대」와 달리, 데이트 폭력 등을 다루고 있는 강화길의 「다른 사람」은 이러한 거꾸러진 '주체 담론'에 저항하여, 데이트 폭력 등의 실태를 비판한 작품이라 할 수 있으나 남성을 타자화(이는 이주 노동자, 성소수자의 타자화의 문제적 측면과 유사하다.)하고 있다는 측면에서 문제인 측면이 있다. 왜냐하면 타자화는 타자의 무의미, 사망을 선고하는 것이기 때문이다.

만적 사랑에 대한 순진한 기대나 이상화가 사라진 것이 사실이다. 정이현의 텍스트는 영리한 여성들이 낭만성을 삭제한 '사랑'과 '성'을 통해 어떻게 분배에서 이득을 볼 것인가를 보여 주었다. 정이현의 소설은 은희경의 전략을 이어받아 더 철저하게 사랑에 냉소적이지만, 남성들과 적대하지 않는다. 정이현의 '그녀'들은 철저히 계산하여 '남성'에게서 이득을 얻고, 진정성을 버린다.

2000년대 이후 문학 담론에서 여성문학, 여성주의 논의는 이전에 비해 현저하게 약화되었다. 이에 대해서는 '다성적 서사, 탈내향적 화자, 하이브리드 주체의 등장, 미래파 논쟁'과 관련된 탈구조주의 이론의 영향, 정체성 해체,[2] '차이의 정치학'[3]을 원인으로 지목하는 논의들이 있어 왔다. 그러나 필자는 2000년대 문학이 일면에서는 버지니아 울프적 의미에서 페미니즘의 성과라고 생각한다. 버지니아 울프는 『자기만의 방』에서 진정한 글쓰기는 자신의 성을 의식하지 않는 것, 어떤 적대나 혐오나 대상화를 벗어나서 양성적 글쓰기를 하는 것이라고 강조했는데, 2000년대 작가들의 탈성화 소설[4]은 이에 근접해 있다. 가령 김애란이나 황정은, 윤이형 같은 여성 작가들은 연애와 결혼 서사만을 주제 삼지 않으며, 텍스트의 여성성이 과거에 비해 뚜렷하지도 않고, 대체로 남성들과 더불어 '세계'에 대해 말하고 있다. 그러나 물론 이들이 젠더적 관점을 완전히 외면하거나 상실했다는 것은 아니다. 가령 김애란의 어머니와 딸을 이야기하고 있는 「칼자국」이나 돌봄 로봇이 등장하는 윤이형의 「대니」와 같은 작품은 여성적 문제의식에서 나온 것이라고 볼 수 있다. 그러나 대체로

---

2 임지연, 「'여성문학' 트러블」, 《여성문학연구》 26호, 103~132쪽.

3 김양선, 「2000년대 한국 여성문학 비평의 쟁점과 과제」, 《안과밖》 21호, 40~61쪽.

4 여기에서 '탈성화'는 '젠더 트러블'의 성차담론의 실현이 아니라, '여성 작가군'으로 묶을 수 있는 특이성이 사라진 문학 지형을 의미한다.

'여성'임이 분명한 작가, 화자의 관심이 이전 1990년대만큼 연애와 결혼 서사를 향하고 있지는 않다는 것이다.

그렇다면 여성의 문제는, 1990년대에서 '사랑과 결혼'에 대한 탈낭만과 계몽으로 끝났는가? 여성의 문제를 논의할 때 여성성, 섹슈얼리티에 집중하는 것은 여성 삶의 다양한 방정식을 간과하는 것일 수 있다. 문학의 재점화와 확장을 위해 '문학의 자율성이나 문학성의 재구성'에만 집중하는 것이 문학의 다양한 지평을 상실하는 일이 될 수 있듯, 성차와 섹슈얼리티에 대한 지나친 궁구는 '여성' 문제가 놓여 있는 다양한 함수를 놓친 해법일 수 있다는 것이다.[5]

버지니아 울프는 『자기만의 방』에서 여성이 글을 쓰려면 '돈과 자기만의 방'이 필요하다고 선언했다. 경제적 독립과 정신적 독립을 상징하는데, 여기에는 한 가지가 빠져 있다. 그것은 부유한 엘리트 가문 출신이자 무자녀인 버지니아 울프가 간과할 수밖에 없는 부분이다. 가사와 돌봄 전담으로부터의 해방.[6] 이는 분배적 정의(돈), 문화적 인정(방)으로 해결될 수 없는 부분이다. '아내'와 '엄마'를 단순히 가사, 육아 도우미로 대신할 수 없듯 물리적 노동과 종합적 능력, 시간, 애정이 필수적으로 요구되는 이 '돌봄'에서의 젠더 불평등이 해결되지 않는다면, 젠더 정의의 실현은 불가능할 것이다.

본고는 '돌봄'의 젠더 평등 문제를 낸시 프레이저의 논의와 조남주, 김혜진의 소설을 통해 살펴보고 대안과 비전에 대해 생각해 보고자 한다.

---

5 여성성과 성차에 대한 과잉 담론은 일종의 '문학성'에 대한 과잉 담론과도 유사하다. 문학이란 무엇인지, 서정성이란 무엇인지에 대한 담론이 필요하긴 하지만, 여기에 매몰될 경우, 외부와의 관계 속에서 끊임없이 변전하는 그것의 역사성을 간과하고 '타자화'하거나 '물화'시킬 수 있는 것이다.

6 물론 버지니아 울프는 가상의 여성 대학을 상상하면서, 문학사에서의 여성 부재와 남성 작가의 여성 왜곡을 비판하고, 그 원인으로 여성의 경제적 빈곤을 들었고, 다시 그 근본적 원인으로 출산과 육아, 가사 노동을 들었다.

그 전에 2010년대에 불거진 '여성혐오'의 프레임을 '분배와 인정'의 관점에서 짚고 넘어가도록 하자.

2 혐오 프레임·정체성 정치·정치적 올바름

낸시 프레이저[7]는 젠더 불평등의 문제를 2가적(bivalent, 이차원적)으로 파악했다. 하나는 경제적으로 빈곤(성별 분업을 통한 무임금 노동, 핑크 노동, 저임금 노동 등)이고 또 다른 하나는 문화적 무시(성적 대상화, 왜소화, 비난 등의 평가절하)이다. 경제적 빈곤은 분배의 차원으로 연결되고, 계급적 억압, 문화적 차원의 '무시'나 '혐오'는 인정의 차원과 연결된다. 낸시 프레이저는 1960년대 제2의 페미니즘 물결 이후 페미니즘이 점차 정체성과 재현, 성차의 문제로 이동했으며 이를 통해 사회 투쟁을 문화투쟁, 인정 투쟁에 종속시켰다고 비판했다.[8] 이명호 또한 동일한 맥락에서 수전

---

7 미국의 페미니스트 정치철학자. 낸시 프레이저는 페미니스트이지만, '여성'으로 분리되고 고립된 지점들—사랑과 성—에 대한 담론에만 집중하지 않는다. 그녀의 페미니즘은, '보편'이라고 주장하는 남성들의 이데올로기들(하버마스, 푸코 등)에 대해 '여성'의 관점으로 개입함으로써 '여성'이 누락된 세계를 재편하고자 한다.

8 낸시 프레이저는 「재분배에서 인정으로: 문화주의와 신자유주의의 불행한 결합」이라는 장에서 문화주의와 정체성 정치를 다음과 같이 비판한 바 있다.
"전후 여성주의의 첫 번째 국면이 사회주의적 상상력이 '젠더를 고려하도록'(engender) 만들려고 노력하였다면. 두 번째 국면은 '차이를 인정할' 필요성을 강조하였다. 그 결과 인정은 세기말의 여성주의자들이 제기하는 요구들에서 최고의 문법이 되었다. …… 이러한 투쟁들은 종종 정체성 정치의 형식을 취했으며, 평등을 촉진시키기보다는 차이를 수용하는 것을 그 목표로 했다. 여성에 대한 폭력이 문제가 되든 아니면 정치적 대표에서의 젠더 불평등이 문제가 되든 간에, 점차로 여성들이 자신들의 요구를 표현하기 위해 인정의 문법에 호소하였다. 정치 경제상의 부정의에 저항할 수 없게 되면서 여성주의자들은 문화적 가치나 신분적 위계질서에 기초한 남성 중심주의로부터 기인하는 해악들을 공격하는 것을 선호하게 되었다. 그 결과 여성주의자들의 상상력에서 중요

구바의 신랄한 비판을 소개한 바 있다.

　구바는 페미니즘의 위기를 일종의 비평적 거식증에 비유하면서 자신과 입장이 다른 여성에 대해서는 어떤 말도 할 수 없게 만들고 더 억압받는 사회적 위치가 정치적 올바름을 보증해 주는 것으로 여기는 이른바 '정체성의 정치'(the politics of identity, 여기에서 정치적으로 가장 올바르고 진보적인 집단은 다중적 억압이 중첩된 가난한 흑인 여성이나 제3세계 하층 계급 여성, 성적 소수자 여성이다.)와 프랑스발 이론으로 무장한 탈구조주의를 그 원인으로 든다.[9]

　물론 한국문학에서의 2000년대 페미니즘 담론의 실종을 수전 구바처럼 문화구성론, 정체성 정치에만 귀속시킬 수 없다. 또한 젠더 평등 실현을 위해 문화적 층위의 담론은 필요하다. 낸시 프레이저의 지적처럼 젠더 불평등이 분배의 불평등, 인정의 불평등 두 측면에 걸쳐 있기 때문에 배타주의나 환원주의로 귀속시키는 방식이 아닌 다른 방식을 모색해야 한다.(그 방법으로서 낸시 프레이저는 정치적 차원에서의 '위상' '참여 동수'의 평등을 통한 정체성으로부터의 해방, 계급으로부터의 해방을 제안했다.)[10]

한 전환이 발생했다. …… 게다가 그것이 이루어진 시기가 최악이었다. 문화적인 인정 정치로의 전환이 발생한 것은 바로 신자유주의가 거대한 귀환을 시작하던 시기였다. 이 시기 내내 학계의 여성주의 이론은 전반적으로 '차이'에 관한 논쟁에만 전념하였다. '본질주의자들'과 '반본질주의자들' 사이의 대립을 지속시키면서 이 논쟁들은 과거의 이론들이 통상적으로 가지고 있었지만 그간 감추어져 왔던 배제적 가정들을 폭로하는 데 기여했다.(김원식 옮김, 「여성주의의 상상력에 대한 지도 그리기」, 『지구화 시대의 정의』(그린비, 2010), 180~182쪽.)

9　이명호, 「젠더 지형의 변화와 페미니즘의 미래: 1990년대 미국과 2000년대 한국 페미니즘 담론의 비교 연구」, 《여성문학연구》 26호, 140쪽.

10　낸시 프레이저, 임옥희 옮김, 「인정의 시대 페미니즘 정치 — 젠더 정의에 관한 이차원적 접근」,

'분배냐 인정이냐'로 요약될 수 있는 이 이차원적 문제를 푸는 방식은 쉽지 않다. 낸시 프레이저의 논의대로 경제적 평등이 문화적 인정을 가져다주는 것도 아니고, 인정이 빈곤을 해결해 주는 것도 아니다. 그러나 하부 구조가 상부 구조에 우선한다는 것을 떠올릴 필요가 있다. 가령 동성애자들이 거의 부자라 마치 동성애가 부자임을 입증하는 '자연적 성질'처럼 된다면, 동성애 혐오가 존재할 수 있을까. 인정이 기반하고 있는 심리는 단순히 상징계적 차원의 문화적 투쟁의 문제가 아니다. 니체가 죄(Schuld)라는 말의 기원을 부채감에서 찾았듯이. 2000년대 이후 차이의 정치학, 정체성 논의 등의 인정투쟁 중심의 문화주의는 이제 사회투쟁에 대해 생각해야 한다. 이미 그 차원은 시작되었다고 볼 수 있다.(가령 정이현 소설의 성정치경제학은 '연애와 결혼'을 '인정투쟁' 차원이 아닌 분배의 문제와 연관시킨 사례라 할 수 있다.)

더불어 생각해 보아야 할 것은, 여성혐오와 정치적 올바름의 문제다. 혐오 프레임은 타자에 대한 혐오를 통해 자신을 주체화하고,[11] '정체성을 확립'하는 것[12]이다. 혐오는 단순히 여성혐오만의 문제가 아니라 '일베'가 지목하는 '호남, 종북, 좌파, 성소수자, 장애인, 이주 노동자'라는 약자를 향해 있다는 점에서 단순히 성별 대립이 아니다. 강자의 정체성을 동일화하고 타자, 약자를 밀어내는 배제 전략이다.[13] '정체성'을 기반으로 작동한다는 점에서 혐오 프레임은 정체성 정치와 밀접하게 연관되고 '정치적

『전진하는 페미니즘』(돌베개, 2017).

11 임옥희는 "혐오 발언 안에는 주목을 통해 자신이 행위 주체임을 인정받으려는 '주체화의 열정'이 들어 있다."라고 지적한다.(「주체화, 호러, 재마법화」, 『여성혐오가 어쨌다구?』(현실문화연구, 2015), 48~116쪽.)

12 전상진, 「극혐의 쓸모」, 《세계의 문학》, 2015년 가을, 293~325쪽.

13 위의 책, 같은 곳.

올바름'의 요구로 이어진다. 2010년대 이후 확산된 정치적 올바름이나 젠더, 퀴어 논의는 매우 긴요한 투쟁이다. 그러나 이것이 낸시 프레이저의 말대로 한 존재를 가로지르는 다양한 정체성을 간과하고 하나의 정체성으로 '물화'시키는 효과를 내는 것은 아닐지에 대해 생각해 볼 필요가 있다.

또한 정치적 올바름, 차이와 타자에 대한 강박이 실제적 차원이 아닌 상징계적 차원에서의 재현 일체를 불신하는 일로 그치면 안 된다. 왜냐하면 언어는 기본적으로 오염되어 있기 때문에, 말을 바꾼다고 해서 그 말에 부착된 정념까지를 제거하는 것은 아니기 때문이다. 가령 '청소부'를 '도우미'라고 고쳐 부른다 할지라도 폄하와 무시가 없어지는 것이 아니다. 단지 옮겨 갈 뿐이다. '혁명은 안 되고 방만 바꾸는' 일이 될 수 있다는 것이다.[14] 성적 대상화와 여성성의 규정 등에 대한 공포로 인해 '무성성'을 지향하고 젠더 재현을 기피[15]하는 것도 마찬가지다. 라캉식으로 말하자면 상상계가 투영된 상징계에서 불평등을 제거한다고 해서, 실재계의 불평등이 사라지는 것이 아니기 때문이다. 개인적으로는 오히려 그 모든 동일화의 폭력을 무릅쓰고서라도 타자를 재현하고 여성을 호명해야 한다고 생각한다. 그것이 폭력의 의도가 아니더라도 그 동일성은 여성의 작품이든 남성의 작품이든 그 결과물로 비판되고 논의되어야 한다. 그럼으로

---

14 '동성애'는 호모를 거쳐 게이, 레즈비언 등으로 거듭났지만, 그렇다고 동성애 혐오가 훨씬 더 줄어든 것은 아니다. 궁극적으로는 '동성애'라는 말이 없어져야 한다. '동성애'라는 차별적 호명 자체에 이미 차별이 새겨지는 것이다. 페미니즘이 꿈꾸는 세상이 페미니즘이 없는 세상이듯, 동성애가 꿈꾸는 세상은 동성애라는 말이 없는 세상이 아닐까.

15 양경언의 「최근 시에 나타난 젠더 '하기'(doing)와 '허물기'(undoing)에 대하여」(《문학동네》, 2017년 여름)에서 강조하는 '젠더 허물기'의 의미나 황인찬의 '2000년대 시의 성차 약화' 언급 (「미지 × 희지 Vol. 1: 쩌는 세계 — 이자혜·황인찬, 다음을 기약할 수 없는 인터뷰」(『문학과 사회』, 2016년 가을) 등 참고.

써 실재계에 '다른 효과들'을 만들어 내야 한다.[16]

페미니즘 비평이 '정치적 올바름'에 강박되어 올바른 젠더와 섹슈얼리티를 가름하는 재판이 되어서는 안 되고, 작품에서 재현된 숱한 오류의 젠더를 기반으로 불평등성을 재구하고 논의해야 한다. 또한 '혐오-정체성 정치-정치적 올바름'의 논의는 단순히 문화적 인정 투쟁 장(상징계)에 머무는 것에서 벗어나 사회 경제적 차원에 대해 적극적으로 사유해야 한다.

전상진의 논의에 따르면 '극혐의 쓸모'는 문화적 차원에서 "1) 삶의 방향을 제시하고 정체성 근거를 제공한다. 2) 경쟁 상대의 권리를 몰수할 수 있는 합리적 설명을 제공한다. 3) 고통에 시달리는 이유와 무엇보다 누가 원흉인지 알려 준다."[17] 즉, 혐오는 많은 논자들이 지적했듯 무한 경쟁과 신자유주의 불안정성에서 기반하고 있는 것이다. '재특회'의 예에서 알 수 있듯, 실업률의 증가와 경제적 불안정에서 발생한 두려움은 '타자'에 대한 혐오를 통해 자신의 고통을 이해하고 합리화하게 만든다. 극심한 양극화와 신자유주의 경쟁 체제가 '이주 노동자'와 '여성'을 경쟁자로 호출하여 책임을 전가하는 혐오의 근본적 구조다. '혐오' 문화를 바꾸기 위한 근본적 해결책이 억압보다는 '더 많은 민주주의'에 있다는 지적처럼 시민 교육 강화와 '사회적 불평등 해소'[18]를 모색해야 한다. 여성혐오를 인정의

---

16   이에 대해 이명호는 다음과 같은 요지로 비판한 바 있다. "극단적 문화구성론에 입각한 버틀러의 시각, 특히 여성 범주와 젠더 이분법의 해체가 정치적으로 배제된 퀴어의 복권을 의도하는 올바른 시각에도 불구하고 젠더와 젠더 트러블을 상징계의 층위에 위치시키고 실재의 층위에서 작동하는 성차(sexual difference)를 지워 버리는 문제점을 지니고 있다고 비판했다."(「젠더 트러블과 성차의 윤리」, 《안과밖》 21호, 이명호, 「젠더 지형의 변화와 페미니즘의 미래」, 143쪽에서 재인용.)

17   전상진, 앞의 글.

18   박권일, 「짖을 권리는 허용하되 품고 가르치자」, 《한겨레 21》, 965호, 2013. 6. 13; 전상신 앞의 글, 304쪽에서 재인용.

차원보다 분배의 차원에서 생각해야 하는 이유다.

3 일하는 '아내'와 일하는 '엄마', 그리고 일하는 '딸'

2010년대 사회적으로 들끓었던 여성 담론은 낸시 프레이저의 두 가지 차원을 동시에 지니고 있다. 하나는 가사 노동, 경력 단절, 육아, 돌봄 등의 분배와 관련된 문제이고, 또 하나는 '여성혐오'로 대변되는 무시와 인정 등의 문화적 차원이다.(해결의 관점에서 그렇다는 것이지 문제적 차원이 하나에 귀속된다는 것은 아니다.) 한국문학도 이 두 가지를 중요한 주제로 담아내기 시작했는데, 예를 들면 여성혐오와 성폭력을 주제로 한 강화길, 박민정의 작품, 일과 여성을 문제 삼은 김숨과 김이설, 윤이형의 소설, 김혜진의 『딸에 대하여』, 조남주의 『82년생 김지영』 등이다. 이 중에서 본 논문이 부각시키고자 하는 '분배 투쟁' '여성의 노동'의 문제를 예각적으로 드러내고 있는 조남주와 김혜진의 작품을 집중 분석하고자 한다.

조남주의 『82년생 김지영』은 폐쇄적인 젠더 담론이 보여 준 일단의 문학 담론과 달리 대중의 시각에서 여성 문제를 다차원적으로 제기하고 있어 많은 공감을 얻은 작품이다. 문학장에서 남성 비평가들[19]이 보여 준 이 작품의 '미학성'에 대한 논란은 불편한 남성의 무의식을 표출하는 것에 그쳤을 뿐, 이 작품에 새겨진 풍부한 여성의 발화 지점을 제대로 포착하지 못하고 있다.

『82년생 김지영』은 한국 사회에서 '여성은 어떻게 만들어지고' 그 '여성'은 어떤 존재인지를 보여 주는 사회학적 보고서다. 르포와 유사한 방

---

19 조강석, 「메시지의 전경화와 소설의 실효성」, 《문장웹진》, 2017년 4월; 전성욱, 「정치적인 것이 아니다」, 『문학의 역사들』(갈무리, 2017).

식으로 거칠게 서술되었지만, 그 간결성과 사실성으로 인해 이 다큐적 서사는 엄청난 폭발력을 가진 텍스트가 되었다. 이 작품이 증언하는 바에 따르면, 여성은 성장 과정에서 아들에 밀린 '딸'이 되고 학교와 사회에서 성적으로 대상화되며, 결정적으로 결혼과 육아를 통해 '아내'와 '며느리' '엄마'의 자리에서 주변부로 전락한다. 그 주변부 자리는 '침묵'이 강요된 자리이기 때문에, '김지영'의 복화술은 그것의 병리학적 증상으로 표출된다. 김지영의 분열증은 그녀가 '임금노동자, 양육자, 아내, 며느리' 등의 정체성을 조화롭게 통합시키거나 성공적으로 수행하지 못한 데에서 발생한다. 왜냐하면 그 정체성의 간극이 크고 심지어 모순되거나 충돌하기 때문이다. 보편적 시민권이 직장에서의 약자이자 성적 대상인 '여성', '시댁에서의 며느리, 가정에서의 하녀'로 미끄러지고 추락한다.[20] 그것이 남자에게 문제가 되지 않는 것은, (젠더 측면에서) 직장, 친척, 가정에서 언제나 '주인'의 자리를 차지하기 때문이다.

　　가) 기획팀 인력 구성은 전적으로 대표의 뜻이었다고 한다. …… 대표는 업무 강도와 특성상 일과 결혼 생활 특히 육아를 병행하기가 힘들다는 것을 잘 알고 있고, 그래서 여직원들을 오래갈 동료로 여기지 않는다.

　　나) 대한민국은 OECD 회원국 중 남녀 임금 격차가 가장 큰 나라다. 2014년 통계에 따르면, 남성 임금을 100만 원으로 봤을 때 OECD 평균 여성 임금은 84만 4000원이고 한국의 여성 임금은 63만 3000원이다. 또 영국 ≪이코노미스트≫지가 발표한 유리 천장 지수에서도 한국은 조사국 중 최하위 순위를 기록해, 여성이 일하기 가장 힘든 나라로 꼽혔다.

20　개인적으로 더러 학생들이 묻곤 한다. "선생님도 집안일하고 아기하고 놀아 주고 그래요? 상상이 안 돼요." 이 말은 곧 교사의 위상과 주부, 엄마의 위상의 간극이 얼마나 큰지, 심지어 모순적인지를 보여 준다.

다) 김지영 씨가 회사를 그만둔 2014년 대한민국 기혼 여성 다섯 명 중 한 명은 결혼, 임신, 출산, 어린 자녀의 육아와 교육 때문에 직장을 그만두었다. 한국 여성의 경제활동 참가율은 출산기 전후로 현저히 낮아지는데, 20~29세 여성의 63.8퍼센트가 경제활동에 참가하다가 30~39세에는 58 퍼센트로 하락하고 40대부터 다시 66.7퍼센트로 증가한다.

라) 김지영 씨의 주변에도 아이를 기관에 보내고 일을 다시 시작한 엄마들이 많았다. 원래 일하던 업종에서 프리랜서로 전환한 경우도 있었고, 방문 교사나 학원 강사, 공부방 창업 등 사교육 시장에 뛰어든 경우도 있었고, 캐셔, 서빙, 정수기 관리, 전화 상담 등 각종 파트타임으로 일하는 경우가 가장 많았다. 직장을 그만둔 여성의 절반 이상이 5년이 넘도록 새 일자리를 찾지 못하는 실정이다. 어렵게 재취업하더라도 직종과 고용 형태 면에서 모두 하향 이동하는 경우가 많다.

마) 그놈의 돕는다 소리 좀 그만할 수 없어? 살림도 돕겠다, 애 키우는 것도 돕겠다, 내가 일하는 것도 돕겠다. 이 집 오빠 집 아니야? 오빠 살림 아니야? 애는 오빠 애 아니야? 그리고 내가 일하면, 그 돈은 나만 써? 왜 남의 일에 선심 쓰는 것처럼 그렇게 말해?

바) 어떤 분야든 기술은 발전하고 필요로 하는 물리적 노동력은 줄어들게 마련인데 유독 가사 노동에 대해서는 그걸 인정하지 않으려 한다. 전업주부가 된 후, 김지영 씨는 '살림'에 대한 사람들의 태도가 이중적이라는 생각이 들 때가 많았다. 때로는 '집에서 논다'고 난이도를 후려 깎고 때로는 '사람을 살리는 일'이라고 떠받들면서 좀처럼 비용으로 환산하려 하지 않는다. 값이 매겨지는 순간, 누군가는 지불해야 하기 때문이겠지.

사) 나도 남편이 벌어다 주는 돈으로 커피나 마시면서 돌아다니고 싶다.. 맘충 팔자가 상팔자야. …… 한국 여자랑은 결혼 안 하려고…….[21]

---

21   조남주, 『82년생 김지영』(민음사, 2016), 123쪽~164쪽에서 발췌.

위에서 인용한 문장들은 일하는 '아내'와 일하는 '엄마'의 존재가 어떠한지를 잘 보여 준다. 여성들은 '결혼과 육아' 때문에 직장에서 일과 승진에서 배제되거나(혹은 배려되거나), 그래서 남자들보다 37퍼센트 적은 임금을 받으며,[22] 남자들이 하루 평균 45분 해 주는 집안일을 227분을 하고,[23] 어린 두 자녀가 있는 전업주부의 경우는 월 371만 원의 고된 노동을 무임금으로 해낸다.[24] 특히 이 작품에 공감하는 여성들 중에는 '육아'하는 전업주부가 많다. '김지영'이 결정적으로 퇴행적이고, 병리적 징후를 보인 것은 결정적으로 출산과 육아, 그러니까 무임금의 돌봄 노동에 종사하게 된 경력 단절 이후의 일이기 때문이다. 위 인용문 라)는 경력 단절 이후 고용 시장에 뛰어든 여성들이 열악한 저임금 노동으로 밀려나는 현상을 고발하고 있다.

그러나 '김지영'의 곤경은 가사와 육아라는 '무임금 노동'이나 절대적 빈곤 때문만은 아니다. '김지영'을 '여성'이라는 자각으로 몰아넣은 것은 성차별에 의한 상대적 빈곤이자 노동 착취다. 또한 위 인용문에서 알 수 있듯 이 작품은 '가사와 돌봄'에 부재하는 '인정'의 문제를 드러내고 있다. 인용문 사)의 '맘충 팔자'라는 발언으로 드러나는 멸시와 모욕, 바)가 고발하는 돌봄과 살림에 대한 이중적인 태도, 마)가 보여 주는 여전한 성별 분업의 구도 등은 '전업주부'에 대한 사회의 현재적 시각을 보여 준다. 맞

---

22 2012년 OECD 통계.

23 고용노동부 발표, 《이투데이》, 2017. 7. 4.

24 한국여성정책연구원은 2008년 '전업주부, 연봉을 찾아라'라는 이름의 전업주부 연봉계산기를 발표했다. 이 계산기로 초등학교 1학년 딸과 3세 아들을 키우는 37세 전업주부의 월급을 따져 보면 약 371만 원이다. 연봉으로 따지면 약 4452만 원이다. 그러나 이러한 계산법은 현실에 적용되지 않는다. 현재 전업주부 가사노동의 가치가 일용직 건설 노동자의 일당(10만 2628원)과 같으므로 이 방식으로 계산하면 휴일 없는 전업주부 연봉은 3745만 원이 된다.(「가사노동 불평등 보고서③, 전업주부 연봉은 '3745만 원'」, 《여성신문》, 2017. 1. 25.)

벌이 가구 44.9퍼센트[25]라는 수치에서 알 수 있듯 절반의 여성이 임금노동자가 된 현재, 전업주부는 '무임승차'라거나 '부유층'으로 멸시와 질시의 대상이 된 것이다.[26] 요리와 살림, 육아를 아무리 잘해도 가족의 평가는 인색할 뿐 아니라 집 바깥에서는 아무 의미나 효용을 갖지 못하고 전문성도 인정받지 못한다. '맘충'이란 말은 이제 가정과 '엄마'의 영역에 침범한 자본주의적 발상의 실태를 보여 주는 것이기도 하다.

현재 한국 사회는 『82년생 김지영』이 제기하는 '가사와 돌봄'을 둘러싼 젠더 부정의를 심각하게 앓고 있다. 출산율 1.26퍼센트(2017년 기준)와 비혼, 삼포 세대, 경력 단절녀, 독박 육아, 병설 유치원 등의 이슈는 현재 한국 사회의 '페미니즘' 재부상의 지점을 보여 주고 있는데, 이는 단순히 '사회 재생산'에 그치는 문제는 아니다. 최근 한 기사[27]에 따르면 지난해 65세 이상 노인 인구가 14퍼센트를 넘어서며 고령 사회로 진입한 한국은 '노인 돌봄'을 비혼 여성에게 전담하는 현상이 증가하고 있다. 지은숙에 따르면 일본의 경우, 부모 돌봄의 순위는 1) 비혼 딸 2) 기혼 딸 혹은 비혼 아들 3) 기혼 아들이다. '개호독신' '노노개호'[28]의 문제를 심각하게 앓고 있는 초고령 사회 일본의 뒤를 이어 우리나라도 '노인 돌봄'의 비민주화 문제에 당면하게 된 것이다. 이 전면적 '돌봄 공백'을 어떻게 할 것인가? 돌봄은 단순히 청소 도우미, 육아 도우미, 요양 보호사 등의 임금노동을 해결할 수 있는 부분이 아니다. '돌봄'에는 물질적 노동 이외에 상호작용을 통한 감정, 교육과 재교육, 사회화 등의 비가시적 차원이 포함된다. 여

---

25   2016 통계청 자료.

26   통계를 보면, 맞벌이 가구의 수는 서울과 지방 대도시가 다른 곳에 비해 적었다.

27   「국가는 가족에, 가족은 비혼자에 떠넘겨…'돌봄의 민주화' 고민할 때」, 《경향신문》 2018. 1. 26.

28   '개호(介護)는 간호, 병수발을 뜻하는 일본어.

성의 몫으로 할당되던 이 돌봄노동에 대한 젠더 평등과 해결은 현재 페미니즘이 당면한 중요한 과제다. 낸시 프레이저의 논의에 기대 '돌봄'의 문제적 지형에 대해 살펴보고, 돌봄의 해방적 비전에 대해 생각해 보자.

4 '돌봄'과 젠더 정의

낸시 프레이저는 현재 급속하게 확산되고 있는 '돌봄 결핍'을 단순히 젠더의 문제나 사회 재생산의 문제가 아니라 여러 부분을 아우르는 '일반 위기'이자 자본주의 사회 모순의 표출로 보고 있다. 특히나 이 돌봄 위기는 19세기 자유주의 경쟁 자본주의, 전후 시기의 국가관리 자본주의를 지나 현행의 신자유주의적 금융화 자본주의 국면에서 표출된 모순으로 규정한다.[29]

미국의 경우 1980년대 즈음부터 등장한 신자유주의적 금융화 자본주의의 레짐은 다음과 같이 서술된다.

---

29 낸시 프레이저의 이론은 주로 「자본과 돌봄의 모순」(문현아 옮김, 《창작과비평》, 2017년 봄), 「가족임금 그 이후」(임옥희 옮김, 『전진하는 페미니즘』(돌베개, 2017)) 참조. 낸시 프레이저에 따르면 자본주의는 산업 시대 이후로 사회 재생산 노동을 경제 생산으로부터 분리했다. 사회 재생산 노동은 여성과, 경제 생산은 남성과 연계하면서 '생산노동'은 화폐로 지불된 반면, '재생산' 활동은 '사랑'이나 '선행'으로 주조하면서, 근대적 형태의 새로운 여성 종속화의 제도적 기초를 닦아 왔다는 것이다. 그 역사적 과정은 다음과 같다. 19세기 자유주의적 경쟁 자본주의는 남성의 경제 활동과 여성의 사회 재생산 담당이라는 성별 분업을 통해 '주부화'를 이상화시켰고, 20세기 국가관리 자본주의는 '가족임금' 모델을 안착시키면서 돌봄을 국가와 시장에서 지원했으며, 그리고 현재 금융화한 신자유주의 자본주의는 여성 노동을 적극적으로 경제 생산에 편입시키면서 '맞벌이 가족'을 이상화시키는 한편 돌봄 공백을 발생시켰다. 낸시 프레이저에 따르면 이 중 국가관리 자본주의는 여성의 경제 생산 활동과 제도적으로 보장하는 한편, 돌봄노동을 국가와 시장(기업)에서 지원하는 복지 형태를 갖춤으로써 '여성'에게 가장 우호적인 듯하지만 여전히 이성애 규범, 남성 생계 부양자 모델, 젠더화된 가족 내 여성 전업주부 모델을 대체로 유지하는 경향을 보였다.

세계화하면서 신자유주의적인 이 레짐은 국가와 기업이 사회복지로부터 투자를 철회하도록 독려하는 한편으로 여성은 유급 노동력으로 충원하고 돌봄 노동은 가족과 공동체로 외부화하여 이들이 실제로 돌봄 노동을 수행할 역량을 감소시킨다. 그 결과 비용을 지불할 수 있는 사람을 위한 상품화된 조직과 지불 능력이 없는 사람들을 위한 개인화된 조직으로 이중화되어, 후자 가운데 일부가 (저)임금으로 전자를 위해 돌봄 노동을 제공하는 새로운 재생산 조직이 나타났다. 이와 더불어 페미니즘의 연이은 비판과 탈산업화로 인해 '가족임금'은 더 이상 신뢰받지 못하는 상황이 되었다. 이렇게 해서 기존의 이상형은 오늘날 '맞벌이 가족' 규범으로 대체된다.[30]

위 인용문에 따르면 신자유주의 체제는 여성을 경제 생산의 장으로 적극적으로 호출하고, 유급 노동화하면서 돌봄노동을 자연스럽게 '가정'의 영역에서 외화하거나 시장 영역으로 적극적으로 편입시킨다. 한편에서는 이것이 젠더 평등을 향해 있는 듯하지만[31] 실제로는 외벌이만으로는 가정을 유지할 수 없도록 실질임금을 축소하고 맞벌이 가족을 이상화하고 있으며, 탈식민국가를 활용한 '글로벌 돌봄 사슬'(grobal care chain: 빈국의 이주민이 부국의 도우미로 이전)을 통해 '돌봄 간극'을 메우는 젠더 차별적 전략을 활용하고 있다는 것이다.[32] 낸시 프레이저는 이 국면을 자본주의

---

30 낸시 프레이저, 「자본과 돌봄의 모순」, 앞의 책, 346쪽.

31 생산노동에의 적극적인 참여와 성 평등은 페미니스트들의 요구이기도 하다.

32 이러한 이동의 원인으로 낸시 프레이저는 두 가지 투쟁 범주를 들고 있다. 하나는 자유시장주의자들과 쇠락하는 노동운동이고 다른 하나는 '성, 인종, 민족과 종교의 위계'에 반대하는 세계시민주의와 특권을 지키려는 집단들 사이의 투쟁이다. 그 결과는 "다양성, 능력주의, 해방을 칭송하는 한편으로 사회 보호를 붕괴하고 사회 재생산을 재-외화하는 진보적 신자유주의의 부상"이다. 흥미로운 것은 이러한 시장 친화적 신자유주의 자본의 진격 속에서 '인종차별 반대, 다문화주의, LGBT 해방, 환경운동' 등의 해방운동이 부화하고 있음을 지적하고 있는 부분이다. 즉 자

체제가 경제 재생산을 위해 기대고 있는 '비경제적 영역, 즉 사회의 경제 재생산'을 붕괴하고 잠식하는, '자본주의의 뿌리깊은 모순'의 현장으로 진단하고 있다.[33]

낸시 프레이저의 논의는 우리 사회가 당면하고 있는 '저출산', '비혼', '육아', '미혼모'의 문제가 단순히 젠더 문제가 아님을 보여 준다. 여기에는 사회 유지를 위해 필수적인 비경제적, 비가시적 서비스(가족과 공동체 내부에 귀속되던 무급 노동)를 전면적으로 '임금노동'화하고 상품화하는 자본주의 완전 정복의 음모가 작동하고 있다. 노인 돌봄의 비민주화, 요양원 시설 부족, 1인 가구 급증 등도 이러한 거대한 체제 맥락 속에 놓여 있는 것이다. 그렇다면 이 돌봄 공백을 어떻게 풀 것인가. 다시 낸시 프레이저의 논의를 참고해 보자.

낸시 프레이저는 남성이 가장인 이성애 핵가족 이데올로기가 추구했던 가족임금(남성이 돈을 벌어오고 아내-어머니는 이를 소비했던 형태)을 대체할 모델을 제시한다.[34] 첫 번째는 대다수 미국 페미니스트와 자유자들이 옹호하는 '보편적 생계 부양자 모델'(universal breadwinner)이다. 성별과 상관없이 임금노동자를 '보편적 생계 부양자'로 상정하는 이 모델에서는 여성 고용을 증진함으로써 젠더 정의를 실현시키는 듯하지만, 여기에 여성의 정규직 보장, '돌봄노동'에 대한 국가 지원 및 시장화, 돌봄노동의 지위와 임금의 향상, '직장 내 성차별 문화 개혁' 등의 해결 과제가 들어

유주의적 개인주의와 젠더 평등의 이상형이 역설적으로 자본주의 모순과의 친연성을 보이고 있다는 것이다.(낸시 프레이저, 「자본과 돌봄의 모순」, 위의 책.)

33 낸시 프레이저는 여성의 전면적 유급노동화와 돌봄 공백의 문제성을 미국에서 현재 유행하는 '냉동 난자'(출산의 지연을 권장) 제공과 모유 핸즈프리 압착기(시간 빈곤 해결) 등과 관련지어 그 심각성을 언급하고 있다.(위의 책, 349쪽.)

34 「가족임금 그 다음: 후 — 산업시대에 대한 사고실험」, 『전진하는 페미니즘』, 161~192쪽.

있다. 특히 낸시 프레이저는 이 모델이 '남편'과 유사한 삶을 사는 여성과 싱글여성에게는 유리하겠지만, 그렇지 않은 여성들에게는 이전과 동일한 성별 분업 속에서 살아가게 될 가능성이 높은 모델이라고 보고 있다.

두 번째는 서유럽 페미니스트와 사회주의자들이 실천하고 있는 '동등한 돌봄 제공자'(caregiver parity) 모델이다. 이 모델은 여성의 임금노동 현장을 유연화하고 국가가 돌봄 수당을 제공함으로써 '여성의 육아 역할'을 보장하는 것이다. 이 모델은 여성을 남성의 삶과 동일한 방식으로 만들지 않고 차이를 유지하면서, 비공식 가사 노동을 공식적인 임금노동과 동등하게 할 수 있다는 점에서 긍정적이며 육아 천국이라는 서유럽의 이미지를 통해 우리나라에서도 이상화된 모델이다. 그러나 이 모델에도 여전히 직장 내에서 남성과 동등한 기회를 갖고 싶어하는 여성들에게는 불만일 수밖에 없는, 또한 여전히 젠더 불평등을 유지한다는 측면에서 충분히 유토피아적이지 않다고 진단한다.[35]

낸시 프레이저가 사고실험이라는 이름으로 제출하고 있는 세 번째 유형은 '보편적 돌봄 제공자'이다. 이 모델은 모든 사람을 '돌봄'의 주체, 즉 여성으로 상정하는 것이다. '지금 현재 여성의 생활 패턴을 모든 사람이 규범으로 삼도록 하는 것, 즉 생계 부양 노동과 돌봄 노동 양쪽을 하고 있는 현재 여성을 보편자로 상정하는 것'이다. 이 비전은 사회 체제를 남성 중심에서 여성으로 이동함으로써 젠더 불평등을 해결할 뿐 아니라, '돌봄 공백'이라는 긴급한 문제를 해결할 수 있다는 점에서 해방적이고 실용적이며, 효율적이다.[36] 이 비전이 실현된 사회의 모습은 다음과 같다.

---

35 미국이나 유럽이 완전히 이 두 유형으로 갈리는 것이 아니듯, 우리나라 또한 현재 두 가지 모델을 적절하게 결합한 형태의 돌봄 모델 제도의 추진이 진행되고 있다.(여성 할당제, 아동 보육 수당, 아이 돌봄 서비스, 노인 장기 요양 보험, 노인 전문 병원에 대한 정부 공약 등.)

36 물론 일부 유럽 국가에서는 이러한 방향이 진행되고 있으나, 낸시 프레이저는 이를 더 급진적이

동등한 돌봄 제공자 모델과 달리, 고용 분야가 두 가지 다른 형태로 나뉘지 않을 것이다. 모든 일자리는 돌봄 제공자인 동시에 노동자인 사람들을 위한 방식으로 고안될 것이다. 모든 사람은 지금의 상근직보다 주중 노동시간이 줄어들 것이다. 그리고 모든 사람이 취업을 가능케 하는 서비스를 지원받게 될 것이다. 하지만 보편적 생계 부양자 모델과는 달리 돌봄노동을 사회 서비스에 넘긴다고 생각하지 않아도 된다. 상당수 비공식적인 노동은 공적 지원을 받고 단일사회보장제도 체계에서 임금노동과 동등하게 통합될 것이다. 어떤 비공식적 노동은 친척이나 친구가 집에서 수행할 수도 있다. 그런 가구들이 반드시 이성애 핵가족일 필요는 없다. 그 외의 지원받는 돌봄노동은 전적으로 가구 바깥에서 실시될 수도 있다. 말하자면 시민사회에 자리할 수도 있다. 국가가 재정을 지원하지만 지역적으로 조직된 시설에서 무자녀 성인들, 노인들, 또 혈육에 대한 책임을 져야 할 필요가 없는 사람들이 부모 역할에 합류할 수도 있고 어떤 사람들은 민주적이고 자기 관리 형태를 띤 돌봄노동 활동에 합류할 수도 있다.[37]

단지 보편자에 '여성'을 대입시켰을 뿐이지만 위의 비전은 급진적이고 유토피아적이다. 이 모델에 국가와 시장이 어떻게 결합할 것인가는 또다른 관건이지만, 분명한 것은 남성중심주의, 이성애 핵가족에서 탈피할 수 있을 뿐 아니라, 자본주의의 전면화에 대해서도 연대 저항할 수 있는 모델이라는 것이다. 어린이집, 유치원 부족과 불합리한 서비스, 노인 돌봄의 낙후성과 퇴행, 공동체 지원의 부재 등에 대한 다양한 현재적 불만을 '남성' 돌봄자의 몫으로 확산시킨다면, 여성 분리적 젠더의 문제는 해결의 실마리와 강력한 추동력을 얻게 될 것이다.

고 제도적이며 보편적으로 구성해야 한다고 보는 것이다.

37   낸시 프레이저, 임옥희 옮김, 「가족 임금 그 다음」, 『전진하는 페미니즘』, 190쪽.

이러한 모델을 가정하면서, 김혜진의 『딸에 대하여』에 투영되어 있는 '돌봄' 현실과 젠더 해체적 비전에 대해 살펴보자. 『딸에 대하여』는 '엄마'인 화자가 동성애자인 '딸'과의 일상을 담고 있는 소설이다. 그러나 이 소설의 문제성은 '동성애'에 있는 것이 아니라 잠재적 층위에서 보여 주는 '돌봄'의 횡단성에 있다고 있다. 줄거리는 다음과 같다. 여성 화자인 '나'는 60대의 여성으로 남편과 사별하고, 요양원에서 요양보호사로 일하고 있다. 본격적인 이야기는 30대 중반의 대학 시간강사인 외동딸이 동성 파트너를 데리고 들어오면서 시작된다. 둘이 함께 마련한 전세보증금을 '딸'이 '시위 관련' 일에 급히 사용함으로써 '나'는 딸의 커플을 받아들이게 된다. 서사의 한 축은 '나'와 딸의 커플이 갈등하는 일상으로 구성되면서 동성애자 딸에 대한 '나'의 노여움과 원망, 파트너에 대한 혐오와 경원 등의 정념이 따른다. 또 다른 한 축은 '나'가 요양원에서 돌보는 치매 환자 '젠'(이재희)과의 돌봄 일상을 따라가면서 전근대적 혈연가족, 냉혹한 시설의 자본주의 논리와 이에 대항하는 새로운 '가족공동체'의 연대를 보여 준다.

화자인 '나'는 이 작품에서 전근대적인 혈연 가족 이데올로기를 옹호하는 성소수자 반대자로 등장한다. '아이'도 낳지 못하는 부부란 아무 의미 없으며, 남들은 어찌 되든 '내 딸'이기 때문에 "숨과 체온, 피와 살을 나눠 준 내 자식 하나"이기 때문에 직장도 버리고 전부를 걸었다는, 가족 배타주의를 자연스럽게 내재화하고 있는 평범한 인물이다. 이러한 배타성을 작가는 이렇게 표현하고 있다.

세상일이라니. 자신과 무관한 일은 죄다 세상일이고 그래서 안 보이는 데로 치워 버리면 그만이라는 그 말이 맘에 들지 않는다. 제 자식들에게도 입버릇처럼 그렇게 말하겠지. …… 그런 식으로 세상일이라고 멀리 치워 버릴 수 있는 것들이 하나씩 둘씩 만들어지는 거겠지. 한두 사람으로는 절

대 바꿀 수 없는 크고 단단하고 거대하고 무시무시한 뭔가가 만들어지는 거겠지.[38]

그런 '나'에게, 독신으로 살면서 피 한 방울 섞이지 않은 타인들을 돕는 일에 평생을 바친 치매 노인 '젠'은 도저히 이해할 수 없는 인물이다. 미국으로 유학을 가서 그 어려운 공부를 마치고 이민자 자녀와 입양아 들을 돕는 데 헌신하고도 덩그러니 공로패만 안고 허술한 요양원에 남게 된 '젠'은 '나'의 입장에서 본다면 인생을 '낭비'한 한심하고 어이없는 존재인 것이다. 그러나 '나'는 혈연인 딸과 심리적으로 단절하고, '나'를 '엄마'라 부르는 낯선 노인의 돌봄 속에서 친밀한 관계를 형성한다. 그리고 결국 '나'는 자신이 이해하지 못했던 '젠'의 자리(아무 상관도 없는 사람을 돌보는 세계시민)에 앉게 된다. 기저귀 값을 아끼기 위해 환자의 욕창을 외면하는 병원에 항거하고, '마음을 주지 말라'는 환자에게 마음을 주면서, '나'는 '환자'를 '젠'이라는 개별 실체이자 상호 주체자로 받아들인다.

요양원은 가족도 없고, 국가 지원금에 의해 연명하는 '젠'을 더 낙후된 병원으로 옮겨 버리지만, '나'는 버스로 세 시간 거리의 그곳으로 가서 '젠'을 만나고 급기야는 과도한 수면제로 인해 식물인간처럼 늘어져 있는 '젠'을 집으로 데려온다. '나'는 이제 파견업체에 종속된 임금노동자가 아니라 '젠'의 돌봄 가족의 주체자임을 선포한 것이다. 자본주의 체제의 계약과 고용 관계에서 벗어나 '젠'과 가족이 된 '나'는 실업급여를 신청하고 그녀를 돌본다. 평화로운 죽음이 따사로운 가족 풍경으로 들어올 때까지. 그리고 이 돌봄을 통한 새로운 가족공동체의 구현은 또 하나의 새로운 횡단을 가져다준다. 즉, 딸애의 커플을 '동성애자, 레즈비언'라는 타자화된 정체성을 지우고 돌봄 공동체로 받아들이게 된 것이다. '나'는 레즈비언

---

38 김혜진, 『딸에 대하여』(민음사, 2017), 126쪽.

'딸'에 대한 강한 반발감, 성소수자 정체성으로 인해 '강사 해임'된 딸에 대한 측은함 사이에서 갈등하면서도 딸의 동성애를 절대 용납하지 못하지만, 이러한 대립은 '젠'을 향한 돌봄노동 속에서 잊혀지고 해소된다.

나와 딸애. 내가 데려온 젠과 딸애가 데려온 그 애가 머무르는 집 안에 신선한 바람이 새어든다. 종일 내가 한 것은 젠의 곁에서 다시금 저녁이 오기를 기다린 것뿐이다. 고요한 저녁이 오고 거짓말처럼 아무 일도 없이 하루가 지난다. …… 날 돕는 건 언제나 딸애가 아니고 그 애다. 젠을 두고 외출할 때도, 젠의 식사를 준비할 때도, 젠을 목욕시킬 때도, 나는 그 애의 도움을 받아야 한다. 젖은 기저귀가 가득 담긴 무거운 쓰레기봉투를 내놓는 것도 그 애다. …… 때때로 젠은 내 말보다 그 애의 말을 더 잘 듣는 것 같다. 내게는 심술을 부리고 억지를 쓰다가도 그 애가 하는 말에 고분고분해진다. …… 젠은 토요일 오후에 숨을 거두었다. 아침 뉴스에서 예보한 것처럼 신선한 바람이 불고 햇살이 좋은 날이었다. 딸애가 케이크를 사러 나가고 내가 마당에서 빨래를 너는 사이 젠은 소파에 비스듬히 누워 잠이 들었다. 주방에서 과일을 씻던 그 애는 젠이 잠든 줄로만 알았다고 했다. …… 딸애와 나, 그 애가 좁은 주방을 이리저리 오간다. 고요하고 신속한 움직임. 내 신경은 온통 젠에게 가 있다. 그래서 그 애와 한 공간에 있다는 사실, 그 사실이 불러오는 불쾌함과 어색함을 까맣게 잊은 사람 같다. 아무런 거리낌이 없는, 그래서 너무나 자연스럽고 고요한 순간들이 거짓말처럼 지나간다.[39]

요리사인 딸애의 파트너 '그 애'는 잠든 딸애 대신 요양원으로 와 '젠'을 함께 데리고 나오고, 위 인용문에서처럼 '젠'을 위해 요리하고 청소하고 돌봐주면서, 그리고 '나'에게 감기약을 사다 주고 또 돌봐 주면서 이

---

39   위의 책, 181~187쪽.

들은 서서히 가족공동체를 형성한다. 비록 이들의 평화로운 가족 풍경은 '동성애'를 둘러싼 인정 투쟁의 은폐 위에 성립한 것일지라도 돌봄노동 속에 각각의 정체성 투쟁의 대립을 용해시키고 무화시키고 있다는 것은 중요한 지점이다. 위 인용문의 '자연스럽고 고요한 순간'으로 상징되는 화해는 '혈연가족' 너머의 타자이자 절대적 약자이며, 세계시민인 "젠이 가져다준 평화, 잠깐의 휴전"인 것이다. 역설적이게도 혈연가족을 고집하던 '나'와 "가족이 뭔데? 힘이 되고 곁에 있고 그런 거 아냐?"라고 대립하던 딸애는 혈연을 넘어선 '돌봄 가족'으로 결속한다.

이 작품은 이렇듯 돌봄을 통해 새로운 가족에 대한 대안, 그리고 이성애 중심주의 해체를 보여 준다는 점에서 의의가 있지만, 한편에서는 위의 낸시 프레이저가 제안한 제3의 비전을 생각해 볼 수 있는 지점들을 품고 있다. 가령, 딸을 이성애자로, '그 애'를 남성으로 가정해 보자. 위의 장면은 낸시 프레이저가 언급한 '보편적 돌봄 제공자'의 실례가 될 수 있는 것이다. '그 애'의 노동과 봉사처럼 모두가 보편적 돌봄 제공자가 된다면, 그것은 인종 및 성 정체성 투쟁을 해방하고 다른 젠더 불평등을 개선할 수 있는 '횡단'이 되지 않을까.

5   나오며 — '아줌마' 페미니즘을 위하여

이상에서 1990년대 여성문학이 성취한 탈낭만화 이후의 여성 담론과 돌봄의 젠더 평등에 대해 고찰했다. 2010년대 여성 담론은 정체성 정치, 여성혐오, 정치적 올바름을 중심으로 구성되어 왔다. 그러나 과잉된 '여성성' 논의와 '차이의 정치학'은 젠더 불평등의 2차원적 문제 중 인정 투쟁에 편중한 것이고, 상대적으로 분배 문제를 간과해 왔다. 본고는 경제적 불평등과 성별 노동에 초점을 맞춰 여성의 일과 가사 노동, 돌봄의 문제에 대해 집중적으로 살펴보았다. 이러한 문제의식을 일종의 '아줌마 페미니즘'이라 이름할 수 있을 것이다. '아줌마 페미니즘'이란 다음과 같은 취지에서 나온 것이다. 거칠게 말하자면 '아줌마' 페미니즘이란 '젊은 여성(언니)'과 차별화되는, 결혼 이후 혹은 비혼 이후의 여성의 노동과 일상에 대한 논의의 필요성을 요구하는 말이다. 즉, '남자'를 대타자로 설정하는 여성의 사랑과 결혼에서 벗어나 일상의 노동 현장을 강조하고자 하는 데에서 나온 말이다.

2010년대 페미니즘 재부상과 관련하여 앞으로의 향방에 대해 한 가지 덧붙이고자 한다. 주디스 버틀러는 '타인과의 관계 속에서 훼손됨'을 두려워하지 말라고 했다. '나'와 다른 '타자성'을 적대화하고 배제할 것이 아니라 '그것'과 적극적으로 대화하고 논의하는 것이 김수영이 말하는 '사랑하는 싸움'일 것이다. '혐오, 타자화'의 프레임은 오염이나 불순물을 적극적으로 제거하는 위생의 시학이다. 만약 이 프레임에서 '남자'와의 적대를 강조한다면 그것은 과거 영페미니스트들이 비판했던, '페미니즘은 고소득과 자유연애, 담배를 안겨 주고 남자를 빼앗았다.'[40]라는 비판이 반복될 것이다. 현재 우리 사회의 남성 의식에는 가부장제 이데올로기, 여성의 성적 대상화, 여성혐오 등 여전히 한계가 존재하고 있다. 그러나 그렇다고 남성과의 전선과 전투가 남성과 여성의 완전한 결별, 즉 여성만의 세상을 목표로 하는 것은 아닐 것이다. '남성'과 함께 살 수밖에 없다면 현재 남성 중심의 문화를 수정하여 '더불어' 살아가는 것을 목표로 하여야 한다. 그러기 위해서는 '혐오'로 '분단'된 여성/남성의 길을 다시 열고 상호 주체성에 기반한 '사랑하는 싸움'을 잘하는 방법을 강구하는 것이 필요하다. 그것은 남자들의 과도한 능동성에 의해 폄하된 작품들에 비판하고 수정하는 현재의 싸움을 계속하는 것이기도 하다.

---

40 이명호, 위의 글, 139쪽.

로맨스 대신 페미니즘을!

허윤

1 세 명의 김지영들

2018년 초 서지현 검사는 검찰 간부의 성폭력을 폭로하는 글에서 '김지영'을 언급한다. "누군가 나에게 『82년생 김지영』의 이름 모를 여성처럼 '네 탓이 아니야, 네 잘못이 아니야.'라고 이야기해 주었다면 나는 조금 더 쉽게 버텨 낼 수 있었을까⋯⋯."[1] 그녀는 자신의 삶을 위로할 언어를 『82년생 김지영』에서 찾았다.

같은 해 3월에는 한 여성 아이돌이 팬미팅에서 『82년생 김지영』을 읽었다고 말했다가 거센 역풍(backlash)을 맞았다. 그녀가 페미니스트가 되었다며 화가 난 남성팬들은 굿즈를 부수거나 사진을 불태워 인터넷 게시판에 인증샷을 올렸다. 그러나 이 사건을 계기로 『82년생 김지영』의 판매량은 급등했다. 2018년 3월 18일부터 20일까지 판매량이 전주에 비해 두 배 이상 증가했다.[2]

2017년 봄에는 고(故) 노회찬 의원이 문재인 대통령 취임을 축하하면

---

1 「서지현 검사가 올린 안태근 성추행 폭로 글」, 《한겨레》 2018. 1. 30.

서 『82년생 김지영』을 선물했다. "82년생 김지영을 안아 주십시오."라는 노회찬의 손글씨는 SNS를 타고 회자되었다. 서울국제도서전에 참석한 영부인이 대통령과 함께 잘 읽었다고 화답하기도 했다.

이처럼 '김지영'의 독자들은 곳곳에 있다. 이 세 명의 독자는 같은 인구 집단에 속하지 않는다. 세대와 성별의 차이에도 불구하고 이들은 모두 각자의 김지영을 만났다. 대통령의 독서는 여성 문제에 공감하는 선한 지도자에 대한 지지로, 서지현 검사의 독서는 위로와 용기로, 여성 아이돌의 독서는 분노로 돌아왔다. 이는 독자가 누구냐에 따라 독서 행위는 다른 반응을 일으킨다는 것을 보여 준다. 페미니스트임을 선언한 대통령이 『82년생 김지영』을 읽었을 때는 아무런 문제가 없던 것이, 페미니스트로 정체화하지 않은 여성 아이돌이 읽었을 때는 큰 문제가 된다. 이 논리에 따르면 『82년생 김지영』은 읽기만 해도 페미니스트가 되는 마법의 책이다. 같은 책에서 위로를 구했던 서지현 검사는 '김지영'의 삶을 자신보다 나은 것으로 해석한다. 그녀가 게시판에 쓴 또 하나의 '김지영'은 일종의 팬픽이다. 하지만 누구도 서지현 검사를 향해 페미니스트냐며 단죄하지 않는다. 이 세 명의 독자를 통해 확인할 수 있는 것처럼, 공론장은 말할 수 있는 자와 말하면 안 되는 자를 엄격하게 구분한다. 여자 아이돌은 이 안에서 언제나 말할 수 없는 자로 존재해 왔다.

『82년생 김지영』을 둘러싼 비평적 논란은 이 소설의 미학적 완성도나 주제의식의 부박함을 두고 벌어진다. 하지만 김미정이 지적하듯, "독자들도 (김지영의) 미학적 결함 정도는 대체로 인지하고 있"다.[3] 『82년생 김지영』의 독자를 소설 미학을 모르는 비전문가로 단정짓기에, 이 소설은 이

2   「아이린 언급 이후 『82년생 김지영』 판매율 104% 증가」, 《중앙일보》 2018. 3. 22.

3   김미정, 「흔들리는 재현·대의의 시간: 2017년 한국소설의 안팎」, 《문학들》 2017년 겨울, 26~49쪽.

미 문학장을 벗어나 사회적 현상이 되었다. 2016년 출간 이래 『82년생 김지영』은 줄곧 베스트셀러 상위권을 차지했고, 2018년 12월에는 100만 부를 돌파했다. SBS 스페셜은 80년대에 태어난 여성들을 조망하는 다큐멘터리 「82년생 김지영 ─ 세상 절반의 이야기」(2018. 8. 28.)를 제작했고, 서울시의 시정 홍보 문구에도 '82년생 김지영'이 등장한다. 한국 사회 곳곳에서 '김지영'의 이름을 외치고 있는 것이다. 여성주의적 앎을 주장하는 소설이 현재 한국문학 최대의 베스트셀러가 되었다는 사실은 이채롭다. '나는 페미니스트가 아니지만'으로 시작하는 대신 자신을 페미니스트라고 이름 붙이는 것이 두렵지 않은 작가가 등장했고, 이에 열광하는 독자가 증가했다는 것을 보여 주는 것이기 때문이다.

2 '해방된 독자'에서 '저항하는 독자'까지

『82년생 김지영』의 인기는 '페미니즘 리부트' 이후 세계를 보는 눈이 달라진 사람들 덕택이다. '나는 페미니스트가 싫다.'는 남성들과 강남역 살인 사건은 여성들의 일상에 내재한 폭력을 가시화했다. 이로 인해 여성들은 자신의 삶을 구성하는 토대를 의심하고 다시 보게 되었다. 이 다시 보기(re-vision)는 페미니스트 비평의 첫 단계이기도 하다.[4] 자신이 경험하는 억압의 근본적인 원인이 젠더에 있다는 고민이 시작되는 것이다. 2018년의 페미니스트 독자는 텍스트를 해석하는 주체로 거듭나고 있기 때문에 비평가와 독자의 구분은 사라진다. 그런 점에서 『82년생 김지영』

---

4 에이드리언 리치는 "뒤돌아보고, 참신한 눈으로 바라보며, 새로운 비평의 방향으로 옛 텍스트에 진입하는 행위"를 '다시 보기'(re-vision)이라고 칭했다. 일레인 쇼월터 엮음, 신경숙·변용란·홍한별 옮김, 『페미니스트 비평과 여성문학』(이화여자대학교출판문화원, 2004), 187쪽.

을 둘러싼 논의를 해석하는 첫 번째 단계는 독자가 과소평가되었다는 데서 출발해야 한다.

랑시에르는 해방이 능력을 소유한 자들과 능력을 소유하지 못한 자들이라는 대립 구조를, 보기와 행위 사이의 대립을 의문시하는 데서 시작된다고 지적한다. 말하고 보고 행하는 관계들의 구조화가 지배와 예속의 구조라는 사실을 깨달은 관객 역시 학생이나 학자처럼 관찰하고 선별하고 비교하고 해석한다는 것이다.[5] 『82년생 김지영』의 독자들은 그런 점에서 '해방된 독자'들이다. '해방된 독자'들이 독서를 자신의 주요 방법론으로 선택했다는 점은 놀랍기도 하다. 이들은 책을 통해 스스로 언어를 배우고, 세계에 개입한다. 2015년 이후 가시화된 '젠더전(戰)'의 기수로 나선 사람들이 가부장제를 다시 보기/수정한 소설 『이갈리아의 딸들』에서 이름을 가져왔다는 것은 '해방된 독자'이기에 가능한 것이었다. 독자는 여러 개의 소설 중 『이갈리아의 딸들』을 선별하고 해석하여 '메갈리아'를 만들었다. 이들은 자신이 원하는 책을 읽을 권리를 행사하면서 여성주의 서적의 독자이자 소비자, 그리고 더 나아가 생산자로 자리매김했다.

2015년 레베카 솔닛의 『남자들은 자꾸 나를 가르치려 든다』와 록산 게이의 『나쁜 페미니스트』가 올해의 책으로 꼽혔고 온라인 서점에서는 각종 페미니즘 관련 서적의 프로모션을 진행하기 시작했다.[6] 2016년에는 페미니즘 관련 서적이 100여 종 출간되었고, 『우리에겐 언어가 필요하다: 입이 트이는 페미니즘』(봄알람, 2016)은 한 달 만에 1만 부가 판매되었다.

---

5   자크 랑시에르, 양창렬 옮김, 『해방된 관객』(현실문화, 2016), 24∼25쪽.

6   "인터넷 서점 알라딘 여성학 분야의 도서 판매는 2010년에 견주어 2.5배 증가했다. 교보문고에서도 여성학 분야 도서 판매량이 전년에 견주어 48퍼센트 넘게 늘었다. 예스24에서도 2014년 주춤했던 여성/페미니즘 카테고리의 2015년 도서 판매량이 전년도에 견주어 9퍼센트 정도 많았다. 분류가 달라 이 카테고리에 포함되지 않는 책들을 포함하면 수치는 더 늘어난다."(이유진, 「성난 여성들의 무기는 책」, 《한겨레》 2016. 3. 6.)

여성혐오와 관련된 사회적 이슈가 끊임없이 생산되면서 페미니즘 출판 전쟁을 이끌고 있다는 분석이다.[7] 『82년생 김지영』은 이 페미니즘 출판 전쟁에서 주요한 매개체가 되었다. '예스24'는 노회찬 의원과 조남주 작가의 대담 이벤트를 기획했고, '알라딘'은 『82년생 김지영』을 올해의 책으로 선정하고 전폭적인 프로모션을 진행했다.[8] 『82년생 김지영』의 성공 이후 페미니즘의 문제의식을 담은 여성 작가들의 텍스트를 모은 『현남오빠에게』(다산책방, 2017), 강화길의 『다른 사람』(한겨레출판, 2017), 김혜진의 『딸에 대하여』(민음사, 2017) 등이 연이어 발표되었으며, 2018년 출판 시장은 페미니즘 소설의 전성기로 명명되기도 했다. 최초의 신여성으로 이름 붙여진 작가 나혜석의 선집 역시 여러 출판사에서 발간되었다. 이처럼 출판 시장이 페미니즘 서적의 출판에 적극적으로 나서고 있다는 것은 구매력이 있는 독자층이 있기 때문이다. 그렇다면 이들 독자들은 왜 책을 자신의 무기로 선택했는가.

김주희는 책을 읽고 자조 그룹을 결성하는 최근의 경향을 '독학자 페미니즘'이라고 명명한다. 페미니즘 도서가 온오프라인을 넘나들면서 '서적-이후적 독서 양식'을 구성하는 매개가 되고 이를 통해 혼자 공부하는 페미니스트가 증가한다는 것이다. 페미니즘 서적을 기획하는 편집장과 페미니즘 북카페 운영자 들은 모두 최근 입문한 사람들이 대부분 "이전에는 페미니즘 관련 도서를 읽은 적이 없다"고 말한다. 이는 이들이 새롭게 페미니즘에 접근하는 독자들임을 의미한다.[9] 해방된 독자는 자신의 고유

---

7   이유진, 「페미니즘 출판 전쟁」, 《한겨레》, 2016. 8. 18.

8   「대통령도 읽은 그 책, 『82년생 김지영』, '사람'을 바꾸고 '세상'도 바꾼다」, 《독서신문》 2017. 9. 6. 예스24 여름 문학학교 강연에서 노회찬 의원과 조남주 작가의 대담이 성사되었다.

9   김주희, 「'독학자들'의 페미니즘과 페미니스트 지식 문화의 현재성에 대한 소고: 신간 페미니즘 서적을 중심으로」, 《민족문학사연구》 63, 2017, 351~379쪽.

한 경험에 근거해서 세계를 해석하고, SNS라는 공론장을 통해서 상호 참조적으로 매개된다. 그리고 '#문단_내_성폭력'과 '미투' 운동을 거쳐 '저항하는 독자'가 된다. 이들은 한국문학을 '남류 문학'이라고 칭하면서 '참고 문헌 없음'을 선언한다.[10] 정전화된 한국 사회와 한국 문단에 대한 저항으로, 문학장에서 자신의 자리를 새롭게 만들어 나가겠다는 독자로서의 거부 선언인 것이다. '해방된 독자'들은 과거의 정전을 다시 보기/수정하고 자신들의 정전을 만들어 나가기 시작한다. 적극적으로 정전에 '저항하는 독자'가 집단으로 나타난 것은 새로운 방식의 실천이다.

페미니스트 비평가들은 여성과 남성은 다른 관점과 경험을 바탕으로 책을 읽는다고 지적한다. 독자는 무성적인 존재가 아니라 젠더화된 주체이기 때문에 젠더에 따라 텍스트에 접근하는 방법과 자세가 달라진다는 것이다. 케이트 밀레트와 주디스 패털리 등 초창기 이론가들은 정전화된 문학을 남성적인 것으로 선언하고, 여성 독자는 예술에서 자신의 삶을 반영한 작품을 발견할 수 없을 뿐만 아니라 남자로서 읽고 남성의 관점을 채택하도록 요구받는다고 비판한다.[11] 때문에 이들은 여성 독자는 적극적으로 저항하는 독자가 되어서 정전에 문제 제기를 해야 한다고 주장한다. 이러한 '저항하는 독자' 상을, 지금 한국 문단은 마주하고 있다. SNS를 중심으로 한 공론장에서 김승옥, 김훈 등 한국문학의 거장은 거센 저항에 직면하고 있다. 페미니스트 독자들은 이성적이며 분석적이다. 따지고 보면 애초에 여성 독자는 젠더를 넘어선 동일시를 하기 위해 거리 두기를 할 수밖에 없었다. 그러니 과몰입하는 여성 독자라는 이미지는 여성 독자

---

10 2016년의 '#문단_내_성폭력' 사건의 고발자들이 만든 책의 제목도 『참고 문헌 없음』(참고문헌 없음 준비팀 엮음, 2017)이었다.

11 Judith Patterley, *Resisting Reader*(Indiana University, 1978); 케이트 밀레트, 정의숙 외 옮김, 『성의 정치학』(현대사상사, 1976) 참조.

에 대한 오해 혹은 오독이다. 여성 독자는 문학 속 주인공과 동일시하기 위해 젠더를 교란해야만 한다. 근대소설이 돈키호테나 로빈슨 크루소의 오이디푸스 콤플렉스 극복기라면, 더욱 그러하다. 남자아이와 아버지 사이의 갈등인 오이디푸스 콤플렉스와 이를 중심으로 한 근대소설 자체가, 여성들에게는 사고의 과정이 되는 것이다. 독서 행위를 통해 여성 독자는 텍스트의 젠더에 관계없이 자유롭게 동일시하고 저항할 수 있도록 훈련된다. 여성이 책을 읽는다는 것은 끊임없는 '낯설게 하기'의 과정인 것이다. 그런 점에서 여성 독자들의 독서 행위에서 과몰입과 자기 동일시는 실상 불가능하다. '해방된 독자'는 "더 이상 우리는 우리가 써 내려갈 문학의 이름을, 환경에 종속되고 부여받는 성질로 내버려 두지 않을 것이다"[12]라고 외치는 '저항하는 독자'로 거듭나 스스로에게 발언권을 줄 수밖에 없는 것이다.

3 '읽는다'의 행위성: 속아 주는 독자와 속지 않는 독자

2015년 교보문고의 독자 분석에 따르면, 출판계가 주목해야 할 주요 독자층은 20대와 30대 여성(이하 2030 여성)과 30대와 40대 남성(이하 3040 남성)이었다. 2030 여성은 39.7퍼센트, 3040 남성은 19.4퍼센트로 각 성별에서 가장 큰 비율을 차지했다. 특히 소설의 주요 구매층은 2030 여성으로 나타났다.[13] 즉 소설의 독자층은 여성으로 젠더화되어 있다는

---

12   탈선(고양예고졸업생연대), 「게르니카를 회고하며」, 《문학과사회》 2016년 겨울, 150쪽.

13   「주요 독자층은 20~30대 여성, 남성 독자는 30~40대」, 교보문고 북뉴스 ― 김DB의 최종분석, 2015. 12. 14. (http://news.kyobobook.co.kr/it_life/kimdbView.ink?sntn_id=11192&expr_sttg_dy=20151214083000)

것이다. 그도 그럴 것이 2030 여성들은 교양으로서 독서를 훈련받은 데다 책을 읽을 시간과 자원이 있는 독자들이다. 교양은 원래 계급적이고 젠더 적 함의를 가진 단어였다. 'culture'의 번역어 교양은 무질서(anarchy)의 상대어로, 이때 주체는 '현존하는 것 중 최고의 것'인 문화를 익히고 배워 야 한다는 문명화의 사명을 가지게 된다.[14] culture로서의 교양은 질서- 무질서, 문명-자연, 남성-여성의 이분법 안에서 계급과 식민화, 젠더의 문제를 피할 수 없는 것이다. 이로써 여성은 무질서에서 질서로 거듭나야 하는 영원한 계몽의 대상이고, 교양을 갈고 닦아야 하는 자로 호명된다. '교양 있는 여성'이라는 수사는 너무나 익숙하지만, '교양 있는 남성'은 어 색한 것은 여성에게 요구되는 지식과 교육은 행위규범으로서 교양으로 젠더화되어 있기 때문이다. 부르주아 여성성의 중핵으로 일컬어지는 교 양은 여성들에게 책 읽는 능력을 키워 준 셈이다.

그런데 그 교양의 통치성은 언제나 균열되기 마련이다. 여성들은 세계 문학 전집을 읽고, 당대의 한국문학을 읽고, 할리퀸 로맨스도 읽었다. 예 술적인 것, 미학적인 것뿐만 아니라 가치 없고 선정적인 서사들을 읽으면 서 성장해 온 것이다. 『82년생 김지영』의 독자인 3040 여성들은 1990년 대에 대학에 다녔고, 2000년대에 사회생활을 시작했다. '82년생 김지영' 세대 여성에게 중요한 독서 경험은 순정 만화와 할리퀸 로맨스, 자기계발 서였다. 여성의 욕망이 독서 행위의 키워드가 되었고, 양귀자의 『나는 소 망한다 내게 금지된 것을』(살림, 1992), 공지영의 『무소의 뿔처럼 혼자서 가라』(문예마당, 1993) 등이 '페미니즘 텍스트'로 호명되며 베스트셀러가

---

14   매슈 아놀드는 "모든 인간을 단맛과 빛의 환경에 살게 하는 것"이 교양이며, 문화의 완성에 대
      한 공부로 정의한다. 이때 교양은 "무관심성(disinterestedness)"을 바탕으로 하며, 문화의 민주
      화이자 평등의 진정한 사도가 된다. 매슈 아놀드, 윤지관 옮김, 『교양과 무질서』(한길사, 2006),
      53~86쪽.

되었다. 1995년에는 최초의 페미니즘 계간지를 표방한《페미니스트 저널 IF》가 창간되기도 했다.《페미니스트 저널 IF》의 표어가 '웃자 놀자 뒤집자'였던 것은 여성 욕망을 긍정하고 실천하자는 것이었고, 이는 '김지영들'에게 주어진 청사진이기도 했다. 이때 여성 욕망은 일도 가정도 다 성공하는 여자로 재현되었다. 1990년대 후반 등장하기 시작한 여성 대상의 자기계발서들이 '남자처럼 일하고 여자처럼 승리하라', '남자는 여자하기 나름'이라는 류의 표어를 내놓은 것은 일과 가정을 양립하는 여성성을 새로운 모델로 제시했음을 보여 준다. 여자도 사회에 진출하여 공적 자아를 획득해야 한다는 요구는 매우 손쉽게 자기 계발하는 주체라는 신자유주의적 모델과 결합했던 것이다.[15] '김지영'은 이렇게 '열심히' 살아온 여성들이 쉽게 동일시할 수 있는 캐릭터이기도 하다.

독서가 여성의 욕망을 직조한다는 것은 에마 보바리에서부터 출발한 여성 독자 모델의 전형이다. 여성은 책 읽기를 통해 세계를 확장시키고, 타인의 욕망을 모방하는 법을 훈련한다. 낭만적 판타지 속에서 자신의 위치를 상실한 허황된 여성 독자 모델이 보바리인 셈이다. 그러나 여성들이 기꺼이 에마 보바리가 되는 것은 보바리의 비극적 결말을 몰라서가 아니다. 알면서도 부러 속아 주는 것이다. 페미니스트 비평가들은 할리퀸 로맨스와 같은 여성 대상 소설의 독자를 분석하면서 공격적 남성성과 수동적 여성성을 강조하는 가부장제적 로맨스 서사를 여성들은 왜 즐겨 읽는가라는 질문을 던진다. 때로 이러한 질문은 훈련받지 않은, 자기기만적인 지각을 가진 여성들은 소설이 진정으로 말하는 것을 모르거나 그 의미를 인정하고 싶어 하지 않는다는 식의 해석으로 이어진다. 여성 독자를 어리석은 대중으로 두고, 비평가가 여러 겹의 텍스트를 해체하고 분석하여 그

---

15 엄혜진, 「신자유주의 시대 여성 자아 기획의 이중성과 '속물'의 탄생」,《한국여성학》32(2), 2016, 31~69쪽.

'진짜 의미'를 알아내면, 소설의 해석은 완료된다는 것이다. 그러나 래드웨이는 로맨스를 읽는 행위를 분석하기 위해서 제일 먼저 해야 할 일은, 텍스트적 특징이나 서사적 디테일에 대한 강박을 포기하는 것이라고 말한다. 로맨스 소설 독자와의 인터뷰를 통해 래드웨이가 확인한 것은 독자에게 중요한 것은 '로맨스 소설'을 읽는 것이 아니라 로맨스 소설을 '읽는다'는 행위라는 점이다. 독서를 통해 여성은 지금 여기를 탈출한다. 로맨스는 일상과 전혀 다른 삶을 살게 해 주는 매개체다. 즉 일상에서 벗어나고 가족들과 단절되어 하는 매우 개인적인 행위가 독서라는 것이다.[16]

이는 독서가 현실로부터의 일탈을 가능하게 하는 적극적 행위임을 의미한다. 모들스키 역시 여성들이 할리퀸 로맨스와 고딕소설 같은 장르를 즐기는 것은 이들 서사가 사실적이어서가 아니라 여성을 만족시키는 다른 적절한 방법이 없기 때문이라고 지적한다.[17] 나이, 계급, 교육적 배경까지 다른 여성들이 현실을 이탈할 다른 방법이 없기 때문에 일탈하고자 책을 읽는다는 것이다. 이는 미학적 허점을 몰라서가 아니다. 이러한 입장에서 『82년생 김지영』을 검토해 보자.

『82년생 김지영』의 미학적 결함은 여러 곳에서 발견된다. 여성 인물은 2016년에도 여전히 '다락방의 미친 여자'로 남았으며, 화자는 권위를 가진 남성 지식인인 정신과 의사다. 열심히 살았지만 결국 '실패하는' 여성 인물의 서사는 젊고 순진무구한 여성이 자신의 순결함(virginity)을 항변하는 감상 소설(sentimental novel)의 구조와 닮았다. 『82년생 김지영』의 선전 문구가 알려 주듯, 죄지은 것 없이 순결한 여성이 흘리는 눈물은 '평범한 여성' 독자들이 아무런 저항 없이 동일시하게 만든다. 이때 가장 중요

16   Janice Radway, *Reading the Romance* (University of Carolina Press, 1984), pp. 86~118.

17   Tania Modelski, *Loving with a vengeance* (Archon, 1982).

한 것은 여성 인물이 무고하고 무력하다는 설정이다. 도덕적으로 흠잡을 데 없는 김지영의 비극은 김지영과 함께 성장한 세대를 사로잡았다. 무고한 피해자 '김지영'과 자신을 동일시하는 '일반 여성'들이 많았다는 것은 최선을 다해 자신을 삶을 완수한 여성들이 느끼는 박탈감을 대변한다. 이들의 독서에서 중요한 것은 김지영과 같은 '얄팍한' 문학적 형상화에 '속지 않는' 비평가가 되는 것이 아니다. 여성 독자들은 김지영과 마찬가지로 선량한 피해자로 인정받고 싶기 때문에 그녀에게 '속아 주는' 것이다.

'개인'이 남성으로 동일시된 사회에서 여성은 남성처럼 되기도 하고, '여자다움'으로 무장하여 여성성을 위장하는 등 여성됨을 수행한다. 이 여성-되기의 과정 속에 '나도 김지영과 같다.'는 선언이 등장한다. '김지영 열풍'의 한 축은 이 읽기 훈련이 선택한 일종의 여성성 수행으로서의 가면이다. 능력 있고 성공한 여성일수록 자신의 여성성을 드러내는 가면을 쓴다는 리비에르의 지적은 여성들이 사회에서 생존하기 위해 선택하는 일종의 방패다.[18] '무고하고 순수한 여자의 얼굴을 하라. 그러면 사회는 너를 위협적이지 않은 존재로 여길 것이다.' 무해한 희생자의 얼굴을 한 여성들은 기꺼이 '여성성'의 가면을 쓴다. '김지영'이 성공한 데는 누구나 공감할 수 있는 서사가 큰 힘을 발휘했다. 누구나 안타깝다고 생각하는 저 여자, 그 여자가 내 아내이자 어머니, 친구라고 생각하게 만드는 것이다. 그리하여 '김지영'은 지금 가장 문제적인 텍스트가 되었다. '여류 소설가에 의한 우스운 소설들'은 여성 독자들의 읽기 행위를 통해 비로소 그 힘을 획득한다.[19] 자, 그러면 이제 물어볼 차례다. 여기에서 속고 있는 것은 누구인가.

18 Riviere, Joan, "Womanliness as Masquerade", International Jaurnal of Psychoanalysis, Vol. 10, 1929, pp.303~313.

19 Tania Modelski, ibid.

4 정치적으로 올바르지 않은 '김지영'들

'김지영 현상'을 둘러싼 비평가들의 미학 논쟁은 문학은 교양 있는 엘리트들이 가르치고, 이해시킨다는 앎의 틀을 그대로 반복한다. 미학적으로는 완성되지 못했지만 정치적으로는 올바른 텍스트라는 평가 역시 마찬가지다. '정치적 올바름'의 정의가 '선량한 피해자를 도와야 한다.'라면 『82년생 김지영』은 정치적으로 올바른 텍스트다. 그러나 『82년생 김지영』은 희생적인 여성과 그 좌절이라는 멜로드라마적 구도를 벗어나지 못한다. 이 정도로 '착한' 서사가, 모두의 시혜를 구하는 서사가 정치적으로 올바른 텍스트라는 평가를 받는다면, 오히려 문학이 상상하는 정치적 올바름이 무엇인가를 다시 물어야 한다.

여성 작가가 여성이 경험하는 삶의 취약성을 재현하는 것이 정치적 올바름이라면 여성문학 텍스트는 모두 정치적으로 올바른 텍스트가 된다. 소재를 중심으로 텍스트의 정치학을 논한다면, 일본군 위안부를 재현한 김숨의 『한 명』이나 북한 이탈 주민을 형상화한 황석영의 『바리데기』는 '가장' 정치적으로 올바른 텍스트다. 그러나 이들 텍스트는 여성을 여신화한다거나 희생양으로 그리는 등의 전형성을 답습한다. 소재를 중심으로 문학의 정치를 판단하면, 남는 것은 소재를 두고 벌이는 경쟁뿐이다. 더 약자를, 더 소수자를 재현하는 것으로써는 정치성 정치의 한계와 마주할 수밖에 없기 때문이다. 최근 한국문학의 탈출구를 페미니즘 문학이나 퀴어 문학으로 호명하려는 시도가 놓인 곤경이 여기에 있다. 여성이 경험하는 폭력을 재현하고, 성소수자를 가시화한다는 것만으로 정치적으로 올바른 텍스트가 될 수 없다. 오히려 여성문학이나 퀴어 문학에 대한 사유를 중단하기 위해 '정치적으로 올바름'이라는 프레임을 빌려 온 것처럼 보일 정도다. 김애란의 딸은 상상으로나마 자신을 버린 '아비'와 화해하고, 한강의 딸은 나무가 된 채 비체로 남는다. 누구도 이들의 미학적 서사에 대해서는 정치적 올바름이라는 기준을 제시하지 않는다. 그러나 유독 '페미니즘' 텍스트로 통용되는 텍스트에 대해서는 정치적 올바름을 평가 기준으로 제시한다. 이는 '기준 미달'의 텍스트를 비평 대상으로 포함하기 위해 가져온 도구다.

근대문학이 총체성이 사라진 시대에 세계의 균열을 증언하는 인간의 서사라는 전통적 정의를 빌려 온다면, 이데올로기와 적대가 사라진 한국문학이 페미니즘이라는 '실재'를 포착한 것은 당연한 일이다. 강화된 반동(backlash)의 흐름 속에서 페미니즘은 현재 한국 사회에서 적과 나를 나누는 가장 강력한 벡터로 작동한다. '일베'도 '오유'도, 자한당-민주당-정의당도 페미니즘을 벡터로 삼아 새로운 분할선을 그린다. 그런 점에서 페미니즘은 새로운 감각을 분할하는 정치가 된다. '김지영 현상'은 이렇게 분할된 사건으로서의 '진리'를 지원하기 위해 등장하는 후사건적 실천이다. 독자들은 『82년생 김지영』을 읽고, 자신의 삶을 되새김질한다. 이때 문학은 싸워야 할 적대 세력이 아니라 지원 세력으로 존재한다. 독자들은 김지영의 삶에 공감하면서, 희생자로서의 자신의 위치 역시 가늠한다. 독자와 작품 사이에 초래되는 혼란스럽고 예측 불가능한 상호작용을 '협상'하는 것이다.[20] 페미니스트 독자들은 '김지영'을 무기로 삼아 자신의 정당성을 주장하는 데 활용한다. 그런 점에서 '김지영 현상'은 오늘날 "문학과 삶이 관계 맺는 방식"이 달라진 상황과 겹쳐 읽어야 한다는 조연정의 주장을 상기할 필요가 있다.[21] '김지영'에 열광한다고 해서 지금까지 미학적으로 훈련된 독자들이 사라진 것이 아니다. 독자들은 보편적 미학에 저항하고 새로운 미학을 요구하고 있다. 그런 점에서 '김지영 현상'은

20 리타 펠스키, 이은경 옮김, 『페미니즘 이후의 문학』(여이연, 2010), 44~95쪽.

21 조연정, 「문학의 미래보다 현실의 우리를 — 문학의 정치적 올바름에 대하여」, 《문장웹진》, 2017년 8월.

'치안이 아닌 정치'를 획득하는 분기점이 되어 줄 것이다. 이는 독자들의 욕망이 결합되어 만들어진 것이지 텍스트만의 힘이 아니다. 그런 점에서 『82년생 김지영』은 정치적으로 올바른 것이 아니라 매우 영리한 텍스트가 된다. 『82년생 김지영』은 로맨스 대신 페미니즘을 선택한 여성들이 '착한 여자'로 남으면서 손에 쥘 수 있는 무기다. 김지영이 누구와도 갈등하지 않는 '진정한' 페미니스트 서사의 표상이 될 수 있다면, 그것만으로 이 텍스트의 영리함은 진가를 발휘한다. 그렇다. 『82년생 김지영』은 아주 교활한 지점에 서 있다.

5   그리하여 연대하는 독자에게 더 많은 책을

'동방신기 5대 팬픽'으로 서사를 배운 20대와 『베르사이유의 장미』로 프랑스 혁명을 읽은 30대, 할리퀸 로맨스를 섭렵한 40대 등 세대와 계층을 넘나드는 여성들이 『82년생 김지영』을 읽는다. 이들에게 독서는 억압적 현실로부터의 일탈을 의미했다. 전혜린 열풍, 사강 열풍 등 여성들의 책 읽기는 교양이 허락하는 범위 내에서 아버지를 죽이고, 시대와 불화하는 방법이었다. 『82년생 김지영』 역시 여성들이 시대와 싸우는 방식으로 선택한 텍스트다. 로맨스 소설의 바탕을 이루는 이성애 중심적 가부장제가 지배하는 세계관이 더 이상 그 균열을 감당하지 못할 때, 페미니즘은 로맨스 소설의 자리를 이어받는다. 일탈조차 불가능해진 세계에서 달라질 수밖에 없었던 여성 독자의 감수성이 페미니즘을 로맨스 소설의 대체제로 부상하게 한 것이다. 『82년생 김지영』이 2040 여성 독자들의 압도적인 지지를 받은 것은, 누구와도 싸우거나 갈등하지 않는 '착한' 페미니스트 서사이기 때문이다. 그것만으로도 이 텍스트의 영리함은 진가를 발휘한다. 그런 점에서 『82년생 김지영』은 독자들의 수행성을, 그리고 그 수행성을 통해 새롭게 분할해 낸 정치성을 보여 주기에 적절한 텍스트이다. 이 정치적 행위를 여성 특유의 낭만성이라고 간과한 것은 독자의 욕망에 대해 질문하지 않았던 문학장의 문제다. 여성 독자는 말 그대로 텍스트를 먹어 치우며 전진해 왔다. 그리고 『82년생 김지영』에 이르러 이들은 책 읽기를 통해 연대하는 독자가 되었다.

2018년 한국문학은 스스로를 여성이라고 자각하고, 젠더를 근본적 문제로 삼는 독자 집단과 만나고 있다. 이는 산업화 시대의 농민이나 노동자가 사회의 근본 모순을 재현하던 것과 마찬가지다. 노동자 문제를 소설화할 때, 이에 대해서 '노동자 정체성의 정치'라는 말을 쓰지 않았다. 이촌향도와 농민의 소외를 이야기할 때, '농민 정체성 정치'라고 하지 않았다. 그러나 여성은 노동자와 농민보다 더 큰 범주임에도 불구하고 언제나 '정체성 정치'로 과소 재현된다. '김지영 현상'은 이러한 사회적 분위기, 한국 문단의 상황에 대한 일종의 권력투쟁이다. 정체성 정치가 아니라 미학적, 재현적 가치에 대한 근본적 질문을 제기한다는 차원에서 감각을 새롭게 분할해 낸 정치다.

이 정치의 행위자가 독자라는 점에 주목해야 한다. 최근 나타난 여성 독자들은 '책을 산다'는 행위를 통해 자신의 의제를 표현한다. 여러 출판사들이 서둘러 페미니즘 서적을 기획하는 것은 운동 방식으로 등장한 '책을 산다', 그리고 더 나아가 '책을 읽는다'에 민감하게 반응하기 때문이다. 이는 사회운동의 차원에서도 흥미로운 변화다. 사회적 결속력에 기초한 전통적 집단 정체성 대신 개인적 라이프 스타일에 의해 만들어진 개인화된 이슈들에 선택적으로 참여하는 등 집합 운동이 개인화되었으며 그에 따라 사회운동의 레퍼토리가 변화했다는 지적처럼,[22] 독서라는 매우 개인

---

22 최재훈, 「집합 행동의 개인화와 사회운동의 레퍼토리의 변화」, 《경제와 사회》 113, 2017, 66~99쪽.

적 행위가 새로운 운동의 레퍼토리로 등장했다. 이는 문학이 본래 내포하고 있는 정치적 가능성이기도 하다. 상업적 인쇄 매체와 근대 소설이 독자들로 하여금 새로운 공동체로서 네이션을 상상할 수 있게 하는 토대였던 것처럼, 『82년생 김지영』과 같은 텍스트가 연대체로서 페미니즘을 구성한다. 그리하여 한국문학은 읽을 준비가 된 독자들과 마주하게 되었다.

책 읽기를 사회운동으로 전문화한 독자들이 읽을 준비를 하고 출판 시장을 기웃거리는 데 반해, 출판 시장의 대응은 근시안적이다. 여러 출판사들이 앞다투어 핑크색 표지의 페미니즘 서적을 발간하면서 유명인들의 추천사를 받을 때, 온갖 굿즈로 새로운 책들을 선전할 때 책의 메시지는 부유한다.[23] 모두들 쉬운 책만을 찾고 있다. 『82년생 김지영』의 부족함을 지적할 것이 아니라 독자들을 진지한 말 걸기의 대상으로 여기고 있는가를 먼저 생각해 볼 필요가 있는 것이다. 이제 한국문학은 페미니스트 인식론을 바탕으로 젠더화된 읽기를 하는 독자들과 마주하게 되었다. 신작 소설, 신작 시, 신작 영화 그 모든 것이 '젠더'라는 새로운 잣대로 평가하는 경험을 할 것이다. 이 근본적인 방향 전환을, 읽고자 하는 독자의 욕망을 적극적으로 사유하기를 기다려 본다.

---

23 최근 페미니즘 서적의 발간과 이에 연계된 출판 마케팅 문제에 대해서는 정고은, 「2015~2016년 페미니즘 출판/독서 양상과 의미」, 《사이》 22, 167~198쪽; 허윤, 「페미니즘 대중서 시장과 브랜드화」, 《여성문학연구》 40, 2017, 269~280쪽 등을 참조.

2부

너머의 비평들: 페미니즘에서 퀴어까지

페미니즘이라는 문학

소영현

이 세상에서 20년 동안 존재하면서 습득하는 상식을 얻고 싶다면 그 일에 20년을 들여야 한다. 이에 상응하는 자기 발견적 방법론을 그보다 더 짧은 시간 내에 조립할 방도는 없다. 경험은 알고리즘적으로 압축할 수 없기 때문이다.

— 테드 창

강간으로 구해져야만 하는 실존이라면, 실존하지 않는 편을 택하는 것이 낫지 않겠는가?

— 한유주

1 누가 인간인가

무엇이 페미니즘과 문학을 갈라놓는가. 2016년 가을 이후로 문학장은 페미니즘 이슈가 불러온 질문들을 피할 수 없게 되었다. 표절 사태로 시작된 비평중심주의와 계간지 시스템 재편에 대한 폭넓은 요청은 페미니즘 이슈와 만나면서 근대 이후 수립된 문학에 대한 근본적이고 전면적인 질문으로 구체화되고 있다. '시를 배우다가 성폭력을 당했다.'는 고백들을 어떻게 다루어야 할까. 입시와 등단을 미끼로 이루어진 성범죄 사건은 또 어떠한가.[1] 성폭력을 예술가의 '기행'이나 문학적 '일탈' 혹은 예술적 '위반'으로 포장한 범죄 수법에 우선 경악하게 되지만,[2] 문학계 성폭력 폭로 사태의 본질은 성범죄 가해자가 범죄의 알리바이로 문학을 동원했다거나 입시와 등단을 매개로 성범죄가 이루어졌다는 사실보다 문학장 내 강간문화가 임계에 도달해 있었다는 사실 자체에 놓인다.

'#○○_내_성폭력' 폭로는 '여기 인간 아닌 자가 있다.'라는 사력을 다한 비명으로 들린다. 누가 인간인가. 어떻게 인간인가. 왜 누군가는 누군가에게 인간이 아닌가. 성별 이분법의 문제로 곧장 환원되어 버리지만, 페미니즘이 시민권 운동으로 가시화되었음을 환기하자면, 페미니즘이란 결국 인간을 둘러싼 권리 투쟁의 역사 자체임을 새삼 깨닫게 된다. 누가 인간인가를 묻는 일은 곧 보편성에 대한 도전이며 보편성을 둘러싼 경합이다. 인간의 범주는 시대, 지역, 계급, 성별, 인종, 나이, 섹슈얼리티 등 수많은 정치적 입장의 교차점 위에서 재편되고 갱신되어야 한다. 페미니즘이란 보편이 된 인간의 범주에 대한 질문의 연쇄이자 그 질문을 지속시키는 추동력이다. 문학이 근본에서 인간에 대한 이해를 지향하는 한 그 질문의

---

1   입시와 등단을 미끼로 한 성범죄 사건은 좀 더 구조적 차원에서 다루어져야 한다. '#문단_내_성폭력 폭로'에 의해 드러난 성폭력 사건이 문인 개인의 윤리적 자질이 아니라 문학장 전체의 구조적 문제라고 해야 할 때, 그것은 모호한 범주로서의 '문단' 구조가 아니라 '문학' 창작을 기예로 보고 그것을 '가르치고 배우는' 공간으로서의 예술고등학교가 갖는 제도 차원의 문제로서 검토되어야 한다.('''탈선'과의 좌담회: 어느 편안한 이야기」, 《소녀문학》 3, 2017 참조.)

2   피해자의 고발로 폭로된 문학·출판계의 성범죄가 여느 성폭력 사건과 다르지 않다는 점에서 문학의 이름으로 성범죄가 이루어졌다는 사실 자체가 놀랄 일은 아니다.(정희진, 「문단 성폭력과 자율성?」, 《한겨레》 2016. 12. 23.)

방향성과 그것이 열어 주는 인식의 지평을 외면할 수 없다. 그렇다면 따져 묻지 않을 수 없다. 무엇이 페미니즘과 문학을 갈라놓는가. 초점화보다는 다초점화가, 고정시키는 객관화보다는 유동시키는 상대화가 요청되는 시점이다.

2 태피스트리 페미니즘

줌아웃: 미러링 페미니즘에서 핑크 페미니즘까지

강남역 살인 사건 이후 메갈리아의 미러링, '강남역 10번 출구' 추모 물결에서 '#○○_내_성폭력' 폭로 사태로 이어진 저항의 흐름은 미러링 페미니즘과 핑크 페미니즘의 진동 속에서 폭발력을 마련한다. 운동의 주체와 전략 면에서 메갈리아의 등장은 다층적 논의를 이끌었고, 진영과 전선을 가로지르며 페미니즘의 새로운 영토를 발견하기에 이른다.[3] 메갈리아의 미러링이라는 낯선 전략 앞에서 시니어 페미니스트 김현미는 기성 페미니즘 운동의 공과를 좀 더 '솔직하게' 돌아보기 시작한다.[4] 선후를 따지기 어렵지만 강남역 살인 사건이 페미니즘 이슈 폭발의 기폭제가 되었

---

3 영페미니즘에서 메갈리아에 이르는 넷페미니즘의 계보에 대해서는 권김현영 외, 「영페미니스트, 넷페미의 새로운 도전: 1990년대 중반부터 2000년대 중반까지」, 『대한민국 넷페미史』(나무연필, 2017), 12∼77쪽 참조.

4 김현미, 「시간을 달리는 페미니스트들, 새 판 짜기에서 미러링으로」, 《릿터》 2, 2016, 25쪽. "가부장적 언어나 행태들에 점유당하지 않는 고유한 여성주의적 전략으로 '새 판 짜기'를 주장해 왔"다고, "당연히 지극히 적은 수의 페미니스트들로 조직과 사회의 가치를 전환시키는 '새 판을 짜는 것'은 불가능했고, 자주 실패했"다고, "남성 중심적인 마초들의 언어가 '더러워서 피했고' '겁나서 상종하지 않으려 했'"다고. 김현미는 이전까지의 페미니즘을 뒤로하고 적의 언어로 적을 공격하는 기존에는 없었던 전법을 구사하는 메갈리아의 등장을 페미니즘 운동의 계보에서 "가장 동시대적이며 솔직한 여성주의 운동"으로 평가한다.

음은 분명하다. 여성혐오에 의한 범죄인가의 여부보다 주목할 점은 그 사건을 계기로 살인 사건이 갖는 젠더적 성격에 대한 시야가 열렸으며, 젠더 프리즘을 통해 복원된 현실 사회의 전방위적 여성혐오 실태가 가시권으로 들어오게 되었다는 사실이다. 가시화되지 않았던 폭력이 범주화되고 언어화되었으며 발화되지 못했던 불안과 공포, 분노가 들리고 공유되는 목소리로 분출되기 시작했다. 페미니즘 대각성의 흐름 안에서 강남역 살인 사건은 페미니즘 이슈를 대중의 일상과 직접 만나게 하는 하나의 문턱이 되어, 한 묶음으로 회수되지 않은 페미니스트 그룹(강남역10번출구, 불꽃페미액션, 지구지역행동네트워크, 페미당당, DSO: 디지털 성범죄 아웃, 페미디어 등)의 등장까지 이끌게 된다.[5]

핑크색 표지를 한 페미니즘 관련 출간물은 문턱의 의미를 보충적으로 시사한다. 때로 여성성에 대한 부정적 은유로, 때로 젠더 불평등의 이름으로, 그간 핑크색은 의도적으로 혹은 은밀하게 거부(추구)되었지만, 그런 식의 거부(추구)는 더 깊은 이데올로기적 연루를 드러내는 것이기도 하다.[6] 전략적으로 활용된 출판 마케팅의 산물임에도, 젊은 여성을 중심으로 한 새로운 대각성의 시대가 핑크색 표지를 한 페미니즘 출간물을 통해 열리는 풍경은 나쁘지 않다. '쿨'한 태도나 '힙'한 문화와는 거리가 멀어도 한참 먼 부정적인 것으로 인식되던 페미니즘이 핑크 페미니즘과 함께 침체기이자 빙하기에 가까운 시대를 지나 새로운 국면으로 접어든 하나의

---

5   손희정, 「시간 속의 페미니즘」, 《릿터》 3, 2016; 손희정, 「페미니즘 리부트, 새로운 여성 주체의 등장: 2000년대 중반부터 현재까지」, 권김현영 외, 『대한민국 넷페미史』(나무연필, 2017), 80~143쪽.

6   전 지구적으로 핑크색이 소녀의 이미지를 환기하게 된 1980년대 이후로 반전에 반전을 거듭해 온 핑크색―소녀 이미지의 역사를 길게 이야기할 자리는 아니지만, 젠더학 연구자인 어경희의 지적처럼 핑크 페미니즘은 퇴행이 아니라 "앞으로 나아가고 있다는 신호"임에 분명하다. 어경희, 「셀피 페미니즘: 소녀 취향, 그 핑크빛 코쿤에 관하여」, 《VOSTOK》 1, 2016년, 32~44쪽.

징조로 읽히기 때문이다.

페미니즘의 이름 아래, 한편에서는 폭력적이고 공격적인 싸움꾼이 등장하고 있다. 다른 한편에서는 젠더 불평등이나 그것이 야기한 폭력적 사태를 '무장한 여전사'가 되어야만 해결할 수 있는 것은 아니라고 말하는 이들이 등장하고 있다. 전혀 다른 밑그림을 보여 주는 듯한 이 스펙트럼은 이질적인 경로로 페미니즘 이슈와 접속하고 새로운 출구를 만드는 페미니스트가 등장했음을 시사한다. 페미니즘의 경계 바깥은 말할 것도 없이 내부를 향해서도 페미니스트로서의 순도를 강조하는 인증 강박이 이제 좀 무색해지고 있는 것이다.[7] 록산 게이의 '나쁜 페미니스트' 선언처럼, 단 하나의 페미니즘은 없다는 자각이 생겨난 것이다.[8]

급진적 전복의 폭발력을 담고 있는지 '새 판 짜기'의 가능성을 보여 줄수 있는지의 여부와 별개로, 미러링 페미니즘에서 핑크 페미니즘에 이르는 이 페미니즘'들'은 페미니즘을 둘러싼 분할적 이데올로기를 가로지르며 전진하는 자신감의 분출로 보인다. 모두가 '함께하는' 더 나은 삶을 위해 이 포스트페미니즘은 젠더 불평등과 가부장제의 해체를 지향하는 동시에, 지금 이곳에서 가능한 페미니즘이 무엇인가를 좀 더 '솔직하게' 물어야 하는 시점임을 새삼 환기한다.[9]

---

7 김홍미리, 「「페미니즘 고딕체」 권하는 세계를 살아가는 법」, 『페미니스트 모먼트』(그린비, 2017), 164~169쪽.

8 록산 게이, 노지양 옮김, 「페미니즘: [복수명사]」, 『나쁜 페미니스트』(사이행성, 2016), 17쪽.

9 포스트페미니즘은 반(anti)−페미니즘에서 그것을 넘는 반(anti)−반(anti)−페미니즘의 함의를 포함한다. 이 글에서는 '개인적인 것이 정치적인 것이다', '자매애는 강하다'와 같은 전제의 편협성을 비판하면서 개인 정치, 자매 등을 '현실적으로' 그리고 '솔직하게' 다시 정의하고자 하는 의미를 담은 용어로 활용한다. 조선정, 「포스트페미니즘과 그 불만—영미권 페미니즘 담론에 나타난 세대론과 역사쓰기」, 《한국여성학》 30(4), 2014, 60~62쪽.

인터메조: 앞으로 나아가고 있는가

그러나 상황이 그리 낙관적인 것만은 아니다. '#○○_내_성폭력' 사태에 공분하면서도 그 문제의 해결이나 운동의 진행과 이후 영향에 대해서는 이해와 판단 사이에 차이가 적지 않고, 점차 그 간극이 걷잡을 수 없이 벌어지고 있기도 하다.

왜 언제부터 페미니스트는 자신의 정체를 밝혀야 마땅하게 되었을까. 젠더 이슈에 관한 글을 쓰거나 페미니즘 이슈로 강의를 하면 여지없이 듣게 되는 질문이 바로 "당신은 페미니스트입니까"에 해당하는 것들이다.[10] 여성이나 젠더 이슈에 관해서는 '페미니스트' 인증이 이루어진 이들에게만 발언권이 있다는 식으로, — 이것은 페미니스트에 대한 존중과는 거리가 멀다 — 페미니스트의 전문가적 권리가 인정되곤 하는데, 그 결과 페미니스트가 아닌(아니라고 생각하는) 모두는 페미니즘 이슈에 대해 굳이 입장을 표명하거나 논쟁에 나설 필요가 없다는 태도를 흔히 만나게 된다. 문제 해결의 책임을 페미니스트라는 전문가에게 위탁하거나 전가하는 방식으로, 페미니즘을 동의하거나 동의하지 않을 수 있는, 선택적인 것으로 만들어 버리는 것이다. 성폭력 문제가 페미니즘만의 책임으로, 종내에는 '여자들만의 문제'로 다루어지게 되는 것도 이러한 사정과 무관하지 않다.[11] 정체성 정치라는 속성을 완전히 폐기할 수도 없고, 사실 그래서도 안 되는 페미니즘 자체의 역설이 낳은 난국이기도 하지만, 널리 유포되어 있는 이 위탁화 경향은 페미니즘에 대한 인식 전환을 위해 해소해야 할 과

---

10   지금껏 페미니즘에 무관심했거나 부정적으로 생각해 왔는데, 자신이 생각했던 것과는 다른 것 같다거나, 자신의 문제로 와닿으면서 새삼 페미니즘에 관심을 갖게 되었다는 고백도 함께 듣는다. 학습이 각성의 계기가 되었다는 것이다.

11   김홍미리, 「남성 진보 논객과 담론 헤게모니 — '청년 진보 논객' 데이트 폭력 폭로에 부쳐」, 윤보라 외, 『그럼에도 페미니즘』(은행나무, 2017), 76쪽.

제 가운데 하나다.

문학장도 상황은 마찬가지다. 1990년대 여성문학의 주요 테마인 여성성은 "남성들이 원하는 여성상의 미학"이었음을 부인하기 어렵다.[12] 2000년대 전후 여성문학을 대표하는 여성 작가들의 이른바 '탈여성 작가' 선언은 여성, 여성성, 여성문학이 성차에 기반한 개념으로 고착되고 있던 경향을 역설한다. 심진경이 반성적으로 검토하고 있듯, 여성성 논의는 "여성 비하적인 것에서부터 여성해방적인 것"에 이르기까지 무분별하게 이루어진 것이 사실이다. 여성문학은 작가의 생물학적 성에 근거해서 판단되었으며, '문학'의 미학적 원리로서는 미흡하게 다루어졌다. 여성문학은 "제한된 성격의 여성성"을 강조하게 되면서, 그 의도와는 정반대로 '그들만의 문학'으로 게토화되었다.[13]

그러나 페미니스트와 그들의 작업이 게토화의 길을 걷게 되는 것은 조앤 스콧이 말했듯, "구조적인 모순의 한 징후"다. 게토화는 페미니즘의 피할 수 없는 역설에 따른 결과물인 것이다. 더구나 성차를 거부하면서도 성차에 호소해야 하는 역설, 페미니즘 자체를 구성하는 이 역설을 페미니스트가 만든 것도 아니다. 페미니즘의 역사를 '올바른' 전략을 선택해 온 과정으로 단순화하는 것은, 평등론과 차이론이 현실적으로 선택 가능한 전략이며 그런 의미에서 페미니즘 이슈가 종결 가능한 문제라는 착시를 부른다. 페미니즘 운동의 게토화가 '전략적' 실패로 오해될 수 있는 것이다. 그러나 페미니즘의 역사는 성공과 실패 어느 한쪽의 역사로 확정될 수 없다. 오히려 노력의 성공 여부와 무관하게 직면한 딜레마를 해결하기 위해 누가 인간인가를 거듭 물었던, 작은 성공과 큰 실패의 역사가 바로

---

12   고봉준·심진경·장은정·정한아, 「2016년 한국문학의 표정」, 《21세기문학》 2016년 겨울, 256쪽.

13   심진경, 「2000년대 여성문학과 여성성의 미학」, 『여성과 문학의 탄생』(자음과모음, 2015), 221~223쪽.

페미니즘이다.[14] 여성문학의 게토화와 페미니즘의 위탁화 경향이 자조적으로 통탄할 일만은 아닌 것이다.

2015년 2월 여성혐오에 대응하면서 시작된 '#나는페미니스트입니다' 선언 운동은 선언 당사자들의 각성과 성찰을 둘러싼 자기 고백의 형식으로 이루어졌다는 점에서 기억할 만하다.[15] 개별 개인이 고백 형식을 취한다는 점에서 이 운동은 페미니즘과 페미니스트 위탁화를 어느 정도 완화시켰다는 의의를 갖는다. 그러나 문학장을 돌아보자면 문단 내 성폭력이라는 추문 앞에서, 표절 사태 앞에서 그러했듯, 많은 이들이 숨죽인 채 말수를 줄이고 있는 형편이다. 조심스럽게 말해 보자면 작가들이 표절 시비에 대한 입장을 밝힌 사례가 거의 없었듯, 남성 문인이 '문단 내 성폭력 사태'에 대한 입장을 표명한 사례는 손에 꼽을 정도다. 여전히 갈 길이 멀다.

줌인: 무슨 일이 일어났는가

다시 초점을 옮겨 보자. 지난 1년여의 시간 동안 문학, 출판, 문화계에 무슨 일이 일어난 것인가. 2016년 가을 '#○○_내_성폭력' 폭로가 시작되었고, 문학출판계 성폭력 사태가 공론화된 이후 여성 문인과 문단, 출판사와 독자가 함께 움직이는 적극적 대처가 시작되었다. 관련 출판사에서는 사고(社告)로 사과문을 고지하고(2016년 10월 21일자), 가해자로 지목된 시인의 책을 출고 정지 조치한다.[16] 11월에 문단 내 성폭력에 반대하는 작

---

14   조앤 스콧, 공임순 외 옮김, 『페미니즘 위대한 역설』(앨피, 2006), 58~60쪽.

15   「출발의 선언 #나는페미니스트입니다」, 《한겨레21》 1053호, 2015. 3. 18.

16   송승언 시인이 일련의 성추문과 문학과지성사의 출판문화 권력의 상관성을 지적하면서 문학과지성사가 사고로 발표한 "사회적 정의와 윤리에 어긋나지 않는 입장과 조치"의 조속한 시행을 촉구한바 있다.(온라인 메모장 에버노트에 공개한 「문학과지성사에 고합니다」, 2016. 11. 3.; 황

가 행동이자 연대의 이름인 '페미라이터(Femiwriters)'가 발족했으며, '문학출판계 성폭력·위계 폭력 재발을 막기 위한 작가 서약' 운동이 시작되었다. 문학출판계 성폭력 위계 폭력 피해의 증언을 아카이빙하는 프로젝트가 진행되었고, 문학잡지에서는 문학출판계의 성폭력 폭로 사태를 주요 이슈로 다루었다.[17] 2017년 문단 내 성폭력 피해 고발자들의 목소리를 지지하는 기금 마련 프로젝트가 기획되었으며('참고문헌없음'), 4월 페미라이터가 해체되었고 우여곡절 끝에 2017년 봄에 『참고문헌없음』이 출간되었다. 돌이켜 보면 채 1년이 안 되는 시간동안 벌어진 일이다.

소설가 윤이형의 토혈성 고백이 말해 주듯, "고발과 저항의 문"이 "문학계 내부가 아니라 외부에서 열렸"다. "피해 생존자들의 문학이 던진 질문 앞에서 아무 대답도 하지 않은 채 계속 지면을 얻어 글을 쓰고 고료를 받고 강의를 하며" 그렇게 살 수는 없으므로, 그것이 "우리의 빚"이다.[18] 절박한 생존의 목소리가 터져 나오도록 문학장은 무엇을 했느냐고 자탄하거나 질타하는 말로 오해될 수 있으나, 저 방향성에 대한 윤이형의 지

수현, 「시인 성추문 문학과지성사에도 책임 있다」, 《한국일보》 2016. 11. 4.) 이에 문학과지성사는 "향후 출판 계약 체결 중단, 계간지 《문학과사회》 원고 청탁 중단에서 기 출간 도서 절판까지 포함될 수 있는" 조치를 취하고자 하며 기 출판 시집의 출고 정지 조치를 취했음을 밝힌바 있다.(문학과지성사 홈페이지, 2016. 11. 6.) 이러한 출판사의 대응은 "꼬리만 자르려고 하는 것"은 아닌가라는 의구심과 '근본적으로 문단과 출판사 문화를 돌아볼 수 있는 자생적인 노력과 의지 표명이 요청된다'는 비판을 불렀다.(이재덕, 박홍두 기자, 「#문화계_내_성폭력」, 《경향신문》, 2016. 11. 15.) 성폭력 가해자 논란에 휩싸인 문인에 대한 이러한 조치는 이 사태를 문학·문화계의 구조적 문제로서 다룰 여지를 좁히거나 개인의 윤리적 결함의 문제로 호도할 위험을 안고 있었다.

17   《문학과사회》 116호(2016년 겨울)는 #문단_내_성폭력 기획을 통해 문단 내 성폭력 피해자들과 그들을 지지하고 연대하는 문인들의 글에 지면을 제공했다. 《문학동네》와 《21세기문학》 겨울호는 좌담을 통해, 《문예중앙》에서는 연속 기획을 통해 문학과 페미니즘에 관한 이슈를 확장해 나갔다.

18   윤이형, 「나는 여성 작가입니다」, 『참고문헌없음』, 2017, 178쪽.

적은, 창작과 수용에 있어, 문학이 놓인 자리에 생긴 큰 변동을 환기한다. 당시에는 명확하게 인식할 수 없었지만, 2015년 문단의 표절 시비를 둘러싼 논의의 면면에서도 방향성에 대한 환기가 필요했던 것으로 기억한다. 소비 주체로만 한정할 수 없는 독자-시민이, 삶이 문학이 되는 그 과정에 적극적으로 목소리를 내며 개입하기 시작했다. 텍스트화된 삶인 문학에 대해 독자-시민들이 지분을 요청하기 시작한 것이다.

문단에 안과 밖이라는 뚜렷한 가름선이 있을 리 없고 그런 의미에서 '바깥에서 안으로'라는 방향성에 큰 의미를 부여하는 태도 자체가 오해를 부를 수 있지만, 그 방향성이 결과적으로 '#문단_내_성폭력' 폭로 사태에 대한 문학장의 대처 방식을 상당 부분 결정하게 되었음을 부인할 수 없다. 관련 논의가 반(反)성폭력 매뉴얼 속으로 회수되어 버린 것은 '바깥에서 안으로' 이루어진 문제 제기의 방향성과 무관하지 않다. 페미니즘 이슈가 곧 '정치적 올바름(political correctness)'이라는 윤리적 당위의 요청과 연결되어 버린 원인이기도 하며, 여기에 페미니즘 이슈에 대한 우려의 목소리가 높아지고 반격의 조짐이 뚜렷해진 이유가 놓여 있기도 하다. '2차 가해'의 의미가 한없이 확장되면서 열린 논의가 쉽사리 진행되지 못하고 논의의 출구가 가로막히게 된 것도 이와 무관하지 않다.

줌아웃: 반성폭력 매뉴얼과 그 바깥[19]

2000년 6월 '이제는 말하자, 운동사회 성폭력' 토론회를 계기로 '여성활동가모임'과 '서울여성노조' 멤버를 주축으로 결성된 '운동사회 성폭력

---

19 "#○○_내_성폭력' 고발 운동의 경과와 이전 페미니즘 계보에서의 반성폭력 운동의 공과와 유산에 대해서는 독립 잡지 《더멀리》 11호에 게재한 뒤 일부 개고해 『참고문헌없음』에 실은 오혜진의 글 「'페미니스트 혁명'과 한국문학의 민주주의—2016년 #문학계_내_성폭력 해시태그 운동에 부쳐」와 겹쳐 읽기를 권한다.

뿌리뽑기 100인 위원회'('100인위')의 활동은 성폭력 운동사에 유의미한 기록으로 새겨져 있다. 성추행과 성폭력에 대해서는 누구나 단호하게 반대한다. 하지만 성폭력을 어떻게 다루어야 하는가에 대해 단호하게 답하기는 쉽지 않다. 사건을 두고 진술은 상반될 수밖에 없는데, 관련자들이 스스로에게 유리한 입장만을 주장하기 때문만은 아니다. 연애와 성폭력의 경계를 구분하기 쉽지 않은 남성(성기) 중심의 성 문화 안에서는 누구든 객관적이고 중립적인 입장을 갖추는 것이 가능한가, 그 입장이란 과연 어떤 것인가라는 질문에 직면하게 된다. 의식하지 못한 사이에 주류 문화와 가해자 중심의 사고에 익숙해지기 때문이다. 부작용이 적지 않았지만 가해자 실명을 공개하고 피해자의 고발 이후 고질적으로 행해진 '2차 가해'를 최소화하면서 가해자/피해자의 기울어진 판단 지평을 교정하고자 했던 '100인위'의 노력은[20] 성폭력의 개념을 확장하는 획기적 진전을 이끌었다.

그럼에도 불구하고 반성폭력 운동의 부수 효과에 대한 지적이 적잖게 일고 있다. 성폭력 사건을 바라볼 때 '합리적 인간' 대신 '합리적 여성(reasonable woman)'의 관점을 판단 기준으로 삼고자 한 시도는 불가피하게 여성을 단일한 이해관계를 갖는 동질적 집단으로 상상하게 만들었다. 그 결과 '피해자 관점'을 취하는 것이 운동의 목표와는 정반대로 성별 이분법을 되불러오고 가부장제를 강화하는 데 기여하는 문제가 생긴 것이다.[21] 물론 이것이 반성폭력 중심의 페미니즘 운동이 도달하게 될 실패나 한계

---

20 '피해자 관점'을 확보하면서 폭력이 공론화될 때에 종종 행해지는 이른바 '2차 가해'의 문제를 해결하려는 지속적 노력은, 적어도 "그 피해가 사실인지(사실 검증), 꼭 그런 방식이어야 했는지(절차적 합리성), 그렇게까지 해야 하는지(징벌에 대한 정당성)를 두고 피해자에게 질문을" 퍼붓는 방식에서 진일보한 것임에 분명하다. 김홍미리, 앞의 책, 75쪽.

21 조주현, 「여성 정체성의 정치학: 80~90년대 한국의 여성운동을 중심으로」, 《한국여성학》 12(1), 1996, 158쪽; 정희진, 『페미니즘의 도전』(교양인, 2005), 149쪽; 권김현영, 「'2차 가해'와 '피해자 중심주의'에 대해」, 《허핑턴포스트코리아》 2017. 3. 14.

로서만 논의될 수는 없다. 페미니즘은 여성의 정치적 배제에 맞서 "정치에서 성차를 제거"해야 하지만, 정치적 권리를 획득하기 위해서는 제거했던 바로 그 "성차에 호소"해야 한다. 결과적으로 제거하고자 한 "성차를" 다시 "생산"하게도 되는 것이다.[22] 페미니즘 운동은 기존의 '인권' 개념을 비판하는 동시에 그것에 기대고, 그 '인권' 개념에 호소하는 동시에 그것을 재구성하는 과정이다.[23] 성소수자 인권 운동 진영에서도 다르지 않다.[24] 그러나 무한히 반복되는 듯 보이는 역설은 매번 다른 맥락과 의미를 갖는다. 언급했듯 이것은 페미니즘이 직면한 피할 수 없는 역설의 일면이지만 이 역설을 해소하려는 시도가 페미니즘을 진전시키는 힘이기도 한 것이다.

오히려 우리가 실질적으로 직면한 문제는, "100인위가 16년 전 주장한 '원칙'이 이후 운동 사회에서 '매뉴얼'화되면서 젠더 구조로 인한 모든 부정의와 고통을 성폭력'처럼' 다루려는 경향"[25]이 생겼으며, '#문단_내_성폭력' 폭로 사태를 해결하는 과정에서 문학장 역시 그 경향을 벗어나지 못했다는 점이다. 권김현영의 지적처럼, 피해자에 대한 비난과 소문을 막아 보자는 노력에도 불구하고 '2차 가해'라는 말로는 그런 피해를 거의 막기 어려우며, 오히려 사건에 대한 논의를 중지시키는 역효과를 불러온다.[26] 성폭력 사건을 다룰 때에도 유해한 '2차 가해' 개념이 문화예술계에서 의

---

22 조앤 스콧, 앞의 책, 38쪽.

23 전희경, 「가해자 중심 사회에서 성폭력 사건의 '해결'은 가능한가」, 한국여성의전화연합 기획, 정희진 엮음, 『성폭력을 다시 쓴다』(한울, 2003), 69쪽.

24 한채윤, 「엮어서 다시 생각하기: 동성애, 성매매, 에이즈」, 『성의 정치 성의 권리』(자음과모음, 2012), 170쪽.

25 전희경, 「계속, 끝까지, 페미니스트로」, 권김현영 외, 『페미니스트 모먼트』, 192쪽.

26 권김현영, 「'2차 가해'와 '피해자 중심주의'에 대해」, 앞의 글.

미가 확장, 변형되는 과정에서 가해와 피해의 구도 또한 실제와 재현의 관계로, 창작자와 창작물의 관계로 전치되면서 유비적으로 확산되는 양상을 보여 주고 있어 주의를 요한다.

반성폭력 운동의 계보에서 보자면, '피해자 관점'을 유지하면서 '2차 가해'를 최소화하려는 지난한 노력은 그 나름의 맥락 속에서 전략적 유연성을 얻기 위한 불가피한 선택이기도 했다.[27] 문학계에서의 발 빠른 초동 대처는 그렇게 해서 만들어진 매뉴얼 덕분이다. 폭로되고 고발된 성폭력 사건이 성폭력 사건으로서 다루어져야 하는 것임은 분명하다. 그럼에도 문학출판계라는 맥락 속에서 법적 처리와 비(非)법적 처리는 함께 고려되어야 한다.[28] 문학출판계가 성폭력 사태의 해결책을 모색하는 동시에 진지하게 고려해야 할 것은 삶과 문학의 거리, 작가와 작품의 관계, 폭력의

27 '피해자 중심주의'라는 말은 전 세계 반성폭력 운동사의 공유 용어인 '피해자 관점'과 함의 차이가 없지만, ~주의(ism)라는 관념의 차원으로 강화해야 했던 것은, "성폭력 사건에서 피해자의 진실과 가해자의 진실은 상충된다는 것, "그것은 '진위'의 여부가 아니라 인식론의 문제, 즉 '누구 말이 사실이냐'가 아니라 '누구 말을 신뢰하는 것이 더 정의로운가'의 문제'라는 것"이 계급 모순과 젠더 모순을 위계적으로 이해하던 당대의 맥락 속에서 불가피한 선택이었던 것이다. 전희경, 「계속, 끝까지, 페미니스트로」, 앞의 책, 177~184쪽; 권김현영, 「'2차 가해'와 '피해자 중심주의'에 대해」, 앞의 글.

28 특히 문학출판계에 성폭력을 다룰 신뢰할 만한 분쟁 해결 기구가 마련하는 일이 시급히 논의되어야 한다. 법에 호소하는 것이 만능 해법이 될 수 없으며, 무엇보다 문화계의 성폭력은 '업무 관계에서의 특수성' 때문에 비(非)법적 해법에 대한 논의가 적극적으로 요청된다. 가령, 2017년 1월 17일 문화예술계 내 성폭력 실태를 확인하고 대응방안을 모색하기 위한 "#문화예술계_내_성폭력 어떻게 할 것인가" 토론회가 국회에서 열렸을 때, 발제자 이선경 변호사는 '성희롱 행위가 왜곡된 사회적 인습이나 직장 문화 등에 의해 형성된 평소 생활 태도에서 비롯된 것으로서 특별한 문제의식 없이 이루어졌다고 해도 그런 이유로 그 행위의 정도를 가볍게 평가할 수 없으며, 성희롱 가해자가 징계 해고되지 않고 같은 직장에서 근무하는 것이 성희롱 피해자들의 고용 환경을 감내할 수 없을 정도로 악화시키는 결과를 가져올 수도 있다는 점 등을 이유로 성희롱 가해자의 해고가 정당하다는 대법원 판시(대법원 2008.7.10. 선고 2007두22498, 판결)를 들어, 문화예술계 성폭력 사건에서도 참착할 만한 부분이 있음'을 지적했다.(이선경, 「문화예술계 성폭력 사건의 법적 쟁점 및 향후 개선 방향」, 『참고문헌없음』 2017, 118쪽.)

재현과 재현의 폭력성 같은 문제들이다. 문학출판계의 성폭력 사건에 매뉴얼만으로 온전히 처리될 수 없는 면모들이 있기도 하고, 무엇보다 성폭력 사건을 계기로 이루어지는 문학출판계의 성찰에는 느슨하고 추상적인 형태로 공유되던 예술 원칙들에 대한 재편이 포함되어야 하기 때문이다.

인터메조: 누가 정치적 올바름을 말하는가

표현의 자유, 예술 창작의 자유는 어디까지 용인될 수 있고 용인되어야 하는가. 이자혜의 웹툰 「미지의 세계」를 둘러싼 성폭력 2차 가해 논란[29]이나 전 청와대 행정관 탁현민의 저술에서 드러난 여성혐오를 둘러싼 논란이 여러 차례 국면 전환을 거치면서 지속되고 있다. 이들을 옹호하는 근거로 표현의 자유와 창작의 자유가 내세워진다. 재현물이 창작자와 곧바로 등치될 수 없으며 그런 이해야말로 시대착오적이라는 관점이 여기에는 전제되어 있다. 그러나 자유라는 말의 기원이 그러하듯 표현의 자유를 무한대의 자유로 이해하는 이는 많지 않을 것이다. 표현의 자유가 절대적으로 옹호되어야 하는 경우가 있다면 그것이 약자가 강자를, 소수자가 다수자를 상대하기 위한 유용한 비법으로 쓰일 때다. 현실에서는 이제 표현의 자유는 혐오할 자유와 별다르지 않은 말이 되고 있다. 표현의

---

29 미성년 성폭력을 모의하고 방조했다는 논란에 휩싸인 웹툰 작가의 작품을 출간한 유어마인드 출판사는 "만화가 읽히는 것이 피해자에게 반복적이고 추가적인 가해가 될 수 있는 점을 알았다."라고 밝히고 공식 사과와 함께 출간된 시리즈 단행본 재고를 회수하고 판매 예약을 중단하는 조치를 취했다. 이 작가의 그림을 2016년 2호 표지에 사용한 격월간 문학잡지 《릿터》(민음사)도 "페미니즘을 특집으로 다룬 이번 호의 취지를 무색하게 하고 잡지에 글을 실은 필자와 잡지를 구독하는 독자 모두에게 상처가 되기 충분했다."라며 "특히 해당 사건의 피해자에게 또 다른 고통을 줄 수 있다."라는 점에서 사과하고 해당 잡지를 전량 회수·폐기하겠다고 밝혔다.(정원식, 「유명 웹툰 작가 미성년자 성폭행 방조 사과」, 《경향신문》 2016. 10. 19.; 신은별, 「유명 웹툰 작가 미성년자 성폭행 모의·방조 파문」, 《한국일보》 2016. 10. 19.) 이후 양효실 외, 『당신은 가해자입니까, 피해자입니까』(현실문화, 2017)의 출간으로 이 문제가 재논의의 국면을 맞이했다.

자유가 복잡한 쓰임새를 갖게 된 것은 사실 약자와 소수자에 대한 확정이 쉽지 않은 현실 자체의 복잡성 때문이기도 하다. 여성혐오나 인종혐오, 혐오 발언과 테러 위협의 전 지구적 확산은 근본에서 새로운 단계로 접어든 자본주의가 만들어 낸 체제 모순이 체제 주변부에에 놓인 사회적 약자나 소수자에게로 떠넘겨지는 사정과 무관하지 않다. 말하자면 인간의 범주가 범주 자체에 대한 전면적 재편에 이르지 못한 채 내적으로 위계화되고 세분되면서 복잡해지는 사정과 연관되어 있는 것이다. 표현의 자유가 옹호되어야 한다 해도 어떤 자리에서 누구에 의해 어떻게 옹호되어야 하는가를 판정하기 쉽지 않은 상황인 것이다.

표현의 자유와 예술 창작의 자유를 둘러싼 문제는 진영 논리를 부르는 '정치적 올바름'의 문제로 전환되면서 그 위험성이 더해지고 있다. 여성 혐오로 가시화되는 무차별적 비판과 그 가운데 만들어지는 비판의 윤리적 정당성의 문제가 기묘하게 얽혀 들고 있는 형국이다. 페미니즘 이슈와 같은 쟁점화된 사회적 문제들에 대한 비판적 논의가 SNS 플랫폼을 통해 활발하게 생산되면서 공사 경계를 가로지르는 미디어의 성격에 의해 이전과는 다른 문맥이 형성되었다. 편이 아니면 적이 되는 진영 논리나 걸핏하면 속도전이 되어 버리는 토론 방식과 함께 비평 문화에 생겨난 변화도 짚지 않을 수 없다. 전반적인 비평의 기능 상실에도 불구하고 대중 지성의 약진 속에서 누구나 비평가가 될 수 있는 비평의 민주화 시대가 도래한 것이다. 이것이 비평의 민주화인가에 대해서는 다른 논의가 시작될 수 있지만, 비평의 민주화 경향이 조리돌림이나 '정치적 올바름'의 이름으로 이루어지는 비평의 윤리화를 가속화한 계기인 것은 분명하다. 다양한 비판적 견해가 공존할 수 있는 상황이 역설적으로 비판의 정당성의 가치를 높이면서 비판의 정당성 확보를 중시하게 했는데, '개똥녀' 사태가 보여 주었듯 비평 민주화의 여파로 사회적으로 합의된 비판의 기준을 상실하면서 사사화된 비판은 점차 에토스적 설득력을 통해 비판의 정당성

을 확보해 가는 경향을 띠게 된 것이다.[30]

　반성폭력 운동 매뉴얼의 영향권에 머무르면서 생겨난 문제이기도 하지만, '#문단_내_성폭력' 폭로 사태 이후로 문학에 대한 비판적 독해를 요청하는 페미니즘 이슈에 겨눠지는 비판의 지평이 '정치적 올바름'을 거점으로 마련되는 사정은 많은 논쟁을 진영 논리로 뒤바꿔 버리는 비평의 민주화 경향의 부수 효과로서 다루어질 필요가 있다. '정치적 올바름'에 대해서라면, 후지이 다케시의 지적을 통해 불필요한 논쟁을 건너뛸 수 있다. 소수자와 약자가 가시화되고 혐오 발언이 확산되면서 그에 대한 대응으로서 이슈화되고 있지만, 그의 지적처럼, '정치적 올바름'은 "사회 변혁을 위한 방법"이 될 수 없다. 정체성 정치의 산물이자 다문화주의의 통치술인 '정치적 올바름'은 기껏해야 갈등을 예방하거나 차별과 억압의 역사가 새겨진 구체적인 존재와의 대면 가능성을 줄여 줄 수 있을 뿐이다.[31] 실제로 인종 갈등이 극심한 북미와 서유럽 사회의 사례가 보여 주었듯, '정치적 올바름'이 보여 주는 정체성 정치학의 한계는 여실하다. "정체성을 중심으로 구성된 권리 담론의 한계"[32]가 극복되어야 하는 것은 분명하다. 그러나 역설로서의 페미니즘의 원인이자 결과인 정체성 정치에 대해 그러하듯, 지금 이곳의 문맥 속에서 '정치적 올바름' 논의를 모두 걷어치울 수는 없는 게 사실이다.

　국가 단위로만 한정될 수 없는 체제의 모순이 한국 사회에서 여성혐오의 형태로 분출되고 있으며, 우리는 지금 그 거대한 모순을 '우리의 문

30　비평의 민주화와 비평의 윤리화에 관해서는 소영현, 「공공선을 위한 감정의 상상력」, 《문학선》, 2015년 겨울, 21~22쪽 참조.

31　후지이 다케시, 「정치적 올바름, 광장을 다스리다?」, 《문학3》 2, 2017, 27~28쪽.

32　손희정, 「혐오의 시대 — 2015년, 혐오는 어떻게 문제적 정동이 되었는가」, 《여/성이론》 32, 2015, 40쪽.

제로서' 겪어 내고 있다. 이런 점에서 보자면 '정치적 올바름' 논의의 공과 역시 한국 사회 전체가 사회적 경험으로서 겪어 낼 필요가 있다. '정치적 올바름'은 비평이 비평적 가치를 확보할 수 없는 정황과 윤리적 선점을 통해 비판의 근거를 마련하는 논쟁 과정이 만들어 낸, 합의점을 찾기어려운 가치들의 충돌 사이에서 '가까스로' 찾아낸 해법 가운데 하나인것이다. 문학 차원의 '정치적 올바름'은 논의하기가 더욱 난감하다. '정치적 올바름'이 어떤 식으로든 문학과 사유를 규제하고 억압하는 규범이 되고 있는 경향을 전면적으로 부인하기는 어렵기 때문이다. 그럼에도 우리가 문제로 다루어야 하는 것은 해법을 찾기 위한 시행착오들이 아니라 현실 자체 아니 좀 더 근저에 놓인 거대한 모순이어야 한다. 바로 이런 연유로 페미니즘 이슈가 불러온 문학 차원의 '정치적 올바름'에 관한 비판적검토가 시작되어야 한다면, 그 작업은 우선 페미니즘 이슈를 정치적 올바름의 문제로 곧바로 등치시키(고자 하)는 이는 누구인가, 누가 '정치적 올바름'을 말하는가, 페미니즘을 '정치적 올바름'이라는 렌즈를 통해 이해하면서 그것의 규범적 강제성과 억압성, 논의의 불가능성을 지적할 때 그자리에서 페미니즘과 문학의 관계는 어떻게 상상되고 조율되는가를 묻는것에서 시작되어야 한다. 거시적인 안목을 얻기 위해서는 이 시행착오 구간의 지층을 뚫고 나아가야 하는 것이다.

3 페미니즘이라는 문학: 재현의 새로운 원리를 찾아서

지금까지 나는 '#문단_내_성폭력' 폭로 사태를 대체로 성폭력의 문제로만 다루었다. 운동과 조직을 갱신해 가는 페미니즘과 문학은 그럼에도불구하고 다른 결로 다루어져야 하는 게 아닌가 생각하는 이들이 적지 않을 것이다. 원칙적으로만 말하자면 나 역시 그렇게 생각한다. 그러나 사실 나는 문단의 성폭력 문제를 특수하고 협소한 문제로 다루는 방식이 합당한지, 덧대어 그런 방식이 필요하다고 생각하게 된 연유가 무엇인지를 고민하게 된다. '#문단_내_성폭력' 폭로 사태 이후로 '그럼에도 불구하고' 붙잡을 수 있는 원리라는 것이 전면적으로 의심에 부쳐졌으며, 그런 원리가 있다 해도 새로이 구축해야 할 시간 앞에 놓인 게 아닌지 곱씹게 된다.

'#문단_내_성폭력' 폭로 사태로 성추행과 성폭행 사건이 낱낱이 드러나면서, 문단을 포함한 문학장 전체가 페미니즘적 성찰성(Reflexivity)을 요청받고 있다. 성폭력 폭로 사태는 흥미롭게도 성폭력을 온전히 문학의 문제로 다루고자 하는 창작물의 등장을 불러왔다. 페미니즘 이슈가 문학 외곽으로 지나가는 것이 아니라 온전히 문학의 문제가 되고 있는 것이다. 근대 이후 등장한 한국문학에서 성폭력 장면을 피하기는 쉬운 일이 아니다. 삶이 그러해서겠지만, 작품 속에서 성추행, 강간, 성폭력은 그저 문화처럼 처리되며, 일상의 갈피에서 풍경으로 그려진다. 문학적 모티프로서의 성폭력은 낯설지 않으며 새롭지도 않다. 그럼에도 최근 젊은 작가들을 중심으로(박민정, 이수진, 강화길 등) 이루어지는 성폭력의 소설적 재현은 그것이 가해자와 피해자 같은 개별자에 한정되지 않는 의미를 마련하고자 한다. 그들의 소설에서 성폭력은 남성 중심 공동체의 일원이 되기 위한 폭력적 의례나 주로 여성이나 약자, 소수자에게 행해지는 우연한 범죄와 불운한 희생으로만 그려지지 않는다. 이것은 여성에 대한 대상화나 남성 중심적인 성(기) 묘사의 배제라기보다, 성폭력이 폭력의 하위 범주가 아니며 특정한 이들에게 행해지는 특수 범죄가 아니라, 사회의 구조적 폭력이 약한 고리로 돌출되는 비명임을 역설하고자 하는 것이다.[33] 이러한 변화의 시도는 무엇을 의미하는가.

---

33   이로부터 개별 작가나 작품을 대상으로 한 새로운 글이 시작되어야 하지만, 여기에서는 경향성만을 간략히 짚기로 한다.

　문학작품 속 여성혐오의 면모들에 대한 재독이 전방위적으로 이루어지고 있다. 가령, 김훈의 신작 『공터에서』(2017)의 노골적인 성기 묘사를 두고 시작된 비판이 「언니의 폐경」(2005) 등 김훈의 에세이와 이전 소설 전반으로 번지고 있다. 여성 재현의 무능이나 여성에 대한 페티시적 묘사가 강도 높게 비판되고 있다. 그에 대한 반박으로(그러한 비판을 두고) 삶과 문학의 차이가 세심하게 다루어져야 한다는 지적이 없지 않다. 비평이 '삶'에 대한 비판이 아니라 '문학'에 대한 비판이라면 작가와 작품의 절합적 관계를 의식해야 하며 부분과 전체의 변증적 해석을 놓쳐서는 안된다는 입장으로, 사실 이러한 입장은 매우 친숙한 것이기도 하다.[34]

　비판을 뒤잇는 비판들의 내용에 많은 부분 공감하면서도 그 형식이 우려스럽지 않은 것은 아니다. 윤리를 선점하면서 행해지는 조리돌림과도 같은 비판은 페미니즘 이슈에 드리워져 있는 반성폭력 매뉴얼의 영향력이나 비판의 윤리화라는 좀 더 넓은 지평에서 지적되어야 마땅하다. 하지만 한편으로 독자-시민의 이름으로 이루어지는 다층적인 비판들을 '정치적 올바름'이라는 틀에 욱여넣으면서 지키려는 문학의 가치란 과연 무엇인지 궁금해지기도 한다. 호명의 원리가 그러하듯 부르는 자와 불리는 자 사이의 권력의 위계는 명백하다. 불리는 자들의 말은 부르는 자의 호명에 의해 '들리는' 말이 되지만 그것은 부르는 자의 말로 '번역된' 말일 뿐이다. 즐거운 독서물 이상의 것이 되기 위해 문학이 하고자 한 일이 바로 그 번역 이전의 말에 귀 기울이는 일이 아니었던가 갸웃거리게 된다. 어떻든

34　강푸름, 「소설가 김훈 신작서 '소아 성기 묘사' 논란… "관음적 시선 불쾌"」, 《여성신문》 2017. 2. 15.; 복도훈, 「신을 보는 자들은 늘 목마르다」, 《문장웹진》 2017. 5.; 김현유, 「'생리'를 묘사한 단편소설에 비판이 쏟아지다」, 《허핑턴포스트코리아》 2017. 5. 24.

삶이, 텍스트화된 삶인 문학이 곧 권리 투쟁의 장이다. 평화로운 권력의 이양 같은 것은 세상에 존재한 적 없으니, 지금 이곳이 바로 문학과 페미니즘을 둘러싼 피할 수 없는 충돌과 '오염'의 장인 것이다.

　어떤가 하면 김훈의 작품 세계는 전면적인 재평가가 이루어져야 한다. 그러나 작품에 담긴 여성혐오적인 묘사나 작가의 뼛속 깊이 새겨진 가부장제 의식 때문만은 아니다. 문제가 불쾌감을 자극하는 부분적인 묘사 자체로 축소되지도 않는다. 특정 작가나 특정 작품에 그칠 것이 아니라 거시적이고 광범위한 문학적 계보를 변화한 문맥에 비추어 다시 읽어야 한다. 비판의 대상이 되고 있는 김훈 소설을 두고 말해 보자면, 주요 문학상을 연이어 수상하면서 고평되었던 2000년대 초중반의 김훈 소설(『칼의 노래』(2001), 「화장」(2003), 「언니의 폐경」(2005), 『남한산성』(2007))이 당시 발휘했던 호소력이 그의 소설을 통해 재구성되던 남성성의 면모와 무관하지 않다는 점을 환기해 둘 필요가 있다. 『칼의 노래』나 『남한산성』이 보여 주듯, 김훈의 작가로서의 입지는 거대 담론에 대한 회의의 지점에서 확보되었다. 근대의 자명성이나 민족 서사에 대한 회의가 문학 영역에서는 권위와 틀에 대한 거부의 태도와 위반의 상상력으로 구현되었다면, 그것은 기존의 권위적 남성중심주의에도 고스란히 적용되었다. 김훈 소설에 대한 심진경의 평가가 말해 주듯 "한국문학에서 많은 남성은 사회적으로 요구되어 온 '남성'으로서의 책임감과 함께 권력에 대한 세속적인 욕망을 포기함으로써, 문화의 바다를 떠도는 댄디가 되거나 '남자 어른'이 되기를 거부하는 소년으로 남게" 되었다. 김훈 소설의 인물은 이른바 여성적 자질을 새로운 남성성으로 장착한 윤대녕 소설의 인물들과 같지 않지만, 기성의 남성성을 거부하고 여성성을 전유한 남성성을 구현한다는 면에서 윤대녕 소설의 인물들과 다르지 않은 것이다.[35]

35　심진경, 「경계에 선 남성성 — 김훈의 소설을 중심으로」, 『여성, 문학을 가로지르다』(문학과지성

밥벌이하는 가부장의 괴로움과 자기 연민, 세상에 대한 환멸과 삶에 대한 허무로 구현된 남성성은 사실상 박민규 소설의 주된 테마로 이어지며 문학사적 계보를 이루고 있다. 미묘한 차이에도 불구하고 윤대녕이나 김훈 그리고 박민규로 대표되는 한국문학 혹은 소설의 인물은 여성성을 전유한 남성성으로 정체화되면서 세속 사회와의 비판적 거리를 만들어 내고 주변부적 존재로서의 정체성을 유지해 왔다. 재문맥화해 보자면, 근본적으로 남성성과 여성성의 이분법에 대한 거부와는 아무런 관련이 없다는 점에서, 그것은 변장한 남성중심주의의 다른 버전들일 뿐이다.[36] 세속 사회에 편입해 들어가지만, 비-전투적이고 비-공격적이며 체념적인 태도로 벗을 수 없는 가부장/남성의 운명을 연민하면서. 기성의 남성성과 거리를 두는 방식으로 권위와 틀에 대한 거부와 위반을 실행하고 있었지만, 돌이켜 보자면 관습적 남성성의 변형은 남성성과 여성성의 이분법 구도 자체에 대한 문제 제기로까지 나아가기는커녕 그 근본적인 질문을 은폐하거나 소거하는 결과를 낳았다.(이즈음에 여성 작가들이 '탈여성 작가' 선언을 시작한 것은 우연이 아니다. 여성성은 남성과 여성의 구분에 의한 산물이 아니라 남성성을 뺀 나머지로 구축되는 것일 뿐임을, 여성성에 부정성의 요소 외에 남은 게 없음을 확인해야 했기 때문이다.) 결과적으로 사회구조적 모순에 대한 비판적 거리 두기가 아니라 적응을 위한 몸 바꾸기가 된 것이다. 거부와 위반의 제스처가 갖는 당대적 의미를 모조리 지워 버리려는 것은 아니며, 그들의 소설이 획득한 탈근대적 서사로서의 당대적 의미를

사, 2005), 225~226쪽.

36 이는 문단 내 성폭력 문제에 관한 《문학동네》의 특별 좌담에서 느와르 계열 영화 장르의 핵심을 짚으면서 강지희가 언급했던 특질, "한국 사회에 깔려 있는 가부장에 대한 연민"이자 "생계 부양자 가부장을 향한 강력한 옹호의 제스처"와 조금도 다르지 않다. 강지희·김신현경·오찬호·정세랑·문강형준, 「어떻게 할 것인가 — 문단 내 성폭력과 한국의 남성성」, 《문학동네》 2016년 겨울, 47쪽.

부인하려는 것도 아니다. 문제는 약자이자 주변부적 존재라는 포즈나 태도가 소수자와 약자와의 공감대를 형성하려는 노력 ─ 이것이 1990년대 이후 한국문학이 뚜렷하게 개진해 온 문학의 자세라고 해야 할 터인데 ─ , 비판적 거부의 동력을 상실하면서 자기기만적 면모로서 들추어지게 되었다는 데 있다. 기성 권위의 강고함과 틀의 억압성에 대한 위반의 실행은, 위반을 위한 위반으로, 위반의 형식화로, 새로움에 대한 강박으로만 남게 된 것이다.

　물론 따지자면 이 문제 역시 개별 작가들의 한계로 치부될 수는 없다. 개인에게 가해지는 사회의 압력이 가시적이던 때에, 개인은 응축된 사회의 대표로서 재현될 수 있었고, 내면으로의 도피를 실행하기도 했지만, 그 위반과 거부 혹은 도피에는 긴장감이 새겨져 있었다. 거기에는 긍정적이든 부정적이든 개인과 사회의 뚜렷한 관계성이 전제되어 있었기 때문이다. 금융 자본화 단계로 접어들면서 자본의 힘은 좀 더 복합적이고 불가해한 형태로 미시적으로 우리의 삶을 짓누르고 있다. 우리는 모두 뿔뿔이 흩어져 자신의 경계를 넘어선 어떤 범주도 상상할 수 없는 고립된 삶을 살고 있다. 태도의 진정성과는 무관하게 거부와 위반이 그저 제스처이자 포즈가 되어 버린 사정은 이러한 시대 변화의 흐름 속에서도 이해될 수 있다. 스스로를 약자이자 소수자라고 착각하는 강자의 존재론적 뒤틀림이 의식하지 못한 사이에 가속화되고 있었던 것이다. 세간의 비판의 내용과는 다르지만 김훈의 작품 세계가 결과적으로 '#문단_내_성폭력' 폭로 사태와도 무관할 수 없다고 생각하는 것은 이러한 이유에서다.

*

　'#문단_내_성폭력' 폭로 사태를 둘러싼 각기 다른 입장들 속에서도 새로운 독법이 요청된다는 목소리가 공통적이다. 문학사의 재기술이 필요하며, 다른 문학적 독해법이 발명되어야 하는 것도 분명하다. 다른 독해법이란 무엇이며 그것은 어떻게 가능한가. 극심한 오해의 연무 속을 헤매고 있지만, 우리들 가운데 아무도 문학 속의 여성혐오적 요소를 적발하는 일이 비평의 미래가 되어야 한다고는 여기지 않는다. 거기에 문학의 미래가 있다고도 믿지 않는다. 적발과 폐기를 통해 다른 문학이 열릴 것이라는 믿음은, 새로운 독법이 날카로운 '단절'과 새로운 세계로의 '진입'을 통해 선명하게 마련될 것이라는 이전 시대의 전망과 짝을 이룬다. 이런 인식이야말로 함께 넘어설 때가 되었다. 우선 필요한 것은 '보편적, 중립적, 객관적' 관점을 상정하는 나르시시즘적 권력을 탈중심화하는 일이다. 보편을 가장한 편향의 위치성을, 일상에 관습으로 착색된 구조적 권력 위계를 가시화하는 일이다. 성폭력을 새롭게 재현하려는 시도를 둘러싼 질문으로 돌아가 보자. 성폭력의 재현을 통해 맥락화되는 것은 남성과 여성의 성차이자 가해자와 피해자의 권력 위계이다. 그 가운데에서 현실에 작동하고 있는 사회구조적 폭력이 가시화된다. 흔적을 찾을 수 없는 구조적 문제가 거기서 몸피를 드러내고 있음을 확인하게 된다. 삶에 대한 조망이 불가능한 시대이지만, 이음새를 찾기 어려웠던 개인과 사회, 삶과 텍스트의 연결 고리는 전혀 다른 자리에 이미 존재해 있던 것은 아닌가를, 성/폭력 문제가 그런 연결 고리 가운데 하나가 아닌가를 되묻게 된다. 일상이 된 혐오, 구조가 된 악은 문학적으로 재현될 수 있는가. 그렇다면 그것은 어떻게 가능한가. 그간의 재현의 원리가 구조적 모순을 구현하기에 적합한가. 이런 질문을 통해 보자면, 조남주의 『82년생 김지영』(2016)에 대한 평가는 징후적이다. 새삼 독자-시민에게 '읽히는' 맥락을 외면하고, 미학적 성취나 '작품 자체로만' 갖는 의미를 따지는 일은 주장의 논리적 타당성과는 별개로 얼마큼의 시대적 타당성을 확보할 수 있는가. 우리는 황정은의 『백의 그림자』(2010)나 한강의 『소년이 온다』(2014)를 통해 '생산되고 해석되는' 시대 맥락을 삭제한 채로 작품에 대한 온전한 평가가 이루어지기 어렵다는 사실을 이미 충분히 알고 있지 않은가. 『82년생 김지영』의 공과는 문학이 미시적, 거시적 조망을 확보할 수 없는 현실적 조건, 문학적 재현의 방법론적 한계 자체에서 온 것은 아닌가. 생산적 논의를 위해서라면 문학이 보편성을 재고할 가능성이나 구조적 모순을 재현할 가능성은 없는 것인지, 누가 인간인가를 되물을 수 있는 재현 차원의 원리는 어떻게 마련될 수 있는 것인지, 그것을 물어야 하는 시점이 아닌가.

흔들리는 재현·대의의 시간

2017년 한국소설의 안팎

김미정

1 두 개의 문장 사이

문학이 늘 인접 영역을 포섭·회수하며 유동적으로 존재해 왔음을 문단사와 미디어의 관계를 통해 정식화한 오사와 사토시(大澤聡)[1]는 사회학자 기시 마사히코(岸政彦)의 『단편적인 것의 사회학』[2] 출간 기념 토크 이벤트 자리에서 "이것은 이미 문학이다."와 같은 찬사가 오간 것이 흥미로웠다고 전한다.[3] 표제의 '사회학'이라는 말이 연상시키는 바와 달리 이 책

---

1 일본 근현대문학과 미디어, 저널리즘, 비평의 문제에 활발히 개입하며 흥미로운 논의를 펴고 있는 젊은 연구자, 비평가. 특히 전전기 일본의 비평과 저널리즘의 문제를 실증적으로 분석한 『批評メディア論 ── 戦前期日本の論壇と文壇』(岩波書店, 2015)이 최근 주목받았다.

2 岸政彦, 『断片的なものの社会学』(朝日出版社, 2015). 이 책은 2016년 기노쿠니야(紀伊國屋) 인문학 대상을 받았고, 한국에도 동명의 제목(김경원 옮김, 『단편적인 것의 사회학』(이마, 2016))으로 번역 출간되었다. 한편 기시 마사히코는 소설을 쓰기도 하는데 소설 「비닐우산(ビニル傘)」은 2017년 아쿠타가와 상 후보에 오르기도 했다. 이 소설 역시 『단편적인 것의 사회학』에서처럼 특정인물, 사건을 중심으로 한 이야기가 아니다. 다양한 '나'들이 뒤섞이고 종국에는 주인공이 누구인지조차 알 수 없지만, 결국엔 그저 평범한 일상 속에서 언제나 마주치는 사람들의 세계를 환기하는 소설이다. 《新潮》 2016년 9월 발표, 단행본 『ビニル傘』(新潮社, 2017)으로 출간되었다.

은 아카데믹한 인문서가 아니다. "전통적 수필 장르의 유전자"를 이어받았다는 오사와의 평이 말해 주듯 일상 속 평범한 순간들, 소소한 에피소드, 스쳐 지나가는 타인의 이야기를 담담하게 전하는 등, 장르를 한정하기 어려운 책이다.

번역과 원본 언어의 질감 차이가 있긴 하지만,『단편적인 것의 사회학』은 쓰는 이만의 '특별한' 개성이나 뉘앙스를 논하기 어려운 책이다. 대상에 의미를 부여하는 묘사, 설명 등은 간소화되어 있다. 2011년 3·11 동일본 대지진 이후 세계를 재현하는 감각과 시선이 달라지는 양상까지 거슬러가지 않더라도, 혹은 2015년 스베틀라냐, 2016년 밥 딜런이 노벨문학상을 받는 의외성과 그 함의까지 의미심장하게 떠올리지 않더라도, "이것은 이미 문학이다."라고 이야기하는 일본 독자들의 감성은 이른바 형상화된 미로 인한 것과는 거리가 있어 보인다.

한편, 이 토크 이벤트 현장에는 "여기에 내가 쓰여 있다."라는 열렬한 감상도 많았다고 한다. 오사와는 이와 관련해 '나'라는 일인칭의 파토스로 추동되는 묘사의 배제가 고유한 '나'를 해체한 것 같은 효과를 낳았고, 그것이 독자에게는 자기 투영이 가능한 여백, 공백으로 여겨지지 않았을지 추측한다. 물론 그가 주목한 서술 특징은 이 책만의 독창적인 것이 아니다. 그것은, 오사와는 물론 일본의 많은 동시대 평론가들이 지적했듯, 2000년대 초반부터의 다양한 문화 장르(가령 J-POP 가사나 케타이 소설 등)에서 표출되던 양식의 연장선상에서 볼 것이기도 하다.

이때 독자들의 찬사의 말이 "이것은 이미 문학이다."였던 것을 다시 생각해 본다. 인문·사회학으로 분류된 책에 대한 찬사의 수사가 '문학'이라는 말에 준거하고 있다는 것은 어딘지 흥미롭다. 문학을 둘러싼 묵시록은 한 시절을 풍미했는데, 여전히 문학은 어떤 가치의 지표로 놓여 있다. 이

3　大澤聡,「Re:機能性文学論」,《atプラス》28호, 太田出版, 2016년 5월.

말을 사어화된 관용구로 볼 수 없는 것은, "여기에 내가 쓰여 있다."라는 그들의 뒤이은 말들 때문이다.

아마도 지금 어떤 전문 독자가 무언가를 '문학이다.'라고 할 때에는 종종 '작품은 문학적 형상화 없이 사회(세계)로부터 직접 연역되어서는 안 된다.'라는 자율성에의 믿음이 스며 있을 가능성이 높다. 하지만 지금 토크 이벤트 현장의 독자들이 말하는 문학은 그 문학이 아닐 것이다. 장르도 내용도 기법도 오늘날 특정 '범주'로서 사유되는 문학과는 거리가 있어 보인다.

"이것은 이미 문학이다.(これはもはや文学だよ.)"와 "여기에 내가 쓰여 있다.(ここにはわたしのことが書いてある.)"라는 문장은 별개로 발화되었다. 하지만 두 문장을 나란히 놓아 볼 때 거기에는 '문학'을 둘러싼 어떤 벡터가 생긴다. 전문 독자와 일반 독자들의 말이, 그리고 문학의 범주와 속성 등이 역동적으로 뒤섞이는 장면이 그려진다. 거기에서 언어나 국경과 무관하게 공명하는 또 다른 현장이 겹쳐 보인다. 그리고 지금 이 글이 이야기하려는 것은 바로 그 장면과 현장이다.

2 『82년생 김지영』 논의 재독 ①: '정치적 올바름'이라는 프레임이 말하지 않는 것

2017년 한국소설을 이야기할 때, 조남주의 『82년생 김지영』을 제외하고 말할 수 없다. 일단 이 소설은 문화 현상, 사회현상으로서 주목받고 있다. "이 정도 문학적 형상화로 소설이라 부를 수 있을까."와 같은 독자의 불만이[4,5] 없는 것은 아니다. 하지만 "김지영 씨의 어머니는 나의 어머니

---

4   이 글에 인용된 독자의 발언은 모두 인터넷 서점 알라딘 사이트의 독자 리뷰에서 가져왔다. 『82년

였고 김지영 씨는 나였고 나는 나의 어머니였다."라는 말들의 무수한 변주[6]가 압도적이다. 웹상의 많은 독자들은 '우리 모두는 김지영이다.'라는 목소리를 이어 간다. 한 평론가의 말대로 이 소설은 "'김지영'이라는 우연적 복수의 이름을 통해 매개되어 형성될 것이라 상정되는 바로 그 '공감의 연대'를 통해서 궁극적으로 완성"[7]되었다고도 볼 수 있다.

한편 "대한민국 30대 여성에 대한 기록 문학", "소설과 르포의 중간", "소설이 아닌 다큐", "소설이 아니라 수필처럼 읽힌다", "계몽적인 작품", "수필이고 르포며 일기와 같은 글" 같은 독자의 감상도 주목해 보자. 이와 관련하자면 "소설적 해석과 전망의 제시의 문제"에 아쉬움(선우은실)[8]을 표한 논의나, 소설의 스타일과 미학적 실효성의 문제를 정밀하게 비판한 논의(조강석)[9]도 충분히 이해할 수 있다. 하지만 텍스트 내재적 관심에서 추동되는 이러한 평가는, 오늘날 "문학과 삶이 관계 맺는 방식"이 달라지고 "작가를 대하는 우리의 '시선'이 많은 부분 달라"진(조연정)[10] 상황까지

생 김지영』 독자들의 면면을 엿보기에는 이 자료로도 충분하다고 생각한다.

5   "해결점도 제안도 없다.", "서사는 직설적이다 못해 단순하기까지 해서 작가의 의도를 파악하기 위한 어떤 은유도 없다. 잘 쓰여진 신문 기사를 보는 수준", "이걸 소설이라고 할 수 있는지 의문이다." 등도 참고해 보자.

6   "내 이야기이기도 하고, 주변의 모든 여성들이 공감할 만한 내용", "이름만 대입하면 내 이야기는 맞음", "본의 아니게 나의 사생활을 노출", "나 자신이고 내 이야기였다.", "엄마의, 언니들의, 친구들의, 그리고 나의 이야기", "이 책은 그냥 내 이야기인 것이다." 등도 참고해 보자.

7   조형래, 「데자뷔의 소설들 — 조남주와 장강명의 소설에 관하여」, 《문학동네》, 2017년 가을.

8   선우은실, 「객관 현실과 소설적 해석, 그리고 문학적 전망 — 조남주, 『82년생 김지영』(민음사, 2016)」, 《문학과사회》, 2017년 여름.

9   조강석, 「메시지의 전경화와 소설의 '실효성' — 정치적·윤리적 올바름과 문학의 관계에 대한 단상」, 《문장웹진》, 2017년 4월.

10   조연정, 「문학의 미래보다 현실의 우리를 — 문학의 정치적 올바름에 대하여」, 《문장웹진》,

고려한 것은 아니다. 즉, 최근 2∼3년 사이 한국 사회의 뿌리 깊은 여성혐오(misogyny) 문제를 인지하고 비로소 각성한 주체들의 욕망이 한국문학에 개입해 온 명백한 상황이, 인정은 될지언정 괄호 안에 가두어진다. 그리고 더 문제적인 것은, 이런 독자들의 욕망이 '어디에서부터' '왜' 확산된 것인지에 대한 섬세한 이해가 수반되지 않을 때, 현재 한국문학의 현장이 새로운 억압, 치안으로까지 이야기될 수도 있다는 점이다.

　나는 『82년생 김지영』을 둘러싼 최근 논의들 각각의 맥락과 정합성에 대체로 공감한다. 하지만 이 소설과 그 주변 분위기가 특히 '정치적 올바름'이라는 '프레임' 아래서 논의되는 양상에는 다른 관점이 적극 기입되어야 한다고 생각한다. 최근 한국문학(문단)에 돌출, 발현된 새로운 감수성과 그 정당함이, 축소·왜곡되는 방향성을 보이는 듯 여겨지기 때문이다. 실제 '정치적 올바름' 프레임 하에서 소설의 미학적 판단을 위해 구사되는 언어들은[11] 이 소설의 실제 독자들의 정동, 욕망과 텍스트의 관계를 망각시킴으로써 소설을 작가만의 문제나, 미학적 가치만의(예컨대 우열) 문제로 환원시키는 경향을 보인다. 이것은 개별 논의의 문제 이전에 '정치적 올바름이라는 프레임'에서 연원한 문제처럼 보이기도 한다. 그러므로 그것을 우선 조금 이야기하려 한다.

　첫째, '정치적 올바름'이라는 말이 지금, 어떤 '경향성'을 총괄하는 잣대가 되어 버린 결과, 개별 사안 각각의 의미와 차이는 뒤섞이거나 지워지는 경향이 있다. 애초에 '정치적 올바름'이라는 말이[12] 문단 문학 안의

2017년 8월.

11　이 글은, 『82년생 김지영』과 '정치적 올바름'의 문제를 전격 분석한 조강석의 「메시지의 전경화와 소설의 '실효성'─정치적·윤리적 올바름과 문학의 관계에 대한 단상」만을 의식한 것은 아니다. 오히려 그 글의 정밀한 텍스트 분석 자체의 완결성과 정합성에 공감하는 바가 적지 않다. 지금 이 글의 이견은, 그의 글이 배치된 장면, 즉 현재 한국문학의 소수자, 젠더 감수성을 '정치적 올바름'으로 프레이밍하는 분위기 전체를 고려한 것임을 밝혀 두고 싶다.

세월호, 광장, 페미니즘 경향 모두를 지목했을 때부터 이런 착종은 예고되었다고 할 수 있다. 그렇기에 이 말은 처음부터 프레임으로 작동할 수밖에 없었다. 결과적으로 지금 '정치적 올바름'이란 말은, 각자가 상정한 각 상대를 향한 일률적 비판의 잣대가 된 것 같다. '코끼리는 생각하지 마.'라고 말하는 순간 이미 코끼리는 머릿속을 가득 채우는 이미지가 되어 버린다. 개별 사안 자체의 통시적, 공시적 다름과 그 각각의 맥락은 거칠게 구도화되어 버린다.

둘째, 조남주의 『82년생 김지영』 계열의 작품이 '정치적 올바름'으로 프레이밍되어 버릴 때 거기에서 지워지는 것은, 읽는 이의 욕망과 정동이다. 애초에 전문 독자들이 이 소설을 주목한 것은, 어떤 '열풍' '현상'에의 관심 때문이었을 가능성이 높다. 대부분 논의가 소설의 미학적 결함을 지적하는 것도 그것과 무관치 않을 것이다. 하지만 그것은 결과적으로 정작 독자가 욕망하고 감화받은 것을 단순화시킨다. 한편 독자들도 그러한 미학적 결함 정도는 대체로 인지하고 있다.[13] 그들은 전문 독자에 비해 '염결성'에의 고집이 덜할 뿐이다. 그러나 '정치적 올바름' 프레임은, 그 현상의 진원지인 '읽는 이'에 대해 아무것도 말하지 않는다. 독자에게 "'읽히는' 맥락"(소영현)[14] 없이 이 소설을 말하는 것은 절반만 유효하다. '정치적 올바름' 프레임 내에서는, '쓰는 이'가 무엇을 위해 쓰는지, 또한 '읽는 이'는 왜 읽는지 등의 문제가 '미학을 위한 미학'의 문제 속으로 흡수되어 버린다. 정

---

12   이은지, 「문학은 정치적으로 올발라야하는가」, 웹《문학3》, 2017년 3월 17일.

13   각 인터넷 서점 독자리뷰를 일별해 보자. 학교나 이벤트 등의 현장에서 만나는 독자들의 감상을 귀기울여 보자. 이 소설을 읽을 정도의 독자는 제도 교육 내에서 학습한 문학의 언어를 대체로 공유하는 이들이고, 전문 독자의 비판에 많은 부분 동의하기도 한다. 독자들이 '잘 모른 채' 맹목적으로 읽는 이들이라고 가정되어서는 안 된다.

14   소영현, 「페미니즘이라는 문학」, 《문학동네》, 2017년 가을.

확히 말해, '기존의 언어로 포착되지 않아 온 미학 현상을 가늠하고 고민할 계기'를 놓쳐 버린다. 그리하여 이후 논의는 다시 '우리끼리의' 미학 vs.정치, 자율성 vs.사회 식으로 축소되고 공회전하는 양상을 보이기도 한다.

셋째, 다시 『82년생 김지영』을 포함하여 현재 한국문학의 새로운 감수성이 '정치적 올바름'으로 프레이밍될 때, 그들의 정향(orientation)을 낳은 누적된 시간들이 망각되어 버린다. 가령, 문학계에 소수자, 젠더 감수성을 촉발시킨 성폭력 고발 해시태그 운동은 '강남역 10번 출구 사건 추모 물결-인터넷 미러링' 등의 사회적 계기와 무관한 공간에서 발생한 것이 아니다. 이 감수성은, 2010년대 들어 격화된 소수자, 여성 등을 향한 전방위적 혐오의 광풍에 대한 조금 늦게 온 반발, 저항이었다. 그런데 그 백래시와 혐오는 더욱 격화되고 있다. 그러므로 강조컨대, 지금 '정치적 올바름'으로 지목된 경향성은, 작가들의 '신념'과 '도덕'의 소산이기 이전에 참담한 시간 이후 가까스로 돌출되기 시작한 저항의 '정동'이자 새로운 '감수성'이라는 점을 기억해야 한다. 어떤 작품이 사회로부터 직접 연역되어서는 안 된다는 믿음과, 문학의 고유한 회로 및 특수함을 이야기하기 위해서라도, 그 작품이 놓여 있는 맥락의 '섬세한' 독해는 필요하다. 이와 관련해 방금 언급한 둘째(독자의 욕망), 셋째(지난 시간의 참담함이 망각되는) 이야기를 조금 구체적으로 덧붙여 볼까 한다.

현재 한국 사회 전체의 젠더 갈등 상황은 마치 '강남역 10번 출구 사건 추모 물결-인터넷 미러링-성폭력 고발 운동'이 진원지인 양 오인되는 경향이 고착된 것 같다.(즉, 시끄러운 여자들의 등장이라는 이미지의 유포, 혹은 성평등에의 요구가 젠더 갈등 프레임으로 바꿔치기되는 식으로 말이다.) 이것은 오늘날 여론 주도층을 넘어 정치 세력화 양상까지 보이는[15] 인터넷 대형

---

15 언론과 정치계가 오늘날 주요 인터넷 대형 커뮤니티, SNS 여론에 기민하게 반응하고 있음에 대해서는 졸고, 「운동(movement)과 문학」(《진보평론》, 2017년 봄)에서 간략히 스케치한 바 있다.

커뮤니티들을 잠시만 모니터링해 보아도 확연히 알 수 있다. 웹상에서 여성, 소수자 비하와 혐오는 걷잡을 수 없게 되었고, 특히 지난 2~3년의 시간을 거치며 대형 남초 커뮤니티에서는 '페미니즘＝일베' 식의 프레임이 널리 확산되며 페미니즘은 '가상의 공공의 적'이 되어 버렸다. 최근 청와대 홈페이지에서 15만여 명의 서명을 얻어 낸 '여성 징병제 청원'만 해도 최근 대중 레벨에서 강화된 페미니즘 혐오의 현재를 단적으로 보여 준다.

즉, 문학계의 소수자, 젠더 감수성이 "정치를 가장한 치안"(복도훈)[16]으로까지 지목되며 '정치적 올바름' 프레임에 갇혀 버리는 사이, 바깥의 역풍은 다른 방향으로 거세졌다. 소수자, 여성혐오에 반발하고 항의하는 이들이 '문학'의 장에 대거 유입하는 지금, 문학의 이름으로 그들을 단죄하는 듯한 논의가 너무 일찍 온 것처럼 보이는 것(조연정)도[17] 당연하다. 이 '정치적 올바름' 논의는 일종의 방어처럼, 혹은 불안처럼 여겨지기도 한다. 무엇에의 방어인지, 무엇의 불안인지 궁금해질 수밖에 없다. 그러므로 '정치적 올바름'을 누가 말하는가[18]의 질문은 중요하다. 침묵하거나 조심스레 지나온 시간을 기억, 증거하는 이들의 오랜 상처와 뒤늦은 저항을 생각할 때 더욱 그러하다.

지금 『82년생 김지영』의 독자들은, 전문 독자들이 미학적 가치를 논할 때 전제하는 시간보다 훨씬 긴, 누적된 시간의 문제를 기억하고 있다. 오늘날 독자들은 때로는 전문 독자보다 시대의 변화에 더 민감하다. 『82년생 김지영』의 독자들은, 한국 사회의 지난 10여 년간의 백래시에 더는 침묵할 수 없다고 여기고 움직인 대중과 '결과적으로' 겹친다. 개인적

---

16   복도훈, 「신을 보는 자들은 늘 목마르다 ― 2017년의 한국문학과 '정치적 올바름'에 대한 비판적인 단상들」, 《문장웹진》, 2017년 5월.

17   조연정, 앞의 글.

18   소영현, 앞의 글.

으로 1990년대 중후반~2000년대 초반과, 2000년대 중후반~2010년대 중반까지의 인터넷, 강의실, 사회 분위기 등을 기억한다. 그것은 일개인의 주관적 체감이 아니라 사회학적으로도 문제적으로 지적된 현상이었다.[19] 인권과 젠더에 대한 감수성이 참담하게 후퇴해 간 일[20]은 사회학과 미디어연구에서 특별히 주제화되어야 할 것이다. 그리고 지금 새삼 여성, 퀴어 등을 둘러싼 인간 감수성이 다시 이야기되고 한편에서 고양되는 시간을 겪으면서 — 가령 지금 강의실의 젊은이들이 고백하는 자발적 각성은 드물지 않다. 이런 목소리도 내게는 현재형으로 생생하고 소중하다 — 비로소 문학과 감수성의 관계를 더 없이 고무적으로 생각하게 된 것은 무엇보다 나 개인에게 일어난 변화다.

강조컨대, 『82년생 김지영』의 독자들은 지나온 시절을 증거하는 존재다. 문학의 특수성 논의란, 세계의 섬세한 맥락들이 미학적 형상화에 스며드는 과정을 끈질기게 추적한 끝에 이루어져야 하는 것 아닐까. 하지만 최근 조남주의 소설 및 한국문학의 경향성을 둘러싸고 소환된 '정치적 올바름'이라는 말은 그 의도와 무관하게, 지난 역사(가령 '87년'으로 상징되는 시간)가 가까스로 법과 제도에 등재시킨 가치들이 조롱당해 온 시절을 망각시킨다. 나아가 그 퇴행에 면죄부를 줄 것만 같은 불안감까지 남긴다. 미국에서 1990년대에 '페미니즘'의 급진성을 비하하여 '페미나치'라는

---

19 엄기호, 『이것은 왜 청춘이 아니란 말인가: 20대와 함께 쓴 성장의 인문학』(푸른숲, 2010)에 소개된 한 에피소드에는, 당시 대중 매체에서 극에 달한 여성의 성상품화 사례들에 대해 강의실의 여학생들조차 전혀 무엇이 왜 문제인지 알지 못하는 답답한 장면이 나온다. 정확히 나의 경험과 겹치는 것이었고, 2010년을 전후한 시기의 소수자, 젠더 감수성이란, 종종 당사자들에게조차 외면되던 것이었다.

20 단적으로, 지난 대선 기간 당시 각 후보들의 성소수자에 대한 보수화 경쟁(2017년 5월 TV 토론회 당시, 정의당 심상정 후보를 제외하고는 모두가 '동성애를 반대합니다.'를 경쟁한 일)도 떠올릴 수 있겠다. 1997년 대선 후보들의 성소수자 공약과 2017년 대선 후보들의 성소수자 공약만 비교해 보아도 이 후퇴는 확연히 알 수 있다.

표현이 활황한 것, 현재 대중 레벨에서의 페미니즘 오해와 혐오가 강화되는 것, 한국문학의 소수자, 젠더 감수성의 돌출이 '정치적 올바름'으로 프레이밍되는 것, 모두 다른 사건들이고 결코 의도된 것은 아닐지라도 어딘지 닮은 것처럼 보이는 것은 부정할 수 없다.

3 『82년생 김지영』 논의 재독 ②: '소설'은 누구의 욕망과 정동을 대변해 왔는가

'문학과 삶의 관계가 달라졌다'는 조연정의 말[21]을 이 지점에서 더 생각해 본다. 현재 한국문학이 어떤 젠더 역학 속에서 구성되어 왔는지에 대한 문제의식은 연구자, 비평가에 한하지 않고 독자들에게 폭넓게 공유되고 있다. 예를 들어 지금 어떤 독자들은 여성의 특정한 자리를 기정사실화(default)해 놓고 문학의 좋음과 감동을 논해 온 것에 점점 동의하지 않겠다고 선언하고 있다. 김승옥의 소설을 2017년 여성의 관점에서 다시 읽거나,[22] 김훈의 소설을 둘러싸고 독자들이 강한 불쾌감을 주고받는 일[23] 등은, 이제까지 문학장에서는 소란스럽지 않을 정도로만 허용되거나, 아예 일축될 것에 불과했다.

하지만 그간 문학의 이름으로 말해 온/말해지지 않아 온 것에 대한 문

---

21   조연정, 앞의 글.

22   "감수성의 반혁명과 여성이라는 암호 — 1960년대 소설의 예술가 정체성과 여성"이라는 제목으로 이루어진 강지윤의 특강 참조. '페미니즘으로 문학읽기'(성균관대 국어국문학과 주관) 6번째 강좌였고, 2017년 2월 20일 서울시청년허브에서 있었다.

23   2017년 2월 트위터, 인터넷 커뮤니티 등에서의 논의들, 그리고 이를 기획 기사화한 《여성신문》, 2017년 2월 15일 최종 수정 기사(http://www.womennews.co.kr/news/111659) 참조.

제의식이 집단적으로 공유되기 시작했고, 무엇보다 독자들이 직접 말하기 시작했다. 지금껏 우리가 문학을 논할 때 사유해 온 언어와 그 개념들이 한국문학장, 한국 사회의 어떤 기제들 속에서 구사되어 왔는지, 독자들로부터 질문되고 있다. 문학장 내 전문 독자들(비평가, 작가) 사이에서도 문학의 자율성에 대한 믿음과 그 축적된 사유는 다시 질문에 부쳐지고 있다. 최근 한국에 소개되는 문예이론을 통해서도 이 미세한 변화의 파동을 확인한다. "18세기의 '개체적(individual)' 패러다임에서 창안된 자율성 개념이 점차 '관계적(relational)'이라 불리는 패러다임으로 변화해야 한다고 강조"[24]하는 논의에서 언어와 국경을 따질 계제가 없음은 물론이다.

그러므로 기존에 미학적으로 합의된 언어와 개념만으로 지금 2017년도의 현상과 소설을 포착하기는 난망하다. 차라리 질문할 것은 『82년생 김지영』을 둘러싸고 작가의 욕망과 독자의 욕망이 어디쯤에서 어떻게 만나는지이다. 쓰는 행위, 읽는 행위가 그러하듯, 쓰는 이와 읽는 이의 자리는 명쾌하게 구분되지 않는다. 한때 누군가의 독자가 지금은 쓰고 있다. 작가는 읽어 줄 사람과 호흡하고 싶어 한다. 쓰고 읽는 일 모두 같은 시공간 안에서의 일이다. 우리는 모두 서로 부지불식중 영향을 주고받는다. 사람, 동식물, 무생물, 모니터 안 가상회로 속, 모든 관계 속에서 우리는 연결되어 있다.

『82년생 김지영』 독자의 욕망은 우선은, 특정 메시지를 전경화하고 싶었던 바로 그 작가의 욕망 및 정동과 만난 것이다. 시인 김현의 커밍아웃도, 시인 서효인의 자기 점검도, 소설가 조남주의 보고서 같다고 하는 소설도 '신념' '도덕', '정치적 올바름' 같은 말들로 프레이밍하기 이전에, 그들(에 공감하는 이들 포함)이 누군가와 연결되어 있는 어떤 절박함, 분

---

24 오크제 반 루덴, 강동호 옮김, 「문학의 자율성에 대한 재고찰 — 개체적 패러다임에서 관계적 패러다임으로」(2015), 《문학과사회》, 2017년 봄.

노, 열망 등의 거친 표현이었음을 이해해야 한다. 이들의 문학 앞에서, 신념과 도덕 혹은 정치적 올바름 같은 정련된 말은 너무도 과분하다. 그들의 말과 감수성은 너무도 투박하고 절박하다. "'당대'와 함께 간다고 느끼는 최초의 경험", "'역사' 속에 있다는 경험이 처음"이라는 젊은 평론가들의 고백[25]이 단적으로 보여 주듯, 이것은 단지 '쓰는 이'의 신념이나 도덕으로 환원될 수 없다.

처음 '정치적 올바름'의 문제의식이 제출된 이후 공식적 첫 반응은 "나는 권력을 갖고 싶다."[26]라는 시인의 말이었다. 이것이 무엇을 함의, 상징하는지도 기억해 두자. 공론장 안팎에서 괄호쳐져 있거나, 소란스럽지 않을 정도로만 발화가 허용되었던 사람들은 지금 권위를 향해 말하고 있고, 스스로가 직접 발화하고 싶어 한다. '문단 안'에서의 고담준론은 그들에게 부차적이거나, 직접적 관심 대상이 아니다.

말하자면 전문 독자들은 '소설'이 '근대 부르주아지의 서사시'(W. 헤겔, G. 루카치)이었음을 기억한다. 독서 계층의 변화, 확장에 따라 소설이 발생하고 문학이 달라져 온 역사(I. 와트)도 알고 있다. 동시에 오늘날 지나고 있는 시공간이 그 소설론의 저자들이 말하던 시간적, 질적 범주에 상응하지 않는다는 것도 안다. 소설이라는 양식을 탄생시킨 욕망의 주체가 당시 신흥 계층으로 부상한 '시민'이었음을 알고 있고, 그들의 교류를 매개한 공론장(public sphere)의 역사가 늘 '누구를' 포함할지, 적당히 허용할지, 배제할지를 교섭해 온 역사임도 알고 있다. 간단히 말해 소설(novel)이 서구 시민사회의 욕망과 관념이 투영된 장르로서 탄생했고 지금의 소설이 그 시절의 소설일 수 없음을 전문 독자는 알고 있지만, 종종

---

25   장은정, 「침투」, 《문학과사회 하이픈》, 2017년 봄.

26   김승일, 「권력을 갖고 싶다」, 웹《문학3》, 2017. 3. 28.

그 사실은 괄호 안에 가두어지는 경향이 있다.

시민사회의 주체로 여겨진 '시민'은 '모든 인간'을 표방했지만, 결코 '모든 인간'을 의미하지는 않았다. 계급, 젠더, 인종, 언어 등등에 따라 암묵적으로 구획된 2등, 3등 시민, 비정상시민 등의 존재야말로 안정된 공론장과 시민사회를 지지해온 존재였음을 말하는 것은 불경스러운 일이 아니다. 그 시민들의 합리적 의사소통을 가능케 하는 중립적이고 투명한 장소라고 여겨 온 공론장은 '이념형'일 때가 많았다. 또한 무엇보다도 그 공론장의 지각변동은 시작된 지 오래다. 테크놀로지의 진보와 함께 발화 수단의 민주화가 가속화하고 있다. 지금 소수자, 여성을 주장하고 문예 공론장에 대거 진입하며, 문단의 게이트 키핑을 '향해' 말하는 이들의 욕망은, 테크놀로지 진화, 표현 수단의 민주화와도 무관치 않다.

또한 시민, 공론장, 그리고 지금 "입을 갖게 된 사람들"[27]의 문제는, 한국에서의 특별한 역사를 기억하기 위해서라도 더 고민되어야 한다. 즉, 한국 사회에서 '시민'이 주장, 논의될 수 있기까지의 투쟁의 시간, 민주주의 절차와 제도나마 갖출 수 있게 된 그 시간들 때문에라도 이제껏 좀처럼 이야기되지 않던 시민, 공론장에 대한 불경스러움은 더 말해져야 한다. '이후'의 시간에 대한 고민 때문에라도, 현재 소리를 높여 말하고 있는 이들의 욕망을 보이지 않고 들리지 않는 것으로 여겨서는 안 되는 것이다.

4 시점 전환 ①: 당사자성을 매개하는 장치들

즉, 자기 목소리를 발화하는 이들의 새로운 감수성은 그 가치판단 여부와 무관하게 이미 비가역적인 것으로 놓여 있다. 그렇다면 『82년생 김

---

27 안희곤, 「입을 가지게 된 사람들」, 《문학3》 3호, 2017.

지영』의 독자들이 무엇을 욕망하고 있는지, 그리고 이 소설이 어떤 측면에서 그 욕망과 정동에 부응했을지 조금 구체적으로 소설 안으로 들어가 본다. 미리 언급해 두자면 이 욕망들을 곧 새로운 미학으로 견인하고 싶은 성급함도 이 글에서는 경계한다. 현상에 대한 직시와, 다른 미학의 고민을 위한 질문이라는 의미를 우선은 덧붙여 둔다.

『82년생 김지영』은 제목에서부터 암시하듯, 인물과 배경과 플롯에 있어서 특정 다수의 심상을 투영하기 쉬운 장소를 제공한다. 독자들은 이 소설이 사회학 보고서, 르포, 일기, 신문 기사 등으로 읽혔다고도 고백한다. 한편 서술 층위에서 그녀는 남성 지식인 서술자의 시선에서 건조하게 묘사되는 임상 기록 속의 대상으로 존재한다. 또한 결말에서 이 서술자는, 이 세계의 구조적 불합리, 모순으로 인해 주인공의 불행이 해결되지 못하리라는 폐색감을 확증시켜 준다. 이 결말의 폐색감과 작위성은 미학적 실효성 측면에서 치명적인 것으로 지목되기도 했다.[28] 하지만 이 소설에서 주인공 김지영의 삶은 그 자체가 강렬한 메시지로서 전달되고 있다.

즉, 지금 주목하고 싶은 것은, 독자의 호응을 불러일으킨 주인공의 신산한 삶이, 자기 토로 형식, 혹은 주인공의 내면을 엿보게 하는 묘사 같은 장치와는 무관하게 전달된다는 점이다. 그리고 그런 관점에서, '말하는 이'(서술자)나 '쓰는 이'(작가)의 오리지널리티를 보증해 주는 장치가 이 소설에서 희미하다고 할 수 있다. 오리지널리티를 보증해 주는 장치란 무엇일까. 그것은, 쓰고 말하는 이가 자기를 특권적으로 주장하는 고유한 파토스를 수반하는 장치다.

특히, 작가의 개성, 오리지널리티를 확인할 때 '문체'는 가장 중요한 지표의 하나다. 문체는 '쓰는 이(작가)'와 '세계' 사이의 길항을 드러내는 장소다.[29] 쓰는 이가 누구든, 그들이 쓰는 것에는 쓰는 이의 개성과 세계

28   조강석. 앞의 글.

사이의 긴장 관계가 어떤 식으로건 표현(반영)되지 않을 리 없다. 즉, 세계의 성격이나 쓰는 이의 개성이 '말'의 영역에서 다루어질 때, 그것이 내면이건 풍경이건 어떤 '묘사' 중심의 문체에 기대어 왔던 것이 근대 이후 소설의 주요 작법이자 동인이었음을 아카데미즘의 축적된 연구들은 말해 준다.

그런데 지금 조남주의 소설은 엄밀히 말하자면 '말하는 이의 파토스를 수반하며 고유한 자기를 증거하는 문체'와는 무관하다. 그럼에도 독자가 환호한 것에 대해, 앞서 언급한 오사와 사토시였다면 "나라는 일인칭의 파토스에 추동되는 묘사를 배제한 것이 고유한 '나'를 해체한 것 같은 결과를 낳"았다고[30] 했을지 모른다. 또 다른 일본의 한 젊은 평론가는 2000년대 일본 문학의 서브컬처 편향과 관련하여 "문체의 소멸"[31]을 지적하기도 했다. 하지만 지금 이 말들을 여기에서 떠올리는 것은, 이 소설을 둘러싼 독자의 반응이나 문학의 유동성을 단순하게 추수하지 않고 맥락화하기 위해서다.

강조하지만 『82년생 김지영』을 곧 문체의 소멸로 이해해서는 안 된다. '고유한 자기'를 주장하는 문체가 지금, 조남주나 장강명의 소설에서 존재하지 않을 뿐이다. 대신 특정 다수와 호환되기 쉬운 주어의 문체가 존재할 뿐이다. 이 소설뿐 아니라, 명쾌하게 요약될 수 있는 르포, 신문 기획기사 등을 연상시키는 소설들(장강명의 소설도 이와 관련해서 생각해 볼 수 있다.)과 그에 대한 독자의 호응은 어떤가. 가령, 장강명의 소설에 대해

---

29 나는 문체에 대한 잊고 있던 의미를 오츠카 에이지의 글(大塚英志, 「機能性文学論」, 《atプラス》, 太田出版, 27호; 『感情化する社会』(太田出版, 2016)에 단행본으로 재수록)에서 다시 사유할 계기를 얻었다.

30 大澤聡, 앞의 글.

31 宇野常寛, 『ゼロ年代の想像力』(早川書房, 2008).

"소재주의"(노태훈)[32]라고 명명하는 논의야말로, 지금 이 작가들이 작가 개인에 근거한 오리지널리티에의 관심보다 어떤 명료한 메시지, 정보의 전달에 골몰하는 것을 증거한다고 생각한다.

장강명의 소설까지 이 글에서 본격화할 여력은 되지 않지만, 적어도 조남주의 『82년생 김지영』의 문체에는 그러한 오리지널리티를 주장하는 이의 자의식이 부차적으로 놓여 있다. 또한 소설 안에서 그 자의식은 제 3자인 남자 의사의 시선과 소설 형식에 의해 이미 삭제되어 있다. 그렇다고 남자 의사가 자신의 개성을 주장하는 서술자로 놓여 있는 것도 아니다. 단지 전달되는 것은 주인공의 평범하면서 신산한 삶과 그것을 둘러싼 냉정한 세계다. 그렇다면 이 소설에서 독자들이 김지영 씨와 자신을 과감히 바꾸어 적는 장면은, 작가의 메시지뿐 아니라 그 메시지(정보)를 전달하는 방식의 특징들과도 관련된다고 할 수 있지 않을까. 이 소설의 독자들은 이제껏 대변되지 못해 온 자기를 읽고 싶은 것이다. "문제적 개인"(루카치) 같은 것은 주어진 삶의 조건에 구속되어 온 이 필부들에게 허용될 리 만무한 특별한 개인이기도 했다. 지금 이 필부들은 자기 삶과 그 구속력 사이의 긴장을 읽고 싶은 것이다.

한 평론가가 "공감의 연대"(조형래)[33]를 통해 이 소설이 궁극적으로 완성되었으리라고 한 대목도 다시 생각한다. 방금 이야기한 사정을 생각한다면 '내가 김지영이다'라고 항의, 주장하는 이들의 목소리는, 타자로서의 김지영에 대한 공감이기 이전에, '자기'를 소설 속 주인공에게서 발견하고 거기에 이입함으로써 획득한 '당사자성'의 주장에 가깝다. 즉, 이 소설을 완성시켰을 '공감의 연대'는 구체적으로 '당사자성의 각성 및 획득

---

32 노태훈, 「소재주의라는 매혹과 실패 — 장강명, 『우리의 소원은 전쟁』(예담 2016)」, 《문학과사회》, 2017년 여름.

33 조형래, 앞의 글.

에 의한 연대'를 토대로 한 것이다. 특별한 타인의 삶[34]을 읽고 해석하고 감화받는 식의 독법과 이 소설은 다소 거리가 있는 것이다. '한국 사회에서 여성으로서 살아온 나'를 '김지영'이 대변한다고 강력히 믿어지는 데 기여한 장치는 특별한 타인(예컨대 문제적 개인)을 창조하고자 하는 작가의 파토스로 추동된 문체가 아니었다.

즉, 이 소설의 독자는 자의식과 고통에 압도된 김지영에 자기를 투영했다기보다, 오히려 그녀 자체가 메시지(정보)가 되어 건조하게 전달되는 형식 속에서 아이러니하게 낯설어진 자기와 그 문제를 깨닫고, 읽는 자기를 투영한 것이다. 이 소설의 흠결로 여겨지는 것들, 가령 평면적이고 전형적인 캐릭터, 일련의 사실 관계와 정보 출처를 세세하게 첨부한 사회학 보고서 같은 형식(소위 문학적 형상화의 간소화 혹은 부재), 특별한 해석의 노고 없이 자신을 분명하게 암시하는 내러티브, 고유한 파토스를 수반하지 않는 문체, 이런 것이야말로 독자들로부터 "가독성이 높다."와 같은 감상을 이끌어 냈을 뿐 아니라, 독자의 감수성 변화와 관련해서 적극적으로 생각해야 할 부분인 것이다.

5   시점 전환 ②: 말과 감각의 변화, 명료함에의 욕망

그런데 이러한 서술 특징, 소설 형식을, 메시지와 별개로 분리시켜 다시 생각해 보면 어떨까. 주인공의 삶이 쓰고 말하는 이의 파토스와 무관하게 전달되는 형식 속에서 그려지고 있음에도, 사람들이 그것에 그토록 열렬히 호응한 것을 좀 더 적극적으로 생각해 본다.

---

34   앞서 말한 근대소설의 인물 유형으로서 이른바 '문제적 개인' 그리고 이 '문제적 개인'과 짝패를 이루던 가치로서의 '청춘' '젊음' '성장' '교양' 등이 어떤 젠더 형식이었는지도 생각해 보자.

일본의 평론가 오츠카 에이지(大塚英志)는 최근 일본 소설을 이야기하는 지면에서 "상당수의 독자는 지금 책에서 즉효가 있는 정보, 혹은 단순한 감정을 영양제처럼 자극하는 기능을 원한다."[35]라고 했다. 이 말은 지금 『82년생 김지영』의 독자들을 생각할 때에도 흥미로운 시사점을 던져 준다. 그는 오늘날 일본 소설에서 '묘사'가 기피되는 경향을 지목해 '기능성 소설'이라고 명명하면서 이런 설명을 부연한다. "무엇보다 타인의 자아 표현과 접촉하는 것이 불쾌하기 때문이다. 그에 비할 때, 자신의 자아와 자아 이전의 감정을 표현하는 것에는 모두들 거침이 없다. 지금은 소설가든 아니든, 트위터, 라인, SNS 등을 통해 다들 매일 자주 '조금씩 자기를 말하'고 있다."

한편 앞서 언급한 오사와 사토시는 이 논의에 응답하는 자리에서[36] 2010년대 이후 일본 문학이 '정보 전달 기능에 특화'되고 있다고 지적한다. 그가 보기에 일본 독자의 관심은 "창작이나 심오한 비평적 논술보다" "도드라지는 사실" 쪽을 향하고 있다. 즉, 가공된 이차언설이 아니라 소재=현실이 재발견되고 그것을 보고하는 쪽에 호응하고 있다는 것이다.

이들은 공히 지금 우리가 접속해 있는 미디어들 속에서 우리의 말, 감각이 어떻게 연동하고 있는지를 암시하고 있다. 어느 정치철학자들은 오늘날 주체 형상의 위기를 사유하며 '미디어된 존재(the mediatized)'[37]로서의 우리를 이야기했다. 그 논의를 원 맥락과 조금 다르게 잠시 전유해 본다. 가령, 나는 지금 이 대목을 쓰면서 아무와도 대면 접촉을 하지 않고 있다. 그렇지만 나는 동시에 전자회로 속에서 계속 누군가들과 접속되어

---

35 大塚英志, 앞의 글.

36 大澤聡, 앞의 글.

37 안토니오 네그리·마이클 하트, 조정환 옮김, 『선언』(갈무리, 2012).

있다. "어머니보다 기계로부터 더 많은 말을 배운 최초의 세대"[38]의 감각은 이미 내 감각이 되어 버렸다. "사회적 소통의 가상화(virtualization)가 인간 신체들 간의 감정이입을 잠식"[39]했다는 비관적 진술도 떠오른다. 압도적으로 타자에의 감각을 좌우하는 이 미디어 회로 속에서 우리는 "무의식적으로 신체 내부에서 생성된 정동을 즉시 발신"하기 용이해졌다.[40] "익명성 높은 공간에서, 누군가에게 보이고 있다는 강한 타자성의 감각"과 "'아무에게도' 보이지 않는다는 희미한 타자성의 감각"은 종종 양가적으로 뒤섞인다.[41] '나'는 타자 없는 세계와 타자를 의식한 세계를 자주 분열적으로 오간다. 나와 타자 사이의 감각과 소통의 회로는 계속 재조정되지만 그것을 자각하며 돌아보기에는 일단 속도를 따라가기 어렵다.

즉, '미디어된 존재'로서의 우리는 '속도'의 문제에 자주 직면한다. 타자에 대한 감각, 말, 정동, 담론은, 미디어에 따라 그 유통의 방식도 속도도 다르다. 온라인의 속도와 오프라인의 속도는 현실 감각의 부정교합을 낳을 때가 많다. 어제의 진실이 오늘의 거짓이 되는 격변과 속도의 소용돌이에서 사람들은 부지불식중에 어떤 '명료함'을 욕망할 가능성이 높다. 망설임이나 애매함의 의미나 의도를 가늠해야 하는 해석의 노고는 점점 부담스러운 것이 되어 가고 있는지 모른다.

한편 나는 어떤 시집을 리뷰하는 지면의 한 대목에 줄곧 시선을 둔 적이 있다. 함돈균은 오늘날 달라진 문학, 출판의 조건을 스케치하며[42] 이렇

---

38   프랑코 '비포' 베라르디, 유충현 옮김, 『봉기 — 시와 금융에 관하여』(갈무리, 2013).

39   위의 책.

40   伊藤守, 「社会の地すべり的な転位コミュニケーション地平の変容と政治的情動」, 《現代思想》, 靑土社, 2014년 12월.

41   伊藤守, 앞의 글.

42   함돈균, 「디지털 시대의 설화적 설움 — 허은실, 『나는 잠깐 설웁다』(문학동네, 2017)」, 《문학과

게 말한다. "만약 출판 시장의 독자층 상당수가 '문학비평'에 기대하는 바가 있다면 전문적 담론이 아니라 가벼운 '정보' 형태일지 모른다. 현재 강력한 영향력을 발휘하며 이 역할을 효과적으로 수행하고 있는 것은 전문 문예지가 아니라 '구어적 정보'를 유통시키는 방송 미디어나 소셜 미디어다. 비평의 저널리즘화라는 차원을 훌쩍 넘어선 문학 환경의 급격한 변화가 문명사적 수준의 사회구조 변화와 더불어 돌이킬 수 없는 방식으로 진행되고 있는 것이다."

"문명사적 수준의 사회구조 변화"가 체감되는 와중에 "대중과 비평의 냉소적 유리 현상" 속에서 "설화적 세계"를 읽는 한 평론가의 작업이 아이러니하면서 어딘지 쓸쓸한 상황. 그리고 그것이 상기시키는 어떤 과제들. 여기에서 우리 시대의 전문 독자 다수가 겪고 있을 딜레마를 읽어 내는 것은 과잉된 감상은 아닐 것이다.

나는 이 인용문에서, 오늘날 독자들이 문학비평에 기대하는 것이 '정보'의 형태일 것이라고 추측하는 대목에 주목한다. '정보'를 "전문적 담론"의 맞은편에 놓거나, "가벼운" 속성의 것으로 전제하는 것에 대해서는 이론의 여지가 있다. 또한 정보(information)를 정념, 정동과 무관한 주지주의적, 기호적 개념으로만 이해해서는 안 된다는 점도 고려하고 싶다. 하지만 그것은 지면을 달리해야 할 주제이므로 여기에서는 통상적으로 사용되는 의미로서의 '정보'에 한해 이 말들을 다시 읽어 본다. 그러니까 인용문의 '문학비평'의 자리에 '소설'을 넣어 본다. 별로 이상하지 않을 것이다.

즉, 적어도 조남주, 장강명의 독자들이 기대한 것은 익숙한 문학적 형상화나, 소설 속 말하는 이들의 파토스나, 고유한 자기만의 내러티브가 아니었을 것이다. 그러한 것은 우리가 늘 접속해 있는 인터넷, SNS에도 편

사회), 2017년 가을.

재해 있다. 이제는 이름을 갖고 지면을 얻지 않아도 '나'는 '나'를 표현하고 소통할 수 있다. 작가들이 묘사해 온 내면과 풍경은 더 이상 특권적이지 않은 상황이 되었다. 그리고 오늘날 세계는 복잡해졌고, 전선(戰線)이 불분명해졌으며, 그 속에서 우리는 타자에의 감각이 분열적으로 느껴지고, 가치판단의 준거조차 의심하게 될 때가 많다. 이에 불안과 피로감을 느낀 이들은 무엇을 욕망하기 쉽겠는가. 물론 나는 이것이 오늘날 독자가 원하는 주류적 경향이자, 여기에서 새로운 미학의 가능성을 찾아야 한다고 말하려는 것이 아니다. 우선은 지금 겪고 있는 말과 감각의 변화를 냉정하게 가늠해 보고 싶은 것이다.

조남주, 장강명의 독자들이 기대하는 것은, 인터넷으로 연결되어 실시간 접속해서 확인할 수 있는 타인의 내면, 감상, 자의식 등과는 다른 무엇일 가능성이 높다. 이들 독자는 '나'를 투영할 공백이나 장치를 찾고 있는 것만이 아니다. 세상의 가치, 정동, 담론들이 빠른 주기로 엎치락뒤치락하는 와중에, '명료한 사실'로서의 메시지, 정보를 원하고 있는지 모른다.

돌이켜 보면 문학을 둘러싼 기술적, 물질적 조건에 대한 이야기가 없었던 것이 아니다. 1990년대에도 뉴미디어와 문학 환경의 변화에 대한 논의가 많았다. 하지만 그 조건이 인간 개개인의 감각과 감수성과 인식과 어떻게 교호할지에 대해서는 별로 이야기되지 않았다. 미디어와 문학의 관계를 논하기 이전에 '미디어와 교호하는 인간의 감각, 감수성, 인식이 어떻게 유의미하게 변화할지' 별로 주목되지 않았다. 물론 기술의 변화 정도로 인간의 사고방식이 바뀌는 일이 쉽지 않다[43] 하더라도, 그러나 태어나 보니 비정규직이 법제화된 시대와, 태어나 보니 페이스북으로 소통하는 시대의 사람들은[44] 그 개념도 실체도 경험하지 않은 시절을 알고 있

---

43 飯田豊, 「ポスト真実とメディア・リテラシーの行方」, 《談》, 109호, 2017년 7월.

는 세대의 사람과는 분명 다르다. 그러므로 지금 읽는 측의 욕망과 관련하여 새로운 미학의 계기나 가능성을 고민해야 한다면, 우선은 이러한 디지털 미디어 리터러시와 종이 활자 미디어 리터러시의 관계에 대한 것이어야 할지 모른다. 이것은 지금 이 지면의 주제를 넘어선다. 일단 문제 제기이고 질문이다.

한 사회 구성원 대부분이 어떤 변화를 감지하기 시작하면 이미 그 발밑에는 이미 큰 지각변동이 한번 지나간 후라고 해야 할 것이다. 발밑에 큰 변동이 지나간 후에 호수에는 잔물결이 인다. 어쩌면 우리가 지금 문학, 소설에서 목도하는 장면들은 그 '잔물결'일지 모른다. 그러므로 사태는 지금까지 말한 것보다 조금 더 복잡하다고 생각한다.

6 맺으며 시작하는 말: 흔들리는 대의·재현(representation)

지금까지의 이야기가 '문학은 변화를 추수해야 한다', '독자는 항상 옳다'는 식의 논의로 이해될 리는 없으리라 믿는다. 여기에서 옛 시절의 독자 반응 이론이나 수용미학의 이론가들과 그때 상정된 이상적인 독자 형상이 떠올라서도 안 된다. 독자는 균질적이지도 않고 일관되지도 않은 존재이기 때문이다. 또한 지금까지의 이야기는 2017년 한국소설을 둘러싼 이야기이기도 하지만, 궁극적으로는 현재 지나고 있는 한국 사회의 시간에 대한 이야기이기도 하기 때문이다.

새로운 독자, 그리고 그들의 요구는 한 평론가의 고민처럼[45] 재현

---

44 임태훈, 「'가속주의(Accelerationism)'에 응답한다」, 제7회 맑스코뮤날레 '인문학협동과정' 세션 발표문, 2015. 5. 17.

45 백지은, 「'K문학/비평의 종말'에 대한 단상(들)」, 《문장웹진》, 2017년 2월.

(representation)의 문제계 안에 있음은 자명하다. 하지만 지금 재현의 문제는 단순히 쓰는 이(작가)가 세계를 텍스트 안에 형상화해 담아내는 문제를 넘어서 우리에게 육박해 온다. 앞서도 계속 이야기했듯, 실제 독자들이 문예 공론장에 대거 유입되고 발화하기 시작하고 있다. 자기만의 오리지널리티를 존중받으면서 문학을 대표해 왔다고 '위임받은' 이들을 '향해' 그들은 말하고 있다. 이것이 한국 사회에서 대의제의 지배적 위치가 흔들리는 장면들과도 연동되어 있음은 말할 것도 없다.[46] 이때 재현, 대의 모두 representation의 번역어라는 점, 그리고 그것이 '근대'의 구축 원리와 맺고 있는 관계들에 대해서는 강조하지 않아도 될 것이다.

잠시 2016~2017년 촛불-탄핵-정권 교체의 시간으로 거슬러 가 보자. 대의제 안에서 투표와 광장의 순간들을 제외하고는 우리는 보통 나의 주권을 '위임'함으로써 주권자가 된다. 그러나 고작 '국민'으로 환원되고, 위임자-대리자의 관계는 전도되곤 했다. 게다가 우리는 대의되지도 못하면서 대의제에 제한당해 온 역사도 짧지 않게 갖고 있다. 즉, 지난 광장의 시간들은, 투표의 시간보다도 더 강렬하게 위임, 매개 없이 주권자로서의 잠재력을 드러낸 시간이다.

물론 2000년대 초반부터 이런 잠재력을 가진 주권자의 형상에 대한 논의는 계속 있어 왔다. 하지만 결정적으로 2007년의 광장과 그로부터 10년 후의 광장 사이에는, 여러 기술적 변동(SNS, 인터넷 커뮤니티, 팟캐스트, 스마트폰의 등장)과 그로 인한 차이가 놓여 있음을 기억해야 한다. 지금 사람들은 SNS, 인터넷 커뮤니티, 뉴스 댓글창 등등을 통해 자신의 견해를 '직접' 여론화한다. 다양한 신·구 미디어를 동시에 활용하여 '원내' 정당에 직접 영향력을 행사하고,[47] 청문회를 청문하며,[48] 언론을 직접 심판하

---

46 근대의 원리로서 재현, 대의가 같은 말(representation)의 번역이라는 점이 함의하는 바는 강조하지 않아도 될 것이다.

고,[49] 급기야 촛불 1주기를 맞아 '굿바이 수구좌파'라는 표어 아래 '촛불 파티'[50]로 그 세를 과시한다.

대의되지 않겠다고 촛불을 들고 직접 자신을 드러낸 이들은 "절대민주주의"[51]의 원리와 가능성을 상상케 하는 존재이기도 하다. 실제 '촛불-탄핵-정권 교체' 직후, 스스로들을 '다중 지성'[52]이라고 칭하며 '새로운 진보'를 자처하는 이들이 등장하기도 했다. 2000년대 초반 한국에서 소수

---

47 2016년 여름·가을, 《시사IN》 절독과 '원내정당' 정의당 탈당 및 내분으로 이어지는 일련의 사건들이 전적으로, 온라인 커뮤니티 유저들의 온오프라인의 실력 행사에 의한 것임을 기억해야 한다. 온라인에서 오프라인으로 정치적 정동이 역유입되는 상황은 이전부터 목도되었지만, '원내정당'의 내분까지 이른 결과의 상징성은 그 이후 사태들을 예고하는 것이었다.

48 2017년 문재인 정권 탄생 직후 청문회 당시, 여러 인터넷 커뮤니티 유저들이 부적절한 질문의 당사자에게 직접 휴대전화 문자를 보내 항의, 조롱하거나 당사에 직접 전화로 항의하는 등의 집단행동을 한 것이 청문회 일정과 방향에 큰 영향을 미친 일을 떠올려 보자. 이와 관련해서 특히 디시인사이드 주식갤러리 유저들의 활약에 대해서는 오영진의 글 「주갤러는 왜 전기신(電氣神)을 욕망했는가」(《문학3》 3호, 2017)가 자세히 논하고 있다.

49 2017년 5월, 《한겨레21》 편집장과 인터넷 유저들 사이의 대립 이후 네티즌들의 한겨레 임시주총에서 실력 행사를 하려는 움직임, 또한 이와 연동하여 '가난한 조중동=한경오' 프레임이 확산되면서, 과거의 진보/보수 전선이 급격히 혼란스러워진 것 등등을 떠올려 보자.

50 촛불 탄핵 집회가 시작한 1년을 기념하는 행사는 2017년 10월 28일 광화문과 여의도로 양분되어 이루어졌다. '촛불파티'는 '굿바이 수구좌파'를 표어로 내걸고 순수한 아마추어 시민들의 자발적 모임이라는 점을 강조하며 1만여 명이 운집했다. 기존 시민단체, 운동권 배제, 질서 의식 강조 등이 특징적이다.

51 조정환, 『절대민주주의』(갈무리, 2017).

52 안토니오 네그리와 마이클 하트가 '다중'을 이야기한 것이 2000년대 초반이다. 2017년 5월 15일 김어준의 「뉴스공장」에서 처음 "촛불의 힘을 이룬 우리가 다중이다."라며 네그리와 하트의 "다중"이 소개된다. 그리고 곧이어 남초 대형 커뮤니티마다 '우리가 다중이다.' '새로운 진보다.'라는 선언과 움직임이 퍼져 나갔다. 그들이 네그리, 하트의 '다중'과 그들이 얼마만큼 일치하는지는 중요치 않다. 그들 역시 네그리와 하트의 이름에 관심이 있는 것도 아니다. 그것이 대중 레벨에서 스스로 선언되었다는 것 자체가 일단 주목을 요할 뿐이다.

의 자율주의자 이외에는 주목하지 않던 그 '다중', '다중 지성'이라는 말이 익명의 다수에게 재전유되어 버렸다. 이후 이들은 스스로를 '새로운 진보'라고 자칭하고 '가르치려 들지 말라'고 외친다. 인터넷 커뮤니티와 SNS를 매개로 한 이 익명의 다수가 언론과 정치 지형에 강력한 영향을 미치게 된 것은 '이 또한 지나갈' 온라인에서의 일이 아니다. 나는 이들의 선언과 자부심을 맹목적으로 낙관하는 것이 아니다. '새로운 진보'라고 자칭하는 이들이, 또 한편으로는 같은 공간에서 동성애 혐오, 여성혐오, 폭력 시위 혐오, 문재인 정권 반대자 혐오, 노조 혐오 등을 행하는 이들과 겹치는 측면도 명백하기 때문이다.[53] 그렇기에 지금 직면하고 있는 이 사태들은 어쩌면 지금까지 이야기한 체감 이상으로 복잡하다.

하지만 대의도, 계몽도, 전위도, 지도도 거부하면서 강력한 화력을 보여주는 현장은 앞서 언급해 왔던 다른 방향성을 갖고 세계를 바꾸어 가기도 한다. 앞서 언급한 '2016년 강남역 10번 출구 사건 추모 물결-인터넷 미러링-성폭력 고발 운동' 등의 일련의 사건을 겪으면서 (재)점화된 의제, 감수성의 확산 과정을 다시 떠올려 보자. 이 경우에도 이전과 같은 강단 페미니즘, 활동가(전문가) 페미니즘뿐 아니라, 마스크를 쓰거나 닉네임 뒤에 감춰진 익명의 다수가 그 운동의 주체로 부상했음을 기억해야 한다. 운동권을 배제하겠다, 기존 페미니즘의 현학성은 비판하겠다고 하면서, 자신의 삶, 일상을 근거로 운동을 해 나가겠다고 선언하며 싸우는 장면들 역시 인터넷, SNS 등에서 드물지 않게 접할 수 있는데, 물론 이런 장면에 대한 섬세한 분석은 다른 지면이 필요하다.

하지만 지금 분명한 것은, 2017년 한국 사회에 전방위적으로 대의되지 않고 스스로 말하겠다고 주장하는 주체들이 비로소 가시화했다는 사

---

53 이에 대해서는 전문적 미디어 비평의 작업이 수반되어야 하겠지만, 이 글에서는 역량상, 한국의 인터넷 대형 커뮤니티들과 SNS를 모니터링한 인상비평적 스케치로서 그 역할을 대신하고자 한다.

실이다. 이미 (문예 공론장을 포함하여) 공론장의 조건 자체가 크게 변동하고 있다. 전문가의 발화는 자주 거절당한다. 여기에서 그저 반지성주의, 인터넷 군중, 중우정치와 같은 말을 떠올리기에는 세상이 일단 너무 복잡해졌다. 누구나 정보를 수신/발신할 수 있는 새로운 미디어가 편재하면서, 실제로 전문가와 비전문가의 격차도 평평해져 간다. 그리고 '미디어 된 존재'인 우리의 말과 감각과 감수성은 계속 미세하게 동요하는 중이다. 안정되고 잘 작동되었던 재현 체계가 여기저기에서 흔들리기 시작한다. 단언컨대 이것은 우리가 겪어 본 적 없는 변동의 시작이다.

문학장을 향해 직접 자신을 발화하고 욕망을 주장하기 원하는 새로운 독자들은, 문학의 여러 제도나 관념과 교섭하기 원할 것이며 실제로 문학의 변화에 적지 않은 영향을 끼칠 것이다. 문학의 양식, 범주, 관념에는 재조정이 필요할 것이다. 하지만 이것을 '우리끼리의' 이야기로 축소하면서 지킬 것은 무엇일까. 발밑의 동요를 듣지 않고 '정치적 올바름' 혹은 '자율성' 등의 논의에 매여서 기존의 미학적 언술을 반복해서 주고받는 사이, 문학은 전문 독자의 의사와 무관하게 이미 달라져 있을지 모른다.

지금 이 글에 주어진 몫을 넘어 감히 덧붙이자면, 전문 독자는 문학이 누구를 위해 존재해 왔는지에 대해 질문하는 사태의 복잡함을 시야에 두어야 한다. 독자(대중)는 선하거나 악한 이분법의 존재가 아니다. '군중(crowd)의 시대냐, 공중(public)의 시대냐'를 갑론을박하던 19세기 말 지식인에게 불안과 공포를 안겨 준 그들은, 그저 무리 짓기 좋아하고 소란스럽고 몰개성적이고 폭력적인 존재만은 아니었다. 그들이 당시 서구 사회의 구조 변동 와중에 도시로 새롭게 유입된 빈곤층, 광의의 노동자들이었음은 새삼 기억되어야 한다. 즉, '군중'이라고 폄하된 그들이 실은, 근대의 시스템(노동, 자본, 가족, 정치 등등)이 막 구축되어 가던 시기에 '기존 관념으로 포착되지 않던' 존재였음을 함께 기억해야 한다. 사회의 변동과 새로운 무리의 등장에 지식인은 우선 긴장한다. 지금 겪고 있는 지식인의 불안은 지난 세기의 그들의 불안과 크게 다르지 않을 것이다. 즉, 이 불안은, 무명의 그들을 파악할 개념과 인식의 틀을 아직 갖추지 못한 데에서 연원한다.

물론 예술, 문학이 대중의 기호와 지지로 진보하는 것은 아니다. 하지만 천재의 재능이나 전문가의 언어만으로 결정되는 것도 아니다. 아직 이름 붙일 수 없는 그들, 그리고 이후 시간의 문학을 상상하기 위해서라도 이미 육박해 온 장면은 직시되어야 하는 것이다.

*

문학비평은, 진실을 말해도 아무도 믿어 주는 이 없는, 저주받은 카산드라의 운명이라고 회의적으로 그러나 다소 낭만적으로 이야기되던 시절도 있었던 것 같다. 하지만 이 카산드라의 운명은 지금 비평의 존망과 직결되는 문제가 되어 버렸는지 모른다. 비가역적 사실들 앞에서 선택지는 무엇이 있을까. 아예 들리지도 보이지도 않는 것으로 여기며 주저하기에는 이미 놓친 시간이 짧지 않다.

문학사, 회고와 동어반복, 혹은 성찰의 매듭

최근의 한국문학과 '문학사 재구성'에 대하여

서영인

1   독점될 수 없는 역사를 생각하며 '1987'

영화 「1987」이 개봉한다는 뉴스를 듣고도 한동안 영화 보기를 주저했다. '1987년'이 만들어 낸 시민의 역사와 민주주의의 가치를 신뢰하지 않아서가 결코 아니다. 국정 농단과 촛불 혁명, 대통령 탄핵과 정권 교체로 이어지는 기나긴 2017년의 말미에 하필 '1987'인가라는 심정을 어떻게 다스려야 할지를 쉽게 가늠하기 힘들었기 때문이다. 촛불 항쟁에 1987을 겹쳐 놓는 것이 부당한 권력에 대한 항거와 민주주의의 가치를 다시 복기하는 일임을 모르지 않는다. 그러나 이 겹침으로부터 강조되는 가치는 필연적으로 또 무언가를 덮어 버리기도 한다. '1987'의 복기가 덮어 버리는 것, 그러나 「1987」을 함께 감상하고 눈물 흘리면서 그 감동에 묻혀 사라져서는 안 되는 것은 무엇인가. 그것은 당연히 지금 우리가 살고 있는 우리의 현재다. 기나긴 적폐 청산의 과정에서 목격하는 권력과 사익(私益)의 결합으로 엉망이 되어 버린 공공성과 시민의 윤리, 촛불을 들고 정권을 바꿨다고 쉽사리 확보되지 않는 민주주의와 그 와중에서 발생하는 공공적인 것에 대한 수많은 욕망의 차이들, 그러니까 지금의 민주주의를 위해 아직도 들끓고 있는 이 현장의 뜨겁고도 질척한 사실들과 더 격렬하게 마주치고 숙고해야 할 우리 삶의 복잡함이 '1987'의 계보 안으로 빨려드는 것 같은 불안함이 영화 「1987」을 보면서 고개를 들었던 것이다. 여당의 전 원내대표를 비롯해 '1987'의 주역들이 그때의 경험을 회고하며 역사적 체험의 엄숙함과 살아남은 자의 죄의식을 토로할 때, 서울대 졸업생과 재학생들이 단체로 영화를 관람했다는 기사가 「목숨 걸고 지켜 준 자유에 감사」¹라는 제목을 달고 나왔을 때, 그러한 불안은 점점 더 커졌다. 감히 말하건대 '그들'은 1987년의 그들이기 이전에 우선 현재의 시민이어야 하며, 지금 우리에게 허여된 자유가 있다면 그것은 '선배들이 지켜 준' 것일 뿐 아니라 그 30년의 세월 동안 온갖 일을 겪으며 우리가 지키고 있는 것이기도 하다.

영화에서 박종철의 죽음 후 고문을 은폐하기 위해 부검 없이 사망 확인서에 사인하라는 종용을 받자 검사가 일갈한다. "어느 부모가 서울대 다니던 자식이 갑자기 죽었는데 부검도 없이 장례에 동의하겠냐." 이 말은 검사의 진의와 상관없이 다르게도 들린다. 누가 서울대 다니던 학생이 탁 치니 억 죽었다는데 그러려니 하고 넘기겠냐고. 영화 「1987」이 한두 명의 주역이나 영웅의 역사가 아니라 사회 곳곳의 시민들이 각각의 방식으로 '1987년'을 만들었다는 서사를 근본적으로 취하고 있음에도 불구하고 결국은 '대학생들의 역사'로 귀결된다는 사실에 주목하게 된다. 박종철이나 이한열의 죽음이 불러온 충격이나, 그들이 부당한 현실 속에서 고통스럽고 억울한 죽음을 맞았다는 사실을 가벼이 여기는 것은 결코 아니다. 그러나 '1987년'의 역사가 2017년의 시점에서 '대학생들의 역사'로 복기되고 기억되는 것을 경계할 필요는 있다. 더불어 작지만 훈훈한 에피소드로 끼어들었던 청춘들의 연애가 먼저 깨달은 선배 남학생과 그를 애

---

1 「서울대 재학생들 「1987」 단체 관람, 목숨 걸고 지켜 준 자유에 감사」, 《뉴스1》, 2018. 1. 19.

도하고 그리워하며 뒤따르는 신입 여학생의 관계로 마무리된다는 것도 지적해 두고 싶다.

영화 「1987」은 2017년의 시점에서 복기되고 재구성된 역사다. 그것은 '1987년'의 사실을 기반으로 만들어졌으나 그것을 기억하고 재구성하는 방식을 드러내면서 우리 시대의 텍스트가 된다. 서사의 완결성과 통일성을 위해 그것이 '대학생들의 역사'로 재구성될 수밖에 없었음을 이해한다 하더라도, 그렇게 구성된 역사가 기억 밖으로 끄집어낸 것이 무엇인지, 잠시 서사의 주변에 자리 잡았던 것이 무엇인지, 그리고 무엇이 누락되더라도 어쩔 수 없이 감수되어야 했던 항목인지를 분별하는 것은 중요하다. 팟캐스트 「그것은 알기 싫다」에서는 2주간에 걸쳐 영화 「1987」의 주변에 대한 에피소드를 송출했다.[2] 영화에 등장했던 김정남이나 이부영, 한재동 교도관, 그리고 영화에 잠시 지나가는 말처럼 언급되었던 부천서 성고문 사건의 권인숙, YH무역 사건에서 사망한 김경숙, 그리고 1987년 노동자대투쟁에서 사망한 노동자들까지가 '1987년'의 사람들로 언급되었다. '대학생들의 역사'를 서사화한 영화를 중심에 두고 영화에 등장하지 않는 사람들을 '1987년의 사람들'로 명명하고 그들의 삶을 되돌아보는 것만으로도 영화 「1987」의 서사는 다른 곳으로 열린다. 그것은 당시 대학생이 아니었던 사람들뿐만 아니라 1987년을 직접적 체험의 기억으로 말할 수 없는 사람들까지도 '1987년'을 말할 수 있는 사람들로 끌어들이는 효과이기도 하다. 무언가를 기억하고 그 기억을 말할 수 있다는 것, 그리하여 서사를 만들 수 있다는 것은 일종의 권력이다. 그 기억에 등재되지 않은 것들, 혹은 그 기억의 주변들을 복원하는 것만으로도 권력은 상대화할 수 있다. 그것은 누군가로부터 누군가에게로 권력을 빼앗아 오는 것이 아니라 기억의 편재를 인정하고 그 기억에 저마다의 몫을 새겨

2 「87년의 사람들에 대한 이상 평론」, 팟캐스트 「그것은 알기 싫다」 2018. 2. 3./2. 10.

넣음으로써 권력의 행사와 향유의 가능성을 확장하는 일이다.

한국문학비평을 말하기 전에 영화 이야기를 길게 한 까닭은 단순히 영화로부터 한국문학을 유추하기 위해서가 아니다. 잠정적으로 완결된 서사로서의 「1987」, 그리고 다양한 기억과 체험의 소유자이며 당연히 영화를 보는 입장 역시 저마다 다를 독자들, 영화를 산출했거나 혹은 영화의 감상에 개입하는 사회적 환경과, 영화와 접속하는 다른 매체들, 그리고 더 많은 조건들이 한편의 영화를 만들고 있다는 것을 강조하고 싶었다. 한국문학비평 역시 '영화처럼' 그러한 조건들 위에 있을 뿐 아니라 '영화와 함께', 그 문화들 속에 구성되면서 쓰이고 읽히며 평가된다는 이야기를 하고 싶었다. 그리고 이제, 최근 한국문학비평에 자주 등장하고 있는 '문학사의 재구성'을 들여다보려 한다.

2   '문학사의 재구성'과 그 맥락

최근의 문학비평이 '문학사'를 자주 거론하는 상황을 접하면서 영화 「1987」을 보며 느꼈던 것과 비슷한 심정을 겪게 된다. 과거의 문학을 다시 읽으면서 오늘의 문학이 있게 한 기원을 찾고 계보를 만들려는 움직임이 현재의 문학을 부수적인 것으로 만들고 현재의 문학적 변화를 계보 속으로 밀어 넣으려 한다는 의혹 때문이다. 이것이 단지 의혹만은 아닌 것이 몇몇 문예지가 '문학사'를 회고하거나, 혹은 재구성하는 기획을 내놓고 있는 시점이 너무 공교롭다.

우선 과거를 통해 현재의 문학을 확인하려는, '문학사' 재구성의 기획들의 면면을 살펴보자. 가장 선명한 기획은 《문학동네》가 2016년 겨울호부터 내놓은 '문화사 프로젝트 1990~2010년대'이다. 문학사, 영화사, 대중음악사로 분과를 나누어 1990년대부터의 문화사를 돌아보고 있는 이

기획은 2017년 겨울호 현재 문학사 4회, 영화사 4회, 대중음악사 5회까지 연재되고 있다. 2015년 9월 창간호를 낸《쎔》은 창간호 특집으로 '묻는다, 한국문학의 존재 이유를'을 기획하고 기획 평론의 일부분에 문학사의 정리를 할애[3]했다. "예로서의", "후일담" 등의 부제에서 알 수 있는 바와 같이 과거의 문학사를 경험적으로 정리, 회고함으로써 현재 문학의 존재이유를 찾고자 하는 기획이라 봐도 좋을 것이다. 지난 호 이 지면에서 다룬《문학과사회》2017년 봄호의 기획 '문학사 사전' 역시 문학사를 경유하여 현재의 문학을 묻고 있으며 1970년대부터 2000년대까지의 문학이 '사전'을 구상하는 항목이 되고 있다. 물론 이전에도 '문학사'를 돌아보는 기획이 없었던 것은 아니겠으나 여기의 문학사들은 2015년 표절사건과 2016년 '문단 내 성폭력 해시태그 운동'의 추문으로 문단이 위기와 쇄신의 필요를 절감하고 있던 시점에 언급되고 있다는 점이 중요해 보인다. 위기와 쇄신, 혹은 반성과 성찰의 움직임은 단순히 개별 문인들의 자성과 비판에 그치지 않고 기존 문예지 체제의 변화를 불러오기도 했다. 2016년부터 지금까지 작게는 편집위원의 교체, 크게는 문예지 체제의 개편과 대안적 매체의 발간으로 그 움직임은 계속되고 있다.

　　일회성 특집이 아니라 12회에 걸친 연재를 장기적으로 기획하고 있는《문학동네》가 '문학사 재구성'의 비평을 거론하기에 가장 좋은 자료가 될 것 같다. 문화사 프로젝트의 기획이 시작된 지면,《문학동네》의 서문을 함께 읽는 것만으로도 이 '문학사 재구성'의 프로젝트가 어떤 맥락에서 읽혀져야 할지가 분명해 보인다. 당시 편집위원 강지희는 '문단 내 성폭력 해시태그 운동'을 겪으면서 여성 평론가로서의 자기 정체성을 반성적으

3　1980년대와 1990년대의 문학에 대한 회고다. 각각 정홍수, 「한국문학은 무엇이 되고자, 혹은 무엇이 아니고자 했는가 ― 그 격렬한 예로서의 1980년대」; 김형중, 「이념에서 취향으로, 전선에서 진지로 ― 1990년대 문학에 대한 20년 뒤의 후일담」 참조.

로 재고하고 있다. "문학을 향한 나의 판단 기준에서 '젠더'항의 힘을 약화시키는 것이 보다 공정함에 가까이 가는 길이라고 착각해 왔음을 인정"한 후에, 그는 그가 읽었던 소설을 다시 읽는다. "역사는 이야기하고자 하는 욕망이 가장 강한 자의 것이므로, 이제 문학의 역사는 지금 말하는 당신들의 것이 될 것"이라는 말이 예사롭지 않다. 그리고 서문은 "여성 예술가가 되기 위해 지금 깊은 밤을 통과하고 있는 천 개의 눈들에게"[4] 바쳐지면서 마무리된다. 문학사에서 보이지 않았던 존재들의 발견과, 뒤늦은 발견에 대한 부끄러움, 그리고 그들에 대한 경의와 존중이 이즈음의 문학비평가들이 솔직히 꺼내 놓는 자기반성의 주요 내용이다. 맥락은 다르지만 문강형준이 쓴 또 다른 서문 역시 당시의 정치적 격변을 두고 끊임없는 자기 갱신으로서의 민주주의를 말하고 있다. "민주주의는 한 번의 사건이 아니라 삶 속에서의 끊임없는 실천"[5]이라는 말에서 지금의 정치적 상황이 승리에 도취하거나, 권력에 분노하는 것을 넘어서 민주주의의 주체로서 다시 시작해야 하는 시점에 처해 있음을 말할 수 있다. 이 지면에서 연재되기 시작한 '문화사 프로젝트'가 '지금 말하는 당신들'과 어떻게 연결되어 있는지, '삶 속에서 끊임없는 실천'을 다시 시작하는 매개로 어떻게 기능하고 있는지를 물을 수밖에 없게 된다.

민주주의가 언급된 김에 잠시 또 다른 담론들을 경유해 보고 싶다. 경유지는 《문학3》 3호이다. 《문학3》이 표절 사건 이후, 그 사태를 불러온 문단 구조의 폐쇄성과 일방성에 대한 비판에 응하여 창간된 잡지라는 것은 다시 설명할 필요가 없을 것이다. 《문학3》 3호에는 '권위를 향해 말하는 사람들'을 주제로 새롭게 등장한 '반권위'의 담론들과 현상을 조명하고

---

4   강지희, 「살아남아 예술가가 되는 여성들을 위하여」, 《문학동네》 2016년 겨울.

5   문강형준, 「변혁의 시기를 돌파하기 ── 박근혜, 민주주의, 그리고 문화를 다시 생각한다」, 《문학동네》 2016년 겨울.

있다. 권위를 가졌다고 생각된 사람들, 기구들, 담론들을 향해, 그 권위의 한계에 도전하는 새로운 주체들을 조명하고 있는 이 기획은, 우리들 삶에 도래한 새로운 민주주의의 현장 검증이기도 하다. "협소하게 분절된 시간대에 따라 소수의 신간을 두고 비평가라는 이름의 배타적 직업 독자들이 문학 공론장에서 선별과 해석의 몫을 과점해 왔다."[6]라는 비판, "문학 생산 시스템은 평판 체계 속의 일부로서 상대적인 구획일 뿐"이며 "'문학계'가 인정하고, '문학계' 안에서 발화하는 자가 '비평가'가 아니라, 평판체계 안에서 지금 여기의 의제를 이끌어내고, 더 많은 사람들의 호응을 얻고, 더 많은 사람들을 설득하는 자가 비평가가 된다."[7]라는 발언은 현재의 문학장에서 비평가의 위치가 얼마나 궁색한 자리에 있는지를 되돌아보게 한다. 비평가는 지금까지 현재의 문학계를 구축하고 유지하면서 그 문학계 안에서 발화의 권위를 차지해 왔던 자들로 지목되고 있으며, 이미 진행되고 있는 문학을 둘러싼 장의 변화와 그 장의 중요한 축을 담당하고 있는 독자에 무지한 존재로 그 무력함을 지적당하고 있다. "현재 한국 문학계는 소수의 해석의 권위자 대신 다수의 비평적 독자가 출현할 수 있는 토양을 예비하는 중"[8]이며, "한국문학은 갑작스레 가시화된 독자"를 "'반문학적 공중'이 아니라 '문학적 공중'으로 불러일으킬 방법을 고안했던가"[9]라는 질문에 답해야 할 상황에 놓여 있다. 그러니 다시 묻자. 현재의 문학의 위기를 돌파하기 위하여 과거의 문학사를 소환하는 것은 이러한 질문에 대해 얼마나 유효한 답변인가. "90년대부터 시작되는 문화사적 감

6　윤경희, 「어떻게 독자 세계가 될 것인가」, 《문학3》 3호, 2017.

7　이지은, 「몹(mob) 잡고 레벨업 — '만렙'을 향한 한국문학의 도정」, 《문학3》 3호, 2017.

8　윤경희, 앞의 글.

9　이지은, 앞의 글.

각이 오늘날 우리의 어떤 모습을 알아차릴 수 있게 해 줄 것"[10]이라는 기대는 혹시 이 맥락을 경유해 오는 과정에서 너무 소박해지거나 안일해지지 않는가. 아니 그보다도 그럼에도 불구하고 과거를 회고하면서 그것을 재구성하는 일은 그것 자체로 이미 권위적이지 않은가. 만약 그렇지 않다고 말하려면 이 문학사들이 현재의 문학과 어떻게 접속하고 있는지를 우선 점검해야 할 것이다.

3 현재적 시선과 1990년대적인 것의 동어반복

1990년대의 문학을 지금 다시 논하기 위해 각각 구효서의『늪을 건너는 법』[11]과 신경숙의 『외딴방』[12]과 백민석[13]을 불러왔을 때, 그 내용보다 중요한 것은 이 '문학사들'이 한 명의 작가, 혹은 한 편의 작품으로 한 시대의 문학사를 구성하고 있다는 점이다. 이는 같은 지면에 배치된 '문화사들'이 대체로 한 명의 작가와 작품을 중심에 놓고 있기보다는 한 시대를 구성했던 다기한 경향과 흐름을 따라가는 방식으로 구성[14]되어 있다는 것과도 비교된다. 물론 이는 '대중문화'와 '문학'이 각각 다른 독자성으로 문화사를 점유하고 있다는 것과 관련이 있다. 그러나 이 문화사들을 읽으면서 한국문학비평이 지나치게 작가를 중심으로 시대를 논해 왔음을 뒤

---

10 권희철, 「촛불 앞의 바람 — 2017년 봄호를 펴내며」, 《문학동네》 2017년 봄.

11 황종연, 「『늪을 건너는 법』 혹은 포스트모던 로만스 — 소설의 탄생」, 《문학동네》 2016년 겨울.

12 서영채, 「신경숙의 『외딴 방』과 1990년대의 마음」, 《문학동네》 2017년 봄.

13 김영찬, 「분열의 얼룩, 불쌍한 녀석 백민석」, 《문학동네》 2017년 가을.

14 '문화사 프로젝트 1990 — 2010년대'에서 영화사와 대중문화사는 2017년 가을호의 '홍상수론' (이후경, 「홍상수라고 쓰고 영화라고 느낍니다」)을 제외하고는 작가론의 형식을 취하지 않는다.

늦게 깨닫게 되는 것은 아마도 이즈음의 문학의 변화를 경유하여 이 문학사들을 보게 됨으로써 얻게 되는 낯섦이기도 하다. 이런 식으로 작가를 중심으로 한 시대를 읽어 낼 때 우리의 해석은 그 작가를 중심에 놓고 진행되며, 그래서 이즈음 다시 확인하게 되는 독자나 문학 환경의 변화에 대한 문학비평의 무지 내지 무시는 도드라진다. 작가와 비평가, 혹은 쓰는 자와 전문 독자의 권위 아래에서 구축된 한국문학장의 폐쇄성에서 새삼스럽게 어떤 보수성과 권위 의식을 체감하게 되는데, 앞서 언급한 맥락들을 고려하다 보면 이 문학사들은 점점 현재의 문학과 접속할 수 없게 된다.

예컨대 신경숙의 『외딴방』에서 1990년대의 마음을 읽고, 그 마음이 이 시대의 마음과 멀지 않다고 했을 때, 그리고 그 마음의 정체가 '정상 국가'를 향하는 길과 관련되어 있다고 할 때, 여기에서 강조하는 현재성이란 외피에 불과하다. '정상 국가'라는 어법이 2016~2017년에 이르는 촛불 항쟁과 대통령 탄핵, 정권 교체의 현재성을 1990년대의 그것과 연결시키려 하고 있지만 이런 식의 시대적 유추는 불가능할 뿐 아니라 무용하다. 1972년으로부터 비롯된 군사정권의 폭압과 그에 대항한 문학들과 멀게는 2008년, 가깝게는 2016년이 촉발한 사회적, 문학적 현실은 쉽게 비교될 수도 없고 동일시될 수는 더더욱 없다. 유사성이 희박하다는 것도 문제겠지만, 이런 식의 유사성에 입각한 문학사적 연속성 찾기는 현재의 다기한 변화와 그에 대한 논의를 역사화시킴으로써 무의미하게 만든다. 지금 우리 문학에 등장하는 새로운 독자층과 그들의 욕구가, 그리고 거기에 새겨진 사회적 주체로서의 경험과 목소리가 문학사의 재구축 속에서 휘발된다는 것이 문제다.

신경숙의 『외딴방』이 노동 소설의 형식을 취하되 이전의 노동 소설과는 다른 노동 소설, 즉 "이념형으로서가 아니라 다채로운 결을 지닌 노동자의 삶"을 드러낸다는 언급은 이미 우리에게 익숙한 이분법, '이념/일상, 집단/내면, 사회적 실천/개인적 윤리' 같은 것을 재각인한다. 그리고 '이전과는 다른 노동 소설'을 지나 희재 언니의 죽음과, 신경숙이 다른 소설에 등장하는 이숙이라는 친구의 죽음을 '1987년의 이한열'에 맞세우는 장면은 사실상 1990년대의 문학비평이 1980년대의 문학과 자신을 차별화하면서 스스로를 규정했던 방식을 그대로 되풀이한다. 기억하건대 그것은 이 비평에서 구체적으로 발언하고 있는 바와 같이 "전 국민이 애도했던 한 청년의 죽음"과 "어떤 슬퍼함도 받지 못하고 홀로 죽어 간 친구의 죽음"을 맞세우는 방식이며, 1990년대의 문학비평은 "사적 친밀성이 공적 대의에 우선하는 것"을 그 시대의 문학이 발견한 성과라고 말해 왔다. 다시 강조하자면 익숙한 것이 되풀이된다는 것만이 문제가 아니라 그것이 지금의 문학이 고민해야 할 의제들을 구체적으로 사유할 통로를 막아 버린다는 것이 문제. "비평적 독서가 모종의 현재성을 담지해야 한다면, 그것은 권위의 향수가 아니라 독자 되기의 반성적 방법 모색과 실천에 있다."[15]라는 지금의 과제를 다시 떠올려 보자. 특별한 개인의 내면에서 뿜어져 나오는 파토스로서의 문학이 아니라 문학을 통해 자기를 발견하는 '당사자성'이 중요해진 지금의 문학에 대한 진단[16]을 참고해 볼 필요도 있다. '내면성'의 강조가 현재의 문학과 접속하는 길은 점점 멀어지는 것처럼 보인다.

　'내면성'이 중요하다면, 평론에서 공들여 서술했다시피 이념성이나 집단성을 상대화시킬 수 있었다는 점에서이다. 그리고 그것은 언제나 대타항을 상정해야 한다는 점에서 한계를 갖지만, 시대와 환경의 변화를 주시하면서 고착된 권위를 상대화하고 주변의 영역들을 가시화시킬 수 있는 힘을 가질 때 유효하다. 그러나 1990년대적인 것이 문학사의 이름으로

15　윤경희, 앞의 글.

16　김미정, 「흔들리는 재현·대의의 시간 ― 2017년 한국소설의 안팎」, 《문학들》 2017년 겨울.

반복될 때, 변화하는 환경 안에서 권위와 싸우면서 그것을 상대화하고 이전에 보이지 않았던 것들을 끊임없이 발견할 가능성은 차단된다. 멀리 갈 것도 없이 2015년 표절 사건으로 촉발된 신경숙의 문학을 둘러싼 독자들의 의혹이 그것을 증거한다. 표절의 윤리가 문제가 아니라 고착된 신경숙 문학의 신화를 함부로 부인할 수 없게 했던 문학적 권위의 체계가 더 문제였던 것으로 기억한다. 1990년대의 마음이라 강조했던 신경숙의 문학이 현재의 문학 내에서도 의미를 갖기 위해서는 역설적으로 거기에서 신경숙을 지우고 신경숙의 문학이 점유했던 가치를 지금의 방식으로 고쳐 읽는 독법, 혹은 그 독법을 지금의 독자들을 향해 개방하는 것이 필요하다.

불행하게도 이 문학사는 그러한 길을 택하지 않는 것처럼 보인다. 이숙의 죽음을 "모더니티를 향한 남성적 의지에 의해 유린된 여성 신체의 고통과 분노"과 연관시키고 그것을 신경숙 문학의 고유성으로 읽을 때, 그리고 그 고유성을 "10년, 20년 후"의 문학까지 관통하는 가치로 자리매김할 때, 그리하여 마침내 "한국문학이 문득 자신의 성별을 깨닫기 시작했다."라고 했을 때, 신경숙의 내면성이나 친밀성이 시대적 한정 안에서 가졌던 의미마저도 사라진다. 1990년대의 마음을 1972년부터 오늘에 이르는 감성 구조로 일반화하고, 신경숙 문학의 1990년대적 당대성을 신경숙 문학의 고유성으로 신화화하는 것보다 더 큰 문제는 모더니티/반모더니티, 남성적 의지/여성 신체의 고통과 분노라는 이분법의 고착이다. 이 익숙한 이분법은 여성 신체를 사이에 두고 벌어지는 재현의 쟁투, 거기에 가로놓인 위계의 현실적 존재 방식, 고착된 이분법에 의거한 여성성의 해석에 저항하는 저간의 모든 노력들을 무화시킨다. 이러한 젠더 해석의 상투성을 한 작가의 문학에 기대 일반화하는 것은 위험하다.

그러므로 "한국문학의 90년대는 아직 끝나지 않았다."[17]라고 마무리

---

17 황종연. 앞의 글.

되는 문학사를 계속해서 의심할 수밖에 없다.『늪을 건너는 법』을 통해 발견된 1990년대적인 것을 "탈중심화한 주체의 발견과 그에 따른 윤리의 모색"으로 계보화하려는 성실한 노력에도 불구하고 그것이 1990년대의 자기규정을 영속화하려는 욕망과 연결되고 있기 때문이다. 앞서의 신경숙론과 마찬가지로 구효서의『늪을 건너는 법』을 두고 "한국소설의 주류는 역사 속의 민족 주체 혹은 민중 주체와 자기를 동일화하는 인간 이야기와 작별하고 자기 내부의 욕망이나 충동과 씨름하는 인간 이야기로 이동했다."라고 읽는 독법은 이미 익숙하다. 1990년대가 저물 무렵의 한 대담에서 같은 저자가 "그 이야기의 요지는 기원, 본질, 역사를 묻는 것은 승산이 없다는 것, 개인들에게 확고한 정체성을 보증해 주는 서사란 없다는 것"[18]이라고 한 발언의 동어반복이자 확대 재생산이다. 문학사라는 것이 어쩔 수 없이 과거의 문학을 돌아보고 그것의 의미를 재확인하는 성격을 지니는 한, 동어반복이나 확대 재생산은 필연적이라 볼 수도 있다. 그에 대한 맥락을 충분히 언급했다고 생각한다. 요컨대 현재성의 관점에 대한 의문이다.

남성 주체가 자신의 기원을 찾는 일에 실패하고, 혼돈과 충동 속에 머물다 빠져나가는 이야기에서 여성은 혼돈과 충동, 미지와 원초적인 것으로 대상화되고 있다는 점도 지적해 두고 싶다. 문학사에서 여성의 타자화가 반복되면서 고착되었다는 점을 생각한다면 이러한 반복이 새삼스러울 것은 없다. 그러나 "태초의 정적"이든 "코라적 공동(空洞)"이든 이런 식의 여성의 대상화에 대한 문제 제기가 유난히 뜨겁게 발화되고 있는 현재의 문학적 의제가 여성에 대한 이 글의 텍스트 해석에 전혀 침투하고 있지 못하고 있다는 점은 명기해 둘 만하다. 아울러『늪을 건너는 법』의 전봉구

---

18   황종연·진정석·김동식·이광호, 좌담 「90년대 문학을 어떻게 볼 것인가」, 『90년대 문학 어떻게 볼 것인가』(민음사, 1999).

의 행로를 읽으며 참조한 「무진기행」이 젠더적 관점에서 다시 읽히고 있다는 점도 함께 떠올려 보자. 페미니스트의 독서가 낳은 이런 독법이 기존의 독법을 대체하고 있다거나, 문학 읽기의 새로운 지향으로 받아들여지고 있다고 단정하기는 이르다. 다만 기존의 독법이 총체적으로 의심되고 있는 국면에서 정전의 고유성을 주장하고 의심 없이 참조하기 위해서는 텍스트의 역사에 대해 좀 더 세심한 접근이 필요하다. 이미 정전은 상대화되기 시작했고, 문학사 역시 마찬가지다.

4 고착된 문단 문학과 문학사를 경계하며

주로 언급된 두 편의 평론뿐 아니라 같은 기획에 연재된 나머지 두 평론, 그리고 그 문학사들과 교차되는 문화사의 풍경을 좀 더 검토해 보려 했으나 미치지 못했다. 12회까지 연재가 계획되어 있으니 이후를 기약할 여유가 조금은 남아 있다고 생각한다. 그러나 2010년대의 문학 현장에 재등장하고 있는 1990년대의 문학 담론과 그것이 문학사로 재구성되면서 강조되는 장면을 확인할 수는 있었다.

성급한 비판처럼 보였다면 그것은 현재의 급변하는 문학 현장에 비평이 응답해야 한다는 절실한 필요를 의식했기 때문일 것이다. 그리고 그 급변하는 문학 현장의 요구는 사실상 1990년대 문학이 구축한 문단 문학의 기원에 대한 반성과 연관되어 있다. 본문에서 거론한 문학비평들이 의미화한 1990년대의 문학을 다른 지점에서 읽어 보는 것도 가능한데, 사회, 현실, 이념, 역사 속에서 정체성을 찾는 시대가 가고 개인, 내면, 일상이 복권된 시대라는 규정은 문학의 자율성을 강조하면서 '문학 중심, 작가 중심'의 문학장을 형성했다. 작가를 문학장의 중심에 위치시키면서 작가의 문학성이 시대를 대표한다고 믿었고, 그러한 작가를 호명하는 일을 비평의 가장 중요한 역할로 고착시키면서 지금의 문단 문학의 체계는 형태를 갖추었다. 그러니 1990년대 문학론의 동어반복에 유난히 민감하게 반응하는 이유는 그러한 문단 문학의 토대위에 구축된 문학의 권위가 전혀 반성되지 못하고 있는 것은 아닌가 하는 의심 때문이다. 독자 세계라고 부르든, 평판 체계라고 부르든, 혹은 해석 공동체라고 부르든 그 기반 위에서 우리 시대에 생산되는 문학과 그 문학을 둘러싼 의미의 공유와 생산은 이미 비평가의 해석을 경유하지 않고도 다기한 방향으로 뻗어 나가고 있다. 이것은 권위의 수호나 이전과 관련된 문제가 아니다. 이미 다른 말들이 도래하고 있다. 그 말들을 겪으면서 다른 문학의 가능성을 적극적으로 타진하기 위해서는 '문학적인 것'을 점유하는 권위의 정체를 근본적으로 사유할 수 있어야 한다. 문학비평은 그 최전선에서 위태롭게 서 있는 형국인데, 이것은 문학사의 계보에 의존하는 방식으로는 해결되지 않을 것이다. 우선은 지금 이미 해체되고 공격받는 와중인 문학의 현장에서 그 문학의 정체를 맨눈으로 확인할 필요가 있다.

너머의 퀴어

2010년대 한국소설과 규범적 성의 문제

차미령

1 인정 투쟁: 시민권과 퀴어

다큐멘터리 「위켄즈」(이동하 감독, 2016)는 2003년 시작된 게이 합창단 지보이스(G_Voice)의 이야기를 담고 있다. 단원들의 삶과 사랑, 노래들을 무겁지 않은 분위기 속에서 풀어 가던 영화는 중반에 이르러 작은 변곡점을 맞는다. 김조광수와 김승환의 결혼식, 무대에 있던 부부와 지보이스를 향해 오물이 뿌려진 것. "그나마 똥이어서 다행이라는 생각을 먼저 했어요. 칼을 들고 올라왔을 수도 있고, 화학물질 같은 걸 들고 올라왔을 수도 있잖아요." 영화 전편에 걸쳐 지보이스의 노래들은 진솔하게 다가오거니와, 특히 이 결혼식 장면에 이어진 「세상아 너의 죄를 사하노니」와 단원 스파게티나의 죽음을 애도하는 「북아현동 가는 길」의 울림은 강렬하다. 인분 투척 사건 이후로 "지보이스를 하는 이유가 생긴 것 같다."라는 한 단원의 술회가 일러 주듯이, 영화의 후반부에서 지보이스의 무대는 팽목항으로, 평택으로, 광장과 거리로 확장된다. 자신과 사랑을 지켜 내고, 시민으로서의 권리를 주장하며, 다른 이들의 고통에 연대하는 것. 그들은 지금 싸우고 있다.

주지하다시피 호네트는 '인정 투쟁' 개념을 전개한 헤겔의 작업들을 검토한 후, 미드의 사회심리학으로 이 개념의 경험적 전환을 시도한다.[1] 호네트의 저작에서 눈여겨볼 대목 중 하나는, 헤겔과 미드를 경유한 끝에 그가 세 가지 인정 형태(사랑, 권리, 연대)에 대응하는 세 가지 무시의 형태(신체·인격적 굴욕, 권리의 부정, 가치의 부정)를 저항의 출발점으로 사유하고 있다는 사실이다. 호네트의 논지에 따르면 그러한 무시의 경험은 행위의 동기로 작용하여 사회적 투쟁의 원천이 된다. "인정 요구에 대한 무시의 경험에 동반하는 모든 부정적 감정 반응은, 그 자체 속에 이미 그 관련자들로 하여금 자신들에게 가해진 불의(Unrecht)를 인지적으로 드러냄으로써 정치적 저항의 동기를 갖게 하는 가능성을 포함하고 있다."(263쪽)

『인정 투쟁』에서 호네트가 살피는 두 사상가에 따르면 개성의 역사적 해방은 기나긴 인정 투쟁을 통해 이루어지며, 개인의 자기실현과 사회 공동체의 성장은 불가분의 관계를 맺는다. 하지만 인정 논리가 이와 같이 사회를 갱신하는 역동적인 가능성이 아니라, 또 하나의 폭력으로 사유되고 있다는 사실 역시 지나칠 수 없다. 배제된 자들에게 인정 투쟁이란 곧 생사를 건 투쟁임이 환기되는 한 대담에서는, 자유주의적 인정 담론이 인정을 요구하는 선재적인 행위자로 주체를 묘사하지만(아타나시오우), 실상 인정은 "누군가가 이해 가능한 존재로서 나타나기 위해서 그 자신이 결코 선택하지 않았던 조건들에 의존하는 상태"(버틀러)를 의미한다고 비판된다.[2]

물론 같은 대담에서 버틀러는 "법과 정치가 우리를 전체화하는 것에

---

1   사회적 투쟁이 인간의 도덕적 충동에서 비롯된다고 파악한 헤겔을, 호네트는 마키아벨리와 홉스의 사고 모델에 결정적 전환점을 부여한 것으로 평가한다. 악셀 호네트, 문성훈·이현재 옮김, 『인정 투쟁─사회적 갈등의 도덕적 형식론』(사월의 책, 2014).

2   주디스 버틀러·아테나 아타나시오우, 김응산 옮김, 『박탈: 정치적인 것에 있어서의 수행성에 관한 대화』(자음과모음, 2016), 129~50쪽 참조.

저항해서 싸워야만 하지만, 그럼에도 우리는 법과 정치의 영역에서도 투쟁해야만"(143쪽) 한다고 지적하며 억압의 재구성을 환기하고 있기도 하다. 그의 주장대로 인정의 구조는 평가되고 의문에 부쳐져야 하며, 범죄화·병리화하는 규범 너머 삶의 가능성들은 지속적으로 천착되어야 한다. 그런데 퀴어 논의에 있어서, 이 문제는 좀 더 짚어 볼 이유가 있다. LGBT 등 주로 비규범적인 성정체성을 가리키는 용어로 한국에서 통용되는 '퀴어(queer)'는, 게이·레즈비언 운동으로 대표되는 자유주의 정체성 정치를 반박하며 제출된 기획이기도 하기 때문이다.[3] 다시 말해, 차이의 수용에 주목하건(정체성 정치), 동등한 권리에 주목하건(시민권 요구) 그와 같은 전략들이 근본적으로 체제 내에 포섭되는 방식이란 비판과, 그 방식에 저항하는 움직임으로써의 '퀴어'를 생각하지 않을 수 없다.[4]

그러므로 관건은 정체성을 고정하고 배치하는 규범적 권력을 넘어서서, 퀴어를 변화를 생산하는 범주로 사유하는 것일 터이다. 이 글에서 간략하게나마 이 사실을 환기하는 까닭은 다른 곳에도 있다. 지금까지 한국 소설의 어떤 성과들은 퀴어를 매개로 출현해 왔으며, 그 잠재력은 최근 들어 더 선명해지고 있다. 하지만 그런 가운데, 소재주의적이라는 불만과 당사자성에 대한 의문도 제기되고 있는 듯하다. 퀴어 텍스트는 퀴어가 써야 하는 것이 아닌가 하는 질문은, 곧 퀴어 텍스트의 수행성에 대한 물음일 것이다. 그러나 버틀러를 빌려 말하면, "퀴어는 레즈비언인 것이 아니다. 퀴어는 게이인 것이 아니다."[5] 위치성의 차이와 그 복합성은 끊임없이

---

3 정민우, 「퀴어 이론, 슬픈 모국어」, 《문화와사회》 13, 2012 참조.

4 잠재성, 유동성, 복합성, 불안정성 등을 의미하는 퀴어는, 특정한 정체성에 국한되지 않을 뿐 아니라, (게이 혹은 레즈비언 등을 포함하여) 모든 특정한 규범성에 반대한다. 해나 디, 이나라 옮김, 『무지개 속 적색: 성소수자 해방과 사회 변혁』(책갈피, 2014), 182쪽.

5 위의 책, 같은 곳 및 버틀러 인터뷰(http://lolapress.org/elec2/artenglish/butl_e.htm) 참조.

성찰되어야 하겠지만, 발화와 토론의 과정을 경유하여 퀴어는 구분의 폭력에 반대하는 모든 이들의 것으로 사유될 수 있어야 한다. 그러니, 지금이 글 역시 LGBT/퀴어 정체성에 대한 규정적 이해를 도모하기 위한 것이아닌, 성을 전체화하는 권력에 대한 동시대 소설의 다채로운 응답에 대한탐구로 읽혔으면 한다.[6]

2 소명과 부활: 교회 너머의 퀴어

황정은의 「뼈 도둑」(『파씨의 입문』, 창비, 2012)과 윤이형의 「루카」(『러브 레플리카』, 문학동네, 2016)로 논의를 시작하려 한다. 이미 많은 주목을받은 두 소설은 2010년대 한국소설의 핵심적인 의미소인 애도의 문제를중심으로 구성된다. 그런데 두 소설에서 초반부에 교통사고로 갑작스럽게 사망했음이 암시되는 '장'(「뼈 도둑」)과 '너'(「루카」)는, 서술자-주인물의 동성 연인으로 공히 "모태 신앙"을 가진 기독교인으로 제시된다.

먼저 「뼈 도둑」과 「루카」에서 교회가 어떻게 재현되고 있는지 환기해둘 필요가 있겠다. 「루카」에서 '너'의 신랄한 논평에 따르면, 한국의 대형

---

6 이 글은 스케치에 가깝고 이후 읽어 볼 만한 퀴어론이 여럿 제출되었다. 2010년대 후반 한국문학의 특징 중 하나로 퀴어 담론의 성장을 꼽지 않을 이유가 그리 없어 보인다. 논의 초반에 당사자성에 대한 상념을 슬쩍 부려놓기는 했지만, 특히 김봉곤의 『여름, 스피드』와 박상영의 『알려지지 않은 예술가의 눈물과 자이툰 파스타』가 발간된 2018년을 전후하여 퀴어 서사에 대한 논의는 더욱 활발해졌다. 편의상 현재 시점의 최신 논의로 주제로만 일별해 보자면, 김건형, 「2018, 퀴어 전사—前史·戰史·戰士」, 《문학동네》 2018 가을; 오혜진, 「지금 한국 퀴어 문학장에서 '퀴어한 것'은 무엇인가—한국 퀴어 서사의 퀴어 시민권/성원권에 대한 상상과 임계」, 《문학과사회》, 2018 겨울 및 소영현, 「퀴어의-비선형적인, 복수의-시간」; 양경언, 「미래(彌來), 미래(美來), 미래(未來), 퀴어 비평의 가능성과 조건들」; 한설, 「무지갯빛 무지개-이광수부터 김봉곤까지」, 《크릿터》 1, 2019.

교회는 돈이라는 주술적 매개를 중심으로 기복 신앙화되었으며, 이념적 낙인을 통해 그 자신의 적대를 구성한다. 또한 「뼈 도둑」에서는, 성탄 밤 걸인을 내쫓은 후 자신들끼리 선물 꾸러미를 나누던 교인들에 대한 '장'의 회상에 다음과 같은 진술이 이어진다. "사랑하지 않으면서 사랑하지 않는다고 말하지 않고 사랑한다고 말하는데 그건 사랑하지 않는 것보다 나쁘다." 바꿔 말해, 교회의 사랑은 특정한 이웃을 배제하는 방식으로 작동하는데, 그것을 사랑이라 유포한다는 그 점에서 (사랑 아닌 것이 아니라) 혐오에 가깝다. 특히 '장'이 교회를 떠나기까지의 과정은, 교회에서 작동하는 낙인과 배제의 메커니즘을 압축적으로 드러낸다.

지난 10년간을 복기해 볼 때, 퀴어 서사에서 보수 개신교가 적대적 타자로 설정되는 것은 놀라운 일이 아니다.[7] 하지만 두 소설 속 인물들에게 교회는 그들이 태어나면서부터 몸담았던 공동체이고, 이 사실은 소설에서 매우 주의 깊게 다뤄진다. 소설은 교회 안팎의 인정 투쟁이나 성소수자의 자기 선언에 페이지를 할애하는 동시에, 소설 속 교회가 대신할 수 없는 신앙에 대한 탐문을 시도한다. 그리고 그 과정을 통해서 소설은, '사랑', '희생', '속죄', '부활', '믿음'과 같이 세속의 교회가 선점한 듯한 영역을 어떻게 퀴어의 편에서 사유할 것인가 하는 동시대 문학의 고뇌를 드러낸다. 그 탐색이 일각의 개신교를 비판하는 진술들로써 축약될 수 없는 바, 소설에서 퀴어 편의 응답은 예기치 않은 순간에 예기치 않은 방식으로 솟아난다. 간단히 말해, 소설에서 기묘한(queer) 장면들은 무엇인가.

「뼈 도둑」의 '조'는 "그만 가 주길 바라는 눈치" 속에서 '장'의 장례식에 참석했으며, 장이 사망한 지 1년 후에 장의 누이로부터 장과 함께 살던

---

7 한국 보수 개신교는 특정 시점부터 퀴어를 적대적 타자로 정립함으로써 다시 한번 정치 세력화했다. 자세한 내용은, 한채윤·정희진 엮음, 「왜 한국 개신교는 '동성애 혐오'를 필요로 하는가?」, 『양성평등에 반대한다』(교양인, 2017).

집을 돌려달라는 요구를 받는다. 자신들의 집을 떠나 조가 도착한 곳은 도의 '경계'를 넘어선 마을로, 언젠가 장의 비꼼처럼 '세입놈〔者〕'과 '주인분'으로 위계화된 문명 세계의 이면이다. 그리고 그 세계의 가장 낮은 곳에, 버려진 개들의 뼈가 있다. "개들의 사육자는 개장에서 개를 치고 먹이다가 개가 죽으면 그곳에 던져 두는 듯했다." 혹한 속에 고립되어 있던 어느 밤, 조는 추위와 굶주림에 시달린 끝에 대피소의 온기를 상상하다가 이웃의 개를 훔칠 마음을 먹는다.

황정은 소설에서 개를 비롯한 동물들의 수난은 세계의 폭력성을 가리키는 동시에, 죽음의 위협에 노출된 배제된 자들의 생명을 환기한다. 버려진 개들의 흔적에서, 세상으로부터 관계와 존재를 부정당하고 스스로 유폐된 조 자신을 읽는 것도 무리는 아니다. 그러나 이 유령적 존재들과의 만남과 헤어짐 이후,[8] 그는 마침내 어떤 결심을 하고, 소설 속 이야기는 가장 낮은 분지에서 "눈사람과도 같은 거인"으로 이월한다. 최초의 인간의 뼈를 취해 사랑하는 이를 만들었다는 신화의 맞은편에서, 소설은 사랑하는 이의 뼈를 다시 찾으러 떠나는 최후의 인간을 제시한다.

작가는 소설의 처음과 끝에 "그대는 이 기록을 눈 속에서 발견할 것이다."라는 조의 진술을 남겨 두었다. 소설의 두 번째 문장에서 이어 전하기를 "나는 눈에 갇혔다." 눈 속에 갇힌 조는, 폐가에 머물던 때 그의 꿈속에서 모래에 묻혀 가던 장을 연상시키기에 더욱 고통스럽다. 하지만 소설은 그럼에도 거인을 꿈꾸며 "갈 수 있었고, 살 수 있었"던 그의 행위에 주목한다. 눈 속에서 발견될 기록과 그것이 발견될 것이라는 믿음 아래 자신을 던질 수 있었던 한 인간. 가장 비천한 이들의 편에 섰던 예수와 그의 사도

---

8 조의 이 첫 번째 도둑은 실패로 끝이 난다. 개장을 열려고 한 순간 정체를 알 수 없는 누군가에 의해 제지되고, 조는 가까스로 도망을 친다. 개를 훔치려는 자와 막으려는 자의 난투가 있고 난 다음 날, 이웃집 모녀와 개들은 어느새 사라지고 없다.

들……. 오직 몇 문장만으로 지면 가득 들어차는 장엄한 설원 속에는, 도래할 시간 아래 사랑을 포기하지 않았던 자의 소명이 눈과 함께 응결되어 있다.

한편 「루카」에서 윤이형은 중반 이후 '너'의 입을 통해, 소설을 관통하는 질문 하나를 제기한다. "죽어 버린 것이 다시 살아날 수 있을까?" 부활에 관한 이 질문은 서사의 과정에서 다양한 각도로 반추된다. 두 사람의 관계에 대한 질문으로, 습속에 대한 질문으로, 믿음에 대한 질문으로, 무엇보다도 루카/예성이라는 한 존재에 대한 질문으로.

이 질문들과 연관하여 소설에서 가장 흥미로운 순간은, 산 자를 죽은 자로 만드는 역설과 함께 온다. 부활을 위해, 존재는 먼저 망각되어야 한다. 이 우발적인 망각이 마침내 폭로하는 것은 '예성'이 아닌 '루카'라는 존재의 사건성이다. 아르헨티나의 고속도로를 걷는 '너'의 아버지의 체험이 무엇을 의미하는지는 명확하다. 태양은 중천에 떴고, 그는 말이 통하지 않은 채 홀로이다. "아무도 없는 길을 예성이가 이렇게 걷고 있었겠구나." 「루카」의 사막은 아버지가 아들을 애도하며 걷는 길이다. 속죄하며 걷던 그는 대성당에 다다라 이내 그것을 구원으로 받아들이지만, 귀환하는 길에 불현듯 아들은 "죽은 적이 없었다"는 사실을 깨닫게 된다.

이미 몇 차례 지적되었듯이, 게이 아들이 교통사고로 사망했다고 믿어 버린 아버지의 착란은 스스로를 보호하기 위한 자기기만과 타자에 대한 관성적 이해를 드러낸다. 하지만 인간을 지배하는 그 믿음의 인력에 대해 사유하는 것은 이 소설의 과제이기도 하다. 그 점은 '너'의 연인이었던 '나'의 편에서 보아도 마찬가지다. 개신교 목사와 퀴어 활동가를 맞서 세운 소설의 구도가 말해 주듯이, 목사인 '너'의 아버지가 고행과 속죄의 형식으로 '너'를 애도하고자 했다면, '나'는 퀴어 활동가답게 시민권의 틀로 '너'와의 관계를 돌아본다. 그리고 '나'는, 신, 가족, 교회 등 "되살아난 것들"로 인해 '너'가 다른 한쪽을 택할까 두려워했던 자신을 발견한다. "너는 내 세계에서 소수자였고 나는 문을 열어 밖을 내다보고 싶어 하는 너를 받아들일 수 없었다." '나'의 "믿음"이 '너'에게는 강요이자 억압일 수 있다는 사실은, '너'의 아버지의 사막 체험과 나란히 제시된다.

그러므로 관습적으로 기대되는 결말은 '나'와 아버지가 극적인 화해에 도달하는 것일 테다. 하지만 윤이형은 그 길을 가지 않는다. 대신 소설은 각자가 자리한 위치의 한계를 응시하며, 그 차이를 성급하게 봉합하려 하지 않고 질문의 시간을 연장시킨다. '너'를 어느 하나의 이름으로 규정하려는 시도를 성찰하며, '너'가 탐색하는 퀴어의 지평 역시 또다른 미래의 가능성으로 보존하는 것이다.

3   억압과 사랑: 침묵 너머의 퀴어

「루카」에서 어느 정도 드러나듯이, 동성애/이성애 규정(homo/heterosexual definition)은 '소수자인 동성애자에게 중요한 문제'(소수화 관점)인 동시에, '섹슈얼리티들의 스펙트럼을 가로질러 모든 인간의 삶에 영향력을 미치는 문제'(보편화 관점)이기도 하다.[9] 후자의 측면을 좀 더 톺아 보기 위하여, 성석제의 「믜리도 괴리도 업시」(『믜리도 괴리도 업시』, 문학동네, 2016)를 읽어 보면 어떨까.

---

9   세즈윅은 『벽장의 인식론』을 시작하며 동성애/이성애를 규정하는 모순된 관점들에 대해 거론한다. 그 모순된 관점들 중 하나가 소수화 관점(minoritizing view)과 보편화 관점(universalizing view)이다. Eve K. Sedgwick, *Epistemology of the Closet* (Berkeley and Los Angeles: University of California Press, 1990), 1쪽. 보편화 관점에서 보자면, 동성애적 성향은 모든 인간에게 잠재적이며, 동성애/이성애 규정은 성적 지향을 막론하고 삶에 중요한 영향을 끼친다. 세즈윅의 보편화 관점은, 이른바 '보편성'이 이성애자 시스젠더로 가정된 인간 보편으로 전제되는 경향을 비판적으로 사고하게 해 준다.

「믜리도 괴리도 업시」에서 초등학교 시절까지 거슬러 올라가는 '나'와 '너'의 역사는, 남성 동성 집단의 형성사와 나란히 간다. 그 역사 속에서 '너'는 '우리'와 대칭적으로 제시된다. 가령, '우리'는 "모두 똑같다"고 여기기 때문에 "절대 서로에 대해" 평가하지 않는 반면, '너'는 줄곧 평가와 호오의 대상이 된다. 그렇다면 '너'는 무엇이 다른가. '나'의 성장기, 소설 속 동성 집단은 '너'를 여성적인 남성으로 규정함으로써 배제(하는 동시에 포섭)한다.[10] '손맛', '손재주' 등의 소설 속 묘사에서 두드러지듯이, '너'의 예외적인 자질은 여성적인 특징과 쉽게 치환된다. 이미 소설의 첫 페이지에서부터 '너'는 '천사 아니면 악마'라는 이분법적 잣대로 가늠되고 있으며, 집안이 몰락한 이후 살림을 도맡은 '너'는 "모든 남자의 얼굴에 먹칠을 하는 부엌데기"로 일컬어진다.

일찍이 김승옥이 「건(乾)」 등을 통해 남성 집단에 동참하기 위해, 여성적인 것을 폭력적으로 파괴함으로써 얻어진 황폐한 남성성을 간파했다면, 「믜리도 괴리도 업시」에서 성석제는 동성애를 같은 자리에 놓고 사유한다. 다시 말해, 이 소설에서 흥미로운 지점은 주체가 갖고 있는 어떤 불안이 가시화될 때이다. 소설은 '우리/나'가 '너'를 "욕을 하며 백안시"하거나 "무시"했다고 진술하는 동시에, 그 강도만큼이나 '너'에 대해 꾸준히 주목하고 있었음을 누설한다. '나'의 시선과 상상이 '너'를 향하고 있음을 기술하는 대목들은 물론이고, "망할 놈의 도시락"에서와 같이 발화하는 동시에 부정되는 욕망에 대한 진술들도 그러하다.

특히 소설에서 인물이 동성애를 은폐하려는 행위는 '침묵'으로 드러난다. 군 입대나 결혼 등 이성애적 규범의 인력이 강해질 경우, '나'는 '너'

---

10   루빈은 레비스트로스의 친족 관계 분석 등을 통해, 강제적 이성애(동성애 억압)가 여성 억압과 동일한 섹스/젠더 체계의 산물이라고 주장한다. 게일 루빈, 신혜수 외 옮김, 「여성 거래」, 『일탈』 (현실문화, 2015) 참조.

와의 관계를 철저하게 비밀로 하려 한다. 그리고 그와는 대조적으로, '볼트'와 '너트'와 같은 비유가 동원되는 이성 간 성행위 등, 규범적인 성의 경계를 사수하려는 인물의 언술은 좀 더 노골적이 된다.[11] 말하자면 '나'는 스스로를 게이로 인식하지 않음에도, 동성애/이성애 규정은 그의 삶을 강하게 구속하며, 그러한 구속 가운데 잠재적인 성향은 신속하게 부정된다. 소설에서 이러한 억압의 배경으로 암시되는 것은 호모포비아와 그것을 중심으로 한 남성 결속이다. 예컨대 '나'와 '너'가 우연히 재회하기 직전, '나'와 회사 동료들이 연출하는 한 장면을 보라. 게이 스탠드바 앞에서 "호모 새끼들" 운운하는 회사 동료들의 킬킬거림을 '나'는 그대로 따라하는데, '나'는 그 웃음을 "자신은 동성애자가 아니라는 게 다행스럽고, 그래서 소수자도 약자도 아니니 핍박받거나 무시당하지 않을 거라는 안도감에서 나오는 웃음"으로 자각하고 있다.

그렇다면 위 장면에서 '나'가 떠올리는 소수자의 고통은, 또 다른 소설에서는 어떤 형태로 드러나는가. 「믜리도 괴리도 업시」는 진지한 회상의 어법 대신 음담과 농담을 장착하고 있으며, 성기를 중심으로 한 섹슈얼리티에 할애된 분량도 적지 않다. 이 점은 박상영의 「중국산 모조 비아그라와 제제, 어디에도 고이지 못하는 소변에 대한 짧은 농담」(『알려지지 않은 예술가의 눈물과 자이툰 파스타』, 문학동네, 2018. 이하 「중국산 모조」)도 유사한데, 이성애 중심적인 공간 구획 안에서 퀴어의 장소를 묻고 있어 특징

---

11 같은 성을 가진 사람들 사이의 사회적 결속을 가리키는 동성 사회성(homosocial)이란 조어는 명백하게 동성애(homosexual)에서 유추된 것이지만, 또한 명백하게 그것과 구분된다. 그 안에 호모포비아로 특징지어지는 남성 결속(male bonding)이 함축되어 있기 때문이다.(Eve K. Sedgwick, *Between Men*(New York: Columbia University Press, 1985), 1쪽. 세즈윅을 경유하여 우에노 치즈코는 "호모소셜한 남자가 자신의 성적 주체성을 확인하기 위해 이용하는 장치가 바로 '여성을 성적 객체화'하는 것"이라고 지적한다.(우에노 치즈코, 나일등 옮김, 『여성혐오를 혐오한다』(은행나무, 2012), 36쪽)

적이다. 「중국산 모조」는 종로를 중심으로 게이 하위문화의 특정 코드들을 섭렵하는 가운데, 호텔과 모텔, 빌딩 화장실, 마사지숍 등 좀 더 비밀스러운 영역을 탐사한다.

「중국산 모조」의 '제제'가 「의리도 괴리도 없이」의 '너'와 공유하는 자질 중 하나는 조건 없는 증여에 의한 관계 맺음이다. 「의리도 괴리도 없이」의 '너'가 "대가 없이 퍼 주기"로 대학 시절 많은 친구들을 불러 모았다면, 「중국산 모조」의 제제는 "마르지 않는 지갑"으로 불린다. 물론 제제의 또 다른 별명은 '패리스박'으로, 그 자신도 쉴 틈 없이 소비한다. '제냐 슈트'에서 '피아제 시계'에 이르는 제제의 소비 취향 자체는 그다지 특별할 것이 없을지도 모른다. 그러나 이른바 글로벌 명품으로 표상되는 그 모든 기호적 향락이 결국 '중국산 모조 비아그라'로 귀착된다는 사실은 주목해 봄 직하다. 소설이 게이의 삶을, 나아가 주변부 게이의 삶이 중심부와 맺게 되는 거리를, '중국산 모조 비아그라'라는 말로써 압축해 놓기 때문이다.

나아가 소설의 이러한 기호적 소비를 성적 관계의 영역으로 옮겨 놓고 보면, 제제가 궁극적으로 소비하는 것은 애인이다. "몸과 마음, 씀씀이 모두가 헤펐던 당시의 제제는 외모와 경제적 지위, 심지어 섹스 포지션까지도 개의치 않고 그들 대부분과 짧고 뜨거운 연애를" 했다. 다른 한편 '나'는 데이트 어플리케이션 등을 통하여 '회사원031', '공대생4', '의사103' 등 직업과 숫자로써만 식별 의미가 있는 이들과, 몸만 나누고 서둘러 헤어지는 공허한 섹스를 지속한다. 이 때문에 보기에 따라서는 소설이 게이를 과잉 성애화함으로써, 성소수자에 대한 특정 관념을 재생산한다고 생각될지도 모르겠다. 그러나 이성애자 법률혼 부부가 장기적으로 갖는 독점적 성관계를 문란하다고 표현하는 사람이 있는가? 혹은 그러한 경우에 성행위의 패턴을, 특정 정체성에 의한 것으로 규정하게 되는가?

그러므로 눈여겨볼 지점은, 제제와 달리 '나'의 섹스 관계 속에는 어떤 가능성에 대한 욕망이 폐제되어 있다는 사실일 것이다. '나'의 경우 연애의 가능성은 단 하나의 가능성인 죽음의 가능성에 자리를 내준다. 「끄리도 괴리도 업시」에서 호모포비아의 중핵이었던 에이즈 공포 또한 '나'에게는 작동하지 않는다. "너 그러다 죽어."라며 두 인물이 무심하게 나누는 대화를 뒤로하고, 소설은 그 기원으로써 '나'가 연인 Q와 함께 죽음을 도모하던 시절을 지목한다.

소설 속 '나'에게 죽음은 언제나 가까이에 있다. 콘돔을 사용하지 않은 불안한 섹스 후에 '나'가 꾸는 꿈속으로는 군복을 입은 Q가 등장한다. 함께 자살을 시도한 끝에 Q는 "성공하고 나는 실패한다." '나'의 짐짓 가벼운 몸짓에는 대학 시절 사망한 Q에 대한 상실과 애도의 감각이 용해되어 있다. 눈물이 아니라 '어디에도 고이지 못하는 소변'에, "모두가 널 떠날 것이다."를 '올리브유'로 바꿔 놓는 실없는 농담에, 리모와 캐리어 속에 몸을 뉘인 '나'의 우스꽝스러운 팔다리에, 스며 있는 것은 사랑이 정주할 장소를 박탈당한 퀴어의 삶이다.

4 레즈비언 서사의 분화: '우리' 너머의 퀴어

지금까지 게이 커플들의 이야기를 먼저 읽어 왔지만, 가장 최근 몇 년간은 소설에서 레즈비언으로 스스로를 정체화한 인물들 역시 늘어났다. 이 글에서는 대표적으로 최은영의 「그 여름」(『내게 무해한 사람』, 문학동네, 2018)과 박민정의 「아내들의 학교」(『아내들의 학교』, 문학동네, 2017)를 읽으려 한다. 머리카락이 갈색이어서 고교 내내 검게 염색해야 했던 '이경'(「그 여름」)과 붉은 머리카락을 폭력적으로 잘리고 새까맣게 염색당해야 했던 '선'(「아내들의 학교」)의 일화는 레즈비언 정체성에 대한 강제적인 억압을 은유한다. 그러한 교칙이 지배하는 학교에서 인물들의 사랑은 보이지 않는 것이며, 그 관계가 드러나게 된다는 상상은 또 다른 공포로 이어

진다.[12]

그러므로 두 소설에서 우선 꼽을 수 있는 장면들은, "사랑이 주는 생의 실감"(「그 여름」)과 함께 자기가 발견되고 정체성이 선언이 되는 대목들이다. 두 소설에서 인물들이 서로의 존재를 처음 느끼고 나누는 장면들은 강렬하게 묘사되고, 여성이 다른 여성의 육체에 갖는 끌림은 여성의 언어로 진술된다. 고교 이후 인물들이 자발적으로 합류한 공간이 레즈비언/여성 공동체로 확장되는 등, 레즈비언/여성은 내내 서사의 중심축에 위치한다. 그런데 이렇듯 레즈비언/여성이 주도하는 두 소설은, 레즈비언 커플에서부터 여성 조합에 이르기까지 그 안의 갈등과 균열의 지점들을 응시하고 있기도 하다.

최은영의 중편 「그 여름」은 이경과 수이의 연애담이다. 레즈비언 커플이 만나고 헤어지기까지의 전 과정을 담고 있다는 점에서 영화 「가장 따뜻한 색, 블루」(감독 압델라티프 케시시, 2013)나 「연애담」(감독 이현주, 2016)과 견주어 볼 만한 소설은, 작가 자신의 근작 「먼 곳에서 온 노래」에서 감지되던 퀴어 코드가 전면화한 소설이다. 사랑하는 대상의 상실이 가로놓여 있다는 점에서, 「그 여름」의 '이경'과 '수이'의 관계는 「먼 곳에서 온 노래」의 '소은'과 '미진'의 관계에 오버랩된다. 그러나 최은영의 전작이 대학 노래패 여성 선후배를 중심으로 남성성으로 젠더화되어 왔던 공적 투쟁과 우정의 영역을 전위시키는 데 좀 더 주력한다면, 「그 여름」은 고교 동창으로 만난 두 여성의 사랑을 파열시키는 차이를 탐구하는 데 주력한다.

---

12 관습적인 독서의 인력 때문에, 퀴어 서사에서 인물의 성별이나 인물간의 관계가 밝혀지는 지점은 좀 더 특별하게 인지된다. 퀴어 코드가 극적 반전을 위해 기능하는 경우가 아니더라도 얼마간은 그렇다. 영화 「캐롤」(2015)과 「아가씨」(2016)가 동일한 장면의 다시 쓰기를 통해 보여 주었듯이, 특히 레즈비언 관계는 일상을 지배하는 섹슈얼리티 규범에 의해서 잘 포착되지 않는다.

사랑이 찬란하게 시작되던 열여덟 여름부터, 불같았던 사랑의 열병이 '고열'과 함께 소진되기까지 「그 여름」은 근래 소설에서 보기 드물게 멜로드라마적 매혹을 뿜어낸다. 무엇보다 「그 여름」은, 이경의 기만과 위선, 그로 인한 부끄러움과 죄의식을 토로하는 회고적 서술들을 통해, 떠나온 수이를 향한 강력한 연민의 정서를 발산한다. 그렇다면 성의 관점에서 볼 때, 이 연민 속에 은닉된 것은 무엇인가.

우선 「그 여름」이 노동계급 레즈비언의 경험을 형상화하고자 한다는 사실을 지적해야 할 것이다. 수이와는 달리 대학에 진학한 이경의 인간관계는 레즈비언 커뮤니티를 중심으로 재조직된다. "수이 씬 몇 학번이에요?"라는 질문을 받고 수이가 레즈비언 바를 벗어나는 일화 등을 통해 소설이 전달하고자 하는 바는 비교적 명료해 보인다. 학력과 취향이 개입된 구별 짓기의 관문을 두 사람이 극복하지 못했다는 것, 다시 말해 서로의 차이는 곧 계급적이라는 것. 그러나 헤어진 이유를 하나로 정리할 수 없듯이, 그 차이는 중요하지만 그것이 다는 아니다.

학창 시절 축구 선수였으며 후에는 자동차 정비사로 전신하게 되는 수이는, 전통적으로 남성에 할당된 영역에 놓여 있다. "짓궂은 장난"이라며 상대 선수의 추행이 묵살되는 등, 수이가 겪는 과정은 남성을 중심으로 구조화된 시스템(의 폭력)에 대한 고발의 성격을 어느 정도 띠게 된다. 하지만, 수이(의 신체)를 사랑의 대상으로서 간직하고 싶은 이경 역시 수이의 꿈을 이해하지는 못한다. 이경에게, 축구와 자동차 정비는 수이의 신체를 소진시키기에 그만두어야 할 것에 가깝다. 이 점은 사랑의 경쟁자 '은지'와의 대조 속에서 수이가 어떻게 묘사되는지를 살펴보면 더 뚜렷해진다. 이경의 첫사랑이 수이가 찬 축구공으로 인한 외상으로 시작하고, 이경의 새로운 사랑은 그의 다친 손을 간호사 은지가 소독하는 것으로 시작하는 것은 우언이 아니다.

「그 여름」이 레즈비언이 아니더라도 이해할 수 있는 사랑 이야기로 읽힌다는 소감들은, 성에 대한 고정적 관념(예를 들어 두 인물의 성을 은연중 남성과 여성으로 치환하여 재구성하는 것)을 얼마간 시사하는지도 모른다. 그렇게 본다면 이 소설에서 분배(계급)의 문제 아래 가려졌으나 그것과 연루되어 있는 사안은, 생물학적 성과 수행적 성이 맺는 우연성이며, 그에 대한 관념이 관계에 끼치는 영향력이다. 수이를 잃은 이경의 우울, 나아가 소설의 우울은 곧 젠더의 우울이 아닐까. 줄곧 이경의 시선에 의해 서술되었음에도, 수이가 여전히 미지의 타자로 남아 있다는 사실을 소설은 마지막 순간 다시 돌아보게 한다.

한편 박민정의 「아내들의 학교」는 퀴어의 문제 제기를 근미래에 외삽하는 발상을 보여 준다. 가령 먼저 살펴본 「그 여름」에서 이경을 비롯한 소설 속 레즈비언들은, 50년을 함께해 온 레즈비언 커플이 2052년이 되어 결혼식을 올리는 연극을 관람한다. "다들 코를 훌쩍이면서 배우들에게 눈을 떼지 못했다." 그러나 "외계인이 공습하는 것보다 더 지나친 공상과학 동화이자 불가능한 유토피아"(「아내들의 학교」)는 「아내들의 학교」에서는 현실이 되었다. 소설 속 레즈비언 커플인 '선'과 '설혜'는 결혼했으며, 아이를 입양했다.

소설에서 박민정이 환기하는 문제들 중 하나는 동성혼의 권리를 얻는 것이 과연 규범적 가족 관계의 억압을 해체하는가라는 의문이다. "선이 남편이었고 설혜가 아내였다."라는 진술이 단도직입적으로 제시하듯이, 이성애 부부의 권력 관계는 선과 설혜 부부에게서 그대로 재생산된다. 가사 노동 및 육아는 전적으로 설혜의 몫으로 배당되며, 부부-자녀 중심의 친족 관계 역시 반복된다.

제목이 일러 주는 대로 이 소설에서 여성 내부의 권력 관계는 결국 '학교'라는 표상으로 수렴된다. 설혜가 한때 일원이었던 대학의 여학생회도, 또 현재 회원인 단미협동조합도 다양성에 대해 이른바 시민적 교양을 학습한 조직이다. "'남편'이 남자든 여자든 중요하지 않았다. 교양 있는 여자들은 그런 걸 묻지 않았고 알게 되어도 놀라지 않았다." 그러나 지배적 규율과 강제적 억압이 존재한다는 점에서, 소설 속 대학의 여성운동 조직은 "독사마녀"가 있던 여고와 다르지 않다. 예컨대, 빈곤이라는 또 다른 약자성이 "부잣집 딸"인 자신을 비난하는 근거가 되면서, 설혜는 스스로를 입증해야 할 처지에 몰린다. "너의 진정성"을 묻는 것이라는 미명 아래 설혜가 아웃팅을 당하는 정황 등을 비롯하여, 소설은 여성운동 내에서 소수의 위치였던 레즈비언 운동을 컨텍스트로 끌어들인다.

만약 성을 역전시키고 읽는다면, 「그 여름」과 마찬가지로 「아내들의 학교」 역시 어떤 기시감으로 다가오는 것이 사실이다. 설혜를 둘러싼 작중 인물들의 악의가 노골적인 것 또한 도식성의 징후로 읽힐 수 있을 듯하다. 하지만 「아내들의 학교」는, 소수자의 재현(representation)이라는 오래 묵은 과제를 강렬하게 제기한다. 소설에서 설혜가, 졸업생 선배가 기획한 다큐멘터리 카메라 앞에 서던 모습과, 아이와 함께 「톱모델 서바이벌 코리아」에 출현하는 장면은 결국 포개진다. 즉, 소설 속 퀴어는 새롭게 생산된 하나의 이미지로 쉽게 전시되고 소비될 뿐, 퀴어의 혼돈과 고통은 보이지 않는 것으로 고립된다. 작가는 "잊지 마. 이것이 내가 원한 유토피아였다는 걸."이라는 설혜의 마지막 진술과 함께, '페미니스트 유토피아', '레즈비언 유토피아' 등 이른바 유토피아적 전망에 비판적 질문을 던진다. "입이 트이기도 전에 글자를 들입다 읽히니 자폐에 걸린 거야."라는 협동조합 아내들의 독한 진술이, 페미니스트 지식/이론과 삶 사이의 낙차를 가리키는 것처럼 읽히는 것은 그 질문과 무관하지 않을 것이다.

5 시위와 연대: 그 평등의 꿈

그렇다면 퀴어 존재는 어떻게 가시화되는가. 글을 마무리하는 지점에서 한강의 「에우로파」(『노랑무늬 영원』, 문학과지성사, 2012)를 짤막하게 읽으려 한다. 세계의 폭력과 함께하는 인간의 저항은, 「에우로파」에서는 몸을 바꾸고 다시 태어나는 퀴어의 옷을 입는다. 그런데 「에우로파」에서 "어떤 사람들은 여러 차례에 걸쳐 자신의 몸을 바꾼다."라는 진술은, "내 뜻과는 관계없이 내 몸이 남자"인 '나'에 대해 '인아'가 한 말이 아니라, '나'가 인아에 대해 한 말이다.

소설 속 인아가 감지하는 폭력은, 살이 다 발라지고 뼈만 남아 꿈틀거리는 물고기의 형상 속에 암시된다. 어떤 "끔찍한 일" 이후 결혼 생활을 청산하고 죽어 가던 인아는 그러나, "완전히 죽은 줄 알았던 화분에서 기이하게 선명한 꽃이 피듯" 되살아난다. "밖으로 나가는 것 말고는 길이 없었어. 그걸 깨달은 순간 장례식이 끝났다는 걸 알았어. 더 이상 장례식을 치르듯 살 수 없다는 걸 알았어." 소설에서 "밖으로 나가는 것"이라는 이 진술의 핵심은, 누군가와 함께한다는 데 있다. 「에우로파」는 누군가를 위해 싸우는 것보다, 누군가와 함께임에 주목한다.

문자 그대로 시위(示威)란, 드러내는 것이다. 그리고 자기를 드러내는 그 행위는, 타인과 함께임을 천명하는 것이기도 하다. '나'는 아이라인을 그리고, 원피스를 입음으로써 자기를 드러낸다. 그런 '나'가 거리를 걸으며, 레즈비언 커플이 둔기에 맞아 죽어 있던 영화의 한 장면을 떠올리는 것은 의아하지 않다. 소설에서 그가 맞닥뜨리는 트랜스포비아는 호모포비아와 연동된다. 10센티 힐을 신고 밤의 번화가를 걷는 '나'는 "편견과 혐오, 경멸과 공포의 시선들"을 견뎌야 한다. 섀도와 마스카라로, 팬티스타킹과 스카프로, 성별을 다시 '입는' 이 크로스드레서의 밤 산책은 존재를 건 시위다. 그러나 '나'는 혼자가 아니다. '나'는 인아와 함께 걷는다.

다시 정확히 적거니와, 인아가 되살아난 것은 지하철역에 만장처럼 걸려 있는 색색의 플래카드 속에서 다음과 같은 문장들을 읽은 후다.

그들은 나에게/ 죽음을 요구한다./ 하지만 나는 죽지 않겠다.

　찬반의 형식을 가장한 혐오 발언이 티브이 토론에서 점화되던 순간은, 역설적이게도 성소수자 인권이라는 의제가 밖으로 드러난 순간이기도 했다. 누군가에게는 당연한 규범으로 치부된 것이 또 다른 누군가에게는 "죽음을 요구"하는 것임을 그들은 알고 있었을까. 우리가 사는 세상은, 내가 나로서 존재한다는 사실만으로 전혀 알지 못하는 낯선 누군가로부터 (생명까지 앗아 가는) 위협이 가해지는 곳이다. 사회적 혐오는 힘이 없는 약자에게, 지배적 위치가 아닌 소수에게 자행된다. 때문에 그러한 혐오가 존재한다는 사실을 인지하거나 상상할 수 없는 사람들이 있는 반면, 일상적으로 마주하고 의식하게 되는 사람들도 있다. 스스로를 부정당해 본 적이 있는 사람, 모욕당해 본 적이 있는 사람은 그 순간을, 그 심정을 결코 잊을 수 없다. 그는 자신의 존재를 스스로 입증해야 하는 시험에 드는 것이다.

　알다시피 그날의 토론 이후, 포털 사이트 댓글란은 온통 반퀴어적 발언들에 잠식되는 듯해 보였다. 하지만 이미 또한 우리가 알고 있다시피, 그날의 발언은 곧이어 심상정의 1분을 낳았고, 당시 유력 후보이던 문재인 대통령 앞의 무지개 깃발로 이어졌다. 존재하기에, 이미 함께라는 사실은 가려질 수 없다. 행동은 있어 왔고, 또 함께 계속될 것이다. 퀴어를 사유하는 동시대 한국소설이 가닿은 순간들이 그 평등의 꿈을 더 깊게 앓아 가기를 바란다.

광장에서 폭발하는 지성과 명랑

강지희

현실이 현실을

덮쳤네

파도처럼

아프게

— 문보영, 「유기」에서

1   문학을 향한 의심의 자리에서

김동인의 데뷔작 「약한 자의 슬픔」(1919)을 지금 다시 읽는 일은 곤혹스럽다. 부모를 여의고 의지할 곳 없는 열아홉 살의 주인공 '강 엘리자베트'는 K 남작의 집에서 가정교사로 머물며 학교를 다닌다. 그는 방에 몰래 숨어 들어온 K 남작의 요구로 반강제적 성관계를 맺고, 이후 임신한 사실을 알리자 병으로 인한 근무 태만을 빌미 삼아 쫓겨난다. '엘리자베트'라는 서구적 이름이 무색하게도, 그는 너무나 익숙한 서사를 따라 성폭력 피해자의 자리에 서 있다. 아마 대부분의 독자들은 그가 K 남작의 겁탈 앞에서 자포자기적인 합의에 도달하게 되는 장면이나 의사가 청진기를 댈 때 이성의 손이 살에 닿는 쾌락을 느낀다는 식의 서술에서, 작가의 여성혐오적 시선을 읽어 낼 수 있을 것이다. 하지만 1919년에 나온 텍스트를 지금의 잣대를 기준 삼아 여성혐오로 비판하는 것은 너무 손쉬운 일이 아닌가.

사실 이 소설이 지닌 의외성은 쫓겨난 엘리자베트가 울고 자학하는 피해자의 자리를 넘어, 반격의 행위를 시도하는 데 있다. 그는 교육받은 신여성답게 재판이라는 묘책을 떠올리고, 법에 기대 자신의 정의를 바로세우고자 한다. 그러나 엘리자베트를 책망하면서도 연민을 감추지 못하던 시골의 오촌모조차 재판이라는 말 앞에서는 단호하다. "그래도 재판은 못한다. 우리는 상것이고 저편은 양반이 아니냐?" 오촌모는 근대법의 객관성보다 관성과 추문의 힘이 더 세다는 것을 이미 간파하고 있었지만, 엘리자베트는 이를 무지의 소산으로 치부하며 이성과 합리에 기대고자 한다. 그리고 결국 법정에서 증거 불충분을 이유로 청구를 기각당한다. 근대법과 관련해서는 한국문학 최초일 성폭력 재판에서 소송은 '약한 자' 엘리자베트의 철저한 패배로 귀결된다. 이때 남작 측 변호사를 통해 흘러나오는 말들은 너무 익숙해 고통스럽다. 그는 엘리자베트의 말을 '허황한 것'으로 몰아붙이며 '구체적 증거'를 요구하고, 당시 가정교사의 의무에 충실하지 않았다며 '피해자로서의 자격'을 박탈하고, '정신이상'이 있음을 강조한다. 지금이라면 이차 가해라 불릴 이 말들은 100년 전의 법정에서부터 반복된다. 남성과 여성, 귀족과 상민, 고용자이자 피고용자인 이들의 위계는 흔들리지 않는다. 법은 여성의 편이 아니다. 엘리자베트는 그가 객관적이라 믿었던 공적 제도로서의 법 앞에서, 자신이 법 바깥에 자리한 그저 '상것'임을 확인한다.

이로부터 거의 100년이 흐른 지금, 법 앞에서 여성들은 '상것'의 지위를 탈피했을까. 2018년 1월 29일 서지현 검사는 JTBC「뉴스룸」에 출연하여 자신을 성추행한 안태근 검사의 행태에 대해, 그리고 당시에 검찰 조직이 그 성추행을 어떻게 묵인하고 공모했는지를 밝혔다. 지난 100년 사이에 여성들은 마지막 동아줄처럼 법을 붙드는 피해자의 자리가 아니라 법을 수호하는 자리에까지 올랐지만, 여전히 법으로부터 배제당한다. 수많은 성폭력 고발 운동이 법정에서 무혐의 처분을 받는 것은 전혀 놀랍지 않다. 이 결과물의 근본적 원인은 무고한 가해자를 고발하는 정신이 불안정한 피해자가 아니라, 철저히 남성의 경험과 정신을 기반으로 만들어진 반쪽짜리 법적 정당성에 있기 때문이다. 「약한 자의 슬픔」은 참혹한 패배 속에 놓인 엘리자베트가 강한 자가 되기 위해서는 "사랑 안에서 살아야 한다."라는 사실을 깨달은 채 기쁨의 웃음을 지으며 끝난다. 김동인이 말하는 인류 보편을 향한 이 사랑에는 그늘 한 점 없고, 여성의 자리 또한 없다. 하지만 엘리자베트는 작가의 의도와 무관하게 그 사랑이라는 안온한 봉합을 찢고 나오는 캐릭터다. 그는 모욕을 견디며 반격의 자리에 서고, 계속 살아나가기 위해 존재의 이유를 찾아낸다. 마지막 그의 웃음은 환희의 기쁨이 아닌, 절망과 증오 앞에서 또다시 일어서는 오연함으로 다시 읽혀야 한다. 자신의 고통을 더 이상 방관하지 않겠다는 결심, 세상의 편견을 무릅쓰고 가장 먼저 법정 앞으로 나서는 엘리자베트 위에 '미투(#MeToo) 운동'이 겹쳐지지 않는가. 여자들이 말하기 시작했다. 사라지지 않기 위해 그들은 공적인 자리에 나와 증언하고 고발한다. 세상은 이제 변하고 있다.

제사(題詞)로 쓴 문보영의 시처럼 현실이 현실을 파도처럼 아프게 덮치고 있어 연일 새로운 폭로가 이어지는 상황 속에서, 문학을 읽고 쓰는 것은 어떤 일이 될 수 있을까. 언어가 이 사회의 가장 약한 자도 지니고 있는 기본적이면서도 강한 무기라는 것에 희망을 걸어도 좋을까. JTBC 「뉴스룸」에 남자 앵커와 마주앉아 여성 피해자가 자신의 경험을 발화할 때, 이성적으로 사실관계를 전하려 애쓰는 가운데 치밀어 오르는 감정을 밀어내듯 숨을 고르는 순간과 떨리는 목소리에 문학이 있는 건 아닐까. 여성의 경험이 공적 영역에 기입되기 위해 행해지는 고통과 도약의 순간들이 여기에 있다. 혼돈 속에서 계속 떠도는 언어들, 악몽과 소리 죽인 비명에 가까운 고발의 언어들이 계속해서 우리를 덮치고 있다. 그 언어들이 문학에 대해 다시 묻고 있다. 문학이 고갈된 여성들의 고통을 어떻게 다른 방식으로 존재하게 할 수 있느냐고. 고통 속에서 고통을 대상화하는 것은 가능하냐고. 카프카는 그렇다고 말했다. 그는 "고통을 재현하기 위해서가 아니라 고통을 현시하기 위하여"[1] 문학은 세계의 전복을 의미하게 하는 단어들의 물질성을 고통에 부여한다고 말했다. 카프카가 글쓰기를 기도의 형식으로 읽어 낼 때, 문학은 신앙에 가까워지며 고귀해지는 듯 느껴진다. 그러나 카프카가 쓴 글들 사이에서 블랑쇼는 문득 이런 자학적인 질문을 읽어 낸다. "글쓰기가 악에 속하지 않는다는 것이 그토록 확실한가? 글쓰기가 가져다주는 위안은 피해야만 하는 위험스러운 착각은 아닌가?"[2]

이 의심이 카프카가 손에 쥐고 있던 문학에 대한 아름다운 정의들보다 지금 우리에게 더 요긴하고 품위 있는 것처럼 느껴지는 이유는 무엇일까. 어떤 의심도 없이 문학을 핍박받는 자들과 나란히, 또 선(善)의 자리에 놓던 시절이 있었다. 문학이 안기는 복잡한 위안과 세속의 손쉬운 위로를 구별하며, 전자가 어떻게 고통에 깊이 침윤하고 승화되는가를 더 깊이 숙고해도 좋았던 시절이 있었다. 하지만 2016년 가을 '#문단_내_성폭력' 말하기 운동이 시작되었고, 2016년과 2017년 초반에 걸쳐 촛불 집회를 거쳐 탄핵과 정권 교체가 이루어졌다. SNS와 다양한 지면들을 통해 사람들은 구조적 위계 아래 벌어졌던 성적인 폭력들을 발화하고자 했고, 또 촛불을 들고 광장에 나가 시민으로서의 권리를 확인하고자 했다. 두 사건은 숨겨져 있던 위계적 구조를 가시화하고, 매개 없이 권력을 탈중심화했다는 점에서 다르지 않다. 바야흐로 "전방위적으로 대의되지 않고 스스로 말하겠다고 주장하는 주체들"이 나타나기 시작한 것이다.[3] 그리고 2018년에

1 모리스 블랑쇼, 이달승 옮김, 『카프카에서 카프카로』(그린비, 2013), 100쪽. 강조는 원문.

2 모리스 블랑쇼, 위의 책, 133쪽.

3 김미정, 「흔들리는 재현·대의의 시간」, 《문학들》 2017년 겨울, 48쪽.

이르러 이 현상은 '미투 운동'으로 이어져 가고 있는 중이다. 문학 역시 이런 거대한 시대의 흐름 안에서 바라봐야 한다. 누군가는 일련의 사건들에서 전문가의 자리가 협소해짐을, 반지성주의를 우려하는 것처럼 보인다. 그리고 이 우려는 여성주의에 대한 백래쉬와도 맞닿아 있다. 2017년 문학장 안에서 조남주의 『82년생 김지영』을 둘러싸고 활발하게 벌어진 '미학성'이나 '정치적 올바름'과 관련된 논의들은 일련의 외부적 운동의 상황들이 문학 안으로 기입되며 읽히는 것에 있어서의 불안을 보여 주는 것처럼 보였다. 하지만 우리는 "이전과는 완전히 다른 방식으로 존재하게 된 문학의 사정"에 대해,[4] "독자-시민에게 '읽히는' 맥락을 외면하고, 미학적 성취나 '작품 자체로만' 갖는 의미를 따지는 일은 주장의 논리적 타당성과는 별개로 얼마큼의 시대적 타당성을 확보할 수 있는가"[5]를 먼저 생각해야 하는 것이 아닐까. 그렇다면 우리의 문학이 악이 아닌지 의심하고 손쉬운 위안을 피해서 그리고 무엇보다 시대와 함께 가기 위해서, '촛불 이후'를 모색하는 지금 어떤 소설들을 붙들어야 할 것인가.

2   광장에서 누락된 목소리의 복원 — 황정은의 「아무것도 말할 필요가 없다」[6]

2018년 우리는 성공한 혁명 이후를 살고 있는 것일까. 혁명에 성공한

---

4   조연정, 「문학의 미래보다 현실의 우리를 — 문학의 정치적 올바름에 대하여」, 《문장웹진》 2017년 8월.

5   소영현, 「페미니즘이라는 문학」, 《문학동네》 2017년 가을, 538~539쪽.

6   이 글은 단행본 『디디의 우산』이 출간되기 전, 웹《문학3》에 게재된 단편을 텍스트 삼아 쓴 것이다. 후에 개작된 내용에 대해서는 『디디의 우산』 작품 해설에서 의견을 개진하였다.

다는 말은 부당했던 과거와 결별하고 완전히 새로운 미래를 열어젖히는 것처럼 느껴지지만, 정말 그렇게 수많은 사람들이 한 종착점에서 다른 종착점으로 순식간에 옮겨질 수 있는 것일까. 광장에서 동등한 시민으로서의 정체성을 확인한 여성들은 공적 영역에서 사라지지 않기 위해 이제 다른 싸움을 시작하고 있다. 황정은의 중편 「아무것도 말할 필요가 없다」(『디디의 우산』, 창비, 2019)는 승리한 광장이 누락해 버린 목소리들을 끌어올리며, 형식적인 전환점을 보여 주는 소설이다.

작품은 2017년 3월 10일 헌법재판소가 박근혜 대통령의 탄핵을 선고하던 날, 그러니까 "혁명이 이루어진 날"의 정오가 막 지난 오후의 고요한 풍경으로부터 시작된다. 황정은이 이날을 서사 속에 기입하기로 선택한 것은 당연하면서도 놀랍다. 2009년 용산 참사 이후로 황정은의 소설과 정치성은 어깨를 나란히 하고 걸어왔지만, 그것은 현실에 조금 비껴선 알레고리적인 형태로 자리하고 있었기 때문이다. 그의 소설에서 종종 등장하던 끝없이 낙하하는 운동성의 감각은 모순적이게도 폐쇄된 공간의 감각과 나란히 놓여 나날이 야만이 진화하는 시대의 폭력성을 증언해왔고, 2014년 세월호 이후의 서사들에서는 급작스럽게 가장 가까운 자의 죽음을 겪고 그 이후를 살아 내는(죽어 가는) 형태로 서늘한 공백을 드러냈다. 그 공백 속에 내내 머무는 듯했던 작가는 중편 「웃는 남자」에서 "흐르는 빛과 신호로 채워져 있"는 "작고 사소한 진공"을 새롭게 발견한다. 죽음으로 향하던 무력한 한 인간은 어떻게 그 모든 자기혐오를 이기고 삶 쪽으로 방향을 트는가. 충돌 한 번에도 쉽게 내동댕이쳐지는 삶은 위태로워 보일 정도로 얇은 유리 속 진공의 힘을 발견하면서, 어떤 공백은 잠재적인 공간임을 깨닫는다. 인간이라는 존재의 하찮음을 껴안고서 어떻게든 살아가 보겠다는 의연함을 담은 이 소설이 아직 모든 것이 어둠 속에 있었던 2016년 겨울에 도착했을 때의 감격을 잊을 수 없다. 그때 황정은은 광장에서의 혁명을 믿기보다 인간이 하루하루를 살아가는 반복 속에 만들어지는 생의 의지를, 뭔가를 움켜쥘 수 있는 손아귀의 힘보다 무력하게 열려 있는 귀의 수용성을 믿고자 하는 것처럼 보였다.

그러나 「아무것도 말할 필요가 없다」는 거의 모두가 촛불 혁명이 성공적으로 완수되었다고 믿고 있는 시기인 2017년 가을에 연재된 소설이다. 현실에서 승리한, 게다가 모두에게 널리 알려진 근거리의 역사적 사건을 직접적으로 다루는 건 상대적으로 안전한 선택이 될 수밖에 없고 그래서 덜 유혹적으로 느껴질 수도 있겠다. 하지만 황정은은 이 소설에서 누구도 예상치 못했던 촛불 혁명의 시작을 그리거나 그 감격적인 성공에 갈채를 더하는 데 관심이 없다. 작가는 화자가 보내고 있는 나른한 오후에 20년을 거슬러 올라가 한 여름의 풍경을 겹쳐 놓는다. 화자가 지금 동거하고 있는 k와 우연히 다시 만난 곳은 바로 1996년 8월 제6차 8·15 통일대축전이 열릴 예정이었던 연세대학교였다. 그들은 종합관에서 스스로 바리케이드를 쌓은 채 고립되어 있었다. 우리가 '연세대 항쟁' 혹은 '연대 한총련 사태'로 알고 있는 그 사건은 소설에서도 말해지는 것처럼 운동권에 대한 대학 사회의 혐오가 공공연해진 사건이다. 1996년 8월 이후 한총련은 이적 단체로 규정되었으며, 시위 집회에 대한 사회 전반의 감정이 악화되었다. 학생운동의 이타적 의미와 자부심이 그 이후에 수치스럽고 모멸적인 것이 되어 버렸다는 고통스러운 회고들은 조용히 이루어져 왔다.[7] 그리고 사회는 시위대를 물리적으로 고립시키고, '재산 손괴 행위'라는 말로 폭력이라는 틀을 씌우는 수단을 발견해 냈다. 그런데 황정은은 운동을 무력화하고 세상을 가진 자들의 방식으로 보게 만드는 '틀'이 확립된

---

7 「20년 만의 편지」라는 이름으로 1996년 연세대 사태를 회고하는 전시를 기획한 김영희 연세대 교수는 동영상으로 남겨진 인터뷰에서 당시 파괴된 종합관이 보존되어 이념 교육의 전시장이 되었으며, 당시 전경이었던 친구는 "내 학교가 강간당했구나."라는 말로, 또 다른 친구는 "나에게 96년 8월 이후는 고립과 모멸의 시대였어."라고 말했다고 회고한다.

기원을 주목하는 가운데, 문득 다른 맥락을 삽입한다.

> 그 뒤로도 많은 시간이 흘렀고 적지 않은 사건이 있었으나 1996년은 유독 덜 삼킨 덩어리처럼 목구멍 어디엔가 남아 있다. 오감이 다 동원된 물리적 기억으로. 페퍼포그와 안개비처럼 공중에서 쏟아지던 최루액 냄새, 굶주림과 목마름, 야간 기습과 체포에 대한 공포, 더위와 습기와 화학약품 부작용으로 문드러진 동기생의 등, 만지지 않아도 상태가 느껴지는 타인의 피부, 세수 한 번과 양치 한 번에 대한 끔찍한 갈망, 그리고 "보지는 어떻게 씻었냐 더러운 년들."
>
> ──「아무것도 말할 필요가 없다」에서

이데올로기의 억압에 저항하는 어떤 숭고한 정신도 철저한 고립과 극한의 상황 속에서는 신체의 물리적 한계 앞에서 굴복하게 된다. 소설은 인간의 정신이 동물적 육체로 내려앉는 그 처절한 순간에 대한 건조한 묘사들 끝에 맥락 없이 충격적인 발화 하나를 덧붙여 놓는다. 이 이물감에 잠시 멈춰 섰던 독자들이 계속해서 스크롤을 내리며 읽어 나가면, 그 아래 주석으로 "'초선' 추미애가 국감장서 쌍욕 읊은 이유"라는 제목의 기사 일부를 만나게 된다. 그 기사 속 1996년 연세대 항쟁 당시 경찰이 학생들을 연행하는 과정에서 성적 추행과 폭력 행사에 대한 상세한 언급들은 가히 충격적이다. 하지만 이 기사를 주석이라는 형식으로 직접 끌고 들어오면서 생기는 효과 중 하나는 남성으로 추정되는 기자가 한 여성 국회의원의 공식적인 정치적 행위에 대해 '초선'과 '쌍욕'이라는 단어들이 강조되는 제목을 붙임으로써 여성의 공적 행위가 그 온당성과 무관하게 격하되고 있다는 사실의 적시다. 객관적 사실을 보도하는 신문 기사라는 '툴'에 대한 믿음은 젠더적 프레임을 가져다 대는 순간 무너진다. 1996년 8월에 연세대에서 함께 싸웠던 학생들 가운데 여성들은 또 다른 방식으로 이중으로 모욕당하며 분리되었다. 그리고 이후에 이 여성들을 위한 공적인 문제제기 역시 교묘한 방식으로 뭉개졌다. 이것은 그간 정치의 영역에서 대의라는 명분 아래 투명하게 치부되었던 또 하나의 폭력적인 역사다.

민주주의 정치 한가운데 자리한 가부장적인 권력의 문제들은 사소한 일상들을 가로지른다. 중앙풍물패 선배 B는 화자의 리듬 감각을 칭찬하며 다른 누구도 아닌 네게 상쇠를 물려줄 것이라고 여러 차례 말하다가도 이렇게 덧붙인다. "여자가 상쇠를 맡기엔 어려운 점이 있지……." 1997년 IMF가 터지자 일자리를 발견할 수 없어 석사과정에 진학한 k는 여자라는 이유만으로 영수증 관리를 맡아야만 하고, 화자는 동아리의 남자 선배들이 일상적으로 여자 후배들을 차순으로 두거나 '5대 독자 3대 장손'이라는 호칭을 즐기고 여학생을 덮치듯 눕히곤 하는 버릇을 유머 감각으로 치부하는 것을 계속해서 목격한다. 그리고 이 일상들은 소설 하단부 주석에 놓인 "이명박 후보, 편집국장들에게 부적절 비유, 얼굴 '예쁜 여자'보다 '미운 여자' 골라라?"와 같은 제목의 기사와 만나며 불편함을 증폭시킨다. 대통령 후보의 위치에 있는 사람이 '마사지 걸을 고를 때 얼굴이 덜 예쁜 여자들이 서비스가 좋다'는 식의 말을 할 때, 그것이 공공연하게 유머로 통용될 수 있는 사회라면 여성의 자리는 어디에 놓일 수 있는 것일까. 그 농담이 발화되는 자리에 여성이 있었다면, 그는 그 농담을 이미 승인하고 동의한 것일까. 이런 일상들을 짚어 가며 소설은 2016년으로 천천히 올라와 그해 11월 26일 광화문에서 열린 집회로 향한다. 그곳에는 "惡女 OUT"이라는 손팻말을 들고 있는 어떤 남성과, 마이크를 건네받은 발언자의 청와대를 향한 "씨-발년!"이라는 외침과 이에 대해 웃으며 손뼉 치는 사람들이 있다. 그리고 이 모든 불편한 감정들은 "모두가 좋은 얼굴로 한 가지 목적을 달성하려고 나온 자리에서 분란을 만드는 일을 거리끼는 마음"에 의해 또다시 묻힌다.

왜 '모두'를 위한 혁명이 일어나는 광장의 자리에서 '여성'들만은 거듭

교묘하게 배제되는가. 함께 나란히 투쟁하고 있음에도 불구하고 성별이 소거된 채 자리하고 있거나, 성적인 문제를 제기했을 때 그것은 부차적인 것으로 치부당해야 하는가. 캐롤 페이트먼은 일반적으로 성적 관계에서 여자의 거절은 사회적 편견에 따라 '예스'로 재해석되며 체계적으로 무효화된다고 말했다. 문제는 동의에 관한 문제가 사적 영역의 관계들에만 한정되지 않고, 공적 영역의 시민권에도 영향을 미친다는 것이다. 남자들의 통치가 여자들의 신체에 성적으로 접근할 수 있는 권리를 이미 포함하고 있을 때, 근대 정치 이론의 근본인 사회계약에 대한 동의의 문제에 있어서도 여성의 동의는 실천의 문제가 아니라 강제된 복종의 형태가 된다.[8] 시민권을 향한 여성들의 투쟁과 성적 자유에 대한 투쟁은 실은 동일한 메커니즘을 공유하고 있는 것이다. 한국에서 가장 뜨거운 정치적 투쟁이 끝난 자리에서 미투 운동이 새롭게 일어나고 있는 맥락이 여기에 있다. 황정은은 광장에서의 여성의 자리가 어디인지 묻는 동시에, 이를 각주라는 새로운 형식을 기입해 싸우고자 한다.

그의 소설에서는 처음 등장한 각주는 이전과 다른 방식으로 서사를 비틀며 독해 속도를 지연시킨다. 이 각주라는 형식의 차용은 중요하다. 민주화 운동 안에서 성별화된 주체 위치가 재생산되고, 여성이 새로운 공동체의 동등한 구성원이 되지 못하고 정치의 타자로 남는 점에 대해서라면 그간 꾸준히 다양한 서사화를 통해 문제 제기가 이루어져 왔다.[9] 그러나 많은 서사들에서 이 타자화 된 여성의 재현은 자기모멸과 자기부정이라는 감정이 강하게 동반되는 형태였다. 종종 피학성과 수동성이 결국 전복과

---

8   캐롤 페이트먼, 이평화·이성민 옮김, 『여자들의 무질서』(도서출판b, 2018), 4장 참조.

9   민주화 운동이 상징 투쟁을 전개하는 과정에서 그 속에서 창출된 주체 위치가 성별화되는 문제에 대해서는 김재은, 「민주화 운동 과정에서 구성된 주체 위치의 성별화에 관한 연구」, 서울대 석사 학위 논문, 2002 참조.

부정의 힘으로 작용하는 순간을 목격하기도 했지만, 이 모든 것은 감정들에 밀착된 형태로 진행되었다. 하지만 황정은은 학술적인 보고서 방식의 차용을 통해 감정들과 다소 거리를 두는 이성의 벽을 구축하는 것처럼 보인다. 이 각주는 외부의 맥락과 정보를 덧붙이며 그에 기대고자 하는 것이 아니다. 사회의 상식이나 평균에 맞춰 인물을 보충 설명하거나, 독자가 느낄 법한 동감의 정서를 고양시키는 것도 아니다. 반대로 여성 인물들의 삶과 각주는 불편하고 차갑게 충돌을 일으킨다. 각주로 달린 백과사전의 상식적이고 건조한 정보나 사회현상을 다루는 기사들은 대개 여성의 삶을 배제하고 봉쇄하는 방식으로 드러난다. 이렇게 사회적 맥락들이 인용을 통해 직접적으로 소설에 기입되는 것에 대해 지금 사회에서 말과 감각의 변화가 일어나고 있고, "격변과 속도의 소용돌이에서 사람들은 부지불식중에 어떤 '명료함'을 욕망할 가능성"에 호응하는 새로운 방식의 일환으로 볼 수 있지 않을까.[10] 지적인 형식과의 차가운 충돌 속에서 광장에서 누락된 목소리들의 존재감은 선명하게 도드라진다.

소설의 마지막은 2017년 3월 10일, 18대 대통령 박근혜의 파면 판결이 내려진 날의 풍경을 상세히 그린다. 화자는 묻는다. "혁명이 이루어진

---

10   김미정은 『82년생 김지영』을 둘러싸고 '정치적 올바름' 프레임 아래에서 미학적 판단에 대한 논의들을 중지시키는 완전히 새로운 관점을 제시한 바 있다. 그는 오츠카 에이지와 오사와 사토시를 경유해 오늘날 일본 소설에서 '묘사'가 기피되는 경향과 '정보 전달 기능에 특화'되고 있다는 지적을 적극적으로 끌어옴으로써 소재=현실이 재발견되고 그것을 보고하는 식의 새로운 형태로 소설이 나아갈 가능성에 대해 말하고 있다. 김미정, 앞의 글.

지면을 달리해야 할 문제지만, 박민정의 최근 소설들 역시 논문, 위키백과, 블로그 등에 나오는 설명들을 적극적으로 차용하고 이를 통해 다양한 맥락을 환기하는 역사적 정보를 교차시킴으로써 구성된다. 그리고 이 정보들의 충돌은 여성들 사이에 '자매애'나 연대'라는 말로 소멸할 수 없는 역사적, 구조적인 차이가 놓인다는 것을 분명히 하며 여성 주체들을 인종, 섹슈얼리티, 계급, 국적과 같은 다양한 사회적 범주들이 교차하는 자리 위에 올려 둔다. 정보를 구축하는 방식에 있어 차이가 존재하지만 박민정의 소설 역시 새로운 소설 구성의 흐름을 만들어 가는 선두에 놓여 있다.

날…… 그래서 오늘은 그날일까?" 소설은 혁명이 이루어진 날의 감격에 가득 찬 광장이 아니라, 고요한 오후의 식탁으로 다시 우리를 데리고 온다. 소설은 극적인 재현을 계속 피해 가려 애쓴다. 3월 10일이라는 역사에 기입될 날짜 대신에, 작가는 정오가 막 지난 시간이 오후 1시 23분으로, 그리고 1시 39분으로 바뀌는 동안의 사소한 시간을 기입한다. 이 시간적 감각은 시작보다는 끝에 더 가까운 어떤 것이다. 많은 서사들이 대개 새로운 출발의 순간을 날짜 단위로 기록하는 반면, 멸망이 도래할 때는 좀 더 조밀한 시간 단위로 접근한다. 긴장감이 어리기보다는 어딘가 쓸쓸하게 느껴지는 이 시간 감각은 "우리가 무조건 하나라는 거대하고도 괴로운 착각" 앞에서, 그 거대한 하나라는 허상을 균열시키며 개인성을 내보이려는 의지를 내비친다.

"툴을 쥔 인간은 툴의 방식으로 말하고 생각한다."라는 소설 서두의 가정은 전체 소설을 끌고 가는 전제다. 사람들이 '상식(common sense, 感)'이라는 말을 사용할 때는 대개 사리 분별을 하고 있지 않은 상태라는 것, 그저 굳은 믿음이자 몸에 밴 습관이라는 통찰은 황정은 특유의 날카로운 윤리 감각이 드러나는 순간이기도 하다. 상식은 강자의 것이다. 화자는 맹인의 글자를 '점자'라고 읽는 것은 모두가 알지만, 비맹인의 글자가 '묵자 (墨字)'라는 것은 알지 못한다는 점에 대해 말한다. 볼 수 있다는 세상의 기본적인 전제에서 바라볼 때, "우리는 그것을 말할 필요가 없"다. 마찬가지로 광장에도 '묵자(墨字)'의 자리에 놓인 자들이 있지 않았을까. 소설의 마지막에서 화자는 동거하는 k, 동생 q와 그녀의 아들 '소고'를 바닷가로 밀려온 부유물처럼 느낀다. 둘째라는 이유만으로 대학 진학을 포기하고 상고에 다니며 KFC 알바를 하던 q가 데모하는 대학생들에게 느꼈던 소외감에 대해, q가 홀로 감당해야 했던 육아에 대해, 핑크색을 좋아하는 남자아이 소고가 지닌 여성스러운 감각과 행위들이 배척당하는 방식에 대해, k의 성적 지향성과 무관하게 결혼 적령기라는 말을 내세워 가해 오는 압박들은 광장 어디에도 자리하지 않고, 역사 어디에도 기입되지 않았다. 황정은은 묻는다. "여기의 일상에도 혁명은 있을까." 있어야만 할 것이다. '묵자(墨字)'를 모르는 세계에서 어떤 약자도 침묵하는 자(黙子)들로 남겨두지 않기 위해서. 이 모든 일은 탁자 앞에 앉아 글쓰기에 대한 집요한 욕망 속에서 언젠가는 '완주(完走)'라는 제목으로 이야기 한 편을 쓸 수 있기를 바라는 사람에게서 흘러나온 것이다. '누구도 죽지 않는 이야기'를 꿈꾸는 이 소설들이 아직 완결되지 않았으므로, 혁명이 이루어진 날은 아직 오늘이 아닐 것이다. 생활 속에서 가장 사소한 사건들을 위해 투쟁은 계속되어야 하고, 그날이 오면 "아무것도 말할 필요가 없"는 대신에 모두가 말하게 될 것이다.

3 광장을 가로지르는 웃음 —— 박상영의 「알려지지 않은 예술가의 눈물과 자이툰 파스타」

성공한 혁명이 누락한 존재들은 여성만이 아니다. 2017년 4월 JTBC가 주관한 대통령 후보자 토론회 당시 홍준표 후보는 "군 동성애는 국방 전력을 약화시키는" 것이라는 전제를 가지고 '동성애 반대' 여부에 대해 문재인 후보에게 물었다. 그리고 마치 베드로가 예수를 세 번 부인하듯, 두 사람의 문답에서 문재인은 세 번에 걸쳐 동성애를 반대한다는 요지의 대답을 했다. 정의당 심상정 후보를 제외하고 모든 후보들이 성소수자에 대해 적극적으로 부인하는 장면은 한국 사회의 성소수자와 젠더 전반의 감수성이 얼마나 후퇴되어 있는지 상기시키는 바가 있었다. 하지만 성소수자를 적대적 타자로 정립함으로써 세력화를 도모하는 제도적 정치 안에서의 상황과는 다르게, 최근 한국소설 안에서 퀴어를 다루는 작품들은 유례없이 늘어나고 있다.[11] 한국 문화 영역의 전반에서 퀴어를 다루는 것이 독특한 소재로 여겨지는 상황은 이미 한참 전에 지났으므로, 새삼 재현의 확산을 이야기하고자 하는 것은 아니다. 근래 등장한 퀴어 소설들은 분명 이전과 다른 활력을 띠고 있고, 박상영의 「알려지지 않은 예술가의 눈물과 자이툰 파스타」는 해외 파병과 동성애를 다루면서도 시종일관 경쾌한 리듬과 유머를 구사해 나가는 흥미로운 텍스트다.

샤르트르는 장 주네를 두고 사드 후작과 비교하며 "주네의 오만한 광기는 여기에서 한술 더 뜬다. 그는 우주로 자위 행위를 한다."[12]라고 말한 바 있는데, 이 말이 근사하기는 하지만 박상영의 소설에 출몰하는 성적인 면면들이 추상적인 강렬한 의례나 의식으로 변모하는 지점을 찾아내기는 어려울 것 같다. 성적 행위라는 육체성이 구원 의례나 제의 같은 관념적인 것으로 나아가기 위해서는 먼저 그 행위 안에 수치나 모욕 등의 승화되어야 할 감정들이 자리해 있어야 하는데, 박상영의 소설은 일견 표피적인 요소들로만 매끄럽게 구성되어 있는 듯 보이기 때문이다. 인상적인 전작들 중 하나인 「중국산 모조 비아그라와 제제, 어디에도 고이지 못하는 소변에 대한 짧은 농담」에서 화자의 집에 살게 된 제제는 술과 명품, 남자를 좋아하고, 마사지숍에 나가는 게이다. 3년 전 불법 대부업체를 운영하는 남자와 눈이 맞아 미국으로 떠났다가 갑자기 돌아온 제제의 답은 "다 망했어."와 같은 단순 명쾌한 것이며 한국에 오자마자 가장 먼저 한 코 성형이 실패로 돌아갔지만, 콧등에 멍이 가시기도 전에 일을 시작하는 씩씩함을 지니고 있다. "남의 시선으로부터 초연한 근원적 뻔뻔함"과 "단 한순간도 어딘가에 현혹되지 않고서는 견딜 수 없는 것처럼 매일 사랑을 하고" 사는 제제의 캐릭터가 만들어 내는 소설적 정서는 그가 선물 받은 '리

11 2010년대 한국소설에서 퀴어의 재현 양상을 다양하게 다룬 글로는 차미령, 「너머의 퀴어 — 2010년대 한국소설과 규범적 성의 문제」, 《창작과비평》 2017년 여름.

12 수전 손택, 이민아 옮김, 「사르트르의 『성 주네』」, 『해석에 반대한다』(이후, 2002), 152쪽.

모와 알루미늄 캐리어' 같은 것이다. 여기저기 찌그러진 데다 온갖 나라의 항공 세관 스티커로 인해 그간의 고단한 행보를 짐작하게 하면서도, 폭탄 테러가 일어나도 문제없는 방탄 알루미늄 소재는 현실의 중력들을 가벼운 것으로 튕겨 낸다. 그래서 소설의 말미에 제제가 큰 소리로 울 때, 감정이입하며 함께 눈물을 흘리는 대신 오줌이 마려워 전봇대 뒤로 가 빙빙 돌면서 싸는 화자의 모습이 가능해진다. 이때 바닥에 스며들지 않고 어디에도 고이지 못하는 오줌이 노출하는 정서는 공허라기보다, 이전과는 다른 가벼운 감정의 발산처럼 보인다. 알루미늄 캐리어처럼 그 내부에 담긴 것보다 외부의 소재가 훨씬 더 많은 것들을 보여 주는 박상영의 소설들은 긍정적인 의미에서 '코팅된 눈물의 정서'를 보여 준다.

「알려지지 않은 예술가의 눈물과 자이툰 파스타」는 동성애를 둘러싼 상투적 논의들에 전면 승부를 던지는 소설이다. 소설은 신도시 P에서 열리는 K 감독 회고전 후 열리는 GV 행사에 화자가 초대되는 것으로부터 시작되는데, 이를 둘러싼 여러 정황들은 동성애가 조심스럽게 다뤄야 할 금기라기보다 이미 시장에서 흥미롭게 소비되는 하나의 상품이 되었음을 드러낸다. 힙스터 영화감독 다니엘 오는 게이가 아니지만 유명세를 얻기 위해 남자 아이돌 그룹 멤버 P와의 동성애 루머를 은연중에 이용하고 있으며, 관객들은 이에 호기심과 열광을 표하는 것이다. 그러나 소설은 이런 세태를 진지하게 고발하고자 하기보다 "세상에서 동성애를 가장 잘 이용하는 이성애자"라는 말로 눙쳐 버리며, 게이 친구 '왕샤'와 함께 어떻게 예술가연하는 오 감독을 골탕먹일 것인가에 골몰한다. 그들이 진저리치는 오 감독을 둘러싼 세계의 계몽적인 분위기는 대략 이런 것이다.

평론가 김은 심사평에서 오 감독의 영화를 두고, 성적 소수자의 고통을 잘 형상화해 동성애를 보편적 사랑의 경지로 끌어올린 수작이라고 평했다. 그들은 모두 보통 사람들이 누구이며 그들이 하는 보편적인 사랑이 뭔지 너무 잘 알고 있는 눈치였다. 동성애자들이 뭐 얼마나 특별한 사랑을 하고 산다는 건지, 동성애자인 나조차도 알 수 없는 일이었다. 아무튼 이성애자가 연루되면 뭐 하나 제대로 되는 일이 없었다.

박 감독 작품이 별로였다는 건 아냐. 근데 뭐랄까. 좀 현실적이지 못해.

네? 갑자기 무슨 말씀이신지. (일기나 다름없는데.)

아니 생각해 봐. 주인공들이 너무 발랄해. 깊이가 없어.

깊이요?

응. 캐릭터들이 자기가 동성애자라고 우기기는 하는데 가슴속에 우물이 없어. 그게 말이 안 돼.

무슨 (좆같은) 말씀이신지.

박 감독 세대는 어떨지 모르겠는데, 우리가 느끼기에는 그렇게 별 고통 없이 정체성을 받아들이는 인물이 동성애자인 게 너무 이상하고 어색하게 느껴진다고. 너무 나이브하지 않나, 사회적으로 고립된 소수자들이 왜 그런 말투를 쓰는 건지.

과거 스물몇 살이었던 화자가 자이툰 부대에 가기에 앞서 "동성애를 훈장처럼 전시하지도, 대상화해 신파로 소모해 버리지도 않는 순도 백 퍼센트의 퀴어 영화를 만들리라."라고 결심할 때, 여기에는 사회가 원하는 성소수자의 이미지에 가까울수록 그 재현의 진실성이 확보되어 온 저간의 사정에 대한 불편함이 자리하고 있다. 위에 인용된 평론가의 말들처럼 보통 사람들의 보편적 사랑이라는 정체 모를 기준으로 인해 동성애자들의 발랄함은 "가슴속에 우물이 없어."라는 말로 폄하되는 것이다. "보통의 사람들을 설득할 수 있는 치명적인 '지점'"을 만들어 내지 않으면 성적 소수자들을 소모적으로 다루는 것이 되어 버리는, 보편성과 특수성의 이분법이야말로 박상영이 부수고 싶어 하는 요체다. 그러므로 자이툰에 파병 나간 군인이자 동성애자를 주인공으로 내세우고 있지만, 소설이 그리고

자 하는 것은 이 특수성을 통해 군대라는 억압적인 공간에서 이중으로 타자화되는 동성애자의 고통과 번뇌에 있지 않다. 그 억압적인 현실의 기제들의 실상이란 '꼰대풍의 풍경화'가 성공적으로 받아들여져 벽화 제작 분대가 출범되고, 그 안에서 이성애자 남자들과 무용담을 나누며 쌓아 가는 '가상의 연대감'과 같이 모두 허약한 가짜에 불과하다. 이 반대급부에 놓이는 것은 부족한 재능으로 인해 무너져 버렸으나 아직 다 스러지지 않은 예술에 대한 열망들, 그리고 어떤 계산도 없이 상대방을 향해 급속도로 빠져드는 순정한 마음과 성적 끌림 같은 것들이다. 왕샤와 단둘이 막사 안에 있었을 때 화자가 느꼈던 성적 충동과, 결국 억제하지 못한 자신을 비참하게 자각하고 자이툰 부대 밖으로 뛰쳐나와 힘껏 달리다 눈물을 흘리는 순간은 소설 안에서 가장 감정의 농도가 짙은 장면이다. 수많은 청춘들이 써 온 역사가 그러하듯, 이 애절한 마음은 결국엔 실패한다. 벽화 제작 분대의 마지막 임무가 있던 날, 그들이 철수하는 와중에 폭발음이 들린다. 그들은 살아남았지만 인생의 아주 많은 것들이 순식간에 끝나 버릴 수 있다는 것을 배운다. "폭탄이 터지고 사람이 죽어 나가는 전쟁터에서 내 감정 따위, 모래 알갱이만도 못한 하찮은 것에 불과했다."라는 말은 냉혹한 현실을 마주해 본 자의 진심일 것이다. 전쟁이라는 압도적인 재난과 죽음 앞에서 자신의 감정과 정체성에 몰두하는 것 자체가 죄악시되며 자체 검열해야 했던 면이 있었을 것이다. 그러나 여기에는 이성애적 세계와의 마찰음이 없다. 그들의 사랑이 제도의 인준이라는 완고한 벽과 부딪쳐 피 흘리며 무산되었다고 보는 것은 과잉 해석일 수밖에 없을 것 같다. 그들의 사랑은 동성애였기 때문이 아니라, 다양한 악조건들 속에서 사랑을 인지하고 인정하는 각자의 마음이 지닌 속도의 차이로 인해 서로를 베면서 천천히 어긋난다. 그리고 잠시 스스로를 파괴한 채 무너져 있는 시간을 겪어 낸다.

소설의 미덕은 이들의 관계를 쓸쓸하고 아름다운 퀴어 멜로로서 그리기보다, 차라리 비극의 통속성 안으로 끝까지 밀어붙이고 그로부터 시간적인 거리를 두고 바라보는 시선에 있다. 과거의 세밀한 감정 교류와 실패의 뜨거움은 희극성의 틀에 다시 담겨 전달된다. 6년 전 퀴어 장편영화를 끝으로 어정쩡하게 제작사에서 일하는 화자, "가짜 게이 새끼" 힙스터 영화감독 다니엘 오, 항공사 승무원을 꿈꾸며 필라테스에 중독되어 살고 있는 게이 '왕샤', 변두리 신도시 P의 풍경을 구성하는 샤넬 노래방과 비욘세 순대국밥집 등의 소설 속 인물과 배경은 '캠프'라고 알려진 열렬한 비예술 취향을 상기시킨다. 질감과 감각적 표면을 강조하고 내용을 희생해 스타일을 취하는 캠프처럼, 이들의 돌발적인 말과 움직임들은 사유나 감정으로의 침잠 없이 표면장력 위에서 경쾌하고 역동적으로 움직인다. 「'캠프'에 대한 단상」에서 수전 손택은 캠프적 감수성의 가장 중요한 이미지로 "양성성 소유자"를 꼽았다. 그리고 사물과 사람에게서 캠프를 알아본다는 것은, "어떤 존재를 역할 수행자(Being-as-Playing-a-Role)로 이해하는 것"이라고 설명한다.[13] 이 말들은 왜 우리가 박상영의 소설에서 때로 도를 지나치는 것처럼 보이기도 하는 아슬아슬한 유머들이 매력으로 작동하는지, 또 그들이 사회가 퀴어에 대해 상정해 놓는 규범들로부터 그렇게 자유로워 보이는지 이해할 수 있게 한다. 소설 속의 작은 에피소드이지만 인상적인 장면이 있다. 왕샤는 미자에게 술을 마시자고 조르다가 집에 간다는 말에 "너희 이성애자들은 정신 상태가 글러먹었어."라며 오늘부터 "못생긴 애나 싸지르는 더러운 이성애를 결사반대"한다고 외친다. 그저 주정에 불과했지만 이것이 난임 클리닉에 다니고 있는 미자에게 상처를 주고, 울먹이는 미자를 왕샤가 껴안으며 둘은 백 년 만에 상봉한 이산가족처럼 서로 부둥켜안고 서럽게 울기 시작한다. 곧 정신 차린 나에 의해 미자는 택시를 타고 홀연히 떠나고, 왕샤만 남아 술을 사 달라고 다

---

13   수전 손택, 「'캠프'에 관한 단상」, 앞의 책, 415~416쪽.

시 소리 지르기 시작한다. 그런데 이상하게도 왕샤에 의해 행해지는 인격 모독과 욕설, 실언은 폭력적으로 느껴지지 않고, 두 사람이 번갈아 가며 흘리는 눈물도 한없이 가볍게 느껴진다. 이 눈물은 자이툰 부대에서 화자가 힘껏 달리다 흘린 눈물의 묵직함과는 정반대의 지점에 있다. 그들은 이제 자기혐오와 좌절, 굴욕 등의 질척이는 감정들과는 가장 먼 자리에서, 투명하고 천진난만하게 욕망과 대면하는 것 같다.

이 가볍고 투명한 눈물은 어떻게 가능해지는가. 여기에는 인생은 연극이라는 은유를 받아들임으로써 젠더와 삶을 자기 패러디적으로 구성하는 방식이 있다. 인물들은 젠더의 틀을 유동적으로 넘나든다. 이성애자 오 감독은 힙스터이자 게이로 자신을 연출하고, 직설적이며 불도저 같은 성격의 미자는 무너지듯 눈물을 쏟아내며, 왕샤는 넓디넓은 어깨로 흐느낌을 연기한다. 모든 행위는 즉흥적이다. 술에 취한 오 감독을 택시 태울 때 집이 있는 역삼동 쪽이 아닌 화천으로 보내 버리고, 노래방 반주기의 시간이 부족하자 "동성애자의 품격을 보여" 주기 위해 무선 마이크와 재떨이, 탬버린 등을 훔쳐 낸다. 이렇게 연극적으로 과장되고 희화화되어 있는 부조화의 순간들이 맞물리는 가운데, 젠더를 가르고 성공과 실패를 가르는 세속의 엄숙한 규율들은 힘을 잃는다. 그들의 퀴어적 정체성이나 예술은 외부의 인준을 받아야 하는 무엇이 되는 대신, 목적 없이 맨몸으로 계속 춤을 추는 일과 닮아 가는 것이다. 마지막에 화자가 추는 춤이 바닥에 앉아 동그랗게 몸을 말았다가 순식간에 몸을 펴 하늘을 향해 힘차게 뛰어오르는 것이라는 것은 의미심장하다. 과거에 자이툰 부대에서 무작정 달려 나가던 수평적인 운동성은 이제 수직적으로 전환되며 자신이 서 있는 자리를 거듭 단단하게 확인하는 방식으로 바뀐다. 어떤 것에도 몰두하지 않는 이들에게 이제 실패는 처절한 것이 아닌, 그 자체를 즐길 수 있는 것이 된다. 소설 마지막에 웃고 떠들고 술 먹고 섹스하다 죽을 거라는 말은 보잘것없는 자신을 향한 자포자기의 말이 아니라, 맨살로 세상을 대면하며 욕망과 사랑을 그대로 표출하게 된 자기애의 표현이다. 여기에는 지금 이곳에서 함께 살아가고 있다는 단순한 사실에 대한 부드러운 긍정이 담겨 있다.

황정은과 박상영의 이 단편들은 2017년 촛불 혁명이 이루어진 후에 우리에게 도착한 인상적인 작품들이다. 우리는 혁명과 함께 새로운 시대로 이행했다고 믿고 있지만, 그 새로운 광장에 누락된 어떤 존재들이 있음을 조용히 말하고 있기 때문이다. 황정은은 지적인 형식을 경유하며 소수자의 목소리가 배제되어 온 역사성을 끌어오고, 박상영은 캠프라는 자기 패러디적 미학을 통해 퀴어 예술가들의 열정적인 실패에 다다른다. 특정한 성별이기 때문에 공적 질서로부터 배척당하거나 대상화되는 일, 일상 속에서도 끊임없이 성적 역할과 태도를 익혀야 하는 일로부터 자유로워지는 것은 그들 모두에게 공통으로 놓여 있는 과제다. 그러니 황정은과 박상영의 소설 속 존재들은 뜨거운 연대가 아니더라도, 그저 제각기 다른 정체성과 차이를 인정하는 방식으로 함께 나아갈 수 있지 않을까. 소설의 마지막에서 황정은의 소설 속 화자는 여전히 뭔가를 쓰고 있고, 박상영의 화자는 길바닥에서 계속 춤을 추고 있다. 이들은 여전히 미완성의 예술 안에서 어떤 고민과 회의를 안고 계속 나아가는 중이다. 이 미완의 움직임은 아직 특정한 사상이나 방향이 담기지 않았기에 오히려 더욱 자유로워 보인다. 광장은 이들의 새로운 지성과 명랑으로 폭발하며 다시 태어나고 있다.

(표현) 민주화 시대의 소설

1   소설 리부트?

이것은 한국문학의 신드롬이다. 두 권의 소설책에 대한 얘기다. 조남주의 『82년생 김지영』과 최은영의 『쇼코의 미소』. 잘 알려져 있다시피 장편 『82년생 김지영』은 근래 우리 사회에, 아니 실은 전 세계적으로 부각된 이슈와 함께 유례없이 널리 읽히며 징후적인 독해를 유발하는 중이고, 소설집 『쇼코의 미소』는 소설 본래의 감동을 확산시켰다는 평으로 문인들과 독자들의 사랑을 동시에 받는 드문 사례 중 하나가 됐다. 두 책의 인기 정도면 서점과 출판사에서 한국소설의 맹활약에 속하는 편이므로 일단 상업적으로 '성공'이라 하겠지만, 그러한 성공의 결정적인 배경에 이를테면 '큰 상'이나 '영화화'와 같은 소설 외적인 유명세가 먼저 있지 않았다는 점에서 핵심은 '꽤 많은 사람들이 한국소설을 읽었다.'는 단순한 팩트에 있을 것이다. 꽤 많은 사람들이 이 소설들을 읽었다. 그런데 이것이 놀랄 만한 돌풍이기라도 하단 말인가? 글쎄, 이 정도면 급작스러운 바람은 아니어도 확실히 활기찬 바람인 듯한데, 한마디 덧붙이는 게 좋을 것 같다. 이것을 읽은 많은 사람들이 '그것에 대해 이야기한다.'

『82년생 김지영』이 입소문을 타며 우연히 정치권의 인사들에게까지 파장을 일으키게 된 계기로 더 많은 주목을 받게 된 것을 두고, '판매'와 관련된 소설 외부적 신드롬이라 생각할 수 없다. 한 문예지의 신인상 당선작이었던 「쇼코의 미소」에 문인 집단의 관심이 쏠리고 선배 작가의 찬사가 뒤이으며 두어 달 만에 '젊은 작가상'이 주어지자 이 신인 작가에게 점점 더 큰 인기가 몰려든 것을 보고, 문예지 시스템이 원하는 '스타 작가'의 탄생이라 말할 수 없다. 다시 말해, 이 두 책의 '성공' 요인은 소설 외부적 상황이 아니라 소설의 속성 혹은 특장 안에 있음도 분명하다. '여성'으로 살아가기의 곤고함을 다룬 이야기 중 '페미니즘'의 이슈화와 그 확산에 가장 밀접한 것이 『82년생 김지영』인 이유를 오직 '페미니즘' 쪽에서만 찾을 수 없고, 예전부터 내내 소설을 읽어 온 이들이 새삼 『쇼코의 미소』에서 '소설만이 주는 감동'을 받았다고 하는 데에 이 소설들의 스타일보다 더 중요한 요인은 없을 것 같다는 뜻이다.

무엇일까. 이 책들의 무엇이 여러 사람들에게 읽히는 이야기가 되게 했을까. '소설이란 모름지기 대중의 관심을 받아야 하고 나아가 많이 팔리는 것으로도 가치가 매겨지는 세속의 물건'이라는 식의 얘기를 하려는 게 아니다. 소설의 인기, 영향력, 위상 등의 하강세에 안타까움이 없진 않지만, '소설이란 모름지기 지성과 감성의 최전선에서 대중을 이끌어야 하는 예술적 생산물'이라는 식의 얘기도 할 생각이 없다. 다만, 일반명사 '소설'이 대중의 외면 대상이 되어 결과적으로 '대중성'이나 '공공성' 또는 '정치성' 나아가 '문학성' 등을 논의하는 데 그 점이 걸림돌이 되어선 안 될 것 같다고 느낀다. 두 책의 '성공'으로 한국소설의 큰 약진을 기대한다거나 두 책이 공히 타의 모범이 되어야 한다고 피력하려는 게 아니다. 다만 한국소설의 어떤 부진함에 대한 숙고는 여러 방면에서 이루어져야 하고 그것이 '소설'과 우리의 원활한 관계를 위한 재시동의 계기가 될 수는 없을지 고민 중이다.

2 예비된 '현재성'

지난 3년여, '표절'과 '성폭력'으로 터져 나온 문학계의 비판과 자성의 시간 이전부터, 한국소설은 큼직한 변화를 예비하고 있었다는 생각이 든다. 한동안, 전자 음원 시대의 클래식 악기 연주에 문학의 위세가 더러 비유되듯이 소설 쓰기/읽기는 이 포스트모던 다매체 데이터베이스 시대와는 영 안 어울리는 일인가도 싶었더랬다. 하지만 그쪽으로 비유하려면, 문학은 클래식 악기가 아니라 음악에 비유되어야 하고, 21세기의 음악은 전자음으로도 클래식 악기로도 때에 따라 어울리는 분위기를 조성해 내니, 누군가 읽고 싶고 쓰고 싶은 '소설'이 온존한다는 사실을 외면하고 억압해야 할 필요가 없다면 그것을 한물간 장르인 양 치부할 이유도 없을 것이다.

그럼에도, 일반적으로 21세기의 한국소설이 21세기적 시대 분위기에 정합적인 콘텐츠/스타일을 구가하고 있다고 말하기에는 난감하다는 입장들, 아니 실은 훨씬 거세게 한국소설의 '낙후성', '시대착오성'에 항의하는 문제 제기들에 촉발되어서라도, 시대에 걸맞은 소설의 형상을 궁구해 보지 않을 수 없다.[1] 어떤 재현(물)을 당대와 안 어울리는 낙후된 것으로 여긴다면, 그 재현(물)과 달리 그 시대는 진보한, 선진의, 새로운 무드에 진입한 것일까? 어떠한 시대에나 그렇듯 진보 무드의 시대에도 시대착오적인 사람, 사건, 이데올로기 들은 있기 마련이므로 그것들을 재현하면 시대착오적인 재현(물)인가? 아니면 '시대착오적'이라 할 수밖에 없는 재현의 스타일이 있는 것일까? 그도 아니면 어떤 재현(물) —— 가령 '소설'이라는 —— 자체가 구시대의 유물인가? 확정하기 어려운 답들은 이 일련의 의

---

[1] 대표적으로 오혜진의 비판(「퇴행의 시대와 'K문학/비평'의 종말」, 《문화과학》 2016년 봄)이 있었고, 그에 대해 나는 「'K문학/비평의 종말'에 대한 단상(들)」,《문장웹진》 2017년 2월)에서 논의한 바 있다.

문문들 속에 일부 용해되어 있기도 할 것이다.

2000년대 이후(라고 말해 보지만 시점을 명확히 하기는 어려운 기간 동안) 한국문학에 누적되어 온 어떤 '둔감'이 통찰되고 드러난 것은, 그에 대한 조롱이나 비판에 의해서라기보다 다른 '민감'의 출현에 의해서라고 해야 한다. 돌이켜 보자면, 2000년대 초중반의 한국문학이 대개 기존 문학의 임계점으로부터 '한 걸음 더'를 감행하려는 모험으로 의미화되곤 했을 때, 그 특성은 '개별적 주체/타자들', '동일화되지 않는 주체성', '동일성에 저항하는 미학들', '타자화되는 세계' 등등의 유사한 어구들로 묘사되곤 하였다. 그런데 어느 때부턴가(아마도 지난 두 번의 정권과 전 지구적인 정치 경제적 정세 전환을 겪으면서) 문학의 역할과 위상 변화에 대한 직시와 자각이 불가피했던 것 같다. 해결이 요원한 온갖 사회적 난제들에 봉착하며, 그간 문학적으로 천착해 온 '개인적인 것' 또는 '특수한 개별성'이 무엇을 대표하는 어떤 재현이었나를 자문하지 않을 수 없었던 것일까. 전에 썼던 글에서 했던 얘기지만, 이 자리에서 다시, 한번 더 말해 본다.

작가들, 시인들, 즉 말하는 입들이 '문학적 감성의 변화'를 고백하기 시작했다. "이미 이곳의 말하고 글쓰는 사람들은 그들의 말이 그들의 호흡을 주관하는 공기 속에" 있음을, "작가의 글, 시민의 말, 사건의 기록, 문학작품 등의 유형과 양식을 막론하고 우리의 말은 어떤 무형의 공론장을 호흡하는 가운데 나온 것"임을 느끼지 못할 수가 없었다. 이제 공적인 능력의 회복과 공론장의 작동이라는 사건이 어떻게 문학적으로 수행될지, 혹은 어떤 공적 능력과 공론장에서 포착된 사건이 문학으로 기술될지, 더 지켜봐야 할 일이지만, 현재 '한국문학'을 심문하는 이 글과 이 지면도 그 답을 찾는 노력의 사례일 것이다.[2]

---

2 졸고, 「'K문학/비평의 종말'에 대한 단상(들)」, 앞의 책. 인용문 안에 큰따옴표로 묶인 부분은 졸고.

『82년생 김지영』과 『쇼코의 미소』의 신드롬은 위의 글에서 드러내 보려 했던 어떤 '노력'의 중간 결과를 체크해 보일 사례가 될 수 있을까? 두 책의 신드롬은 공히 '페미니즘'의 부각과 확산에 힘입은 바 크다. 한국 여성의 삶에 가해지는 평범한 차별과 혐오를 35세 여성의 일대기로 재현한 『82년생 김지영』은 지난해 '강남역 살인 사건'으로 촉발된 우리 사회의 '여성혐오' 논의를 문학계의 활기로 이어 온 주역이 확실하다. 최은영 작가의 데뷔작이기도 한 단편 『쇼코의 미소』를 비롯하여 동명의 소설집에 수록된 단편들에는 여성 중심의 유대와 공감, 자매애를 치열하게 심화하는 연대의 서사가 다른 어떤 것보다 뚜렷해 보인다. 그런데 이 이야기들에 서사화된 여성의 삶이나 그것이 놓인 사회의 현재성, 역사성 등은 (이때까지 한 번도 재현된 적 없는 게 아니라면) 다른 소설들에서 재현된 것과 어떻게 다른가? 이 질문을 뒤에 두었을 때, 이 시대 페미니즘이라는 공론장의 작동 속에서 두 책의 신드롬은 공적 능력 회복을 위한 문학적 수행의 사례가 될 수 있을 것인가.

3   '당신(들) 인생의 이야기'를 위하여

두 책에 공통되는 특장(이라고 썼지만 인기 요인일 것이다.)을 먼저 생각해 보자.

둘은 공히, 선명하다. 스토리가 확연히 잡히는 편이어서 서사가 선명하다고 말해지고, 이야기를 통해 감지되는 의도가 뚜렷한 편이어서 메시지가 선명하다고 말해진다. 다른 곳도 아닌 대학의 소설 수업에서도 매시간 들려오는 소리, '한국소설은 어렵다'는 소리가 이 책들을 읽을 때는 잠

「수평선이 보인다」(《문학동네》 2015년 여름, 440~441쪽)의 재인용.

잠해졌다는 사담으로 사태를 설명해 볼 수도 있겠다. 『82년생 김지영』을 채운 에피소드들에서 생생한 디테일들이 개연적으로 활용되는 솜씨라든가 불쑥 끼어든 기사와 통계자료를 건너타며 보고서 양식으로 능청스럽게 넘어가는 기교는 이 '픽션'이 입각한 수많은 사람들의 '실제' 경험을 더욱 선명하게 상기시키는 데 기여한다. 『쇼코의 미소』에 실린 다수의 이야기는 완료된 과거 사건에 대한 감상적인 회상인데 이때 사건들보다 더 비중 있는 것은 '기억'에 달라붙은 애정, 미움, 분노, 수치, 후회 등이고, 그것들은 "기술적 숙련과 도야를 통해 높은 단계에 도달"한 것이 전혀 아닌 채로 다만 "담백"하고 "진솔"하게 서술되어 "진부하고 미숙한데도 감동적"[3]이라는 평을 듣는다.

> 김지영 씨는 번쩍, 하고 눈 하나가 더 떠지는 기분이었다. 그러고 보니 정말 그랬다. 4학년이 되면서 웬만한 취업 설명회나 선배와의 만남 자리는 빠지지 않았는데, 적어도 김지영 씨가 나갔던 행사장에 여자 선배는 없었다. 김지영 씨가 졸업하던 2005년, 한 취업 정보 사이트에서 100여 개 기업을 조사한 결과 여성 채용 비율은 29.6퍼센트였다. 겨우 그 수치를 두고도 여풍이 거세다고들 했다. 같은 해 50대 대기업 인사 담당자 설문 조사에서는 '비슷한 조건이라면 남성 지원자를 선호한다'는 대답이 44퍼센트였고 '여성을 선호한다'는 사람은 한 명도 없었다.[4]

> '그건 그저 구역질 나는 학살일 뿐이었어요.' 그 말을 하던 응웬 아줌마의 웃음기 없는 얼굴이 자려고 누운 내 얼굴 위로 떠올랐다. 그 말을 할 때

---

3 직접 인용은 서영채, 「순하고 맑은 서사의 힘」, 『쇼코의 미소』(《문학동네》, 2016) 작품 해설, 274쪽.

4 조남주, 『82년생 김지영』(민음사, 2016), 95~96쪽.

아줌마는 우리와 다른 곳에 있었다. 내가 아무리 상상하려고 해도 상상할 수 없는 장소와 시간에 아줌마는 내몰려 있었다. 그녀의 말은 아빠를 설득하려는 말도 아니었고, 자신을 방어하고자 하는 말도 아니었다. 그 말은 아빠를 향한 것이 아니라 그간, 그 일을 겪은 이후로 애써 살아온 웅웬 아줌마 자신에 대한 쓴웃음이었던 것 같다. 그녀는 아빠의 태도에 실망조차 하지 않았던 것이다. 어차피 당신들은 이해하지 못할 테니까, 라는 마음이 그날 밤, 아줌마와 우리 사이를 안전하게 갈라놓았다. 그건 서로를 미워하고 싶지도, 서로로 인해 더는 다치고 싶지도 않은 어른들의 평범한 선택이었다.[5]

책의 어느 부분을 인용해도 크게 다르지 않지만 위 부분은 이 이야기들이 선명하게 '제시'됨을 보여 준다. 이것을 '선명한 재현'이라고 말해 보기 위해선 부연이 조금 필요할 텐데, 우선 떠오르는 것은 '아직 말해지지 않은 어떤 것을 말해진 것으로 만들려는 의지의 가시화'에 의한 것이리라는 생각이다. (김지영 씨가 알게 된 세상이나 웅웬 아줌마의 생각이 불러온 마음이 인용문에 저렇게 드러났듯이) 재현의 선명성은, 재현된 세계의 감각과 경험 현실의 감각이 유사할수록 강해진다. 그리고 이는 재현하는 언어가 경험 현실을 직설적으로 감당하려 할수록 유리해진다. (인용문의 지시적인 문장들에도 그런 직접성이 드러났듯이) 이런 것을 일단 '직설의 문장'이라고 불러 보자면, 그 특징은 다음과 같이 말해 보아도 되겠다. 내가 보고 느낀 세계/대상을 (말로) 매개하는 데 있어, 그 이유와 목적이 '나'의 지각보다 '세계/대상'의 면모 쪽으로 더 열렬하다는 것.

두 책의 선명함에 대해서라면, 엇갈리는 독법들도 일단 얘기해 봐야 한다. 『82년생 김지영』에서 '김지영 씨'로 집약된 평범함은 무수한 전형성들의 중첩으로 인해 캐릭터의 측면에서 사실적이기보다 과장적이다.

5 최은영, 「씬짜오, 씬짜오」, 『쇼코의 미소』(문학동네, 2016), 82쪽.

예를 들어 단편 「씬짜오, 씬짜오」의 경우, '베트남전'에 대한 한국인 일반의 얄팍한 인식과 그로 인해 깨지고 어긋나는 소중한 인간관계, 긴 세월로 치유되는 상처와 결국 화해에 이르는 인간애 등이 너무나 빈틈없는 구도여서 오히려 작위적으로 보인다. '현실/사실을 전달하는 것', 이런 건 때로 순진할 만큼 저돌적으로 느껴질 수도 있다. 대학의 소설 수업이 다시 떠오르는데, '한국소설이 어렵다'고 했던 이들일수록 또 전달이 쉬운 문장이나 장면은 '문학적'이지가 않다고 불평을 한다. 직접적으로 제시된 표상은, 과장과 작위를 의도한 실험일 경우에조차 '작법'으로 받아들여지지 않고 다른 무엇 ── 가령 메시지나 주제라고 불리는 것들 ── 을 전달하는 수단으로 여겨 온 '문학 수업'의 오랜 관습 때문일 것이다.

그러나 어떤 재현이 아무리 직접적이고 분명한 형상을 목적으로 한다고 해도 '특정 메시지를 나르는' 메신저 역할에 머문다는 생각은 오해에 가깝지 않을까. 세계를 매개하는 언어가 메시지를 담당하는 것은, 그것이 어떤 프로파간다를 위한 단 한 줄, 한마디의 말일 때조차, 메시지를 포장하는 기능이 아니라 메시지를 발생시키는 기능에 의한다.(는 현대 언어학의 가르침을 상기해 본다.) 어떤 언어적 표상을 실제적, 미적, 윤리적 등으로 구별해 볼 수는 있지만, 언어의 재현 기능이 기술적, 미학적, 윤리적 재현 등으로 미리 구별되어 있는 건 아니다. 마찬가지로, 미적 표상은 기술적인 재현과는 배치된다거나 미학적 재현으로는 윤리적 표상이 될 수 없다는 식의 일반화는 불가할 것이다.[6] 『82년생 김지영』과 『쇼코의 미소』는 경험 현실을 직설적/기술적으로 매개한 쪽이지만, 그 서사의 형상을 곧

---

6   김영찬은 "『82년생 김지영』을 놓고 벌인 일련의 비평적 논의"들이 "지지와 비판"으로 양분될 때조차 공통적으로 노출하는 오류를 "메시지는 의미 있지만 미학적으론 결함이 있다는 주장이나 그럼에도 메시지의 가치는 그 미학적 태만의 결함을 덮고도 남는다는 수장은 모두 미학과 메시지를 이분법적으로 분리한다는 점"으로 지적했다. 「비평은 없다」, 《삶》 2017년 하반기, 170쪽 참조.

주제 의식의 직접적 표상으로 볼 수만은 없는 것이다.

어쨌거나, 두 책의 이야기들로 선명해진 것은, 오늘날 한국인들에게 강한 '현실감'을 환기하는 세계다. 다시 말하지만 이 이야기들을 통해 '아직 말해지지 않은/덜 말해진' 어떤 것이 '(다시) 말해진 것'이 됐다고 했을 때, 여기에서 궁극적으로 드러나는 것은 이야기 속 인물(사건, 세상 등)이 아니라 이야기 밖 현실의 그것들이라는 뜻이다. (그런데, 이야기 밖의 현실이라고? '현실'은 원래 난만하고 불확실하고 파편적이어서, 우리가 그릴 수 있는 실체가 아니라 문득 우연한 흐름 속에 우리를 처박아 버리는 힘 같은 것이 아닌가? 현실의 재현이란, 나의 불완전한 지각에 맺힌 불투명한 형상을 겨우 끄집어내는 것에 불과한 게 아닌지. 그도 그럴 것이다. 이런 의구심은 진실에 대한 어떤 간곡함에서 기인함을 부인하지 않는다. 다만,) 현실의 재현이 소설의 주인공 '나의 인생 이야기'가 아니라 소설(이라는 실물)이 놓인 이 세계의 사람들 '당신(들) 인생의 이야기'를 향할 때, 거기에 (완벽한) 현실 재현의 한계에 대한 몰지각의 방해는 없다. 차라리 이 선명한 표상들은, '나'의 부족한 묘사라도 '당신'과 '우리'를 위해, 잘 안 보이던 그것을 드러내고야 말겠다는 절박한 무모함을 포함한다.

4 '입이 트이는 소설'을 위하여

두 책이 독자들을 응대하는 공통의 능력에 대해서도 생각해 볼 수 있다.

둘은 공히, 대다수의 공감을 유발한다. 『82년생 김지영』을 읽은 여성들은 대개 "내가 바로 김지영이다."라고 말하고, 『쇼코의 미소』를 읽고 오랜만에 소설 읽기의 즐거움을 되찾았다는 사람들은 진솔한 정서에 동질감을 느꼈다고 말한다. 서사가 '공감'을 유발한다는 건, 마땅히 그러하기도 하고 또 흔한 일이지만, 이 책들에서 야기되는 공감은 '독자가 서사에 공감을 보낸다기보다 서사가 독자에게 공감을 준다.'라고 말해 보는 편이 나을 것 같다는 점에서 약간 다르게 볼 여지가 있다. "정말 그렇다!"라는 느낌보다 "나도 그렇다!"라는 느낌 쪽이라서, 우리를 이야기 속으로 끌어당긴다기보다 이야기가 우리에게로 끌려 나오는 것 같고, 이야기 안의 세계가 아니라 이야기 바깥의 세계에 그 느낌을 부려 놓는 것 같다. 물론 소설의 화자나 인물에게 동조하기도 하지만, 그것이 다시 내게로 와서 나의 입장이나 의견을 살피게 하고 나아가 "나는 이렇다!"고 말하고 싶게까지 한다는 뜻이다.

『82년생 김지영』의 경우, 이 이야기가 한국 여성의 삶을 가장 적확하게 재현했기에 여성들이 "내가 김지영이다."라고 말하는 것은 아니다. 이 소설에서 '김지영 씨'의 스토리가 진행될수록 인물의 독자성은 점점 약해지는데, 마치 '김지영 씨'를 자기처럼 느낄 다수의 (흔한 이름 '김지영'의) 동명이인처럼 독자들은 거기에 자기 자신의 삶을 비추어 되돌아보게 되는 것이다. '김지영 씨'의 "고유하지 않은" 인생은 오히려 '김지영 씨'와 같은 계급이나 계층, 지역, 연령 등에 한정되지 않는 한국 여성 전반의 인생을 반사함으로써, 이 소설의 문제의식과 공감의 중심은 '젠더'에 있음이 더 명확해지는 효과도 있다. 김지영의 개별성이 지워진 자리에서 "여성 독자는 스스로 김지영이 되기를 마다하지 않으면서 자신의 고유한 체험과 그 체험에 응결돼 있는 감정들을 능동적으로 발굴해 기입하고 있다."라는 신샛별의 지적은 핵심을 짚어 주었다.[7] 주인공 '김지영 씨'의 목소리에 무수한 여성의 목소리가 겹쳐 있음을 분석하고 이 소설이 "저마다 스스로를 투영할 준비가 된 다층의 데이터베이스-네트워크를 가능성의 차

---

7 신샛별, 「프레카리아트 페미니스트 ─ 조남주, 강화길의 소설에 주목하여」, 《문장웹진》 2017년 7월.

원에 적극적으로 요구"하므로 "그것이 요청하는 다수의 능동적 개입에 의해 이 소설이 거듭 읽히고 다시 쓰일, 어떤 집적된 경험의 잠재적 차원"[8]을 거느리고 있다고 논평한 조형래의 글도 중요한 참고가 되어 준다.

『쇼코의 미소』의 경우, 여기에 주로 그려진, 강렬한 유대감의 인간관계나 그것의 결렬로 인한 정서는, 누구나 몇 번은 경험했고 기억할 만한 종류의 짧은 만남, 안타까운 헤어짐, 아쉬운 후회 등을 환기해 준다. 이 중에는 베트남전, 인혁당 사건, 세월호 이후의 광장 등 우리가 잊지 못할 역사적 사실도 있고, 외국인 친구와의 짧은 인연이나 대학 시절의 강렬한 만남 등 낯선 타인에게 친밀감을 가졌던 시절의 잊히지 않는 일들도 있어서, 어쩐지 실제 경험에 더 밀접할 것만 같은 착각도 생겨나기 쉽다. 인물들끼리 서로 공감하고 연대하는 이야기도 많은데, 거기에 독자도 합류한다기보다 그들의 이야기에 동의하고 동감하면서 독자는 저 자신을 알게 되는 느낌이랄까. 완료된 과거의 '기억'을 돌이키는 인물들의 회한, 서글픔, 안도감 등의 감상적 정서가 읽는 '나'의 어떤 기억에 밀착되면서, 그들의 진솔한 회상과 고백은 내가 나의 과거를 이해하도록 도와주는 것 같다. 책 속의 한 구절이지만 광고 카피처럼 유명해진 한 문장, "어떤 연애는 우정 같고, 어떤 우정은 연애 같다."가 당신에게는 어떻게 작용하는가. 이 말이 건드려 준 건 '그들'이 아니라 '나'의 어떤 연애와 어떤 우정이었다.

불교 신자였던 할머니는 사람이 현생에 대한 기억 때문에 윤회한다고 했다. 마음이 기억에 붙어 버리면 떼어 낼 방법이 없어 몇 번이고 다시 태어나는 법이라고 했다. 그러니 사랑하는 사람이 죽거나 떠나도 너무 마음 아파하지 말고, 애도는 충분하되 그 슬픔에 잡아먹혀 버리지 말라고 했다. 안 그러면 자꾸만 다시 세상에 태어나게 될 거라고 했다. 나는 마지막 그 말

8   조형래, 「데자뷔의 소설들」, 《문학동네》 2017년 가을, 545쪽.

이 무서웠다.

　　시간이 지나고 사람들은 떠나고 우리는 다시 혼자가 된다.

　　그 사실을 받아들이지 않으면 기억은 현재를 부식시키고 마음을 지치게 해 우리를 늙고 병들게 한다.

　　할머니는 그렇게 말했었다.

　　나는 그 말을 언제나 기억한다.[9]

　　마음이 기억에 붙어 버려 괴로웠던 적이 한 번도 없는 사람은 없을 터이니 할머니의 충고는 '영주'만이 아닌 우리 모두의 가슴을 칠 것이지만, 그보다는 할머니의 말을 복기하던 화자가 주어를 '우리'로 바꿔 쓰는 순간, 이야기를 읽던 나는 화자와 함께 '우리'가 되고, 우리는 다 같이 할머니의 '그 말'을 언제까지나 잊지 못하게 될 것이다. 그리고 그때, 이야기의 화자와 청자가, '나'와 '당신'이 '우리'로 합쳐지는 때, 소설 속의 '인간'과 내가 사는 세상의 '인간'이 다르지 않다는 믿음 같은 게 새삼스러워지고, 그것은 마치 온기처럼 퍼져 간다. 이 온기는 '인간'이라는 가변체의 모호성에 대한 불안을 잠시나마 잠재우는 안도감과도 비슷해서, 일시적으로 우리를 달래 주는 달콤한 감상(感傷) 같기도 하다. 하지만 그 센티멘털의 기분 안에서 우리는, '나'라는 인간과 절연되지 않는 당신에 대해, 그러니까 '우리'라는 인간에 대해, 어쩐지 좀 이해해 버린 것 같은 기분이 된다. 그리고 그런 기분으로는 나 아닌 다른 누군가를, 최선을 다해 상상해 보고도 싶어지는 것이다. 『쇼코의 미소』의 대표 해설처럼 들리는 "순하고 맑은 서사의 힘"(서영채)이란 말에서 중요한 단어는 '힘'이고, 그것은 읽는 이들이 자기 자신을 이해하고 다른 누군가를 상상하도록 요청하는 호소력에 다름 아닐 것이다. 그 서사는 몰라도 이 힘은 맹렬하고 집요하다.

9　최은영, 앞의 책, 164~165쪽.

5 감성의 재배치

『82년생 김지영』과 『쇼코의 미소』를 들어, "쓰는 '나'의 인생을 넘어 읽는 '당신' 인생의 이야기에 호소함으로써 '쓰인 것'이 '읽은 자'의 마음을 움직이고 입을 열게 하는 소설"이라고 얘기해 보았다. 최근 화제작 중에서 부득불 두 책을 골라 '신드롬'이라 칭하며 좋은 소설이라면 마땅히 그렇게 작동했을 평범한 이유들을 갖다 붙인 어쭙잖은 시도에 불과할까 걱정이다. 서두에 언급했듯, 페미니즘이라는 공론장의 작동과 시너지를 낼 만한 문학적 수행은 현재 이 둘 외에도 능동적으로 진행되고 있으며(예컨대 박민정, 강화길, 정세랑의 소설들) 얼마 전이나 더 오래전에 서사화 되었던 여성의 삶도 (물론 남성의 삶도) 다시 읽히고 다시 말해지면서 새로운 현실과 활발하게 길항할 수 있지 않은가.(예컨대 김숨, 김이설, 최진영의 소설들.)

그럼에도 이 소설들에 특히 집중한 까닭은 물론 판매량이 아니고, 말하자면 '입소문' 때문이다. (어쩌면 판매량 때문일 수도 있는데 잘 팔리는 소설에 비평적 코멘트가 많이 달리는 것도 드문 일이므로.) '신드롬'이란 단어의 그리스어 어원에는 '함께 달리다'라는 뜻도 있다던데, 최근 두 책에 대한 이야기들로 주위의 입들이 함께 달리는 현상을 예사롭게 넘기지 말아야 할 것 같았다. 그 현상은 물론 두 책에 대해 똑같지 않으나 이 글에서 굳이 공통점을 불러다 함께 보려 한 데는 한 가지 특히 징후적인 점이 있어서다. 앞에서 다 한 얘기이므로 종합하자면, 이 소설들은 잘 읽히고 메시지도 좋으나 '그런 만큼' 미학적으로 높이 평가하기 어렵다는 것인데, (이 또한 두 책에 대해 같은 식으로 나타난 것은 아니다.) 이를테면 『82년생 김지영』은 여성혐오의 현실을 전달하고자 하는 '정치적으로 올바른' 의도 때문에 "미학적"이 되지 못했다면,[10] 『쇼코의 미소』는 요즘 소설 같지 않게 '기교'

---

10 글로 쓰인 사례로는 조강석, 「메시지의 전경화와 소설의 실효성」, 《문장웹진》 2017년 4월; '정치

가 없어 "미학적"으로 참신하지 않지만 감동을 준다는 정도의 얘기다.[11]

이런 견해들은, 앞에서도 등장했던 대학의 소설 수업 같은 곳에서 나오기도 하고, 공적 사적으로 만난 동료 평론가들의 코멘트와도 통하지만, 아무래도 그것을 종합하여 제시한 나의 의구심 탓에 문제적이 된다. 『82년생 김지영』이나 『쇼코의 미소』에 대해 "괜찮은 소설이지만 '미학적' 판단은 그와 다르다/유보한다"는 입장 앞에서 내가 궁금한 것은 "미학적"이란 규정의 기준과 내용이다. 어쩌면 아주 오래전 합의된 것으로 전제되는 근대 소설의 규범일 수도 있겠다. 위의 견해들로 유추하자면, 전자는 의도/내용의 과잉이 형식/표현을 그르친다는 생각, 후자는 기교에 의해 새로움이 생겨난다는 생각을 노출하므로, 텍스트의 내용과 형식을 분리하여 판정하는 어떤 상시적인 원칙이 있나 싶다. 한데, 실은 그 기준과 내용이 무엇인가보다 더 미심쩍은 것은 "미학적"이란 말로 지켜지는 원칙이 있다는 믿음 자체다. '정치적 올바름' 때문에 훼손되는 '미학적 원칙'이 있다고 하면, 역으로 '미학적 올바름'을 지키기 위해 무시되는 다른 무엇이 있지는 않을까. 정치적 올바름의 신념으로 미학을 그르쳐선 안 된다는 입장이 오히려 '미학적 올바름'의 신념은 아닌가.[12]

'미학적'을 '문학적'으로 바꿔 보면 더 명확해지려나. '문학'을 위대한

적 올바름'과 '미학'에 관해서는 복도훈, 「신을 보는 자들은 늘 목마르다」, 《웹진 문장》 2017년 5월 참조.

11 글로 쓰인 사례로는 서영채, 「순하고 맑은 서사의 힘」, 앞의 책 참조.

12 다음과 같은 의견들도 있다. "메시지의 전경화가 작품을 미학적으로 누추하게 만들고 오히려 미학적 가치에 헌신한 작품이 의외의 효과를 발휘할 수 있다는 원론적인 말을 반복하기에는 문학을 대하는 우리의 방식이 많이 달라져 있다."(조연정, 「문학의 미래보다 현실의 우리를」, 《문장웹진》 2017년 8월) "한편으로 독자-시민의 이름으로 이루어지는 다층적인 비판들을 '정치적 올바름'이라는 틀에 욱여넣으면서 지키려는 문학의 가치란 과연 무엇인지 궁금해지기도 한다."(소영현, 「페미니즘이라는 문학」, 《문학동네》 2017년 가을, 535쪽)

정신적 작업으로 간주하는 '문학주의'가 비판받는 것은, 문학이 그런 것이 아니어서가 아니라 위대한 것과 아닌 것을 '문학'의 이름으로 구분하려는 독단 때문이다. 조남주는 페미니스트 예술·문화 평론가인 리베카 솔닛을 인터뷰한 지면에 이렇게 썼다. "세상을 보는 내 시선과 기준이 변했는데 나를 둘러싼 현실은 변함없었고, 그 간극 사이에서 고민하며 말하며 타협하지 않으려 애쓰며 많이 지쳤다. 우리 잘해 왔다고, 앞으로 계속 잘해 보자고, 그런 태연하고 든든한 응원이 필요했던 것 같다."[13] 다음과 같이 바꾸어 읽히기도 했다. "세상을 보는 내 시선과 기준이 변했는데 '문학적/미학적'이라는 이름의 체제는 변함없었고, 그 간극 사이에서 고민하며 말하며 …… 태연하고 든든한 응원이 필요한 사람들을 위해 나는 『82년생 김지영』을 썼다." 세상을 보는 기준이 변경되었는데 기존의 문학적/미학적 영역이 그대로일 수 있는 것일까.

작년 겨울 촛불의 광장은 우리 사회에 작동하는 공론장의 존재를 아름답게 증명한 정치적 역사적 사건이었다. 너나없이 입을 열어 말을 보태고, 내가 너로 퍼져 우리가 되려는 호소가 가득했던 '광장'은 이 시대 한국인들이 겪은 공통의 문학적 경험이라 할 만하다. 광장의 경험이 낳은 것은 정권 교체만이 아니고 표현의 민주화이기도 한 것이다. 광장 이후, 사람들은 공론장의 움직임을 주시하고 그것과 길항하는 기록물, 표현물들을 갈구하며 또한 스스로 거기에 연루되기를 마다하지 않는다. 광장의 환희가 기존의 '문학적/미학적 체제'로 관리되는 감성과 일치하지 않는다고 해서 광장의 사람들이 구태여 그것을 문제 삼으려 할 마음을 가지게 될까. 아름다움에 대한 감성이 불변하는 게 아니라면, '광장'을 겪으며 생겨나고 옮겨 간 감성들의 자리가 문득 아름다운 발명처럼 돋보이게도 될 것이다. 한 사람의 목소리로 이끌기보다 저마다 말하는 다수의 목소리를

---

13 리베카 솔닛·조남주, 「그럼에도 불구하고, 희망을」, 《릿터》 10, 2017, 119~120쪽.

이끌어 내는 기술(『82년생 김지영』), 내게서 네게로 번져 간 마음을 더 큰 '우리'로 뭉쳐 내는 감성(『쇼코의 미소』), 이런 것이, '근본적'으로 '고독한' 작업으로서 인간 '정신'을 '견인'해 온 '문학'의 가치를 어떻게 드높일지는 잘 알지 못하겠다. 다만 광장/공론장의 민주주의, 그곳에서 경험한 민주적 표현의 힘과 함께, 더 활기차고 유창해졌다는 것만은 모를 수 없다. 이 유창한 활기가 모처럼 '신드롬' 운운까지 하게 된 한국문학에 오래 있어 주었으면 좋겠다. 꽤 많은 사람들이 한국소설을 읽고, 읽은 것에 대해 서로서로, 자꾸만 자꾸만, 얘기했으면 좋겠다.

* 이 글의 각 장 소제목은 모두 이미 쓰인 말들의 변용이다.
1. 손희정, 『페미니즘 리부트』(나무연필, 2017)
2. 테드 창, 김상훈 옮김, 『당신 인생의 이야기』(엘리, 2016)
3. 이민경, 『우리에겐 언어가 필요하다 — 입이 트이는 페미니즘』(봄알람, 2016)
4. 자크 랑시에르, 오윤성 옮김, 『감성의 분할』(도서출판b, 2008)

잠재적인 것으로서의 서사

— 강화길론[1]

1   창문이 비추고 있는 것

사람을 창문 없는 단자(monad)라고 불렀던 이는 라이프니츠다. 사람은 독립적이고 자족적이어서 다른 사람의 영향이나 도움을 필요로 하지 않는다. 영향을 주고받는 관계들의 체계라는 의미에서, 인과적 사슬 없이 어떻게 단자들의 세계가 성립할 수 있을까? 라이프니츠는 경험적으로 드러나는 인과의 사슬은 예정 조화의 표출에 지나지 않는다고 말한다. 세계는 '그렇게 진행하게끔 미리 예정된 순서'에 따라 움직일 뿐이라는 것이다. "그렇게 될 수밖에!"라는 영탄 속에는 단자들의 비탄(나는 나 자신의 운명에 개입할 수 없다.)과 경악(내가 무엇을 하건 간에 나는 저 표면적인 인과의 사슬에 매여 있다.)이 아로새겨져 있다.

이 단자에 창문을 내 보자. 세계를 내다보는(타인을 들여다보는) 혹은 세계에 내보이는(타인이 들여다보는) 창. 그런데 그 창에 비친 것이 정말

---

1   이 글은 강화길의 첫 소설집 『괜찮은 사람』(문학동네, 2016)을 분석한 글이다. 수록작을 본문에 인용할 때는 쪽수만 밝힌다.

나 혹은 타인 혹은 세계일까? "나는 확신이 들지 않는다."(17쪽) 강화길 소설 속 인물들은 이런 말을 자주 내뱉는다. 나와 타인 간의 관계에서 앎이란 다음의 네 가지일 것이다. 나도 알고 타인도 아는 경우. 이것이 열린 (open) 창이다. 나는 알지만 타인은 모르는 경우. 이것은 숨겨진(hidden) 창이다. 나는 모르지만 타인은 아는 경우. 이것이 보이지 않는(blind) 창이다. 나도 모르고 타인도 모르는 경우. 이것은 미지(unknown)의 창이다.(이 도식을 '조하리의 창(Johari's window)'이라 부른다.) 강화길의 인물들은 명백한 사건에서 출발하여,(열린 창. 사건이 발생한다.) 서로 알지 못하는 이자 관계를 형성하고,(숨겨진 창과 보이지 않는 창. 나와 타인은 각자만 아는 혹은 모르는 상태에서 서로를 의심한다.) 불명료한 종국에 이른다.(미지의 창. 그로 인해 사건은 미궁에 빠진다.) 창문을 냈어도 소통은 이루어지지 않는다. 오히려 예정 조화만 파괴된다. 사건은 예정되어 있으나 조화롭지 않거나 조화롭지만 예상할 수 없다. 소설의 끝에 이르러서 관계는 파괴되고 사건은 미궁에 빠지지만 둘(나와 타인)은 여전히 이자 관계로 묶여 있다. 네 개의 창을 오가는 경로로 서사들이 정리된다고 말하면 될까? 문제는 그렇게 간단하지 않다. 네 개의 창은 조금씩 겹치며 앎과 무지의 차원을 섞는다. 나는 그가 의심스럽다는 것을 안다.(나는 그를 알지만 모른다.) 그는 나를 위협하지만 동시에 좋은 사람이다.(그는 선의를 베푸는 범죄자다.) 우리는 사랑하지만 파국을 맞을 것이다.(우리의 사랑은 의심할 수 없으므로 파국마저 수용할 것이다.) 등등.

바로 여기에서, 전통적인 서사 장르에서는 구현될 수 없었던 특별한 힘이 생성된다. 현행적인 것을 넘어서는 잠재적인 것(the virtual)의 분출 말이다. 서사는 시간의 장르다. 사건에 시간이 개입하는 순간 그 사건은 현행적인 것이 되고 잠재적인 것은 억압된다. 사건이 일어난다는 것은 어떤 일이 현행적인 것(the actual)이 되었다는 뜻이다. 이로써 잠재적인 것은 기껏해야 일어날 수 있었던 일의 목록, 다시 말해 가능한 것(the possible)에 불과해진다.[2] 잠재적인 것이 실재하는 것(the real)으로 남으려면 그것이 실현될 수도, 실현되지 않을 수도 있어야 한다. 또한 그것은 실현됨으로써 실현되지 않음을 보존하거나 실현되지 않음으로써 이미 무엇인가가 실현되어야 한다. "잠재적인 것은 실현되지 않을 수 있는 자신의 능력(자신의 비잠재성)을 유보하는 순간에 현실성(현행성 — 인용자)으로 나아갈 수 있다. 비잠재성의 유보란 잠재성의 파괴가 아니라 반대로 잠재성의 실현, 잠재성이 자신의 비잠재성을 부여하기 위해 자신에게 되돌아가는 방식을 의미한다."[3]

잠시 용어를 정의해 두자.[4] '잠재적인 것'은 실재하지만 아직 현행적인 것이 되지 않은 것, 즉 실제로 있는 것이지만 현실화되지 않은 것이다. 바둑 대국 중인 프로 기사는 머릿속에서 몇십 수 앞을 둔다. 머릿속에서 펼쳐지는 그 가상의 대국은 반상에서는 현실화되지 않았지만 언제든 실현될 수 있는 것이자 실재하는 것이다. 들뢰즈는 예술작품의 '구조'를 잠재하는 것의 실재성의 예로 든다. 작품의 구조는 작품에 잠재해 있으면서도 완결적으로 규정되어 있다. 작품이야말로 바로 그 구조의 실현이기 때문이다. 반면 '가능한 것'은 실현된 것이 재구성하는 사후적인 이미지다. 그것은 실현된 것에 따라서만 생겨나는 실현된 것들의 예측 가능한 결과물이자 동일성의 결과물이다. "가능한 것은 사후적으로 생산된 것, 그 자체가 자신과 유사한 것의 이미지에 따라 소급적으로 조작된 것이다. 반면 잠재적인 것은 언제나 차이, 발산 또는 분화를 통해 현실화된다."[5] 이를

---

2   양윤의, 「한국 현대소설에 나타난 다수(多數) — 1950~1970년대 소설 속 다수 이미지를 중심으로」, 《한국문예비평연구》, 2017년 12월. 이 글의 이론적 논의는 위의 글에서 이미 정리한 바 있다.

3   조르조 아감벤, 박진우 옮김, 『호모 사케르』(새물결, 2008), 112~113쪽.

4   질 들뢰즈, 김상환 옮김, 『차이와 반복』(민음사, 2004), 449~460쪽을 참조하여 정리했다.

5   위의 책, 456쪽.

테면, 바둑 시합에서 패배하고 복기중인 프로 기사가 "175수에 이 수를 두었어야 하는데⋯⋯."라고 탄식할 때 그 수는 현실화된 결과에 종속된, 현실화된 패배를 기념하는 실현되지 않은 가능성에 불과하다. 그때 그 기사가 다른 수를 두었다면? 반상에서는 또 다른 잠재성이 현실화되면서 그 가능성을 패배의 이미지로 바꾸었을 것이다. 가능성은 현행적인 것을 바꾸지 못한다. 가능성은 현행적인 것의 소급된 배경에 불과하기 때문이다.

서사가 시간의 순서에 따라 사건을 매듭짓는 순간, 그렇지 않을 수도 있었던 수많은 다른 결말들은 저 예정 조화 속에서 산산이 부서져 내린다. 플롯이란 결말이 사후적으로 구성해 낸 가능적인 것들(가능성들)의 배열에 지나지 않는다. 인과론에 사로잡혀 있는 한 서사는 잠재적인 것을 구현할 수 없다. 그러나 인과를 버리는 순간 서사는 무의미한 에피소드들로 흩어져 버린다. 그렇다면 이 딜레마를 어떻게 돌파할 수 있을까? 서사는 어떻게 잠재적인 것이 가진 해방적 역량을 발휘할 수 있을까?

2   공백으로서의 사건과 이름 붙일 수 없는 것

강화길 소설이 잠재성을 구현하는 첫 번째 방법은 역(逆)-추론적 서사다. 이 경우 강화길의 소설을 일종의 반(反)-추리물로 읽을 수 있다. 추리물의 서사는 이렇게 간추려진다. 1) 사건 현장이 처음에 제시된다. 2) 이 사건의 트릭이 밝혀진다. 3) 범인이 지목된다. 4) 범행 동기가 밝혀진다. 5) 사건이 해결된다. 이 과정이 두 개의 시간 접속을 가능하게 한다. 하나는 탐정이 사건을 해결해 나가는 순행적 시간이고 다른 하나는 사건의 원인을 찾아 나가는 역행적 시간이다. 그런데 강화길 소설은 이를 뒤집는다. 사건은 해소되는 게 아니라 중첩되거나 미결된 상태로 남는다. 분명 무언가가 있다. 어떤 일이 발생했다. 어떤 사고가 일어났다. 그런데 시간이 갈수록 그 사건은 점차 모호해진다. 아니, 그런 일이 있었는지조차 확실치 않다. 그 일은 일어났을 수도 있고 단지 상상의 표현일 수도 있다. 현행적인 것(발생한 사건)이 점차로 잠재적인 것으로 변환되는 것이다.

「호수 — 다른 사람」을 보자. "끔찍한 일"이 벌어졌다. 바로 "이곳에서".(11쪽) 호수에서 발견된 '민영'은 심한 폭행을 당해 의식을 되찾지 못한 상태다. 소설의 서술자이자 주인공인 '나'(진영)는 민영의 오랜 친구다. 소설은 '나'와 민영의 연인 '이한'이 그 장소를 다시 찾아가는 과정을 그린다. 그런데 이 동행은 무언가 이상하다. 민영의 연인은 "평판이 좋은 사람이었고, 실제로도 굉장히 좋은 인상을 줬다". 그는 "예의 바르고 잘생겼을 뿐만 아니라 유머 감각도 좋아서 분위기를 잘 이끌었다."(15쪽) 하지만 '나'는 민영과 그의 사이가 어딘가 이상하다고 느낀다. 사소한 디테일들 — 이를테면 민영이 술을 못 마시는 줄 알고 있던 그에게 친구들이 민영의 술버릇을 말해 주었을 때 순간적으로 굳던 그의 표정 같은 것, 민영이 자기 얘기를 한 적 없느냐는 그의 집요한 물음들 — 이 쌓이면서, '나'는 점차 그가 범인이 아닐까 의심하게 된다. 게다가 사고 전날 민영은 '나'에게 무섭다고 고백했다. "요즘 뭔가 무서워."(22쪽)라고. 여기엔 사귀던 남자 친구에게 목을 졸린 적이 있는 '나'의 체험이 공명하고 있기도 하다.

'나'가 이한과 동행하게 된 것은 그가 호수에서 뭔가를 찾았다고 말했기 때문이다. 그게 무엇이냐고 묻자,

> 그는 머뭇거리며 대답하지 못했다. 설명을 못하겠다며 말을 얼버무렸다. 그러더니 대뜸 "장도리 같아요."라고 말했고, 이어 "아뇨, 머리핀처럼 생겼어요."라고 말을 바꿨다.(14쪽)

호수로 들어간 그는 물속에서 자신이 말하던 것을 찾았다고 소리친다. '나'가 손을 뻗자,

막대기 끝에 딱딱한 게 닿는 느낌을 받았다. 나도 모르게 막대기를 놓쳤다. 손바닥을 펼쳤다. 그리고 몸을 조금 숙였다. 그곳에 정말로 무언가가 있었다. 딱딱하고 단단한, 길고 얇은 물건이 바닥에 있었다. 위쪽인지 아래쪽인지 모르겠지만 한쪽으로 갈수록 점점 얇아지고 있었고, 조금은 날카로운 느낌도 들었다. 뭔지 알 것 같기도 했고 전혀 감이 오지 않기도 했다.(39쪽)

장도리나 머리핀을 닮았지만 둘 다 아닌 것, "딱딱하고 단단한, 길고 얇은" 것, "뭔지 알 것 같기도 했고 전혀 감이 오지 않기도" 한 것. 이것은 '이름 붙일 수 없는 것', 그럼에도 불구하고 '이름 없이도 존재하는 것'이다. 분명 물속에 어떤 것이 있으나, 그것을 무어라고 말할 수가 없다. 사물은 이 소설이 구현할 서사의 공백을 그 공백 자체로서 채워 준다. 언어의 공백이란 무(nothing)가 아니라 어떤 것(something)이다. 그것은 사물의 공백이 아니다. 그것은 마찬가지로 무엇이라고 말할 수 없는 사건이나 아무 일도 아닌 일(nothing)이 아니라 어떤 일(something)이다. 그것은 현실화되지 않으나(그것은 장도리로도 머리핀으로도 현시될 수 없다.) 분명히 거기에 있다. 이것이 잠재적인 것이 아니면 무엇이란 말인가?

이 급박한 순간에 이한이 '나'에게 질문한다. "민영이가 정말로 나 무섭다고 했어요?"(39쪽) 그때 수면이 흔들렸고, '나'의 발이 미끄러졌고, '나'는 물속에 빠진다. 물속에서 '그것'을 잡자, '나'는 '나'의 기억이 아닌 어떤 기억을, 말하자면 호수의 기억을 받아들이게 된다. "많은 것들이, 호수의 무수한 기억이 내 손바닥으로 스며들었다."(39~40쪽) 저 기억들은 현실화되지 않았으나 실재하고 있는 것이지, 현실화됨으로써만 표현될 수 있는 사후적인 이미지들(즉 가능한 것들)이 아니다. 그것은 호수가 비-존재의 심연(여기에 관해서는 잠시 후에 다시 말할 것이다.)인 제 속에 끌어안은 숱한 사연들이고, 실재하지만 수면 위로 표현될 수는 없는 잠재적인 기억들이다. 물속에 있던 길고 딱딱한 그 "물건"을 '나'는 꽉 쥐고 나온다.

그때 그가 묻는다.

　　"내가 유난스럽다고 생각해요?"
　　나는 천천히 그의 눈을 마주했다. 그리고 해야 할 일을 했다. 그래야 할
것 같았다.(41쪽)

　　"해야 할 일"이란 무엇일까? 이전 상황을 더듬어 보아도 그 일은 명확
하게 짚이지 않는다. 그가 범인이라면 '나'는 그 물건으로 그를 찔렀을 것
이다. 그러나 그는 어쨌든 괜찮은 사람으로도 보이지 않았던가. 여기서
민영의 사연을 풀어 가는 추리적 여정은 중단된다.(여기가 이 소설의 마지
막 장면이다.) 그 사연에 관해서는 아무것도 해결되지 않는다. 이 중층적
인 서사를 '잠재적인 것으로서의 서사'라 불러도 좋을 것이다. 여기 어떠
한 미결정성이 있다. 그런데 이것을 서사의 중단(그와 그녀에 관한 어떤 것
도 밝혀지지 않았다.)이나 개방성(어쩌면 그들은, 그리고 '나'는 그 모든 예측
에 부합할 수도 있다.) 혹은 혼돈(어느 것인지 독자는 끝내 알 수 없다.)이라고
만 부를 수는 없다. 어쨌든 이한은 두 가지 실재성(그는 범인이거나 범인이
아니다.) 사이에서 진동하고 있기 때문이다. "해야 할 일"이란 물속에 있던
저 물건처럼 혹은 이름 붙일 수 없으면서도 거기에 있던 사물처럼, 공백
으로서 그 모든 것을 담지한 잠재적인 것의 거기-있음이며 잠재적인 것
으로서의 이야기다.

3　이상한 동행자와 비-존재의 심연

　　강화길 소설은 대체로 현재의 서사를 진행하면서 중간중간 과거의 사
건이나 기억, 의혹 등을 배치하면서 현재 일어나는 사건 자체를 의심하게

만든다. '신뢰할 수 없는 서술자' 때문에 사건은 매우 모호해진다. 그러나 그 모호함은 단순한 비현실이거나 비논리가 아니다. 이 신뢰할 수 없는 서술자가 스스로 추론적이고 논리적이며 이성적으로 사고하려고 노력하기 때문이다. 서술자는 끊임없이 "나는 여전히 그를 믿을 수 없었지만, 동시에 나 역시 실수를 저지르고 있는 것인지 모른다는 생각"(30쪽)으로 괴로워한다. "나는 올바른 판단을 하고 싶었다. 올바른 판단을 하는 사람이 되고 싶었다. 내 의지로 판단하고 싶었다."(38쪽) 그러니 서술자 자신을 의심할 수는 없다.

'사람' 연작에 해당하는 「괜찮은 사람」을 보자. 돌아오는 봄에 결혼을 앞둔 남녀가 있다. '그'와 '나'(민주)는 앞으로 함께 살(지도 모를) 집을 보러 간다. 그가 5년 전 구입한 집이다. 「호수」의 '나'와 이한처럼 이 둘도 이상한 동행이다. 그는 연봉이 높은 변호사로, 경제적으로 여유롭지 못한 '나'와 교제하기에는 썩 "괜찮은 사람"(89쪽)이었다. 그런데 시작부터가 다르다. "그가 나를 밀쳤다."(81쪽) '나'는 계단에서 굴렀다. 사고에 관해 설명한 다음 '나'는 이렇게 덧붙인다. "돌아오는 봄, 우리는 결혼할 것이다."(82쪽) 집을 보러 가는 여정에서 둘은 사소한 문제들로 다툰다.

집을 보러 가면서 마주친 풍경들은 그의 설명과 다르다. 지루하고 메마른 풍광만이 펼쳐진다. 도축장이 있고 정신이 나간 듯한 낯선 사내가 더러운 손을 내밀며 아이스크림을 판다. 핸드폰도 연결되지 않는 외진 곳에서 「호수」의 이한처럼 그는 점점 낯설고 퉁명스러워진다. 여기서도 이름 붙일 수 없으나 '거기'에 있는 사물이 등장한다.

그때 손 밑에 무언가 잡혔다. 골판지였다. A4용지만 한 크기에 구김 없이 빳빳한, 하지만 무언가에 찢겨 나간 듯 가장자리가 비뚤비뚤하고 한쪽에 눌린 자국이 있는 갈색 골판지였다. 어디 오래 끼워져 있거나 아니면 누군가 꽉 붙잡고 있었던 것 같았다. 게다가 물이나 다른 음료에 젖었는지 살

짝 눅눅했고, 비릿한 냄새가 났다.(93쪽)

　　그 골판지를 발견한 후에 둘은 길을 잃는다. 마치 골판지가 서사의 구멍을 메워서, 예정된 파국으로 둘을 데려가기라도 하는 것처럼. 길을 벗어나 논두렁에 박힌 차는 남녀의 서사가 저 구멍에 의해 단절될 것이라는 점을 암시하는 듯하다. 다정했던 그는 점차 신경질적이고 위협적인 사람으로 변해 간다. 물론 '나' 역시 마찬가지. 이 둘을 기다리고 있는 집이 '즐거운 나의 집'이 될 수 없음은 자명해 보인다.

　　　저 안에서 무슨 일이 일어나도 밖에서는 아무도 모를 것 같았다. 두 개의 창문 중 하나는 쇠사슬로 묶여 있었고, 자물쇠까지 채워져 있었다. 다른 창은 투명한 유리로만 되어 있었다. 그런데 창 너머에서 동그랗고 붉은 불빛이 반짝였다. 천천히 그리고 흐릿하게 여러 번 깜빡였는데, 내가 어, 하고 손가락을 드는 순간 사라져 버렸다. 나는 물었다.
　　　"혹시 집에 누가 있어?" 목소리가 갈라져 나왔다.
　　　"응? 아니."(99쪽)

　　처음 그 집을 소개하면서 그는 "초록색 기와가 눈에 띄는 옛날식 주택으로 아담하지만 단단해 보였고, 밖에서 무슨 일이 벌어지더라도 집안으로 결코 침범할 수 없을 것 같았다."(85쪽)라고 말했다. 외부의 침입을 막는 요새 같은 집이라는 것이다. 그런데 이제 실물로 맞닥뜨린 집은 정반대로, "안에서 무슨 일이 일어나도 밖에서는 아무도 모를 것 같"은 집이었다. 위협은 외부에서 오는 것이 아니라 내부에서, 말하자면 함께 가정을 꾸리기로 한 남편/아내에게서 온다. 이 이상한 동행자는 모든 관계의 실현(이 남녀는 단란한 가정을 꾸릴 수도 있고, 사드풍의 고문실에 입장할 수도 있다.)을 그 잠재적인 것 속에서 표현한다. 그렇다면 저 "붉은 불빛" 역시 아무도 없으나(nobody) 누군가는 있는(somebody) 공백으로서의 사건, 잠재적인 것으로서의 행위자의 도래를 증언하는 것이라고 해야 한다. 이 사건(nothing이면서 something인) 혹은 이 사람(nobody이면서 somebody 인)은 비존재의 심연에서 솟아난 존재다.

　'사람' 연작의 마지막 작품 「니꼴라 유치원 ─ 귀한 사람」을 보자. '나'(민우 엄마)는 '민우'를 안진시의 명문 니꼴라 유치원에 입학시키기 위해 온갖 노력을 다한다. "니꼴라 유치원을 졸업하면 출세한다."(47쪽)라는 소문 때문에 많은 안진시 학부모들이 니꼴라 유치원에 아이들을 보내기 위해 혈안이 된 상태. 아이가 니꼴라 유치원에 다닌다는 것은 "귀한 사람으로 대접받는다는 의미였"(47쪽)다. 일곱 살 민우는 영재 소리를 듣는 아이였으나 작년에도 재작년에도 입학을 허가받지 못했다. 올해에도 두 번째 대기표를 받아서 실망했는데 뜻밖에도 입학이 허가되었다는 전화를 받았다. '나'는 민우를 데리고 원장실을 방문한다. 그 자리에서 원장은 이상한 질문을 한다. "그 소문 다 거짓말인 거 아시죠?"(59쪽) 소문은 이런 것들이다. 유치원 내부가 담쟁이덩굴로 덮여 있다는 동화적인 소문부터, 뒤뜰 어딘가에 죽은 고양이 떼가 묻혀 있다는 고딕풍의 소문까지. 무엇보다 원장 선생에 대한 괴소문이 있었다. 흰색 블라우스 속에 부주의하게 검은 브래지어를 입고 다닌다거나 자기 치마를 걷어 올리고 아이들에게 팬티를 보여 준다는 식의 얘기들이다. '나'는 당연히 유치원의 명성을 질투한 자들이 퍼뜨린 뜬소문이라 생각해서 그런 얘기들을 무시해 왔다. 그런데 원장의 손목에서 "빨갛게 덴 것 같은 자국"(63쪽)을 보았을 때는 무심하게 지나칠 수가 없었다.

　'나'는 초등학교 동창생 '양슬기'를 떠올린다. 슬기는 친구들의 집단 따돌림의 대상이었던 '나'에게 유일한 친구가 되어 준 아이였다. 슬기는 지나친 거짓말쟁이였지만 경찰서장의 딸이어서 아무도 그녀를 무시하지 못했다. 슬기가 꾸며낸 말들 중 하나가 바로 니꼴라 유치원의 여선생에 대한 소문이었다. 그 여선생은 매우 천박했으며 아이들이 글자를 외우지 못할 때마다 회초리로 자기 손목을 때리는 자해를 했다는 것이다. 그러던 어느 날 (슬기 말을 따르자면) 그녀가 죽은 채 발견되었다. "나 그 선생님 죽은 거 봤다."(65쪽)

유치원 원장의 상처는 작고 둥글었기 때문에 슬기가 말한 그 선생이 원장은 아닐 것이다. 그럼에도 불구하고 의심이 생기는 것은 어쩔 수가 없다. 그때 한 여자가 원장실을 찾아온다. '나'에게 입학을 통보해 온 목소리의 주인공이었다. "잔뜩 쉬어 갈라지는 소리였다. 성대 안쪽을 긁어 내는 듯 투박하고 거칠었다."(68쪽) 게다가 그녀에게서는 "오래된 아파트 현관에서 나는 듯한 묵은 곰팡내"(69쪽)가 났으며 "속눈썹이 하나도 없"었다.(70쪽) 그녀는 '나'와 민우에게 유치원을 안내하겠다고 말하면서 이렇게 덧붙인다.

"경찰서장 딸 알지?"

나는 여자의 얼굴을 마주보았다. 여자는 이제 내게 입을 맞출 듯이 다가왔다. 한 달 전부터. 매일매일. 이 앞에 서 있었어. 매일 줄을 섰어. 그렇게 대신 줄을 섰고 그 아이를 첫 번째로 정원에 접수시켰지.

"지금 걔가 어떻게 사는지 알아?"

그 순간이었다. 건물 안쪽을 흔드는 듯한 종소리가 들려왔다. 오래된 성당의 거대한 종이 흔들릴 때나 들릴 법한 깊고 큰 울림이었다. 마치 종 안에 들어와 있는 것 같았다. 동시에 유리벽 밖에서 웅성거리는 소리가 번져 오는가 싶더니, 검은 옷을 입은 조그만 아이들이 건물 밖으로 뛰어나왔다. 검은 바둑알이 통 안에서 와르르 쏟아지는 것처럼 수십 명의 아이들이 놀이터를 향해 한꺼번에 뛰었다.

민우가 무언가에 홀린 듯 유리벽을 향해 다가갔다. 아이가 양 손바닥을 투명한 벽에 올렸다. 손이 닿은 곳 저편에 아이들이 있었다. 그중 누군가가 이쪽으로 손을 흔들고 있었다. 그러나 자세히 보니 그건 원장실로 보내는 손짓이 아니었다. 같은 옷을 입은 아이들이 서로를 부르는 신호였다. 그러나 민우는 아이들이 자신을 부르고 있다는 듯 손바닥으로 유리벽을 만지작거렸다.(73~74쪽)

쉰 목소리의 주인공, 역겨운 썩은 내를 풍기고 속눈썹 하나 없는 저 여자는 누구인가? 이름을 부여받지 못한 그 여자가 양슬기가 말했던 죽은 여선생은 아닐까? 이제 모든 것이 충격적으로 뒤집힌다. 그녀가 "경찰서장 딸" 슬기를 유치원에 입학시켰다. 지금 슬기는 어떻게 되었을까? 종이 울린 뒤에 쏟아져 나온 아이들이 슬기의 운명을 보여 준다. 유치원생답지 않게 "검은 옷을 입은" "검은 바둑알" 같은 아이들 역시 조종(弔鐘)에 맞추어 쏟아져 나온 원혼들처럼 보인다. 어딘가에 묻혀 있다는 고양이 떼 같은 이미지들이다. 유리벽 너머로 아이들이 손짓하자 민우 역시 거기에 응답한다. "무언가에 홀린 듯"한 눈빛으로. 이제 민우 역시 소문의 벽 너머로, 죽음과 유년이 구별되지 않는 공간으로 진입할 것이다. "나는 내 아이의 작은 어깨를, 이제 곧 시작될 작은 기대를 조용히 쓰다듬었다. 그렇게 나는 귀한 사람이 될 것이었고, 그렇게 새로운 소문이 될 것이었다." (77쪽)

결국 니꼴라 유치원은 망자들의 집결소, 유계(幽界)였던 셈이다. 죽은 자들이야말로 비존재의 심연에서 잠재적인 것으로 존재하는 자들이다. 소문이야말로 그들의 존재 방식이다. "~한다더라"의 방식으로만 존재하는 자들, 잠재적인 '거기'에는 있으나 현행화된 '여기'에는 없는 자들이기 때문이다. 그런데 따지고 보면 물속에서 정신을 놓쳤다가 수면 위로 올라온 '나'도(「호수」), 차 사고로 논두렁에 처박힌 그와 '나'도(「괜찮은 사람」) 어쩌면 한 번은 죽은 자들이 아닐까? 비-존재의 심연에서 소문처럼 유령처럼 떠올라온 잠재적인 자들이 아니었을까?

이 소설집의 핵심적 이미지 중 하나가 바로 '하얀 벌레 떼'의 이미지다. 「벌레들」에는 벌레들만 나오는 게 아니다. 이상한 동거인들도 나온다. '나'(수지)와 '예연' 그리고 '희진'이다. '나'는 전문대학에 재학중인 여대생이었다. 여동생이 서울의 사립대학에 합격하자, 부모님은 '나'에게 휴학할 것을 권유한다. '나'는 가족과 주변에 "떳떳해지고 싶"(113쪽)은 마음에 여러 가지 노력을 하지만, 사기성 다단계에 빠져 엄청난 액수의 빚을 지고 만다. "아무것도 해내지 못하는"(114쪽) 자신을 비관한 '나'는 약한 통을 한꺼번에 삼켰다. 병원에서 의식을 되찾은 '나'의 곁에 있던 여동생은 자신의 등록금으로 빚을 갚자고 말한다. 그날, '나'는 동생 몰래 병원을 빠져나왔다. 영락한 채 이곳저곳을 떠도는 '나'는 벌레가 되는 꿈을 꾼다.

> 지하에서 종종 내가 벌레가 된 꿈을 꾸었다. 벌레는 매일 땅을 파고 들어가 아래로, 아래로 내려갔다. 만일 그 지하 아래 더 저렴한 방이 있었다면, 나는 그곳으로 갔을 것이다.(114~115쪽)

'나'의 꿈에서 벗어난 벌레는 실제로 예연의 집 곳곳에 숨어든다. 예연은 '나'의 구원자 같은 존재다. 예연이 낸 룸메이트 광고 덕분에 '나'가 가족 같은 친구를 만들게 되었기 때문이다. 월세 8만 원이 전부고 식비나 관리비도 낼 필요가 없다. 조건은 "친구가 적고, 조용하고, 수입이 적고, 보호가 필요한 사람"(115쪽)일 것. 이렇게 '나', 예연, 희진의 기묘한 동거가 시작되었다. 예연 역시 '나'와 비슷한 처지의 룸메이트다. 그런데 집 안 곳곳에서 악취와 함께 벌레들이 출몰하기 시작한다. 그러고 보니 예연의 집에 수상한 점이 없지 않았다. 부엌에 수십 개의 뼛조각들이 일정한 간격으로 줄 맞춰 나열되어 있던 것, 컵이 색깔별로 배열된 것. 생선 머리 열다섯 개를 늘어놓은 예연의 기행. "너무 창백해서" "송장 보는 기분이"

(126쪽) 드는 예연의 얼굴까지. 무엇보다 생선 입안에서 기어 나온 하얀 벌레는 의미심장하다. "하얀 벌레 한 마리가 기어 나왔다. 벌레는 조리대에서 뛰어내려 바닥에 착지했다. 그리고 짧은 날개를 펼쳐 낮게 날았다." (130쪽) '나'는 하얀 벌레를 따라가 예연의 방문을 열었다. 거기서 발견되는 쓰레기 더미, 먼지와 머리카락 뭉치, 그리고 하얀 벌레 떼. 벌레 떼는 살아 있으면서도 죽어 있음을 증명하는 이미지다. 다시 말해 벌레 떼는 분명 살아 있음의 형식을 가지고 있으나, 시체 위에서 번성한다는 점에서 죽음, 즉 생명 없음을 증명한다. 그럼에도 불구하고 벌레 떼는 움직인다. 때문에 이곳은 잠재적인 생명들의 장소다. 「벌레들」에서 '나'는 예연과 더 가까운 존재가 자신임을 증명하기 위해 (분명 우발적인 실수였으나) 친구 희진을 죽이고 만다. 하얀 벌레들은 무얼 그렇게 먹는지 뚱뚱하게 살이 올랐다. 그렇다면 「벌레들」에 나오는 이상한 동거인들도 자신이 죽었다는 것을 알지 못하는 망자들이 아닐까? 예연은 희진이 죽었음에도 불구하고 그녀가 자신에게 편지를 보내왔다고 '나'에게 거짓말을 한다. "희진이가 수지 씨한테도 연락할 거예요."(133쪽) 여기가 망자들의 집이라고 느껴진다면 이들 역시 잠재적인 영역에 속해 있는 자들일 것이다.

　사물 혹은 괴물과 육체를 교환하는 변신 이야기의 주인공들도 잠재적인 것의 역량을 보유하고 있는 자들이다. 등단작인 「방」을 보자. '나'(재인)와 '수연'은 보다 나은 삶을 꿈꾸며 한 도시에 도착했다. "전염과 부패, 부식과 오염 같은 단어들"로 설명되는 도시, "지저분한 거리, 부러진 전봇대와 가라앉은 건물들. 죽음. 시체. 어둠"(171쪽)이 가득한 도시다. 둘은 새로운 삶을 꿈꾸며 힘겹게 일을 한다. 이 도시로 옮겨 갈 것을 제안한 것은 수연이었다. 둘은 쉬지 않고 일했다. 수연의 어깨는 언제나 납덩이처럼 딱딱하게 뭉쳐 있었다. 어느 날 '나'는 수연의 몸을 주물러 주다가 전에 없던 이물질이 느껴지는 걸 발견한다. 수연의 종아리에는 "정체 모를 이물질이 단단히 뭉쳐 있는 듯한 촉감이 느껴졌다."(175쪽) 그녀는 갈증이 날 때마다 수돗물을 마셨는데 그 때문인지 다리가 점점 부풀고 석화되어 간다. 수연의 저 기괴한 몸은 강화길 소설에서 흔히 발견되는 이상한 동행자(서로 사랑하지만 상처를 입히고 좋은 사람이면서도 공포와 불안을 느끼게 하는 커플)의 특성이 신체로 외화(外化)된 것이다. 수연만이 아니다. '나'에게 돈을 미끼로 몸을 요구하는 작업 팀장의 얼굴에는 반점들이 곰팡이처럼 퍼져 있다. '나' 역시 중지 한가운데에 "가늘고 긴 벌레가 움직이듯 검은 선이"(190쪽) 나 있다.(신체가 잘게 부서져 먼지처럼 되면, 「벌레들」에 나오는 하얀 벌레 떼가 될 것이다.) 육체가 변한 사물은 현행화될 수 없는 것, 현실에서 나타날 수 없는 것이다. 하지만 움직일 수도 없이 피로할 때, 우리는 우리 몸이 실제로 바위로 변해 있다고 느끼지 않는가? 따라서 변신의 역량 역시 잠재적인 것이 새롭게 얻어 낼 표현형이라고 해야 할 것이다.

4 무한한 길 위에서

보르헤스는 끝없이 갈라지는 미로와 같은 것으로 이야기의 분화를 설명했다. 결정된 하나의 길(결말)은 다른 모든 분기점들을 억압하거나 은닉하고 단 하나의 가느다란 선만을 가능적인 것, 그 길에 이르기 위해 거쳐야 할 필연적인 경로로 지정한다. 보르헤스는 매번 다르게 전변하는 길의 이미지를 통해 평행 우주를 서사에 도입했다. 분기점에서 우리는 어느 쪽을 선택하든 다른 쪽의 역량을 보존할 수 있다.

강화길 소설은 보르헤스의 분지(分枝)를 뒤집은 것이다.

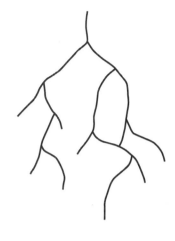 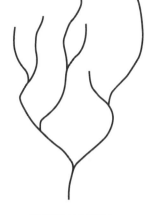

보르헤스의 서사 분지도   강화길의 서사 분지도

보르헤스의 분지도에서는 하나의 기원이 여러 개의 선택지들로 나뉘고 이에 따라 잠재적인 것의 역량이 각각의 평행 우주 속에 보존된다. 강화길의 분지도에서는 하나의 결과가 여러 개의 선택지들을 포함한다. 이에 따라 잠재적인 것의 역량이 최종적인 국면에서 보존된다. 따라서 이야기들은 열린 결말을 갖게 되고 더욱 진전 가능한 것이 된다. 다르게 말해서 무한해진다. 「굴 말리크가 기억하는 것」의 결말에는 이를 보여 주는 이미지가 하나 있다.

머지않아 그들은 다시 헤매기 시작했다. 알 수 없었기에 발이 닿는 대로 걸었다. 오르막길을 오르면 내리막길이 있었고, 길모퉁이를 지나면 다시 모퉁이가 있었다. 계단 위에 또 계단이 있었다. 갈 수 없는 곳. 그러나 가야 하는 곳.(252쪽)

이 소설 역시 평행 우주의 판본 가운데 하나다. 두 커플이 있다. 하나는 '굴 말리크'와 '타니 칸' 커플이고 다른 하나는 '그'와 '그녀' 커플이다. 둘은 서로를 비춘다. 첫 번째 커플을 만나 보자. 굴 말리크와 타니 칸은 인도의 같은 마을에서 같은 날에 태어났다. 둘은 서로 사랑했지만 서로 다른 신분이 둘의 만남을 가로막고 있었다. 타니 칸은 늙은 남편에게 시집가서 매번 구타를 당했다. 둘은 파키스탄으로 달아났다. 그들은 거기에서 최선을 다해 일했다. 그러나 근근이 연명할 뿐 사정은 별로 나아지지 않았다. "그는 아무리 노력해도 그 가난한 마음을 벗어날 수 없으리라는 것을 잘 알았다."(237쪽) 어느 날 타니 칸의 친구 '람'의 도움을 받아 다른 나라로 갈 수 있는 기회가 생겼다. 람은 굴 말리크보다 부유하고 건장하며 높은 계급의 남자였다. 굴 말리크는 질투심 때문에 그의 제안을 거절했다. 굴 말리크와 타니 칸은 새로운 도시로 거처를 옮기고 자신들의 힘으로 "더 나은 삶을 위해. 노력하자"(250쪽)고 약속했다. 그러나 얼마 후 둘 사이는 소원해지고, 결국 불신이 생기고, 누군가 결단을 내렸다. "누구였을까. 다른 사람이 생긴 건. 아니, 다른 사람이 생겼다고 믿은 사람은."(251쪽) 둘 중의 하나가 고향에 편지를 보내서 둘이 여기 있음을 알렸다. "같이 걸려들 걸 알았지만 개의치 않았다. 누군가에게 떠나보낼 거라면, 차라리 함께 죽는 것이 나았다."(252쪽)

두 번째 커플을 만날 차례다. 그와 그녀는 한때 연인이었던 사이다. 굴 말리크가 죽기 전 그들에게 무언가를 보냈고, 이제 유품이 된 그것을 둘이 찾으러 가는 길이다. 둘은 자꾸 길을 잃고(헤맴은 헤어진 둘의 상태를 입증하는 서사이기도 하다.) 그 길 끝에서 저 무한한 길을 만난다. 저 길은 폐품과 고철 더미 사이로 나 있다. 폐허가 만들어 낸 길이다. 무한한 폐허는 둘의 내면을 증거하는 풍경이다. 무한한 길은 미로이자 서사가 중단되지 않을 것임을 보여 주는 끝없는(endless) 이야기의 은유다. 이렇게 본다면 굴 말리크와 타니 칸의 이야기는 그와 그녀의 추억이자 생시의 이야기이기도 할 것이다. 소설의 끝 장면에서 '그들'(그와 그녀)은 '우리'로 바뀐다.

우리가 국경과 이름을 바꾸어 가면서 무한한 이야기로서 그 잠재적인 역량을 드러내는 셈이다. 작가 강화길 역시 이 무한한 길을 무한히 걸어가기를 바란다.

최근 시에 나타난 젠더 '하기(doing)'와 '허물기 (undoing)'에 대하여

양경언

1 2000년대 이후, 시는 '무성성'을 지향하는가

한 시인이 인터뷰에서 전했던 고민을 그만의 고민으로 남겨 두지 않고 모두의 질문으로 전환할 수 있는지 고민하다가 이 글을 쓴다. 2016년 가을 황인찬 시인은 "여성혐오를 둘러싼 많은 이야기와 일들"에 대한 본인의 생각을 묻는 질문에 자신의 관심은 문학작품에 나타나는 "명징한 여성혐오가 아니라, 조금 더 미묘한 층위의 이야기"라고 운을 뗀다.[1] 그는 2000년대 시의 목소리가 구축해 왔던 아름다움이 행여 성차를 세련되게 은폐하는 방향을 내장하고 있었던 건 아닌가 하는 의구심을 표했다. 다음은 그 답변의 일부이다.

2000년대 시의 목소리는, 여러 견해가 있지만 기본적으로는 다성성(多聲性)을 지향하는 동시에 무성성(無性性)을 지향하고, 어른이 아닌 아이의

---

1 「미지×희지 Vol.1: 쩌는 세계 — 이자혜·황인찬, 다음을 기약할 수 없는 인터뷰」, 《문학과사회 하이픈》 2016년 가을, 150~153쪽 참조.

목소리를 지향한다고 할 수 있을 텐데요. 이 미적 전략을 통해 새로운 감각을 발명하는 뛰어난 시인들이 대거 등장했다고 생각합니다. 그런데 이러한 경향이 저에게는 한편으로는 성차를 지우는 방법으로 보이기도 해요. 아이라는 것은 성차가 드러나기 이전의 존재이니까요. 그런 의미에서 2000년대의 시는 성차가 약화되어 가는 시대라고도 할 수 있을 것 같아요. 그리고 그것이 매우 아름답고 세련된 것으로 느껴지게 되었다고도 할 수 있을 테고요.

저는 이 지점에서 조심스럽게 의문을 제기하게 되는 건데요. 어쩌면 한국 시가 구축해 온 아름다움이라는 것이 '무성'을 지향하게 된 것은 아닐까 하는 점이요. '무성'이라는 건 사실 남성형으로 받아들여지잖아요. 제가 창작 교육 현장에서 느끼는 딜레마가 바로 여기에 있어요. 제가 문학장에서 체득한 미적 기준에 따르면, 앞서 예시로 든 소녀 취향, 그러니까 대상화된 여성 이미지의 무비판적 반영은 지양해야 할 것임이 분명한데, 저로서는 그런 부분에 대해 지적하는 것이 일종의 거세처럼 느껴져서 저항감을 느끼게 되는 거예요.[2]

시인의 근심은 젠더에 대해 깊이 고려하지 않는 (듯 보이는) 2000년대 이후 한국시의 "'무성'을 지향"하는 상황이 어쩌면 젠더 평등의 관점을 견지하기 위해서가 아니라 "남성"적인 관점으로의 합일이 용이하기 때문일 수도 있다는 전제에서 출발한다. 이는 시인이 2000년대 한국 시를 진단할 때 해당 시기를 1인칭 주어 '나(I)'의 "해체와 확산", "실종과 발명"[3]이 두드러지는 "다른 서정"[4]이 형성된 때로 인정하고 있다는 얘기임과 동시에,

---

2   위의 글, 152~153쪽. 강조는 인용자.

3   신형철, 「2000년대 한국 시의 새 흐름」, 《현대문학》 2015년 1월, 386~406쪽 참조.

4   이장욱, 「꽃들은 세상을 버리고」, 『나의 우울한 모던 보이』(창비, 2005), 15~42쪽 참조.

그렇게 쓰인 시들이 이전의 대문자 '나'로 돌아가지 않기 위해서 젠더 표지를 소거시키는 방식을 취한 시기로 평가한다는 얘기로 들린다. 이때 시인에게 젠더 프레임을 경유하여 시를 읽는 일이란, 시적 주체에게 두 갈래의 선택지 ― 대문자 '나(I)'로 대두되는 남성 화자의 세계와 '나'가 해체되고 사라진 '비인칭' 주체'들'의 세계 ― 만이 주어진 상황을 맞닥뜨리는 일, 거기에서 그치지 않고 그중 무엇을 택했는지를 가늠하는 방식으로 작품을 받아들이는 일로 여겨진다.

지금 사회 문화가 '남성 주체'에게 권력적으로 더 우세한 방식으로 조직되어 있다고 인식하는 일은 최근의 한국 사회에선 어렵지 않은 일이다.(물론 이러한 이야기를 '어렵지 않게' 하기까지 치열히 움직여 왔던 여성주의 운동의 역사가 있었음을 우리는 모르지 않는다.) 따라서 젠더 편향적인 사회에서 '여성적인'(혹은 '여성다운'으로 읽어도 무방한) 지표를 소거한 채 표현하는 일이란 곧 기존 사회에서 용인하는 '주체'의 모습을 체현하기 위한 전략을 구사하는 일, 그러니까 '시민 주체'로서의 모습에 위배되지 않는 '남성' 주체의 존립 방식을 고수하는 일로 비칠 가능성이 크다는 점 역시도 틀린 말은 아닐 것이다. 그러나 여기에서 생각을 그친다면 우리는 '젠더'라는 개념을 "생물학적 명령의 흔적을 덜어 냈을 뿐" 오히려 "강고한 이분법적 대립(남/여)"을 전제하고, "정체성을 '고정(congealing)'하며 그것을 동질적으로 보편화"함으로써 "본질주의를 반복"하는 것으로 한정하여 활용하는 경우에 머물게 될지도 모른다.[5] 과연 우리가 알고 있던 '여

---

5 이와 같은 '젠더' 개념의 통상적인 사용에 대한 문제점은 주디스 버틀러의 입장을 따른 것이다. 뒤에서 자세히 전하겠지만 버틀러는 "섹스 역시도 문화적으로 구성"되어 있으므로 "'섹스/젠더' 구분은 더 이상 의미가 없다."라고 밝히면서 젠더 정체성의 인위성과 수행적 성격, 더불어 젠더 개념의 불안정성과 불완전성에 대해 설명한다. 복잡한 버틀러의 이론을 독자들이 이해하기 쉽도록 '정체성 정치'의 관점에서 자상하게 갈무리해 준 인용 문장은 차미령, 「성정치에 관한 파편 단상」, 『버려진 가능성들의 세계』(문학동네, 2017), 379쪽 참조. 차미령의 글을 참고하는 과정에서 우리

성적인 것' 또는, '남성적인 것'이 시에 등장하지 않는다고 해서 그런 작품을 일컬어 "'무성'을 지향"한다고 평가하는 일은 타당할까? 인용한 인터뷰에서 황인찬 시인의 표현을 빌려 더 말하자면, 시에서 "일종의 소녀 취향이라고 불릴 만한 이미지와 어휘 들을" 적극적으로 들인다거나 "자궁이나 월경의 이미지"를 반복적으로 활용할 때,[6] 그를 일컬어 으레 '여성성'을 다룬 시라고 말하는 일은 해당 시에 관한 충분한 독법이라 할 수 있을까?

이는 어쩌면 우리가 '여성적인 것'이란 무엇이고 '남성적인 것'이란 무엇인지에 대한 질문 앞에 설 때마다 이분법의 구도로 형성된 성차를 형상화하도록 세상으로부터 강요받는다고 생각하기에 벌어지는 일일 수도 있다. 달리 말해 시인의 근심을 그간 우리가 젠더라는 프레임을 견인하여 시를 접할 때마다 습관적으로 행했던 일들, 가령 우리가 상상한 범위 내에서 젠더를 인식할 수 있는 지표가 등장할 때에만 비로소 해당 작품을 '젠더 프레임'으로 읽을 수 있다고 여겨 왔던 방식에 대한 문제 제기에서

가 한 가지 더 예의 주시해야 할 점은, 차미령이 버틀러의 이론을 소개한 맥락과는 조금 다른 차원에서 이 글의 관심이 '젠더 정치성'의 문제를 '단지 문화적인' 차원에서 해결되어야 할 사안으로 보지 않는다는 것이다. 버틀러는 "우리가 성적 권리에 대해서 말할 때" 그것은 "그저 개인의 욕망에 관한 권리를 말하는 것이 아니라 우리의 개인성이 의존하는 규범을 말하고 있는 것"임을 분명히 한다.(주디스 버틀러, 조현준 옮김, 『젠더 허물기』(문학과지성사, 2015), 60쪽 참조) 그에 따르면 젠더의 규범적 재생산이 가능했던 배경에는 이성애 중심주의와 가족의 재생산이 제도적으로 자리하고 있어야 했으므로, '젠더'와 '섹슈얼리티'는 "단지 문화적인" '정체성 운동'의 필요 기제가 아니라 정치경제학적인 고유한 생산양식과 체계적으로 연결된 개념이다. 인간의 사회적 재생산과 재화의 재생산을 포함한 '경제적인 영역'에서 주변화되는 비규범적 섹슈얼리티'들의 생존권 사수의 문제는 문화와 경제 양자를 명확하게 구분하려는 "폭력적인 조작" 앞에서 그 구분을 허물어뜨리기 위한 운동에 해당한다.(주디스 버틀러, 「단지 문화적인」, 낸시 프레이저 외, 케빈 올슨 엮음, 군헌아·바건·이현재 옮김, 『불평등과 모욕을 넘어』(그린비, 2016), 69~91쪽 참조) 이 글이 삶의 총체성과 연결되면서 '젠더'에 관한 인급을 할 수밖에 없는 이유 중 하나두 여기에 있을 것이다.

6   「미지X희지 Vol.1: 쩌는 세계 — 이자혜·황인찬, 다음을 기약할 수 없는 인터뷰」, 앞의 책, 151쪽.

비롯된 것이라고도 이해할 수 있다는 얘기다.

"'무성'이라는 건"(지금 사회의 맥락에서는) "남성형으로 받아들여"진다고 했던 시인의 표현을 다시 살핀다. 젠더를 '받아들여지는 것'으로 표현한 이 말은 젠더라는 개념 자체가 여태껏 '남성'과 '여성'이라는 이분법적 대립을 강고하게 가정하고 그에 따른 정체성을 고정화함으로써 발휘되어 왔음을, 그리고 그를 가르는 기준 자체가 역사적으로 구성되어 왔기에 젠더는 그것이 다른 이들에게 '어떻게 수용되는지'를 의식하는 중에 수행되는 것임을 감안하고 쓰였으리라 짐작하도록 우리를 이끈다. 주디스 버틀러에 따르면, 젠더를 역사적 범주로 이해하는 일은 "'신체(anatomy)'와 '성(sex)'이 문화적 틀 없이는 존재하지 않는다."라는 점을 받아들이는 것과 같다.[7] 우리가 '여성적인(feminine)' 혹은 '남성적인(masculine)'이란 용어를 손쉽게 사용한다 하더라도 그 용어 각각에는 그렇게 쓰여 왔던 사회사가 존재하고, 그 용어의 의미 역시도 "문화적 규제와 지정학적 경계에 따라" 달라진다.[8] 그러니까 '남성적' '여성적'이라는 용어가 되풀이된다고 해서 이것이 우리의 제한된 상상을 따라 오롯이 같은 것을 지칭한다고는 볼 수 없으며, 다만 이런 용어는 '반복'됨으로써 사회적인 표명으로 고정되는 일들이 벌어진다고 말해야 할 것이다. 젠더는 "행동의 양식화된 반복을 통해" "시간 안에서 점차적으로" 도입되어 "하기(doing)"로 수행되는 것,[9] "다른 사람과 더불어, 혹은 다른 사람을 위해" 행해지면서[10] "언제나 수정되는 과정 중에 있"는 것,[11] "그 정의상, 비자연적인 것"이

---

7   주디스 버틀러, 조현준 옮김, 『젠더 허물기』, 24쪽.

8   위의 책.

9   위의 책, 39쪽.

10   위의 책, 11쪽.

다.[12] 다시 말해, 젠더는 언제나 우리의 이해가 가닿지 못하는 '여성성', '남성성'이라는 구분 이상의 것을 포함한 상태에서 구성되는 개념이자 '여성적인 것/남성적인 것'이라는 이분법적인 구분 자체가 어떻게 작동되고 허물어질 수 있는지를 문제에 부칠 수 있는 개념이다.

이와 같은 방식으로 젠더 개념을 생각하는 일이 긴요한 까닭은, 이처럼 확장된 젠더 개념을 토대로 시에 접근하는 방법을 마련하지 않는다면 앞서 시인이 2000년대 시의 목소리를 듣기 위해 상정했던 시적 주체가 처한 맥락(대문자 '나(I)'로 대두되는 남성 화자의 세계로 돌아가지 않기 위해 '나'를 해체시키고 사라지게 한 그 자리에 '비인칭' 주체'들'의 세계를 표하는 것, 그를 위해 성차를 세련되게 은폐하고 무성성을 지향하도록 두는 상황)이 오히려 젠더 프레임으로 형성 가능한 다양한 독법을 제한해 버리는 결과를

---

11   위의 책, 24쪽.

12   김애령은 "하나의 젠더로 구성된 '여성'의 타자화가 결국 몸에 각인되는 사회적 권력의 소산이라는 사실, 그리고 젠더를 통한 타자 구성의 원리는 다른 사회적 타자를 구성하는 과정에도 동형적으로 작동함"을 보여 주기 위해 보부아르를 경유하여 버틀러를 읽는 작업에서 "보부아르에게 섹스는 해부학적으로 결정되어 있는 것인 반면, 젠더는 사회적 의미이자 몸의 형식, 사회화이기 때문에 변화 가능한 양식"이라고 정리한다. 이때 "젠더는 그 정의상, 비자연적인 것"이란 버틀러의 유명한 명제에 대한 이해가 수월해진다. 즉 "'여자임'이 '암컷임'과 인과적 모방적 관계를 갖지 않는다면, 암컷이 아닌 몸이 여자가 되거나, 암컷인 몸이 여자가 되지 않을, 몸이 다른 젠더 구성의 장소가 될 가능성을 차단할 근거는 없다." 몸이 이미 '되기'의 한 양태라면 "'여자 되기'에서 '되기'는 한 체현 방식에서 다른 체현 방식으로의 이동"으로 읽어야 하고, 버틀러는 그에 관하여 "섹스에서 젠더로의 이동은 체현된 삶의 내부에 있"으므로 "젠더는 문화적으로 '구성된 것', 문화의 수동적 산물"이라고 말했던 것이다. 이때 '되기'는 또한 "체현의 한 방식, '기획'과 무관하지 않"으므로, 젠더는 언제나 '선택하기'를 견인하는 개념으로 자리한다. "젠더 '선택하기'는 완전히 자유로운 조건에서의 선택이 아니라, 깊숙이 파묻혀 있는 문화적 규범들의 교직 안에서 가능성을 체현하는 것이다." 따라서 "젠더를 선택하는 것은 받아들여진 젠더 규범을 새롭게 조직화하는 방식 안에서 해석하는 것이다. 젠더는 급격한 창조의 행동이라기보다는, 우리의 문화적 역사를 우리 자신이 용어로 새롭게 쓰는 전략적인 기획이다."(김애령, 「'여자 되기'에서 '젠더 하기'로: 버틀러의 보부아르 읽기」, 이화인문과학원 엮음, 『젠더 하기와 타자의 형상화』(이화여자대학교출판문화원, 2011), 31~33쪽 참조.

초래할 수 있기 때문이다.

젠더 개념을 정태적으로 사유하지 않고 수행적으로 받아들이는 독법을 경유할 때, 우리는 2000년대 시에서 들리는 목소리가 '성차를 삭제'하고 '무성성을 지향'하는 게 아니라 젠더를 전략적으로 활용하는 것이라고 말할 수 있다. 사실 "성차를 지우는 방법"을 취한다는 말은 이미 젠더를 '선택'할 수 있는 개념으로 파악하고 있다는 말 아닌가. 인용한 인터뷰에서 시인이 2000년대 시의 목소리를 "성차가 드러나기 이전의 존재"인 "아이의 목소리"를 "지향"한다고 평가할 때, 우리는 확장된 젠더 개념을 끌고와서 '아이의 삶'을 끊임없이 사회에서 부여하는 성차의 의미가 기입되고 구체화되는 현장으로 전환시킴으로써 2000년대 시의 목소리는 곧 비자연적인 젠더가 기존 사회의 규범과 강렬하게 경합하는 과정을 체현하는 것이라고 말할 수 있다. 2000년대 이후 시적 주체가 주어진 젠더 규범을 향해 질문을 던지고 그를 새롭게 쓰기 위한 발화를 하고 있다고 파악한다면, 몸에 기입된 채 반복적인 연기(performance)를 통해 수행되어 왔던 그간의 '젠더' 개념이 바로 그러한 작동 방식으로 평상시에는 별다른 거리낌 없이 작동되어 왔다는 점 역시도 새삼 깨닫게 된다. '무성적'으로 '비춰질' 때조차도 젠더는 주체성 확립에서 중요한 구성 조건이다.

그러므로 젠더 프레임을 경유하여 시를 읽는 일이란 시적 주체의 목소리를 보다 더 복잡하게 듣는 일에 가깝다. 시적 주체의 발화는 기존의 젠더 규범에 의존하는 동시에 비판적인 거리를 확보하여 그것을 변화시키고자 애쓴다. 그를 통해 "때로는 젠더에 대한 규범적 관념이" 시적 주체가 목소리를 내는 (게 가능하도록 만드는) "살 만한 삶"을 이어 가지 못하도록 훼방을 놓거나 그 자신의 "인간됨(personhood)을 무너뜨릴 수 있"음을 발견하기도 하고[13] 더불어 규범과 동화(assimilation)라는 사회의 명령을

13   주디스 버틀러, 앞의 책, 10쪽 참조.

거북하게 여김으로써 확립할 수 있는 시적 주체 '나'는 어떤 모습인지를 보여 주기도 한다. 이는 "2000년대의 시"에서 "성차가 약화되어 가는 시대"가 그려진다고 시인이 거론했던 것과는 별개로 나날이 젠더 위계로 인해 발생하는 폭력이 가시화되는 사회 현실 속에서 시가 세련되게 그를 은폐하는 게 아니라(시에서 들리는 목소리들이 현실과 무관한 채로 젠더와 상관없이 해체된 주체의 것으로 자리하는 게 아니라) 도리어 지금까지와는 다른 삶을 가능하게 하기 위한 방향으로 젠더 프레임을 활용해 왔다는 얘기, 그러므로 최근에 쓰이는 어떤 시의 목소리들은 결코 그러한 현실과 무관하지 않다는 얘기이기도 할 것이다.

2 젠더를 허물어(undoing) '인간'을 의문에 부치기

젠더에 대한 기존의 관념이 이상화된 인간 신체를 지배하는 규범에 종속된 채 형성되었다는 문제의식을 따르다 보면, 젠더 규범 그 자체는 누가 인간일 수 있고 누가 인간이 아닌 자로 전락할 수 있는지 또는 어떤 삶이 살 만하고 어떤 삶의 경우는 사는 것 자체가 매우 힘든지 등을 가르는 차별적 의미의 생산 현장으로 작동한다는 것을 알 수 있다. 주어진 젠더 규범을 따르지 않았다는 이유로 지금 사회의 성원권이 인정되는 '인간'으로 대접받지 못하는 이들이 엄연히 존재하는 현재의 상황을 떠올려 보자.[14] 우리는 분명 "어떤 사람은 전혀 인간으로 인정받지" 못한 채 "살 수

14　대선을 앞둔 2017년 4월 당시 당선이 유력했던 한 후보의 '동성애 반대' 발언을 규탄하기 위해 시위를 벌이다 언행되었던 인권운동가들의 사례 혹은, 2017년 초부터 육군 내에서 군인 수십 명이 '동성애자'라는 이유로 대대적인 수사를 받았거나 심지어는 동성애가 죄목이 되어 육군보통군사법원에서 유죄 판결을 받았던 모 대위의 사례를 생각해 볼 수 있다.

없는 삶(unlivable life)이라는 또 다른 체계로 몰리"는 사회에서 살고 있다.[15] 또한 이는, 누가 인간으로 인정받을 수 있고 누가 그렇지 못한지의 자격을 정하는 사회의 "인정 도식"이 "인간을 차별적으로 생산하는 권력의 장"[16]으로 역할한다는 점 역시도 의미한다고 볼 수 있겠다. 다소 길지만 버틀러의 다음 말을 함께 읽는다.

지금 여기서 작동하고 있는 인간 개념의 문화적 외형은 어떤 것일까? (……) 이것은 레즈비언, 게이, 바이섹슈얼 연구들이 성적 소수자에 대한 폭력과 관련해 제기한 질문이면서, 트랜스젠더인 사람들이 추행이나 때로는 살인의 표적이 되었을 때 제기한 질문이고, 인간 유형론에 관한 규범적 관념이라는 명목으로 너무나 자주 몸에 대한 원치 않는 폭력으로 성장기가 얼룩졌던 인터섹스들이 제기한 질문이기도 하다. 의심할 바 없이 이는 또한 젠더와 섹슈얼리티에 초점을 둔 운동들이 보이는 깊은 유사성의 근거이기도 하다. 신체적 장애를 가진 사람들을 비난하거나 제거하려는 규범적 인간 형태론과 인간의 능력에 대항하려 애쓰면서 말이다. 문화적으로 가능한 인간 개념을 지탱하는 인종적 차이를 고려해 볼 때, 이는 또한 인종차별 반대 투쟁과 유사한 부분이기도 할 것이다. 이런 인종차별 반대 투쟁은 이 시간에도 전 지구적 영역에서 극적이고도 공포스럽게 일어나고 있다는 것을 우리는 알고 있다.

(……) 담론의 층위에서 보면, 어떤 삶은 전혀 삶으로 간주되지 않고 인간적인 것도 될 수 없다. 그런 삶은 인간을 나타내는 지배적 틀에 맞지 않음으로써, 처음에는 담론 층위에서 그런 삶을 인간 밖의 것으로 탈-인간화하는 일이 일어난다. 그다음에 이것은 신체적 폭력으로 이어지는데, 이 폭력은 어떤 의

15 주디스 버틀러, 앞의 책, 12쪽.

16 위의 책.

미에서 이미 문화 속에 탈인간화가 작동하고 있다는 메시지를 전달한다.[17]

'인간' 개념 자체가 이미 '탈-인간화하는 일'의 포함으로 지탱되어왔음을 상기시키는 버틀러의 얘기는, 그간 "인간주의로부터 이탈"하여 "'시학적 반인간주의'라고 불러야 할지도 모르"는 목소리를 들려준다고 평가받았던,[18] 혹은 "타자화된 살갗"[19]의 목소리가 등장한다고 논의되어 왔던 몇몇 시편들에 대한 읽기를 조금은 다르게 전환할 수 있도록 만든다. 이를테면, 시적 주체의 발화가 비인칭의 것으로 '들리도록' 만드는 상황이 제시될 때마다 해당 시가 종국에는 '인간다운' 존재를 규정하는 기준이 무엇인지를 묻고 있다고 볼 수 있는 것이다. '인간다움'이란 무엇인지를 질문하는 시의 목록으로 우선은 허수경, 김행숙, 이장욱, 하재연, 김현, 신해욱의 시를 기입해 볼 수 있을 텐데, 그중 허수경의 시 한 편을 살핀다.

> 이름 없는 섬들에 살던 많은 짐승들이 죽어가는 세월이에요
>
> 이름 없는 것들이지요?
>
> 말을 못 알아들으니 죽어도 좋다고 말하던
> 어느 백인 장교의 명령 같지 않나요
> 이름 없는 세월을 나는 이렇게 정의해요

---

17 위의 책, 45~46쪽.

18 신형철, 앞의 글, 401쪽. 인용한 표현은 이장욱의 시를 분석하는 과정에서 쓰인 것이다.

19 서동욱, 『익명의 밤』(민음사, 2010), 215쪽. 인용한 표현은 김행숙의 시를 분석하는 과정에서 쓰였다.

아님, 말 못하는 것들이라 영혼이 없다고 말하던
근대 입구의 세월 속에
당신, 아직도 울고 있나요?

오늘도 콜레라가 창궐하는 도읍을 지나
신시(新市)를 짓는 장군들을 보았어요
나는 그 장군들이 이 지상에 올 때
신시의 해안에 살던
도롱뇽 새끼가 저문 눈을 껌벅거리며
달의 운석처럼 낯선 시간처럼
날 바라보는 것을 보았어요

그때면 나는 당신이 바라보던 달걀 프라이였어요
내가 태어나 당신이 죽고
죽은 당신의 단백질과 기름으로
말하는 짐승인 내가 자라는 거지요

이거 긴 세기의 이야기지요
빌어먹을, 차가운 심장의 이야기지요[20]

시에서 '나'는 스스로를 "말하는 짐승"이라 칭하면서, 자신이 '자라기'
위해서 동원된, 자신 몸에 새겨진 "이름 없는 것들", "말 못하는 것들"의 긴
시간에 대하여 헤아리고자 한다. 이때 시적 주체가 인식하는 "긴 세기의
이야기"란, 승자의 입장에서 기록되어 왔던 '인간의 역사'가 아니라 그 가

---

20   허수경, 「빌어먹을, 차가운 심장」, 『빌어먹을, 차가운 심장』(문학동네, 2011).

장자리로 밀려나 있는 존재들의 세월에 대한 것이다. 시적 주체의 예민한 귀에는 신시를 짓는 일과 같이 튼실하고 화려하게 쌓아 올려진 업적으로 이룩되어 온 인간의 역사를 찬양하는 소리보다는 그것이 비정하게 감추려 드는 뒤안의 소리들이 들린다. "신시의 해안"에 사는 "도롱뇽 새끼가" "눈을 껌벅거리"는 소리, "근대"로 입장하지 못한 이들이 "울고 있"는 소리, 어느 백인 장교가 끝내 알아듣지 못한 음성으로 허공에 의미를 기입하며 혹은 그 음성을 접수할 수 있는 감각들끼리만 교감하며 미련 없이 사라졌을 소리……. 그것들이 켜켜이 세월을 이루고 오늘날의 "나"를 바라본다. "죽은" 그것들의 "단백질과 기름으로" "말하는 짐승인 내가" 자란다.

'나'는 '말하는(말할 수 있는)' 자이므로 지금까지는 사회의 상징 질서를 받아들이는 데 무리가 없던 존재이자, 앞으로도 단지 "이름 없는 것"으로 남겨지지만은 않을 공산이 큰 존재일 수 있었다. 그러나 "말하는 짐승"이라는 표현으로 '내'가 소개되는 순간, '나'는 '인간'인지 아닌지 확정한 채 공언할 수만은 없는 모순적인 존재가 된다. "말하는 짐승"인 '나'가 심장에 새겨진 숱한 세월을 부둥켜안고 계속해서 살아가야 하듯 어쩌면 "삶의 가능성은 인간적인 것을 초월해 살아 있는 존재에 속하는 것"[21]일지도 모른다. "죽은 당신의 단백질과 기름"으로 만들어진 삶이 주어진 '나'에게 사는 문제와 인간적 삶의 위상은 함부로 분리해서 살필 수 없는 것이다. 따라서 '나' 자신이 모순 형용적인 "말하는 짐승"임을 자각하는 상황에서 '나'는 "어느 백인 장교"나 "장군들"이 저질렀던 폭력으로 말미암은 '인간으로 용인된' 역사만을 내 과거의 전부라고 말하지 못한다. '인간적'이라는 말이 담고 있던 폭압적인 면모까지 두루 끌어안아야만 '내 심장'의 들쑥날쑥한 온도를 형성하는 총체적 삶의 조건들을 혹은, '인간 중심적인'이란 표현에선 도무지 담으려야 담을 수 없는 사연들을 파악할 수 있다.

---

21   주디스 버틀러, 앞의 책, 27쪽.

그제야 앞으로 어떻게 살아가야 하는지에 대한 감 역시도 잡을 수 있는 것이다.

허수경은 우리의 삶 속에서 "살아가는 존재의 범위"는 "인간의 범위를 넘어선다는 것"을 밝힌다. 이는 "'인간적 삶(human life)'이라는 용어"에서 "'인간적'이 그저 '삶'만 수식하는 게 아니"라는 것, "'삶'은 인간을 인간적이지 않으면서 살아 있는 것과 연결하고, 이 연결성의 한가운데에서 인간적인 것을 설정"한다는 것을 말한다.[22] 그러므로 시인의 다른 시편들에서도 유독 자주 발견되는 '인류애'란, 인류의 역사가 '인간' 개념의 정립 과정에서 지금껏 배제해 왔던 존재들이야말로 '삶'을 추동해 왔던 숱한 관계의 일원임을 이해하고, 그를 통해 '인간'이란 존재를 둘러싸고 있던 재래의 경계를 넘는 행위의 실천이라 할 수 있겠다.

그뿐인가. '인간'이란 범주가 그 자체 안에 젠더, 인종, 장애 여부 등에 따른 권력 격차의 작용을 역사로 간직하고 있는 이상, 하여 지금껏 그 영향력을 미치고 있는 이상 그와 함께 "'인간' 범주의 역사는 끝나지 않았고" '인간'이 어떤 존재인지는 계속해서 질문에 부쳐질 수밖에 없다. "인간 범주가 시간 속에서 만들어지며 또 광범위한 소수자들을 배제해야만 작동된다는 말은, 그런 범주에서 배제된 자들이 그 범주에 대해, 그 범주에서 말하는 바로 그 지점에서 '인간' 범주에 대한 새로운 표명을 시작할 것임을" 의미한다.[23] 신해욱과 김현의 시에서는 시적 주체가 젠더 규범을 허무는 (undoing) 지점을 발생시킴으로써 인본주의라는 말 자체에 의문부호를 달아 두는 일이 벌어지는데, 이를 통해 이들은 인본주의로 회귀하지 않음으로써 '인간'이란 말 자체를 다시금 바라볼 수 있는 상황을 마련한다.

---

22   위의 책, 27쪽.

23   위의 책, 28~29쪽 참조.

인간은 되눕니다. 침대에 걸터앉아서 인간은 목을 늘립니다. 늘어진 목과 머리는 여럿이 나눠 먹을 수 있는 밥상을 두리번거리며 불어 터진 먼지를 쓸고 욕실까지 흘러갑니다. 흘러온 얼굴이 인간의 지느러미를 따라 움직입니다. 인간은 아가미로 숨 쉬고 숨죽입니다.

인간의 호흡을 잃었구나, 인간.

인간의 표정이 백랍처럼 빛납니다. 인간의 목덜미가 납빛으로 찢어집니다. 점점 희미해지는 어린 인간이 찢어지는 인간 곁으로 와 앉습니다. 어린 인간은 자라나는 혀를 불규칙적으로 잘라 내며 모처럼 인간이 알아들을 수 없는 말을 발명하려고 합니다.

인간은 인간의 말을 하지 않아도 돼!

늘어난 인간은 꿈틀거리고, 사라지는 인간의 혀들은 더듬거리고, 변신한 인간은 한결 자연스러운 움직임을 갖고, 멈춰 있습니다.   욕조의 수면이 밤의 수면까지 밀려갑니다.[24]

덜미를 잡힌 건가, 내가?

치마를 입고 두 개의 다리로 나는
달리기를 하는 중이었는데.

여자 인간에 거의

---

24 김현, 「비인간적인」 부분, 『글로리홀』(문학과지성사, 2014), 9~10쪽.

가까워지고 있었는데.

웃는 소리가 난다, 창피하다, 뒷다리만 돋은 수중 생물이 뒤뚱뒤뚱 자라, 분수를 모르고 직립보행을 한다며, 빈축을 사고 있는 것 같다,

(중략)

갈채를 받는 건가, 내가?

혓바닥을 길게 빼고 싶어지는데

양말을 자꾸 손에 신고 싶어지는데

(이래서는 안 되는데)

그렇다고 치마를 입고 물구나무를 설 수는 없는데

그렇다고 인간 사표를 쓸 수는 없는데

그렇다고 지구 바깥에서 다시 태어나
순결한 얼굴로 주위를 두리번거릴 수는 없는 거잖아요[25]

인용한 김현의 시는 "헐벗은 몸"으로 밤의 욕조 속으로 들어간 인간이 저 자신의 감각을 하나하나 구체적으로 살피는 상황에서 시작된다. 시에

---

25   신해욱, 「종의 기원」 부분, 『syzygy』(문학과지성사, 2014), 90~91쪽.

서 '인간'이란 표현은 매 순간 등장할 때마다 다른 색을 띤다. 이를테면 시 속 '인간'은 침대에 걸터앉은 고독하고 고립된 개체로서의 인간일 수 있고, 밥상에 고개를 숙이고 여럿을 생각하는 관계 속의 인간일 수도 있다. 또한 그러한 인간이 '되고 싶어' 인간이 될 수 있는 길로 들어서는 문턱에서 자꾸 서성이는 이일 수도 있으며 한편으로는 '비인간적'이라고 불리는 자리에 서 있기를 강요당한 상태에서도 '인간적인' 성미를 잃지 않도록 노력해야만 한다면 이는 도대체 무엇을 의미하는지를 고민하는 인간일 수도 있다.(인용한 김현 시의 제목 "비인간적인"이란 말에는 다섯 개의 각주가 달려 있는데, 그 내용은 다음과 같다. "1) 인간들로부터 밤은 왔다// 2) 이 밤 인간들의 집회는 시인을 앞장세운다// 3) 밤의 인간들은 우리도 인간이 되고 싶다는 불구의 구호를 외친다// 4) 한 소설가는 인간적인 관점에서 어느 밤에 대한 인간이란 시를 쓴다// 5) 인간을 잃어버린 인간들의 밤으로 유령 한 자루가 꺼질 듯 걸어가고 있다") 요컨대, 시인은 '인간'을 반복해서 사용함으로써 기존의 '인간'이라는 정의가 가능하기 위한 규범을 허물어뜨리고, 그 자리에 다른 인간'들'을 둔다. 이때 시적 주체는 인간이 인접한 사물 역시도 인간의 감각으로 포괄하여 말할 수 있는지, 그러한 접합을 통해 변화한 인간은 애초의 형태를 잃는다 하더라도 여전히 인간이라 부를 수 있는지를 궁금해하는데, 그 과정에서 인간의 개념은 자연스럽게 확장된다.

한편, 인용한 신해욱의 시는 "치마를 입고 두 개의 다리로" "달리기를" 할 때 "여자 인간에 거의" "가까워지고 있었"다고 말하면서 '여자 인간'이 되기 위해서 일거수일투족을 연기(perform)할 수밖에 없는 상황이 얼마나 불편한지를 폭로한다. 더군다나 "여자 인간"을 연기하기 위해 애쓰는 일을 성가시다고 여기기 시작하면 "인간 사표"를 쓰는 상황에 봉착할 수 있으니, 시적 주체는 참 난감하기 이를 데 없는 상황에 처한 것이다. 이 모든 일이 '종의 기원'이라는 자리에서 일어나고 있다는 사실에 주목하자. 시적 주체는 인간이란 말의 출발선에서부터 젠더의 기각 가능성을 농반하고 있다. 시에서 들리는 고민과 불안의 목소리를 통해 젠더가 허물어질 수 있는 지점까지 밀려난 우리는 '인간'이라는 규범에 저항을 표현하는 발화가 마치 "지구 바깥에" 있는 것처럼 기존의 '인간'의 관점으로는 잘 읽히지 않는다는 것, 또한 바로 그와 같이 완전히 규제할 수 없는 어떤 역사로 '인간'을 말하는 방식을 통해 '인간' 개념 자체를 새롭게 개화하는 일이 가능하다는 것을 알게 된다.[26]

26 2장에서 거론한 시들이 질문하는 '누가 인간으로 간주되는가', '누구의 삶이 삶으로 간주되는가' 는 결국 '무엇이 애도할 만한 삶으로 중요한가'에 대한 문제를 환기하기도 한다. 애도는 상실에 대한 반응으로 중요한 주제인데, 주디스 버틀러가 생각하는 '애도'란 흔히 통용되는 프로이트의 정의와는 다르다. 프로이트는 누군가가 다른 누군가를 잃었을 때 그 자리를 다른 무언가가 차지하는 방식으로 이뤄지는 것이 곧 애도라고 설명한 바 있으나, 주디스 버틀러는 "자신이 겪은 상실에 의해 자신이 어쩌면 영원히 바뀔 수도 있음을 받아들일 때" 일어나는 것이 애도라고 설명한다. 우리가 누군가를 잃고 어떤 장소나 공동체에서 쫓겨나거나 그것들이 사라질 때 그를 통해 우리는 우리가 누구인지, 우리가 다른 이들과 맺은 인연은 무엇인지, 관계성을 통해 '나'가 존재한다는 것은 무엇인지를 비로소 짚어 낼 수 있다는 것이다. "관계의 한 양상으로서의 젠더나 섹슈얼리티"가 "소유가 아니라 오히려 박탈의 양상, 즉 다른 이를 위한 존재 방식, 혹은 다른 이 덕분에 가능한 존재 방식"이라 한다면, 애도는 이러한 관계성을 그 어떤 것보다도 잘 드러내 주는 기제라 할 수 있다. 지금의 사회가 잃어버려도 그만이라는 태도로 대하면서 애도를 허용하지 않는 존재가 있다고 할 때, 우리가 자명하다고 여겨 왔던 "인간 개념"이 실은 "인간으로 간주되지 않는 인간들"을 "배제"하고 추방함으로써 만들어 낸 "제한적인 인간 개념"에 기초한 것이라는 사실이 드러난다. 이는 사회가 "승인"하지 않는 존재들을 끊임없이 '삭제'하려는 폭력적인 시도를 함으로써 인간의 자리를 규정해 왔다는 얘기이기도 하다. 어떤 삶이 제대로 애도되지 못한다면 그것은 전혀 삶이라 할 수 없다. 그것은 "삶으로서의 자격을 부여받지 못할 것이고 주목할 가치가 없다"는 의미이기 때문이다. 따라서 최근 시들 중에서 사회가 애도하기를 금기시한 죽음들에 반응하는 시가 있다면, 이는 시인이 "누가 애도할 만한 인간인지를 결정하는 규범이" 이미 "공적으로" 생산되고 있음을 감지하는 것이라 할 수 있으며, 동시에 시가 슬픔의 태도를 능동적으로 취함으로써 기존의 (공적 시스템이 '애도할 만한 삶/애도해선 안 되는 삶'을 구분하여 만들어 낸) '인간' 개념을 허물어뜨리고, 오히려 '인간/비인간'을 가르는 규범 자체를 질문에 부치고 있는 것이라고 할 수 있겠다. 그러한 예로 안희연, 박시하의 시 등을 꼽을 수 있을 텐데, 이들 작품에 관한 자세한 분석은 허락된 지면의 맥락상 다소 확장된 논의로 비춰질 수 있기 때문에 다음을 기약하기로 한다. 주디스 버틀러, 양효실 옮김, 『불확실한 삶 — 애도와 폭력의 권력들』(경성대학교출판부, 2008), 46~65쪽 참조.

3 '살 만한 삶'을 행하기(doing) 위한 '나'를 다시 읽기

젠더와 섹슈얼리티를 단지 기존의 '여성적인 것'과 '남성적인 것'을 어떻게 잘 체현하느냐의 문제로 소급할 것이 아니라 이분법적으로 구획되어 있던 규범 자체에 거리를 두고, 이분화된 기준은 누구에 의해서 어떤 과정을 거쳐 형성된 것인지를 사유하기 위한 개념으로 받아들인다면, '젠더 규범'은 얼마든지 누구를/무엇을 '인간'으로 드러나게 하는가를 질문하는 지표로 삼을 수 있다. 그러나 여기에서 한 발짝 더 나아가면, 우리는 다음의 질문에 봉착하게 될 것이다.

> 내가 특정한 젠더여도 여전히 나는 인간의 일부로 여겨질 수 있을까? 내가 그 범위에 들어갈 수 있을 만큼 '인간' 개념이 확장될까? 특정한 방식의 욕망을 표현해도 내가 살아갈 수 있을까? 내가 삶을 영위할 자리가 있을까, 그리고 그 자리는 내가 사회적 존재가 되기 위해 의존하는 다른 사람에게 인정받을 수 있을까?[27]

달리 말해, 우리가 누구를/무엇을 '인간'으로 살게 하는가를 고민하는 동안에도 '인간'에 대한 이전 정의 — 인본주의(humanism)적인 관점, 대문자 '나(I)'의 세계 — 에 여전히 사로잡혀 있다면 우리는 우리 앞에 놓인 삶을 협소한 관점으로밖에 대할 수 없다는 얘기다. 앞 장에서 세 편의 시를 읽으면서도 살폈지만 기실 우리가 실제로 살아가는 '삶'은 '인간답지 않은' 형태들, 이른바 '비인간적'인 면모들까지 그러모으면서 진행되는 것이기 때문이다. 그렇다면 '인간'의 개념으로도 아직 포섭할 수 없는, 영영 언어화할 수 없는 영역까지도 포함하여 '살아 있는' 그 자체, 그것을 우

---

27 주디스 버틀러, 앞의 책, 12쪽.

리는 삶의 또 다른 이름이라 부를 수 있을는지도 모르겠다. 그리고 그렇게 할 때, 그간의 규범이 "다른 종류의 인간"[28]으로 분류한 이들이 감당했을 다른 현실(reality)이 드러날 수 있을 것이고 더불어 누군가가 어떤 종류의 젠더와 섹슈얼리티를 구현한다 할지라도 그이를 향해 '진짜 인간'의 외양이 아니라는 이유로 배제와 소외를 받아들이라고 강요하는 상황을 막을 수 있을 것이다.

이와 같은 생각은 젠더와 섹슈얼리티의 문제를 삶의 '존속'과 '생존'의 문제로 전환하여 생각하게끔 우리를 이끈다. 대관절 살아 있다는 것은 무엇이며 '삶다운 삶'이란 무엇인가. '삶다운 삶'을 수행하기 위해 안간힘을 다하는 '나'라는 주체가 시에 등장할 때, 그러한 '나'를 두고 세계를 장악하려는 대문자 '나(I)'의 모습과 같다며 우스워할 수 있을까. 아닐 것이다. 오히려 그러한 방식으로 시에 나타나는 '나'는, '나' 자신이 "사회적 조건들에 항상 어느 정도는 탈취"[29]당해 왔음을 인정하면서, '나'를 출현시킨 제반 조건들과의 연결이 있을 때야 '나'를 의미화하는 모습을 보인다. 그때 행해지는 발화는 언제나 '발신자'와 '수신자'를 염두에 둔 대화적 관계 속의 발화이며, 그러한 역할에 책임을 표하는 '나'의 모습은 단일한 형태로 수렴되지 않고 입체적으로 변화하면서 구성된다.

자신 앞에 놓인 삶이 '살 만한 삶'인지를 질문함으로써 '나'를 더욱 복잡하게 말하는, '너'와 '우리'의 관계 속에서 '나'를 사유함으로써 '삶' 자체를 만만하게 보는 여타의 관점을 경계하고자 하는 시의 목록으로는 진은영, 김민정, 임승유, 황인찬, 유진목, 유계영, 정한아의 시를 당장 떠올릴 수 있을 것 같다. 2000년대 초반에 '1인칭' 시적 주체의 '해체와 확산'

---

28 위의 책, 52쪽.

29 양효실, 「역자의 말」, 주디스 버틀러, 양효실 옮김, 『윤리적 폭력 비판 — 자기 자신을 설명하기』 (인간사랑, 2013), 239쪽.

에 힘써 왔다고 으레 읽혀 왔던 진은영, 김민정이 목록의 한 부분으로 꼽힌 점에 대해서는 더 말해야 할 것이 있다. 세 번째 시집부터[30] 최근 시에 이르기까지 2010년대에 접어들면서 발표한 이 시인들의 작품 속 관심이 새삼 '나'를 향하고 있다는 데에 관심을 기울일 필요가 있기 때문이다.

2000년대 초반 작업과 비교했을 때 진은영과 김민정의 최근 시에서는 시적 주체 '나'의 언술이 보다 더 두드러지게 나타난다. 이를 두고 시인들이 기나긴 시적 여정의 한가운데에서 자기 자신을 상대하는 근육을 이전에 비해 더 강하게 키웠기 때문이라고 할 수도 있을 테고, 한편으로는 시가 현실과 맺는 관계 속에서 시적 긴장을 필요로 하는 상황이 최근 시인의 시선에 자주 포착되기 때문이라고도 말할 수 있을 것이다. 중요한 것은 시가 왜 '나'에 대한 관심에 집중하는지뿐만 아니라 그때의 '나'가 2000년대 이전의 '나'와 얼마나 다른 지점에 서 있느냐에 있다. 이들의 최근 시에서 나타나는 '나'는 완고한 서정의 세계를 염원하는 스스로에 도취된 '나'가 아니다. 이들이 왜 '나'에 대한 관심에 힘을 쏟는지를 다시금 생각하면서, 이들의 '나'를 '삶다운 삶'을 질문하는 과정 속에 등장하는 행위 주체(agency)로서의 '나'로 읽어 보기로 한다. 그 예시로 진은영의 시를 살핀다.

투명한 삼각자 모서리처럼 눈매가 날카로운
관료에게 제출해야 할 숫자의 논문을 쓰고
"아무도 스무살이 이토록 무의미하다는 걸 내게 가르쳐 주지 않았어요"
라고 써 보낸 어린 친구에게 짧은 편지를 쓰고
나보다 잘 쓰면서

---

30 진은영은 『훔쳐 가는 노래』(창비, 2012)부터, 김민정의 경우는 『아름답고 쓸모없기를』(문학동네, 2016)부터를 이른다.

우연히 나를 만나면 선배님 시를 정말 좋아했어요, 라고

대접해 주는 예절 바른 작가들에게,

빈말이지만, 빈말로 하늘에 무지개가 뜬다는 것은 성경에도 나와 있는
일이니까,

빈말이 아니더라도 '좋아해요'와 '좋아했어요'의 시제가 의미하는 바를
엄밀히 구분할 줄 아는

나는 고학력의 소유자니까,

여전히 고마워하면서, 여전히 서로 고마워들 하면서, 그동안 쓴 시들이
소풍날 깡통 넥타와 같다는 거

어릴 적 소풍 가서 먹다 잊은 복숭아 깡통 넥타를

나는 아마 열매 맺지 못할 복숭아나무 가지 사이에 끼워 놓았나 보다,
바람이 불고 깡통 구멍이 녹슬어 가고 파리인지 벌인지 모를 것이 한밤에
도 붕붕거리고,

그것은 너와 나의 어린 시절이 작고 부드러운 입술을 대어 보았던 곳,
그 진실한 가짜 맛

그러다가 나는 문득 시작해 놓은 시가 있으며

어떤 이야기가,

어떤 인생이,

어떤 시작이

아름답게 시작된다는 것은 무엇일까

쓰러진 흰 나무들 사이를 거닐며 생각해 보기 시작하는 것이다[31]

"이 시에는 아무것도 없다/ 네가 좋아하는/ 예쁜 여자, 통일성, 넓은

---

31   진은영, 「아름답게 시작되는 시」 부분, 『훔쳐 가는 노래』, 38~40쪽.

길이나 거짓말과 같은 것들이"(「이전 詩들과 이번 詩 사이의 고요한 거리」)[32] 라고 말하면서 삶이 부과하는 안정된 정체성에 대한 욕망과 싸우던 첫 번째 시집의 시편들과 비교했을 때, 인용한 시에서 시적 주체 '나'는 살 만한 삶이 가능하기 위해 여러 종류의 안정성이 필요한 순간과 매번 부딪친다. 그럴 때마다 시적 주체 '나'는 "살 만한 삶의 가능성을 최대화하는 것은 무엇"이고 "견딜 수 없는 삶을 최소화하는 것은 무엇"이냐는 질문에 따라[33] 주어진 규범과 그 규범에 미달하는 '나' 혹은 그 규범을 초과하는 '나'의 생각들과 마주한다. 그러다가 자신이 좇는 것이 혹 "어릴 적 소풍 가서 먹다 잊은" "복숭아 깡통 넥타"와 같은 "진실한 가짜 맛"은 아닐까 의심하면서, 또 그러면 안 될 게 무언가하고 어느 정도는 수긍하면서, 지속되면 지속될수록 불모를 상대해야 하는 삶에서 중요한 건 "진실한"이라는 형용사가 감춘 무언가가 아닐까 짐작하면서, '나'는 시 쓰기를 시작한다. 시인에게 시를 쓰는 일이란 곧 삶의 어느 지점에서나 가능한 '시작(始作)'의 아름다움을 탐구하는 일이다.

　주디스 버틀러는 "내가 행위(doing) 없이는 존재(be)할 수 없는 사람이라면, 내 행위의 조건은 부분적으로 내 존재의 조건"이라고 말하면서, "나의 행위가 내게 행해진 행위에 달려 있다면, 아니 그보다도 규범이 내게 작동한 방식에 달려 있다면 내가 '나'로서 지속될 가능성은 내게 행해진 것과 밀접히 관련될 수 있는 나의 존재(my being)에 달려 있"음을 강조한다. 그러니까 "내가 어떤 행위 주체성(agency)을 갖고 있다고 해도, 그것은 나 스스로 선택한 적 없는 사회"에 의해 "구성된다는 사실로 인해 열려" 있는 것이고,[34] 이는 너절한 상태에서도 삶이 이어질 수밖에 없음을

32　진은영, 『일곱 개의 단어로 된 사전』(문학과지성사, 2003), 20쪽.

33　주디스 버틀러, 앞의 책, 21쪽.

아는 이가 홀로 고립을 자처하는 게 아니라,(고립을 자처한다 하더라도 그이는 그이가 처한 삶의 조건 속에서 자신의 상태를 형성할 수밖에 없다.) 그 삶을 구성하는 여럿과의 관계를 고려하며 '나'를 사고하는 방식에 해당한다고 볼 수 있을 테다. 진은영의 최근 시에 나타난 '나'는 그러므로 '살아 있다는 것'이 무엇인지를 질문하고, 겨우 생존하는 방식으로서의 삶이 아니라 '삶다운 삶'을 향해 고뇌하는 '나', 불가능하거나 해독할 수 없는 어떤 비현실성마저도 그것이 '비현실'이라는 명칭을 갖게 되는 상황은 왜 일어나는가를 숙고하며 '가능한 삶에 대한 생각'이 기어코 가능해지기를 조심스럽게 고대하는 '나'일 것이다.

'인간은 어떻게 자신의 젠더를 행동에 옮기는가'라는 질문 앞에서 우리는 이 질문을 '단지 문화적인' 문제로 여기지 않는다. 혹은 젠더가 수행적이라는 말 자체를 다채로운 욕망이 실현되는 쾌락적인 광경만을 연출하는 상황이라고 강조하며 받아들이지도 않는다. 그것은 "현실이 재생산되며 경합을 벌이는 극적이고도 중요한 방식을 우화적으로 표현"한 것[35]이므로, 삶의 총체성과 연결되는 문제다. 또한 그것은 "어떤 젠더 표현물이 어떻게 위법적이고 병리적인 것이 되는지, 젠더를 넘나드는 주체가 어떻게 감금되고 투옥될 위험에 처하는지, 왜 트랜스젠더 주체에 가해지는 폭력은 폭력으로 인정되지 않는지, 왜 이런 폭력은 그 주체를 폭력에서 보호해야 할 바로 그 국가에 의해 때로 자행되는지"[36]와 같이 지금 사회의 성원권에 대한 승인 여부에 영향을 미치므로, '삶 정치'의 차원에서도 충실하게 살펴야 하는 문제가 된다. 우리는 그 질문을 특정한 사람에게만

---

34   위의 책, 13쪽 참조.

35   위의 책, 55쪽.

36   위의 책, 같은 쪽.

살만 한 삶을 승인하는 사회에 대한 거부로, 특정한 사람에게만 살기 힘든 삶이 부여되는 것에 대한 비판으로, 그 어떤 모습의 '나'일지라도 삶다운 삶을 보장받을 이유가 명백히 있다는 근거로 삼고자 한다. 정한아의 시를 읽는다.

> 지난밤의 불길한 꿈에 관해서는 쓰지 않겠다
> 온갖 새로운 소식과
> 심금을 울린 독서나 흥미로운 정치
> 발음하기만 해도 우리를 취하게 하는 천사 따위에 관해서도
> 내일의 내가 읽으면 힘이 빠질까 차마 쓰지 않았던
> 하지만 나를 너무 자주 방문해서 기를 쓰고 도망해야 했던
> 모든 가상을 제거한 나의 진심, 어쩌면
> 이것은 너무 오래 돈 지구의 무의식
>
> 젖어서 퉁퉁 분 삼십 년치 일기의 젖은 부분만 하나하나 찢다가
> 남겨 둘 구절이 하나도 없다는 걸 깨닫고 통째로 쓰레기봉투에 처넣으면서
> 생각한다, 저 냄새 나는 묵은 양말 더미를 나는 왜 평생 지고 다녔나
> 젊어 세상을 떠난 존경했던 비평가가
> 좋은 예술작품은 독자를 고문한다고 썼던 것을 기억하다가, 또
> 목사가 된 고문 기술자가 설교 시간에
> 자기 고문 기술이 거의 예술이었다고 떠벌린 것을 기억하면서
>
> 점점 더 난해한 시를 쓰면서 해석될까 봐 떨고 있는 시인처럼
> 고통이 윤리의 증거라고 막연히 생각했던
> 어리석은 날들을 수성해 보려고
> 수정해 보려고

앞으로도 누군가는 자기가 가지지 못한 집과 차에 불을 지를 것이다
시가 멸종되고 시의 자랑이었던 광기가 현실 속에서 벌어질 때 우리는
악할 것이다 — 시의 실제 용도가 무엇이었는지 한 사람쯤은 깨달으면서
설탕으로 만든 성상에 달라붙은 개미 떼처럼
그럴듯한 범죄자와 멍청이를 향해 절하는 사람은 항시 있을 것이다
그 모든 현실을 드라마처럼 보고 즐기는 사람도 마찬가지
달콤하고 거룩해 보이는 것은 우리를 환장하게 하지
마구 핥아 먹어서 녹아 사라지고 나면 다른 것에로 달려간다

성상은 여러 형상을 하고 있지만 결국 자기 얼굴과 흡사하다
자기 도덕을 자기에게 증명하려고 끊임없이 혼자 자책하는 사람
　　— 사과하든가 그렇지 않으면 그만 죽어 버려라(울프 씨, 당신 말이야, 하
긴, 당신은 실종됐지)
자기 미학을 모두에게 증명하려고 끝끝내 아무 가치판단도 하지 않는
달변가
　　— 오늘 점심에 끓인 쇠고깃뭇국에서 풍기는 숙주나물 냄새가 열 배는
더 미학적이다

아니, 이런 짓은 바람직하지 않지 팔십 년대처럼
시에 대고 화를 내는 건 어쩐지 졸렬한 일 하지만
오늘은 PMS인걸 마그네슘도 트립토판도 도움이 안 된다, 가령

　　……

당연한 것은 아무 데도 없으면서 동시에 모든 것이 순리인

너무 오래 돈 지구의 무의식 —— 쉬고 싶어

하던 대로 하고 있지만 쉬고 싶다 지구는 생리 전이다 내일은

어디에서 피가 터질지 모른다 정치도 미학도 위안이 안 된다[37]

시에서 '나'는 잘못된 비유가 어떤 상상과 현실을 낳는지를 목도하고, 고통을 윤리의 증거로 삼았던 과거의 날들이 비뚤어진 자만에서 비롯되었음을 성찰한다. 이를 두고 '성찰'이라 한 이유는, 이 시가 "모든 가상을 제거한 나의 진심"으로 쓰인 시로 읽혀서다. 그러나 그 역시도 포즈일지 모른다는 두려움이 '내' 안에는 있는 것 같다. 잘 취한 포즈만으로는 현실이 쉽게 바뀌지 않음을 '내'가 이미 알고 있기 때문이다. 그러나 "달콤하고 거룩해 보이는 것"을 좇는 일의 멍청함이 얼마나 거절하기 어려운 매혹인지도 '나'는 잘 알고 있으므로, 또한 그 포즈를 '나'가 줄곧 취하리라는 예감 역시도 '나'를 비껴가진 못한다.

그러다 시적 주체는 문득 "오늘은 PMS인걸" 하고 외친다. 이 '문득'의 순간에 '나'는, 자신에 대한 통제를 그만둔다. 그 대신 '나'를 다른 이들과의 연결 속에서야 가능한 존재, 어느 정도는 다른 것들에 내맡겨진 채로 있어야 하는 존재로 받아들인다. 그러한 '나'가 "일상의 대부분"을 "당연"하게 주어진 것이라 여길 리 없다. "당연한 것은 아무 데도 없"는 것이다. 그리고 바로 그러한 이유로 '나'는 "어디에서 피가 터질지 모르"는 지구의 상황을 그냥 넘기지 않는다. 다른 이들과의 연결이 있어야만 살아갈 수 있는 '나'의 취약성을 여기가 아닌 다른 어딘가의 통증에 대한 반응으로, 특정한 누군가에게만 통증을 부여하는 사회에 대한 의구심으로 전환하는 이 시는 '나'가 '나'에 대해서 잘 말하면 말할수록 원심력을 키울 수 있는 상황을 제시한다. 시에서 '나'는 '살 만한 삶'을 행하기(doing) 위해 거듭

---

37 정한아, 「PMS」 부분, 『울프 노트』(문학과지성사, 2018), 125~129쪽.

읽히는 입체적인 존재로 있다.

4　'여성 시' 개념의 불충분성: '젠더 프레임'을 경유했을 때 마주칠 수 있는 다른 삶, 새로운 읽기

　이 글은 젠더 프레임을 경유하여 최근 시를 읽는 일의 다양한 가능성을 모색하기 위해 쓰였다. 그를 위해 시적 주체가 젠더 규범을 허무는 (undoing) 지점을 발생시킴으로써 기존의 '인간' 범주를 의문에 부치는 시편들과, 젠더와 섹슈얼리티를 삶의 존속과 생존을 위해 수행되는 개념으로 전환하여 입체적인 '나'를 구사함으로써 '삶다운 삶'을 추구하는 시편들을 차례로 읽었다. 대문자 '나(I)'의 세계로 회귀하지 않아도 '인간'이란 말 자체를 다시금 바라볼 수 있는 통로와 여러 관계 속에서 비로소 만들어지는 '나'에 대해 재고할 수 있는 단초를, 시를 읽는 작업으로 얻을 수 있었으면 했다.

　'여성적인 것', '남성적인 것'을 이분법적으로 구분하여 젠더 개념에 접근하는 방식을 거절하는 이 글이 전제하는 바는 어떤 개념을 질문에 부치지 않고 반복적으로 사용할 때 오히려 그 개념 자체가 정태화되면서 거기에 접근할 수 있는 다양한 길이 가로막힌다는 데에 있다. 우리가 습관적으로 사용하는 '여성 시'라는 말 역시도 마찬가지일 것이다. '여성 시'란 무엇을 의미하는지 의문을 가지지 않고 그 말을 사용할 때, 우리는 우리가 상상할 수 있는 범위 내에서의 '여성' 개념을 더욱 확고히 하면서 기존의 젠더 구도에서 얘기해 왔던 한정적인 방식으로만 시에 접근하는 우를 범할지도 모른다.

　도대체 '여성적인 것'이란 무엇이고, '남성적인 것'이란 무엇인가? '여성'과 '남성'이라는 이분법적인 프레임만으로 시에 접근하는 일이 곧 젠더 개념을 경유하여 시를 읽는 일의 전부라 할 수 있는가? 인간이란 무엇인지를 심문하는 시편들에서 확인할 수 있는 '허물어지는' 젠더를 일컬어 우리는 무어라 부를 수 있을까? 우리는 '비여성적인', '비남성적인' 영역까지 포괄하여 움직이는 젠더와 섹슈얼리티를 어떻게 바라보고 있나? 더욱이 인간의 삶이 실은 그것을 '인간'이라 승인한 사회구조의 규범에 의해 내쳐진 '비인간적인' 면모까지 포함한 채로 운영되는 것이라면, 그것이 삶의 한 과정임을 감안한다면, 젠더 프레임을 경유했을 때 얼마든지 시를 입체적으로 독해하는 길을 찾을 수 있지 않을까? 이런 궁금증을 가질 때 누군가 우리 손에 '여성 시'라는 말을 쥐어 준다 한들, 우리는 그것만으로 페미니즘적인 독서를 하기에는 불충분하다고 느낄 수밖에 없다. '인간'이라는 말 자체가 지금껏 정태화한 '인간 규범'에 부합해야만 성립 가능한 개념으로 활용되었을 때 그렇지 못한 존재들을 폭력적으로 소외시키고 배제시키는 일들을 양산했듯이, '여성 시'라는 말이 '여성'의 '여성다움'을 고정화해서 바라보게 만드는 데에 일조하여 얼마든지 시에 접근 가능한 다양한 경로를 차단할 수 있기 때문이다.

결국, 다음의 질문이 여전히 우리 곁에 남아 시를 읽을 때마다 우리의 눈가를 간질이고, 우리의 귓가에 이명을 일으킬 것 같다. 우리는 시를 통해 어떤 목소리를 듣는가? 그 목소리를 듣는 '우리'는 누구이며, 시를 읽고/쓰는 '나'는 누구인가? 이는 나날이 젠더 위계로 발생하는 폭력이 가시화되는 사회 현실 속에서 우리가 2000년대부터 최근에 이르는 시들을 젠더 프레임으로 읽을 때마다 맞닥뜨리는 질문이자, 최근 시가 현실을 관통하면서 지금까지와는 다른 삶을 가능하게 하기 위한 방향으로 젠더 프레임을 활용할 때마다 장착하는 질문들의 핵심일 것이다.

겨누는 것

장은정

읽는 시간

2018년 12월, 이소호의 첫 시집 『캣콜링』을 읽는다는 것은 무슨 뜻일까. 사실상 첫 번째 읽기라는 것은 대부분 실패하기 쉽다. 각 시대의 규범에 따라 '읽을 수 있는 것'과 '읽을 수 없는 것'이 이미 작동하기 마련인데, 어느 특정한 시대에 포섭된 채로 살아갈 수밖에 없는 우리가 읽기를 구성하는 시대의 조건 자체를 비판적으로 사유하면서 읽지 않는다면 정해진 규범을 그대로 재생산하게 되기 때문이다. 가령 이 시집을 김수영 문학상 수상작으로 선정하는 데 있어 망설이게 되었던 유일한 단 하나의 요인이 '시의 적절성'[1]이었다고 말할 때의 함의가 이와 같다. 젠더 이슈가 그 어느 때보다 활성화되어 있는 시기에, 지나가는 여성을 대상으로 발생하는 성

---

1   "나의 유일한 망설임은 오직 이 시집이 너무나 시의적절하다는 데에 있었다. 그러나 이 시집의 문제의식과 목소리의 주체성은 몇 년간 진행되어 오고 있는 젠더 이슈가 공론화되지 않은 상태였더라도 여전히 보편성을 얻었을 것이다." 정한아, 제37회 〈김수영 문학상〉 심사평 중에서, 《릿터》 15, 2018, 218쪽.

희롱인 '캣콜링'이 시집의 제목으로 선택되었을 때, 시집을 펼쳐 시를 읽기도 전에 '이 시들은 어떠어떠할 것'이라는 상투적인 전형을 염두에 두기 쉽다는 말이다.

이 상투적 전형성이야말로 '읽을 수 없는 것'의 핵심을 이룬다. 여성의 현실을 다룬 작품들을 읽을 때에만 작동하는 전형적 독해의 종류는 다양하다. 문학은 가부장적 현실의 폭력을 단순하게 재현하는 것에 그쳐서는 안 된다는 원론적인 비판[2]에서부터 현실에 대한 당위적 접근 때문에 미학성이 결여되어 있다는 평가,[3] 현재 득세하고 있는 페미니즘 담론에 편승해 대중들이 읽고 싶은 것을 조악하게 합성한 것에 불과하다는 폄하,[4] 심지어 작품에서 드러나는 현실의 폭력이 과연 사실인지조차 의심하는 상황[5]에 이르기까지 비판의 강조점은 조금씩 다르지만 궁극적으로는 시대의 요청하에서 문학을 재구성하는 여러 질문들과 유동하며 함께 사유하기보다는 문학에 대한 기존의 정의에 맞춰 현재의 문학을 손쉽게 재결(裁決)한다는 점에서 공통적이다. 근 20년간 작품의 미덕을 눈 밝은 독자로서 공감(empathy)을 통해 짚어 내는 섬세한 독해가 비평 윤리의 핵심을 이루었던 것을 염두에 둔다면, 작품의 한계에 집중하는 읽기가 여성의 현실을 다룬 작품에만 부분적으로 적용된다는 것은 더욱 의미심장하다.

강조해야 할 것은 페미니즘 문학으로 분류되는 작품에 대한 손쉬운 비평적 찬사 역시 '읽을 수 없는 것'으로 작용할 수 있다는 점이다. 무슨 말인가. 1990년대 여성문학의 주요한 비평적 키워드는 '여성적 글쓰기

---

2   심진경, 「새로운 페미니즘 서사의 정치학을 위하여」, 《창작과비평》 2017년 겨울, 56쪽.

3   조강석, 「메시지의 전경화와 소설의 '실효성'」, 《문장웹진》 2017년 4월.

4   김승일, 박민정, 이은지의 좌담 중 이은지의 말, 「2017년 한국문학의 풍경」, 《21세기문학》 2017년 겨울, 252쪽.

5   황현경, 「소설이라는 형식」, 《문학동네》 2018년 봄, 433쪽.

(écriture féminine)'로서 가부장적 질서에 포섭된 남성적 글쓰기의 대안을 모색하는 문제의식을 응축하고 있었다. 당시에 발표된 비평들 중 당대작품의 면밀한 독해를 기반으로 식수와 이리가라이, 크리스테바를 경유하여 '여성성이란 무엇인가' 혹은 '여성적 글쓰기란 무엇인가'라는 질문에 대해 완성도 있게 답하는 글일수록 비평이 조명해 내고자 했던 작품의문학적 성취와 당대의 여성적 현실과의 관계에 대한 성찰을 찾아보기 힘든 것은 우연이 아니다.[6] 2018년이라는 지금에서야 뚜렷하게 목격하게되는 것은 1990년대 여성문학 담론에서 여성성과 여성적 글쓰기가 무엇인지에 대해 질문하고 대답하는 일이 결론적으로는 여성문학을 타자화하여 게토화하는 것에 기여했다는 사실이다. 즉 '여성성이란 무엇인가' 혹은 '여성적 글쓰기란 무엇인가'라는 질문에 충실히 답하려 애쓰는 일이도리어 당대 현실의 한계를 '읽을 수 없는 것'으로 고착화시키도록 기능했던 것이다.

그렇다면 지금의 우리 역시 페미니즘 비평에서 작동하고 있는 주요한'질문들' 자체가 특정한 시대적 규범의 재생산에 불과할 수 있음을 비판적으로 사유하지 않고 개별적인 질문 자체 하나하나에 함몰되는 것이야말로 어렵게 다시 활성화된 페미니즘 비평을 다시 타자화하는 일에 일조할 수도 있지 않을까? 그러니 미리 상정된 '좋은 문학'의 기준에 맞는 작품을 골라 그에 대해 완성도 높게 대답하려 애쓰기보다는, 2018년 12월을 더욱 근본적으로 결정짓고 있는 '읽을 수 없는 것'이 시대적으로 어떻게 구성되고 비평 담론하에서 관습적으로 재생산되는가를 고찰하는 것이

---

6 물론 이는 1990년대 여성문학만의 특징은 아니다. 1990년대에 접어들면서부터 문학에 대한 평가가 당대 현실과의 관계보다는 문학사적 관점에 국한되어 형성된 바가 있으며, 여성문학 담론 역시 이러한 큰 흐름 속에 포함되어 있었다. 1990년대부터 최근에 이르기까지 우리가 '읽지 않았던 것'의 문제의식에 대해서는 졸고, 「'지금─여기'의 현실」, 《모:든시》 2018년 겨울, 79쪽 참조.

야말로 어렵게 재활성화된 페미니즘 비평 담론을 함부로 소비하지 않고 유의미하게 확장해 나가는 일이라 믿는다.

그동안 평론가에게 첫 시집의 해설이란 기존의 문학사 전체와 상징적으로 대결하면서 막 탄생한 신인의 문학적 성취를 새로이 기입하는 일로 받아들여졌다. 이전 세대뿐 아니라 동시대 작가들과의 비교 속에서 '무엇이 다른가' 묻는 질문에 뚜렷하게 답할 수 있는 작품일수록 그 문학적 성취가 높은 것으로 평가되었다. 그런데 작품의 문학적 성취를 평가하는 유일한 기준이 작가의 '개성'이 될 때, 이는 문학을 이전 문학에 대한 단절과 전복이라는 문학 내적 논리의 범위로 한정 지으면서 동시대 현실과의 관계를 삭제하게 된다는 것을 강조해야겠다. '새로운 신인의 등장', '유일무이한 목소리의 발명' 등 그동안 첫 시집에 쏟아졌던 관습화된 비평적 찬사의 수사는 현실에 대한 문학적 승리를 강조하느라 작품이 가까스로 딛고 있는 현실을 삭제하기 쉽다. 그러니 이소호의 첫 시집 『캣콜링』을 2018년 12월에 '읽는다는 것'은, 여성 현실을 다룬 작품에게만 적용되는 폄하와 찬사라는 이중적인 관습적 독해뿐 아니라 세대론적 비평의 문법에 대해서도 동시에 저항해야 한다는 뜻이라고 하겠다. 이 삼중의 저항 속에서만 간신히 드러나는 '읽을 수 있는 것'이란 대체 무엇일까.

겨누는 것

시를 본격적으로 읽어 내려가기 전, 2018년 12월의 '읽을 수 없는 것'을 구성하고 있는 '지금 – 여기'의 조건부터 짚었던 것은 이 글이 써 내려갈 읽기의 기록이 어떠한 시대적 규범하에서 작동하고 있는지를 의식화하기 위해서다. 사실 '읽기'란 두려운 것이다. 사사키 아타루가 '읽기'와 '혁명'의 관계를 논의하며 가장 먼저 강조했던 것이 읽기란 본래 무의식적 접속이기에 읽는 자들은 자연스럽게 자기방어를 하게 된다는 사실이 아니었던가. 카프카의 소설을 읽는다는 것은 카프카의 꿈을 자신의 꿈으로 겪어 내야 하는 일이고, 타인의 꿈을 대신 꾼다는 것은 읽는 자의 실존을 뒤흔들 만큼 위협적인 일이기 때문이다. 버지니아 울프가 '읽기'를 작가와 독자 사이에서 마침내 처리하지 않으면 안 되는 '최후의 고독'이라고 비유했던 것을 인용하며, "그 싸움에서 우리는 하얀 종이의 표면에 비치는 광기와 그것을 읽지 않겠다고 하는 자신의 방어기제에 동시에 저항하지 않으면" 안 된다고, "차례로 넘기는 책의 한 페이지 한 페이지마다 우리는 실오라기 하나 걸치지 않은 무의식의 벌거벗은 형태로 도박을 하는 것"[7]이라 정의 내릴 때, '읽을 수 없는 것'이란 사실 '읽고 싶지 않은 것'에 다름 아니다.

그러니 시에 적혀 있는 것을 실제로 읽는 것이 생각처럼 그리 간단하지는 않은 것 같다. 쓰는 자가 자신이 무엇을 쓰고 있는 것인지 정확히 이해하지 못한 상태로 설명하기 힘든 특정한 직관에 의지하여 힘겹게 한 줄씩 써 내려가는 것처럼, 읽는 자에게도 동일한 일이 일어난다. 텍스트에게서 우리가 읽게 되는 것은 실제로 적힌 것인가, 아니면 우리가 작품에 미리 상정한 어떠한 전제의 재확인인가? 이를 어떠한 기준으로 구분할 수 있을까? 이조차 구분하기 어렵다면 시대적 한계로서 작동하고 있는 '읽을 수 없는 것'의 원리를 각각의 작품을 읽으며 어떻게 해체하고 그것을 기어이 '읽을 수 있는 것'으로 전환할 수 있을까? 나 역시 이에 대한 뚜렷한 정답을 아직 갖지 않은 채로, 다만 금방 읽어 낸 것을 이미 마련되어 있던 기준으로 함부로 폄하하거나 손쉽게 열광하지 않고, 시를 이루는 단어와 문장들이 읽기 속에서 매 순간 다르게 일으켜 올리는 어떠한 감각들을 성실히 응시하면서, 그것이 2018년 12월의 시간 혹은 지나간 시간들과

---

7   사사키 아타루, 송태욱 옮김, 『잘라라, 기도하는 그 손을』(자음과모음, 2012), 54~55쪽.

어떻게 연관되어 있는지를 상세히 따라가는 것으로부터 시작할 수밖에 없겠다.

내가 태어났는데 어쩌다 너도 태어났다. 하나에서 둘. 우리는 비좁은 유모차에 구겨 앉는다.

우리는 같은 교복을, 남자를, 방을 쓴다.

언니, 의사 선생님이 나 하고 싶은 대로 하래. 그러니까 언니, 나 이제 너라고 부를래. 사랑하니까 너라고 부를래. 사실 너 같은 건 언니도 아니지. 동생은 식칼로 사과를 깎으면서 말한다. 마지막 사과니까 남기면 죽어. 동생은 나를 향해 식칼을 들고, 사과를 깎는다. 바득바득 사과를 먹는다.

나는 동생의 팔목을 대신 그어 준다. 넌 배 속에 있을 때 무덤처럼 잠만 잤대. 한 번 더 동생의 팔목을 그었다. 자장자장. 넌 잘 때가 제일 예뻐. 동생을 뒤집어 놓고 재운다. 이불을 머리끝까지 덮어 주고 재운다. 비좁다 비좁다 밤이. 하나에서 둘. 하나에서 둘.

—「동거」

화자를 언니라고 부르지 않고 '너'라고 부르겠노라 선언하며 식칼로 깎은 사과를 억지로 먹이는 이는 화자의 여동생인 것으로 짐작된다. 같은 배 속에서 있었던 시간이라거나 연달아 태어났다는 진술은 이들이 혈연 관계로 맺어져 있음을 확신하게 한다. 그런데 이 자매들은 어째서 서로에게 칼을 겨누고 있을까? 시에서 유추할 수 있는 직접적인 이유는 그녀들이 있는 곳이 너무 '비좁다'는 조건에서 기인하는 것으로 보인다. 장소의 비좁음("우리는 비좁은 유모차에 구겨 앉는다.")이 시간의 구소에까시("비좁다 비좁다 밤이.") 숨 막히게 장악하고 있다. 이때 서로의 존재는 자신의 자리를 방해하고 위협하는 자이자 제거해야 할 대상으로 설정되면서 서로에게 칼을 겨누게 된 것으로 보인다. 그런데 "하나에서 둘. 하나에서 둘." 반복해서 중얼거리며 비좁음을 한탄하는 것, 이것이 전부인가?

나로서는 첫 시로 배치된 이 시를 읽자마자 당혹스러움과 어리둥절함을 느꼈다. 어떤 것도 숨겨져 있지 않고 모든 것이 드러나 있는 이 시에서 무엇을 도드라지게 강조하여 읽어야 할지 알 수 없었기 때문이다. 가령 1990년대 여성 시인들의 경우, 김언희가 "이제, 내가, 아버지의/ 아가리에/ 똥을/ 쌀/ 차례죠……"[8]라고 중얼거릴 때, 시에서도 본 적 없는 이 위반의 발화 자체에 주목할 수 있을 것이고, 신현림이 "남자는 유/ 곽에 가서 몸이라도 풀 수 있지 우리는 그림자처럼 달/ 라 붙는 정욕을 터트릴 방법이 없지 (중략) 좌우지간 여자 직장을 사표 내자구 시발"[9]이라고 하소연할 때 생활 영역의 차원에서 여성에게 금기시되어 온 욕설과 성욕의 조합이 갖는 전복적 발화를 읽을 수 있을 것이며, 성미정이 희망과 행복의 상징으로 여겨 온 파랑새가 사실은 "남들이 모두 잠든 시간에 새의 주둥이를 틀어막고 (중략) 시퍼렇게 멍들 때까지 얼룩지지 않도록 골고루 때"린[10] 결과라는 것을 은밀히 설파할 때, 시적 알레고리의 서사를 통해 끔찍한 폭력의 현실을 충격적으로 탈은폐시킬 수 있음을 강조할 수도 있을 것이다.

그렇다면 「동거」는 어떤가. 일상적으로 통용되는 이미지들을 전복적으로 뒤엎는 획기적인 비유가 있는 것도 아니고, 금기시되어 온 발화를 내지르는 것도 아닌 채로, 유모차 속에서 비좁아 하면서 웅크리고 서로에

---

8   김언희, 「가족 극장, 문고리」, 『말라죽은 앵두나무 아래 잠자는 저 여자』(민음사, 2017), 95쪽.

9   신현림, 「너희가 시발을 아느냐」, 『세기말 블루스』(창작과비평사, 1996), 98쪽.

10   성미정, 「동화 ─ 파랑새」, 『대머리와의 사랑』(세계사, 1997), 27쪽.

게 칼을 겨누고 있는 것이 전부처럼 보이지 않는가? 그런데 이전의 다른 시들을 마치 칼처럼 「동거」에 겨누는 방식으로 나란히 배치하여 읽고 나서야 보이는 것이 있다. 인용한 김언희와 신현림의 시에서 남성의 존재가 극복되거나 전복되어야 할 대상으로 설정되어 있는 것과 달리 이 자매들이 한정된 자원들을 함께 공유할 수밖에 없는 상황에 대해 말하며 교복과 남자, 방을 하나의 층위에 아무렇지도 않게 나란히 배치해 두었다는 점이다. 즉 이 시에서 "남자"란 교복이나 방과 다를 바 없는 일종의 '자원'으로 여겨진다. 애초에 위반이나 전복의 대상으로 설정되지 않는 것이다. 그렇다면 내가 이 시를 처음 읽고 무엇을 읽어야 할지 알 수 없어 당혹스러웠던 것은 그동안 여성이 자신의 현실에 대해 쓸 때, 남성의 존재를 지배 질서의 주체로 상정하고 '그것을 어떻게 해체할 것인가.'라는 질문에 대답하기 용이한 작품을 문학적 전복의 예시라고 여겼기 때문은 아닐까? 이렇게 묻고서야 비로소 의미심장하게 보이는 것은 여성들이 서로에게 칼을 겨누고 있는 뚜렷한 시적 상황 그 자체다.

없는 자리

이 시집에서 반복적으로 목격할 수 있는 중요한 장면 중 하나가 여성들이 서로를 향해 폭력을 겨누고 있는 구도라는 점은 의문의 여지가 없어 보인다. 대표적으로 「우리는 낯선 사람의 눈빛이 무서워 서로가 서로를」과 같은 시는 어떤가. "언니야 우리 둘이 살자" 다정하게 속삭이며 시작되지만, 동생이 언니의 머리를 프라이팬으로 사정없이 내리치고 "언니는 맞아야 말귀를 알아듣는 거 같"다며 "너 같은 게 어떻게 대학에 갔는지 모르겠어 이렇게 멍청한데 때려야만 말을 알아듣잖아 개새끼처럼"이라고 중얼거릴 때, 읽는 자들이 시를 읽으며 경험하게 되는 충격의 종류는 낯선 것이다. 여기에서 우리는 여성들 간의 적대를 읽어 내야 할까? 이 충격이 갖는 의미를 좀 더 분명히 이해하기 위해서는 「경진이네」 연작시들을 상세히 엮어 읽는 일이 필요하겠다. 총 5부로 구성되어 있는 시집의 목차를 살펴보면 3부를 제외하고 모든 부의 제목에 경진이의 이름이 기입되어 있다. 그야말로 『캣콜링』은 경진이의 시집이라고 할 법한데, 그중에서도 1부에 수록된 시편들은 경진이의 유년 시절을 그 시적 배경으로 삼고 있다는 점에서 특히 중요하게 고려될 필요가 있겠다.

불행히도 엄마의 자궁은 1989개의 동생을 낳은 후로 늙고 닳았다

젖을 빠는 대신 우리는 자궁에 인슐린을 꽂고 매일매일 번갈아 가며 엄마 다리 사이에 사정을 했다
그때마다 개미가 들끓었다

잘 들어 엄마
엄마는 이제 여자도 뭣도 아냐
내가 이렇게 엄마 다리 사이를 핥아도 웃지를 않잖아
봐 봐
이렇게 손가락 세 개를 꽂아도 느낄 줄 몰라 엄마는

(중략)

가진 게 다리뿐인 나는
살아야 했다

엄마를 향해 사정을 했다 다리 사이로 개미들은 끓고, 턱을 벌리고 엄마

의 축 처진 살을 꼬집었다

　울었다 엄마는

　영등포 로터리에서 핑크색 유두를 잃어버린 소녀처럼 똥파리가 들끓는
1989명의 동생을 뜯어 먹으며

—「경진이네 – 거미집」에서

　읽는 자를 가장 즉각적으로 압도하는 것은 딸이 엄마를 강간하는 장면
이다. 어째서 이 묘사들이 이토록 낯설고 충격적인가를 되짚어 보면, 여성
에 대한 폭력을 상상했을 때 거의 자동화된 상태나 다름없이 남성에 의한
여성 강간과 폭행을 가장 먼저 떠올리기 쉽기 때문인지도 모르겠다. 만일
이 시가 화자의 성별을 남성으로 설정했다면 이만큼의 낯섦을 야기할 수
있었을까? 숱한 미디어들의 성폭력 보도가 '폭력'이 아니라 '성'에 잘못된
강조점을 찍어 매일같이 재생산하는 것과 마찬가지로, 이 시에서 화자의
성별이 남성으로 설정되어 있었다면 여성을 대상으로 한 폭력은 다시 한
번 무감각하게 반복되며 그 내면화를 더욱 공고히 하는 것에 기여하고 말
았을 것이다. 그런데 딸인 경진이가 "젖을 빠는 대신 우리는 자궁에 인슐
린을 꽂고 매일매일 번갈아 가며 엄마 다리 사이에 사정을 했다"고 쓸 때,
내면화되어 있어 좀처럼 그 충격을 실감하며 경험하기 힘든 그 폭력의 압
도적인 고통이 이토록 생생하게 육박하며 밀려 들어오지 않는가. 그런데
도대체 경진이는 왜 엄마를 강간하며 "잘 들어 엄마/ 엄마는 이제 여자도
뭣도 아냐/ 내가 이렇게 엄마 다리 사이를 핥아도 웃지를 않잖아"와 같이
가부장적 남성의 폭력적 발화를 복화술로 읊조리고 있는 것일까?

　이 시는『캣콜링』에서 반복적으로 묘사되는 여성들 사이에서 발생하는
폭력을 이해하는 데 결정적인 힌트를 제공한다. 이 시에 따라붙은 각주[11]를

11　각주의 전문은 다음과 같다. "벨벳 거미는 자살적 모성 보호가 있는 곤충으로, 산란 후 어미가 자

기반으로 시를 재구성하면 다음과 같다. 할머니가 자신의 몸을 자식의 먹이로 내어주는 벨벳 거미에 대한 다큐를 시청하면서 어미 거미의 입장에 감정이입을 한 후, 자신의 딸에게 "거미 같은 년"이라고 욕을 한다. 그 욕을 들은 딸은 "아이처럼 방문을 꼭 걸어 잠그고 서럽게 울었다." 이것은 엄마와 딸의 이야기이지만, 이날의 사건을 목격하고 기억하는 시인 – 화자 – 딸의 시선이 한 겹 더 덧씌워지면서 '할머니 – 엄마 – 딸'이라는 삼대의 서사가 직조되기에 이른다. 그런데 이 각주의 내용을 바탕으로 이 시를 재구성하면 완전히 다른 시가 된다. 무슨 말인가.

만약 딸인 당신이 할머니에게 "거미 같은 년"이라는 욕을 듣게 된 엄마가 방문을 걸어 잠그고 서럽게 울었던 그날의 사건을 시적으로 재구성하여 형상화한다면, 당신은 어떤 시를 쓰겠는가? 이때 이소호의 선택은 놀라운 것이다. 엄마가 세상에서 살아남기 위해 견뎌 내야만 했던 온갖 폭력을 가하는 주체로 자신을 위치시키는 방법을 택하기 때문이다. 언뜻 쉽게 이해되는 선택은 아니다. 왜냐하면 아무리 섬세히 살핀다 하더라도 표면적으로는 이 시에서 단순히 딸이 엄마를 강간하는 것처럼 보이기 때문이고 그래서 각주가 반드시 필요했을 것이다. 하지만 시의 말미에 덧붙여져 있는 각주까지 빠짐없이 읽은 후 시의 처음으로 되돌아와 다시 읽어 내려 가면 사실 이 시의 화자는 자신이 저지르고 있는 폭력을 전혀 즐기고 있지 않을 뿐 아니라, 오히려 엄마의 고통에 감정이입하고 자신의 폭력에 격렬히 분노하면서 엄마의 고통을 생생히 받아쓰는 일을 하고 있음을 알게 된다.

식들에게 자기 몸을 먹이로 내어 준다. 이는 모성의 가장 극단적인 사례로 손꼽힌다. 그리고 그 극단적 모성은 숙명이다. 자식의 미래는 어미이기 때문이다. 어느 날 할머니께서는 이것에 관한 다큐를 보고 엄마에게 욕을 하셨다. "거미 같은 년"이라고. 나는 이것을 기억한다. 엄마는 아이처럼 방문을 꼭 걸어 잠그고 서럽게 울었다."

만일 이 시의 화자가 가해자도 피해자도 아닌, 제3자의 목격자로서 엄마가 겪고 있는 폭력을 써 내려갔다고 가정해 보자. 읽는 자들 역시 이 안전한 위치에서 엄마의 고통을 묵묵히 관조하며 세상에서 매일 벌어지는 폭력에 별다른 감흥 없이 반응하듯 똑같이 쉽게 지나쳐 버리지 않았을까? 이소호 시의 급진성은 심지어 자신을 가해자의 위치로 옮겨 놓는 선택을 감행하면서 제3자의 목격자이자 방관자로서의 시적 자리를 완전히 삭제해 버렸다는 점에 놓여 있다. 생각해 보라. 가해자보다 폭력을 가장 가까이에서, 실시간으로 가장 생생하게 목격할 수 있는 사람이 있는가? 그 때문일까, 스스로 가해자의 자리로 걸어 들어가는 이소호 시적 주체의 결단은 벨벳 거미처럼 결코 엄마를 잡아먹는 자식이 되지 않으려는, 필사적이고 절박한 행위로 보인다. 한 가지 강조해야 할 것은 시인이 스스로 가해자–화자의 자리로 걸어 들어가는 바람에 독자들 또한 속절없이 이 자리로 끌려 들어가게 된다는 점이다. 어떤 윤리적 정당성도 확보될 수 없는 이토록 불편한 위치에서 우리는 무엇을 읽게 되는가.

우리, 한계

그동안 문학작품 내에서 폭력의 현장을 생생하게 묘사할 때, 그 묘사의 문학적 정당성은 현실에서 작동하는 법적 금기의 속박에 감금된 이들이 문학의 영역에서나마 상상력을 통해 법적 질서를 위반하고 전복한다는 논리 속에서 확보되었다. 최근 페미니즘 비평 담론을 통해 여러 번 지적되고 있는 바는 이때의 문학적 진실로서의 욕망이 철저히 가부장적 질서에 포획된 욕망이었기에 법적 질서에 대한 위반이라 믿었던 상상력이 사실은 약자를 향한 혐오를 실천한 것에 지나지 않다는 점이다. 그런데 어째서 이 사실이 이제야 통찰되기 시작했을까? 그동안 우리는 왜 그것을 읽어 내지 못했을까? 어쩌면 인간의 진실을 '폭력을 향유하는 욕망'의 층위에서 규정하고, 이를 문학적 진실과 동일시하는 것에 대해 어떤 의문도 품지 않았다는 것이 그 모든 사태의 핵심이 아닐까?

그런데 「경진이네 – 거미집」을 읽어 낸 방식으로, 여성들 사이에서 벌어지는 폭력의 현장을 그린 다른 시편들을 읽게 되면 읽기 경험의 차원에서 놀라운 역전이 일어난다. 무슨 말인가. 시 속에서 가해자의 발화를 통해 폭력이 벌어지고 있는데도 화자와 읽는 자들은 그 폭력을 향유하기는커녕 이러한 폭력들을 발생시키게 만드는 '구조 자체'에 집중하게 되는 것이다. 이것은 차가운 몰입이다. 「동거」에서 자매가 서로에게 칼을 겨누고 있을 때, 읽는 자들은 가해자의 편에서 서서 감정이입을 하며 폭력 자체를 짜릿하게 경험하는 것이 아니라 서로를 향해 적대할 수밖에 없는 '비좁음'을 가장 선명하게 읽게 되는 것처럼, 이소호의 시는 폭력을 향유하는 욕망의 차원에서 시적 진실을 정의하지 않는다. 오히려 이 모든 폭력을 '필연적인 것'으로 만드는 구조 자체를 시적 현실로 구축한 후 그 내부에서 서로를 향해 칼을 겨누며 적대할 수밖에 없도록 만드는 것이 무엇인가를 냉철하게 묻는 것이다.

벨벳 거미를 하나의 비유로 간주하고 이 비유에서 벨벳 거미가 가진 위치성을 가늠해 보자. 벨벳 거미가 자식에게 먹이로 잡아먹힐 때 어미 거미는 피해자의 위치에 놓인다. 그런데 어미 거미가 자신을 잡아먹는 자식을 낳을 수 있었던 것은 자신 역시 어미를 먹이 삼아 살아남았기 때문이라는 점에서 가해자의 위치에 놓여 있다. 즉 벨벳 거미의 존재는 피해와 가해의 위치가 구분되지 않고 순환하는, 폭력이 발생하는 조건이자 장소 그 자체라고 할 법하다. 그러니 할머니가 자신의 딸을 향해 "거미 같은 년"이라고 욕을 하고, 그 욕을 들은 엄마가 방문을 잠그고 울음을 터트릴 때, 욕을 하는 자와 울음을 터트리는 자는 '할머니 – 엄마 – 딸' 모두이다. 이러한 동시성이 서로에 대한 깊은 연루 속에서 이뤄진다는 점이 중요하다. 출산과 폭력, 살해가 트라이앵글처럼 서로의 꼬리에 꼬리를 무는 방식으로 순환하고 있는 것이다. 그렇다면 시 속에서 자식에게 강간을 당하는 엄마는 곧 딸이 겪게 될 미래이며, 엄마를 강간하는 딸의 행위는 엄마의 과거이기도 하다. 이소호의 시가 문제 삼고 있는 것은 바로 이러한 폭력의 구조 그 자체다.

그런데 이 시는 마치 김혜순의 「딸을 낳던 날의 기억」의 짝패와도 같지 않은가? 거울을 열고 들어가니 어머니가 앉아 계시고, 또 거울을 열고 들어가니 외할머니가, 또 거울을 여니 외증조 할머니가, 그렇게 마주 본 거울 속의 무한히 반복되는 상(像)처럼 어머니들이 일제히 나열되어 있다가 갑자기 나를 향해 "엄마엄마 부르며 혹은 중얼거리며/ 입을 오물거려 젖을 달라고 외치며 달겨드는데"[12] 순간 거울이 한꺼번에 깨지며 "모든 내 어머니들의 어머니"를 낳던 그 압도적인 순간을 어찌 잊을 수 있겠는가. 아브라함이 이삭을 낳고 이삭은 야곱을 낳고 야곱은 유다와 그의 형제를 낳는…… 오로지 남성에 의해서만 서술되어 온 인간의 역사를, 지금으로부터 30여 년 전 김혜순이 시를 통해 여성의 관점에서 완전히 새로이 재구성했다면, 이소호는 여성의 역사가 어째서 '폭력과 살해'의 방식으로만 직조되도록 현실에서 강제되는지에 대해 분노 어린 질문을 담아 읽는 자들에게 시를 칼처럼 겨누고 있다고 봐야 할 것이다.

이런 고민 속에서야 선명하게 보이는 것은 이소호의 시에서 여성들이 서로에게 폭력을 가할 때, 그것은 언제나 가족제도 안에서의 사건이라는 뚜렷한 특수성을 가지고 있다는 사실이다. 반드시 엄마와 딸, 언니와 여동생이라는 특정한 위치 속에서만 이러한 폭력이 발생한다. 이를 유념에 두고서야 "이제/ 가족을 말하지 않고 나를 말하는 방법은/ 핑계뿐이다"(「경진이네 – 거미집」)와 같은 구절에 선명하게 새겨져 있는 '지금 – 여기'에서

---

12   김혜순, 「딸을 낳던 날의 기억」, 『아버지가 세운 허수아비』(문학과지성사, 1985), 113쪽.

의 현실의 한계를 매만질 수 있다. 즉 이소호가 목격자이자 방관자로서 기능할 수 있는 제3자의 자리를 과감히 삭제할 때, 이는 폭력에 대한 어떤 방관도 허락지 않는 독창적인 시적 전략이자 결단임에 틀림없지만 또 다른 한편으로는 가족을 말하지 않고서는 자신을 말할 수 없도록 강제하고 있는 현실의 한계 내에서 좌절하지 않을 수 없었던 뼈아픈 타협점으로 볼 수도 있는 것이다. 이 지점이야말로 『캣콜링』이 시를 통해 '지금-여기' 현실의 가장 근본적인 한계까지 가닿은 결정적 순간이라면, 이 시집에서 무엇보다 중요한 시어는 바로 '우리'다.

시인의 말("쟤는 분명 지옥에 갈 거야./ 우릴 슬프게 했으니까.")에서부터 시작되어 시집 전체에서 수없이 되풀이되고 있는 이 시어를 읽을 때 주의해야 하는 것은 각 시마다 지시하는 '우리'의 대상이 다양하기 때문이다. 예를 들어 1부에서 등장하는 거의 대부분의 '우리'가 엄마와 딸, 언니와 여동생의 관계를 지시한다면, 2부에서는 여성에 대한 범죄를 사소한 일탈로 취급하는 남성 가해자들의 연대를 지시하는 '우리'도 존재하며(「합의합시다」) 경진과 시진, 소호에게 끊임없는 언어폭력을 과시하는 남성들이 이들과의 관계를 지시할 때 사용하는 단어인 '우리'(「마시면 문득 그리운」) 역시 존재한다. 그럼에도 이소호의 시적 화자가 직접 '우리'라고 지칭하는 것은 오로지 첫 번째 경우에만 해당된다. 아버지와의 관계를 지시하거나, 남자친구와의 이성애 관계를 지시하는 말로도 드물게 등장하기는 하지만 한두 편에 그칠 뿐 가장 문제적인 관계 양상으로 드러나는 것은 바로 엄마와 딸, 언니와 여동생의 '우리'다. 이것은 무엇을 뜻할까?

시집의 2부는 일상 속에서 흔히 듣게 되는 남성적 발화를 그저 있는 그대로 받아쓰는 방식으로 구축된 시들이 모여 있다. 가령, 단 한 줄이 전문을 이루는 「가장 사적이고 보편적인 경진이의 탄생」은 어떠한가. "**지는 얼마나깨끗하다고유난이야못생긴주제에기어서라도집에갔어야지**" 성폭력 피해자를 비난하는 전형적인 사고방식을 보여 주는 이 발화는 "가장

사적이고 보편적인 경진이"를 탄생시키는 말이기도 하지만, 그 어떤 개별성도 드러내지 못하는 가부장적 주체의 자동화된 무능을 폭로하는 '인용'이기도 하다. 그 때문에 「오빠는 그런 여자가 좋더라」와 「마시면 문득 그리운」, 표제시인 「캣콜링」에서 기울임이 적용된 부분만 골라 읽을 때 드러나는 성희롱의 전형적 대사들은 단지 그대로 받아써서 전시하는 것만으로도 통쾌한 조롱의 효과를 발생시킨다.

그럼에도 이 시들이 『캣콜링』에서 읽어 내야 하는 핵심적인 시편들이 아닌 이유는, 이소호의 시에 있어서 가부장적 남성 주체에 대한 조롱이란 얼마든지 말할 수 있는 것, 즉 읽는 자들에게 아무런 분열도 일으키지 않고 뚜렷하게 들리므로 선명하게 '읽을 수 있는 것'의 편에 놓여 있기 때문이다. 이와 비교한다면 엄마와 딸, 언니와 여동생 사이에서 폭력적 행위들이 난무하는 시들의 경우 생략되거나 삭제된 것의 자리를 더듬어 분석하지 않고서는 말할 수도 들을 수도 없는 것, 즉 '읽을 수 없는 것'으로 나타난다는 점에서 읽는 자들이 반드시 '읽어야만 하는 것'의 표식을 떠안고 있다고 하겠다.

읽은 꿈

앞서 폭력의 장소에서 목격자이자 방관자로서의 제3자의 자리를 과감히 삭제하는 것이 이소호 시의 독창성이자 '지금 – 여기' 현실의 한계가 맞물리는 지점이라 썼다. 이때 현실의 한계란, 벨벳 거미에 대한 다큐를 보던 할머니가 엄마에게 "거미 같은 년"이라고 욕하지 않을 수 없었던 무엇, 할머니의 욕을 들은 엄마가 문을 잠그고 울음을 터트리지 않을 수 없었던 무엇, 제3자로서 목격한 이날에 대해 스스로를 가해자의 위치로 전환한 후에야 비로소 써 내려갈 수 있었을, 그리하여 『캣콜링』에서 가장 문제적이고 인상적인 시를 써내고야 말도록 시인을 끝내 몰아가게 만든 무엇이라고 할 수 있을 것이다. '읽을 수 없는 것'의 자리에 놓여 있기에 이를 어떻게 이름 붙여야 할지 알 수 없지만, 한 가지 분명한 것은 "이제/ 가족을 말하지 않고 나를 말하는 방법은/ 평계뿐이다"라는 한계를 시적 언어와 더불어 재구성해 보려는 노력 속에서 발생한 시라는 점일 것이다. 그러나 내가 이 시집에서 읽어 낸 것들이 실제로 이 시집에 적혀 있는 것의 '전부'라고 확신할 수 있을까?

얼마 전 김승희 시인은 한국 현대시의 과거와 현재, 미래를 짚는 글에서 1970~1980년대를 시인의 꿈과 독자의 꿈이 일치하는 희귀한 시기였다고 정의 내린 바 있다. 거대 담론의 억압에 의해 함께 고통받고 있었기 때문에 그것으로부터 해방되기 위한 같은 꿈을 꿨다는 것이다. 그러나 1990년대에 접어들자 시인들이 다원화된 개인적 내밀성을 가지게 되면서 더 이상 시인의 꿈과 독자의 꿈은 1970~1980년대처럼 일치하지 않고, 고독과 고립 속에서 내면의 불안 속으로 숨어 들어가게 되었다는 것이다. 그렇다면 미래는 어떨까? 시인은 조심스럽지만 단호하게 말한다. "70년대나 80년대와 같이 거대 담론에 한 목소리로 저항했던 시인과 시의 시대는 결코 다시는 오지 않을 것이다. 독자도 역시 마찬가지다. 시인과 독자 모두 미시 담론이 중요해진 일상의 세계 속에 살고 있다. 시인과 같은 꿈을 꾸는 독자들이 많지 않으며, 무엇보다도 이제는 함께 꿈꾸는 시대가 아니게 되었다."[13]

그러나 2016년 5월 17일 강남역 살인 사건을 기점으로 더욱 폭발적으로 활성화된 페미니즘 담론 이후, 예술계 성폭력 말하기 운동, 미투 운동을 통과하며 페미니스트 여성 독자 집단이 더욱 급격히 성장하고 있는 2018년 12월의 시간이란 대체 어떤 시간인가. 이는 김승희 시인의 통찰

---

13 김승희, 「한국 현대시의 과거, 현재, 그리고 미래」, 《문학사상》 2018년 5월.

을 빌려 동일한 거대 담론의 영향 속에서 시인과 독자의 꿈이 일치하는 1970~1980년대와도 다르고, 다원화된 개인적 내밀성으로 낱낱이 흩어져 있었던 1990~2000년대와도 다른, 아니 어쩌면 이 모든 시간이 모두 뒤섞여 있는 채로 유동하면서 이전에 살아 본 적 없기에 알지 못하는 시간을 살고 있다고 해야 하지 않을까?

한 가지 분명한 것은 새로이 활성화된 페미니즘 담론 속에서 작가의 꿈과 독자의 꿈이 완전히 일치하지 않는다 하더라도 그러한 불일치, 즉 차이가 단절이 아니라 대화를 요청하는 계기로 작동하고 있다는 점이다. 『캣콜링』의 4부는 그에 대한 분명한 증거다. 여기에 수록된 시편들의 각주에서는 현대미술의 여성 아티스트들의 작업을 소개하며 이 작업물들에서 영감을 받았음을 밝힌다. 지면의 제한으로 이 시들을 상세히 다루지 못했으나, 각주를 따라 마리나 아브라모비치, 쉬린 네샤트, 니키 드 생팔, 실비아 슬레이, 트레이시 에민, 루이스 부르주아의 작업들과 이소호의 시를 나란히 놓고 읽을 때 더욱 도드라지게 만져지는 낙차와 간극을 즐길 수 있었던 것 역시 2018년 12월이기에 가능한 여성 예술가들과 수용자들 사이의 상호작용이 담겨 있다고 봐야 할 것이다.

글을 열며 2018년 12월에 이소호의 첫 시집 『캣콜링』을 읽는다는 것이 무슨 뜻인지를 물었다. 어째서 나는 「경진이네 – 거미집」을 이 시집에서 가장 문제적인 시편으로 골라 읽었던 것일까? 벨벳 거미에 대한 다큐에게서 할머니가 읽어 낼 수밖에 없었던 것, 할머니의 욕설을 들으며 엄마가 경험할 수밖에 없었던 어떤 치밀어 오르는 감정들, 이 모든 것을 경험하며 시인이 적어 내려갈 수밖에 없었던 것과 마찬가지로 나 역시 이 모든 연쇄 작용에 단단히 연동된 어떤 욕망이 작용하지는 않았을까? 그 때문에 시인이 그 시를 쓸 수밖에 없었던 것처럼, 나 역시 이 시를 오래도록 곱씹어 읽고 읽기를 반복하지 않을 수 없었을 것이다.

튼튼한 철제 상자를 하나 구해 미래의 자신에게 쓴 편지를 넣어 땅에 묻어 본 적이 있는가? 20년 후, 같은 날짜에 모여 상자를 열어 보기로 한 친구들이 끝내 나타나지 않아 혼자 그 상자를 열었을 때, 흙이 묻은 손으로 당신이 읽게 되는 것은 무엇일까? 지금 내가 이 글에 무엇이라고 쓰든 간에 그것은 마치 오래도록 땅에 묻을 문장들을 써 내려간다는 느낌을 지울 수가 없었는데, 어쩌면 그것은 '지금'을 살아간다는 것이 대체 무슨 뜻인지 온전히 이해하지 못한 채로 살아갈 수밖에 없다고 생각하기 때문일지도 모르겠다. 그럼에도 이 깜깜한 무지 속에서 시를 읽고 무언가 써 내려가기를 택했고, 지금 쓸 수 있는 것들을 지금 써야 한다는 동어반복적인 의무감 속에서 읽은 것들에 대해 썼다. 지금 이 글을 읽고 있는 당신의 시간은 언제인가? 당신은 이 시집과 이 글에서 무엇을 읽어 낼지 궁금하다. 그것이 무엇이든 우리가 읽어 낸 것은 우리 자신과 우리가 살아가고 있는 시간의 진실을 보여 준다고 믿는다.

같은 질문을 반복하며

2018년 한국문학의 여성서사가 놓인 자리

조연정

　'2017년~2018년 한국 소설에서의 여성서사'라는 주제로 글을 써야 하는 지면에서 조남주의 『82년생 김지영』을 언급하지 않을 도리는 없을 듯하다. 페미니즘 이슈와 관련하여 '정치적으로 올바른' 판단과 실천을 문학 바깥의 현실로 견인하기에는 이 소설의 미학적 실효성이 의문스럽다는 합리적 논평에 대해[1] ('#문단 내 성폭력' 해시태그 운동이나 '강남역 혐오 살인' 사건 등을 거치며) 문학과 삶이 관계 맺는 방식이 달라진 사정을 보다 적극적으로 고려할 필요가 있다는 의견을 이미 제출한 바 있음에도 불구하고, 이 소설을 다시 거론하는 이유는 사실 작품 자체에 대해 충분히 말하지 못했다는 아쉬움 때문만은 아니다. 최근 1~2년간의 여성서사를 말하기에 앞서, 여성서사가 강력히 요청되는 혹은 여전히 부정되는 맥락을 먼저 짚어 보고 싶기 때문이다. 따라서 이 글은 특정 작품들을 본격적으로 분석하기 보다는 여성서사를 둘러싼 최근의 다양한 반응들에 내 나름의 주석을 다는 식으로 써질 듯하다.

1　조강석, 「메시지의 전경화와 소설의 '실효성' ― 정치적·윤리적 올바름과 문학의 관계에 대한 단상」, 《문장웹진》 2017년 4월.

문단 내 이슈로서보다는 그것을 초과하는 일종의 사회현상으로 논의되고 있는 『82년생 김지영』의 성과와 한계에 대해서는, '정치적 올바름'과 '미학성의 결여'라는 이분법의 도식적 평가들을 극복한 다양한 해석들이 최근 잇달아 제출되었다. 오혜진은 '정치적으로만 올바른' 소설이라는 평가를 전면 재고하며, 『82년생 김지영』의 문제는 여성의 인권 신장이라는 다소 뻔한 주장을 내세우고 있다는 점에도, 더군다나 그것을 투박한 형식으로 제출하고 있다는 점에도 있지 않다고 지적한다. 오히려 이 소설의 문제는 한국 사회를 구성하는 다원적 권력 관계를 드러내지 못하는 "급진화된 정치적 상상력의 결여, 곧 '정치적 뭉툭함'에서 찾아져야 한다."[2]는 것이다.[3]

김미정은 우리 시대가 요구하는 '새로운 미학'이 과연 어떤 형태일지를 질문하며, '미학성이 결여'되었다는 『82년생 김지영』에 대한 그간의 부정적 평가들을 넘어서는 새로운 논점을 제안한다. 우리 시대의 독자들

---

2 오혜진, 「비평의 백래시와 새로운 '페미니스트 서사'의 도래」, 《21세기문학》 2018년 여름, 249쪽.

3 비슷한 지적을 김영찬이 했었다. 중산층 여성 '김지영'의 삶이 보편화되는 순간 '김지영 이하의 김지영'은 가시성의 영역에서 사라질 수 있다는 것이다. 이러한 지적에 동의하지만 충분히 새로운 주장은 아니라는 말도 덧붙이고 싶다. 그보다는 김영찬의 글에 적힌 다음의 문장이 오히려 나에게는 '새삼' 시사하는 바가 컸다는 점을 말해야겠다. 그는 "새삼 미학보다 여성의 비참에 대한 최우선의 분노를 요청하는 (조연정을 포함한) 많은 페미니스트 비평가들이 이전에 이미 남성적 폭력에 무방비로 노출된 하층 계급/중년과 노년 여성의 비참한 삶을 꾸준하게 그려 온 김이설의 소설에 대해 미학적 가공의 결여를 문제 삼아 외면하거나 폄하해 왔던 저간의 사정"(김영찬, 「비평은 없다」, 《삶》 2017년 하반기, 171쪽)을 묻는다. 김이설 소설에 대한 그간의 평가를 확인하는 일과 그녀의 소설을 재평가하는 일은 이 글의 범위를 벗어나므로 여기에서 다루지는 않겠으나, 김영찬이 '새삼' 김이설의 소설을 언급하는 이유가 무엇인지는 생각해 보고 싶다. "젠더를 독자적인 정치적 모순으로 생각하지 않는"(정희진, 「젠더 사회와 미투」, 《문학동네》 2018년 여름, 327쪽) 혹은 "두 가지 이상의 약자의 위치가 겹쳐야만, 그나마 폭력을 인정받을 수 있는"(위의 글, 321쪽) 한국 사회의 둔감한 젠더 의식을 보여 주는 장면은 아닌지 조심스레 지적하고 싶다. 김이설 작품 속 여성들의 고통은 그간 '젠더'의 관점에서보다는 오히려 '계급'의 관점에서만 인정돼 왔던 것은 아닐까.

은 소설을 통해 자신과 다른 문제적 개인의 삶을 읽고 싶어 하기보다는 이제껏 제대로 대변되지 못한 '자기의 삶'을 읽고 싶어 한다는 것, 따라서 이 소설을 둘러싼 "공감의 연대"란 구체적으로 "당사자성의 각성 및 획득에 의한 연대"[4]라 할 수 있다는 것이다. 『82년생 김지영』을 통해 독자들이 원하는 것은, 인터넷이나 SNS를 통해 그들이 항시적으로 만나게 되는 타인의 내면이나 자의식에 관한 것이 아니라, '명료한 사실'로서의 메시지이자 정보일지도 모른다는 그녀의 추측은 꽤 설득적이다. 이러한 관점에 따른다면 『82년생 김지영』에 드러난 평면적이고 전형적인 캐릭터, 보고서 같은 서술 방식, 기능적이고 건조한 문체 등은 '미학적 결여'의 표지가 아닌 '새로운 미학'의 조건으로 격상된다. 김미정이 발견한 이러한 '미학적 새로움'은 물론, 오혜진이 지적한 이 소설의 '정치성의 한계'에 관한 논점들은, 이즈음의 여성서사가 놓인 사회·매체 환경 및 그것이 지향할 바를 보다 깊이 숙고하게 한다.

사실 이러한 판단들은 어떤 독자를 상정하느냐에 따라 다르게 산출될 수 있는 결과들이기는 하다. 저마다 바쁘고 힘겨운 일상 속에서 소설책을 집어 들어 그것을 끝까지 읽어 내고야 마는 독자들은 자신들의 상이한 요구에 따라 이 소설을 읽은 감상과 평가들을 모두 다르게 제출할 것이다. 현실에서 숱하게 재현되고 있는 젠더 불평등의 사정들을 반복해 읽기보다는 소설을 통해 그러한 현실을 넘어설 정치적 상상력을 발견하고 싶은 '각성된 독자'들에게, 페미니즘 소설로서 『82년생 김지영』의 인기는 의아할 수 있다. 한편, 뭔가 특별한 사람들의 사정을 전할 것만 같은 소설에서 조차 이처럼 익숙한 현실이 재현되고 있는 사정을 음미하며 한국 사회의 여성이 처한 '현실의 비참'에 새삼 각성하게 되는 독자들도 없지는 않을 것이다. 『82년생 김지영』의 유행 현상에 관해서라면 나는, 이미 '각성된

---

4   김미정, 「흔들리는 재현·대의의 시간 — 2017년 한국소설의 안팎」, 《문학들》 2017년 겨울.

독자'들의 실망보다는, 여성혐오적 현실에 관해서든, 문학과 삶의 관계에 관해서든, 무언가를 새롭게 '각성한 독자'들이 존재한다는 사실이 더 의미있는 지점으로 논해져야 하지 않을까라는 생각을 여전히 하게 된다. 백지은의 표현을 빌리자면 "현실적으로 새롭게 일깨워진 삶의 감각"이 존재한다는 이유로 이 소설의 "문학적/미학적"[5] 성과가 충분히 인정될 수 있다는 것이다. 젠더 불평등에 관해 기본적인 각성조차 이루어지지 않은 삶의 구체적 장면들을 반복적으로 마주할 수밖에 없을 때 이러한 생각은 더욱 강화된다. 양경언의 지적처럼 이 소설을 통해 '이전과는 다른 삶'으로 나아갈 수 있는 독자가 '남성'으로 국한되어 있다[6] 할지라도 말이다.

이미 학습한 치열한 페미니즘 담론이나 이미 체험한 수다한 여성서사들을 환기하며 『82년생 김지영』을 기준으로 지금의 페미니즘이 얼마나 단순하고 소박한지를 단죄하는 일에 힘을 모으기보다는, (물론 그런 작업들이 성실히 실행되어야 하는 것도 맞다.) 2000년대 이후 급진적 여성 담론들이 현실과 접속하지 못했던 사정과 그와 맞물려 급격히 보수화된 우리 사회의 젠더 의식을 감안하며, 지금 우리에게 필요한 여성서사의 형태를 다양하게 설정해 보는 일이 필요하다.

*

『82년생 김지영』과의 연속선상에서 강화길의 『다른 사람』을 읽으며 최근 페미니즘 소설이 "매뉴얼 혹은 프로파간다에 근접"해 있다고 비판하

---

5   백지은, 「텍스트를 읽는 것과 삶을 읽는 것은 다르지 않다」, 《문학과사회 하이픈》, 2018년 여름 16쪽.

6   양경언, 「소설의 자기 수용 감각 — 문학/현실의 이분법을 넘어」, 《문학3》 1, 2017, 78쪽.

는 심진경의 판단[7]을 숙고해 보고 싶다. '#문단_내_성폭력' 해시태그 운동이나 '미투(#MeToo)' 운동 이후 남성과 여성을 재현하는 방식에 대해 문단 전체가 특별히 민감한 자의식을 갖게 되었으며, "폭력적인 여성혐오적 현실에 더 이상 눈감아선 안 된다는 절박한 자각"이 여성 작가들의 글쓰기를 추동했을 것이라며, 심진경은 최근 페미니즘 소설을 둘러싼 여러 정황들을 명확히 제시한다. 그러나 이 같은 현실을 인정하면서도 그녀는 그에 대한 문학적 개입의 방식이 "현실에 대한 즉자적 반응"이어선 곤란하다고 지적한다. 부당한 현실에 응답하겠다는 절박함이 문학을 "단순한 사건 보고서나 일기, 매뉴얼의 수준"에 머물게 하고 있는 사정을 비판하는 것이다. 나아가 성폭력 사태를 비롯하여 여성혐오적 현실이 만연해 있다 하더라도 "클리셰"와 "뻔한 결말"이 "소설적 방법"이 될 수는 없다고 단호히 말한다. 이러한 판단은 그간 『82년생 김지영』에 가해졌던, '정치적으로는 올바르지만 미학적으로 훌륭하지 못하다'는 평가와 동일선상에서 이해된다. 우선 그녀가 전제하는 "소설적 방법"이란 과연 무엇인지, 그것은 과연 시대를 불문하고 보편적인 형태로 요구될 수 있는지, 그것은 무엇을 혹은 누구를 위해 존재해야 하는 것인지에 관한 대화가 필요할 듯하다.

　『다른 사람』을 읽다 보면 하나의 기억이 갑작스레 다른 기억들을 불러오는 방식으로 이야기가 다소 우연적으로 혹은 산만하게 진행되는 것이 서사의 흠결처럼 느껴지기도 한다. 정돈된 플롯으로 구성되기보다는 화자의 기억 속 장면들이나 그에 관한 화자의 심정이 다소 어지럽게 이어져 있는 것도 사실이다. 현실에 개입하고 싶은 작가의 절박함이 만들어 낸 구성적 결함처럼 느껴질 소지가 다분하다. 그러나 이 이야기가 성폭력 피해자의 말하기로 이루어져 있다는 사실은 재차 강조될 필요가 있다. 소설

7　심진경, 「새로운 페미니즘 서사의 정치학을 위하여」, 《창작과비평》 2017년 겨울.

적 형태(?)에 육박하지 못하고 단순한 보고서나 일기처럼 서술된 것은,[8] 피해자의 말하기를 가능한 진실되게 재현하려는 의도의 결과로 이해되어야 하는 것은 아닐까. 한겨레문학상의 심사평에서 서영인이 지적했듯, "'자기혐오'와 '피해 의식'과 '자기방어'를 오가며 자기를 이해하려는" '피해자의 안간힘'을 이 소설이 가장 마땅한 형태로 전달하고 있는 것은 아닐까.

　나아가 심진경이 『다른 사람』의 미학적 한계로 거론한 (성폭력 사태에 관한) "클리셰"와 "뻔한 결말"이라는 지적에 대해서도 다른 판단이 가능할 것이다. 이러한 설정은, 정말이지 "클리셰"와 "뻔한 결말"들로 점철되어 있는 현실의 폭력적 사태들을, 즉 아무리 반복되어도 교정되지 않는 현실의 뻔함을 되비추려는 거울로 이해될 수는 없을까. 그러니까 『다른 사람』이 작금의 한국 사회에서 의미 있는 여성서사가 될 수 있다면 이는 여성혐오적인 사태에 관한 한 과연 뻔하게 느껴지는 것이 소설(의 설정)인지, 현실 그 자체인지를 깨닫게 한다는 점에서 가능한 것이 아닐까. 뻔하다는 말은 결국 지겹다는 말과 다르지 않을 텐데, 정말 끔찍하도록 지겨운 것은 클리셰로 이루어진 소설이기 이전에 현실 그 자체임은 분명하다. 『다른 사람』이 바란 것이 독자들의 이런 자각이었을지도 모른다. 평범한 에피소드로 가득한 조남주의 『82년생 김지영』이 그랬듯 말이다.

　물론 『다른 사람』이 취한 '피해자 중심주의'가 '가해자 남성'과 '피해자 여성'이라는 이분법을 강화하고 여성의 정체성을 오직 '피해자'로서만 상상하게 할 위험이 크며, 피해 경험 여부를 통해서만 자기주장의 정당성

8　문학과 정치가 그 어느 시기보다 강력하게 밀착되었던 1980년대의 문단에서 노동자들의 수기류의 글들이 '몫 없는 자'들의 말하기를 실천하는 문학적 텍스트로 재평가되고 있는 최근 학계의 맥락을 고려했을 때에도, 단순한 보고서나 일기, 수기의 형태가 문학적이지 않다는 평가는 재고될 수 있다. 이에 대해서는 오혜진도 같은 지적을 한다. 오혜진, 앞의 글 참조.

이 확보된다는 식의 "폐쇄적인 정체성 정치"의 한계가 드러낸다는 지적[9]에 대해서는 생각할 여지가 크다. 이는 피해자의 말하기와 그들의 연대로 진행되고 있는 '미투' 운동에 대한 염려의 시선과도 일치한다. 이와 관련하여 "피해는 그 자체로 진실이 아니라 투쟁으로 획득되는 개념이며, 이 과정이 바로 페미니즘"[10]이라는 정희진의 말을 환기해 보고 싶다. 피해자의 말하기는 자신이 피해자라는 사실을 '주장'하기 위한 것이 아니라, 피해자로 '인정'받기 위한 과정과도 같다. '미투' 폭로 이후 폭로의 주체들이 어김없이 무고죄의 피의자가 되는 사태가 이를 증명한다. 이러한 사정을 고려한다면 『다른 사람』이나 『82년생 김지영』이 '피해자 여성'이라는 고정관념을 강화하기 때문에 문제라는 말은 성립하기 힘들다. 폭력의 절대다수의 '피해자'가 여성이며 나아가 인생을 통틀어 젠더 차별의 피해자로 지속적으로 고통받고 있는 쪽도 여성이라는 사실이 '인정'되는 것이 더 시급해 보이기 때문이다.

단순화의 위험을 무릅쓰자면, 대부분의 한국 여성들이 어떤 위치에서건 여성이라는 이유로 폭력과 차별에 노출되어 있다는 그 '뻔한' 사실을 우리 사회가 '인정'하고 그 문제적 사태를 교정하기 위한 실천들을 가시화할 때까지, '피해자 여성'이라는 고정관념이 오히려 더 강화될 필요가 있다고까지 과격하게 말해 보고 싶다. 여성들이 느끼고 있는 '커다란 분노'의 진실성까지야 부정할 수는 없겠으나 여성들이 주장하는 "현실의 비참이 사실이 아닐 수 있다."[11]라는 식의 언급들을 접하다 보면 이 같은 생각이 더욱 커진다. 나로서는 더 이상 보고 싶지 않은 것은, 피해 받은 여성

---

9   심진경, 앞의 글.

10   정희진, 「피해자 정체성의 정치와 페미니즘」, 권김현영 엮음, 『피해와 가해의 페미니즘』(교양인, 2018), 210쪽.

11   황현경, 「소설이라는 형식」, 《문학동네》 2018년 봄, 433쪽.

들이 등장하는 뻔한 소설이 아니라, 뻔히 보이는 현실을 보란 듯이 외면하는 이토록 뻔한 반응들이다.

*

최근 페미니즘 이슈들을 매개로 문학과 삶이 적극적으로 교섭하고 있는 장면을 두고 '우려'하는 목소리들이 적지 않다. 누군가는 문제적 현실 자체에 "시원스레 합의되지 않는" 점이 있다고 지적하며 무턱대고 "더 좋은 소설"을 요청하고,[12] '정치적 올바름'이라는 용어 자체에 몰두하는[13] "타자의 고통에 대한 주체의 반응을 즉각적으로 도덕의 유무와 관련"[14]시키는 태도가 문학을 질식시키고 있다며 실체 없는 현상을 지속적으로 비난한다. 세월호 참사 이후 한국문학장을 새롭게 구축하고 있는 '연대의 정동'과 '정동-쓰기'에 관해 사유하는 김미정의 어떤 문장("쓰는 이는 기쁨, 슬픔, 안타까움, 분노 등등을 쓰기도 하지만, 실은 기쁨, 슬픔, 안타까움, 분노 등'이' 쓰는 것이기도 하다."[15])을 인용하며, 복도훈이 "내가 쓰는 것이 아

---

12 위의 글, 434쪽.

13 최근 문단이 '정치적 올바름'에 사로잡혔다고 항변을 제출한 이은지, 복도훈 등의 비판적 토로에 대해 오혜진은 이러한 '정치적 올바름'이라는 프레임은 "'페미니즘'을 '비문학적인 것'으로 간주하려는 일군의 비평적 시도에 의해 만들어졌다."라고 정확히 지적했다. "'정치적 올바름'을 가장 열정적으로 언급한 주체는 특정 소설들이 '정치적 올바름'에 사로잡혀 있다고 반복적으로 역설한 비평가들" 그 자신이라는 것이다. 오혜진, 앞의 글, 241~247쪽.

14 복도훈, 「유머로서의 비평—축제, 진혼, 상처를 무대화한 비평의 10년을 되돌아보기」, 《문학과사회 하이픈》 2018년 봄, 113쪽. 이하 큰 따옴표로 묶은 복도훈의 말은 모두 같은 글에서 가져왔다.

15 김미정, 「'나-우리'라는 주어와 만들어 갈 공통성—2017년, 다시 문학의 공공성을 생각하며」, 《문학3》 1, 2017, 15쪽.

니라 귀신이 쓴다고 해도 무방하겠다. 문학평론가는 앞으로 누가 아프다고 쓰면 아프다고 부르르 떠는 사람이어야 하겠다."라고 조롱 섞인 언사를 서슴지 않을 때, 나는 문학을 한다는 것이 과연 무엇인가라는 질문을 그에게 하고 싶었다. "도덕은 타자의 고통을 잘 느끼는 것만큼이나 거리를 두고 판단하는 능력에서도 나온다."라는 그의 말은 너무나 당연한 것이지만, 왜 유독 젠더 이슈에 관해서만 '공감'이 경계되고 '거리 두기'가 먼저 요청되는 것인지에 대해서는, 아니 왜 유독 젠더 문제에 연대하는 작가 혹은 비평가들만이 '거리 두기'에 실패한 "도덕을 감정의 공유와 강도로만 이해하는 사람들"로 치부되는 것인지, 의아할 수밖에 없다. 물론 복도훈의 글은 최근 10년간의 비평을 두루 돌아보며, '절대적 타자에 대한 환대'를 요청한 윤리 비평의 한계나, 압도적 감정(정동)에 의해 (김홍중의 말을 빌려) '통감의 해석학'이 되어 버린 '매개 없는' 비평의 한계를 지적하고 있지만, 그러한 지적이 왜 하필 지금 이 시점에 제출될 수 있었는지에 대해서는 의문을 표할 수밖에 없다.

복도훈은 『82년생 김지영』과 『다른 사람』과 같은 최근의 페미니즘 소설을 "프로이트의 '매 맞는 아이'의 정체성 정치의 여성주의적 버전"으로 읽는다. 그가 10여 년 전에 쓰인 황종연의 글을 경유하여 말하려는 것은, 최근의 페미니즘 작품 및 비평들에서 발견되는 "정치성 정치의 모순과 역설"에 관한 것이다. "정체성 정치의 당사자가 자신을 "처벌하고 상해하는 사회를 규탄하는 이면에서" 자신에 대한 "처벌과 상해에 대한 욕망을 생산하고 있"다는" 것이다. 나아가 최근 문단을 지배하고 있는 '정치적 올바름'에의 강박은 "사회적 상처로부터 만족을 얻는 주체의 모순"이라는 "히스테리적 활기"와 관련이 있다고 말한다. 프로이트와 웬디 브라운, 그리고 황종연을 인용하며 복도훈이 이처럼 여성서사의 피학적 본능을 읽어 내는 것은, 피해자 여성의 피해 사실이 사실 그 자체로 '인정'되기가 얼마나 어려운 현실인지를 또 한 번 생각하게 할 뿐, 거기에서 그 어떤 해석의

쾌감도 느껴지지 않는다는 말을 하고 싶다. '내가 존재하기 위해서는 너는 나에게 해를 끼치는 바로 그 형상으로 언제까지나 동일하게 남아 있어야 한다'는 '매 맞는 아이'의 심리는, 내가 생각하기에, 페미니즘이라는 신념이 문학의 자율성과 비평의 거리 두기를 억압하고 있다고 항변하는 그 자신의 심리를 설명하는 데 더 정확히 맞아떨어지는 해석이 아닐까 생각되기도 한다. '정치적 올바름', 아니 더 정확히 말해 페미니즘이라는 관점에 이 같은 부정적 프레임을 씌워 그가 얻고자 하는 만족이란 과연 어떤 욕망과 관련된 것일까.

용산 사태나 세월호 참사를 겪은 후 재현 불가능한 슬픔에 압도당한 한국 문단에서, '정치적 올바름'이 문학을 질식시키고 있다며, "왜 현실의 시간을 문학의 시간이 허겁지겁 따라가야 하나"(이은지)[16] 지적한 사례를 쉽게 기억해 내기는 힘들다. 문학과 정치, 문학과 현실의 관계를 고민하는 비평가들이, 고민의 진정성이나 방법의 적절성이나 실천의 여부를 자기 검열할 때에도, 특정한 도덕이나 신념에 사로잡힌 편협하고 단순한 비평가로 보일까 봐 걱정했던 적은 거의 없었을 거라 생각된다. 2000년대 후반 이후의 한국문학이 이처럼 현실과 좀 더 밀착하기 위한 방법을 모색하는 일에 열과 성을 다했다는 점을 고려한다면, 최근 1~2년 사이 (한국문학에서 페미니즘 이슈가 불거진 이후) 현실에 적극 응답하려는 문학의 고투를, 그러니까 "이론을 익혀 온 대로 능숙하게 다루는 대신, 정적이고 무역사적인 실존으로부터 기어 나와 오히려 어떤 서투름으로" 현실과의 긴장 안에서 새로운 문학을 읽겠다는 절박한 다짐들을,[17] '정치적 올바름'이라는 부정적 프레임으로 조롱하는 사태는 쉽게 이해하기 어렵다. 게다가 그

---

16   김승일·박민정·이은지·소영현, 「좌담: 2017년 한국문학의 풍경」, 《21세기문학》 2017년 겨울, 236쪽.

17   강지희, 「관조가 아닌, 연루됨을 위해」, 《21세기문학》 2018년 여름, 219쪽.

것의 대안으로 제시된 것이 프로이트식 '유머'의 이른바 정신승리법이라면(복도훈), 그것은 이 비참한 현실을 그저 관망하라는 명령으로밖에는 읽히지 않는다. '현실의 비참'이 정말 사실이냐고 반문하는 반응만큼이나 절망스러운 제안이다.

'정치적 올바름'이라는 용어가 "정치적 과잉에 대한 조롱"에서 "실천의 결여를 비웃는 말"로 여러 번 의미 변화를 거치는 과정에서도, 그 개념이 언제나 "정치적 실천의 영역"과 관련되어 있었으며 결국엔 사회적 변화에 대한 요청이자 정치적 현실에 대한 실천적 개입에의 요구였다는 점을 고려한다면,[18] 최근 그 용어가 '문학의 자율성' 혹은 '문학적인 것'을 지켜 내기 위한 목적으로 비판적으로 호출되는 맥락은 재고가 필요하다. 임경규도 지적하듯 사회적 변화를 위해 (문학적) 실천을 모색하는 고투에 대한 응답으로 문학의 자율성 문제를 제시하는 것은 "온당지 못해 비윤리적이기까지"[19] 하다. 실천의 결여나 공감의 결여를 은폐하기 위해 문학으로 도피하려는 목적으로 '정치적 올바름'이라는 용어를 부정적으로 소비해서는 안 될 것이다. 그렇다면 지금 현재 '문학의 자율성'이라는 미명하에, 한국문학의 새로운 모색과 실천을 억압하는 주체는 과연 누구인지, 응답 없는 질문을 또 한번 반복하며 글을 마칠 수밖에 없겠다. 이 질문을 반복하는 자들, 그러니까 "문학을 매개로 사회에 대한 비판적 개입을 회피할 수 없는"[20] 작가/비평가들이 과연, 현실을 실제와 다르게 부정적으로 과장하며, 즉각적인 감정에만 치우쳐 문학보다 도덕을 우선하고, 여성이라는 정체성 안에 모든 문제들을 단순화하는, 한국문학의 적들이라고

---

18   임경규, 「정치적 올바름 vs. 예술의 자율성 ─ 다문화 시대 문학의 운명」, 《문학동네》 2017년 겨울 참조.

19   위의 글, 378쪽.

20   소영현, 「거대한 침묵 앞에서」, 《21세기문학》 2018년 여름, 233쪽.

말할 수 있는가. 젠더 위계로 고통받는 비참한 현실에 응답하고자 하는 절박함을 문학의 새로운 지분으로 요청할 권리는, 왜, 누구에 의해, 항상 부정당하는가. 다시 한번 '커다란 분노'를 담아 묻고 싶다.

문학은 억압한다

인아영

> 새로운 세계를 위해서는 꾸미지 않는 목소리가 필요하
> 다. 오래된 목소리를 상기시키기 위해서는 새로운 배열
> 이 필요하다.
> ── 이제니, 「지금 우리가 언어로 말하는 여러 가지 이야
> 기들」

1.

문학은 억압하지 않는다.

문학은 배고픈 사람을 구하지도 못하고 권력을 약속해 주지도 못하며 큰돈을 벌어다 주지도 못한다. 문학은 써먹지 못한다. 다시 말해 유용한 것이 아니다. 그러나 유용한 것은 유용하다는 이유로 인간을 억압한다. 반대로 문학은 유용한 것이 아니기 때문에 인간을 억압하지 않는다. 대신 억압하지 않는 문학은 인간에게 억압의 정체를 파악하게 해 주고 반성에 이르게 한다. 이상은 김현이 1975년 「한국 문학의 전개와 좌표」라는 제목으로 연재를 시작하고 1977년 『한국 문학의 위상』이라는 제목의 단행본으로 출간한 글의 일부를 간추린 것이다. '나의 문학론'을 써야 하는 지면 앞에서 나는 지난 몇 해 동안 앓았던 두 단어를 떠올리지 않을 수 없었다. 문학과 억압. 그리고 이 두 단어를 연결한 김현의 유명한 문장, 그러니까 문학은 억압하지 않는다는 문장에 대해서도 생각하지 않을 수 없었다. 그

런데 정말

문학은 억압하지 않는가.

문학은 써먹지 못하는 것이기 때문에 인간을 억압하지 않는가. 그래서 우리에게 억압의 정체를 파악하게 해 주고 그 억압을 반성하게 하는가. 오랫동안 마음에 담아 온 질문을 붙잡고 이 글을 쓴다.

2.

2018년 가을, 한 계간지에 발표된 한정현의 단편소설 「괴수 아키코」를 읽었다. 이 소설에는 학부 졸업 발표일에 신발장이 아버지로부터 "이 세상에서 그런 글을 쓰는 사람은 너와 김현 둘뿐이다."라는 말을 듣고는 희망 진로를 시나리오 작가에서 비평가로 바꾼 사람이 등장한다. 그는 다음 날에 도서관에 가서 김현이 1962년에 쓴 등단작 「나르시스 시론」이 실린 『자유문학』 표지를 한참 바라보고, 그다음 날에는 시나리오 분과를 그만둔 다음 혼자 글을 읽어 나가기 시작한다. 그리고 결국 평론가가 된다. 나는 이 세상에 그런 글을 쓰는 사람은 너와 김현 둘뿐이라는 말을 들어 본 적이 없지만, 그와 비슷한 점은 있다. 아마도 적지 않은 사람이 그랬을 것처럼 나도 문학비평을 쓰게 되기까지 김현의 영향을 많이 받았고, 학부 졸업 직전에 전공을 옮길 마음도 먹었다.

처음으로 김현을 읽은 것이 언제인지는 기억나지 않지만 그의 아름다운 문장을 읽고 감동받은 마음을 진정시키기 위해 늦은 저녁의 학교를 혼자 오래 걸었던 날은 기억한다. 학부 졸업을 앞두고 대학원 진학을 고민하던 초겨울 무렵이었을 것이다. 날씨가 제법 추워진 날이었는데 두 뺨이 살짝 얼어 감각이 무뎌질 때까지 같은 코스를 왕복하며 혼자 오래 걸었다. "도스토예프스키의 재능 중의 하나는 인간이란 두껍고 끈적끈적하고 더러운 혼합물이라는 것을 유감없이 보여 주는 데 있다."거나 "문학은 인간의 실현될 수 없는 꿈과 현실과의 거리를 자신의 의사에 반하여 드러낸다." 같은 김현의 문장들을 곰곰이 곱씹으면서, 안 되겠다고 생각했다. 문학으로 전공을 바꾸지 않으면 안 되겠다고. 실은 오래전부터 마음속에 유일한 정답으로 구비해 놓고 있었으면서도 어쩐지 마주하기는 두려워서 때마다 알맞은 핑계를 만들어 미뤄 두었는데, 그날은 왠지 더 이상 어쩔 수 없다고 느꼈다. 어쩔 수 없었다.

문학은 무엇이 다른가.

문학은 다른 분야와 무엇이 달라서 이토록 나를 어쩔 수 없게 만드나.

당시 학부 과정에서 사회과학의 한 분과와 철학의 한 분과를 전공했던 나는 이렇게 생각했다. 사회과학과 철학 모두 인간을 연구 대상으로 삼고 이해하려는 학문이다. 사회과학은 인간들이 모여 사는 사회라는 조직을 기본적인 분석 단위로 삼는 한편, 철학은 보편으로 상정된 인간의 근본적인 특성을 기본적인 분석 단위로 삼는다. 그런데 개인은 어디에 있는 것일까. 나는 개인으로서의 사람이 궁금했다. 자신만의 얼굴 생김새와 이름을 가진 사람. 자신만이 아는 비밀과 부끄러움을 간직한 사람. 무언가를 열렬히 사랑하고 그만큼의 에너지로 다른 것을 미워하기도 하는 사람. 아름다움에 감동받으면 추위에 두 뺨이 어는 것도 잊을 만큼 혼자 오래 걷게 되는 나 같은 사람.

물론 사회과학과 철학이 개인을 다루지 않는 것은 아니다. 하지만 사회과학에서 개인은 사회를 구성하는 한 부분으로서만 의미화되며, 철학에서 개인은 남다른 사고력을 가진 뛰어난 인간으로서 등장한다. 하지만 그렇지 않은 개인들, 그러니까 사회의 일부로 환원되지도 않고 다른 사람들보다 특출하지도 않은 평범한 사람들은 어떻게 이해할 수 있을까. 그 사람들이 살아가는 세계와 그것을 구성하는 미묘하고 이상한 마음의 무늬는 어떻게 말할 수 있을까. 사회과학과 철학이 그것을 할 수 있을까. 아니, 할 수 없을 것이라고 생각했다. 사회과학과 철학의 언어는 인간이라는 복잡한 동물을 이해하는 효과적인 그물이지만 그 미묘하고 이상한 마음의 무늬까지 건져 올리기에는 성기다고 생각했다. 하지만 문학의 언어는 다르다고, 문학의 언어는 아무리 정교한 이론과 날카로운 개념으로도 포착할 수 없는 인간의 습하고 어둡고 깊은 구석까지 꼼꼼히 비춘다고 생각했다.

말하자면 사회과학도 철학도 하지 못하는 무언가를 문학은 하고 있다는 믿음이었다. 문학은 사회과학처럼 사회의 유용에 직결되지도 않으며 철학처럼 인간 보편에 대한 사유를 하는 것도 아니다. 그러나 인간을 사회의 부분이나 보편적인 존재로 환원하는 언어는 그 환원의 힘으로 인간을 억압하지 않는가. 이를테면 이론적이고 논리적이고 실증적인 언어에 포섭되지 않는 존재들을 잉여나 결핍이라는 이름으로 억압하지 않는가. 반면 문학은 비록 사회의 유용이나 보편적 사유에 쓰이지는 못할지라도 잉여와 결핍으로서 가시화되지 않던 미미한 존재들을 자유로운 언어로 건져 올린다. 그런 무용하고 해방적인 언어로서

문학은 인간을 억압하지 않는다.

그렇게 생각했다. 그것이 나를 어쩔 수 없게 만들었다.

3.

대학원에 진학한 이후로도 종종 '문학은 억압하지 않는다'는 문장을 떠올리곤 했다. 문학을 전공하게 되었으니 다른 분야와 구분되는 문학만의 성질에 대해서 더 첨예하게 고민하게 되었고 그럴 때면 김현의 문장을 생각하기도 했던 것이다. 물론 개별 문학작품이 인간을 억압할 수 없다거나 억압할 리 없다고 믿은 것은 아니었으나, 그 문장이 머릿속에서 문학

일반에 대한 어떤 관념 혹은 이미지를 이루는 데 적지 않은 영향을 미치고 있었던 것은 사실이다. 그러는 사이 문단에서는 2015년에 이른바 표절 사태가 일어났고 2016년 이후로는 문단 내 성폭력 고발과 해시태그 운동이 이어졌다. 많은 사람들이 그랬듯 나 역시 문학계에 쌓여 온 폐단에 경악하고 분노하며 마음 힘든 나날을 보냈다. 하지만 그 사건들로 인해 문학 일반에 대한 관념을 적극적으로 해체하거나 재구성해 보지는 못했다.

2017년 여름, 한 웹진에 실린 조연정의 평론 「문학의 미래보다 현실의 우리를」을 읽고서 다시 생각했다. 이 글은 최근 몇 년 간 문단에서 일어난 사건들로 인해 삶과 문학이 맺는 관계가 달라졌으며 우리가 문학을 읽는 방식도 이전과는 달라질 수밖에 없다고 말한다. 표절 사태와 문단 내 성폭력이 수면 위로 떠오른 이후, 문학적 재현이 선하고 올바른 의도 아래에서 이루어진다는 오래된 믿음을 더 이상 유지할 수 없어졌기 때문이다. 그러면서 이 글은 '문학은 억압하지 않는다'는 명제가 그러한 믿음을 뒷받침해 왔다는 사실에 주목한다. 물론 이 글이 1975년에 제출된 김현의 명제가 최근 문단에서 드러난 불미스러운 사태의 시발점이라고 주장하는 것은 아니다. 다만 2000년대 후반 '문학과 정치' 논쟁을 비롯하여 문학의 기능과 역할에 대한 논의가 이어질 때마다, '문학은 억압하지 않는다'는 명제가 비판적인 검토나 맥락에 대한 이해 없이 문학의 정치성을 담보하기 위해 "문학에 대한 절대적인 알리바이처럼 소환"되어 온 것은 아닌지 묻고 있는 것이다.

나 역시 김현의 논의가 1970년대 문학 담론이라는 특수하고 복잡한 맥락 안에서 제출되었으며 그렇기 때문에 문학 일반에 대한 단순한 규정적 명제로 읽어서는 곤란하다는 사실을 무시하려는 바가 아니다. 다만 '문학은 억압하지 않는다'는 명제가 오늘날 우리에게 여전히 영향을 미치고 있다면, 그것이 무비판적으로 반복되고 있는 것은 아닌지 생각해야 한다. 그리고 그 영향이 문학 일반에 대한 관념 혹은 이미지로 이어졌다면,

그것이 어떤 방식으로 형성되어 왔는지 고민해야 한다.

이제는 질문할 때가 되었다. '문학은 억압하지 않는다'는 명제는 문학이 늘 약자의 편에 서고 있다는 순진한 환상으로 굴절되어 온 것은 아닌가? 그리고 문학은 언제나 무해할 것이라는 편리한 믿음으로 이어져 온 것 아닌가? 문학이 약자 혹은 주변이라는 생각은 문학 내부에서 형성되는 복잡한 권력 역학을 잊게 만든다. 그러나 현실 정치에 미치는 힘이 약하거나 사회에 직접적으로 유용하지 않다고 해서 문학이 유해할 수 없는 것은 아니다. 강자와 약자, 혹은 중심과 주변의 관계는 언제나 상대적으로 재편되는 것이기 때문이다. 문학은 유난하게 무용하지도 특별하게 무력하지도 않으며, 맥락에 따라 강자이자 중심의 위치를 점해 왔다. 더구나 지난 몇 년 동안 문단 내 성폭력 고발 및 페미니즘 리부트 등 여러 논의를 거친 시점에서 우리는 더 이상 문학이 인간을 억압하지 않는다고 말하기 어려워졌다. 아니, 그 반대의 현실을 보았다. 문학이라는 이름이 무력이 되어 약자를 향해 휘둘러지는 모습을 목도했다. 문학에 기대어 힘없는 사람들에게 폭력을 가해 온 이들의 구체적인 얼굴을 확인했다. 그렇다면 40여 년 전에 제출된 김현의 명제는 오늘날의 현실에 맞추어 다시 쓰여야 하는 것 아닐까. 그러니 다시 쓰자면

문학은 억압한다.

문학이 언제나 억압하는 것은 아니지만, 애써 긴장하여 성찰하지 않으면, 계속 비판하며 살펴보지 않으면, 문학은 언제라도 인간을 억압할 수 있다.

4.

그러나 여기에서 이야기를 끝낼 수는 없다. 지금 여기의 문학이 '문학

은 억압한다'는 명제에서 끝나고 있지 않기 때문이다. 아니, 오히려 그 명제로부터 새롭게 시작하고 있다. '문학은 억압하지 않는다'고 말한 김현의 논리를 다시 떠올려 보자. 그에 따르면 문학이 억압하지 않는 이유는 유용하지 않기 때문이다. 유용한 것은 유용하다는 이유로 그것이 결핍되었을 때 부정적으로 작용하고 인간에게 억압이 된다. 반면 문학은 아무짝에도 써먹지 못하기 때문에, 즉 쓸모가 없기 때문에 인간을 억압하지 않는다. 문학이 억압하지 않는다는 주장에서 핵심적인 것은 문학의 쓸모인 것이다. 그런데 정말

문학은 아무짝에도 써먹지 못하는 것인가?

아니, 우리는 이미 문학을 몹시 써먹고 있다. 문학이라는 이름 아래 전국의 제도권 대학에는 수백 개의 학과가 개설되어 있고, 교수, 시인, 평론가, 출판업계 종사자, 강사, 소설가, 기자를 비롯한 수많은 종사자들이 많든 적든 돈을 벌고 있으며, 셀 수 없이 많은 양의 논문, 비평, 소설, 시, 수필, 번역이 쏟아져 나오고 읽히고 있다. 예전만 못하다지만 여전히 문학은 한국 사회의 한 부속품으로서 유용하게 '쓰이고' 있다. 어쩌면 우리는 문학이 왜소해지고 있다며 슬퍼하면서도 정작 문학의 쓸모는 애써 무시해 온 것이 아닌가? 문학은 무해하다는 믿음 혹은 문학은 특별하다는 자기만족을 지키기 위해 문학의 유용성을 외면해 온 것이 아닌가? 정치적인 힘도 없고 돈도 많이 벌지 못한다는 열등감을 처리하기 위해 '쓸모없을수록 오히려 쓸모 있다'는 모순어법으로 자위하고 있었던 것은 아닌가? 그러는 동안 문학은 쓸모없는 것이라고 소리 높여 외쳤던 사람일수록 문학의 쓸모를 어떤 형태로든 누려 왔던 것은 아닌가?

단지 제도적이거나 경제적인 쓸모만을 이야기하려는 것은 아니다. 우리는 조금 더 큰 이야기를 해 볼 수 있다. 조남주의 『82년생 김지영』에 대해서 생각해 보자. 이 소설을 텍스트가 아닌 현상으로서만 다루더라도, 최근에 이처럼 문학의 쓸모를 증명하고 있는 사례도 드물다. 『82년생 김지

영』은 2016년 10월에 출간된 이후 2018년 11월에 누적 판매 부수 100만 부를 돌파하여 신경숙의 『엄마를 부탁해』(2008) 이후 9년 만에 밀리언셀러로 등극했고, '페미니즘 소설'이라는 이름을 전면으로 내세운 『현남 오빠에게』(2017)와 같이 다른 작가들과 함께 하는 테마 소설집이 기획되는 데 영향을 주었으며, 여성서사와 관련된 담론을 폭발적으로 생산했을 뿐만 아니라 문학의 정치성과 미학성을 비판적으로 사유하는 논의를 촉발하는 등 비평 담론에 활력을 불어넣었다. 고(故) 노회찬 의원이 문재인 대통령에게 선물하고 레드벨벳의 멤버 아이린을 비롯한 여성 아이돌이 읽은 책으로 이슈가 되어 한국문학을 읽는 독자의 저변을 넓히는 동시에 가시화했고, 서지현 검사가 검찰 내 성추행 사실을 폭로하면서 언급하는 등 동시대의 가장 첨예한 사회 문제를 깊숙이 건드렸으며, 정유미 배우 주연으로 영화화되어 문학을 읽지 않는 사람들에게도 가닿을 예정인데다가, 한국 문학의 입지가 좁았던 일본 출판 시장에 번역 출간된 지 두 달 만에 10만 부가 넘게 팔리면서 일본 독자들의 대대적인 공감을 얻고 있다. 요컨대 『82년생 김지영』은 조남주 작가 자신에게는 소설을 쓰고 소설이 읽히는 보람을, 동료 작가들에게는 여성서사에 대한 한 가능성과 용기를, 평론가들에게는 비평 담론의 활기를, 독자들에게는 소설을 읽는 즐거움과 공감을, 한국사회에는 문학 작품을 통해 사회에 대한 비판적인 의식을 제고할 기회를 주면서, 뿐만 아니라 한국문학의 노벨문학상 수상을 꿈꾸었던 사람들에게는 그들이 그토록 바랐을 '외국인들의 인정'을 느끼게 해주면서, 문학의 쓸모를 입증해 보이고 있다.

　『82년생 김지영』의 쓸모를 말하는 일 못지않게 중요한 것은, 우리에게 문학의 쓸모가 무슨 의미를 가지고 있는지 따져 보는 일이다. 이 시점에서 필요한 것은 문학이 왜소해지고 있다는 탄식이나 문학은 무용하다는 틀린 믿음을 반복하는 일이 아니다. 그간 많은 사람들이 그토록 염원했던 문학의 쓸모가 증명되고 있는데도 불구하고 그 쓸모가 충분히 논의되지 않고 있는 실정에 주목하는 일이다.

당연한 이야기지만, '문학은 써먹지 못한다'는 명제가 제출된 1975년에는 문학이 쓸모없었다가 『82년생 김지영』이 출간된 최근에야 문학의 쓸모가 갑자기 생긴 것이 아니다. 그렇다고 현재에는 문학의 권위와 위상이 추락함과 동시에 문학의 쓸모가 사라졌다는 정반대의 견해도 『82년생 김지영』 사례를 고려했을 때 유효해 보이지 않는다. 다만 문학의 유용성에 대한 기준이 필요가 달라졌다고 이해해야 한다. 과거에는 문학의 쓸모가 제도권/대학 연구를 중심으로 재생산되고 정치 및 사회운동과 직결되는 방식으로 형성되었다면, 최근에는 다양한 중심들을 통해, 이를테면 출판계, 영화나 드라마를 비롯한 다른 플랫폼, SNS를 중심으로 모이는 독자층과 접속하면서 문학이 의미화되고 있다. 문학의 이름을 내건 대학 분과가 통폐합되거나 다른 이름으로 바뀌고 있다고 해서, 혹은 전통적인 문예지의 지면이 줄어들고 있다고 해서, 그러니까 과거의 우리에게 익숙한 문학이 그 자리에 그대로 있지 않다고 해서, 혹은 똑같은 모양과 방식으로 재생산되고 있지 않다고 해서, 문학이 같은 속도나 비율로 사라지고 있는 것은 아니다.

요컨대 과거에는 문학은 유용한 것이 아니라는 역설적인 믿음으로 문학의 쓸모가 지탱되었던 반면, 최근의 문학은 적극적으로 쓸모를 요청하고 또 증명하고 있다. 문학의 여러 쓸모는 끊임없이 생성되거나 폐기되고 있으며 점점 더 다변화되고 있는 것이다. 이를테면 독자 중심의 문예지 《릿터》나 비평 전문 무크지 《크릿터》가 약진하고 있고, 블로그나 트위터와 같은 SNS 사용자들이 가시적인 독자층을 이루며 문학 담론에 활발하게 참여하고 있으며, 온라인 서점 MD가 세분화되고 북큐레이터, 콘텐츠 크리에이터와 같은 새로운 전문 직업들이 생겨나고 있다. 이러한 문학의 다양한 쓸모를 인정했을 때라야 문학만이 줄 수 있는 미학적인 쾌에 대해서 논의할 수 있는 진폭이 생기고, 난해하다는 이유로 평가 절하되는 문학이나 소위 '순'문학에서 배제되어 온 장르 문학 등 다양한 문학이 제 가치로 받아들여질 것이다. 더 나아가 글쓰기에 지나친 숭고함을 부여하여 글쓰기 노동에 드는 시간과 에너지를 응당한 경제적 가치로 환산하지 못해 온 오랜 적폐도 흔들 수 있다. 그러니 우리는 문학의 쓸모를 더 이야기해야 한다. 우리는 지금 문학을 사유하는 분기점에 서 있는지도 모른다. 이제는 더 이상 아닌 척할 것 없이 솔직하게 말하자.

　우리는 언제나 문학을 써먹어왔고, 지금도 써먹고 있으며, 앞으로도 써먹을 것이다.

5.

　몇 년 전의 나로 하여금 어쩔 수 없다고 생각하게 했던, 늦은 저녁에 혼자 오래 걷게 만들었던 김현의 문장을 다시 고쳐 쓰면서 글을 마무리해야겠다. 문학이 억압을 반성하게 해 준다는 김현의 말은 여전히 유효하다. 그러나 문학이 그러한 반성에 이를 수 있는 까닭은 문학이 유용하지 않기 때문도 아니고 인간을 억압하지 않기 때문도 아니다. 문학은 인간을 억압할 수 있지만 그럼에도 불구하고 문학은 그 자신의 억압까지 반성할 수 있기 때문이다.

　나는 여전히 사회과학이나 철학과는 다른 문학 언어만이 다다를 수 있는 세계가 있다고 생각한다. 아무리 정교한 사회과학적 이론과 날카로운 철학적 개념으로도 포착할 수 없는 세계를 건져 올리는 그물로써, 문학은 반성하게 한다. 사회의 부분이나 보편적인 존재로 환원되지 않는 잉여와 결핍의 존재들을 성찰하게 한다. 하지만 문학이 그 자신의 억압조차 이해하지 못한다면, 무엇을 성찰한다고 말할 수 있을까? 오늘날 문학이 그 자신의 억압까지 성찰할 수 있다면, 지금 여기 문학의 다양한 쓸모들을 직시하고 고민하는 데서부터 출발할 것이다. 오늘날 문학의 써먹음은 무엇보다 그렇게 증명되고 있다. 그러니 이 글을 시작하며 썼던 첫 문장을 뒤집고 다른 문장을 보태어 다시 적는다.

문학은 억압한다.
그리고 써먹을 수 있다.

| 발표 지면 |

* 이 책의 글들은 문예지, 학술지 등에 발표된 글을 크고 작게 수정한 것이다.

1부 페미니즘 이후의 문학사

비평 시대의 젠더적 기원과 그 불만 —— 소영현,《대중서사연구》24(3), 2018년.

여성과 토폴로지 —— 양윤의,《현대소설연구》69, 2018년.

1990년대 문학지형과 여성문학 담론 —— 서영인,《대중서사연구》24(2), 2018년.

죽지 않고도 —— 장은정,《문학들》2018 봄 +《모든시》2018년 겨울.

전진(하지 못)했던 페미니즘 —— 백지은,《대중서사연구》24(2), 2018년.

2000년대 여성소설비평의 신성화와 세속화 —— 강지희,《대중서사연구》
　　24(2), 2018년.

'돌봄'의 횡단과 아줌마 페미니즘을 위하여 —— 정은경, 152《대중서사연구》
　　24(2), 2018년.

로맨스 대신 페미니즘을! ——허윤,《문학과사회》2018년 여름.

2부 너머의 비평들: 페미니즘에서 퀴어까지

페미니즘이라는 문학 —— 소영현,《문학동네》2017년 가을.

흔들리는 재현·대의의 시간 —— 김미정,《문학들》2017년 겨울.

문학사, 회고와 동어반복, 혹은 성찰의 매듭 —— 서영인,《21세기문학》
　　2018년 봄.

너머의 퀴어 —— 차미령,《창작과비평》2017년 여름.

광장에서 폭발하는 지성과 명랑 —— 강지희,《현대문학》2018년 4월.

(표현) 민주화 시대의 소설 —— 백지은,《현대문학》2017년 11월.

잠재적인 것으로서의 서사 —— 양윤의,《문학동네》2017년 가을.

최근 시에 나타난 젠더 '하기(doing)'와 '허물기(undoing)'에 대하여

―― 양경언,《문학동네》 2017년 여름.

겨누는 것 ―― 장은정, 이소호 시집 『캣콜링』 작품 해설, 2018년.

같은 질문을 반복하며 ―― 조연정,《릿터》 13, 2018년.

문학은 억압한다 ―― 인아영,《문학동네》 2019년 봄.

문학은 위험하다

지금 여기의 페미니즘과 독자 시대의 한국문학

1판 1쇄 펴냄	2019년 5월 17일
1판 2쇄 펴냄	2020년 2월 27일

지은이	소영현, 양윤의, 서영인, 장은정, 백지은, 강지희,
	정은경, 허윤, 김미정, 차미령, 양경언, 조연정, 인아영
발행인	박근섭, 박상준
펴낸곳	(주)민음사

출판등록	1966. 5.19. (제16-490호)
주소	서울특별시 강남구 도산대로1길 62(신사동) 강남출판문화센터 5층 (우편번호 06027)
대표전화	02-515-2000 팩시밀리	02-515-2007
홈페이지	WWW.MINUMSA.COM

값 22,000원

ISBN	978-89-374-1235-6 04810 978-89-374-1220-2(세트)

잘못된 책은 구입처에서 교환해 드립니다.